Ullstein

DER AUTOR:

William Wingate ist das Pseudonym eines aus Johannesburg stammenden Anwaltes. Mit den Romanen über den gefährlichsten Killer der Welt schuf Wingate eine der atemberaubendsten Politthriller-Serien der Kriminalliteratur. Der vorliegende Doppelband über Crystal, den Killer, ist ebenso beängstigend wie faszinierend.

WILLIAM WINGATE

Blutbad
Crystal

Zwei Romane

ULLSTEIN

Kriminalroman
Ullstein Buch Nr. 10759
im Verlag Ullstein GmbH,
Frankfurt/M – Berlin
Titel der englischen
Originalausgaben:
Bloodbath
Crystal

Ungekürzte Sonderausgabe
der deutschen Erstausgaben

Umschlaggestaltung:
Theodor Bayer-Eynck
Umschlagillustration:
Stefan Wolf

Printed in Germany 1994
Gesamtherstellung:
Ebner Ulm
ISBN 3 548 10759 1

Januar 1995
Gedruckt auf alterungs-
beständigem Papier mit
chlorfrei gebleichtem Zellstoff

Vom selben Autor
in der Reihe
der Ullstein Bücher:

Die Vergeltung des Fremden (10166)
Verschollen in Hongkong (22069)

Die Deutsche Bibliothek –
CIP-Einheitsaufnahme

Wingate, William:
Blutbad : zwei Romane / William
Wingate. – Ungekürzte Sonderausg. der dt.
Erstausg. – Frankfurt/M ; Berlin : Ullstein,
1995
(Ullstein-Buch ; Nr. 10759 :
Kriminalroman)
ISBN 3-548-10759-1
NE: GT

WILLIAM WINGATE

Blutbad

Aus dem Englischen
von Rainer Schmidt

Für Wendy

EINS

»Wie würden Sie es finden, wenn die Vereinigten Staaten Obama Okan ermorden ließen?« Michael Tarrant versuchte, sich die Szene im ovalen Zimmer des Weißen Hauses vorzustellen, wenn der Direktor des Zentralen Nachrichtendienstes CIA dem Präsidenten diese Frage stellte.

Der Direktor war in Washington zu einer Konferenz mit dem Präsidenten, dem Außen- und dem Verteidigungsminister und dem Vorsitzenden der Arbeitsgruppe zum Terrorismus. Mike Tarrant saß an einem Holztisch in einem strengbewachten Tiefgeschoß des CIA in der Zentrale dieser Behörde in Langley, Virginia. Bei dem CIA nannte man diesen Teil des Gebäudes »die Grube«. Der Tisch hatte einen Durchmesser von drei Metern und bot Platz für fünfzehn Mitarbeiter, aber Tarrant war allein. Er fragte sich besorgt, wie der Präsident wohl reagieren würde, denn er war es gewesen, der dem Direktor einen großen Teil der Begründungen und Rechtfertigungen für die geplante »Exekutivaktion« geliefert hatte. Da ihm daran lag, unverzüglich zu erfahren, wenn die Konferenz im ovalen Zimmer vorüber wäre, war es nur gut, daß er hier in der Grube saß. Hier verfügte er über die Mittel, sein Verlangen nach Allwissenheit zu stillen.

An der Nordwand der Grube, Tarrant gegenüber, befanden sich fünf Monitore, auf denen die IBM-Computer zig Millionen von Einzelinformationen aufleuchten lassen konnten: Das Wetter in Entebbe, die Namen der KGB-Agenten in der sowjetischen Botschaft in Kabul, die Abflugzeiten für den Heathrow Airport in London, den Aufenthaltsort derjenigen Logistik-Gruppe des CIA, die Kampala am nächsten war, die aktuellen Schätzungen zur rotchinesischen Reis- oder Weizenproduktion oder die Position der sowjetischen Atom-U-Boote in den Weltmeeren nach Längen- und Breitengrad.

Ausgewählte Details aus Tausenden von streng geheimen Informationen, die die Behörde alle vierundzwanzig Stunden aus der ganzen Welt erhielt, sorgten dafür, daß die Computer ständig auf dem neuesten Stand der Dinge blieben. Auch die Daten von Langstreckenkameras, empfindlichen Radiohorchstationen und Satellitenüberwachungssystemen flossen nach Langley. Sie wurden verarbeitet und in die IBM-Datenspeicher eingespeist. Wenn dieser

Informationsstrom einmal nicht ausreichte, konnten die Computer zudem auf ein Aktenverzeichnis von über siebzig Millionen Dokumenten zurückgreifen.

Hinter Tarrant, an der Südwand, zeigten acht Digitaluhren die Ortszeiten von Peking, Moskau, Tokio, Bonn, Paris, London, Washington und Los Angeles an. Er brauchte nur auf ein paar Plastikknöpfe zu drücken, und die Uhren würden ihm sagen, wie spät es in Kampala, in La Paz oder in Leningrad war – oder an jedem beliebigen anderen Ort von Bedeutung.

Weshalb sollten die Vereinigten Staaten dem Diktator eines winzigen, bedeutungslosen Binnenlandes in Zentralafrika ans Leder gehen, würde der Präsident wissen wollen. Stellte Okan tatsächlich eine Bedrohung dar, die groß genug war, die mächtigen Vereinigten Staaten zu veranlassen, ihn zu beseitigen?

Im Herbst 1960 hatten zwei CIA-Männer versucht, den kongolesischen Nationalistenführer Patrice Lumumba zu ermorden. Der CIA war in die Ermordung des Diktators Rafael Trujillo in der Dominikanischen Republik verwickelt gewesen, der im Mai 1961 getötet worden war. Folglich war es auch nicht wichtig, daß Okan der Staatschef eines strategisch bedeutungslosen Landes war. Wichtig war, daß Okan – Geheiminformationen zufolge – bereit war, den Flughafen von Entebbe als Zufluchtsort für Terroristen zu Verfügung zu stellen, die spektakuläre gleichzeitige Anschläge gegen Fluglinien und politische Führer planten.

Zweifellos würde die Tatsache, daß sich unter den potentiellen Geiseln zahlreiche amerikanische Staatsbürger befinden würden, von Gewicht sein. Während das erste Stoßtruppunternehmen in Entebbe ein glänzender Erfolg gewesen war, würde jetzt jeder direkte Angriff auf den Flughafen mit an Sicherheit grenzender Wahrscheinlichkeit in einer totalen Katastrophe enden. Wenn Okan aus dem Rettungsunternehmen in Entebbe auch nur das Geringste gelernt hatte, würden entführte Flugzeuge von Panzern und Schützenfahrzeugen umringt sein, und Hindernisse würden die Landebahn blockieren. Es würde buchstäblich unmöglich sein, hier ohne große Verluste an Menschenleben Geiseln zu befreien. Andererseits hatte Tarrant in einer langen, äsopischen Aktennotiz, die er selbst verfaßt hatte, eine weitere Feststellung getroffen, die auf der Hand lag: »Wenn die USA sich einmal einer Erpressung beugen, wird dergleichen immer wieder geschehen.«

Die Grube war ein fensterloser Raum, und Tarrant starrte, ohne sie wahrzunehmen, auf die zarten Wölkchen von Tabaksqualm, die von seiner Zigarette aufstiegen und langsam nach oben schwebten, um in einem Lüftungsschlitz der Klimaanlage zu verschwinden. Die Zigarette, eine Lucky Strike, hing zwischen Tarrants Lippen, und die grauweiße Asche wurde länger, bog sich und fiel schließlich auf das Revers seines modischen, anthrazitgrauen Anzugs. Tarrant strich mit den Fingerspitzen über den Stoff, um die pulvrige Asche zu entfernen, und die Fingerspitzen hinterließen graue Streifen.

Nachdem auf diese Weise fünf Lucky Strikes verglüht waren, griff er nach einem der neun Telefone, die auf dem schweren Mahagonitisch standen. Das rote Telefon verband ihn auf Knopfdruck direkt mit dem Präsidenten im Weißen Haus. Statt dessen aber drückte Tarrant einen Knopf auf dem blauen Telefon und fragte: »Wo ist der Präsident der Vereinigten Staaten?«

Wenige Augenblicke später erschien die Antwort auf einem der IBM-Monitore: »US-PRÄSIDENT IN KONFERENZ MIT WIRTSCHAFTSMINISTER.«

Die Besprechung mit dem Chef des CIA war also beendet.

Tarrant drückte noch einmal auf den blauen Knopf. »Wo ist der Direktor des CIA?«

»DIR. Centr. Intel. MIT BELL-HELIKOPTER UNTERWEGS ZUR EINSATZZENTRALE CIA, LANGLEY«, druckte der Computer.

Bald also würde Tarrant wissen, ob die Operation der Ermordung Okans, ein Projekt mit dem Codenamen »Schwefel«, zu den Akten gelegt oder durchgeführt werden würde. Obwohl er wußte, daß die Computer zu diesem frühen Zeitpunkt noch nichts davon wissen konnten, stellte Tarrant eine letzte Frage. »Bitte den Status von ›Schwefel‹.«

»›SCHWEFEL‹ IST AKTIV«, antwortete der Computer über den Monitor.

»Aktiv« war das Projekt seit drei Wochen; insofern bot diese Information nichts wesentlich Neues. Immerhin wußte er aber jetzt, daß der Präsident »Schwefel« nicht ohne weiteres abgelehnt hatte . . .

Als der Chef ihn schließlich rufen ließ, geschah dies über das gelbe Telefon. Es summte, Tarrant nahm den Hörer ab, lauschte und sagte, nachdem er seinen Namen genannt hatte: »Ich bin gleich bei Ihnen, Sir.«

Das Seltsame an der »Grube« war die Tatsache, daß es keinerlei direkten Zugang zum Büro des CIA-Chefs gab. Als Tarrant aus dem Lift trat, mußte er den Platz vor dem Haupteingang des CIA-Gebäudes überqueren. Die Novembersonne stand schon dicht über dem Horizont und verströmte ein graues, mattes Licht.

Als er an der Bronzestatue von Nathan Hale vorüberkam, der mit auf den Rücken gebundenen Händen dastand, durchzuckte ihn, wie stets, ein leichter Ärger. Nathan Hale, der erste amerikanische Spion, hatte seine Informationen in seinem Schuh versteckt, wo die Briten sie nach seiner Gefangennahme sofort hatten finden können. Er war zu spät auf Manhattan Island angekommen und hatte deshalb die britische Schlachtordnung nicht mehr ausspionieren können. Hale war ein gescheiterter Agent gewesen, ein hoffnungsloser Versager, und es verdroß Tarrant, daß der CIA gleich vor dem Haupteingang des Hauptgebäudes ausgerechnet sein Abbild aufgestellt hatte.

Tarrant betrat das Foyer, ging an den einunddreißig in die Wand eingemeißelten Sternen vorbei, die für die im Dienst getöteten CIA-Beamten standen, nickte dem Sicherheitsposten zu und näherte sich dem Aufzug.

Oben angekommen, ging er einen langen, geräumigen, hellerleuchteten Gang entlang, in dem Topfpflanzen in regelmäßigen Abständen aufgestellt waren, und gelangte so zum Vorzimmer des CIA-Chefs. Er klopfte leise an die Tür des Direktors, öffnete sie und trat ein.

»Hallo, Mike. Danke, daß Sie so schnell gekommen sind.« Der Direktor saß hinter einem großen Schreibtisch, auf dem mehrere Körbe mit Dokumenten und Papieren lagen. Der größte Teil der Unterlagen trug leuchtend orangegelbe Aufkleber mit der Aufschrift ÄUSSERST DRINGEND!

»Guten Tag, Sir.« Tarrant machte es sich in einem lederbezogenen Sessel bequem. »Wie war die Konferenz?«

»Kurz und allgemein gesagt: Der Präsident meint, eine gute Untergrundoperation könne das Problem in diesem frühen Stadium möglicherweise lösen. Er weiß, daß den großen Ländern zumeist nichts anderes übrigbleibt, als irgendwo am Rande und in den Schatten zu operieren. ›Schwefel‹ lebt noch.«

»Der arme Hund. Anders konnte er nicht optieren.«

»Da irren Sie sich, Mike.« Der Direktor lächelte müde und ohne Heiterkeit. »Er fordert die Möglichkeit, die Operation abblasen zu können, falls *wir* entscheiden, sie durchzuführen.«

Tarrant begriff, was dies bedeutete. »Sie meinen, daß er uns mit unsichtbarer Tinte autorisiert hat?«

»Er hat uns überhaupt nicht autorisiert. Punktum. Aber er hat uns auch nichts verboten. Was immer geschieht – falls jemand Nachforschungen in dieser Sache anstellt, wird er weder Schuld noch Unschuld im Weißen Haus suchen...«

»Und was ist mit uns? Mit dem CIA?« wollte Tarrant wissen.

»Wir werden, wie immer, im guten Glauben handeln, daß alle unsere Unternehmungen die Billigung höchster Stelle besitzen.«

»Das heißt, der Schwarze Peter ist weitergelaufen, als er im Büro des Präsidenten angekommen war?«

»Er ist um seinen Sessel herumgelaufen, ohne auch nur einmal stehenzubleiben. Ein Perpetuum mobile.« Beide lachten gleichzeitig, und jeder wußte, was der andere dachte. Wenn jemals etwas über »Operation Schwefel« in die Öffentlichkeit dränge, würde niemand in der Lage sein, dem CIA oder dem Weißen Haus eindeutige Verantwortung in die Schuhe zu schieben.

Nach sechs Monaten und mit Tausende von Seiten umfassendem Beweismaterial und Dutzenden von Zeugenaussagen hatte erst kürzlich ein Senatsausschuß zur Untersuchung von CIA-Attentatskomplotten seine Arbeit ohne überzeugende Ergebnisse beenden müssen. Unter den Vorwürfen, denen der Ausschuß nachgegangen war, hatten sich angebliche CIA-Verschwörungen befunden, deren Ziel die Ermordung Lumumbas, Trujillos, Fidel Castros, des südvietnamesischen Präsidenten Ngo Dinh Diem und des Haitianers Duvalier gewesen war – der letztere ein bösartiger Diktator vom Schlage Okans.

Der Untersuchungsausschuß konnte nichts weiter sagen, als daß »die Vereinigten Staaten an mehreren Mordkomplotten beteiligt gewesen zu sein schienen«, aber in keinem Falle hatte er nachweisen können, daß ein Präsident der Vereinigten Staaten die Ermordung eines Menschen genehmigt hätte, und jede Beteiligung des CIA an irgendwelchen Operationen hatte stets mit »Billigung von höchster Stelle« stattgefunden.

»Wie hat das Weiße Haus es diesmal gemacht?« fragte Tarrant.

»Nun, im Grunde redete der Präsident von einer zweigleisigen Operation. Gleis eins ist das diplomatische und wirtschaftspolitische Gleis. Hier arbeiten wir mit dem Außenministerium zusammen. Übrigens, Fackman hat sich heftig für eine Aktion gegen Okan ausgesprochen.«

»Tatsächlich?« Josph Fackman war der Außenminister der Vereinigten Staaten.

»Ja. Sprach in seiner gelackten Art von dem wachsenden Einfluß der Sowjets in Ost- und Zentralafrika. Per saldo war er eher dafür, Okan zu eliminieren, als dagegen. Was den Terrorismusaspekt betrifft, so beschrieb er Okan als ›wandelnde Zeitbombe‹. Machte ein paar Witze über seine eigenen Befürchtungen.«

»War jemand dagegen?«

»Der Chef des Generalstabs war anti. Sehr sogar. Er sah ein gewaltiges Potential für internationale ›Schmach und Schande‹, falls irgend etwas bös danebengeht. Außerdem machte er sich Sorgen um Stützpunkte der Vereinigten Staaten in anderen Teilen der Welt.«

»Und um seinen Job.« Tarrant lachte. »Vielleicht ist ihm aufgefallen, daß wir allesamt zum Abschuß freigegeben sind – bis auf ihn.« Tarrant spielte auf die Tatsache an, daß der Präsident die Wahlen im November verloren hatte und deshalb zusammen mit seinem Kabinett und anderen führenden Personen der Administration im Januar sein Amt niederlegen würde.

»Okay, Gleis eins ist also das diplomatische und wirtschaftspolitische. Was ist Gleis zwei?« fragte er den Direktor.

»Na ja, also das hat der Präsident nicht so genau gesagt.« Wieder lachten beide.

»Das heißt, Gleis zwei war ein Euphemismus für ›Schwefel‹?«

»Nein, genaugenommen nicht. Was immer es war – Gleis zwei war eine zweite Möglichkeit, ganz für sich allein. Wenn Gleis eins nicht funktioniert – und ich habe darauf hingeweisen, daß die Zeit für diplomatische und wirtschaftliche Maßnahmen recht knapp ist –, dann wird Gleis zwei zum Erfolg führen müssen. Und, wie der Präsident es formulierte: ›Gleis zwei überlasse ich Ihnen.‹«

»Nett.«

»Sehr.«

»Ich halte Gleis zwei für die einzige Möglichkeit«, meinte Tarrant.

»Ja. Wahrscheinlich wird es am Ende darauf hinauslaufen.«

»Es wird einen Bürgerkrieg geben. Eine Menge Leute können dabei ums Leben kommen. Weiß der Präsident das?«

»Ja, ich nehme an, er weiß es. Aber er möchte, daß wir es ohne großes Blutvergießen erledigen.« Die beiden Männer lachten noch einmal.

»Wir sind also nicht autorisiert...«

»...aber wir sollten uns verdammt noch mal drum kümmern«, vollendete der Direktor. »Außerdem wollte der Präsident wissen, in was für einem Zustand die Behörde sich gegenwärtig befindet.«

Tarrant interpretierte den Direktor so, daß der Präsident auf die Nachwehen der mehr als ein Jahr lang andauernden, feindseligen Untersuchungen durch Kongreß- und Senatsausschüsse angespielt habe. Die Nachforschungen, die der Kongreß angestellt hatte, waren zunächst für den CIA ungünstig verlaufen, aber nach einer Weile waren sie partisanenhaft und opportunistisch geführt worden, und zwar so sehr, daß sie sich schließlich zu einem Bumerang entwickelt hatten.

»Ich nehme an, Sie haben ihm geantwortet, daß wir wieder in Topform sind«, sagte Tarrant.

»Das habe ich gesagt. Er brauche sich um unser Image in Mittelamerika keine Sorgen zu machen. Es gebe keine Kampagne gegen starke Geheimdiensttätigkeit mehr. Die Rekrutierung von Collegeabsolventen habe wieder zugenommen, ebenso wie die Qualität der Rekruten. Ich habe ihm gesagt, ich redete nur ungern so über den Kongreß, aber ich sei der Meinung, wir hätten zu hoch gewonnen.«

»Wahrscheinlich haben Sie das wirklich gesagt.«

»Am Schluß erklärte der Präsident: ›Ich blase die Operation Schwefel nicht ab. Das müssen Sie bei dem CIA übernehmen.‹ Er hat also nicht ja gesagt, und er hat auch nicht nein gesagt. Aber es klang mehr wie ja als wie nein.«

Die große Gestalt des Direktors erhob sich hinter dem Schreibtisch. Er zog an einer Schnur und öffnete die blauen Damastvorhänge vor dem Südfenster. Der letzte Rest des abendlichen Novemberlichtes drang unter den hellen Leuchtstofflampen unter der Decke kaum noch ins Zimmer.

»Wenn wir uns auf Gleis zwei bewegen, Mike, dann muß Okan rasch ausgeschaltet werden. Und sauber«, fügte er nüchtern hinzu.

»Wir arbeiten schon daran, Sir.«

»Wollen Sie immer noch diesen bulgarischen Überläufer einsetzen, diesen Yazov?«

»Er ist der Beste, der mir einfällt.«

»Wahrscheinlich.« Der Direktor wußte, daß Yazov wohl der Beste war, den sie hatten. Zwei Jahre zuvor hatte er fünfzehn Männer des bulgarischen MGB in der Zentrale dieses Geheimdienstes in der Brzinastraße in Sofia umgebracht und das Gebäude in die Luft gejagt. Er hatte aber auch in verschiedenen Gegenden der Welt ein paar CIA-Agenten getötet. »Wahrscheinlich«, wiederholte der Direktor.

»Das heißt, wenn er es übernimmt«, antwortete Tarrant.

Der Direktor wandte sich rasch vom Fenster ab und sah ihn an. »Haben Sie Schwierigkeiten, Mike?«

»Er will aussteigen. Findet, er hätte es verdient, als Doppel- oder Dreifachagent. Er will sich zur Ruhe setzen. Vielleicht werden wir mit ihm fertig, vielleicht nicht.«

»Haben Sie jemanden in Reserve für den Fall, daß Sie nicht mit ihm fertig werden?«

»Jawohl, Sir. Wir haben eine Liste mit einem halben Dutzend Leuten, die es tun können. Aber keiner von ihnen hat Yazovs Klasse.«

»Für Gleis zwei brauchen wir den besten Mann, Mike.«

»Dessen bin ich mir bewußt, Sir.«

»Gut.« Der Direktor streckte die Hand aus, und als Tarrant sie ergriff, fühlte er die Schwielen. Der Direktor schüttelte ständig irgendwelche Hände – die Hände von Politikern, Regierungsbeamten, Nachrichtendienstleuten.

Auf dem Weg zur Tür fragte Tarrant: »Was hat den Präsidenten eigentlich am meisten beeindruckt, Sir?«

»Abgesehen von unserer eigenen Arbeit gefiel ihm die der Israelis am besten. Denken Sie daran, Tel Aviv hatte recht mit der Vermutung, die Verweigerungsfront plane, eine SAM 7 gegen einen *El-Al*-Flug aus Nairobi einzusetzen. Über den Anschlag auf Hussein in Rabat im Jahre 1974 waren sie vorher informiert, und über eine Reihe von anderen Dingen ebenfalls. Zweifellos hat die Mossad die Front bis in die höchsten Ränge infiltriert.«

»Daß wir keine Details kennen, hat ihn nicht beunruhigt?«

»Nicht besonders. Es ist ja verständlich, daß wir nur in groben

Zügen Bescheid wissen. Aber er hat sich nach unseren Fristen erkundigt, und ich habe ihm gesagt, daß wir es etwa vier bis sechs Wochen vorher wüßten, wenn eine große Sache bevorsteht. Stimmt das noch?«

»Eher vier Wochen.«

»Und es gibt noch keinen Hinweis darauf, daß unsere Informationen nicht stimmen? Ich meine, Sie würden immer noch alles darauf wetten, daß Okan es darauf anlegt, sich mit den Terroristen zu verbünden?«

»Ich habe nie gesagt, daß ich alles darauf wetten würde, Sir. Ich habe gesagt, ich würde eine Menge darauf wetten. Eine ganze Menge.«

»Aber nicht alles?« Der Direktor grinste sardonisch.

»Eine ganze Menge«, wiederholte Tarrant gleichmütig.

Maike Tarrant hätte sich keine Sorgen zu machen brauchen. Er hätte bedenkenlos alles darauf setzen können.

In gewisser Weise hätte es ihn beruhigt, wenn er gewußt hätte, daß, während er mit dem Direktor sprach, tief im Süden Libyens Männer und ein paar Frauen mit ungarischen AMD feuerten und Granatwerferangriffe übten und daß diese Leute ihre Nachtkampfausbildung in roh zusammengezimmerten Imitationen von Hotelkorridoren und einem etwas geräumigeren Konferenzraum absolvierten. »Folgt euren Befehlen, und zwar immer«, bellte eine Frauenstimme aus einem Megaphon. »Tut nicht mehr, als was man euch befiehlt. Tut auch nicht weniger. Tut genau das, was ich sage, und tut es, wenn ich es sage. Jeder, der das nicht kann, hat nichts verloren im Kommando Marighella.«

Es gab ein Kommando Meinhof, ein Kommando Badawi und ein Kommando Marighella.

Um ihre Ausbildung zu vervollständigen, hielten andere junge Männer und Frauen sich im umkämpften Beirut auf; sie lagen im Kugelhagel und feuerten selbst Salve um Salve.

Wieder andere Gruppen, im Irak, in Jemen und in Algerien, schliefen oder brüteten über perfekten, einfachen Geheimschriften oder dem Morsealphabet, beschäftigten sich mit Kartenlesen und Navigation oder prägten sich Luftkarten, Flugpläne und die Details der komplizierten, instrumentenbefrachteten Cockpits der Boeing 707 und 747 ein, die sie auf stark vergrößerten Fotografien vor sich sahen.

»Ihr müßt euch jederzeit orientieren können, müßt immer wissen, welchen Kurs ihr dem Kapitän anzugeben habt. Ihr müßt immer sicher sein, daß er dahin fliegt, wohin ihr wollt«, hatte die Frau mit dem Megaphon ihnen erklärt.

Seit Wochen schon machten sich die Terroristenrekruten mit der ungarischen AMD und dem tschechischen Modell 61, zwei Maschinenpistolen, vertraut. Bald würde man diejenigen, die sich in den jeweiligen Fächern als die besten erwiesen hatten, auswählen. Wenn alle Tests vorüber wären, würden neunzehn von zwanzig eliminiert sein, aber noch immer würde es genug Männer und Frauen für die geplanten Aufgaben geben.

Tarrant hätte nicht so zurückhaltend wetten müssen, denn die Bedrohungen waren real genug. Hätte er die ganze Tragweite, die Details der Vorbereitungen gekannt, die jenseits des Atlantiks bereits im Gange waren, dann hätte er es vielleicht aufgegeben, Ivan Yazov überreden zu wollen, und sich statt dessen nach einem anderen Killer für »Schwefel« umgesehen. Denn wenn Tarrant die »Operation Schwefel« nicht bald in Gang brächte, würde er keine Zeit mehr haben.

ZWEI

Der Mann, den Tarrant dazu bewegen wollte, Obama Okan zu töten, war zwei Jahre zuvor in Paris zu den Vereinigten Staaten übergelaufen. Niemand war absolut sicher, aber man glaubte allgemein, daß er bulgarischer Herkunft sei und Ivan Yazov heiße, aber ob dies immer so gewesen war, wußte man nicht so genau. Man schätzte, daß Yazov Ende Dreißig oder Anfang Vierzig sei.

Strenggenommen war es nicht korrekt, Ivan Yazov als Überläufer zu bezeichnen, denn ein paar Jahre lang hatte der CIA ihn als Doppelagenten eingesetzt; Yazov war immerhin Oberst beim bulgarischen MBG und schon insofern äußerst wertvoll gewesen. Tatsächlich hatten Yazovs präzise voneinander abgegrenzten Loyalitäten in seinem Dasein als Doppelagent des CIA nicht ihre Erfüllung gefunden. Irgendwann war durchgesickert, daß er außerdem auch noch für das KGB tätig war, und daraufhin war er in Paris »übergelaufen«.

Niemand hätte mit sonderlich großer Zuversicht zu sagen vermocht, wem Ivan Yazov zu einem bestimmten Zeitpunkt gerade treu ergeben war. Er war ein Geheimnis, und er blieb eines, trotz aller Vernehmungen, trotz langer Verhörsitzungen, psychiatrischer Untersuchungen und Befragungen mit dem Polygraphen.

Gleich nachdem Yazov in einem Jet der Air Force aus Paris angekommen war, hatten die Untersuchungen begonnen. Ohne jede Ablenkung – mit Ausnahme einer Flasche eisgekühltem *Stolovaya*-Wodka, die über Sojuzplodimport aus Moskau gekommen war – hatte der Bulgare während der ermüdenden ersten Sitzungen acht bis zwölf Stunden täglich in Vernehmungen und Kreuzverhören zugebracht. Kaum eine Woche war nach seinem Überlaufen in Paris vergangen, als der CIA bereits seine gesamte Spionenkarriere minuziös durchforscht hatte. Dann hatten die Polygraphien begonnen.

In den zwei Jahren nach seinem Überlaufen hatte man Yazov wiederholten Tests mit dem Polygraphen unterzogen. Der CIA pflegte solche Tests routinemäßig durchzuführen, vor allem mit Überläufern von kommunistischen Geheimdiensten.

Jetzt, einen Tag nach Tarrants Besprechung mit dem CIA-Chef, saß Ivan Yazov in einem schwarzen Ledersessel in einem kleinen Raum des CIA-Sicherheitsbüros. Er war nicht allein. Hinter ihm saß ein frisch aussehender junger Mann und stellte ihm Fragen. Wieder einmal unterzog man den Mann, der zu verschiedenen Zeiten für oder gegen den bulgarischen MGB, das russische KGB und den amerikanische CIA gearbeitet hatte, einem Test mit dem sogenannten Lügendetektor.

Die Stille zwischen Fragen und Antworten wurde durch das vertraute, kaum hörbare Kratzen der drei Stifte auf dem langsam vorwärtsgleitenden Graphpapier durchbrochen. Jeder dieser Stifte war elektronisch mit einer Manschette, einem Schlauch und einer Elektrode verbunden, an die man Yazov angeschlossen hatte, und auf diese Weise zeichnete jeder der Stifte die Veränderungen in Pulsfrequenz und Blutdruck, Atemgeschwindigkeit und der Schweißabsonderung seiner Fingerspitzen auf. Nach Yazovs Reaktionen auf die Fragen zeichneten die Stifte ihre Kurven und registrierten so jede physiologische Veränderung.

Theoretisch konnte ein geübter Deuter solcher Polygramme feststellen, ob der Mann im Sessel wahrheitsgemäß antwortete oder ob er log.

Yazov saß ruhig da und starrte vor sich auf die weiße, kahle Wand. Der Vernehmungsbeamte leierte seine Fragen mit flacher, monotoner Stimme herunter. Jede der Fragen sollte der Bulgare mit einem schlichten »Ja« oder »Nein« beantworten.

»Waren Sie jemals Kommunist?«

»Ja.«

»Sind Sie heute noch für den Kommunismus?«

»Nein.«

»Arbeiten Sie noch für einen kommunistischen Geheimdienst?«

»Nein.«

Es war eine beständige Sorge des CIA, Yazov könne möglicherweise ein besonders gefährlicher kommunistischer Agent sein, der zu einer komplexen Verschwörung mit dem Ziel, die Vereinigten Staaten an der Nase herumzuführen, gehörte.

»Würden Sie jemals wieder für einen kommunistischen Geheimdienst arbeiten?«

»Nein.«

»Hat man Sie jemals angewiesen, den CIA zu infiltrieren?«

»Nein.«

Vor einem »Überläufer«, der in Wirklichkeit die ganze Zeit über ein kommunistischer Spion gewesen war, fürchtete der CIA sich mehr als vor allem anderen.

»Haben Sie bei einer Vernehmung oder einem Verhör jemals gelogen?«

»Nein, nicht mit Bewußtsein.«

»Sagen Sie einfach ›ja‹ oder ›nein‹, nicht mehr. Fügen Sie nichts hinzu. Bitte erläutern Sie nichts.« Ein gereizter Unterton schlich sich in die Stimme des jungen Mannes, als er hinzufügte: »Ich wette, inzwischen wissen Sie das alles selbst.«

Ivan Yazov ließ die Monate der Vernehmungen und Polygraphiebefragungen in Gedanken an sich vorüberziehen. Ja, er wußte es. Sie hatten so gut wie alles von ihm erfahren wollen, sogar frivolen Tratsch über andere kommunistische Agenten: Einzelheiten über ihr Sexualleben, ihre Gehälter, ihre Trinkgewohnheiten, ihren Bekleidungsstil und ihre kulinarischen Vorlieben. Alles.

»Haben Sie jemals homosexuelle Praktiken geübt?«

Der Bulgare spürte, wie seine Hand unter der Elektrode feucht wurde.

»Nein«, antwortete er.

Die ersten Verhöre hatten in Brushy Hill in Maryland stattgefunden, auf einem Zweihundertfünfzigmorgenanwesen etwa zwanzig Meilen weit von Washington entfernt. Hier hatte der Bulgare, ständig unter schwerer Bewachung, in einem Zimmer in einem alten steinernen Herrenhaus gewohnt. Nachdem man ihm schließlich gestattet hatte, auf dem Gelände spazierenzugehen, hatte er die hohen Zäune gesehen, die Wachtposten an den Toren und die furchteinflößenden Schäferhundpatrouillen rings um das Grundstück.

Es war genau der richtige Ort für die ruhige, ungestörte Vernehmung von Spionen und Überläufern gewesen.

»Haben Sie Ihre Erklärung aus freien Stücken unterschrieben?« Diese Frage bezog sich auf einige Papiere, die auf dem Tisch neben Yazov lagen. Jedesmal, wenn der Bulgare sich einem Lügendetektortest unterzog, forderte der CIA ihn auf, diese Papiere zu unterschreiben; damit gab er seine Zustimmung zu der Polygraphiebefragung und erklärte sich einverstanden, die Behörde wegen der Verletzung seiner Privatsphäre nicht zur Rechenschaft zu ziehen.

»Nein.«

Seit seinem Überlaufen in Paris war Yazov in sechzehn Monaten durchschnittlich zweimal monatlich polygraphiert worden; dabei hatte man ihn aber während der letzten vier dieser sechzehn Monate nur insgesamt dreimal getestet. In gewisser Weise war dies ein Fortschritt. Es ließ erkennen, daß der Status des Überläufers sich veränderte: Man bereitete ihn auf die Ansiedlung in den Vereinigten Staaten vor. Nachdem der CIA sich vergewissert hatte, daß sie dem Bulgaren alle nützlichen Informationen entlockt hatte, mußte sie ihm in Amerika ein Plätzchen zur Verfügung stellen. Man würde Yazov irgendwo in den Vereinigten Staaten ansiedeln, wo er vor Repressalien des KGB sicher wäre. Und so hatte ein Eingliederungsteam des CIA die Verhörspezialisten abgelöst, um zusammen mit dem Überläufer eine neue Identität zu entwerfen, die es Yazov gestatten würde, im breiten Strom des Alltagslebens unterzutauchen.

»Sie haben Menschen getötet?«

»Ja.«

»Sie haben mehr als fünf Menschen getötet?«

»Ja.«

Das Szenario war vertraut, und die Elektroden in seinen Handflächen waren schlüpfriger als je zuvor.

Die Monate der Vorbereitungen hatten mit dem Besuch eines berühmten Gesichtschirurgen begonnen, der nach Brushy Hill gekommen war, um Yazovs Züge zu studieren. Ein paar Wochen später hatte der Chirurg ihn operiert, ihm ein neues Gesicht gegeben und den CIA ungefragt wissen lassen, daß der Bulgare sich seiner fachmännischen Meinung nach nicht zum erstenmal einer kosmetischen Operation unterzogen habe.

Noch während Yazov sich in einem mit dem CIA kooperierenden Krankenhaus erholt hatte, war ein Mitarbeiter des Eingliederungsteams erschienen. Er hatte einen weißen Ordner mitgebracht, der in säuberlichen Prägebuchstaben die Aufschrift »Hardacre« getragen hatte. Beim Durchblättern der mehr als fünfzig großformatigen Seiten in dem Ordner hatte Yazov die Einzelheiten des Lebens einer fiktiven Person namens John Hardacre gefunden. Dies hatte seine neue Identität sein sollen: Ein Mann, der in früher Kindheit verwaist war und der einen großen Teil seines Arbeitslebens auf den Bohrplattformen im Persischen Golf und in der Nordsee verbracht hatte. Es war von lebenswichtiger Bedeutung gewesen, jedes Detail auswendig zu lernen, und schon nach wenigen Monaten hatte der Bulgare eine ganze Menge über die Alltagspraxis auf einer Ölbohrplattform gewußt. In den Wochen vor der bevorstehenden Ansiedlung hatte der Mann, den man John Hardacre nannte, sogar zweimal vorübergehend auf Forschungsplattformen der Exxon und der BP gearbeitet – einmal in der sengenden Hitze vor Saudi-Arabien und einmal in der stürmischen See südwestlich von Norwegen.

»Mehr als fünfzehn Menschen? Haben Sie mehr als fünfzehn getötet?«

»Ja.«

Die Einsätze bei den Explorationsbohrungen waren ein großer Erfolg gewesen, denn keinem der Kollegen des Bulgaren – Männer, mit denen er dreihundert Pfund schwere Rohrstücke geschleppt und Hundertpfundsäcke mit Chemieschlamm gestapelt hatte – wäre es in den Sinn gekommen, daß John Hardacre etwas anderes als ein alter Hase sein könnte.

Wo sollte der CIA ihn ansiedeln? Sie brauchten eine Gegend, in der das KGB ihn nicht so leicht würde erreichen können. Sie hatten sich mit Yazov beraten und dann Spencer in Iowa ausgesucht.

Spencer war eine Kleinstadt im Mittelwesten, und es bot eine ganze Reihe von Vorteilen, einschließlich der Tatsache, daß Harvey Tyler sich hier niedergelassen hatte.

Harvey Tyler hatte früher einmal als Wachmann und Hundeführer bei dem CIA gearbeitet. Er war über sechzig, nicht mehr jung also, aber genau die Sorte Angestellter, an die der CIA sich wendete, wenn er Hilfe beim Ansiedeln von Überläufern benötigte. Es war nur verständlich, daß die Behörde es nach Möglichkeit vorzog, einen eigenen Mann an Ort und Stelle zu wissen, der die Situation im Auge behalten und vor unerwünschten Entwicklungen warnen konnte. Dem CIA war daran gelegen, rasch informiert zu werden, wenn Überläufer beim Eingewöhnen in ein neues Leben von seelischen Depressionen ergriffen wurden. Depressive Überläufer konnten aus naheliegenden Gründen gefährlich werden. Da er die wahre Identität des Überläufers kannte, war ein Mann wie Harvey Tyler einer der wenigen Menschen, die Mitgefühl und Verständnis für seine Situation aufbringen konnten. Außerdem konnte er da weiterarbeiten, wo der Polygraph aufgehört hatte, und mit seinen begrenzten Mitteln die Möglichkeit überwachen, daß der Überläufer vielleicht *doch* ein kommunistischer Spion war.

Kurz gesagt, ein Mann wie Harvey Tyler war für ein gutes Wiedereingliederungsprogramm des CIA unentbehrlich.

»Sie haben mehr als zwanzig Menschen getötet?«

Yazov glaubte nicht, daß der CIA über mehr als achtzehn Bescheid wußte, also verneinte er die Frage.

»Es macht Ihnen Spaß, Menschen zu töten?«

»Nein.«

»Wenn es sein müßte, könnten Sie es noch einmal tun?«

»Ja.«

»Sie haben in den vorhergegangenen Tests immer alle Fragen wahrheitsgemäß beantwortet?«

»Nein.« Der Bulgare erinnerte sich an ein paar offenkundige Unwahrheiten, an Lügen, von denen der CIA zweifellos wußte. Es wäre dumm gewesen, beharrlich zu behaupten, er habe stets die Wahrheit gesagt, und weil es so war, gab er seine Verfehlungen zu.

»Sie könnten im Rahmen eines legalen Auftrags für die Vereinigten Staaten töten?«

»Nein, nicht wieder. Nicht wieder töten.«

»Bitte sagen Sie nur ›ja‹ oder ›nein‹. Erläutern Sie nichts.

Womöglich werden wir den gesamten Test wiederholen müssen.« Wieder schwang Ärger in der Stimme des jungen Mannes.

»Es tut mir leid.«

»Das sollte es auch. Das sollte es wirklich.«

Wenn es möglich war, stellte der CIA Überläufer gern in ihre Dienste. Yazov kannte diese Politik. Manchmal gab man ihnen einen Job als Übersetzer, als Analytiker, ja sogar als Verhörspezialist. Beinahe vom Tage seines Überlaufens an hatte der CIA dem Bulgaren mit seinem Spezialgebiet in den Ohren gelegen, mit dem Töten von Menschen.

»Leiden Sie Gewissensqualen, weil Sie getötet haben?«

»Ja.« Das stimmte natürlich nicht. Er fühlte kein wirkliches Bedauern, keine Reue. An die letzten paar Morde konnte er sich erinnern, die anderen waren nur noch vage Schatten in seinem Gedächtnis. Manchmal entsann er sich an einen Ort oder einen Namen, vielleicht an ein Gesicht oder an eine bestimmte Waffe. Aber die meisten Details hatten sich verflüchtigt. Deshalb war er so gut gewesen: Das Töten hatte so wenig bedeutet.

»Töten Sie gern?«

»Nein.«

»Haben Sie alle Fragen wahrheitsgemäß beantwortet?«

»Ja.«

Hinter sich hörte Yazov leises Rascheln von Papier, als der Interviewer den langen Polygraphenausdruck zusammenfaltete. Ein Klicken signalisierte, daß der Polygraph nicht länger in Betrieb war, eine Tatsache, die dadurch bestätigt wurde, daß die Stifte nicht mehr auf dem Papier kratzten. Yazov hörte, wie das Papier knisterte, als der Befrager den langen Bogen aus dem Gerät zog und die Aufzeichnungen betrachtete.

»Woran dachten Sie, als ich Sie fragte, ob Sie gern töten?« wollte der junge Mann wissen.

»An nichts Besonderes.«

Wieder trat Stille ein, die nur durch das Rascheln des Papiers zwischen den Fingern des Interviewers unterbrochen wurde. Dann sagte der junge Mann: »Hören Sie, wir werden das Ganze noch einmal machen müssen.«

»In Ordnung.«

»Vielleicht finden Sie das in Ordnung, aber ich nicht. Ich möchte nach Hause. Also tun Sie mir den Gefallen und sparen Sie sich jede

Erläuterung. Schreiben Sie eine Aktennotiz, wenn Sie es sich nicht verkneifen können. Aber ich will nichts als ein einfaches ›Ja‹ oder ›Nein‹. Ist das klar?«

»Ja.«

»Das freut mich. Okay, fangen wir an.«

»Von mir aus.«

»Ihr Name ist Ivan Yazov?«

»Ja.«

»Sie sind in Sofia, Bulgarien, geboren?«

»Ja.«

»Sie sind einundvierzig Jahre alt?«

»Ja.«

»Ihre Eltern und Geschwister sind verstorben?«

»Ja.«

Yazov streckte die Muskeln in seinem Nacken, um die Anspannung zu lösen, und dann hob er den Kopf und zählte die Dämmplatten in der weißen Decke. Er vermutete, daß sie ihn beobachteten. Wenn sie professionell arbeiteten – und das taten sie –, würden sie ihn beobachten, während er hier in diesem Stuhl saß. Er fragte sich, hinter welcher Platte das Sichtgerät sitzen mochte. Wenn das Bild nicht ein wenig schief sein sollte, müßte es die Dämmplatte direkt vor ihm sein, die sechste von der Decke an abwärts.

Yazovas Vermutung war zutreffend, und in technischer Hinsicht war das Verfahren des CIA einfach genug. In einem der kleinen schwarzen Löcher in einer Akustikplatte vor dem schwarzen Ledersessel war ein dünnes Bündel von optischen Glasfasern verborgen. In diesen Fasern legte das Licht ein paar hundert Meter zurück, es wechselte ein paarmal die Richtung und überwand zwei Stockwerke und projizierte schließlich Yazovs Bilder auf einen Bildschirm in Tarrants Büro. Tarrant und ein CIA-Manager namens Arnie Kruger saßen davor und schauten zu.

Um die Befragung besser hören zu können, hatte Tarrant seine drei Telefone umgestellt, und statt eines Summtons signalisierten jetzt Blinklampen an den Telefonen, wenn ein Anruf hereinkam. Obgleich zwei der Telefone blinkten, machte Tarrant keine Anstalten, aufzustehen. Er blieb an seinem lederbezogenen Schreibtisch sitzen und schaute auf den Monitor.

»Ich glaube, Sie hatten ein kleines Problem mit der Anzahl der

Menschen, die Sie getötet haben«, hörte Tarrant den Polygraphieexperten sagen, während dieser mit der Spitze seines Bleistifts auf die Kurve klopfte. »Wenn Sie wieder Schwierigkeiten haben, versuchen Sie sich zu erinnern, was Sie gedacht haben, wenn wir später noch einmal alles durchgehen.«

»Okay, ich werd's versuchen«, antwortete Yazov.

»Haben Sie jemals Regierungseigentum gestohlen, in Bulgarien oder in Rußland?« begann der Polygraphieexperte von neuem.

»Ja.«

»Haben Sie jemals Regierungseigentum mit Ausnahme von Kugelschreibern, Bleistiften oder Büromaterial gestohlen?«

»Nein.«

Die beiden CIA-Manager hatten dem Test, der zwei Stockwerke unter ihnen vonstatten ging, mit Aufmerksamkeit und Interesse zugeschaut. Ein müdes Lächeln huschte um Tarrants Lippen, bevor er sprach. »Dieser Halunke – wir wissen nicht einmal genau, wie viele er umgebracht hat. Vielleicht ist er dem Kasten über.«

Arnie Krugers Konzentration war gestört. Er wandte sich von dem Monitor ab und meinte: »Es sieht so aus, Mr. Tarrant.«

»Amerikaner zu polygraphieren ist überhaupt kein Problem. Dieselbe Kultur, derselbe allgemeine Background. Aber Osteuropäer zu testen ist etwas völlig anderes. Sie sind zu emotional.«

»Das habe ich gelesen, Sir.« Kruger klopfte mit seiner Zigarettenschachtel auf die Tischkante, bevor er weiterredete. »Aber dieser Bursche wirkt überhaupt nicht emotional. Er macht eher einen gegenteiligen Eindruck.«

»Ja, ich glaube, das stimmt, Arnie. Vielleicht macht er dem Polygraphen aus anderen Gründen etwas vor. Aber Sie haben da den Finger auf etwas anderes gelegt. Wir könnten ihn gebrauchen. Die besten Killer sind diejenigen, die bei der Arbeit so aufgeregt sind wie beim Geschirrspülen.«

Das stimmte, dachte Kruger bei sich. Wahrscheinlich hatte Tarrant recht. Als die Polygraphiesitzung begonnen hatte, war an dem Mann in dem Ledersessel nichts Auffälliges zu bemerken gewesen. Kruger reagierte erst auf die Frage zu Yazovs homosexuellen Erfahrungen. Der Bulgare hatte nichts weiter gesagt als ein schlichtes »Nein«, aber in seiner Haltung hatte etwas Undefinierbares gelegen, das Kruger aufgefallen war. Von diesem Augenblick an hatte er den Bildschirm noch aufmerksamer beobachtet, und er hatte die Gefahr gespürt, die in der gelassenen, entspannten Weise lag, mit der Yazov bohrende, bösartige Fragen beantwortete. Der Mann, der da verhört wurde, hatte irgendwie gelangweilt und gleichgültig gewirkt. Aber noch in dieser lockeren, sorglosen Unbekümmertheit ahnte man die blitzende Klinge, die flache, harte Hand. Yazovs Lässigkeit war die eines innerlich angespannten Mannes, dessen Handflächen schweißnaß waren.

Und Arnie Kruger hatte noch andere leise Regungen gespürt ... in sich selbst. Er wußte nicht genau, ob er diesen Mann mehr fürchtete oder mehr von ihm angezogen wurde. Beide Gefühle waren da, und sie vermischten sich in seinem Inneren.

»Da kommt etwas auf uns zu. Wir brauchen diesen Halunken«, sagte Tarrant und durchbrach seine Gedanken ein zweitesmal.

»Wenn Sie einen Killer brauchen – ich bin beeindruckt. Er hat ein fabelhaftes Register. Fabelhaft.«

»Er könnte den schnellen, sauberen Mord besorgen, den wir brauchen, Arnie. Ein Mord erfordert eine gewisse Kunstfertigkeit, und er ist ein Künstler.«

»Aber er möchte lieber in aller Ruhe in Spencer, Iowa, leben?« meinte Kruger.

»Behauptet er. Ich bin nicht sicher. Ich bin bei diesem Knaben eigentlich in keiner Hinsicht wirklich sicher. Meine Intuition sagt mir, ich soll ihn vor einen führerlosen Lastwagen schubsen ...«

»Und den Russen damit eine Menge Ärger ersparen. Und dem amerikanischen Steuerzahler die Ansiedlungskosten.«

»Ihnen würde es auch einiges an Plagen ersparen, Arnie.« Tarrant lächelte wissend. »Einiges an emotionalem Streß. Ich habe gesehen, wie Sie ihn beobachtet haben. Ich möchte nicht, daß Sie sich verlieben ... wieder mal.«

»Ich bin nur ein Hundeführer, Sir. Ich liebe niemanden außer den CIA.«

»Der beste Hundeführer in der Branche, Arnie. Deshalb sind Sie hier.«

Wahrscheinlich, so dachte Arnie Kruger, war er wirklich der beste »Hundeführer« in der Branche. Tarrant hatte recht gehabt, als er ihn beauftragt hatte, Yazovs Ansiedlung zu beaufsichtigen. Er – Kruger – besaß die dazu notwendigen Qualifikationen, daran konnte es keinen Zweifel geben: Er war Psychiater, ehemals praktizierender katholischer Priester und außerdem Meisterspion. Kruger schätzte, daß seine Homosexualität, die Tatsache, daß er einer der wenigen bekannten Schwulen im Dienste des CIA war, gleichfalls nützlich war.

Kruger war brillant, wenn es darum ging, Freundschaften zu schließen, er war verständnisvoll und hilfsbereit. Ständig manipulierte er seine Beziehungen zum Nutzen des CIA, und wenn das Ende kam und ein Agent nicht länger gebraucht wurde, dann war Arnie Kruger ein Experte auch im Trennen...

»Ich weiß nicht genau, was wir mit ihm anstellen werden, Arnie. Ich würde ihn gern umdrehen, damit er in der Sache, die da auf uns zukommt, für uns arbeitet. Aber die Zeit ist gegen uns. Vielleicht können Sie ihn später für irgend etwas anderes umdrehen. Irgendwann brauchen wir solche Typen immer.«

»Wann werden Sie ihn brauchen?«

»In vier, fünf Wochen.«

»Zu knapp.«

»Zweifellos. Wir betrachten ihn als Reserve, es sei denn, ich könnte ihn heute im direkten Gespräch überzeugen. Aber wichtig ist auch, daß wir ihn von einem erneuten Überlaufen abhalten, falls er anfängt, sich einsam zu fühlen. Ich weiß es nicht. Der Kerl ist mir ein Rätsel. Wir können ihn nicht für alle Zeiten einsperren, aber wir können auch nicht riskieren, daß er zur anderen Seite übergeht...«

»Das leuchtet ein...«

»Es ist alles ein wenig... unklar. Ich hoffe, daß Sie es so verstehen. Der CIA betrachtet die Angelegenheit mit gemischten Gefühlen. Wir haben kein besonderes Interesse daran, daß er lebt, wenn wir ihn nicht einsetzen können. Wir wollen aber auch nicht, daß er stirbt.«

»Klar – nicht, wenn Sie wollen, daß noch andere Leute überlaufen.«

»Das Problem bei diesen Überläufen ist, daß sie ihre Nützlichkeit überleben...«

»... und dann werden sie teuer, schrullig, frech oder gar gefährlich. Aber wie man weiß, Sir: Sie würden nur ungern auf diese Leute verzichten, nicht wahr?«

»Wie ich schon sagte, Arnie – wenn jeder glauben würde, daß es wirklich ein simpler, führerloser Lastwagen gewesen ist, würde ich ihn nächste Woche losrollen lassen. Aber wie die Dinge liegen, muß ich Sie einsetzen.«

»Ich kann sehen, was Sie meinen. Nicht ganz sauber, aber deutlich.«

Tarrant stand auf und streckte sich. »Gleich sind sie fertig«, sagte er, und Kruger wandte sich wieder dem Bildschirm zu.

Und so war es auch; Kruger hörte die leicht metallisch klingende Stimme des Interviewers aus dem Lautsprecher, und die Stimme bestand darauf, daß Yazov Schwierigkeiten mit einigen seiner Antworten gehabt habe. »Nein, ich habe die Wahrheit gesagt. Die ganze Wahrheit«, behauptete Yazov beharrlich.

Sichtlich verärgert löste der Polygraphieexperte die Druckmanschetten, schob die Elektroden in zwei Schlitze, die hinter Yazov in den Tisch eingeschnitten waren, und nahm den dünnen Gummischlauch ab, der um die Brust des Bulgaren geschlungen war.

»Danke für den Test.« Yazov erhob sich aus dem Sessel.

»Bitte.« Yazov ging zur Tür, und Kruger beobachtete, wie der Befrager sich mit den Kurven in den Sessel fallen ließ.

»Er wird gleich hier sein«, sagte Tarrant und winkte Arnie, sich an einen Konferenztisch zu setzen, der in einer anderen, sauber abgegrenzten Ecke des geräumigen Büros stand. An seinem Schreibtisch pflegte Tarrant den Papierkram zu erledigen; Besprechungen führte er am Konferenztisch durch, vorausgesetzt, daß mehr als zwei Personen zugegen waren.

Kurz darauf klopfte es sanft an der Tür, und Tarrant selbst öffnete. »Kommen Sie, kommen Sie herein. Ich weiß nicht, wie ich Sie nennen soll: John Hardacre oder Ivan Yazov.« Tarrant grinste und schüttelte die Hand des Bulgaren.

»Vielleicht sollten Sie ihn Crystal nennen. So steht es hier.« Ein Lächeln umspielte Arnie Krugers blaue Augen, als er dies sagte. »Crystal« war der CIA-Codename für den Überläufer.

»Ich möchte Sie mit Arnie Kruger bekannt machen. Er ist Ihr Sachbearbeiter für das Ansiedlungsprogramm«, erklärte Tarrant. Yazov fühlte sich von einer freundlichen rechten Hand ergriffen.

»Ja, das bin ich. Ihr Schutzengel.«

»Nett, Sie kennenzulernen, Mr. Kruger.« Yazov erwiderte das Lächeln.

»Butterfly, so heiße ich. Nennen Sie mich Butterfly oder Arnie – aber niemals Mr. Kruger. Klingt einfach unpassend.«

»Butterfly? Okay – nett, Sie kennenzulernen, Butterfly.«

»Das Vergnügen ist ganz auf meiner Seite. Ich habe eine Menge über Sie gelesen.« Bewunderung schlich sich in Krugers Tonfall.

»Nichts Schlechtes, hoffe ich.«

»Oh, na ja. Sie wissen ja. Kommt immer drauf an. In Moskau wird man es augenblicklich nicht halb so gut finden wie hier in Langley.«

Yazov lachte höflich, wenngleich ohne echte Heiterkeit, und Kruger empfand sanftes Unbehagen und eine gewisse Bedrohlichkeit. Auf eine merkwürdige Weise spürte Kruger, wie gefährlich dieser Mann war.

»Nun, ich finde, dies ist ein Grund für eine kleine Feier.« Tarrant beendete den Augenblick des Unbehagens, das alle drei empfanden. Eine gutinformierte Sekretärin hatte drei Gläser auf den Tisch gestellt, dazu einen Eiswürfelbehälter – und eine Halbliterflasche *Stolovaya*-Wodka mit dem grün und golden, schwarz und weiß bedrucktem Etikett. Tarrant goß allen einen steifen Drink ein und brachte einen Toast aus: »Auf John Hardacre, Ivan Yazov, Crystal – verflucht, auf wen Sie wollen – und ein dickes Danke von dem CIA.«

»Darauf trinke ich auch.« Kruger erhob sein Glas und rief: *»Nasdravja!« Prosit* auf bulgarisch.

»Nasdravja!« gab Yazov zurück und stürzte den kalten, puren Wodka mit einer einzigen, ruckartigen Bewegung hinunter.

»Und wenn jemand glaubt, ich beiße ins Glas, dann hat er sich geirrt.« Kruger wischte sich mit dem Handrücken über den Mund.

»Sie sprechen sehr gut Bulgarisch«, meinte Yazov scherzhaft in einem Anflug von gutem Willen.

»Eigentlich nicht. Mehr kann ich nicht.«

»In Bulgarien genügt es.«

Alle drei lachten, und Kruger hatte den Eindruck, daß Yazov seine Amüsiertheit nicht spielte. Der Humor mochte noch ein wenig schwerfällig sein, aber Kruger betrachtete es dennoch als einen Anfang.

Offenbar war der spannungsfreie Augenblick auch Tarrants Aufmerksamkeit nicht entgangen. Yazovs spürbare Entspanntheit bot ihm den Einstieg, den er brauchte. »Es ist schade. Verflucht schade«, sagte er so leichthin, wie er nur konnte, und schüttelte dabei unaufhörlich den Kopf.

»Was meinen Sie, Mr. Tarrant?« fragte Yazov wie gewünscht.

»Ich meine, verdammt, hier haben wir den Größten der Welt. Und er geht in den Ruhestand.«

»Den Größten der Welt?« Yazov war plötzlich sehr viel kühler.

»Den größten . . . Künstler der Welt«, gelang es Tarrant zu sagen; sein Mund war zu einem Lächeln verzogen, aber seine Augen verrieten ihn.

»Ich bin ein Künstler?« fragte Yazov.

»Natürlich sind Sie das. Ein Künstler. Kein Killer. Ein Killer ist ein schmieriger kleiner Mann, dem das Töten gewaltige Lustgefühle bereitet. Wenn er den Finger am Abzug hat, fühlt er sich drei Meter groß. Aber er ist ein mausgrauer, schäbiger kleiner Schweinehund.«

»Und ich? Ich bin ein feiner Mensch. Fein und rein, was?« Lag da ein spöttischer Unterton in seiner Stimme?

»Sie sind in Ordnung«, entgegnete Tarrant unbeholfen. »Verkaufen Sie sich nicht unter Preis, Crystal. An Ihnen ist nichts auszusetzen . . .«

»Sie wollen, daß ich einen Mordauftrag übernehme?«

»Ich will, daß Sie etwas Gutes tun. Etwas, das gut für uns alle ist, vor allem für die Vereinigten Staaten.«

»Sie wollen, daß ich ein paar gute Werke verrichte?« Jetzt war die Ironie in seiner Stimme nicht zu verkennen.

»Wissen Sie, in mancher Hinsicht sind wir im Geheimdienst wie Mönche.« Tarrant wirkte beunruhigt und unglücklich. »Wir führen ein Leben voller Disziplin und Opferbereitschaft für ein höheres Gut. Es ist fast wie der Dienst am Allgemeinwohl in einem mittelalterlichen Orden . . .«

»Ich verstehe. Ja, das finde ich auch. Sie wollen, daß ich an jemandem ein gutes Werk verrichte?«

»Wenn Sie es so ausdrücken wollen.«

»Wieso ich?«

»Wie ich schon sagte, Sie sind Spitzenklasse. Sie erfüllen vier notwendige Voraussetzungen. Sie haben keine emotionalen Hemmungen, und das ist wichtig. Es bedeutet: Wenn Sie unter Druck stehen und rasch handeln müssen, zittern Ihnen nicht vor lauter Aufregung die Hände. Ihnen bleibt nicht die Luft weg. Zum zweiten sind Sie ein Naturtalent mit Waffen jeder Art. Sie sind ein natürlicher Bestandteil einer Pistole oder eines Gewehres, gewissermaßen eine Extension der Waffe.«

»Weiter.«

»Das Töten bedeutet Ihnen nichts. Einen Abzug zu drücken ist einfach. Jeder kann das, solange die Mündung auf irgend etwas gerichtet ist – aber nicht auf einen menschlichen Kopf. Wenn Sie einmal Augenblicke der Qual oder der rasenden Wut außer acht lassen, dann sind nur sehr wenige Leute in der Lage, auf jemanden zu schießen, den sie nicht einmal kennen, dem sie nie begegnet sind. Sie können das.«

»Ich bin also ein guter Engel des Todes?« Die Ironie war immer noch spürbar.

»Ein Engel oder ein Bote des Todes. Das klingt viel besser, ja.«

Arnie Krugers Finger umklammerten das leere Glas. Bei einem Assistenten des Direktors hätte er so etwas nicht erwartet. Er ging die Sache unglaublich amateurhaft an.

»Und was ist das vierte?« wollte Yazov wissen.

»Erfahrung natürlich. Davon haben Sie jede Menge«, erwiderte Tarrant prompt. »Jetzt wissen Sie alles. Wie wär's?«

»Ich glaube, ich möchte nicht, Mr. Tarrant«, antwortete Yazov langsam und gleichmütig.

Wenn ihm seine Phantasie keinen Streich spielte – und das war möglich, denn Kruger hatte keinen Zweifel daran gehabt, daß es so kommen würde –, sah der CIA-Mann, wie Ärger in Tarrants Augen aufblitzte. Sogleich schaltete er sich munter ein. »Tja, wir haben einen guten Mann verloren, Mr. Tarrant, aber keinen Freund. Falls Crystal es sich je anders überlegen sollte, werden wir sicherlich die ersten sein, die davon erfahren. Stimmt's nicht?«

»Genauso ist es, Butterfly.«

»Und es gibt nichts, was Sie dazu bewegen könnte, es sich noch einmal zu überlegen?« Unglaublich – Tarrant drängte noch einmal! Zweifellos, dachte Kruger bei sich, gehörte der Mann noch zu den »Schweinen« – ein *hardliner*, der ein Nein als Antwort nicht akzeptierte, ein Überlebender der Schweinebucht.

»Selbstverständlich, Mr. Tarrant, wird Crystal es Sie sofort wissen lassen, wenn er den Job will.« Kruger rettete die Situation noch einmal und schenkte Crystal ein warmes Lächeln. »Und jetzt wollen wir ihn glücklich machen. Darauf hat er ein verfassungsmäßiges Recht als amerikanischer Staatsbürger. ›Wir halten diese Wahrheiten für in sich einleuchtend‹, zitierte Kruger die Unabhängigkeitserklärung, ›daß alle Menschen gleich geschaffen sind; daß sie von ihrem Schöpfer mit gewissen unveräußerlichen Rechten ausgestattet sind, darunter Leben, Freiheit, Streben nach Glück.‹«

»Ich danke Ihnen, Butterfly. Diese Art von Schutz habe ich

gebraucht. Machen Sie weiter, und mir wird es an nichts fehlen. Dessen bin ich sicher«, meinte Yazov.

»Da haben Sie verdammt recht, Oberst. Und jetzt ziehen wir los und streben ein bißchen.« Kruger gluckste; er bewunderte Yazovs sauberen amerikanischen Akzent und bemerkte zugleich, daß die Syntax des Bulgaren allzu förmlich war.

»Tja, damit wäre der Rekrutierungsversuch wohl abgeschlossen«, sagte Tarrant. »Gehen wir zum nächsten Punkt über. Crystal, Sie sollen wissen, daß Butterfly hier Ihr Panikknopf ist. Sie können Butterfly zu jeder Zeit, am Tag und in der Nacht, über eine Geheimnummer erreichen. Der Panikknopf ist rund um die Uhr besetzt. Und seien Sie nicht schüchtern: Butterfly wird dafür bezahlt.«

»Wenn es sein muß, Mr. Tarrant, werde ich anrufen. Keine Sorge.«

»Falls irgend etwas Verdächtiges geschieht – Fremde schnüffeln herum, ein Mädchen interessiert sich plötzlich für Sie, Sie merken, daß man Sie verfolgt –, kontaktieren Sie Butterfly. Und sagen Sie es auch Harvey Tyler.«

Wieder nickte der Bulgare zufrieden.

»Einige Dinge dürfen Sie niemals vergessen. Ihre Sozialversicherungsnummer ist niemals wirklich ausgegeben worden, und Ihre Armeedienstnummer auch nicht. Es gibt keine offiziellen Unterlagen zu Ihrer Geburtsurkunde, und eine Ihrer Adressen ist ein leeres Grundstück in Philadelphia. Auf der John Bartram High School hat man noch nie von Ihnen gehört. Was ich Ihnen damit sagen will: Verlassen Sie sich nicht auf diese Papiere und Details, wenn Sie in irgendeine Auseinandersetzung mit einer Behörde geraten. Rufen Sie Butterfly an.«

»Ich verstehe, Sir.«

»Gut. Um es noch einmal zu sagen, der CIA hat Ihre umfassende Kooperation dankbar zur Kenntnis genommen. Sie werden feststellen, daß wir uns um unsere Leute kümmern. Sie sollen sich wohl fühlen in Spencer, aber lassen Sie es langsam angehen, bis Sie sich eingewöhnt haben. Tyler ist ein guter und zuverlässiger Mann.«

Tarrant streckte dem Bulgaren die Hand hin, und dieser ergriff sie.

»Und ich will Ihnen ganz besonders danken«, fuhr Tarrant fort.

»Wenn Sie jemals Ihren alten Job wiederhaben wollen, drücken Sie blitzschnell auf den Knopf.«

»Sie müssen wirklich außergewöhnliche Qualitäten besitzen, Crystal. Diese Burschen geben ja überhaupt nicht auf«, meinte Arnie Kruger, und dabei schüttelte er betrübt den Kopf.

»Nein, das tun sie wirklich nicht.« Yazov schüttelte Tarrants Hand wie einem Pumpenschwengel. »Na, jedenfalls, ich danke auch Ihnen, Sir.«

»Viel Glück, mein Junge. Arnie wird jetzt noch ein paar Einzelheiten mit Ihnen durchsprechen. Er besorgt Ihnen ein Steak und trockenen französischen Wein.«

»Wir treffen uns am Aufzug«, sagte Kruger und geleitete ihn zur Tür, wo ein Sicherheitsposten wartete.

»Und *das* geben Sie beim Posten in der Eingangshalle ab.« Tarrant deutete auf die laminierte Plastikkarte am Revers des Bulgaren. Auf der Karte befand sich Yazovs Foto, und an den Rändern waren kleine Kästchen mit roten Buchstaben, die den Zugang zum CIA-Hauptgebäude eröffneten.

»Jawohl, Sir.«

Yazov verließ den Raum und folgte dem Posten zu einem Drehkreuz, das den Ein- und Ausgang des CIA-Leistungstraktes versperrte. Yazovs Begleiter hielt dem bewaffneten Posten, der in einem kugelsicheren Glaskäfig saß, einen Ausweis entgegen. Klikkend löste sich die Arretierung des Drehkreuzes.

Die angespannte Leutseligkeit, die Tarrants Büro erfüllt hatte, war mit Yazovs Abschied verflogen. An ihre Stelle war ehrlichere, aber auch ernstere Nachdenklichkeit getreten. »Meinen Sie, es wird klappen?« fragte Tarrant. »Jetzt, da Sie den Burschen kennengelernt haben – was halten Sie von ihm?«

»Wer hat Spencer ausgesucht?«

»Er. Wir haben ihm ein halbes Dutzend Orte zur Auswahl gegeben.«

»Spencer? Ist das ein Witz? Auf den Fotos, die ich gesehen habe, sind mehrere Schaufenster mit Brettern vernagelt, und in den Nebenstraßen wächst Unkraut durch die Risse im Asphalt. Gibt es in der Umgebung irgend etwas Strategisches?« fragte Kruger mißtrauisch.

»Eine *Minuteman*-Raketenbasis in einiger Entfernung, aber sonst nichts. Können Sie sich überhaupt einen Reim auf ihn machen?«

»Bis jetzt noch nicht.«

»Was immer geschieht, ich habe das Gefühl, dies wird einer Ihrer härtesten Aufträge werden, Arnie.«

»Könnte sein«, erwiderte Kruger halb murmelnd, und dabei dachte er an die sinnlichen Empfindungen und die Angst, die der Mann in ihm geweckt hatte.

»Es schmeckt mir nicht, daß ich diesem Scheißkerl überhaupt etwas geben soll, Arnie. Sogar Spencer ist mir eigentlich zuviel. Wenn ich könnte und wenn es sich nicht auf das Überläuferprogramm insgesamt auswirken würde, hätte ich schon lange diesen führerlosen Lastwagen eingesetzt. Vor allem, da er offensichtlich ohne jeden Nutzen für uns ist.«

»Haben Sie ein wenig Geduld, Mr. Tarrant. Ich gehe seit zehn Jahren mit Agenten um, und in dieser Zeit habe ich eines gelernt: Zu Anfang soll man sie nach Möglichkeit bei Laune halten. Verstehen Sie, was ich meine?«

»Meinen Sie, er könnte immer noch für die Russen arbeiten?«

»Wer weiß, Mr. Tarrant? Das können nur die Russen wissen.«

Wenn Tarrant sicher gewußt hätte, daß Ivan Yazov nicht für das KGB oder für einen anderen kommunistischen Geheimdienst arbeitete – was er nicht tat –, hätte er sich wesentlich wohler gefühlt. Tatsächlich hatte das KGB seine eigenen Pläne mit dem Überläufer, und diese Pläne waren bereits weit fortgeschritten.

Arnie Krugers Einfluß war es zu danken, daß es Yazov gelang, einen gebrauchten VW 1600, neuestes Modell, zu kaufen, obgleich der Autohändler sein Geschäft bereits geschlossen hatte. Der Kauf ging reibungslos vonstatten, und Kruger redete die ganze Zeit über. Yazov war recht zufrieden, denn der VW 1600 war der beste Kleinwagen, den er kannte: Seine Reisegeschwindigkeit war hoch genug, und er war zuverlässig bei jedem Wetter und auf jedem Gelände. Yazovs Entscheidung wurde zudem durch die Tatsache beeinflußt, daß er schon bei seiner Arbeit für den bulgarischen MGB Volkswagen benutzt hatte. Für den Einsatz außerhalb Bulgariens mietete der MGB routinemäßig VW, und MGB-Agenten wurden sogar in der VW-Technik ausgebildet, so daß sie kleinere Reparaturen selbst durchführen konnten.

Nachdem die für den Kauf notwendigen Formulare ausgefüllt waren, fuhren Yazov und Kruger den Wagen vom Gebrauchtwagenplatz herunter und zum Shoreham-Hotel an der Calvert Street, wo man ein Zimmer für den Bulgaren gebucht hatte. Die beiden Männer aßen im eleganten »Blue Room« des Shoreham zu Abend, und der CIA-Agent versorgte Yazov mit weiteren Details. »Diese Paniknummer . . . sie ist so geschaltet, daß sie gleichzeitig bei einem Vierundzwanzigstundenmonitor in Langley, in meinem Büro und in meiner Wohnung klingelt.«

Dann gab Kruger ihm noch ein paar zusätzliche Ratschläge. »Achten Sie auf alles. Besprechen Sie alles mit Harvey Tyler. Er kennt Spencer wie seine Westentasche. Und seien Sie vorsichtig mit Frauen. Jede gutaussehende Frau kann ein Köder sein. Finden Sie sich damit ab: Sie werden immer allein sein.«

Nach dem Dinner bestand Kruger darauf, sich »ein paar Nightclubs reinzuziehen, damit man etwas vom Nachtleben mitbekäme«.

Im »Foxy's Burrow« in der M Street in Georgetown – Kruger nannte die Straße »den Strip« – führte eine Mädchentruppe einen Cancan in kurzen Röckchen und ohne Slips vor, und Yazov nahm ein wenig befremdet zur Kenntnis, wie aufmerksam Arnie Kruger seine Reaktionen beobachtete. Als die Show zu Ende war, schlug Kruger unverzüglich vor, sich zu einem sicheren, sauberen Massagesalon zu begeben, wo man »ein wenig Entspannung« finden könnte. Yazov lehnte ab.

Die frühen Morgenstunden fanden die beiden in einem Schwulenklub zwischen der 28. Street und Key Bridge; Arnie Kruger hatte dem Überläufer demonstrieren wollen, »daß Washington ein großes Herz« habe. Kruger ging voraus zu einer freien Nische und bestellte zwei Drinks; eine Person von unbestimmbarem Geschlecht nahm die Order entgegen.

»Verrückter Laden, nicht? Wie finden Sie's?« fragte er Yazov.

»Interessant.«

»Gibt's so was auch in Sofia?«

»Hier und dort.«

Die Sitzbank in der Nische war ein wenig klein, und Yazov spürte, daß Krugers Schenkel sich an seinen schmiegte. Vielleicht lag es auch am Alkohol – jedenfalls wurde der CIA-Agent allmählich ein wenig schwiemelig und sentimental. »Man muß es ja zugeben«, erklärte er irgendwann, »wo sie Typen wie Tarrant herkriegen, weiß ich wirklich nicht. Der Mann hat das Feingefühl eines abgehenden Darmwindes. Sie wissen, was ich meine – ein Darmwind . . .«

»Ich verstehe.«

»Trotzdem müssen Sie wissen, er ist okay. Hören Sie nur auf seine Prosa und nicht auf seine Lyrik. Wenn Sie verstehen, was ich meine.«

»Nein, jetzt verstehe ich es nicht.«

»Ah ja. Na, ist auch nicht wichtig, alter Junge.« Kruger lehnte sich gegen den anderen. »Auf eines müssen Sie in diesem Spiel immer achten: Trauen Sie niemandem. Mich eingeschlossen. Trauen Sie niemandem vollständig. Ich bin für den CIA. Vergessen Sie das bei mir niemals. Der CIA steht an erster Stelle. Wenn Sie einen schlimmen Fehler begehen und wenn ich es tun muß, dann werde ich höchstpersönlich eine Bombe unter Ihren VW schnallen.«

»Wieso verwenden Sie nicht eine Bombe mit Magnetbefestigung?« Yazovs Scherzversuch schlug fehl.

»Ganz gleich, welche Sorte, Crystal. Solange sie funktioniert. Kommen Sie, wir gehen. Sie haben eine lange Reise vor sich.«

Obwohl es ein Vermögen kostete, hatte Kruger das Taxi warten lassen. »Noch einen Tip«, hatte er zu Yazov gesagt, als er den Fahrer vor dem »Foxy's Burrow« zum erstenmal angewiesen hatte zu warten. »Nehmen Sie nie ein Taxi, wenn Sie zu Fuß gehen können. Und wenn Sie eins haben, dann bleiben Sie dabei. In Spionagegeschichten – und im wirklichen Leben – ist es eine bevorzugte Methode der Opposition, ein Taxi für eine Entführung zu benutzen.«

Im Taxi setzte Arnie Kruger sich auf den Rücksitz, lehnte sich an Yazovs Schulter und schien halb zu schlafen. Als der Wagen vor dem Shoreham hielt, kam er soweit wieder zu sich, daß er sich verabschieden konnte. Sein Mund verzog sich zu einem warmen, schiefen Grinsen. »Bis dann, Crystal. Morgen beginnt der Rest Ihres Lebens.«

»Bis dann, Butterfly. Und danke.«

»Vergessen Sie nicht: Im Zweifelsfalle drücken Sie den Panikknopf. Ganz, wie der Mann schon sagte – ich werde dafür bezahlt.«

»Ich werd's nicht vergessen.«

Yazov sah den roten Schlußleuchten des Taxis nach, bis der Wagen hinter einer Kurve verschwunden war. Dann ging er auf den Eingang des Shoreham zu.

Trotz der langen Nacht mit Kruger war Ivan Yazov früh am nächsten

Morgen wieder auf den Beinen. Er konnte nicht schlafen, und da er keinen Sinn darin sah, wach auf seinem Bett zu liegen, verließ er kurz nach fünf Uhr das Hotel.

Als erstes machte er sich daran, den Volkswagen einer gründlichen Inspektion zu unterziehen. Bevor er die linke Tür öffnete, verbrachte Yazov fast zehn Minuten mit der Überprüfung der Warnvorrichtungen, die er an dem Wagen angebracht hatte: An den Kanten beider Türen, immer noch an Ort und Stelle, befanden sich zwei Haare, und an einer strategisch ausgewählten Stelle auf der Motorhaube lag ein drittes Haar. Im Lichte einer kleinen Taschenlampe untersuchte Yazov den Motor. Die letzte der äußeren Überprüfungen galt der Unterseite des Wagens; Yazov schob den Kopf seitlich unter das Fahrgestell. Nichtsdestoweniger kribbelte seine Kopfhaut, als er den Schlüssel in das Türschloß des Volkswagens schob. Seine ganze Haut vibrierte, als er die linke Tür behutsam aufschwingen ließ. Auch die Betätigung des Anlassers flößte ihm starkes Unbehagen ein. Als der Motor schließlich zum Leben erwachte, erfüllte ihn willkommene Erleichterung.

Noch immer war er nicht sicher, daß die Gefahr vorüber war. Yazov stellte eine kleine, lederne Toilettentasche auf das Gaspedal und ging rasch hinter der nächsten Betonsäule der Tiefgarage in Deckung, um der Explosion einer Bombe zu entgehen, die vielleicht allzugut verborgen gewesen war und deren empfindlicher, mit Quecksilber gefüllter Schaukelzünder auf die Vibrationen des ungleichmäßig im Leerlauf tuckernden, kalten Motors reagierte.

Als nach fünf Minuten immer noch nichts passiert war, schätzte Yazov, daß der VW in Ordnung sein müsse. Er verstaute sein Gepäck, fuhr rückwärts aus der Parklücke, warf ein paar Münzen in den Schlitz an der automatischen Schranke und fuhr den Käfer über zwei Rampen hinauf auf die Straße und in die Düsternis des frühen Morgens. Yazov war unterwegs zum Interstate Highway 70 und zur Stadt Spencer.

Noch immer hatten seine Befürchtungen sich nicht gänzlich gelegt; es war nicht ausgeschlossen, daß man eine weniger empfindliche Bombe unter dem Wagen angebracht hatte, die erst dadurch gezündet werden würde, daß er mit hoher Geschwindigkeit durch ein Schlagloch fuhr. Deshalb entspannte der Bulgare sich erst, als der Volkswagen heftig über eine Bodenwelle gerumpelt war, die er trotz angespannter Aufmerksamkeit übersehen hatte.

Es beunruhigte den Überläufer, daß er schon jetzt in Schweiß geriet, obgleich er eben erst angefangen hatte, auf sich selbst gestellt zu sein. Er spürte die Feuchtigkeit unter seinem Hemd. Rückblikkend empfand er den Aufenthalt in Brushy Hill wie einen Erholungsurlaub. Es war eine Zeit gewesen, in der er sich um seine persönliche Sicherheit keine Sorgen hatte machen müssen. Später, bei der Arbeit auf den Bohrplattformen, hatte er die ersten Regungen von Angst verspürt. Er hatte festgestellt, daß er Sicherungsketten und Seile überprüfte. Wenn er am Decksrand beschäftigt war, hatte er stets darauf geachtet, daß er wußte, wo jedermann war und was die Leute in seiner Nähe taten.

Yazov fragte sich besorgt, ob seine Nerven einen Schaden erlitten haben mochten. Er dachte darüber nach, während er das Zentrum von Washington allmählich hinter sich ließ. Oder war er nur besonders vorsichtig und mit einem gesunden Menschenverstand ausgestattet? Er hatte schließlich gute Gründe, sich Sorgen zu machen, denn er wußte nur zu gut, daß das KGB niemals etwas vergaß oder vergab.

Zweifellos stand er auf der Vergeltungsliste des KGB an exponierter Stelle.

Bislang hatte Yazov keine Beruhigungspillen oder Schlaftabletten zu sich genommen, und seine Trinkgewohnheiten waren maßvoll. Aber er fragte sich, wie lange das so bleiben würde. Jetzt war es notwendig, daß er sich selbst fest in die Hand nahm, und je früher ihm das gelänge, desto besser. Es lag auf der Hand, daß er nicht jeden Tag stundenlang nach Bomben suchen konnte. Vernünftige Vorsichtsmaßnahmen ja, aber seine wildwuchernden Befürchtungen mußte er zurückdrängen. Ein wenig Stoizismus würde ihm nicht schaden, denn besser als die meisten wußte er, daß gegen einen geübten und entschlossenen Killer, der ein Gewehr mit Zielfernrohr in der Hand hielt, nicht viel auszurichten war.

Von Washington D. C. bis Spencer waren es zwölfhundert Meilen, und Yazov hatte nichts dagegen, die Strecke in bequemen, lässigen Etappen zurückzulegen; er würde sich vier Tage Zeit lassen. Er wollte auf dieser Reise etwas von den Vereinigten Staaten sehen und erleben, und so hielt er während des ersten Tages häufig an; als er in Friedensville, einer Kleinstadt am Youghiogheny River, angekommen war, hatte er erst hundertzwanzig Meilen zurückgelegt. Hier übernachtete er in einem kleinen Motel, das über abschließbare

Garagen verfügte.

Bis tief in die Nacht hinein saß er an einem knisternden Holzfeuer in der Lounge. Danach lag er in seinem Bungalow im Dunkeln auf dem Bett und lauschte der Nacht.

Am folgenden Tag durchquerte er den Staat Ohio. Lieber wäre er früher eingekehrt, aber da er kein geeignetes Motel mit verschließbarer Garage fand, fuhr er an Speedway, Pittsboro, Jamestown und Crawfordsville vorbei. Auch in Hillsboro gab es nur offene Garagen; trotzdem blieb Yazov am zweiten Abend seiner Reise in dieser Stadt und verbrachte hier eine scheußliche, durchwachte Nacht. Draußen vor seinem behaglichem Zimmer wehte ein starker Novemberwind, und Yazov war sicher, daß er alle seine Markierungen auf dem VW fortblasen würde. Als er den Wagen am nächsten Morgen in Augenschein nahm, waren sie natürlich tatsächlich verschwunden; etwas so Leichtes wie drei Haare hatte bei den starken Böen unmöglich an Ort und Stelle bleiben können, aber als Yazov den Schlüssel im Schloß drehte, fühlte er, wie es kalt über seinen Nacken kroch.

Kurz nachdem er den Illinois River überquert hatte, nördlich von Peoria, bemerkte er beunruhigt einen schwarzen Ford. Der Ford hielt sich gut zweihundert Meter weit hinter dem VW, und das, obgleich sechzig bis siebzig Meilen pro Stunde auf der Interstate 74 für diesen Wagen zu langsam waren. Die Geschwindigkeit des Ford – oder besser gesagt, dessen Langsamkeit – war der Grund für Yazovs wachsende Besorgnis. Der große Wagen war nicht nach Bloomington abgebogen und hatte auch nicht in Peoria haltgemacht.

Yazov umklammerte das Steuer seines Volkswagens und versuchte, seine Angst rational zu verdrängen. Wahrscheinlich – ja, beinahe sicher – rollte der Ford ganz unschuldig über die Interstate 74, und sein Fahrer genoß friedvoll das mäßige Tempo . . .

Aber was Yazov nicht beiseite zu schieben vermochte, war die Möglichkeit – wenn auch eine sehr geringe Möglichkeit –, daß der Ford ihn verfolgte.

Schließlich beschloß der Bulgare, die Probe aufs Exempel zu machen.

Er näherte sich der Abfahrt zu einem Ort namens Kickapoo, und Yazov nahm sich vor, den Highway hier zu verlassen. Um die Insassen des Ford nicht zu alarmieren, nahm er nur den Fuß vom

Gaspedal, so daß der VW durch sein eigenes Gewicht langsamer wurde. Die Fußbremse berührte Yazov nicht.

Der Ford holte rasch auf. Im Rückspiegel des VW wuchs der größere Wagen immer bedrohlicher an. Yazov glaubte zwei Männer zu sehen, die mit heruntergezogenen Hüten auf den Vordersitzen saßen.

Yazovs Herz trommelte gegen seine Rippen. Er war unbewaffnet, und wenn der Fordfahrer wollte, konnte er ihn leicht überholen. Es war ein Fehler gewesen, nicht einen schnelleren Wagen zu kaufen. Außerdem war es eine grobe Dummheit gewesen, nicht darauf zu beharren, daß der CIA ihn zu seinem Schutz mit einer Waffe versorgte.

Angestrengt umfaßte er das Lenkrad. Langsam rollte der VW auf die Ausfahrspur zu, die noch etwa hundert Meter weit vor ihm lag. Einen Moment lang war der große, schwarze Wagen auf gleicher Höhe mit Yazov. Der Bulgare und der Beifahrer warfen sich einen Blick zu. Der Beifahrer hatte ein fahles, weißes Gesicht, und er hatte sich den Hut bis auf die dunklen, buschigen Brauen heruntergezogen. Im nächsten Augenblick war der Ford vorübergerauscht.

Yazov fuhr dennoch nach Kickapoo weiter. Das Plastiklenkrad war glitschig vom Schweiß. Yazov fühlte, wie Schweißtropfen über seinen Rücken rannen. Wenig später saß er in einer Raststätte am Rande der winzigen Ortschaft und trank eine Tasse Kaffee. Der Zwischenfall hatte ihm seine Hilflosigkeit mit Macht deutlich gemacht: Er mußte sich bewaffnen. Er hatte in seinem Käfer gesessen, das Steuer umkrampft und dabei nichts als Angst und Wehrlosigkeit empfunden. Von diesem Augenblick an war er entschlossen, sich eine Waffe zu beschaffen, damit er zurückschießen könnte, falls er müßte.

Am Abend vor seiner Ankunft in Spencer nahm Yazov sich ein Motelzimmer in der Nähe eines Nebenflusses des Iowa River, ein paar Meilen weit vor Homestead. Auch in dieser Nacht lag er stundenlang wach im Dunkeln und starrte an die Decke. Er hatte die Hände hinter dem Kopf verschränkt, und früh am Morgen drehte er sich auf die Seite und sah zu, wie das Morgengrauen langsam durch die vorgezogenen, cremefarbenen Vorhänge seines Panoramafensters sickerte.

Bevor er nach Spencer hineinfuhr, durchkreuzte der Bulgare die Umgebung der Stadt. Inzwischen war ihm die Landschaft großenteils vertraut: Ackerland und Prärie, graue Dörfer und hohe Kornsilos, die sich scharf vom grauen Novemberhimmel abhoben, weißgekalkte Farmhäuser, die auf den weiten, pfannkuchenflachen Ebenen zwischen den Ortschaften standen. Eine kleine Seenkette und ein Wald unterbrach die Monotonie der Landschaft außerhalb Spencers.

Man hatte Yazov Dias, Zeitungsausschnitte und sogar einen Film von der Stadt gezeigt, und so wußte er, was ihn erwartete, als er den Volkswagen die Grand Avenue entlangrollen ließ. Hinter Schaufenstern drängten sich Traktoren, Maistrockner, Mähdrescher und andere landwirtschaftliche Maschinen. Tarrant hatte diese Stadt gefallen, weil die Einwohner weiß, größtenteils protestantisch und Republikaner waren – und weil die Gegend so ruhig war, daß die Leute hier ihre Haustüren nicht abzuschließen pflegten. »Sie werden feststellen, daß der Druck von Ihnen abfällt, wenn Sie erst in Spencer sind. Die Leute dort sind freundlich, alle zwölftausend, und der Himmel ist blau und strahlend«, hatte Tarrant erklärt.

Harvey Tyler besaß einen altmodischen Kaufladen an der Grand Avenue, und am späten Nachmittag stoppte Yazov direkt vor der Tür. Einen Parkplatz zu finden war hier kein Problem.

Der Überläufer stieg aus dem Wagen und streckte die Muskeln unterhalb des Nackens und zwischen den Schulterblättern. Das genügte nicht, und so quetschte er sie schmerzhaft mit den Händen und rieb sie mit den Fingerspitzen. Dann trat er auf den hölzernen Gehsteig vor Tylers Laden, und die Bohlen bogen sich knarrend unter seinen Füßen.

Im Innern des Ladens war es düster. Antike, unzureichende Lampenfassungen hingen unter einer alten, gerieften Blechdecke, die verblichen weiß gestrichen war. Yazov sah schwere Holzregale mit säuberlichen Stapeln von Lebensmitteln. Sein Blick wanderte zur Delikatessenabteilung, wo über einem großen Glas mit eingelegten Gurken ein Schild hing: DEUTSCHE GURKEN (HARVEY'S DILL) 40 cent, 3 Stück 1,20.

Dann schaute er den mittelgroßen Mann an, der hinter einer altertümlichen Registrierkasse stand. Harvey Tyler. Er war Ende Sechzig und trug eine weiße Baseballkappe und eine goldgeränderte Brille, und hinter seinem linken Ohr klemmte ein Bleistift.

Harvey Tyler wandte sich von der Kundin, die er gerade bediente, ab und begrüßte den Bulgaren mit einer schmalen, ausgestreckten

Hand und einem Lächeln, das seine gelben Zähne entblößte. »Sie müssen John Hardacre sein.« Er ergriff Yazovs Hand und bewegte sie wie einen Pumpenschwengel auf und ab. »Herzlich willkommen in Spencer.« Dann wandte er sich der Frau mittleren Alters zu, die mit einem großen Paket Lebensmittel bepackt war, und sagte: »Mrs. Adams. Mary, das ist John Hardacre.«

Eine schlaffe, rosarote Hand erschien unter dem Paket, und Mrs. Adams' Kopf tauchte über ihren Einkäufen auf. »Nett, Sie kennenzulernen, Mr. Hardacre. Der alte Harv hat schon erzählt, daß er demnächst ein wenig Hilfe bekommen würde.«

»Das Vergnügen ist auf meiner Seite, Madam«, erwiderte Yazov.

»Nun, ich hoffe, es wird Ihnen in Spencer gefallen. Es ist ruhig hier, aber Sie werden feststellen, daß es ein gutes Plätzchen ist, um Wurzeln zu schlagen.«

»Mr. Tyler hat es mir bereits in glühenden Farben geschildert, als er mir schrieb, Madam.«

»Davon bin ich überzeugt. Der alte Harv lebt nicht schlecht hier in Spencer. Wir bezahlen ihn allesamt bar, den alten Dickkopf.«

Der ehemalige CIA-Hundeführer hustete, nickte töricht und sagte dann: »Wenn Sie mich und Mrs. Adams jetzt bitte für 'n Moment entschuldigen wollen . . .«

Eine Zeitlang hörte man nichts als das Klingeln der Registrierkasse. Als Yazovs Augen sich an das Halbdunkel gewöhnt hatten, ließ er seinen Blick durch den gutbestückten Laden schweifen, und schon bald hatte er gefunden, was er suchte: Eine große Glasvitrine in einer Ecke des Ladens. Durch das Glas glaubte er das matte Schimmern von Büchsenmetall zu sehen, und er täuschte sich nicht.

Die Fußbodendielen knarrten, als Yazov beiläufig zu der Waffenvitrine hinüberschlenderte. Er drehte den Schlüssel im Schloß, und die Tür schwang unter ihrem eigenen Gewicht auf. Behutsam nahm Yazov ein automatisches 12-mm-Remington-Schrotgewehr vom Haken. Es hatte zwei Läufe.

Als Mrs. Adams ihre Einkäufe beendet hatte, streckte sie ihren Kopf noch einmal über das klobige Paket, aber als sie Yazov mit dem Gewehr in der Hand dastehen sah, zögerte sie. Dann lächelte sie unsicher und meinte: »Bye, Mr. Hardacre. Ich bin sicher, wir werden uns noch öfter begegnen.«

Wenn Yazov sie gehört hatte, dann sagte er nichts. Mrs. Adams sah Harv Tyler an, zuckte die Achseln und taumelte, von Tylers hilfreicher Hand geleitet, aus dem Laden. Der Ladenbesitzer kam zurück, und der Fußboden quietschte, als er auf Yazov zuging, der inzwischen ein anderes Schrotgewehr betrachtete.

»Erwarten Sie Ärger, mein Junge?« Harvey Tyler wischte sich mit den Händen über die abgetragene, schwere blaue Schürze.

»Nicht daß ich wüßte. Aber so ein Ding könnte mal ganz nützlich sein.«

»Haben Sie eine Genehmigung aus Washington? Für 'ne Waffe, meine ich?«

»Sie haben mir nicht gesagt, ich könnte losziehen und mir eine kaufen. Aber es hat auch niemand gesagt, ich dürfte es nicht.«

»Tja, ich weiß nicht so recht...« Etwas an der Art, wie Yazov mit dem Gewehr hantierte, beunruhigte Tyler. Es war ein wenig obszön, abstoßend... wie wenn ein Mensch einen Schoßhund küßte. Er sah, wie Yazov das Gewehr sanft aufklappte, seine Finger leicht über den Lauf streichen ließ, wie er die Waffe in den Händen wog und balancierte, wie er sie drehte und den Lauf ins matte Licht hielt, um die Präzisionsbohrung zu untersuchen. Tyler mochte es nicht, wie Yazov die seelenlose Waffe mit tödlicher Vertrautheit fast zu streicheln und zu liebkosen schien.

»Alles, was wir brauchen, ist Striker«, sagte Tyler schließlich.

Er meinte den Hund, der im Schatten zwischen zwei Lichtkreisen auf dem Boden gelegen hatte. Tyler schnippte mit den Fingern, und augenblicklich stand der Hund auf den Beinen. Er schnippte noch einmal, und der Hund kam mit aufgerichteten Ohren auf ihn zu. Es war ein großer brauner Schäferhund mit schwarzen Flecken im dunkelbraunen Fell, und als er herankam, öffnete sich seine Schnauze und entblößte eine feuchte, rosige Zunge und scharfe, weiße Zähne. Harvey Tyler streichelte behutsam durch das Fell unter der Silberkette am Hals des großen Hundes.

»Er sieht aus wie ein guter Hund«, sagte Yazov.

»Das ist er auch. Ein herzensguter Hund. Aber er wird Ihnen den Arm abreißen, wenn ich es ihm sage.«

Yazov nickte und lächelte.

»Ich habe oben ein Zimmer für Sie vorbereitet.« Tyler wechselte das Thema und deutete mit dem Daumen in den hinteren Teil des trübe erleuchteten Ladens. »War früher das Zimmer meiner kleinen Schwester. Fühlen Sie sich wie zu Hause.«

»Danke, Mr. Tyler.«

»Ist nicht nötig, daß Sie mich so nennen. Alle hier nennen mich Harv oder Harvey.« Der alte Mann liebkoste seinen Hund. »Viel los ist hier eigentlich nicht. Überrascht mich irgendwie 'n bißchen, daß Sie sich den Ort ausgesucht haben. Der einzige Spaß, den die anderen Jungs und ich hier haben, ist, daß wir mittwochs und samstags 'ne Pokerrunde haben. Sie können gern dazukommen.«

»Danke, Harvey.«

»Wenn Sie hausgemachtes Kartoffelpüree mit Rippchen und eingelegten Wassermelonen mögen, dann können wir nach Geschäftschluß zu ›Stub's Range Kitchen‹ fahren. Das liegt am Highway 71, eine Meile weit außerhalb von Spencer.«

»Ja, ich hab' den Laden gesehen. Aber jetzt könnte ich ein heißes Bad gebrauchen.«

»Sie haben eins. Die Treppe rauf, und dann rechts. Frische Handtücher.«

»Ich werde auch ein paar schwere Riegel oder Türketten brauchen.«

»Mister, das hier ist 'ne ruhige Stadt.« Plötzlich bereute Harvey Tyler, daß er diese Vereinbarung mit dem CIA getroffen hatte. »Ich hoffe, Sie und Spencer werden gut miteinander auskommen. Echten Ärger möchte ich hier wirklich nicht haben.«

»Tatsache ist, Harv, daß echter Ärger mir auch nicht gefallen würde. Wir sind hier so weit weg von Moskau, wie ich nur sein kann...«

DREI

Als Yazov sich in seinem Zimmer über dem Laden schlafen legte, hatte er einen starken Stahlriegel und eine Sicherheitskette an der Tür befestigt. Unter seinem Bett lag ein Schrotgewehr. So, wie Tarrant in gewisser Weise beruhigt gewesen wäre, wenn er gewußt hätte, daß Präsident Okan tief in eine massive Verschwörung gegen die Vereinigten Staaten verwickelt war, hätte es vielleicht auch Yazov getröstet, zu wissen, daß seine Sicherheitsmaßnahmen nur allzu gerechtfertigt waren.

Tatsächlich waren die Vorkehrungen, die der Überläufer getroffen hatte, vermutlich sogar unzureichend, denn in einem Gebäude am Dserschinski-Platz in Moskau befanden sich die Pläne für Yazovs Ermordung bereits in einem weit fortgeschrittenen Stadium.

Der Platz liegt mitten in Moskau, und heftige, eiskalte Windstöße fegten in diesem November darüber hinweg. Immer wieder verschwand die riesige Statue des Felix Dserschinski im Schneegestöber, und der Schnee verbarg die Details des Denkmals vor den Blicken der Menschen in dem neunstöckigen Gebäude, welches die gewaltige Organisation beherbergte, deren Mitbegründer er gewesen war. Während Nathan Hale im allgemeinen Urteil der Geschichte eine tolpatschige Niete war, betrachtet man den Polen Dserschinski, zumindest außerhalb des kommunistischen Blocks, als sonderbare Mischung aus Sadismus, Idealismus und Fanatismus und als erfolgreich dazu.

Während am George Washington Memorial Parkway im kleinstädtischen Langley, Virginia, ein Wegweiser mit der Aufschrift CIA steht, läßt hier weder eine Tafel noch eine Fahne erkennen, daß das Gebäude hinter Dserschinskis Statue die Zentrale des sowjetischen KGB beherbergt.

Im fünften Stock des gedrungenen KGB-Gebäudes, in der Ekke, die dem Denkmal des Gründers am nächsten lag, befand sich das Büro von General Wladimir Ardalion Schebrikow. In jenem kalten November leitete Schebrikow die Abteilung V des KGB, einen Bereich dieser russischen Geheimpolizei- und Spionagebehörde, in dessen Zuständigkeit die Verfolgung von Überläufern und anderen Volksverrätern fiel.

Schebrikow war im Dienst; er befand sich in einer Konferenz mit einem Mitarbeiter, der in einem viel zu dick gepolsterten Sessel saß. Während Schebrikow mit der unvermeidlichen Wodkaflasche und den Kristallgläsern hantierte, informierte ihn der KGB-Beamte aus erster Hand. Im Hintergrund erklang leiser Gesang – russische Volksweisen, die aus dem Lautsprecher in Schebrikows Büro drangen, um das Gespräch zu maskieren und zu verhindern, daß jemand die Vibrationen, die die Geräusche der Unterredung an den Scheiben des schmalen, rechteckigen Fensters hinter dem General hervorrief, aufzeichnete.

Schließlich hatte Schebrikows Assistent seinem Chef alles mitgeteilt, was der Abteilung V über die Ansiedlung des Oberst Ivan Yazov in Spencer, Iowa, bekannt war. Der Bericht, der die genannten Erkenntnisse enthalten hatte, war am Tag zuvor in der KGB-Zentrale eingetroffen und unverzüglich dechiffriert worden.

»Sie lieben es, sie im Mittelwesten anzusiedeln, nicht wahr, Genosse? Dicht an ihrem Herzen, so weit weg vom Dserschinski-Platz, wie es nur geht. Sicher und ungefährdet«, bemerkte General Schebrikow.

»Oder in Kanada, in den Zentralstaaten. Das natürlich macht die Logistik schwieriger, Genosse General.«

»Ganz recht. Dazu komme ich später – zur Logistik. Wie immer sie aussehen mag, sie wird uns nicht aufhalten. Die verräterische Doppelzüngigkeit dieses bulgarischen Überläufers zu übersehen war schon immer ein Ding der Unmöglichkeit. Ganz ohne Zweifel.«

»Selbstverständlich, Genosse General.«

Schebrikow fuhr fort, die Details zu überprüfen. »Die ganze Unternehmung wird innerhalb von zweiundsiebzig Stunden nach der Ankunft unserer Leute in New York begonnen und beendet werden?« Er ließ es klingen wie eine Frage.

»Jawohl, Genosse General. Zwei Männer werden den leichten Weg nehmen: Sie reisen über Finnland nach Schweden ein, dann nach Paris und von Frankreich nach New York. Die Technische Abteilung hat Ausweispapiere gefälscht, die unsere Leute für mindestens zweiundsiebzig Stunden decken werden.«

»Das ist annähernd die Zeit, die das FBI benötigen würde, die Papiere über Interpol und das Ausgabeland zu überprüfen?«

»Jawohl, Genosse General. Die Technische Abteilung hat Pässe und andere Dokumente aus dem üblichen Reservoir unserer ausgezeichnet gefälschten Blankoformulare ausgestellt. Die Tarnung, die unsere Leute von uns erhalten, besteht aus falschen Identitäten, Berufen, Adressen, Einreisegründen und Familienständen.«

»Falls jemand verhaftet und überprüft wird, Genosse . . .« General Schebrikow klang beunruhigt.

»Jede tiefergehende Tarnung ist reine Verschwendung, Genosse General. Die Leute werden innerhalb von zweiundsiebzig Stunden ein- und wieder ausreisen. Mit einem Ausweis werden sie nach Finnland gehen, mit einem zweiten nach Schweden. In Stockholm erhalten sie einen dritten Paß, und die gefälschten US-Dokumente bekommen sie in Paris.«

»Sehr schön. Ich bin einverstanden.« Was Schebrikows Assistent beschrieben hatte, war die routinemäßige Mehrfachpaßtaktik, die von kommunistischen Spionen und arabischen Flugzeugentführern häufig angewandt wurde. Diese Taktik war eine erprobte und bewährte Methode, von einem Land ins andere zu huschen, und sie ermöglichte es einem Agenten, mehrere falsche Identitäten anzunehmen und wieder fallenzulassen und damit feindliche Abschirmdienste abzuschütteln, die beinahe unausweichlich um einen oder zwei Pässe hinterherhinkten.

»Was mir nicht gefällt«, fuhr Schebrikow fort, »ist das Risiko. Unsere Männer kennen sich in den Vereinigten Staaten nicht aus. Einreisen, zuschlagen und fliehen . . .«

»Ich fürchte, Genosse General, eine andere Möglichkeit gibt es nicht, es sei denn, wir verschieben –«

»Nein, ich wünsche keine Verzögerung. Ich habe die Angelegenheit an höherer Stelle vorgetragen, und sie hat absolut Vorrang. Vertretbare Risiken werden wir eingehen müssen.«

»Wenn wir aus politischen Gründen und aus Gründen der Abschreckung mit Yazov direkt abrechnen müssen, Genosse General, dann ist das nicht ganz ohne Risiko.«

General Schebrikow stand auf und zog die Vorhänge beiseite, die vor dem schmalen, rechteckigen Fenster hingen. Draußen fiel Schnee auf den Platz. Der Schädel und die Schultern der Dserschinski-Statue waren weiß. Schebrikow blieb am Fenster stehen und sagte: »Ein Überläufer von Oberst Yazovs Klasse muß von uns direkt ausgeschaltet werden. Jeder potentielle Verräter muß wissen, daß wir direkt von diesem Gebäude, von diesem Büro aus nach seiner Kehle greifen werden . . .«

»*Da,* Genosse General.«

»Wir müssen nur darauf achten, daß das Risiko vertretbar bleibt, Genosse. Unsere Leute sind selbstverständlich gut ausgebildet . . .?« Schebrikow ließ den Satz verklingen.

»Es sind unsere besten Leute, Genosse General. Erfahren. Sie wissen natürlich, daß wir sie äußerst erfolgreich in Afghanistan eingesetzt haben.«

Schebrikow nickte. Sein Assistent meinte die schnelle, klinische Ermordung eines antirussischen Redakteurs, die in Kabul stattgefunden hatte. Der Mann hatte KGB-Operationen im Nahen Osten enthüllt und mehrfach feindselige Leitartikel veröffentlicht. Moskau hatte über Informationen verfügt, denen zufolge er von dem CIA bezahlt worden war.

Zwei Agenten der Abteilung V waren nach Nepal und von dort nach Kabul geflogen. Am Flughafen von Kabul hatten sie sich einen Mietwagen genommen, sie waren zum Haus des Opfers gefahren und dort eingedrungen und hatten den Journalisten erschossen, als dieser eben ein heißes Bad nahm. Mit der nächsten Maschine hatten die Killer Kabul verlassen und waren nach New Delhi geflogen. Ihre Namen waren Semjon Wladimir Jegerow und Leonid Bews.

»Ich bin mit Ihrer Auswahl einverstanden.« General Schebrikow stand neben dem Fenster, während er sprach. »Nicht einverstanden bin ich hingegen mit Ihrer Logistik.« Mit diesen Worten zog er den Vorhang wieder zu, kam an seinen Schreibtisch zurück und erkundigte sich: »Wo genau liegt Spencer, Genosse?«

Schweres Papier raschelte, als der Mann von Abteilung V eine quadratmetergroße Karte entfaltete, die die nördliche Mitte der Vereinigten Staaten zeigte. Er breitete die Karte auf Schebrikows Schreibtisch aus, strich sie glatt und zeigte auf einen unregelmäßigen Kreis, den er mit roter Tinte eingezeichnet hatte. »Hier. Eine Kleinstadt in der nordwestlichen Ecke des Staates Iowa.«

»Genau. Und wie weit ist es bis New York?« wollte Schebrikow wissen.

Der Mann zog eine zweite Karte aus seiner Aktentasche, diesmal eine Karte der gesamten USA. Mit dicker roter Tinte war bereits eine Fahrtroute von New York City durch New Jersey, Pennsylvania, Indiana und Illinois nach Spencer in Iowa eingezeichnet worden. »Mit dem Zirkel komme ich auf ungefähr eintausendneunhundert Kilometer. Sagen wir, zweitausend. Zwanzig Stunden, wenn man zügig und schnell durchfährt.«

»Genau. Zu weit, zu lange. Sind Sie noch nicht auf den Gedanken gekommen, unsere *residentura* in Chikago zu benutzen, Genosse? Wie weit ist es – über die Straße – von Chikago nach Spencer?«

Der Assistent zirkelte die Strecke zwischen Chikago und Spencer ab und meinte dabei: »Unsere *residentura* in Chikago ist erheblich unterbesetzt, Genosse General. Wir können zwei, vielleicht drei Leute einsetzen, einschließlich des Residenten selbst. Ich dachte, daß –«

»Die Entfernung bitte. Wie weit ist es?« wiederholte Schebrikow ungeduldig.

»Ich schätze, sechs- bis siebenhundert Kilometer.«

»Also gut. Sechs bis acht Stunden, und man kann sehr viel

entspannter fahren. Machen Sie es so – über Chikago. Es ist ja nicht viel zu tun. Nicht so viel, daß zwei Männer nicht in der Lage wären, den Transport und die Organisation von Chikago aus durchzuführen.«

»Sehr wohl, Genosse General.«

»Ansonsten bin ich mit Ihrer Planung einverstanden. Ich trinke im voraus auf Ihren Erfolg.«

Der Mann von Abteilung V hielt mitten im Zusammenfalten der Karten inne; das Falten bereitete ihm einige Schwierigkeiten, da die Kniffe sich zur falschen Seite bogen. Was ihm nicht gefiel, war die Art und Weise, die General Schebrikow solche Diskussionen damit zu beenden pflegte, daß er die Mission zu »seiner« machte. Gleichwohl kannte der Untergebene des KGB-Generals seine Stellung, und so nahm er das Glas mit eiskaltem Wodka in Empfang und antwortete: »Darauf will ich trinken, Genosse General.«

Im voraus zu feiern bereitete ihm gelindes Unbehagen, aber die klare, farblose Flüssigkeit, die er mit einer einzigen, ruckartigen Bewegung hinunterstürzte, durchwärmte ihn wie immer.

Er würde nicht erfahren, daß die Abteilung V, ohne es zu wissen, ebenfalls die komplexe Kette von Ereignissen angestoßen hatte, die sich über Rußland, die Vereinigten Staaten, Europa, den Nahen Osten und – Afrika zog.

VIER

Anfang Dezember war Obama Okan zweifellos sicher vor Yazov. Dem CIA war es nicht gelungen, sich der Dienste des Bulgaren zu versichern, und darüber hinaus – und dank der Intervention des KGB – stand Yazov selbst nun auf der Abschußliste. Okan wußte natürlich von all dem nichts, wenngleich er stets davon ausging, daß seine zahlreichen Feinde ihm ohnehin dauernd nach dem Leben trachteten.

Okan war ständig unter Bewachung. Selbst als er im heißen, mit grünen Badesalzkristallen gefärbten Wasser in der eingelassenen Wanne saß, fiel der Schatten einer russischen Kalaschnikow AK-47 auf ihn. Ein Leibwächter mit einem arabischen Kopftuch hielt sie in der Hand, ein Bewacher, der dem Präsidenten von Uganda diskret den Rücken zuwandte. Außerhalb des Marmorbadezimmers, in dem riesigen Schlafgemach der Befehlszentrale, waren zwei weitere Palästinenser auf dem Posten. Sie saßen auf Holzbänken in verschiedenen Ecken der Präsidentensuite, und die AK ruhten an ihren Schultern.

Auf dem Flachdach über dem Badezimmer standen ebenfalls Wächter. Zwei Männer lagen flach hinter einem leichten russischen Maschinengewehr, das auf einem Gabelstativ ruhte. Hin und wieder wechselte ein Nachtglas vom einen zum anderen, und abwechselnd beobachteten die Männer das Gelände hinter einer Stacheldrahtrolle.

Auf dem Gelände des Kommandopostens waren weitere Soldaten verteilt, unter anderem eine Elitekompanie von Fallschirmjägern, die allesamt mit der AK-47 bewaffnet waren. Auf der vorderen und der hinteren Zufahrt zu der Schanzanlage, die auf den Viktoriasee hinausblickte, parkten Jeeps mit rückschlagsfreien Gewehren.

Obama Okan war gut bewacht, aber er war ein Gefangener seiner eigenen Sicherheitskräfte. Er wagte nur selten, sich frei zu bewegen, da schon mehrere Attentate auf ihn verübt worden waren. Der letzte Anschlag lag erst zehn Tage zurück.

Wenn er nicht einen Tip aus der sowjetischen Botschaft bekommen hätte, wäre er wahrscheinlich bei einer Polizeiparade dabeigewesen, wo eine Bombe unter der Tribüne mehrere hohe Beamte zerfetzt hatte.

Die große, maßgefertigte Badewanne bot bequem Platz für Okans tonnenförmigen Dreihundertpfundkörper, und der ugandische Präsident lag im Wasser und brütete vor sich hin. Seine üppige Leibesmitte erhob sich vor ihm wie ein schwarzer Berg aus dem Wasser, eine glänzende Insel in einem Ozean aus grünem Gischt. Seit mehr als einer Stunde überdachte Okan, die Arme locker über der Brust gefaltet, seine Besorgnisse dort, wo er alle seine ernsthaften Überlegungen anzustellen pflegte.

Ein Teil seiner Probleme resultierte aus der russischen Schätzung, daß mehr als die Hälfte seiner vierzigtausend Mann starken Armee gegen ihn sei. Es traf zu, daß die Aufrührerischsten unter ihnen, etwa zehntausend Mann, bereits unter mehr oder weniger permanentem Kasernenarrest standen. Der größte Teil seiner Truppen, loyale wie unloyale Soldaten, war seit Monaten nicht mehr bezahlt worden. Das Geld, das er damit sparte, gab er seinen

Palästinensern, Südsudanesen und Kakwa-Loyalisten; die letzteren waren Angehörige seines eigenen Stammes.

Die gewöhnlichen Ugander führten ein sichtlich erbärmliches Leben; alles war knapp, für jeden außer für seine engsten Getreuen. Abgesehen vom Kaffee-Export, der ihm die wenigen Devisen einbrachte, die er in die Hände bekommen konnte, war die Wirtschaft des Landes beinahe nicht mehr existent.

Dazu kam das Problem seines persönlichen Prestiges: Die israelische Rettungsaktion in Entebbe war eine entsetzliche Demütigung für ihn gewesen. Die Entführung einer *Air-France*-Maschine zum Flughafen Entebbe hatte als Meisterstück begonnen und ihn mit kurzem Ruhmesglanz umgeben, aber das Nachspiel war eine komplette Katastrophe gewesen; er hatte schließlich sogar bei Todesstrafe verboten, daß Ugander überhaupt noch darüber redeten oder schrieben.

Der Vorschlag der Verweigerungsfront war Okan entsprechend willkommen gewesen: Gestatten Sie der Front, Uganda als Zufluchtsort zu benutzen, als einen Hafen für die Agenten der Front nach einem spektakulären Anschlag gegen westliche Fluglinien und Politiker. »Terrorismus ist ein großes und kraftvolles Drama«, hatte Hassan Jabril, der Führer der Front, formuliert, »und Uganda wird das Theater dafür sein.«

Großer Überredungskunst hatte es nicht bedurft. Wie das KGB im Zusammenhang mit Yazov war auch Okan, vorausgesetzt, daß die Risiken vertretbar waren, von ganzem Herzen und voller Begeisterung einverstanden mit diesem Plan. Nächtelang hatte er nach dem Überfall auf Entebbe in jenem Juli wachgelegen und um sein Leben gefürchtet, aber gleichzeitig hatte er über süße Vergeltungsmaßnahmen nachgegrübelt. Okan und die Front brannten auf einen Racheakt im großen Stil.

Der gewaltige Maßstab des Planes bereitete ihm keine Kopfschmerzen: Verkehrsmaschinen der *El Al* und amerikanischer Linien sollten entführt und amerikanische und andere Führungspersönlichkeiten gekidnappt werden. Gerade der Umfang und die Größe der Operation würden für ein beispielloses Theaterstück garantieren, für gewaltige Lösegeldforderungen und machtvolle Vergeltung.

Was Okan Sorgen bereitete, war nicht das enorme Ausmaß des Planes, sondern die Art und Weise der Durchführung. Es durften keine Fehler begangen werden. Die Risiken mußten vertretbar bleiben. Er und die Front schickten sich an, die mächtigste Nation der Erde zu erpressen, und dazu die erfindungsreichen Israelis. Die Haltung beider Staaten gegenüber dem Terrorismus war zunehmend unnachgiebig geworden. Wenn der Schuß nach hinten losginge, dann, dessen war Okan sicher, würde er nicht überleben.

Zweimal hatte er sich schon heimlich mit Jabril getroffen. Bezüglich der *El-Al*-Entführung hatte rasche Einigkeit bestanden. Die übrigen Aktionen bildeten gewissermaßen ein Tauschgeschäft: Jabril hatte darauf bestanden, einen Anschlag auf die USA, Israels wichtigste Schutzmacht, zu führen; Okan hatte unnachgiebig auf einer Operation gegen die Regime in Rhodesien und Südafrika beharrt.

Wie Geiseln und Flugzeuge in Uganda zu sichern wären, hatten die beiden Männer ebenfalls schon besprochen. Okan würde seine sowjetischen Panzerfahrzeuge auf die Landebahn fahren, die Gefangenen würden in Gruppen aufgeteilt und voneinander getrennt werden; ein paar der Geiseln würden in Entebbe unter Bewachung bleiben, andere sollten nach Kampala und Jinja gebracht werden.

Nach solchen Sicherheitsvorkehrungen würde keine Macht der Welt, mochte sie noch so groß sein, ein Blutbad verhindern können, wenn es je dazu käme.

Bis dahin waren die Gespräche gut verlaufen, doch dann ergab sich Widerspruch. Entzündet hatte er sich an der Frage, wer das Oberkommando bei den Einsätzen führen sollte.

Okan hatte eingeräumt, daß Jabrils Wahl auf eine rücksichtslos clevere und respektgebietende Persönlichkeit gefallen war, die hart gearbeitet und bereits das Training mehrerer Einsatzkommandos überaus effizient koordiniert hatte.

Was Okan verstörte, war die Tatsache, daß es sich um eine Frau handelte.

Er tat, als akzeptiere er Jabrils Argumente; die Rede war von ausgezeichneten Fähigkeiten, rückhaltloser Ergebenheit für Jabril und seine Sache sowie von der bekannten Tatsache, daß weibliche Flugzeugentführer oft wilder und mutiger arbeiteten als ihre männlichen Kollegen.

Allein, Okan war ganz und gar überzeugt von der Notwendigkeit, das Einsatzkommando einem Mann zu übertragen.

Jabril zeigte sich unnachgiebig und hart.

Bisher hatte noch keiner der beiden Männer erkennen lassen, daß er eventuell nachgeben würde.

Vor allem dieses Problem und die Frage, wie man es lösen könnte, war es, worüber Okan in seiner Badewanne nachdachte. Es wollte ihm einfach nicht in den Kopf, zu glauben, eine Frau könne in der Lage sein, diese spektakuläre Unternehmung erfolgreich durchzuführen.

Ein Klopfen an der Tür unterbrach seine Gedanken, und als er sich umsah, erblickte er Oberst Oyok, seinen Sicherheitschef, mit einer Nachricht in der Hand. »Exzellenz, ein dringendes Geheimtelegramm vom Präsidenten von Libyen.«

Okan empfand jähen Ärger über die Störung. Seit Monaten schon war es eine irritierende Gewohnheit des libyschen Präsidenten, den Ugander mit dringenden Geheimtelegrammen zu bombadieren und ihn stundenlang am Telefon festzuhalten, wo Okan sich Ratschläge anhören mußte, wie man Uganda am besten regierte. Aber bei all seiner Abneigung waren es die libyschen Ölmilliarden, die Uganda vor dem Untergang bewahrten, und der libysche Präsident hatte unverzüglich zwanzig russische MiG-Jäger nach Uganda in Marsch gesetzt, als Ersatz für die von den Israelis zerstörten Flugzeuge.

»Gut, und worum geht es?« fragte Okan knapp.

Oberst Oyok warf dem arabischen Leibwächter einen bedeutsamen Blick zu, eine warnende Geste, die Okan darauf hinwies, daß die Angelegenheit geheim sei.

Schwankend erhob Okan sich in seiner Badewanne, und das heiße, grünliche Wasser schwappte über den Marmorrand und auf die Fliesen. Der palästinensische Leibwächter nahm seine AK-47 von der Schulter und half dem Diktator beim Abfrottieren.

In einen weißen Bademantel gehüllt, verließ Okan das Badezimmer, durchquerte sein Schlafgemach und betrat ein angrenzendes Büro, in dem ein Mann an einem Schreibtisch saß.

»Nun, mein Freund?«

Oberst Oyok stand stumm und verlegen da und hielt das dechiffrierte Telex in der herabhängenden Hand. Es dauerte ein paar Augenblicke, bis Okan sich erinnerte, daß Oyok ebensowenig lesen konnte wie er selbst.

»Selbstverständlich, Oberst, soll unser loyaler Sekretär die Nachricht vorlesen.« Damit hatte Okan das Problem gelöst.

Oberst Oyok reichte das Papier dem Mann am Schreibtisch; dieser rückte seine Brille zurecht und las:

»An den Präsidenten, Uganda. Zusammentreffen in Maaten es Sarra, zehn Uhr, dritter Dezember. Nördliche Breite einundzwanzig Grad vierzehn Minuten. Östliche Länge einundzwanzig Grad vierzig Minuten. Vom Präsidenten, Libyen. Ende der Nachricht.«

»Ist das alles?« fragte Okan.

»Das ist alles, Exzellenz. Ende der Nachricht.«

»Gib her, mein Freund.« Okan nahm das Blatt in die Hand und tat, als studiere er den Text. Als er den Kopf senkte und auf das dechiffrierte Telex schaute, waren die drei Stammesnarben, denen die Kakwas den Spitznamen »Hundertelfs« verdankten, deutlich zu sehen. »Ah ja. Das ist alles. Ende der Nachricht«, erklärte er schließlich. »Was hältst du davon? Ich meine, was will der Präsident damit sagen?«

»Ich glaube, der Präsident von Libyen bittet um ein Zusammentreffen am dritten Dezember, Exzellenz. Um zehn Uhr morgens. Der Ort heißt Maaten es sowieso.« Der Privatsekretär schwieg ein wenig unsicher. »Es steht da in der Nachricht, Exzellenz. Und der libysche Präsident hat die genauen Längen- und Breitengrade angegeben.«

»Genauso ist es, mein Freund. Das gleiche habe ich auch gedacht. Kennt einer von euch dieses . . . Maaten-Dings?«

Oyok und der andere Mann schüttelten den Kopf.

»Gut, dann müssen wir es auf jeden Fall auf einer Landkarte finden. Kümmere dich bitte darum.«

»Sofort, Exzellenz.« Der Sekretär neigte den Kopf und verließ das Büro.

Die drei senkrechten Narben auf Okans Stirn leuchteten kräftiger als je zuvor. Er glühte vor Ärger. Es war typisch für den libyschen Präsidenten, ihn ohne Vorwarnung oder Absprache zu einem Treffen zu ordern. Aber er konnte kaum etwas dagegen tun, wenn ihm an dem guten Willen des Libyers gelegen war. Ohne das Geld und die aktive Unterstützung des libyschen Präsidenten, das wußte Okan, hätte man ihn schon vor Monaten aus dem Amt gejagt.

Okan konnte sich leicht vorstellen, worum es bei diesem Zusammentreffen gehen sollte. Die Zeit wurde knapp, und es mußte ein Weg aus der Sackgasse bei der Auswahl des Einsatzkommandanten gefunden werden. Niemand brauchte ihm zu erzählen, daß der libysche Präsident sich selbst als Vermittler eingesetzt hatte.

Wenig später kehrte der Privatsekretär mit einer großen Nordafrikakarte zurück. Er breitete sie auf Okans Schreibtisch aus und sagte: »Der Treffpunkt liegt etwa hier. Tief unten in Südostlibyen. Lassen Sie mich das Lineal benutzen, und ich werde es finden.«

Der Sekretär schob das Lineal auf der Karte hin und her und rief dann: »Ah, da haben wir's, Exzellenz. Es ist sogar eingezeichnet. Maaten es Sarra.«

FÜNF

Der Grund für das Patt zwischen Okan und Jabril hieß Gabriella Garst. Als Okan das Telex des libyschen Präsidenten erhielt, war Gabriella Garst in einem verlassenen Schulhaus in El Hawra, einer kleinen Küstenstadt am Golf von Aden in Südjemen.

Wie es in den hektischen letzten Wochen – und auch in den gemächlicher verlaufenen Monaten davor – durchaus üblich war, arbeitete Garst persönlich an der Ausbildung ihrer Gruppen.

Diese spezielle Gruppe trug den Namen »Kommando Meinhof«; sie war benannt nach der jungen Frau, die in ihrer Gefängniszelle in Deutschland erhängt aufgefunden worden war. Für die jungen Männer und Frauen, die auf den rauhen Holzbänken in dem verfallenen Klassenzimmer saßen, war sie eine Heldin. Garst hatte die Gruppe Kommando Meinhof genannt, um der toten Frau eine Ehre zu erweisen – und um der Propaganda willen.

Zehn junge Männer und Frauen verschiedener Nationalitäten saßen an den grob zusammengezimmerten Holzpulten und schauten Garst an. Sie war eine schlanke, junge Frau, und sie schritt vor dem Kommando Meinhof auf und ab. Dabei hatte sie die Finger hinter dem Bund ihrer verblichenen blauen Levi's.

War sie schön oder nur hübsch? Niemand wußte es, denn sie hatte sich einen schwarzen Nylonstrumpf über denKopf gezogen, der ihre Gesichtszüge verzerrte.

Gabriella Garst beendete ihre Lektion mit einigen Ratschlägen zu den Grundlagen der Geiselnahme. »Entspannt euch niemals. Nicht eine Sekunde lang, nicht einmal, wenn ihr die Situation restlos in der Hand habt.«

Ihre Füße standen ein Stück weit auseinander, als sie stehenblieb, und sie sprach in gleichförmigem Tonfall. »Achtet sorgfältig darauf, wie ihr eure Forderungen formuliert. Jedes eurer Worte, jeder Ausdruck wird von den feindlichen Behörden und ihren Psychologenlakaien auf das Sorgfältigste studiert werden.«

Sie setzte sich wieder in Bewegung. »Kümmert euch nicht um das, was die anderen Mitglieder des Kommandos Meinhof tun. Tut das, was euch aufgetragen ist. Sorgt dafür, daß eure Aufgabe erfüllt wird.«

Nach einer Pause nahm der Unterricht seinen Fortgang. »Versucht immer, die Sympathie eurer Geiseln zu gewinnen. Ja, ihre Sympathie. Ihr wollt nicht, daß es Schwierigkeiten gibt. Und sie müssen wissen, daß alles bald ein gutes Ende nehmen wird, wenn sie Geduld haben und gehorsam sind.«

Sie hatte den gleichen Vortrag schon vor anderen Gruppen gehalten, an Orten, die von Jemen weit entfernt waren – in einem spartanischen Guerrilacamp in den Bergen des Irak, auf einem hübschen Anwesen inmitten blühender Gärten unweit von Algier und in der abgeschiedenen Kufra-Oase tief in der libyschen Sahara. Immer aber hatte sie bei diesen Inspektionen und Lehrgängen mit Erstaunen festgestellt, wie rasch die intelligenten und motivierten jungen Leute lernten.

»Laßt sie immer hoffen. Laßt sie hoffen, daß die Freiheit nahe ist. Provoziert niemals Hysterie.«

Sie hatten allesamt gut gelernt. In Jemen, im Irak, in Algerien, in Libyen. Um zu testen, wie erfolgreich ihre Ausbildung gewesen sei, hatte Hassan Jabril darauf bestanden, Garsts Kompanien durch echte Einreise- und Zollgrenzen in Griechenland, Italien, Frankreich, Westdeutschland und Großbritannien laufen zu lassen. Bei solchen Gelegenheiten hatten die Rekruten am eigenen Leibe spüren können, wie es war, mit falschen Papieren durch die Grenzkontrollen zu gehen. Und Garst zweifelte nicht daran, daß sie es mit beherrschten Emotionen getan hatten, nicht zu schwatzhaft, nicht zu höflich. »Ihr müßt normal wirken, wenn ihr durch die Paßkontrolle geht. Ihr müßt die präzisen Details eurer falschen Papiere kennen.« Gewiß hatten ihre Ermahnungen ihnen in den Ohren geklingelt. Kein einziger von ihnen war erwischt worden.

Und jeder andere Aspekt der Ausbildung war gleichermaßen gründlich gewesen: Das Einchecken in Hotels, das Ausfüllen der Formulare, das Mieten eines Wagens, die Benutzung verschiedener Münztelefone. Sie hatten sogar gelernt, wieviel Trinkgeld man einem Taxifahrer gab, einem Hotelportier, einem Kellner und einem Zimmermädchen.

Gleich würde sie die letzte Lektion für das Kommando Meinhof beschließen. Es ging um einen lebenswichtigen Punkt, und sie hatte ihn für den Schluß aufgehoben. Garst blieb regungslos stehen, die Hände in die Hüften gestemmt. »Vor allem«, sagte sie, »kümmert euch schnell und entschlossen um jede Geisel, die eure Autorität attackiert oder untergräbt. Ihr müßt zu jeder Zeit die totale Kontrolle über die Situation haben. Ich danke euch für eure konzentrierte Aufmerksamkeit. Aber vergeßt nicht, das Kommando Meinhof hat einen Auftrag von größter Bedeutung.«

Die letzte Lektion war vorüber, und Garsts Klasse klatschte höflich und gedämpft in die Hände.

Alle Kommandos würden Aufträge von höchster Bedeutung erhalten. Das Kommando Meinhof hatte die Aufgabe, eine 747 der *Inter-Continental Airways* zu entführen, entweder vom Flughafen Latakia in Athen oder in Rom auf Fiumicino. Um diese Aufgabe so fachmännisch wie möglich ausführen zu können, hatte das Kommando Meinhof den geplanten Überfall in plumpen Nachbauten von Boeing-Innenräumen immer wieder geprobt. Diese Mission würde ein wesentlicher Bestandteil des dreigleisigen Feldzugs sein, den die Front plante, aber sie war wahrscheinlich weniger gefahrvoll als die Entführung der *El-Al*-Maschine oder des amerikanischen Außenministers.

Garst wartete, bis der Applaus verstummt war, bevor sie fortfuhr. »Und jetzt muß ich euch bitten, Geduld zu haben. Das Kommando Meinhof ist einsatzbereit. Ich habe jetzt nur noch die endgültige Einsatzgruppe auszuwählen.«

Erregtes Tuscheln erhob sich in der Gruppe.

»Wie ihr wißt, wird diese Gruppe aus nicht mehr als vier Personen bestehen.« Garst machte eine Pause. »Sechs von euch werden übrigbleiben. Wer immer diese sechs sein werden – die Auswahl ist noch nicht beendet, und jeder von euch kommt in Betracht –, sie sollten nicht enttäuscht sein. Ich kann euch versprechen, das diejenigen, die für diese Mission nicht ausgewählt werden, später immer noch gebraucht werden.«

Wieder klatschten die Leute auf den Bänken, und Gabriella Garsts Mund verzog sich unter dem Nylon, als sie erfreut lächelte. »Diejenigen, die übrigbleiben, werden unsere Reserve sein. Macht euch keine Sorgen. Die Front wird euch alle brauchen, eher früher als später. Noch einmal vielen Dank.«

Lektion und Zusammenkunft waren beendet. Garst ging zu der schiefen Tür des Klassenzimmers und winkte einer jungen Frau. Das Mädchen folgte Garst hinaus ins Freie. Sie war eine ehemalige Kindergärtnerin, und sie hatte bereits an mehreren Banküberfällen, Bombenanschlägen und Entführungen teilgenommen. Zusammen mit drei anderen gefährlichen Gefangenen war es ihr irgendwann gelungen, um Mitternacht ihre Gefängniswärterinnen zu überwältigen und mit zusammengeknoteten Bettlaken über die Gefängnismauer zu klettern.

Dieses Mädchen sollte das Kommando Meinhof führen; so wollte es Garst. Sie fragte sich, was Okan wohl sagen würde, wenn er wüßte, wie viele Frauen an den kombinierten Operationen beteiligt waren.

Garst und das andere Mädchen sprachen kurz und mit gedämpften Stimmen miteinander. Sie umarmten einander, und das Mädchen kehrte in das Schulhaus zurück. Die Tür schloß sich hinter ihr und kratzte dabei über den dunklen Lehmboden. Garst begab sich in entgegengesetzter Richtung zu einer unbefestigten Straße und stieg auf den Vordersitz eines klapprigen Jeeps.

Nach kurzer Fahrt mit dem Jeep gelangte sie in ein offenes, flaches Gelände vor der Stadt, wo ein russischer Hubschrauber vom Typ Kamow-25 sie erwartete, um sie nach Aden zurückzubringen. Das schlanke Mädchen bestieg den Hubschrauber und setzte sich auf einen der Klappsitze neben dem mittleren Fenster an der Backbordseite. Sie gab dem Piloten ein Zeichen mit dem emporgereckten Daumen, und die beiden Motoren des Hubschraubers erwachten zum Leben.

Abrupt erhob sich die Kamow in den Himmel, und Garst fühlte das Beben, das der schnelle Aufwärtssprung mit sich brachte. Erst nachdem die Maschine rasch auf zweitausend Meter Höhe gestiegen war, zog sie die schwarze Strumpfmaske vom Kopf und verbarg ihre Augen und den oberen Teil ihres Gesichtes hinter einer großen dunklen Sonnenbrille. Das lange blonde Haar stopfte sie unter eine weiche, weiße Tennismütze.

Wenn einer der beiden Piloten der Kamow sich in einem kritischen Augenblick umgedreht hätte, wäre ihm die umwerfende Schönheit der Geliebten Jabrils ins Auge gefallen.

Tief unter dem Helikopter fiel eine schwankende Karawane kamelreitender Beduinen in Trab, und die Hufe der Tiere wirbelten kleine Staubwölkchen in der Wüste aus. Garsts Blicke schienen müßig der Karawane über die sandige Wüstenebene zu folgen, aber ihre Gedanken waren mit den bevorstehenden Operationen der Front beschäftigt.

Wenn sich eine Möglichkeit fände, die Verhandlungen zwischen Okan und Jabril wieder in Gang zu bringen, würde sie bald *action* sehen. Die Pläne waren fertig, die Ausbildung der Leute so gut wie abgeschlossen. Es war alles sehr anregend gewesen. Aber nichts von dem, was sie in den vorhergegangenen Monaten oder in den erst recht aufregenden letzten Wochen getan hatte, würde sich mit der Hochstimmung bei den eigentlichen Aktionen vergleichen lassen.

Diese Vergeltungsaktion würde die Mehrfachentführungen im September 1970 verblassen lassen; damals waren Maschinen der TWA, der *Swissair* und der BOAC gleichzeitig entführt und in der Wüste bei Amman in Jordanien gesprengt worden. Garst war sich ihrer Sache sicher. Nur das Massaker an den israelischen Olympiakämpfern durch den Schwarzen September in München würde Jabrils neuestem Spektakel vielleicht gleichkommen.

»Terrorismus ist Theater, und du wirst der Star des Stückes sein«, hatte Jabril ihr versprochen. Wieder einmal würde die Welt durch den Schock daran erinnert werden, daß die Palästinenser lebten und daß ihre Sache noch immer existierte. Die Front würde ein gewaltiges Lösegeld kassieren, und Jabrils Prestige wäre wiederhergestellt, woran ihm überaus gelegen war. Mochte die Palästinensische Befreiungsorganisation in letzter Zeit im Libanon auch einige Rückschläge hingenommen haben, die Welt würde daran erinnert werden, daß die Front gnadenlos zuschlagen konnte.

»Natürlich wird es zugleich ein passender Racheakt für Entebbe sein, Gigi.« Jabril hatte sie bei ihrem Kosenamen genannt, als er ihr, sechs Wochen nach der israelischen Rettungsaktion in Uganda, seinen Plan zum erstenmal in Umrissen dargelegt hatte. Danach hatten sie miteinander geschlafen.

In jedem Augenblick, den sie mit Hassan Jabril verbrachte, fühlte sie sich lebendig. Inzwischen beherrschte er ihren Verstand, ihren

Willen und ihre Gefühle ganz und gar. Sie spürte, wie Emotion ihre Brust umspannte und ihr den Atem nahm.

Wenn es überhaupt einen Wermutstropfen gab, der ihr die vollständige Unterwerfung unter Hassan Jabrils Willen vielleicht hätte vergällen können, dann war es die weithin bekannte Tatsache, daß Hassan Jabril jede Frau, die er je betört hatte, auch benutzt hatte. Benutzt, manipuliert, ausgebeutet. So sehr sie sich auch bemühte, Gabriella Garst vermochte sich nicht restlos von jedem mißtrauischen Verdacht zu lösen, sie könnte möglicherweise auch nur eines seiner Besitztümer sein.

Auch in dem Wissen, daß mindestens drei seiner Exgeliebten lange Gefängnisstrafen in Westdeutschland, Norwegen und Frankreich abzusitzen hatten, lag kein Trost. Eine andere aus der Reihe seiner Frauen war eines furchtbaren Todes gestorben, als eine Granate in ihrem speziell konstruierten Büstenhalter detoniert war, während sie auf dem Oberdeck einer Boeing 747, die sie hatte entführen sollen, Champagner schlürfte. In dieser Nacht hatten Garst und Jabril zum erstenmal miteinander geschlafen.

Gleichwohl wußte Garst beim ersten Blick auf den Bungalow oberhalb der Docks von Aden, was sie wollte.

Der stummelschwänzige Helikopter sank langsam auf den Bungalow hinunter. Das Grundstück war von drei Meter hohen Mauern und Stacheldrahtrollen umgeben, und in einem kleinen Garten befand sich ein Swimmingpool. Auf dem flachen, silbrig glänzenden Dach standen zwei von Jabrils Leibwächtern und schwenkten grüßend ihre AK-47. Als der wirbelnde, brüllende Rotor der Kamow nah genug herangekommen war, ließ der Luftzug ihre fließenden weißen Gewänder flattern.

Über eine kräftige Strickleiter kletterte Gabriella Garst auf das Dach hinunter. Die Kamow hing in der Luft, bis sie sicheren Boden unter den Füßen hatte, und dann neigte sie sich steil zur Seite und flog knatternd davon.

Was sie wollte, bekam Garst . . . als sie die Stufen des Swimmingpools hinaufstieg und aus dem Wasser kam.

Gleich nachdem sie Jabril in seinem großen Arbeitszimmer im hinteren Teil des Bungalows umarmt hatte, war Garst aus ihrer Jeans und dem T-Shirt geschlüpft und durch die geöffneten Glasschiebetüren und über die Innenterrasse zum Pool gelaufen.

Am Rande des Beckens hakte sie den weichen weißen BH los und zog das weiße Nylonhöschen aus; das elastische Gewebe dehnte sich, als sie es über die Schenkel herunter zu denKnöcheln zog. Garst stieg mit dem rechten Fuß aus dem zarten Kleidungsstück und schleuderte es mit dem linken beiseite.

Sie nahm die Sonnenbrille ab und legte sie an den Beckenrand. Als nächstes zog sie die weiße Mütze vom Kopf und schüttelte ihr blondes Haar, so daß ihr reifer, wohlgeformter Po erbebte. Für einen kurzen Augenblick beugte sie sich nackt über das Wasser, und ihre runden, sonnengebräunten Brüste pendelten sanft.

Dann stürzte sie ihren schweißfeuchten Körper in einem anmutigen Kopfsprung in das kühle, glitzernde Wasser des Swimmingpools.

Jabril sprang ihr nach.

Nach einer kurzen, spielerischen Jagd durch das Wasser spritzte der Araber ihr mit der flachen Hand Wasser ins Gesicht, und dann schwammen sie, entspannt auf dem Rücken treibend, nebeneinander, und das Mädchen legte eine Hand zwischen Jabrils Beine. Als er daraufhin seine Hand an ihren Schenkeln heraufstreichen ließ, drehte Garst sich um und schwamm mit heftigen Stößen auf die Edelstahltreppe am flachen Ende des Pools zu.

Sie war schon halb draußen, als Jabril sie erreichte. Er umklammerte ihre Hände, die das Geländer ergriffen hatten, und hinderte sie so daran, weiter hinauszuklettern. Einen Augenblick später war er mit akrobatischer Geschicklichkeit in sie eingedrungen, und Garsts Hände krampften sich um das röhrenförmige Geländer.

Danach saßen sie in dem großen Raum mit Blick auf den Pool; hier befand sich Jabrils Büro.

Garst berichtete von ihrem letzten Besuch in El Hawra, und Jabril nickte befriedigt. »Teamwork, Geduld und niemals endende Aufmerksamkeit für jedes Detail, Gigi«, wiederholte er, »dazu der Mut des Berufsspielers zum kalkulierten Risiko. Du hast besser gelernt als alle anderen.«

»Ich bin also anders als alle anderen?« fragte Gabriella Garst scherzhaft.

»Besser, wilder, leidenschaftlicher als alle anderen, Gigi. Bist du damit zufriedengestellt?«

»Und was noch?« Das Mädchen lächelte.

»Cleverer, loyaler, tödlicher, schöner, bezaubernder...«, schmeichelte Jabril weiter.

Der Raum, in dem sie saßen, war einmal das Spielzimmer für die Kinder eines britischen Kolonialbeamten gewesen. Weil Jabril ein Faible für Ironie hatte, war das zerfledderte Noddy-Poster niemals von der Wand genommen worden. Neben diesem Poster, als Kontrapunkt, klebte ein zweites Plakat. Es zeigte einen schwerbewaffneten Fatah-Kämpfer und die Inschrift *Mein Weg, mein Blut, mein Name, meine Adresse, meine Heimat... Palästina.*

Die übrigen Wände des ehemaligen Spielzimmers waren mit Tabellen und Karten bedeckt. Der CIA, die israelische Mossad, das MI6, das französische SDECE und jeder andere westliche Geheimdienst hätte sicherlich besonderes Interesse für eine riesenformatige Hammond-Weltkarte gehabt. Es war eine Mercator-Projektion, wie sie besonders von Navigatoren bevorzugt wird, da hier eine gerade Linie einen konstanten, einzelnen Orientierungspunkt gestattet. Die große Hammond-Karte reichte von einem Ende der Wand zum anderen, und Jabril empfand es zudem als vorteilhaft, wie sie in Zeitzonen eingeteilt war.

Aus der internationalen Ausgabe des offiziellen Fluglinienhandbuches hatte er Informationen über die gegenwärtig gültigen Flugpläne und Routen ausgewählter Fluggesellschaften herausgeschrieben und in verschiedenen Farben auf der Karte markiert. Europa, der Nahe Osten und Afrika waren übersät von bunten Nadeln und kleinen Fähnchen. Wenn die Karte nicht gebraucht wurde, pflegte Jabril sie stets sorgfältig hinter einem dicken, schwarzen Vorhang zu verbergen.

Eben hatte er dem Mädchen von einem geplanten Zusammentreffen zwischen ihm, Garst, dem libyschen Präsidenten und Okan in Maaten es Sarra erzählt. Jetzt erhob er sich von einem faltbaren Segeltuchschemel – einem Sitz von der Sorte, wie man sie im Feldhauptquartier sowjetischer Regimenter zu verwenden pflegte – und steckte eine grünköpfige Nadel in den Teil der Hammond-Karte, der Südostlibyen zeigte.

»Der Präsident möchte, daß wir uns dort treffen. Maaten es Sarra. Genau bei 21° 14′ Nord und 21° 40′ Ost.«

»Was hältst du davon?«

»Was ich davon halte? Liebste Gigi, ich habe darum gebeten. Das hier ist nur die Einwilligung des Präsidenten.« Der Araber schwenkte ein Stück Papier, auf dem die Details des Treffpunktes notiert waren. »Natürlich hat der Präsident den Ort ausgesucht, aber die Idee stammt von mir.«

»Um aus dieser Sackgasse herauszukommen?«

»Um die Operation in Gang zu bringen, ja. Wir haben lange genug gewartet. Jetzt drängt die Zeit. Jetzt brauchen wir die generelle Zustimmung dazu, daß du das Kommando übernimmst.«

»Glaubst du, dazu wird es kommen?«

»Aber selbstverständlich, meine Liebe. Was könnte anderes geschehen?« Jabril stand vor der Weltkarte und lächelte. »Das Vertrauen des Präsidenten in dich ist stetig gewachsen, wie wir es geplant hatten. Er ist höchst beeindruckt von deiner Planung, von deiner Ausbildungsarbeit, deinen Verbindungsaktivitäten...«

»Vermutlich sollte ich mich geschmeichelt fühlen.« Garst lachte leise. »Normalerweise zieht der Präsident nicht für die Rechte der Frauen ins Feld.«

»Tja, Liebe, wahrscheinlich ist er inzwischen schon mehr als halbwegs in dich verliebt.« Jabril lächelte immer noch. »Darauf würde ich einiges wetten.«

»Du schmeichelst mir... viel zu sehr.«

»Niemals genug, Mond meiner Wonnen.«

Garst machte es sich in ihrem Sessel ein wenig bequemer und fragte: »Was wird Okan dazu sagen?«

»Das Übliche. Aber wir werden ihm überlegen sein, an Zahl und auch an Gerissenheit. Er kann kaum etwas anderes tun, als den Entscheidungen des Präsidenten zu folgen. Und der Präsident wird nach unseren Wünschen entscheiden. Okan ist bankrott, und dadurch ist er selbst eine Geisel – eine Geisel des Präsidenten. Außerdem wird auch für ihn die Zeit knapp. Es gibt mehr als nur die üblichen Berichte über einen großangelegten Mordanschlag gegen ihn...«

»Einer mehr oder weniger...« Garst schien nicht besonders beeindruckt von dem, was Jabril sagte.

»Nein, meine liebste Gigi. Diesmal konnte eine große Macht dahinterstehen. Eine wirklich große Macht...«

»Vielleicht läßt Okan sich davon mehr beeindrucken als ich.«

»Ich weiß nicht, was er denken oder tun wird. Das Problem mit unserem ugandischen Freund ist sein Jähzorn.«

»Außerdem ist er eitel, schlagzeilengeil und hinterhältig. Ein großer Schaumschläger, rücksichtslos –«

»Du mußt diese Liste nicht weiter ausführen, geliebtes Licht.« Jabril kicherte. »Was du sagen willst, ist, daß er das perfekte Werkzeug für uns ist.«

»Selbstverständlich, das ist er«, meinte Garst. »Und ich bin *dein* treu ergebener Sklave, töricht und besessen von dir. Und ich liebe dich wahnsinnig.«

»Du bist mein Licht . . . meine Liebe«, antwortete Jabril gleichmütig, »aber jetzt haben wir zu arbeiten.«

Aus einem Holzregal hinter einem antiken Schreibtisch zog er einen Koran hervor. Er befeuchtete seinen linken Daumen mit der Zunge und blätterte dann durch das Buch, bis er zu dem Teil gelangte, der als Chiffre zwischen der Front und dem Präsidenten vereinbart war. Er diktierte den Code, und Garst saß an einem Funkgerät von der Sorte, die im Regimentshauptquartier der Roten Armee benutzt wurde. Im Morse-Code tippte sie Jabrils Zusage, zum verabredeten Zeitpunkt in Maaten es Sarra zu sein, in den Äther.

Nach dieser Mitteilung funkte Garst ein paar Informationen weiter, die die Front in letzter Zeit aufgefangen hatten, Informationen, die die Front über ihr Network aus dem Nahen Osten, aus Afrika und Europa erhalten hatte. Eine leistungsfähige Antenne auf dem Dach des Bungalows hatte diese Informationen empfangen.

Unter den Erkenntnissen, die das Mädchen weitergab, war eine, die dem libyschen Präsidenten vermutlich schon bekannt war: Der Außenminister der Vereinigten Staaten, Joseph Fackman, würde demnächst nach Südafrika reisen.

Schließlich meldete Garst, daß sie selbst beinahe unverzüglich nach Tripolis fliegen werde, um unterwegs die Vorbereitungen der Front in Athen zu inspizieren und um sich die Sprengkörper anzusehen, die der libysche Special Intelligence Service für den Einsatz bei der *El-Al*-Entführung entwickelte. Sie beschloß die Sendung mit der Bitte, das Kommando Marighella per Flugzeug aus der Kufra-Oase zu einem sicheren Haus in Gargoura, einem Vorort von Tripolis, zu transportieren. Dann schaltete sie das Gerät ab.

Wie Jabril, empfand auch Garst großen Genuß beim Umgang mit Codes und geheimen Missionen, und so war das Senden von piepsenden, quiekenden Lauten durch den Äther ebenfalls ein

Vergnügen für sie gewesen. Zwar hätte sie es niemals zugegeben, aber an der Tastatur fühlte sie sich wie eine Frau, die über allem stand und die Geschicke vieler Menschen lenkte.

»Du hast ein paar harte Tage vor dir, Liebste«, meinte Jabril. Er kniete vor ihr nieder, legte den Kopf sanft auf ihre Schenkel und streichelte sie faul, beinahe abwesend, mit den Daumen. Das Mädchen spürte, wie sie unter den geübten Fingern des Arabers innerlich zu vibrieren begann.

Schließlich verlangte es sie nach mehr, als sie von Jabril bekam; sie stand auf, zog den Reißverschluß ihrer Levis herunter, streifte den Slip ab und setzte sich mit leicht gespreizten Beinen wieder hin.

»Der Präsident hat Okan zum Islam bekehrt. Er wird ihn auch zu dir bekehren. Du wirst sehen.«

Jabril senkte seine verblüffend krumme Nase zwischen ihre Beine und ließ seine Zunge hervorschnellen.

Am folgenden Tag war Gabriella Garst auf dem internationalen Flughafen Latakia, als die beiden Russen Bews und Jegerow nach Finnland abflogen, um sich von dort aus auf die Reise nach Chikago und zu Yazov zu machen, den sie ermorden sollten. Zur selben Zeit schlief der Bulgare in seinem Zimmer über Harvey Tylers Laden in Spencer, Iowa.

Inzwischen hatte Yazov den Lauf des Franchi-Schrotgewehrs, das er an seinem Bett aufbewahrte, säuberlich abgesägt.

Mike Tarrant in Washington schlief ebenfalls, aber er schlief unruhig: Er machte sich Sorgen um Operation Schwefel, und er war äußerst unzufrieden mit der Liste von Männern, die für die Ermordung Okans in Frage kamen. Die CIA-Kanäle, durch welche die erforderlichen Waffen nach Kampala geschleust werden sollten, waren zu allem Überfluß vorübergehend blockiert, weil in der ugandischen Grenzstadt Tororo ein Schlüsselkurier verhaftet und getötet worden war.

Garst war nach Latakia gekommen, um die endgültige Entscheidung darüber zu treffen, ob die Boeing 747 der *Inter-Continental Airways* in Athen oder in Rom entführt werden sollte. Beide Flughäfen waren strategisch günstig gelegen, Athen noch um eine Spur besser als Rom. Latakia war noch in Europa, aber dem Nahen Osten näher als Fiumicino, und der griechische Flughafen war ein bedeutendes Tor zum Orient und nach Australasien. Und ein Teil des Planes war, das Kommando Meinhof mit einem Flug der *Singapore Airlines* von Hongkong oder Singapur nach Latakia oder Fiumicino einfliegen zu lassen.

Auch die Tatsache, daß griechische Regierungen in der Vergangenheit relativ milde mit Flugzeugentführern und anderen Terroristen umgegangen war, besaß einiges Gewicht für Jabril und Garst.

Inzwischen hatte Garst sich davon überzeugt, daß die Sicherheitsmaßnahmen in Latakia nur geringfügig verbessert worden waren, und dies trotz einer kürzlich vorgenommenen Inspektion des Flughafens durch Vertreter der International Air Transport Association.

Die Griechen hatten gläserne Trennwände installiert und verwendeten Röntgengeräte und Metalldetektoren. Aber das Handgepäck ankommender Transitpassagiere untersuchten die Behörden noch immer nicht hinlänglich gründlich. Als sie in der mit cremefarbenem Marmor ausgekleideten Abflughalle durch die Sperre ging, wurde ihre Reisetasche nur flüchtig inspiziert.

Garst hatte außerdem gesehen, daß es für Besucher leicht möglich war, durch die Restaurantküche in die internationale Transitlounge zu gelangen; besondere Sicherheitskontrollen schien es auf diesem Weg nicht zu geben. Von einem anderen Punkt konnte sie sich nicht persönlich überzeugen, aber Berichten zufolge waren die Sicherheitsüberprüfungen nach Mitternacht besonders lax und die Flutlichtbeleuchtung auf den Hauptrollbahnen war völlig unzureichend.

Was ihr im Hinblick auf die Pläne der Front für Latakia am besten gefiel, waren die geringen Kontrollen des Flughafenpersonals, das sich ganz nach Belieben auf dem Gelände bewegen konnte. Jeder Unbefugte würde völlig ungehindert von der Tiefgarage des Flughafens aus auf das Rollfeld gelangen können, wenn er wollte.

Natürlich vermerkte Garst dies mit Befriedigung. Zwar würde das Kommando Meinhof durch keine der Sperren irgendwelche Waffen an Bord der ICA-747 schmuggeln, aber das relativ lockere Sicherheitsverständnis, das in Latakia herrschte, ließ auch für diesen Teil des Unternehmens nur Gutes erwarten: Hierfür nämlich war ein Agent der Front zuständig, der sich bereits in das Flughafenpersonal hatte einschleichen können.

Als Garst aus dem marmornen Terminalgebäude in den sonnigen Dezembertag hinaus und auf den Flughafenbus zuging, konnte sie sich persönlich davon überzeugen, daß der Agent an seinem Platz am Steuer des blauen Busses saß.

Im Profil besaß er große Ähnlichkeit mit dem Mann, dessen kleines Sechs-mal-sechs-Foto sie sich eingeprägt hatte. Als er sich umdrehte, um die Passagiere zu kontrollieren, die den Bus bestiegen, war Garst sicher. Und er sah unauffällig genug aus, dieser Mann, ein Agent der Front, der heute seine dritte Tagesschicht verrichtete.

Mit einem Knopfdruck ließ er den Motor des Busses an. Als er den Gang einlegte, hatte Garst ihre Entscheidung getroffen: Athen, nicht Rom. Bei dem Entschluß spürte das Mädchen eine neuerliche, frische Woge der Erregung in ihrer Brust.

Später, an Bord der Maschine nach Rom, spähte sie aus dem Fenster und sah, daß die Startbahn von Reifenspuren wie von Narben übersät war. Außerdem sah sie einen Panzerwagen, der Streife fuhr – offenbar eine neue Einrichtung in Latakia, denn weder sie noch Jabril hatten davon je gehört.

Wenn sie es gekonnt hätte, wäre sie jetzt, da die Entscheidung für Latakia getroffen war, am liebsten sofort nach Tripolis geflogen. Da sie aber nicht einmal durch eine Buchungsänderung Aufmerksamkeit auf sich lenken wollte, flog sie zunächst nach Rom. Auch dort studierte sie die Sicherheitsvorkehrungen und Kontrollmethoden, wenngleich nun eher aus akademischem Interesse.

Als die *Alitalia*-Maschine hoch über dem Tyrrhenischen Meer schwebte und ihr Schatten über die hellen Flecken in der tiefblauen Wasserfläche huschte, während sie in beinahe exakt südlicher Richtung auf Tripolis zuflog, erlebte Garst einen weiteren ihrer periodisch wiederkehrenden Anfälle von Besorgnis und Unsicherheit. Das hohle Gefühl in der Magengrube war nichts Neues für sie; schon oft hatte es die Euphorie abgelöst, die in den vergangenen Wochen prickelnd ihre Brust durchströmt hatte.

Ein wenig später, westlich von Neapel, versuchte sie, sich auf ein kleines Schiff zu konzentrieren, das in langsamer Fahrt eine weiträumige Kurve durch das blaue Wasser zog. Der Fischkutter hinterließ ein weißes Kielwasser. Ihre mühsam aufgebrachte Konzentration fiel jedoch bald der *Alitalia*-Stewardeß zum Opfer, die sich mit ihrem Kaffeewagen dem hinteren Teil des Jets näherte, wo Garst an einem Fensterplatz saß. *»Caffè, signorina?«* Die adrette, attraktive Stewardeß mußte ihre Frage wiederholen. »Danke, ja«, antwortete Garst und ließ den Plastikklapptisch vor sich einrasten.

Sie krümmte den Zeigefinger durch den Henkel einer weißen Plastiktasse und versank wieder in Gedanken, Sorgen und Plänen.

Die Front hatte gut geplant, das ließ sich nicht bestreiten. Die Kommandos Marighella, Meinhof und Badawi hatten den Gipfel ihrer Einsatzbereitschaft erreicht. Geld- oder Materialprobleme gab es nicht. Die Kooperation mit den eher freundlich gesonnenen arabischen Staaten verlief zufriedenstellend; allerdings kannte von allen nur Libyen die Einzelheiten des geplanten Großanschlags. In diesem Augenblick wurden Waffen in arabischen Diplomatenkoffern über Grenzübergänge geschafft, und arabischer Unterstützung war es zu danken, daß sie selbst mit zwei algerischen Pässen unterwegs war, die auf die Namen Leila Kamal und Julietta Bella ausgestellt waren.

Was Garst Sorgen bereitete, war die Frage, ob ihr Entschluß, das Kommando Marighella zu führen, richtig gewesen war. Theoretisch würde das Kommando Marighella die komplizierteste der geplanten Operationen übernehmen: Die Entführung des amerikanischen Außenministers und anderer in Johannesburg in Südafrika und den Transport der Geiseln zum Jan-Smuts-Flughafen, von wo aus sie nach Entebbe geflogen werden sollten. Mit ihr selbst bestand das Kommando Marighella aus zwei Verergruppen und war damit das größte Einsatzteam.

Hätte sie nicht besser das Kommando Badawi übernommen? Badawi, benannt nach dem palästinensischen Flüchtlingslager am Rande von Tripoli im Libanon, einer schmutzigen Barackensiedlung, würde den schwierigsten Einzelanschlag verüben müssen: Badawi würde eine 707 der *El Al* vom Flughafen Kastrup in Kopenhagen entführen.

Angesichts der straffen Sicherheitsmaßnahmen, die von der israelischen Airline verwendet wurden, hatte die Front einen Anschlag auf *El Al* zunächst für zu riskant gehalten. Erst nach tagelangen Diskussionen und Erörterungen hatten Garst und Jabril einen durchführbaren Plan vorschlagen können. Aber dieser Plan erforderte einen überaus mutigen Führer, den besten überhaupt . . .

Wenn die Marighella-Operation nicht in mehrere, gefahrvolle Stadien äußerst heikler Verhandlungen aufgeteilt gewesen wäre, hätte Gabriella Garst das Kommando Badawi angeführt. Sie war diejenige, die dem Kommando seinen Namen gegeben hatte – Badawi war ihr Geburtsort, und mit der *El-Al*-Entführung war sie emotional am engsten verbunden. Aber die Entführung des US-Außenministers würde die wichtigste Operation von allen sein.

Dadurch, daß sie die mächtigste Nation der westlichen Welt erpreßten, würde alles andere in einen größeren Maßstab übertragen werden: Die Sensation, die Publicity, die Forderungen und alles andere im Zusammenhang mit der Operation würde um so gewaltiger sein.

Als sie ihre Kaffeetasse geleert hatte, war Garst wieder zuversichtlich, daß ihre Entscheidung, Marighella zu führen, richtig gewesen war.

Sie mußte an den libyschen Präsidenten denken. Würde er sich über Okan hinwegsetzen und sich ein für allemal hinter Jabril stellen? Und wenn ja, würde er dabei genügend Takt aufbringen, so daß der launische, halsstarrige Ugander nicht in Wut geriete? Es war zu spät, einen alternativen Zufluchtsort als Ersatz für Entebbe zu suchen, falls so etwas überhaupt existierte. Nur Okan war bedenkenlos und instabil genug, sich gegen die USA zu stellen – und gegen das Urteil der gesamten Weltöffentlichkeit.

Dann fragte sie sich, ob Hassan Jabril sie wirklich liebte. Er besaß sie, mit Leib und Seele. Sie nahm hohe Risiken auf sich, hauptsächlich, weil sie verrückt nach ihm war. Alles das war ohne Bedeutung, wenn er sie nur wieder liebte. Aber Jabrils blumige, leichtfertige Schmeicheleien verschafften ihr Unbehagen.

Unverhofft ging ein heftiger Ruck durch das Flugzeug und verriet ihr, daß das Fahrwerk ausgefahren wurde.

Sie beobachtete, wie das dürre Land dem Flugzeug entgegenstieg. Ein anschwellendes, dumpfes Brüllen erfüllte die Ohren des schönen Mädchens. Mit der Hand schob sie eine Haarsträhne in ihrer schwarzen Perrücke zurecht, die der plötzliche Luftzug über ihr frisches, sonnengebräuntes Gesicht geweht hatte.

Die *Alitalia*-Maschine setzte mit einem harten Stoß auf der Hauptlandebahn des Flughafens Tripolis auf. Das Tosen in Garsts Ohren verstärkte sich, als der Rückschub der Triebwerke einsetzte. Dann rollte die Maschine auf die flachen, weißen Flughafengebäude zu.

Fünfundvierzig Minuten später – Garst war unversehrt im Vorort Gourgoria eingetroffen, wo die Mitglieder des Kommandos Marighella sie herzlich begrüßt hatten – bestieg eine hellhäutige junge Araberin den *Aeroflot*-Flug 421 nach Lagos, Nigeria. Sie trug, ebenso wie Garst, ein weißes Tuch, eine weiße Bluse und einen hellblauen Rock. Sie benutzte einen Paß auf den Namen Leila

Kamal. Falls sich jemals jemand mit den Passagierlisten von *Alitalia* und *Aeroflot* beschäftigen sollte, würde er feststellen, daß eine Person mit Namen Kamal von Rom nach Lagos geflogen war, mit einem kurzen Transitaufenthalt in Tripolis. Was diesen und alle vorherigen Wechsel so einfach gemacht hatte, war Garsts Farbe: Sie hätte aus jedem der Staaten an der Südküste des Mittelmeeres stammen können.

SECHS

Am Tage des Treffens in Maaten es Sarra waren Bews und Jegerow in Paris und schickten sich an, das Flugzeug nach Chikago zu besteigen. Die beiden Russen fanden den Flughafen Charles de Gaulle ein wenig verwirrend, und wachsam achteten sie auf die französischen Flughafendurchsagen. Schon jetzt war Bews' Tasche schwer von einer lästigen Sammlung nutzlosen Kleingelds – finnische Markka, schwedische Kronor und französische Francs.

Es war nicht verwunderlich, wenn niemand zwischen Yazov, der einsam und niedergeschlagen in Spencer hockte, den beiden Russen und dem Zusammentreffen in Maaten es Sarra einen Zusammenhang entdecken konnte. Maaten selbst war von Paris genausoweit entfernt wie von Spencer: Es gibt keine planmäßigen Flüge nach Maaten es Sarra. Der Ort liegt tief im äußersten Südosten von Libyen, jenseits des Rebiana-Sandmeeres, in der Nähe der libyschen Grenze zum Tschad, dem Sudan und Ägypten. Es ist ein kleiner, staubiger Rastplatz, und seine einzige Attraktion ist das Wasser, das sechzig Meter tief unter dem Sand der Sahara zu finden ist. Gelegentlich kommen Beduinen nach Maaten es Sarra, wenn sie über die unmarkierte Piste von der Oase Kufra kommen. Pioniere der libyschen Armee haben im Süden des Ortes, dort, wo die Piste endet, eine kurze Allwetterlandebahn angelegt.

Zu diesem Flugplatz war Obama Okan gekommen, der die sechzehnhundert Meilen in einem israelischen *Westwind*-Jet zurückgelegt hatte. Der Präsident, so hatte Radio Uganda behauptet, plante einen Überraschungsbesuch bei ugandischen Armee-Einheiten, die an der Nordgrenze zum Sudan, nicht weit von Moyo und in der Nähe de Albert-Nil stationiert waren. In Wahrheit aber hatte der Jet einen riskanten Vierstundenflug hinter sich gebracht, und er war dabei unangekündigt über die wilden, menschenleeren Grenzgebiete von Zaire, Sudan, der Zentralafrikanischen Republik und dem Tschad hinweggeflogen.

Hassan Jabril kam auf einer anderen Route nach Maaten es Sarra. Er meldete einen falschen Flugplan für seinen Lear *Executive* an, der ihm gestattete, nach Süden über den Golf von Aden und dann an der Küste entlangzufliegen, die Straße von Bab El Mandeb und Nordäthiopien zu überqueren und schließlich nördlich von Khartum über den Sudan hinweg zu seinem falschen Ziel Abu Simbel am Lake Nasser in Ägypten zu fliegen. Ein Stück weit östlich des dritten Nil-Kataraktes verschwand Jabrils Privatjet vom Radar in Khartum. Er überflog die endlos leeren Weiten des nordöstlichen Sudan und nahm Kurs auf Maaten es Sarra.

Okan war nur sechs Minuten vor Jabril an Ort und Stelle. Nach der Landung wurden die beiden kleinen Flugzeuge abseits der Landebahn unter Zelten der libyschen Armee abgestellt.

Sogar in diesem winzigen, einsamen Ort standen vier schwerbewaffnete junge Männer Wache. Zwei der Posten lehnten im Schatten des Zeltes an dem Lear-Jet. Okans Wächter saßen in der *Westwind*, in der offenen Einstiegsluke des Flugzeugs, das in glücklicheren Zeiten als Geschenk aus Israel nach Uganda gekommen war. Allen rann der Schweiß in schmalen Bächen in die Augen. Vereinzelte Fetzen des hitzigen Wortwechsels zwischen dem Araber und der Afrikaner drangen bis zu ihnen herüber, während sie ächzend in der Glut warteten.

Okan und Jabril standen hinter einem langgestreckten Holztisch, der mit Landkarten übersät war. Kalebassen mit lauwarmem Wasser standen ebenfalls auf dem Tisch, und beide Männer nahmen sie häufig zur Hand, um Wasser in die Gläser zu gießen, aus denen sie immer wieder tranken.

Jabril hatte voller Zuversicht begonnen; er hatte die geplanten Missionen vor Okan noch einmal Revue passieren lassen und dem Ugander neue, beeindruckende Details erklärt. Indem er den Präsidenten tiefer als je zuvor ins Vertrauen zog, hoffte Jabril, auch das Vertrauen des Uganders gewinnen zu können.

Als nächstes rief der geistige Führer der Front Okan alle Erfolge einer zehnjährigen Karriere ins Gedächtnis, die internationalen Hijacking-Operationen, Entführungen, Botschaftsüberfällen und anderen Anschlägen gewidmet gewesen war. Dies diente dem

Zweck, Okan weiteres Zutrauen zu Jabril als einem erfahrenen, geübten Organisator einzuflößen.

Nachdem er Okan mit Beispielen für seine meisterlichen Begabungen aus Vergangenheit und Gegenwart beeindruckt hatte, sprach Jabril unumwunden von den Vorteilen, mit denen der Ugander würde rechnen können. »Exzellenz, ein Lösegeld von hundert Millionen Dollar ist nicht undenkbar.«

Okan grunzte und schüttelte ein wenig ungläubig den Kopf.

»Glauben Sie mir, Exzellenz.« Jabril nickte eindringlich. »Sie können es ruhig glauben. Wir haben je fünfzig Millionen für die Freilassung des saudiarabischen und des iranischen Ölministers bekommen.« Jabril bezog sich auf einen spektakulären Erfolg der Front, die 1975 die arabischen Ölminister aus der OPEC-Zentrale in Wien entführt hatte.

»Und Sie werden sich erinnern, daß die OPEC-Affäre ebenfalls im Dezember stattfand«, fügte Jabril geheimnisvoll hinzu, als sei dieser Monat ein gutes Omen. Er versuchte, sogar Okans Aberglauben für sich zu nutzen.

»Von diesen hundert Millionen, Exzellenz, werden Sie – so habe ich es mit dem libyschen Präsidenten vereinbart – achtzig Millionen behalten. Achtzig Millionen Dollar.« Er machte eine Pause, damit dem Ugander das volle Ausmaß dieser Zahl dämmern könnte.

Danach gab der Araber mit Nachdruck zu bedenken, daß die Zeit allmählich knapp werde. Joseph Fackman, der amerikanische Außenminister, würde bald nach Afrika kommen, um die Lösung der Rassenkonflikte in Rhodesien voranzutreiben. »Er beginnt seine Reise in dieser Woche. Zunächst wird er nach Sambia, Botswana und Tansania fliegen, bevor er schließlich nach Johannesburg kommt. Zerschlagen Sie die Friedensbemühungen, und Sie beweisen, daß Uganda die weißen Rassisten bekämpfen kann, wo immer es will. Sie zeigen, daß es ohne Uganda keinen Frieden geben kann, so wie es ohne die PLO keine Einigung mit Israel geben wird. Uganda steht in Palästina hinter uns, und wir stehen hinter Uganda in Zimbabwe, Namibia und Azania.« Jabril benutzte die Dritte-Welt-Bezeichnungen für Rhodesien, Südwestafrika und Südafrika.

»Ich will die Frau nicht. Sie kann bei einem der Kommandos mitmachen, von mir aus. Aber es müssen Männer sein, die die Anschläge führen. Und ein Mann muß das Oberkommando haben.« Der Afrikaner sprach einfach und gleichmütig, Jabrils nächstes Argument vorwegnehmend.

Nach all seinen sorgfältig strukturierten Vorbereitungen hatte ihm der Ugander in ärgerlicher Weise den Wind aus den Segeln genommen und sein Argument, daß Okan Garsts Ernennung, die der erfahrene Chefdenker mit großer Sorgfalt erwogen habe, akzeptieren solle, zumal da Okan, dank Jabril, großen Nutzen davon haben werde, einfach zerschlagen.

Jabril versuchte es andersherum. »Garst ist ein vorzüglicher, intelligenter, absolut zuverlässiger Leutnant. Durch sie kann ich alles dirigieren.« Jabril lächelte. »Ich habe eine enge Verbindung zu ihr. Sie ist loyal. Männer mit eigenen Ambitionen werden niemals so loyal dienen wie sie.«

»Kommen Sie, lassen Sie uns vernünftig miteinander reden.« Okan war nicht überzeugt. »Welche Spitzenmänner haben Sie? Es muß doch einige geben . . .«

»Ich kann Ihnen sagen, Exzellenz, daß der libysche Präsident von Ihrer Einstellung überaus enttäuscht sein wird. Er setzt restloses Vertrauen in Garst.« Hassan konnte sich diese Behauptung nicht verkneifen.

Okan empfand vorübergehende Unsicherheit. Mit Jabril wurde er fertig. Aber der libysche Präsident war eine andere Sache.

»Und der libysche Präsident ist in der Vergangenheit sehr großzügig zu Ihnen gewesen.« Es klang beinahe höhnisch, wie Jabril dies sagte. »Ich weiß, daß er zig Millionen in seine große Freundschaft zu Ihnen investiert hat.«

Okan funkelte den Führer der Front über den Tisch hinweg an. Wenn draußen nicht das schrille Pfeifen eines Transportjets der libyschen Luftwaffe zu hören gewesen wäre, hätten die beiden Männer ihre ungeliebte Allianz womöglich beendet und ihrer gemeinsamen Sache einen irreparablen Schaden zugefügt.

Die Unterbrechung kam gerade zur rechten Zeit, und statt nach einander zu schnappen, traten der Araber und der Afrikaner unter den Rand des Zeltdaches und beobachteten, wie der Punkt am blauen Himmel sich allmählich in eine Fokker *Friendship* verwandelte. Auf den Tragflächen war das Palmenemblem zu erkennen. Die *Friendship* kreiste einmal langsam über Maaten es Sarra und landete dann auf dem glühheißen Betonstreifen der Landebahn.

Der libysche Staatschef trug einen olivgrauen Armeeoverall. Als er bei dem Zelt ankam, unter dem Okan und Jabril ihn erwarteten, schwitzte er bereits heftig. Neben ihm ging Garst; sie stapfte unbeholfen durch den knöcheltiefen Sand.

»*Jambo,* mein Freund.« Der Libyer verwandte die traditionelle Suaheli-Begrüßung und erschreckte und entmutigte Okan damit gleichzeitig. Offensichtlich scheute der Präsident vor nichts zurück, um seinem Charme Ausdruck zu verleihen.

»Mein großer und wundervoller Freund«, fuhr der Libyer in gebrochenem Suaheli fort, »laß uns dafür sorgen, daß unsere weite, gefahrvolle Reise nicht erfolglos bleibt.« Okan ließ seine rechte Hand von dem Libyer ergreifen und energisch schütteln.

Der libysche Präsident schenkte Jabril nur ein flüchtiges Kopfnikken, aber der Ugander bemerkte, daß Jabril und Garst einen langen, fragenden Blick wechselten.

Okan war erhitzt und müde, und er bereute nicht zum erstenmal, daß er zu diesem winzigen Wasserloch in der Mitte von Nirgendwo hatte kommen müssen. Er konnte mit ihnen allen fertig werden. Sogar mit dem Libyer. Einzeln. Aber wenn sie alle zusammen waren ...

»Wir müssen uns beeilen, Exzellenz«, sagte der Libyer durch einen Dolmetscher. »Erst heute morgen haben wir die Nachricht gehört, daß Fackman auf dem Weg nach Afrika ist.«

Er zog ein Telex aus der Tasche und schwenkte es hin und her. »Lassen Sie uns über unsere Sorgen sprechen. Soll Arabien mit Afrika sprechen. Schon jetzt habe ich das Gefühl, daß wir uns an einem Kreuzweg des Schicksals befinden, hier in dieser bescheidenen Oase Maaten es Sarra.«

Okan hatte das Gefühl, daß eine Falle zugeschnappt war.

»Ich bin voller Zuversicht, daß diese Frau uns großen Ruhm bringen wird. Sie besitzt jede Eigenschaft, die wir uns wünschen. Nun, was hat Afrika gegen sie einzuwenden?«

Dem Ugander sank das Herz noch tiefer in die Hose. Konnte er ihnen tatsächlich von seinem Wahrsager erzählen, der in den Eingeweiden eines frisch geschlachteten weißen Hahnes – aus Okans eigenem Hühnerhof, der hinter dem Kommandoposten lag – herumgestochert und ihm dann warnend abgeraten hatte ...?

SIEBEN

In Maaten es Sarra wurde Okans Widerstand gegen Gabriella Garst endlich gebrochen. Die mehrgleisige Operation würde unter ihrem Oberkommando stattfinden, und alle waren einverstanden.

In den unmittelbar darauffolgenden Tagen gab es für die Front viel zu tun. Nicht einmal zwölf Stunden waren vergangen, seit der letzte der Jets über dem Wüstenflugplatz hinter dem Rebiana-Sandmeer in der Sahara steil in den Himmel gestiegen war, und schon summten Telegramme zwischen Städten in Ost- und Westeuropa, in Afrika, dem Nahen Osten und Nordamerika hin und her. Die chiffrierten Mitteilungen galten den Agenten der Front überall in der Welt.

Typisch für die Telegramme, die über Kontinente und Meere hin und her flogen, war eines, das auf dem Postamt in der Nähe des Gare St-Lazare in Paris aufgegeben wurde. Ein junger Mann schickte es ab, der vom Hotel Ambassador in einem kurzen Spaziergang über den Boulevard Haussmann in die Rue Tronchet gekommen war. Es lautete:

LIEFERUNG EINTRIFFT NAECHSTE WOCHE. BEZAHLUNG IN FRANCS GEWÜNSCHT. BAR BEI LIEFERUNG.

Als das Telegramm auf dem Fernschreiber in Johannesburg erschienen war, wurde es unverzüglich einem schwarzen Boten in einer verblichenen Khakiuniform übergeben, der mit dem Fahrrad vom Hauptpostamt in der Jeppe Street zur Boutique »Yellow Panther« fuhr, die nur drei Blocks weiter in der Rissik Street lag. Dort überreichte er das Telegramm der Adressatin, einer ruhigen, unauffällig wirkenden Verkäuferin. Natürlich gehörte sie in Wahrheit zu dem immer raffinierter werdenden Network der Front.

Nachdem sie die Empfangsbestätigung unterschrieben hatte, riß die junge Frau die Zellophanscheibe des rötlichen Umschlags herunter. Sie las den Inhalt und erstarrte kurz vor Erregung. Das Telegramm bedeutete, daß Männer – Männer von der Front zweifellos – kommen würden, um den Inhalt einer schweren Stahlkiste abzuholen, die sie in der Kofferkammer ihres Kleiderschrankes in einem Hochhaus im kosmopolitischen Hillbrow, einem Vorort von Johannesburg, unter Verschluß hielt.

Erst vor kurzem war – in Einzelteile zerlegt – die letzte der Waffen eingetroffen und in der Stahlkiste verstaut worden. Es war nicht zu leugnen, daß ihre Mission gefährlich gewesen war. Wenn irgend etwas zu irgendeinem Zeitpunkt schiefgegangen wäre, hätte die südafrikanische Sicherheitspolizei sie wahrscheinlich verhaftet. Jede Lieferung war mit einem Risiko verbunden gewesen. Viele Teile waren im falschen Boden von Koffern gekommen, die als unbegleitetes Gepäck im Frachtraum transportiert worden waren. Andere waren mit den Frachtpapieren fiktiver Firmen versandt worden. Da die Häfen von Kapstadt und Durban gewaltige Gütermassen zu bewältigen hatten, war das Risiko der Entdeckung bei einer routinemäßigen Kontrolle durch die Behörden relativ gering.

Mitte November war die Stahlkiste randvoll von Granaten, Pistolen, AMD-Sturmgewehren und Munition.

Das Mädchen im »Yellow Panther« gewann die Fassung zurück und spülte das Telegramm in die Damentoilette der Boutique. Dann nahm sie sich vor, ein Flugticket zu buchen und Südafrika zu verlassen. Ihre Arbeit war getan.

Unterdessen war der schwarze Postbote wieder zur Jeppe Street zurückgekehrt. Während er sein Fahrrad in den Hintereingang schob, gab vorn am Schalter ein blonder junger Mann ein Telegramm auf. Es war adressiert an Herrn Karl Stammler, wohnhaft im Penta-Hotel in München. Der Text lautete:

48, 59 ODER 70 VERFUEGBAR DEZEMBER. MUTTER OKAY.

Dies bedeutete, daß das US-Konsulat in Johannesburg im »Top of the Carlton«, der Cocktailbar des Carlton-Hotels, eine Party buchen wollte, und zwar für den 21., den 22, oder den 23. Dezember. Außenminister Fackman beabsichtigte, bei dieser Gelegenheit lokalen und nationalen Führungspersönlichkeiten seine Honneurs zu erweisen.

Dem Absender dieses Telegramms war diese Information zugänglich gewesen, weil er im Carlton, dem größten und luxuriösesten Hotel der südlichen Hemisphäre, angestellt war. Ein weiterer Beweis für Hassan Jabrils Weitsicht war seine Vermutung, daß Fackman, wenn er nach Johannesburg käme, im Carlton entweder wohnen oder aber einen offiziellen Empfang geben würde.

Der Absender des Telegramms würde nunmehr die Anweisung erhalten, noch einmal alle Ein- und Ausgänge des »Top of the Carlton« zu untersuchen. Falls er dabei weitere Informationen über neue Sicherheitsmaßnahmen in Erfahrung brächte, sollte er sie weiterleiten. Er war in einer günstigen Position für die Beschaffung solcher Informationen, denn der Frontagent im Carlton arbeitete im Servicebereich des Hotels.

Als er nach seiner Rückkehr aus der Jeppe Street den kleinen Platz vor dem Carlton überquerte, entdeckte ihn ein Manager des Hotels. Kaum war der junge Mann durch die Allwetterschwingtür in die Lobby gekommen, sprach der Manager ihn an. »Sie kommen ein bißchen spät, Kurt. Wir müssen uns jetzt auf Sie verlassen können.«

»Ich bin wohl zu lange in meinem Sprachkurs geblieben«, antwortete Kurt lächelnd.

Es war nicht zu bestreiten: Kurt arbeitete hart daran, sich voranzubringen, und der Manager wußte nicht, ob ihm das gefiel oder nicht.

»Aha. Na ja, ich muß sagen, Sie geben sich wirklich Mühe. Nicht viele Neuankömmlinge machen sich die Mühe, Afrikaans zu lernen«, meinte der Manager. »So, und jetzt nehmen Sie sich das ›Top of the Carlton‹ vor. Wir müssen die Bewirtungsarrangements ändern, weil die Amerikaner ihr offiziöses Cocktaildings dort abhalten wollen. Aus Sicherheitsgründen werden wir ein paar der Eingänge verschlossen halten, und das Personal wird gleichfalls reduziert.«

Während der nächsten drei Stunden vertiefte Kurt sich angestrengt in die Planung der Serviceveränderungen für das »Top of the Carlton«.

Unterdessen erfuhr gegenüber im Kine Center die Alltagsarbeit des US-Konsulats eine Unterbrechung durch die hektische Planung und Vorbereitung von Fackmans Besuch. Eine Vorausabteilung des amerikanischen Geheimdienstes war bereits eingetroffen, und sie hatte als erstes nach einer Liste einheimischer Subversiver und virulenter Antiamerikaner verlangt.

Fackman selbst war unterwegs nach Paris, und von dort aus würde er nach Lusaka in Sambia fliegen. Das Kommando Marighella hatte den Auftrag, den amerikanischen Außenminister zu kidnappen, und die Mitglieder des Kommandos waren schon, einzeln und in Paaren, unterwegs nach Johannesburg.

Die *El Al*-707, die in Kopenhagen entführt werden sollte, stand noch auf dem Flughafen Lod in Israel, wo sie repariert wurde. Das Kommando Badawi, dessen Zielobjekt sie war, versammelte sich in Dänemark.

Mit makellos gefälschten Pässen trafen zwei Mitglieder des Kommandos Meinhof in Singapur ein. Die beiden benahmen sich wie ein gewöhnliches Paar auf Hochzeitsreise. Das Mädchen stand bis zu den Oberschenkeln im Wasser des funkelnd blauen Pools im Garten des Hotels Shangri-La und trank einen Cocktail durch einen Plastikstrohhalm, der in einer frisch aufgeschnittenen Kokosnuß steckte. Ihr »Ehemann« winkte ihr müde vom Beckenrand aus zu und ging dann den breiten, schattigen Weg entlang, um, die Hände in die Taschen geschoben, einem Tennismatch zuzuschauen.

Weit weg, am Rande von New York City, plagte sich der Pilot der bedauernswerten ICA-Boeing 707 aus Athen mit Sorgen, die mit einer Flugzeugentführung nicht das geringste zu tun hatten. Soeben hatte ihn seine Frau, eine inzwischen verblichene Schönheitskönigin, aus der unaufgeräumten Wohnung geworfen und ihm gesagt, er solle ja nicht wieder zurückkommen. Der ICA-Kapitän war in düsterer Stimmung, als er unter dem lastenden grauen Himmel auf den Flughafen John F. Kennedy zuflog.

In dem Bungalow oberhalb von Aden stand der Mann, unter dessen Leitung dieses Kommen und Gehen, die Grenzübertritte und Zusammenkünfte größtenteils stattfanden, hinter einem hübschen Arabermädchen. Das Mädchen saß auf einem mit Leinen bespannten Klappstuhl vor einem Funkgerät. Sie trug eine enge Levis, und die Zipfel ihrer hellblauen Bluse waren über dem Nabel verknotet. Aus dem dicken Stapel von chiffrierten Mitteilungen, der vor ihr lag, ließ sie in halbstündigen Intervallen einen konstanten Strom von Morsezeichen in den Äther fließen.

Jabril hatte angeordnet, daß der Sender nur alle halbe Stunde – und zwar jeweils dreißig Minuten nach der vollen Stunde – zu benutzen war, weil er, wie er sagte, nicht durch einen plötzlich auffallend gesteigerten Funkverkehr Aufmerksamkeit erregen wollte. Womöglich würde sie die ganze Nacht aufbleiben müssen, um alle Funksprüche abzusetzen.

Und sie würde keine Einwände erheben, solange Jabril hinter ihr stand, ihre Brüste mit beiden Händen umschloß und zärtlich knetete.

Kontinente weit vom Bungalow in Aden entfernt landete ein

Flugzeug auf dem internationalen O'Hare Airport. Es war der *Air-France*-Flug 031. An Bord der Boeing 747 befanden sich die Russen Bews und Jegerow. Wegen eines schadhaften Kopfhörers hatte Bews den Film nicht genießen können, der unterwegs gezeigt worden war. Und es verdroß ihn zu sehen, wie Jegerow zu jeder Zeit und unter allen Umständen schlafen konnte, sogar auf diesen unbequemen Sitzen.

Die Boeing 747 vollführte eine miserable, ruckhafte Landung. Ein Trost war nur, daß sie Jegerow damit aus seinem Schlummer riß.

ACHT

Wenn man bedachte, daß sie hergekommen waren, um Yazov noch am selben Abend umzubringen, war es merkwürdig, daß diese beiden Russen so ruhig, beinahe nonchalant, waren. Wladimir Jegerow hatte eine Menge französischen Wein getrunken und war mitten über dem Atlantik eingeschlafen, nachdem er, zufrieden rülpsend, gebeten hatte: »Genosse, weck' mich in Chikago.« Leonid Bews hatte so gut wie gar nicht geschlafen. Er verfluchte seinen Kopfhörer sowie die Tatsache, daß er zu dicht vor der Leinwand saß. Die beengten Sitzverhältnisse verursachten ihm ernsthafte Rücken- und Nackenschmerzen, und er hatte schlechte Laune. Der bevorstehende Mordanschlag jedoch bereitete ihm kein sonderliches Kopfzerbrechen. Er und Jegerow waren schließlich Profis, und es gehörte nicht zu ihrem Job, sich aufzuregen. Aufregung störte nur.

Profis interessierten sich nicht besonders für das Warum und Wozu, aber Bews und Jegerow wußten gleichwohl, welche Politik das KGB in der Sache Yazov verfolgte: Der Bulgare war, wie man im Russischen sagte, ein Schwein. Schweine aber mußte das KGB vernichten, um damit das Überlaufen so riskant zu machen, daß nur noch ein tollkühner Narr nicht davor zurückschreckt. Es verstand sich von selbst, daß der Mord nicht mit Moskau in Verbindung gebracht werden durfte, und so würden Bews und Jegerow tunlichst darauf achten, daß man sie nicht erwischte.

Die beiden Russen gelangten unbehelligt durch Zoll und Paßkontrolle. Dann wartete Bews in der riesigen Ankunftshalle von O'Hare, und Jegerow begab sich zur Herrentoilette.

Zum Glück fand Jegerow die vorletzte Kabine an der Nordwand

unbesetzt. Er urinierte sogar in die Toilettenschüssel. Aber gleich nachdem er seinen Reißverschluß hochgezogen hatte, schob er seine Hand auf die Rückseite der Toilettenschüssel. Kurz darauf hatten seine tastenden Finger gefunden, was sie suchten: Ein unebenes Hindernis. Ein Autoschlüssel war mit einem Klebestreifen an der Unterseite des Toilettenrandes befestigt.

Ein paar Minuten später waren die beiden KGB-Agenten mit ihren Reisetaschen und anderem, in Paris erworbenem Gepäck unterwegs zur Tiefgarage des Flughafens.

Eilig begaben sie sich zur Reihe K, und ihre Schritte hallten dumpf durch die engen Zwischenräume zwischen den geparkten Autos. Es stimmte sie zuversichtlich, festzustellen, wie akkurat die Karte gewesen war, die sie sich in Moskau eingeprägt hatten.

Noch zuversichtlicher stimmte sie der Oldsmobile *Tornado*, der in Reihe K neben der südlichsten Betonsäule parkte. Bisher klappte alles, und obgleich der Schlüssel noch ein wenig klebrig von dem Befestigungsstreifen war, ließ er sich problemlos in das Türschloß schieben. Bews ließ die rechte Tür aufschwingen.

Die ganze Zeit über hatten die Russen sich schweigend bewegt.

Bews langte unter die rechte Bodenmatte und förderte ein Lederetui zutage. Er öffnete es und fand einen kompletten Schlüsselsatz für den Oldsmobile.

Jegerow nahm den Schlüssel für den Kofferraum, während Bews in der Türtasche herumwühlte und einen Umschlag herauszog. Wie erwartet, enthielt der Umschlag einen Mietvertrag von Hertz, *National-Geographic*-Karten von Illinois, Wisconsin und Iowa, eine Karte mit den achtundvierzig übrigen Staaten der USA, tausend Dollar in bar, Ausweispapiere und gefälschte Führerscheine.

Auf dem Vordersitz spürte Bews einen Ruck, als Jegerow den Kofferraumdeckel aufklappte. Nachdem er das Gepäck in dem geräumigen Kofferraum verstaut hatte, schlug er den Deckel wieder zu. Als er sich neben Bews auf den Beifahrersitz setzte, nickte er nur: Jawohl, im Kofferraum lagen, säuberlich verpackt, zwei scharfkantige Spaten, ein Seil und ein stählerner Werkzeugkasten.

Jegerow hatte nicht erst in den Werkzeugkasten hineingeschaut; er enthielt zwei starke Taschenlampen, .45er Colts, ein Zielgerät, ein automatisches Gewehr vom Typ M-54, Schalldämpfer für die .45er sowie vier Handgranaten.

Auf Jegerows Kopfnicken hin nahm Bews sogleich die Schlüssel an sich, schob den größten davon ins Zündschloß und ließ den Motor des Olds an. Daß er mit der Technik des amerikanischen Wagens vertraut war, kam nicht von ungefähr. Erst zehn Tage zuvor hatten er und Bews ein paar Stunden am Steuer eines Oldsmobile vom gleichen Typ verbracht.

Obgleich er noch nie in Chikago gewesen war, bog Bews nur fünfundvierzig Minuten, nachdem die beiden aus der *Air-France*-Maschine gestiegen waren, um die nördliche Ecke des riesigen Flughafens und fuhr zielsicher in nordwestlicher Richtung auf die Interstate 90 zu.

Er warf einen Seitenblick auf Jegerow. Es ärgerte ihn zu sehen, wie Jegerow sich zurechtrückte, als wolle er schon wieder ein Nickerchen halten.

»Versuch mal, ein bißchen wachzubleiben, Genosse. Ich bin nämlich nicht von hier, weißt du. Du kannst auch ein bißchen auf die Schilder achten.«

»Was zum Teufel glaubst du, was ich tue?« meckerte Jegerow schuldbewußt.

»Sei ein braver Genosse.«

Aber Jegerow war schon in Ordnung, dachte Bews. Alles war bestens, bis auf den Plan der KGB-Oberen für Yazovs Ermordung. Die Oberen wollten, daß sie Yazov kidnappten, ihn von Spencer fortschafften und dann erschossen und begruben. Sie hatten Bews sogar gesagt, wo sie ihn begraben sollten: Im weichen Boden hinter einem Wäldchen abseits des Highway 18 in der Nähe von Ruthven.

Ein wenig unnötig, unrealistisch – und riskant, darin waren Jegerow und Bews sich in Paris einig gewesen. Schließlich war der Bulgare ja selbst ein berüchtigter und gefährlicher Killer. Keiner der beiden Russen hatte Lust, ihm Zeit für ein Manöver zu geben – und in der Zeit zwischen Entführung und Erschießung würde Yazov alles mögliche tun können. Auch wenn es unwahrscheinlich war, daß der Bulgare – vorausgesetzt, daß die entsprechenden Vorsichtsmaßnahmen getroffen wurden – entkommen könnte, wollten Bews und Jegerow nicht gern ein unnötiges Risiko eingehen.

Deshalb war ihr Plan, ihn im Bett zu töten, während er schlief. Ein überraschender, schneller, schmutziger Mord.

Daheim in Moskau würden sie dann den KGB-Oberen erklären, daß Yazov sich gewehrt habe und daß sie keine andere Möglichkeit . . .

Wenn sie auf ihre Weise vorgingen, würden sie zwölf Stunden Zeit haben, die USA wieder zu verlassen, vorausgesetzt, daß sie auch Harvey Tyler erwischten. Beide würden noch an diesem Sonntagabend getötet werden – und mindestens zwölf Stunden würden verstreichen, bevor jemand in Spencer sich fragte, weshalb der Laden am Montag vormittag immer noch geschlossen sei.

Zwölf Stunden waren genug. Die Fahrt von Spencer zurück nach O'Hare würde kein Problem sein, und sie würden sicher an Bord einer Maschine nach Kanada sein, bevor man die Toten entdeckte.

Gleichwohl wußten die Killer nur zu gut, daß sie sich nicht offen über die Anweisungen des KGB hinwegsetzen durften. Und das KGB würde zweifellos seinen im Mittelwesten ansässigen Agenten mit einer Routineüberprüfung beauftragen, und dieser würde das Grab in Augenschein nehmen. Ohne ein – wenn auch leeres – Grab würden sie mit ihrer Geschichte nicht durchkommen; sie würden eines ausheben müssen, und zwar genau dort, wo das KGB es ihnen befohlen hatte.

Also hatte Bews den Weg über Madison genommen, und sie näherten sich Spencer von Osten her durch die Seenlandschaft in der Umgebung von Ruthven. Der Olds rauschte an einer Tafel vorbei, auf welcher stand: »Willkommen in Algona. Wir sind stolz, Amerikaner zu sein.«

»Das hier ist Algona, Genosse«, erklärte Jegerow, um zu zeigen, daß er wach war. »Als nächstes kommt Ruthven. Noch ungefähr fünfunddreißig Kilometer.«

Nach kurzer Zeit befand der Olds sich noch zwei Meilen weit westlich von Ruthven, und Jegerow sagte: »Bei der nächsten Kreuzung geht es nach rechts.«

»Du bist tatsächlich hellwach, was? Deine Sinne sind scharf wie der Schwanz des Teufels.« Bews benutzte eine russische Redensart.

»Okay, Genosse. Du kannst es niemals gut sein lassen, wie? Wenn du nicht aufpaßt, wirst du mich noch zu Tode sticheln mit deinem großen Maul.«

Bews lachte und bog in die holprige Seitenstraße.

Der Olds rumpelte durch ein Waldstück, das den Südzipfel eines kleinen Sees säumte, und Jegerow rief: »Jetzt nach links, Genosse.«

Mit holpernden Rädern verließ der Olds den Fahrweg.

»Halt an, Genosse.«

Der Olds stoppte.

Etwa zwanzig Meter weit vom Wagen entfernt hoben die beiden Russen tatsächlich ein Grab aus. Während Bews die Taschenlampe hielt und den Lichtschein mit seinem Mantel abschirmte, arbeitete Jegerow mit dem Spaten. Der Boden war weich, und zunächst kam Jegerow rasch voran, aber nach einer Weile hielt er inne und lehnte sich erwartungsvoll auf den Spaten. Bews löste ihn ab.

Sie markierten die Stelle sogar, indem sie eine kleine, batteriegespeiste Lampe an einen Ast über dem Loch hängten. Bews zog ein kleines, flaches Plastikkästchen aus der Manteltasche und drückte auf einen Knopf. Die Lampe über dem Grab blinkte weiß auf.

Damit alles völlig überzeugend wirkte, drehte Jegerow den Tageskilometerzähler des Olds zurück auf Null. Wenn der einheimische KGB-Agent den Zähler abläse, würde er feststellen, daß Bews und Jegerow sich exakt an die Anweisungen gehalten und mit dem Tageskilometerzähler die Entfernung zwischen Tylers Laden und dem Grab gemessen hatten.

Bislang hatte sich auf dem Weg von Moskau über Finnland, Schweden, Frankreich und Chikago nach Iowa nichts Unvorhergesehenes ereignet. Aber etwa zehn Kilometer vor Spencer hatten die beiden Russen ein merkwürdiges Erlebnis.

Als der Olds an einem Personenwagen vorbeikam, der am Rande des Highway 18 parkte, schalteten sich plötzlich die Scheinwerfer dieses Wagens ein, und jemand drückte lange und eindringlich auf die Hupe. Der gellende Ton war kaum verhallt, als eine Gestalt im cremefarbenen Regenmantel im Scheinwerferlicht des Olds auftauchte. Wer immer da auf der Straße stand, versuchte, den Olds mit einer Handlampe zum Anhalten zu bewegen.

Bews erhaschte einen Blick auf ein bleiches, wildes Gesicht. Gleichzeitig gab Jegerow, der jetzt am Steuer saß, Gas, und die Erscheinung sprang hastig zur Seite.

»Was meinst du, Genosse?« fragte Jegerow.

»Ich weiß es nicht.«

»Mir blieb nichts anderes übrig, als weiterzufahren und ihn von der Straße zu jagen.«

»Das war richtig.«

»Wir können uns ja nicht anhalten lassen.«

»Nein.«

»Die Polizei?«

»Kann alles mögliche gewesen sein. Eine Panne. Sah nicht aus wie Polizei.«

»Ob es welche von uns waren?«

»Kann auch sein. Ja.«

»Andererseits, eine Panne . . .?«

»Oder irgend etwas, womit wir nicht gerechnet haben.«

»Fahren wir rein?«

Vor ihnen leuchteten die Lichter von Spencer.

»Wir sind da. Ja, wir fahren rein.«

»Meine ich auch.«

»Aber gib acht auf alles Ungewöhnliche.«

»Auf was zum Beispiel?« wollte Jegerow wissen.

»Weiß ich doch nicht.« Bews zuckte die Achseln.

Der Olds rollte über eine Brücke, die sich über den Little Sioux River spannte, und war in Spencer. Beinahe unmittelbar hinter der Brücke kam Jegerow auf den Highway 71 und in die Grand Avenue.

Mit flinken Drehbewegungen befestigte Bews den Schalldämpfer auf einer .45er Colt. Mit trockenem Klicken ließ er eine Patrone in den Lauf schnappen. Jegerow nahm die Pistole mit der Rechten entgegen und ließ sie in seine Manteltasche gleiten.

Bews wiederholte den Vorgang mit dem zweiten Colt und steckte sie dann in seine eigene Tasche.

Der Olds glitt die kalte, menschenleere Grand Avenue entlang. Kurz bevor sie Harvey Tylers Laden erreichten, ließ Jegerow die Scheinwerfer verlöschen. Der KGB-Mann am Ort hatte gute Arbeit geleistet, als er ihnen den Wagen beschafft hatte, denn als Jegerow bremste, war kein Quietschen zu hören.

Jegerow stellte die Zündung ab.

»Gehen wir, Genosse«, grunzte Bews.

Als sie ausstiegen, schlug ihnen die kalte Luft der Grand Avenue entgegen, und ihr warmer Atem hing dampfend in der Nachtluft. Aber ihnen war es recht, daß die Temperatur sich dem Nullpunkt näherte, denn die Kälte hatte die Einwohner von Spencer in die Häuser getrieben. An der Grand Avenue waren ein paar Fenster erleuchtet, aber die meisten Bürger von Spencer waren bereits zu Bett gegangen.

Bews schloß die Tür mit zwei Passepartoutschlüsseln auf, die der KGB-Resident in Chikago besorgt hatte. Ein Agent war eigens nach Spencer gereist, um das Fabrikat der Türschlösser in Erfahrung zu bringen.

Es klickte ein paarmal leise, und die Tür schwang nach innen. Drinnen glimmte ein mattes Licht, als die beiden Männer eintraten.

Als nächstes mußten sie sich um den Hund kümmern.

Wie der Hund zur Strecke zu bringen war, hatten sie in der KGB-Übungshalle für waffenlosen Nahkampf in der Belowitzki-Straße stundenlang geübt. Sie waren beide gut, aber Bews tötete geschickter. Infolgedessen machte Jegerow sich bereit, seinen rechten Unterarm als Köder zur Verfügung zu stellen.

Die beiden Russen lauschten aufmerksam nach dem Hund. Auch in der Belowitzki-Straße hatten sie im Halbdunkel gestanden und gelauscht, und das Licht war ebenso trübe gewesen wie das in Harvey Tylers Laden.

An der Treppe raschelte etwas. Ein leises Grollen. Tappen.

Der Hund bewegte sich blitzschnell in dem matten Licht. Die Dielen knarrten durchdringend, als er sprang. Das große Tier schlug seine Fänge durch den Stoff von Jegerows Mantel und biß tief in das dicke Lederpolster, das er sich um den Unterarm gewickelt hatte. Jegerow stand mit gespreizten Beinen, ohne zu wanken, das Kinn fest auf die Brust gedrückt.

Bews übernahm das Töten. Schon hatte er die rechte Hand flach ausgestreckt in Ohrhöhe gehoben, den Daumen fest an die Basis des Zeigefingers gepreßt. In perfektem Timing huschte er um Jegerow herum, um die flache Hand herniedersausen zu lassen.

Die Gelenke in Bews' Ellbogen und rechter Hüfte knackten scharf. Die rechte Handkante des Russen jagte mit einer Geschwindigkeit von zwanzig Metern pro Sekunde wie ein Peitschenhieb durch das dicke Fell des Hundes, preßte das Fleisch zusammen und schlug hart gegen den Knochen.

Für den Bruchteil einer Sekunde widerstand die Wirbelsäule des Tieres der harten, gestählten Rechten des Russen. Dann zersplitterten die Knochen, und der bleistiftdünne Strang im Wirbelkanal zerriß.

Jegerow ging zusammen mit dem angreifenden Tier zu Boden, aber nur der Russe stand wieder auf.

Alles dies geschah innerhalb von zehn Sekunden, nachdem Bews die Tür aufgeschlossen hatte. Ebenfalls in Sekundenschnelle huschten die Russen lautlos durch den Laden, beinahe ohne daß die

Dielen knarrten. Bews drückte sich an die Wand am Fuße der Treppe. Er gab Jegerow Deckung, und dieser sprang lautlos die Treppe hinauf bis zum Absatz. Dort preßte er sich an die Wand und gab nun Bews Deckung. Mit aufwärtsgerichtetem Daumen signalisierte er, daß alles in Ordnung sei.

Zwanzig Sekunden waren vergangen, seit sie in den Laden eingedrungen waren.

Leise lief Bews die Treppe hinauf, immer zwei oder drei Stufen mit einem Schritt überspringend. Er hatte die zweite Treppe, die über dem Absatz, zur Hälfte hinter sich gebracht, als Harvey Tyler oben um die Ecke kam, um nach seinem Hund zu sehen. Striker war rasch und lautlos verschwunden, und er wußte nicht, weshalb.

Bews rammte ihm den wurstförmigen Schalldämpfer des Colts schmerzhaft zwischen die Rippen und preßte ihm die linke Hand auf den Mund, um zu verhindern, daß der Alte einen Laut von sich gab.

Jegerow hatte sich schon an den beiden vorbeigeschoben und war unterwegs zu Yazovs Tür. Sie stand einen Spaltbreit offen, und als Jegerow sie auftrat, den Colt im Anschlag und feuerbereit, wußte er, daß Yazov nicht mehr da war.

Offenbar waren es die Leute des Residenten gewesen, die draußen bei Ruthven geblinkt, gehupt und auf die Straße gesprungen waren – um sie zu warnen und ihnen zu sagen, daß Yazov die Flucht ergriffen hatte. Er mußte sich ganz überraschend abgesetzt haben, und wahrscheinlich hatte er nur wenige Stunden Vorsprung.

Tyler würde wissen, wohin er verschwunden war.

Die Russen wechselten einen Blick, ohne ein Wort zu sagen. Bews verlagerte seine Hand und drückte mit dem Daumen auf einen Punkt an Tylers Kehle. Die Augen des Amerikaners verdrehten sich entsetzt, bis man das Weiße sehen konnte, und einen Moment später hing er schlaff in Bews' Armen. Jegerow ging die Treppe hinunter in den Laden und begab sich in die Haushaltswarenecke. Er schaute suchend umher, und sein Blick wanderte über eine Zange, einen klobigen Schweißbrenner, eine kleine Schraubzwinge. Er verharrte bei einem *Miniflame*-Gerät.

Jegerow überflog die Betriebsanleitung an der Seite des schmalen, fünfzehn Zentimeter langen Plastikkastens und las die Aufschrift »*Miniflame* erreicht eine Temperatur von 2700° C«. Einen Augenblick später steckte die Schachtel in seiner Tasche.

Fünfundsechzig Sekunden waren vergangen, seit sie in den Laden eingedrungen waren.

Als sie zusammen durch die Ladentür ins Freie kamen, rieselten winzige Schneeflocken vom schwarzen Himmel herab. Jegerow öffnete den Kofferraum und dann die Beifahrertür. Bews zerrte Harvey Tyler in den Olds, und Jegerow warf unterdessen den Hund in den Kofferraum.

Als Jegerow zum Laden zurückging, um die Tür wieder abzuschließen, hatte er einen Strick in der Tasche. Er kam zum Wagen und setzte sich neben Harvey Tyler auf den Fahrersitz, während Bews hinter dem Amerikaner saß und ihn aufrechthielt. Jegerow merkte sich den Stand des Tageskilometerzählers, und dann faßte er den gerieften Knopf zwischen Daumen und Zeigefinger der linken Hand und drehte die digitale Anzeige auf Null.

Achtundneunzig Sekunden, nachdem Bews die Tür zu Tylers Laden geöffnet hatte, wendete der Olds langsam auf der Grand Avenue und fuhr den Weg zurück, auf dem er nach Spencer gekommen war. Feiner Pulverschnee wehte gegen die Windschutzscheibe. Als der Wagen sein Tempo beschleunigte, wirbelte der Fahrtwind das weiße Pulver davon.

Ein paar Meilen außerhalb von Spencer kam Harvey Tyler wieder zu sich. Langsam klärten sich seine Gedanken. Was ihn da warm im Nacken kitzelte, war, wie ihm dämmerte, der leise Atem des Mannes, der hinter ihm saß. Tyler saß auf seinen Händen; sie fühlten sich taub an und waren irgendwie zusammengebunden. Immer wenn der Olds leicht bremste, spürte er, wie sich etwas in seinen Nacken bohrte. Er vermutete, daß es die Pistole war.

Er wußte, daß er sterben würde.

Diese Männer, wer immer sie sein mochten – vermutlich Russen oder Leute, die für die Russen arbeiteten –, brachten ihn irgendwo hin, wo sie ihn zum Reden bringen und dann töten würden.

Diese klare Erkenntnis ließ das Herz in seiner Brust hämmern.

Er hatte sich wegen Yazov bereits an den CIA gewandt und mit einem Mann namens Butterfly gesprochen. Der CIA würde sich in New York um Yazov kümmern, aber es gab nichts, was man für Tyler hätte tun können.

Die Russen hatten noch kein einziges Wort gesprochen. Eigentlich gab es auch nichts zu sagen. Wenn es soweit wäre, würden sie ihn fragen, was sie wissen wollten.

Tyler hoffte, das Ende würde, wenn es käme, schnell und sauber sein.

Zwanzig Minuten später wußte der Amerikaner, daß die Erlösung nicht so rasch kommen würde.

Sein Kopf und seine Schultern ruhten auf dem Vordersitz des Olds. Die Hände waren ihm auf den Rücken gebunden. Er lag quer über den beiden breiten Sitzen. Seine Füße klemmten über ihm im rechten Türfenster zwischen der gehärteten Glasscheibe und dem oberen Metallrahmen.

Er hatte sich gewehrt und geschrien, aber Tyler war kein Gegner für die beiden kräftigen Killer. So sehr er auch mit den Füßen um sich getreten hatte, so daß sie ihm die Schuhe erst nach langer Mühe hatten ausziehen können – am Ende hatten sie seine Füße doch durch das offene Fenster geschoben. Bews hatte auf den Knopf gedrückt, und die Scheibe war hochgeglitten und hatte die Knöchel des ehemaligen CIA-Wachmannes eingeklemmt. Als er versucht hatte, sie durch die Lücke hereinzuziehen, hatte sich die bloße Haut schmerzhaft am Glas und am Metallrahmen entlanggescheuert, aber seine Füße hatten nicht mehr durch die Öffnung gepaßt.

Und so ragten Harvey Tylers nackte Fußsohlen in die Nacht hinaus. Immer noch wehten Schneeflocken herunter, und Tyler spürte die Kälte.

Von seinem Platz auf den Vordersitzen des Olds konnte Tyler nicht genau sehen, was draußen vor sich ging. Wäre sein Blick frei gewesen, hätte der Amerikaner gesehen, daß Jegerow die Betriebsanleitung auf dem *Miniflame*-Gerät studierte, während Bews ihm mit der Taschenlampe über die Schulter leuchtete.

Natürlich hätten die Russen auch so ihre Fragen stellen und sich Tylers Antworten anhören können. Nach einer ausreichenden Frist hätten sie die Informationen, die sie brauchten, bekommen, und zwar auf eine Weise, die, verglichen mit dem *Miniflame*, relativ schmerzlos gewesen wäre. Aber sie hatten keine Zeit für Spiegelfechtereien mit Tyler.

Möglicherweise hätte Tyler ihnen sogar gleich die volle Wahrheit gesagt. Aber da er ein ehemaliger CIA-Agent war, erschien dies nicht wahrscheinlich, und die Russen wollten keine Zeit vergeuden.

Der Betriebsanleitung zufolge war das *Miniflame* ein kleiner, handlicher Schneidbrenner, der von zwei kleinen Zylindern mit

Butan und Oxygen gespeist wurde. Die beiden schlanken Zylinder waren etwa zehn Zentimeter lang und mit gerieften Regelknöpfen ausgestattet. Wie es in der Gebrauchsanweisung stand, drehte Jegerow behutsam an den beiden Rädchen. Sogleich ließ die Austrittsdüse ein scharfes Zischen hören.

Harvey Tyler konnte nur vermuten, was draußen geschah – er hatte sich vorgestellt, daß die Russen mit einem Paddel oder mit einem Rohr auf seine Fußsohlen einprügeln würden, eine Folter, die man *bastinado* nannte –, aber dann sah und hörte er die Flamme. Mit einem Rauschen explodierte sie zu einem meterlangen Feuerstrahl.

Jegerow drehte mit flinken Fingern an den Knöpfen herum, und die lange, sanfte, gelbe Flammenzunge verwandelte sich in ein bösartiges, blau zischendes Fluoreszieren.

Dann machte Jegerow sich an die Arbeit.

In Sekundenschnelle verbrannte er die nackte Sohle von Harvey Tylers linkem Fuß mit einer Flamme, die intensiv genug war, um eine halbzolldicke Platte aus Flußstahl zu durchschneiden. Unter dem Feuer schälte sich die Haut ab. Sie löste sich in schmutzigen Flocken, die im wirbelnden Schnee davonflatterten.

Zwischen qualvoll hechelnden Atemzügen erzählte Harvey Tyler ihnen alles, was er von Yazov wußte. Während des kurzen Verhörs wartete Jegerow mit dem *Miniflame* dicht neben dem rechten Fuß des alten Mannes.

Manchmal mußte Bews brüllen, um eine Antwort zu erhalten. Und manchmal sprach Tyler nicht zusammenhängend, und Bews mußte eine gebrüllte Frage wiederholen.

Nur Killer würden in einer solchen Nacht und bei diesem üblen Wetter draußen am See sein, und so konnte Bews brüllen, soviel er wollte.

Danach warfen sie ihn in die Grube, oben auf den Hund. Und nicht einmal jetzt gingen sie ein Risiko ein: Sie hatten ihm die Füße zusammengebunden.

Das letzte, was Tyler ins Bewußtsein drang, war Bews – eine schwarze, bedrohlich aufragende Gestalt, eine Silhouette im Licht der Autoscheinwerfer.

Und endlich kam es, schnell und sauber. Sechsmal drückte Bews auf den Abzug des Colts. Er verwendete Magnumgeschosse. Mit beiden Händen umklammerte er den Griff, aber bei jedem Schuß bäumte sich die schwere Waffe in seinen Fingern auf.

Die beiden Russen machten sich eilends daran, Erde in das Grab zu schaufeln. Nicht alles, was sie ausgehoben hatten, paßte auch wieder hinein, und so mußten sie die frische Erde verteilen. Sie bedeckten die Narbe im Boden mit einem dünnen Teppich aus grünen, braunen und verrottenden Kiefernnadeln.

»Wenn es kräftig schneit, wird man wochenlang nichts finden«, meinte Jegerow.

»Wochenlang und vielleicht sogar monatelang, Genosse«, erwiderte Bews.

Bald darauf waren sie wieder auf dem Highway 18.

Auf dem Rückweg zu der Brücke über den Mississippi, der auch die Staatsgrenze zwischen Iowa und Illinois bildete, machten Bews und Jegerow eine Bestandsaufnahme. Meistens war Bews derjenige, der redete, während sie alles zusammenfaßten.

»Der Bulgare benutzt also einen neuen Chrysler.«

»Einen Chrysler *Imperial.*« Jegerow nickte.

»Ja. Er hat sechzehn Stunden Vorsprung und ist unterwegs nach New York. Wenn wir schnell fahren und uns abwechseln, können wir vor ihm dasein. Stimmt's, Genosse?«

»Wir können vor ihm dasein . . . oder seinen Vorsprung auf wenige Stunden reduzieren. Kommt darauf an, wie er fährt.«

»Richtig. Also gut. Tyler wird man irgendwann morgen vermissen. Vielleicht auch erst übermorgen. Glaubst du, der CIA wird ihn, sagen wir, innerhalb der nächsten vierundzwanzig Stunden zu kontaktieren versuchen, Wladimir? Ich muß dir sagen, ich glaube es nicht.«

Bews benutzte nur selten Jegerows Vornamen, und er tat es nur, wenn er ihn zu irgend etwas überreden wollte. Jegerow ahnte, was kommen würde, aber er sagte: »Ja, da bin ich deiner Meinung. Ich glaube nicht, daß der CIA so schnell Kontakt mit Tyler aufnehmen wird. Und selbst wenn sie es tun, werden sie nicht sogleich erraten, was passiert ist. Zwei Tage wird es schon dauern. Soviel Zeit zumindest werden sie verlieren.«

»So weit, so gut. Unsere Tarnung ist noch intakt, nicht wahr? Wir sind noch bewaffnet. Wir haben noch Geld. Wir könnten den Job innerhalb der nächsten vierundzwanzig Stunden erledigen und New York mit *Aeroflot* verlassen.«

Jergerow blieb stumm.

»Die Alternative ist vermutlich, daß wir mit *British Airways* von Chikago aus zurückfliegen, wie es geplant war«, fügte Bews hinzu.

»Ich bin nicht sicher, daß man uns keinen Vorwurf daraus machen wird, daß wir nicht angehalten haben, als der Mann des Residenten versuchte, uns zu stoppen«, meinte Jegerow.

»Genauso ist es, Wladimir. Du hast es erfaßt. Es könnte sein, daß wir nach dieser Sache unser Arschloch zu sehen bekommen.« Bews benutzte einen vulgären russischen Ausdruck für »einen Tritt bekommen« oder, bildlich gesprochen, den Kopf – und auch den Job – zu verlieren. »Aber wenn wir den Auftrag ausführen, was ist dann, he? Ein kleiner Erfolg nur, und die Genossen Bews und Jegerows sind wieder Helden. Große Männer.«

»Ja, das nehme ich an«, gab Jegerow widerwillig zu.

»Das nimmst du an, Wladimir.« Bews redete sich warm. »Dann nimm mal eine Sekunde lang an, wir machen den Bulgaren im Taft naß, und dann fahren wir zurück nach Moskau, he?« Bews gebrauchte eine russische Redewendung für »Ermorden«, und das Taft war das Hotel, in dem Yazov, wie sie von Tyler erfahren hatten, wohnen würde. »Er ist mit einem abgesägten Schrotgewehr bewaffnet, aber was kümmert uns das, Wladimir? Wir haben die Überraschung auf unserer Seite.« Der technische Aspekt der Ermordung Yazovs im Taft war für Jegerow kein Problem.

Er und Bews waren dazu ausgebildet, jederzeit und überall einen Mord zu begehen – vorausgesetzt, daß die Risiken absehbar waren.

»Der Zentrale gefällt es vielleicht trotzdem nicht, Genosse. Strenggenommen haben wir nicht den Befehl, irgend etwas anderes als die Sache in Spencer zu vollziehen«, sagte Jegerow.

Richtig, dachte Bews. Russische Agenten bekamen gesagt, was sie tun sollten, und sie hatten nicht selbständig zu denken.

»Aber wir haben keine Zeit, es mit der Zentrale zu klären, Wladimir. Tatsache ist: Wenn der Bulgare nicht morgen irgendwann erledigt wird, muß die Zentrale unter Umständen jahrelang warten. Wenn der CIA erst Lunte gerochen hat, wird man unseren Freund auf unbestimmte Zeit an einen todsicheren Ort schaffen.«

»Das stimmt. Dagegen läßt sich nichts sagen.«

»So ist es, Waldimir. Und jetzt haben wir noch eine Chance, ihn zu erwischen. In New York ist er ungeschützt. Wir können es schaffen.«

»Aber das Risiko ist höher . . .«

»Du weißt, daß das Risikoverhältnis immer noch gut ist. Sehr gut sogar. Wenn wir nach Chikago zurückfahren, könnte es sein, daß wir in Moskau stinken. Fehlschläge stinken immer. Du weißt, daß unsere Leute sich nicht immer vernünftig benehmen. Aber wenn wir die Sache durchziehen . . .?«

»Ich habe diese Karte hier studiert, während du die ganze Zeit quasselst, Genosse. Wenn wir auf der Interstate 90 bleiben und an Chikago vorbeifahren, kommen wir am schnellsten nach New York.«

»Weißt du, Wladimir, manchmal könnte ich dir deinen fetten Hals umdrehen. Wahrscheinlich fahren wir schon die ganze Zeit über auf der Strecke nach New York, wie?«

»Du bist nicht so blöd, wie man manchmal denken könnte, Genosse.«

NEUN

Bews und Jegerow fuhren, so schnell sie konnten und ohne eine Schlafpause einzulegen, nach New York.

Unterdessen hatte Tarrant in Washington zu seinem Ärger die Nachricht von Yazovs Abreise erhalten; dabei hatte er wahrhaftig Probleme genug mit seinen eigenen Plänen. Die Operation Schwefel hatte Vorrang vor Yazov, aber nichtsdestoweniger fand der CIA-Manager die Zeit, Kruger zu instruieren.

»Er ist eine Bedrohung, Arnie. Regeln Sie das. So schnell Sie können. Ich traue der Sache nicht. Kann sein, daß da etwas in Gang gekommen ist. Vielleicht will er erneut überlaufen. Was weiß ich. Erledigen Sie das.«

Gleich darauf hatte Tarrant sich wieder der Operation Schwefel zugewandt, die im Augenblick dringlicher war als je zuvor, aber das wußte er nicht. Selbst der CIA wußte noch nichts von Plastiksprengsätzen, die aussahen und rochen wie eine bekannte Marke von Toffee-Pralinen und die gegenwärtig in arabischem Diplomatengepäck nach Kopenhagen geschmuggelt wurden. Der Sprengstoff sollte in Bomben gesteckt werden, die an Bord einer *El-Al*-Boeing zusammengesetzt werden würden, des Flugzeugs also, welche das Kommando Badawi entführen sollte.

Drei Mitglieder des Kommandos Marighella waren bereits in Johannesburg eingetroffen und wohnten im Carlton-Hotel selbst.

In Athen hatte ein Busfahrer, der Frontagent, der die Waffen für das Kommando Meinhof auf das Rollfeld des Flughafens schmuggeln würde, diese Waffen bereits auf dem Speicher eines kleinen, bescheidenen Hauses in der Nähe des Latakia-Flughafens versteckt.

Die Front und Okan standen dichter denn je vor dem Beginn ihrer gemeinsamen Anschläge.

Yazov in New York hatte keine Ahnung davon, daß er Tarrant so heftig erzürnt hatte. Er hatte erwogen, Kruger anzurufen, um ihm zu sagen, daß er Spencer verlassen wolle. Aber er hatte vermutet, daß der CIA ihm befehlen würde zu bleiben. Statt es also Kruger selber zu sagen, hatte er dies Harvey Tyler überlassen, denn er wußte, daß der Alte in Langley anrufen würde, sobald er fort wäre, wenn nicht gar noch früher.

Der Bulgare war zu dem Schluß gekommen, daß ihm einfach nichts anderes übrigbliebe, als den CIA zu brüskieren. Es war doch sicher nicht schwer zu verstehen, daß er in Spencer vor Langeweile umkam?

Er hatte mit Tyler darüber gesprochen, wohin er fahren würde. Der Exagent war aufgeregt gewesen, aber er hatte ihm nichtsdestoweniger einen Rat zum Abschied gegeben: »Wenn Sie auf mich hören, bleiben Sie weg vom Minnesota Strip. Bleiben Sie weg von Huren und von Pornoläden, und machen Sie auch 'n Bogen um die Massagesalons.«

Der Bulgare hatte Tyler gefragt, wo er absteigen solle. Ohne zu zögern, hatte dieser geantwortet: »Im Taft, nördlich des Times Square. Da sind alle Theater. Wird auch Ihrem Geldbeutel passen.«

So kam es, daß der Bulgare als erstes beim Taft haltgemacht hatte. Das Hotel war für seinen Geschmack zu altmodisch, und so ging er einen Block weiter nach Norden zum Americana, dessen Preise ihn zum Hilton weiterwandern ließen; der Tarif des Hilton schließlich führte ihn zurück zum Taft. Er mietete ein Zimmer im zwanzigsten Stock. Das Fenster ging zur Rückseite des Hotels, und unten lag ein finsterer Innenhof. Auf Yazovs geübtes Auge machte der Raum einen sicheren Eindruck, vorausgesetzt, daß er vom Fenster wegblieb.

Schon schwand das winterliche Tageslicht, als Yazov die kurze Strecke zum Times Square hinüberspazierte, wo er zuschaute, wie die Nachrichten in großen, elektronischen Buchstaben über eine Gebäudewand krochen. Er erfuhr, daß der scheidende Außenminister in ein paar Tagen durch Ost- und Südafrika reisen würde. Gelbe Leuchtbuchstaben marschierten elektronisch über die Front eines flachen, dreieckig geformten Gebäudes: »FACKMAN PLANT SÜDAFRIKA-FRIEDENSINITIATIVE ZUM ENDE SEINER AMTSZEIT. NEUGEWÄHLTER PRÄSIDENT WÜNSCHT AUSSENMINISTER ALLES GUTE ...«

Yazov blieb lange genug stehen, um noch zu lesen, wen der neugewählte Präsident für das Amt des Außen- und des Verteidigungsministers und als Leiter des CIA bestimmt hatte.

Inzwischen war er so hungrig geworden, daß er etwas essen mußte. Er betrat ein Steakhouse in einer Nebenstraße des Times Square und bestellte sich eine Flasche Schlitz, um damit ein dickes, blutiges T-Bone-Steak und eine mächtige, in der Schale gebackene Kartoffel hinunterzuspülen. Ein zweites Bier folgte, dann ein drittes, und plötzlich war der Bulgare müde. Die Fahrt von Spencer war hart gewesen, und er war fast ohne Pause auf der Straße gewesen. Nur einmal hatte er ein paar Stunden geschlafen.

Was er jetzt brauchte, war ein wenig Schlaf, und mit diesem Gedanken ging er langsam zum Taft zurück. Wieder ertappte er sich dabei, daß er sich sorgte, weil er Arnie Kruger noch nicht angerufen hatte: Wahrscheinlich war der CIA es nicht gewohnt, daß Überläufer ihre Ansiedlung selbst in die Hand nahmen, und man würde über seine Reise nicht sehr glücklich sein. Yazov gelobte bei sich, Kruger spätestens am nächsten Morgen anzurufen.

Abgesehen davon, daß er sich entschuldigen wollte, mußte Kruger ihm einen Gefallen tun. Die Franchi-Schrotflinte war eine gute Waffe, aber er konnte sie nicht in seinen Mantel stopfen und damit in Manhattan herumspazieren. Yazov brauchte eine kleine Pistole, vorzugsweise eine Walther PPK, und die konnte Kruger ihm beschaffen.

Je mehr er darüber nachdachte, desto klarer wurde ihm, daß er Kruger hätte anrufen sollen. Schließlich war Kruger sein wichtigster Bezugspunkt ...

Im Taft angekommen, fuhr er mit dem Lift nach oben in den zwanzigsten Stock, schloß die Tür zu seinem Zimmer auf und sah sich sorgfältig um. Er fand nichts, was ihn störte – außer daß die Klimaanlage nicht funktionierte. Er konnte an den Knöpfen drehen, soviel er wollte, aber es war zu heiß im Zimmer. Yazov dachte daran, dem Personal Bescheid zu sagen, aber dann entschied er sich dagegen. Statt das Gerät reparieren zu lassen, erwog er noch einmal das Risiko, daß jemand durchs Fenster klettern könnte, und ließ es dann offen.

Als nächstes verbrachte er eine Stunde vor dem Fernseher. Er saß auf der Bettkante, ein ganzes Stück weit vom Fenster entfernt, so daß niemand über den Innenhof hinweg auf ihn schießen konnte.

Yazov starrte auf den Bildschirm, bis er merkte, daß er immer wieder gähnte. Sein Körper war schlafbereit, und so putzte er sich die Zähne und stellte den Fernseher ab. Aus dem hölzernen Kleiderschrank nahm er das abgesägte Schrotgewehr und öffnete es, um zu sehen, ob es geladen war. Dann ließ er die beiden Läufe mit einem leichten Klicken wieder zuschnappen und schob die Waffe unter das Bett.

Trotz seines ständigen Gähnens konnte Yazov nicht einschlafen. Obgleich sein Körper inzwischen nach Ruhe schrie, war sein Geist noch überaktiv, und vielfältige Gedanken zuckten durch sein Gehirn.

Bald empfand er mit Bewußtsein, wie heiß es trotz des offenen Fensters im Zimmer war, und das unregelmäßige Krachen der Liftrelais im Aufzugsmaschinenraum nicht weit von seinem Zimmer drang irritierend in sein Gehör. Jedesmal, wenn ein Lift stehenblieb, krachte ein Relais.

Die Zeit verging, und das unregelmäßige Schlagen der Relais ging Yazov entsetzlich an die Nerven. Nach einer Weile begann er, lautlos und angestrengt auf das nächste knirschende Krachen zu warten.

So kam es, daß er hellwach und sein Gehör übermäßig geschärft war, als der Knopf seiner Zimmertür sich mit leisem Schleifen langsam in seinem Lager drehte.

Dies hatte Yazov erwartet, seit er den Schutz des CIA verlassen hatte.

Er wußte genau, was er zu tun hatte.

Er schätzte, daß ihm zwanzig bis dreißig Sekunden blieben, bis die beiden Schlösser geöffnet wären. Er brauchte zehn Sekunden, zwei Kissen unter die Decken zu stopfen und das Bett glattzuziehen. Noch einmal zehn Sekunden dauerte es, die Schrotflinte hervorzuziehen und lautlos im Wandschrank zu verschwinden.

Drinnen setzte er sich vorsichtig auf den Boden und lehnte sich mit dem Rücken gegen die hölzerne Rückwand. Es war stockfinster und roch nach alten Mottenkugeln. Als er den Kopf bewegte, fühlte er, wie eine Jacke, die über ihm hing, seine Schläfe streifte.

Das dumpfe Krachen der Liftrelais drang durch das schwere Holz des Schrankes. Irgendwo rauschte eine Toilettenspülung, und Rohrleitungen bebten klappernd.

Yazov hielt die Franchi in der Armbeuge. Er brauchte sie nur ein kleines Stück weit zu heben, und der Rückschlagschutz aus Hartgummi würde sich gegen seine rechte Schulter pressen.

Eine Bewegung im Zimmer war nicht zu hören, aber die dicke Schranktür würde leise Geräusche verschlucken.

Endlich öffnete sich die Schranktür; sie drehte sich überaus langsam in ihren alten Messingscharnieren. Yazov stemmte sich den Kolben der Schrotflinte gegen die Schulter. Daß die Tür sich öffnete, sah er nur an der sich stetig verändernden Schwarznuance vor seinen Augen.

Ein bleistiftdünner Lichtstrahl leuchtete hinter der Tür auf. Augenblicklich drückte Yazov auf den Abzug, und der Schlagbolzen prallte auf den Rand einer Remington-Schrotpatrone.

Ein Feuerstrahl flammte aus dem oberen Lauf der Franchi und versengte den Mantel des Eindringlings. Ein ohrenbetäubender Knall ließ Yazovs Trommelfelle pfeifen. Das Holz hinter seinem Rücken knackte und brach unter der Wucht des Rückstoßes.

Für den Bruchteil einer Sekunde beleuchtete das gewaltige, strahlende Mündungsfeuer der Franchi den Eindringling. Dann gruben sich die Schrotkörner in seinen Körper, und der Aufprall riß ihn von den Beinen und schleuderte ihn quer durch das Zimmer.

Yazov zwängte sich aus dem Schrank. Salpeterdämpfe brannten in seiner Kehle, und in seinen Ohren gellte es. Mit der Schrotflinte in der Hand kroch er auf Ellbogen und Knien hastig auf die Zimmertür zu, und kaum hatte er sie erreicht, als seine Hand auch schon den Schlüssel ergriff und ihn umdrehte. Dann kroch er ebenso schnell um das Bett herum und hielt beim Telefon inne. Es gelang ihm, das Telefon vom Nachttisch herunterzuziehen, ohne das Gewehr aus der Hand zu legen. Dann lehnte er sich gegen die Wand und duckte sich mit dem Kopf unter das Fensterbrett.

Als die Telefonistin sich meldete, ließ er sich mit einer Nummer in Washington verbinden.

»Guten Abend«, drang die Stimme des CIA-Mannes knisternd

in Yazovs Ohr, und dann wiederholte der Mann die Ziffern, die Yazov der Telefonistin genannt hatte.

»Hier ist Crystal. Neuansiedlung, Abteilung 12.«

»Nennen Sie Ihren Standort.«

»Zimmer 2006, Taft-Hotel, New York City.«

»Benutzen Sie die Hotelleitung?«

»Ja.«

»Geben Sie mir eine Statusmeldung.«

»Ein Gegner getötet. Ich halte eine Zwölf-Millimeter-Franchi auf die Tür gerichtet. Sitze unter dem Fenster. Vorläufig in Sicherheit.«

»Verletzt?«

»Nein.«

»Okay. Bleiben Sie in dieser Position. Wir melden uns gleich. Paßt Ihnen das?«

»Ja.«

»Wir müssen uns mit den Zivilisten des Hotels absprechen. Kein Problem. Wir bringen Sie sicher raus. Verstanden?«

»Klar.«

»Irgendwelche Fragen?«

»Rufen Sie Butterfly an.«

»Machen wir. Warten Sie ruhig. Rühren Sie sich nicht. Bleiben Sie vom Fenster weg. Öffnen Sie niemandem die Tür. Wir melden uns wieder und vereinbaren ein Signal.«

»Ich denke mir, daß die anderen es mit der Angst zu tun bekommen haben.«

»Bleiben Sie sitzen. Das Denken übernehmen wir.«

»Ja.«

»Und, Crystal – hier steht, Sie sollten eigentlich in Spencer sein.«

Es klickte in Yazovs Ohr, und die Leitung war tot. Der Bulgare legte den Hörer auf, stellte das Telefon neben seinem linken Bein auf den Boden und griff nach einer Schachtel mit Remington-Munition unter dem Bett.

Er fragte sich, wer der Tote sein mochte.

Wenn Yazov im Hotel Americana abgestiegen wäre, das nur ein Stück weit nördlich des Taft an der Seventh Avenue liegt, dann hätte er zu Fuß hinüber in Arnie Krugers Zimmer gehen können, und er hätte Kruger in seiner luxuriösen Suite im neunzehnten Stock angetroffen, wie er sich ungeduldig anzog.

Kruger hatte eben einen dringenden Anruf von Mike Tarrant erhalten – einen Anruf, der ihn zu einer Telefonzelle am Times Square, sieben oder acht Blocks südlich des Americana, beorderte. Er würde am Taft vorbeikommen.

Nachdem er sich warm genug angezogen hatte, überzeugte Kruger sich davon, daß er genügend Kleingeld bei sich trug, und es kam ihm der Gedanke, daß Mafia-Bosse und CIA-Agenten stets Kleingeld griffbereit bei sich trugen. Er knipste die Lichter aus, zog die Tür hinter sich ins Schloß und verließ eilig das Americana.

Draußen schmolzen kleine Schneeflocken dahin, sobald sie auf den Gehweg oder auf die Straße fielen, und die Seventh Avenue glitzerte feucht.

Als er am Taft vorbeikam, blieb Kruger stehen, um einen Blick in die Lobby zu werfen, aber es war nichts Ungewöhnliches zu entdecken.

Obgleich das Wetter eiskalt und unfreundlich war, herrschte in den Straßen rings um den Square reger Verkehr. Kruger betrachtete es als glücklichen Zufall, daß er sofort eine freie Telefonzelle fand. Während er die Nummer wählte, spielten bunte Lichter, die der naßglänzende Asphalt reflektierte, auf seinem Gesicht.

Rasch brachten er und Tarrant das einleitende Identifikationsritual hinter sich.

»Verdammte Scheiße, Butterfly.« Tarrant kam ohne Umschweife zur Sache. »Als ob ich nicht schon genug Probleme hätte. Da gebe ich Ihnen etwas –«

»Und es geht schief«, unterbrach Arnie Kruger. Über das kleine Armbandradio, das sein Mann bei sich getragen hatte, als Yazov feuerte, hatte er den explosionsartigen Knall gehört. Im selben Augenblick hatte Kruger gewußt, daß etwas gewaltig schiefgegangen war.

»Es geht schief? Es wird versaut, Arnie. Versaut.«

»Ich verstehe, Mr. Tarrant.«

»Das kann Sie ein großes Stück von Ihrem Arsch kosten, Arnie. Das würde Ihnen doch nicht gefallen, oder?«

»Nein, Sir, das würde es nicht.« Kruger sprach ruhig, mit flacher, emotionsloser Stimme.

»Verdammt richtig, das würde es nicht.«

»Und was macht er jetzt?« Kruger ignorierte die Bemerkung.

»Er sitzt mit dem Rücken an der Wand und hat eine Schrotflinte in der Hand. Ihr Mann ist tot, Arnie. Wer immer er war, er ist aufgeflogen.«

»Wie Sie schon sagten, Mr. Tarrant, Mord ist eine Kunst...«

»Und mir wird immer klarer, daß ich recht hatte.«

»Hat er es durchschaut? Ich meine, weiß er, was der CIA damit zu tun hat?«

»Ich bin nicht sicher, aber ich glaube es nicht.«

»Wollen wir ihn dann jetzt erledigen? Jetzt könnten wir ihn kriegen.«

Kruger hörte ein Kichern im Telefonhörer. »Was mir an Ihnen gefällt, Arnie, ist, daß Sie niemals aufgeben. Der Mann in Ihnen ist willens, das muß man sagen. Aber ich habe auch schon an so etwas gedacht.«

»Ich höre, Sir.«

»Hören Sie weiter, Arnie. Hören Sie fünf Minuten lang zu. Vielleicht können wir den größten Teil Ihres Arsches noch retten.«

Kruger hielt den Hörer dicht an sein Ohr. Sein Gesicht blieb ausdruckslos bis zum Schluß, aber dann zeigte sich einen Moment lang Überraschung in seiner ansonsten regungslosen Haltung.

»Sie sind ein Genie, Mr. Tarrant«, meinte er trocken.

Tarrant redete weiter. Jetzt bewölkten sich Krugers hübsche Gesichtszüge. Seine Zähne waren ebenmäßig und weiß, mit Ausnahme eines goldenen Eckzahns links, und er hatte blaue Augen unter einem dichten Kennedy-Haarschopf. Während Tarrant sprach, verengten sich seine Augen zu häßlichen Schlitzen.

»Danke, Mr. Tarrant«, sagte er in seiner gleichmütigen, nüchternen Weise. »Ihre Sorge um mein Liebesleben rührt mich. Ich bin Ihnen dafür sehr dankbar.« Er sah Tarrants pockennarbiges Mondgesicht vor sich, wie es hämisch grinste.

Der CIA-Agent hängte ein, nahm den Hörer dann wieder ab und wählte eine andere Nummer. Das Taft meldete sich, und die Telefonistin verband ihn mit Yazovs Zimmer.

»Crystal?«

»Ja.«

»Butterfly.« Er sprach mit einem beruhigenden, kehligen Glucksen in der Stimme.

»Bin froh, Sie zu hören, Butterfly.«

»Okay. Wie ist Ihre Situation?«

»Sicher.«

»Keine Spur von irgendwelchen Gegnern?«

»Nicht daß ich wüßte.«

»Zivilisten, die Ihnen auf den Wecker gehen?«

»Nein.«

»Okay. Bleiben Sie sitzen. Wir kommen.«

»Ja.«

»Ich komme mit zwei Freunden. Sie erinnern sich an den Panikcode?« Butterfly bezog sich auf ein Signal, daß er mit Yazov für eine solche Gelegenheit vereinbart hatte.

»Ja.«

»Okay. Ich werde eine mittelschwere Kevlar bei mir haben. Würde Ihnen das gefallen, Crystal?«

»Ich hätte gern eine Walther PPK, Butterfly.«

»Später vielleicht. In welchem Zustand ist der Gegner? Haben Sie ihn untersucht?« Kruger befürchtete, der Bulgare könnte den Leichnam durchsucht und etwas gefunden haben.

»Er liegt da, wo er hingefallen ist. Ziemlich tot. Sie werden einen großen Plastikbeutel brauchen.«

»Eine große Plastiktüte – kommt sofort.« Kruger lachte laut. »Wir sind in zehn Minuten da, Crystal.«

»Aber machen Sie bei dem Signal keinen Fehler, Butterfly.«

»Machen Sie mich nicht nervös.«

Kruger hängte zum letztenmal ein. Er trat hinaus auf das Pflaster. Noch immer rieselte feiner Pulverschnee vom Himmel.

Yazov machte es sich unterdessen in seinem Zimmer an der Wand ein wenig bequemer. Er tastete nach der Schachtel mit den Zwölferpatronen und stellte vier Stück in einer Reihe neben seinem linken Bein auf den verschlissenen Teppich. Zwei weitere umklammerte er mit der linken Hand, für den Fall, daß er die Deckung des umgekippten Bettes verlassen müßte.

Es war jetzt drei Minuten nach zehn, und Jegerow und Bews kamen immer näher. Sie waren über die Varrazano Narrows von Staten Island nach Brooklyn herübergekommen und näherten sich jetzt der Manhattan Bridge, um dann zur Canal Street zu fahren.

»Wir fahren die Canal Street hinauf zum Broadway, Genosse, und dann biegen wir rechts ab.« Bews hatte den Touristenstadtplan von New York konsultiert, in den er mit einem roten Filzstift eine gestrichelte Linie gezogen hatte. »Wir fahren weiter bis zur Seventh

Avenue, einer Einbahnstraße, die nach Süden führt. Am Taft setzt du mich ab. Dann suchst du einen Parkplatz. Wir treffen uns in der Lobby des Taft.«

»Ja, Genosse.«

»Jegerow und Bews. Große Männer. Du wirst sehen.«

Der Mann am Steuer des Olds antwortete nicht.

Bews, ein zwanghafter Überprüfer, schob noch einmal die linke Hand in die Innentasche seines dunklen, französisch geschnittenen Anzugs und zog seine Brieftasche mit allen Papieren hervor: den Personalausweis und die Sozialversicherungskarte, den Führerschein, Kreditkarten und Paß.

Als nächstes überprüfte er den .45er Colt. Um das Magazin auszuwerfen, drückte er auf einen Knopf oben am Griff. Er schob sieben Patronen hinein und ließ das Magazin wieder einrasten. Dann zog er den Schlitten zurück und bog den Schlagbolzen nach hinten, um die oberste Patrone auf eine Höhe mit der Ladekammer zu bringen. Schließlich ließ er den Schlitten los, so daß die Schlagfeder des Colts die große Patrone in die Kammer gleiten ließ.

Jede dieser Operationen wurde von den gutgeölten, effizienten Geräuschen begleitet, die Bews schon zahllose Male gehört hatte.

Die Pistole war bereit. Und der Plan?

Den Plan hatten sie auf der Nonstopfahrt von Spencer detailliert besprochen. Damit sie durchfahren konnten, hatte immer einer von beiden am Steuer gesessen, während der andere unbequem auf dem Rücksitz zusammengerollt geschlafen hatte. Manchmal, wenn sie beide wach waren, hatten sie Radio gehört. Ansonsten aber hatten sie darüber nachgedacht und gesprochen, wie sie Yazov töten würden.

Trotz der Risiken waren sie beide voller Zuversicht. Vorausgesetzt, daß sie den Bulgaren überraschten, waren die Gefahren nicht allzu groß.

Yazov würde entweder in seinem Zimmer sein – oder nicht. Wenn er nicht in seinem Zimmer war, würde er irgendwo im Taft sein – oder nicht.

Um herauszufinden, ob Yazov im Taft war oder nicht, falls sein Zimmer leer wäre, schlug Jegerow vor, ihn ausrufen zu lassen und zum nächsten Telefon in der Lobby zu bitten. Dann würde Jegerow hinübergehen, den Colt in einer Zeitung versteckt, und den

Bulgaren an Ort und Stelle umlegen. Bews würde seinen Rückzug decken.

»Ich hasse es, wenn man mich ausruft«, hatte Bews eingewandt und die Idee abgelehnt. »Er könnte Verdacht schöpfen. Wahrscheinlich weiß ja niemand außer Tyler, daß er im Taft ist. Wenn man ihn ausruft, wird das seinen Argwohn erregen.«

Statt ihn ausrufen zu lassen, würden sie ihn vom nächstmöglichen Zimmer aus überfallen. Wenn sie Glück hätten, würde es ihnen vielleicht sogar gelingen, das Zimmer direkt neben seinem zu mieten.

Nachdem sie sich zu diesem Vorgehen entschlossen hatten, arbeiteten die beiden Russen über eine Stunde lang an den Einzelheiten, bevor sie wirklich zufrieden waren.

Aber was würden sie tun, wenn Yazov in seinem Zimmer wäre? Dies war die wahrscheinlichste aller Möglichkeiten: Yazov würde – schlafend oder wach – im Bett liegen und die Franchi griffbereit halten.

Wie würden sie ihn *dann* umbringen?

»Dann machen wir es mit Handgranaten«, schlug Bews vor. »Wir werfen sie durch die Tür oder durch ein Fenster. Wir bringen ihn mit einem Trick dazu, die Tür zu öffnen, oder wir brechen sie auf.«

Die Russen erörterten alle Variablen, bis sie auch mit den Details dieses Planes zufrieden waren.

»Der Teufel soll dich holen, wenn du die Handgranaten vergißt«, sagte Bews warnend; er versuchte, auch Jegerows Teil der Vorbereitungen zu überprüfen, als der Olds sich dem Taft näherte.

»So dämlich bin ich nun auch nicht, Genosse.« Nichtsdestoweniger nahm er zwei Handgranaten aus dem Seitenfach. Es waren Handgranaten der US-Army, und er verlangsamte die Fahrt, um sie rechts und links in seine Manteltasche zu schieben.

Bews warf einen Blick auf eine dicke, goldene Rolex. Es war genau zweiundzwanzig Uhr dreizehn.

»Hier kannst du mich absetzen. Den Rest gehe ich zu Fuß.«

»Bis gleich, Genosse.«

»Und vergiß auch deine Pistole nicht.«

»Werde ich nicht, Papa.«

Bews betrat das Taft durch den Eingang an der Seventh Avenue. In der Lobby wandte er sich nach rechts und sah eine Bar. Geradeaus vor ihm waren die Aufzüge und ein Stand, an dem man Ausflüge und Theaterkarten buchen konnte.

Von Yazov war nichts zu sehen.

Der Russe inspizierte rasch die öffentlichen Restaurants und Bars. Dann kehrte er in die Lobby zurück und ging auf die langgestreckte Rezeption zu. Er fragte das Mädchen hinter der Theke nach John Hardacres Zimmernummer.

Ihre unmittelbare Reaktion – die Art, wie sie aufgeschreckt umherblickte – war eine Warnung.

»Schon gut«, sagte Bews rasch und zog sich zurück.

Hier stimmte etwas nicht. Er hatte kein anderes Interesse mehr, als aus dem Taft hinauszukommen. Bews wandte sich auf dem Absatz um und strebte der Tür zu, durch die er hereingekommen war.

Es war sechs Minuten vor halb elf, als Yazov, Kruger und ein Leibwächter mit dem Aufzug im Erdgeschoß ankamen.

»Falls jemand auf Sie schießt, ducken Sie sich nicht. Ich stehe hinter Ihnen«, scherzte Kruger, als die Tür beiseite glitt.

»Alles klar.«

»Es sind genau siebenundzwanzig Schritte bis zum Ausgang. Der Wagen ist ein neutraler Chevy. Flippen Sie nicht aus, wenn sich die hintere Tür öffnet, während Sie darauf zugehen.«

»Okay. Verstanden.«

Dann hatte Yazov die Lobby zur Hälfte durchquert und ging an einer kleinen Gruppe von Hotelgästen vorbei.

Bews hatte ihn gesehen, als die Aufzugstür sich geöffnet hatte. Jetzt warf er einen Blick auf seine Rolex. Es hing alles davon ab, wie schnell Jegerow einen Parkplatz gefunden hatte.

Schon klickte er wie ein Computer; sein hervorragendes Training machte sich bemerkbar. Was er sah, war die Geometrie eines Mordes: Winkel, Entfernungen, strategische Positionen. Wenn es funktionieren sollte, mußte die Geometrie stimmen.

Er wagte nicht, noch einmal einen Blick zum Rezeptionsbereich zu werfen. Er konnte nichts weiter tun, als lässig weiterzugehen; er durfte nicht einmal stehenbleiben oder sich gar umdrehen, um zu sehen, was Yazov tat. Er hoffte, das Mädchen würde nicht reagieren.

In der Zeit, in der Bews ins Taft gegangen war und die Bars und

Restaurants in Augenschein genommen hatte, war es Jegerow gelungen, den Olds einige Straßen weiter nördlich zu parken. Er war wieder in der Seventh Avenue und einen Block weit nördlich des Taft, als er ein unmarkiertes Auto bemerkte. Die Scheinwerfer brannten nicht, aber jemand stand auf der Bremse: Das Heck des Wagens glühte leuchtend rot.

Ein unmarkierter Wagen, der in der zweiten Reihe vor einem Zielhotel parkte – Jegerow war darauf programmiert, solche Zeichen als mögliche Warnsignale zu erkennen.

Höchstwahrscheinlich hatte es nichts zu bedeuten. Hundert unmarkierte Wagen konnten in der zweiten Reihe vor dem Taft parken, ohne daß sie etwas mit Yazov zu tun haben mußten. Aber solange er auf Nummer Sicher gehen konnte, sollte er es auch tun. Denn eine der zahlreichen Möglichkeiten war die, daß Yazov im Begriff war abzureisen.

Also behielt er den Eingang des Taft sorgfältig im Auge, als er sich dem Hotel von der gegenüberliegenden Straßenseite aus näherte. Deshalb sah er Bews im selben Augenblick, als dieser aus dem Taft kam. Und Bews sah ihn.

Ohne auch nur für einen Moment innezuhalten, ging Bews weiter bis zur südlichen Ecke, was Jegerow weiter alarmierte.

Jegerow sah auch Yazov in dem Augenblick, als er durch die Schwingtür des Taft auf den Gehweg herauskam.

Jegerow überquerte bereits die Seventh Avenue und wich gelassen und ohne Hast den vorüberfahrenden Autos aus.

Es war wirklich Yazov: Jegerow hatte die Fotos, die das KGB hatte, oft und lange genug studiert. Und der leichte Schneefall behinderte Jegerows Blick auf den Haupteingang des Taft nicht im geringsten.

Es waren nur sieben, vielleicht acht Schritte bis zu dem unmarkierten Chevy.

Er war gut bewaffnet, sein Opfer war nur wenige Schritte weit entfernt – und die Überraschung war auf seiner Seite. Außerdem wußte er, daß Bews sich darauf vorbereitete, seine Flucht zu decken.

Konnte es etwas Einfacheres geben?

Jegerow schätzte, daß er leicht einen, vielleicht zwei Schüsse abgeben könnte.

Er hatte nur zwei Sekunden, und dann würde Yazov geduckt in

dem Chevy verschwinden, dessen Fenster wahrscheinlich kugelsicher waren.

Zwei Sekunden waren so gut wie alle Zeit der Welt.

Jegerow erreichte die linke Seite des Chevy. Auf der rechten Seite öffnete sich die hintere Tür. Yazov war noch fünf Schritte weit entfernt, und er sah ihn über dem Dach des Chevy.

Jegerows Timing war so hervorragend, daß er zu dem Wagen gelangt war, ohne bei irgend jemandem Argwohn zu erregen. Er war nichts weiter als ein Mann, der die Seventh Avenue überquerte, um ins Taft zu gehen.

Yazov sah ihn erst, als Jegerow den schallgedämpften .45er Colt in Schulterhöhe über das Dach des Chevy hielt. Niemand sonst hatte es schon gesehen – weder Kruger noch der Leibwächter noch der Mann im Chevy.

Als er seinen Angreifer direkt vor sich sah, zuckte Yazovs Gesicht unwillkürlich.

Dann schoß Jegerow. Seine Pistole klang, wie wenn jemand trocken hustete.

Im selben Augenblick feuerte Bews fünf dröhnende Schüsse in den schwarzen Nachthimmel, aus dem der Schnee herabwehte. Er stand an der Ecke Fiftieth Street und Seventh Avenue. Der mächtige, weithin hallende Knall der 250-Grain-*Kleanbore*-Patronen ließ die Menschen erschrocken und verwirrt auseinanderspritzen.

Jegerows Kugel traf Yazov oben in der Brust – der klassische, tödliche Schuß auf das Herz. Die Kevlar fing das Geschoß auf, eine kugelsichere Weste aus dickem Glasfaserstoff.

Nachdem er Yazovs Brust als großes, leichtes Ziel genommen hatte, versuchte Jegerow, noch einen Schuß ins Hirn anzubringen. Aber der erste Treffer hatte Yazov von den Beinen gerissen, so daß der zweite Schuß harmlos zwischen Kruger und dem Ziel hindurchpfiff. Die Kugel traf oben in das Glasportal des Taft und zerschmetterte die Scheibe.

Alles dies geschah innerhalb von Augenblicken.

Jegerow begann zu rennen. Bews sprintete bereits auf die nächste Ecke zu und wechselte die Richtung.

Jegerow rannte nach Norden, die Seventh Avenue hinauf, zusammen mit anderen, die von Bews Schüssen in die Flucht gejagt worden waren.

Krugers Reflexe wurden auf eine harte Probe gestellt. Zwischen

Bews' erstem und zweitem Schuß hatte er nach seiner eigenen Pistole gegriffen. Die Hände des CIA-Agenten bewegten sich so schnell, daß sie kaum zu sehen waren, und er hatte eine Menge Erfahrung mit dem Schießen auf bewegliche Ziele.

Yazov lag auf dem Gehweg, wo ihn Jegerows Schuß hingeschleudert hatte, und beobachtete Krugers geschmeidige, professionelle Reaktion.

Kruger erstarrte für einen Sekundenbruchteil. Er stand mit gespreizten Beinen und gebeugten Knien da und hielt die Walther PPK mit beiden Händen umklammert, wobei die Schießhand in der Stützhand ruhte – die Stellung des Combat-Schützen.

Was Yazov nicht sehen konnte, war, wie Arnie Krugers Eingeweide sich knotig zusammenzogen und wie hart das Blut durch seinen Schädel stampfte.

Kruger feuerte auf den Russen, der fünfzehn Schritte weit vor ihm die Straße hinaufrannte.

Jegerow wollte die West 52. Street hinauflaufen, am Americana vorbei. Krugers Schuß traf ihn hinten in die rechte Schulter und warf ihn zu Boden. Der Russe rutschte drei Schritte weit über das nasse Pflaster. Augenblicklich hatte er die Rutschbewegung unter Kontrolle und rollte sich seitlich in den Eingang eines vollbesetzten Restaurants.

Die Gäste, die auf Bews Schüsse hin zum Eingang gestürzt waren, hasteten ins Restaurant zurück. Tische wurden umgerissen.

Jegerows rechte Schulter schmerzte heftig. Er wußte, daß er nur noch wenig Zeit hatte. Noch vor einer Woche war er in Moskau gewesen. Jetzt lag er blutend im Eingang zu einem Schnellrestaurant unweit der Seventh Avenue auf Manhattan Island.

Das Ganze war unreal, ebenso unreal wie der Mord an Harvey Tyler oder an dem Zeitungsredakteur in Kabul.

Ein Entkommen war unmöglich.

Wenn sie ihn nicht schon tot in die Hände bekämen, würde er reden... denn jeder redete früher oder später. Wenn er stürbe, ohne zu reden, könnte er in Rußland vielleicht immer noch ein großer Mann werden. Nicht, daß es ihm dann noch helfen würde, aber es wäre gut für die Familie.

Jegerow legte den Colt vorsichtig in seinen Schoß und suchte in seinen Taschen nach den Armeehandgranaten. Er durchwühlte beide Taschen, aber er fand nur eine. Er blickte umher und sah, daß das andere blau-grüne Ei aus gerieftem Stahl am Rinnstein lag; es war ihm aus der Tasche gerollt.

»Handgranate! Er hat eine Handgranate!« hörte er jemanden schreien. Ein Krachen und Poltern ertönte im Restaurant. Wieder kippten Tische um, und die Gäste drängten sich so weit wie möglich nach hinten, weg vom Eingang.

Als erstes würde er alle seine Ausweispapiere verbrennen. Er zerriß seinen Paß und stapelte ihn säuberlich vor sich auf und legte die Plastikkreditkarte und sogar ein paar Dollarnoten dazu. Mit einem Ronson-Gasfeuerzeug setzte er den kleinen Berg in Brand.

Er hörte eine Sirene. Das bedeutete, daß er sich beeilen mußte. Das KGB sah es nicht gern, wenn seine Agenten lebendig geschnappt wurden, vor allem, wenn sie zur Abteilung V gehörten. Die Abteilung V existierte nicht, behauptete das KGB.

Als er sicher war, daß die Dokumente verbrannt waren, wischte er mit den Füßen die schwarze Asche auseinander. Dann lehnte er sich seitlich gegen die Tür und griff nach der M-26-Handgranate. Er zog den Sicherungsstift heraus.

»Machen Sie keinen Unsinn! Wir können uns einigen!« schrie jemand, aber Jegerow wußte nicht, wer Arnie Kruger war.

Der Russe ließ den Abzugshebel in seine Handfläche springen und schob sich die Handgranate unter sein Kinn.

Kruger ging kein Risiko ein; er sprang hinter den Chevy, in den man Yazov bereits gezerrt hatte. Gerade, als er über die Tür hinwegspähte, quoll ein orangegelb strahlender Feuerball aus dem Eingang, und man hörte einen ohrenbetäubenden Knall.

Krugers Augen waren zu träge, als daß er hätte sehen können, wie die Restauranttür einstürzte. Auch die Flugbahn einer dunklen, runden Kugel, die wirbelnd und in hohem Bogen durch das Schneegestöber flog, konnte er nicht verfolgen. Jegerows Kopf schlug auf der gegenüberliegenden Seite der Seventh Avenue auf dem Pflaster des Gehwegs auf.

Wenige Augenblicke später lag Yazov auf dem Boden des Chevy, und der Wagen raste durch eine bereits freigemachte Bresche im Verkehr die Seventh Avenue hinunter.

Arnie Kruger war einer der beiden Männer, die auf ihm lagen – als doppelter Schutz.

Jegerow beging Selbstmord, aber Leonid Bews entkam mühelos. Er vertraute zuversichtlich auf sein Training, das ihn befähigt hatte, in einer betriebsamen Gegend wie Manhattan seinen Verfolgern zu entrinnen. Die zahllosen Gebäude, Haupt- und Nebenstraßen boten ihm ausgezeichnete Deckung.

Nachdem er an der Straßenecke, wo er seine Ablenkungsschüsse abgegeben hatte, beide Handgranaten fortgeworfen hatte, war Bews, mehrere Haken schlagend, davongerannt. Er war um ein halbes Dutzend Ecken gebogen, in zwei Gebäuden nacheinander flott ein und aus gegangen und hatte dann ein Taxi herangewinkt. Aber schon bei seinem ersten Haken war er in Sicherheit, denn niemand hatte rechtzeitig reagiert.

Bevor er sich ein Hotelzimmer für die Nacht nahm, entledigte er sich der Pistole. Er wickelte sie in die Abendausgabe der *New York Post* und warf sie im Vorübergehen in einen Papierkorb, der auf dem Gehweg stand. Das war alles.

Seine Ausweispapiere waren gefälscht, aber oberflächlich in Ordnung. Geld hatte er auch, und so war es kein Problem, in einem der Hotels unterzukommen. Er verbrachte die Nacht im Summit, an der East 52. Street.

Nach Moskau zurückzukommen, war ebenfalls einfach, und Bews brauchte deshalb mit niemandem Kontakt aufzunehmen. Er würde mit *Aeroflot* fliegen. Abgesehen davon, daß es die größte Fluglinie der Welt war, bot die russische Gesellschaft für KGB-Agenten auch die besten Möglichkeiten für eine rasche Flucht. *Aeroflot*-Kapitäne haben vom KGB den Befehl, fliehende Spione auf jeden Fall heimzubringen.

Wenn eine Notsituation es erfordert, kann ein *Aeroflot*-Kapitän starten, sobald er die Genehmigung vom Tower hat, und seine übrigen Passagiere im Terminal zurücklassen.

Bews beabsichtigte, die planmäßige *Aeroflot*-Maschine zu nehmen, die vom Flughafen John F. Kennedy nach Moskau flog. Der einzige Haken war die Abflugzeit: SU-Flug Nr. 316 würde JFK erst um siebzehn Uhr verlassen. Dies bedeutete, daß der Russe sich den ganzen nächsten Vormittag über und während des halben Nachmittags würde vorsehen müssen, bis er schließlich Manhattan mit dem Taxi verlassen könnte.

Bews schaffte auch dies ohne Schwierigkeiten. Nachdem er sein Zimmer im Summit geräumt hatte, nahm er sich Zeit für ein viergängiges Frühstück – und dabei las er in der *New York Times* den Bericht über den Zwischenfall vor dem Taft. Schon am Abend zuvor hatte er die Nachricht von Jegerows Ende im Fernsehen gehört, und so war es kein Schock mehr, darüber zu lesen.

Bews' Flucht war in dem Artikel ebenfalls erwähnt, aber anscheinend hatten die Behörden keine brauchbare Beschreibung von ihm. Er vermutete, daß die Rezeptionsangestellte aus dem Taft ihnen ein paar Informationen hatte geben können, aber die konnten sich eigentlich nur auf Farbe und Aussehen seines Mantels beziehen. Infolgedessen begab Bews sich nach dem Frühstück zu einem Herrenausstatter und erstand einen neuen Mantel. Den alten ließ er in einem Schließfach an der Grand Central Station zurück.

Den Rest des Tages verbrachte der Russe in den großen Kaufhäusern, er stöberte in einem Buchladen herum, aß lange und ausgiebig zu Mittag – oder ging zielstrebig durch die Straßen.

Um fünfzehn Uhr dreißig bestieg er ein Taxi und ließ sich zum Flughafen fahren.

Als er sich dem *Aeroflot*-Mädchen, das die Passagiere für SU 316 eincheckte, näherte, war er so entspannt, daß er sicher war, bei niemandem Argwohn zu erregen. Das Mädchen war ebenfalls gut. Als er die Erkennungsformel sprach, zuckte sie nicht einmal mit der Wimper. Ohne Umstände stattete sie Bews mit einem Ticket und einem Bordpaß aus.

Als die IL-62 in der Luft war, veranlaßte Bews den Kapitän, einen kurzen, chiffrierten Bericht an das KGB-Hauptquartier zu funken.

Danach legte er sich quer über eine freie Sitzreihe und versuchte zu schlafen. Aber er kam nicht zur Ruhe; Besorgnis nagte in ihm und ließ ihn während des ganzen Fluges nicht in Frieden.

Um neun Uhr fünfundzwanzig Ortszeit landete Flug Nr. 316 auf dem Flughafen Scheremetjewo.

Trist und kalt lag der Flughafen da. Als das Flugzeug auf die Gebäude zurollte, sah Bews Dutzende von blau-weiß-roten *Aeroflot*-Maschinen, die am Rande des Rollfeldes parkten. Im Zwielicht sah er undeutlich ein Transparent, das an einem großen, modernistischen Bauwerk hing. Wenn er sich bei den schlechten Lichtverhältnissen nicht täuschte, stand auf dem flatternden Tuch:

Willkommen in der Sowjetunion, dem ersten kommunistischen Staat der Welt. Vorwärts zum letzten Sieg über den Kapitalismus.

Ein KGB-Mann erwartete ihn, um ihn auf direktem Wege zum Dserschinski-Platz zu bringen. Dies konnte Bews' Besorgnis allenfalls noch vertiefen, und die Fahrt zur KGB-Zentrale war die unbehaglichste, die er in seinen zehn Dienstjahren erlebt hatte.

Im KGB-Gebäude wurden seine Papiere zweimal mit peinlichster Sorgfalt geprüft. So müde und abgespannt er auch war, Bews stand mit stoischer Geduld dabei. Er wußte sehr genau, daß jeder Widerstand, jeder Protest, die Überprüfung verlängern oder gar zu seiner Verhaftung führen würde.

Endlich kam er zum Vernehmungszimmer der Abteilung V. Bews klopfte an die Tür, und sein Magen zog sich zu einem Knoten zusammen.

»Herein«, rief jemand hinter der Tür.

Bews trat ein, stellte sich vor den Schreibtisch und salutierte zackig. »Leonid Bews, Abteilung V, Spezialagent, meldet sich aus New York zur Stelle, wie befohlen.«

Der Oberstleutnant erhob sich von seinem Schreibtisch, ging um ihn herum und schüttelte Bews freundlich lächelnd die Hand. »Ja, Genosse Bews, wir wissen Bescheid. Sie brauchen kein so besorgtes Gesicht zu machen. So etwas kommt vor.«

Eine Welle der Erleichterung durchflutete Bews: Seine schlimmsten Befürchtungen waren unbegründet.

»Wir freuen uns, Sie wiederzusehen.«

»Danke sehr.«

»Na, warum setzen Sie sich nicht? Hatten Sie eine gute Reise, Genosse?«

»Es war sehr anstrengend.«

»Ja, ich weiß. Diese großen Triebwerke sind wirklich zu laut, vor allem für die Passagiere, die hinten sitzen. Ich hoffe, Sie konnten ein wenig schlafen.«

»Ja, ein wenig. Vielen Dank.« Es verblüffte Bews nicht, zu erfahren, daß der Oberstleutnant wußte, wo er gesessen hatte.

»Wir haben einen umfassenden Bericht aus New York bekommen. Selbstverständlich werden Sie ebenfalls einen abgeben, einen noch umfassenderen sicherlich. Aber unsere vorläufige Ansicht hier ist, daß Sie eine Menge Pech hatten.« Der KGB-Offizier nahm einen

Schluck Zitronentee und bot Bews ebenfalls welchen an. »Ja, Pech. Ein paar Stunden früher, hier oder dort, und alles wäre gutgegangen. Nun – das Opfer des Genossen Jegerow wird nicht umsonst gewesen sein. Seine Familie wird keine Not leiden. Sie wird ihm sogar dankbar sein. Er hat sich tapfer verhalten, finden Sie nicht auch, Genosse Bews?«

»Jawohl, Genosse Oberst.«

»Ja, das finden wir alle. Aber gut – lassen Sie Ihre Geschichte hören.«

Bews redete fünfundzwanzig Minuten lang. Hin und wieder unterbrach ihn der Oberstleutnant, fragte ihn nach Einzelheiten oder forderte ihn auf, einen Umstand näher zu erklären.

»Gut«, sagte er, nachdem Bews geendet hatte. »Jetzt bringen Sie das alles zu Papier. Und dann ruhen Sie sich aus. Gründlich.«

»Vielen Dank, Genosse Oberst.«

»Wir haben nämlich neue Befehle für Sie.«

»Wie bitte?«

»Sie werden neue Papiere und dergleichen brauchen. Das heißt, ich habe sie schon.« Der Oberstleutnant klopfte auf einen Stapel von Dokumenten, die von einem straffen Gummiband zusammengehalten wurden.

»Jawohl, Genosse Oberst.«

»Sie sollen nach Kampala in Uganda. Ich nehme an, Sie haben schon von diesem Ort gehört.«

»Ja.«

»Wir haben Informationen, denen zufolge unsere Gegner beabsichtigen, Okan zu ermorden. Es ist nichts absolut Definitives, Genosse. Sie wissen ja, Okan ist gut bewacht. Und es heißt, daß unsere Freunde von der anderen Seite derzeit nicht im Attentatsgeschäft tätig seien.«

»Ich weiß, Genosse Oberst.«

»Wen würden Sie mit der Ermordung Okans beauftragen, wenn Sie könnten? Ich meine, wenn Sie der CIA wären?«

»Yazov?«

»Sehen Sie, Genosse Bews? Nicht ausgeschlossen, daß sie Yazov in Erwägung ziehen. Jedenfalls hat Okan uns, das *Komitet*, gebeten, uns um seine eigenen Sicherheitsmaßnahmen zu kümmern. Falls es Ihnen noch nicht aufgefallen ist: Die Beziehungen zwischen der Sowjetunion und Uganda sind in letzter Zeit merklich wärmer geworden, ja, es ist – aus Gründen, die Sie nicht zu kennen brauchen – derzeit von vitaler Bedeutung, Okan am Leben zu erhalten. Und ich wüßte für diese Aufgabe keinen besseren Mann als Sie.«

»Ich fühle mich geschmeichelt, Genosse Oberst.«

»Das will ich gern glauben. Wissen Sie, ich möchte nicht, daß Sie in dem Glauben abreisen, Sie hätten in Amerika wunderbare Arbeit geleistet.«

Bews lächelte nicht mehr.

»Wir sind mehr als fair zu Ihnen gewesen, Genosse Bews. Ich denke, daß Sie jetzt verstehen, weshalb.«

»Ich verstehe völlig, Genosse Oberst.«

»Dann ist es gut. Sie haben den Befehl, so bald wie möglich nach Kampala zu reisen. Innerhalb von einem oder höchstens zwei Tagen. Sie werden sich beim Direktor der Sonderabteilung in unserer Botschaft melden. Ihre oberste Aufgabe ist es, Okan zu beschützen. Sie werden seine Sicherheitsvorkehrungen studieren. Ich zweifle nicht daran, daß Ihnen Verbesserungsmöglichkeiten einfallen werden. Vielleicht werden Sie auf Yazov stoßen.«

»Da sehe ich kein Problem, Genosse Oberst.«

»Sie wissen ja: Man braucht einen Killer, um einen Killer zu fassen . . . sozusagen.«

»Selbstverständlich, Genosse Oberst.«

»Ich will Sie morgen hier sehen, Genosse, damit wir Ihre Mission im einzelnen erörtern können. Bis dahin verfassen Sie einen schriftlichen Bericht.«

»Jawohl, Genosse Oberst.«

»Verdammt, Genosse, jetzt ist Ihr Tee kalt geworden. Haben Sie Verständnis dafür, daß ich Sie nicht zu einer zweiten Tasse einlade? Ich bin heute sehr im Zeitdruck.«

»Oh, ich habe volles Verständnis, Genosse Oberst.« Bews erhob sich und ging zur Tür.

ELF

Während Bews flüchtete, wurde Yazov zu einem sicheren Haus im Greenwich Village gebracht. Als Bews in seinem Zimmer im Summit-Hotel schlief, war Yazov unterwegs zu dem Zweihundertfünfzigmorgengelände von Brushy Hill in Maryland, wo er schon einmal sicher untergebracht gewesen war, als man ihn den zahllosen Befragungen unterzogen hatte.

Er flog zusammen mit Arnie Kruger vom Flughafen La Guardia aus dorthin, in einem Kleinjet des CIA. Arnie Kruger war bester Stimmung. Tarrants Anweisungen folgend und mit Hilfe einiger eigener Argumente hatte er Yazov überredet, als sie auf dem CIA-Flughafen am Rande von Langley landeten. Kruger hatte eine gute Vorstellung gegeben; sie hatte aus scheinbarer Aufrichtigkeit, aus Mitgefühl und einfachem, gesundem Menschenverstand bestanden. Und jetzt hatte Tarrant seinen Killer für »Schwefel«.

Nicht daß es schrecklich schwierig gewesen wäre, Yazov umzustimmen. Er hatte sich in Spencer zu Tode gelangweilt, und die Aussicht, ein oder zwei Jahre in Sicherheitsverwahrung zu verbringen, war gleichfalls nicht sonderlich reizvoll. Aber zwei Anschläge auf sein Leben, so kurz nachdem er sich aus dem Schutz des CIA begeben hatte, ließen keinen Zweifel mehr daran aufkommen, daß er in Gefahr schwebte. Er brauchte Hilfe, wenn er am Leben bleiben wollte.

»Sie brauchen uns, wir brauchen Sie«, hatte Kruger zusammengefaßt, nachdem er geschickt darauf hingewiesen hatte, daß der CIA über Yazovs unbotmäßige Abreise aus Spencer hinwegsehen würde, wenn der Bulgare sich bereit erklärte, Tarrant zu helfen. »Mike Tarrant steckt in der Klemme. Ich weiß, daß er sich über ein wenig Unterstützung freuen würde«, hatte Kruger erklärt.

»Über was für eine Sorte von Unterstützung?« hatte Yazov gefragt.

»Ach, zum Teufel, Kollege, Sie wissen doch, was ich meine.« Kruger hatte gewinnend gelächelt. »Von Ihrer Sorte. Ich bin sicher, daß Sie sich denken können, um was es geht. Ich möchte nicht so unfein sein, alles zu buchstabieren . . .«

»Und wer soll es sein?«

»Das weiß ich nicht. Ich weiß es wirklich nicht.« Kruger hatte im selben Moment gewußt, daß er gewonnen hatte. »Aber das werden Sie noch früh genug erfahren.«

Nicht ein einziges Mal hatte Kruger offenen Druck ausgeübt, und er hatte mit keinem Wort erwähnt, wie er Yazov aus dem Taft herausgebracht und ihm das Leben gerettet hatte.

Am nächsten Morgen setzte sich das subtile Spiel fort. Kruger und Yazov frühstückten allein, aber gleich danach wurde der Bulgare von Kruger in ein großes, halbdunkles Zimmer des Herrenhauses geleitet.

Tarrant erhob sich aus einem Sessel, um ihm die Hand zu schütteln. »Es ist wirklich erfreulich, daß Sie mit uns an einem großen Projekt arbeiten wollen. Ich bin froh, daß sie Sie nicht erwischt haben, diese Halunken. Aber Tyler haben sie erledigt.« Nach diesen Worten winkte er Yazov, sich zu setzen.

Yazov war noch dabei, es sich bequem zu machen, als auf der transportablen Leinwand vor ihm ein Bild aufleuchtete. Obama Okans rundes, schwarzes, lächelndes Gesicht erstrahlte auf der weißen Fläche. Dieses Gesicht war Yazov wohlbekannt, und augenblicklich begriff er alles. Seine Kugel würde Okan aus dem Weg räumen, und ein paar Insider in Uganda würden dann die Macht übernehmen können.

Das nächste Dia zeigte noch einmal den ugandischen Präsidenten. Er war der dritte in einer Reihe von tanzenden Ministern und Offizieren. Er sah jovial aus, ein bißchen wie ein Clown, wie er das linke Bein mitten im Hopsertanz in die Luft streckte.

»Lassen Sie sich von seinem tolpatschigen Gehabe nicht täuschen. Nach unserer Einschätzung ist er bei gesundem Verstand und durch und durch gerissen, und er weiß haargenau, was er tut. Außerdem hat er dreizehn Attentatsversuche überlebt.«

Mit einem Klicken erschien ein neues Bild auf der Leinwand. »Das ist Okan zusammen mit Zagorin, dem sowjetischen Botschafter, aufgenommen bei einer Zeremonie im Auswärtigen Amt, wo Zagorin seine Akkreditierung überreichte. Okan nannte die Sowjetunion Afrikas besten Freund und Erretter. Dieser Schachzug hat übrigens zu antiamerikanischen Gefühlen im Lande geführt. Okans Presse ist voller Angriffe gegen den CIA, die angeblich Invasionen plant, einen Staatsstreich vorbereitet und sogar vorhat, Okan zu töten.«

»Im Ernst?« Arnie Krugers Bemerkung rief leises Gelächter hervor.

Das nächste Bild war aus vier Fotografien junger Frauen zusammengesetzt; jede der Frauen trug ein Schild mit einer Nummer um den Hals. »Was uns aber wirklich Sorgen bereitet, ist ein massiver Terroristenanschlag, eine bevorstehende Attacke gegen amerikanische, europäische und israelische Ziele. Es läuft allmählich alles auf diesen Punkt hinaus.«

»Wer sind diese Frauen, Mr. Tarrant?« wollte Kruger wissen.

»Darauf wollte ich jetzt kommen. Es sind westdeutsche Terroristinnen, die vor kurzem aus einem Hochsicherheitsgefängnis entkommen sind. Zum Glück wurde das Mädchen rechts außen inzwischen auf einem Parkplatz in Bonn gestellt. Sie hat eine Waffe gezogen und einen Polizisten verwundet, aber sie ist wieder im Kasten. Die anderen drei laufen noch frei herum. Informationen dieser Art haben sich in letzter Zeit stetig vermehrt.«

»Und Sie glauben, Okan will denen helfen?« fragte Kruger.

»Ohne Zweifel. Wenn man alles zusammennimmt, ist diese Folgerung absolut zwingend. Und immer neue Erkenntnisse strömen herein. Eben erst haben wir einen unbestätigten Bericht erhalten, demzufolge tief in der Sahara eine Zusammenkunft zwischen dem libyschen und dem ugandischen Präsidenten und einer Abordnung der Verweigerungsfront stattgefunden hat.« Tarrants Andeutung besagte, daß dieses Zusammentreffen nicht von mehreren voneinander unabhängigen Quellen gemeldet worden war. »Tatsache ist, daß sie vor sehr kurzer Zeit allesamt für maximal vierundzwanzig Stunden von der Bildfläche verschwunden waren.«

»Welches sind die neuesten Informationen?« fragte Yazov eher aus Neugier als aus irgendeinem anderen Grund. Die möglichen Anschläge erregten bei ihm keine moralische Besorgnis, in keiner Hinsicht.

»Eine Menge von verdächtigen Bewegungen. Eine in der Ausbildung befindliche Gruppe aus Libyen ist in Bagdad verschwunden. Hassan Jabril, der Boss der Front, hat sich in seinem Unterschlupf in Aden verkrochen und die Anzahl seiner Leibwächter verdoppelt. Okan hat seine Wachen ebenfalls verstärkt. Im Untergrund wimmelt es von Gerüchten. Natürlich können wir nicht alles überprüfen . . .«

Tarrant hatte keine Ahnung, wie dicht der Dreifachanschlag der Front tatsächlich bevorstand. Garsts achtköpfiges Kommando Marighella war beinahe vollzählig in Johannesburg versammelt. Just in diesem Augenblick ruhte Garst selbst in einem Liegestuhl neben dem Swimmingpool auf dem Dach des Hotels. Während sie einen kleinen Imbiß verspeiste, vermerkte sie befriedigt, daß ein Hubschrauber vom Typ Westland *Wasp* auf dem Dach neben dem Pool würde landen können.

Zwei Mitglieder des vierköpfigen Kommandos Meinhof waren am selben Morgen mit einer Boeing 747 der *Singapore Airlines* auf dem

Athener Flughafen Latakia gelandet. Der Mann hatte auf das Gepäck gewartet, während die Frau die Informationstafel der griechischen *National Tourist Organization* studiert hatte, um herauszufinden, wo Touristen, die ohne Hotelbuchung angereist waren, unterkommen konnten. Sie beschloß, zwei Tage auf Milos zu verbringen und dann nach Athen zurückzukehren. Falls die Flüge von Milos nach Athen aus irgendeinem Grunde ausfallen sollten, würden sie und ihr Mann nach einer kurzen Bootsfahrt auch wieder auf dem Festland sein können.

In Kopenhagen war ein Mitglied des Kommandos Badawi zu einer arabischen Botschaft gegangen, um den Plastiksprengstoff – eine brisante Mischung aus Hexogen, Trinitramin, TNT und Wachs, die aussah wie ein Klumpen Toffee – abzuholen, aber man sagte ihm, er müsse noch einmal wiederkommen. Er hatte drei Tage Spielraum, und so konnte er sich diese Verzögerung leisten.

Tarrant stand unter Zeitdruck, mehr, als er je erfahren würde.

Auf der Leinwand sah Yazov jetzt ein detailliertes Luftbild einer kleinen Stadt. Es war Kampala, wie er richtig vermutete. Einige CIA-Logistikexperten würden bereits in Uganda sein und Waffen von einem Stützpunkt in einem befreundeten Land, knapp jenseits der Grenze, hereinschmuggeln.

»Und jetzt werden wir sehen, womit wir's zu tun haben.« Yazov wandte seine Aufmerksamkeit wieder Tarrant zu. Dieser fuhr fort: »Die meiste Zeit über ist Okan von Spezialsicherheitsleuten umgeben. Die Sicherheitsabschirmung besteht aus drei grob konzentrischen Kreisen. Fast alle seine Leibwächter gehören entweder zum SRB, also zur Staatspolizei, oder es sind Palästinenser, nubische Söldner oder Blutsverwandte aus Okans Stamm, den Kakwa.«

Tarrant ließ die Fernbedienung in seiner Hand klicken. »Was Sie eben gesehen haben, war übrigens Kampala. Aus der Luft. Wir kommen später noch einmal darauf zurück. Aber hier ist Okans Mercedes.«

Der schwarze 350 SE des Präsidenten erschien auf der Leinwand.

»Der Wagen ist kugelsicher. Was Sie nicht sehen können, ist der stahlgepanzerte Boden. Eine Minenexplosion kann er vermutlich überstehen. Okan benutzt lieber den Mercedes als seinen Hubschrauber. Er findet, daß ein Helikopter in der Luft zu verwundbar ist. Er kann abgeschossen werden, nicht wahr? Womit er nicht rechnet, ist, daß sein Mercedes *in die Luft geschossen werden kann.*« Tarrant sprach die letzten Worte mit Betonung.

»Ich verstehe, was er meint.« Yazovs Interesse war plötzlich größer, denn jetzt redete Tarrant über Mittel und Wege des Mordanschlags. »Einen Hubschrauber kann man von einem Dutzend verschiedenen Stellen am Boden gleichzeitig herunterholen. Bei einem Auto ist das anders –«

»Aber betrachten Sie den umgekehrten Fall«, unterbrach Tarrant. »Was ist, wenn wir in dem Helikopter sitzen? Okans Mercedes unten auf dem Boden wäre ein leichtes Ziel.«

»In einem Helikopter? Woher sollen wir –«

»– einen gottverdammten Hubschrauber nehmen? Aber was ist, wenn Sie gedeckt in einem Hochhaus sitzen? Bewaffnet mit einer Panzerabwehrrakete? Und Okans Mercedes fährt tausend Meter weit entfernt unten vorbei?«

Yazov schwieg, und Tarrant schaltete auf das nächste Dia.

»Kampala, Uganda«, erklärte er. »Das gleiche Foto wie vorhin, aber auf diesem hier haben wir die Namen von Straßen und Gebäuden eingetragen. Und die Karte rechts basiert auf dem Foto. Die Punkte A, B und C markieren eine regelmäßige Route, an die Okan sich zwangsläufig halten muß, wann immer er vom Kommandoposten aus zum Regierungspalast oder nach Entebbe zum Flughafen will. Dämmert's Ihnen langsam?«

Yazov und Kruger nickten.

»Eine maximale Erfolgschance. Nehmen Sie Punkt C. Hier beschreibt die Hauptstraße eine scharfe Haarnadelkurve um hundertzwanzig Grad. Natürlich wird der Gefahrenpunkt, wenn Okan die Strecke benutzt, von einem Dutzend SRBs bewacht, die mit AK-47s bewaffnet sind. Unmöglich, nahe an ihn heranzukommen.«

»Aber Okans Wagen muß in der Kurve abbremsen, so daß ich Gelegenheit habe, eine Panzerabwehrrakete abzufeuern. Ich stehe irgendwo oben auf einem Gebäude.«

»Genau. Vor diesem Punkt fährt der Mercedes viel zu schnell. Der Haken ist, daß die Zeit nur für einen Schuß ausreicht. Zwischen zwei Gebäuden hindurch. Eine Zeitlang ist der Mercedes verdeckt, dann ist er etwa fünfzehn Sekunden lang zu sehen, und dann verschwindet er wieder hinter einem Gebäude. Der Mann, der die Rakete abfeuert, steht also unter einem mächtigen Druck.

Wir können keinen gebrauchen, der auf dem Dach steht und zittert...«

»Ich glaube, ich weiß, was Mr. Tarrant meint«, sagte Arnie Kruger, nachdem eine ganze Weile Stille geherrscht hatte.

»Ja, wahrscheinlich, Arnie. Wir wollen niemanden dort oben haben, dem kurz vor dem Schuß die Luft wegbleibt. Deshalb hatte ich so sehr darauf gehofft, daß dieser Bursche hier uns einen Gefallen tun würde...«

»Wo ist das Gebäude?« erkundigte Yazov sich ohne jeden Kommentar.

»Es ist mit D markiert. Das Hotel International, der einzige bewohnbare Laden in ganz Kampala. Dort werden Sie wohnen, zusammen mit Kruger.«

»Soll das heißen, er kommt mit?«

»Selbstverständlich. Er geht mit und wird Sie warnen, wenn der Mercedes sich der Kurve nähert. Auf diese Weise können Sie oben auf dem International bis zum letzten Augenblick in Deckung bleiben.«

»Moment mal, niemand hat mich gefragt...«, wandte Arnie Kruger bestürzt ein. Er war sehr überzeugend.

»Das ist ja das Wundervolle daran, Arnie. Sie brauche ich nicht zu fragen. Natürlich haben wir auch einen Mann im Kommandoposten, der uns ein Zeichen geben wird, wenn Okan losfährt. Die Fahrt bis zur Kurve dauert im Durchschnitt zehn Minuten. Aber das ist ein schlechter Schnitt. Es dauert mindestens sechs Minuten und sechsunddreißig Sekunden und höchstens zwölf Minuten zehn Sekunden. Länger als zwanzig, vielleicht dreißig Sekunden dürfen Sie Ihre Deckung auf dem Dach nicht verlassen. Wenn es länger dauert, sitzen wir in der Tinte.«

»Wie reisen wir an?« fragte Kruger.

»Sie kommen als Techniker der *East African Airways*. Wir werden eine defekte 727 auf dem Flughafen in Entebbe stehen haben – eine freundliche Geste der Kenianer. Okan bedroht sie noch immer unaufhörlich, unter anderem damit, daß er einen großen Teil des kenianischen Nordens besetzen werde.«

»Das könnte klappen. Und wie kommen wir weg?«

»Das wird geregelt, keine Sorge. Und überhaupt, Verschwinden ist doch das Einfachste von allem.« Tarrant drehte sich in seinem Sessel um und lächelte Yazov im Halbdunkel zu. »Es ist alles vorbereitet. Kümmern wir uns jetzt um die Details.«

Tarrant verwandte den Nachmittag darauf, Yazov mit seinen Waffen vertraut zu machen. Zu diesem Zweck brachte er Kruger und den Bulgaren zu einem dicht bewaldeten Gelände etwa zwanzig Meilen weit nordwestlich von Williamsburg, hinter dem Colonial National Historic Park. Mit dem Bell-212-Allzweckhubschrauber des CIA waren sie in weniger als einer Stunde dort.

In seiner Zeit beim bulgarischen MGB hatte Yazov diese Anlage unter dem Namen »die Farm« gekannt: ein Terrain von vierhundertachtzig Morgen, auf dem Agenten darin ausgebildet wurden, bestimmte Waffen zu benutzen, Grenzen zu überschreiten, Fabriken zu sabotieren oder Überfälle zu organisieren. Als der Hubschrauber sich der Anlage näherte, sah er einen hohen Zaun; er wußte, daß der Zaun durch Ketten gesichert, von Stacheldraht gekrönt und von Posten mit Hunden, Gewehren und Walkie-Talkies bewacht wurde.

Der Hubschrauber ließ sich auf dem Landeplatz, dicht neben einem wartenden Jeep, zu Boden sinken. Ein Militärpolizist setzte sich ans Steuer und fuhr die kleine Gruppe zu einer Holzbaracke.

Die Waffen lagen drinnen auf einem langen Tisch, und ein Waffenexperte des CIA hielt sich bereit. Als Tarrant hereinkam und er ihn erkannte, erstrahlte sein Gesicht in einem freundlichen Grinsen, und die beiden Männer schüttelten einander heftig die Hände. Tarrant stellte Yazov und Kruger vor, und dann traten die Männer an den langgestreckten Tisch.

»Eine sowjetische AT-3-Rakete. AT steht für Anti-Tank. Heißt auch Sagger oder PUR-64.« Der Waffenexperte begann seinen kurzen Vortrag mit einer stumpfen, kompakten Flugbombe mit kleinen Flügeln am äußersten Ende.

»Das Gewehr ist eine sowjetische Dragunow, wie sie von Scharfschützen verwendet wird. Ein Selbstlader, verschießt 7,6-mm-Randfeuerpatronen.« Er deutete auf die zweite Waffe. Yazov nickte; er war mit der Dragunow vertraut und hätte ihnen erzählen können, daß sie mit einem vierfach vergrößernden Zielfernrohr und einem Zehnschußmagazin ausgestattet war.

Tarrant hatte gesehen, wie Yazov nickte. »Haben Sie schon mit einer Dragunow gearbeitet?« Als der Bulgare zur Antwort nickte, grinste der CIA-Mann breit. »Na, das ist ja großartig«, sagte er. »Ich verspreche Ihnen, Freund, sobald Sie das Visier justiert haben, werden wir Ihnen diese kleine Flinte nach Kampala schaffen.« Dann wandte er sich an den Waffenexperten. »Chuck, Sie können sich die Details der Dragunow sparen. Wir können unsere Zeit auf die Rakete verwenden...« Nach einer kurzen Pause veränderte sich Tarrants Gesichtsausdruck ein wenig, und er sah Yazov an. »Sagen Sie, haben Sie schon mal so 'ne Sagger abgefeuert?«

»Die ältere. Die AT-2.« Die AT-2 war der Vorläufer der Sagger gewesen.

»Im Ernst?« Tarrants Augen wurden schmal. »Warum haben Sie uns bei den Vernehmungen davon nichts erzählt?«

»Ich bin sicher, daß ich es gesagt habe. Ich habe gesagt, daß ich eine Waffenausbildung durchlaufen habe.«

»Von der Dragunow weiß ich. Das steht in Ihrer Akte. Aber ich kann mich nicht erinnern, daß Sie die Ausbildung an der AT-2 erwähnt hätten...« Tarrants Blick verlor sich einen Moment lang in unbestimmten Weiten, aber dann hellte seine Miene sich wieder auf. »Wie auch immer – es ist eine gute Nachricht. Sie bilden euch Brüder verdammt gründlich aus, was?«

Yazov zuckte die Achseln.

»Okay, Chuck. Jetzt zu Ihnen. Das Ganze wird weit weniger mühevoll, als ich gedacht hatte. Das Waffentraining meine ich.«

»Ja, Sir, Mr. Tarrant. Die AT-2 und die AT-3 sind eng verwandt.« Der Experte warf Yazov einen etwas ratlosen, verunsicherten Blick zu.

»He, Crystal.« Arnie legte Yazov einen Arm um die Schulter und versuchte, sie alle vier aus einem seltsam unbehaglichen Augenblick zu erretten. »Es ist fast so, als hätten Sie ein Verbrechen begangen, indem Sie über diese Panzerabwehrraketen Bescheid wissen. Also, ich bin froh darüber. Sehr froh, für uns alle hier.«

»Das sind wir auch.« Tarrant lächelte Kruger schmallippig an. »Wir auch, Arnie.«

Dies war das Stichwort für den Waffenexperten, mit seinem Vortrag fortzufahren. »Die Sagger ist der AT-2 weitgehend ähnlich. Beide sind drahtgelenkt und befördern Hohlraumexplosivladungen. Die Sprengkraft ist etwa gleich. Die Rakete wird auch durch elektrische Signale in den Lenkdrähten gesteuert. Der Steuersender ist den Funksteuergeräten für Modellflugzeuge sehr ähnlich. Der Hauptunterschied liegt in der Größe. Die Sagger ist kompakter.

Und die AT-2 verwendet ein Infrarot-Zielortungssystem, welches anders ist als . . .«

Später, draußen auf dem Schießplatz, feuerte Yazov vier Saggerraketen von ebener Erde aus ab, und mit den beiden letzten traf er zwei Panzerwracks vom Typ M-62. Die erste war noch ein wenig unkontrolliert geflogen, aber als die vierte im Panzer explodierte, sagte der Waffenspezialist: »Das ist ziemlich gut. Sie werden aus der Vergangenheit wissen, Mr. Tarrant, daß man sich an so etwas erst gewöhnen muß. Und man braucht einiges Geschick.«

»Wem sagen Sie das, Chuck?« Beide Männer lachten bei der Erinnerung an die Frustrationen der vergangenen zehn Tage und an die miserablen Schießleistungen, die ein paar der für Operation Schwefel bereits getesteten Männer an den Tag gelegt hatten.

Als nächstes erklomm Yazov eine hydraulische Hebebühne, die ausgefahren ebenso hoch wie das Hotel International mit seinen zwanzig Stockwerken war. Der Turm knarrte im kalten Wind, und nachdem zwei B-26-Maschinen aus dem Zweiten Weltkrieg über ihren Köpfen dahingeflogen waren und den nächsten Hügel mit einem Bombenteppich belegt hatten – eine Übung für eine andere CIA-Mission –, schwankte das Ding in der Druckwelle der Explosionen.

»In Kampala wird es leichter sein, Arnie. Auf dem Dach. Es schwankt nicht«, sagte Tarrant zu Kruger.

»Gibt es Probleme bei der Beschaffung der Raketen?« fragte Arnie Kruger.

»Wir verwenden Material, das die Israelis im dreiundsiebziger Krieg ins Land geschafft haben. Da gibt's keine Probleme. Und unsere logistischen Verbindungen nach Kampala sind gut. Das übliche Network.«

Tarrant gab ein Zeichen mit seiner Rechten, und ein alter, gebrauchter Dodge rollte auf eine Haarnadelkurve zu, die mit weißem Kalk auf den kalten, unfruchtbaren Boden gemalt war. Der Dodge war ferngesteuert und so programmiert, daß er mit fünfzehn bis zwanzig Meilen pro Stunde durch die Kurve fuhr – so schnell also, wie Okans Mercedes den CIA-Schätzungen nach sein würde. Und die Entfernung zwischen Yazovs Position auf dem Turm und den weißen Markierungen auf dem Boden war beinahe exakt die gleiche wie die zwischen dem Dach des International und der Straßenbiegung in Kampala.

Als der Dodge aus der Kurve herauskam, flog er mit einem dumpfen Knall auseinander. Yazov hatte ihn voll getroffen.

»Welch ein Talent!« rief Tarrant unten. »Das ist der dritte Wagen hintereinander, den der Kerl erwischt!«

Kruger stand tief unter der Hebebühne und gab Yazov begeistert Signale, indem er die Hände über dem Kopf verschränkt schüttelte. Im Zielgebiet löschten derweilen Feuerwehrleute die Flammen, und ein Abschleppwagen nahm die ausgebrannte Hülse des Dodge an den Haken und schleppte ihn vom Gelände.

»Okay, Arnie. Sie sind der nächste«, sagte Tarrant.

In Kampala würde auch Kruger seinen Teil zum Attentat beitragen müssen. Er würde Yazov ein Zeichen geben, wenn der schwarze Mercedes, der ansonsten durch zwei hohe Gebäude verdeckt sein würde, sich der Kurve näherte. Nach diesem Zeichen hätte Yazov Zeit, seine Deckung aufzugeben, die Rakete abschußbereit aufzustellen und für einen kurzen Moment aufzustehen, um durch die Lücke zwischen den beiden Gebäuden die Haarnadelkurve anzuvisieren.

Der Plan besagte, daß Arnie Kruger das Zeichen geben würde, wenn Okans Mercedes an einem auf der Karte mit X markierten Punkt angelangt wäre; auf der Straße in Kampala war der Punkt durch einen hohen Baum gekennzeichnet. Normalerweise fuhr Okans Mercedes mit fünfzig bis sechzig Meilen pro Stunde an die Kurve heran und bremste dann scharf ab. Das X auf der Karte – der Baum auf der Straße – lag zweihundertfünfzig Meter weit vor der Kurve, und damit hätte Yazov, von Krugers Funksignal an gerechnet, mindestens zehn Sekunden Zeit, sich bereit zu machen.

Kruger drückte auf einen Knopf an einem kleinen, plastikumhüllten Radiosender. Oben auf seinem Turm hörte Yazov den feinen Piepston in dem Miniaturempfänger, der in seinem Ohr steckte.

Yazov geriet in Bewegung wie ein galvanisierter Frosch; er brachte das Raketengehäuse in Position und legte die röhrenförmigen Leitschienen auf die Markierungen, die in das Stahlgeländer des Turmes gefeilt waren.

Ein klappriger schwarzer Mercedes bog in die gekälkte Haarnadelkurve ein. Zwischen Krugers Signal und dem Krachen, mit dem der Zielmercedes in einer Flammenwolke zu großen Blechfetzen zerbarst, vergingen vierzehn Sekunden.

»So einfach, wie, Arnie? Diese Hohlraumsprengköpfe sind schon tolle Dinger. Allmählich glaube ich, daß es klappen wird.«

»Glauben Sie, Mr. Tarrant? Ich dachte, das sei der Sinn der ganzen Sache: daß es klappt.« Kruger sprach mit seiner leidenschaftslosen, nüchternen Stimme.

Als die beiden nächsten Testwagen ebenfalls in die Luft geflogen waren, war Tarrant zufrieden, ja, sogar glücklich. Während die letzte der gesprengten Limousinen loderte und qualmte, winkte Tarrant dem Bulgaren entzückt zu: Die Übung mit den Raketen war beendet. Wir holen Sie herunter, bedeutete er Yazov mit seinen Gebärden.

Kaum hingen Tarrants Hände wieder herab, schoben sich die mächtigen Röhren der Hebebühne teleskopartig zusammen, und stetig verschwand eine in der anderen, Abschnitt für Abschnitt.

»Welch ein Talent, Arnie. Das müssen Sie zugeben.«

»Er ist ein guter Mann, Mr. Tarrant.«

Tarrant drehte sich plötzlich um und musterte Arnie Kruger eindringlich. Nach einer kurzen Pause sagte er: »Sie wissen, daß er immer noch verschwinden muß, nicht wahr, Arnie?«

»Jawohl, Sir, daß weiß ich.«

»Gut. Einen Moment lang dachte ich, Sie –«

»Ich könnte daran zweifeln? Nein, Sir, das tue ich nicht. Ich tue, was man mir sagt.«

»Er hätte Spencer niemals verlassen dürfen, Arnie. Das macht ihn unzuverlässig. Als es geschah, kam all das alte Mißtrauen wieder hoch. Ich kann es Ihnen ruhig sagen: Fast wäre ich in Panik geraten. Ich dachte schon, er würde zu den Russen zurückgehen und irgendein Ding gegen uns drehen ...«

»Das verstehe ich, Mr. Tarrant.«

»Längerfristig ist dieser Schweinehund unberechenbar und unkontrollierbar. Er könnte sich zu einer großen Gefahr entwickeln.«

»Sind Sie davon überzeugt, daß er sich nicht niederlassen wird?«

»Unbedingt. Dieser Typ geht seinen eigenen Weg, macht seinen eigenen Kram. Man kann ihm nicht trauen. Er hat uns mit keinem Wort von seiner Ausbildung an der AT-2 erzählt. Ich bin mit einem feinen Kamm durch seine Unterlagen gegangen, und ich habe speziell nach dieser Art von Raketentraining gesucht.«

»Sie haben nichts gefunden?«

»Er hat es uns nicht gesagt, Arnie. Und er hat uns auch in anderer

Hinsicht belogen, da bin ich sicher. Er kann sich leicht gegen Sie, gegen mich oder gegen die CIA wenden. Jederzeit. Er ist dazu fähig. Ich wäre nicht überrascht, wenn er von seiner Hebebühne aus plötzlich eine Sagger auf uns richtete.«

Kruger blickte zu der hydraulischen Plattform hinauf und sah die dunkle, einsame Gestalt des Bulgaren vor dem grauen Himmel.

»Machen Sie mit ihm, was Sie wollen. Aber sorgen Sie dafür, daß er aus Kampala nicht zurückkommt. Wollen Sie einen Tip? Jagen Sie ihm eine Kugel in den Rücken, sobald er Okan erledigt hat. Auf diese Weise riskieren Sie überhaupt nichts.«

»Ich werde mir etwas ausdenken, Mr. Tarrant.«

Zischend schoben sich die letzten Segmente der Hebebühne ineinander und verstummten dann. Yazov schwang ein Bein über das Stahlgeländer und kletterte über eine kleine Leiter herunter. Tarrant lief ihm entgegen, ergriff seine Hand und schüttelte sie.

»Welch ein Talent, welch eine Begabung«, plapperte Tarrant fröhlich. »Und wenn dies alles vorüber ist, dann wird es zum Teufel gehen. Dann können wir nichts weiter tun, als Ihnen ein dickes Bündel Dollar in die Hand zu drücken, und dann ist Schluß für Sie. Soll ich Ihnen einen Tip geben? Verschwinden Sie aus den Staaten. Verduften Sie nach Südamerika. Und erzählen Sie es niemandem, nicht einmal uns. Vor allem nicht mir, he?«

Die drei Männer stampften mit den Füßen auf den kalten Boden und lachten.

»Kommen Sie, wir wollen sehen, daß wir etwas Heißes in den Bauch bekommen. Dann werden Sie das Visier der Dragunow justieren. Danach gibt's nicht mehr viel zu tun. Ein paar Hausaufgaben, eine kurze Besprechung der Fluchtwege . . .«

Den Rest des Nachmittags verbrachte Yazov damit, im schwindenden Tageslicht das Visier der Dragunow einzustellen. Er tat es von der Hebebühne aus, und er feuerte dreiundvierzig Schuß ab, bevor er zufrieden war. Schließlich schoß er in rascher Folge, und die beiden letzten Magazine waren rasch leer.

»Die Logistikabteilung wird das Gewehr in Ihr Hotelzimmer schaffen«, sagte Tarrant. »Normalerweise transportiert die Logistik Büroeinrichtungen oder unsere Privatmöbel, aber zwischendurch erledigen sie auch schon mal solche Sachen.«

»Ist mir recht.« Yazov hatte das Gefühl, etwas sagen zu müssen.

Die Dragunow war eine Versicherung gegen einen speziellen Notfall: Es war nicht ausgeschlossen, daß Okan die Explosion der Panzerabwehrrakete überlebte, auch wenn dies unwahrscheinlich erschien. Sollte es aber geschehen, würde Okan entweder versuchen, aus dem Mercedes herauszukommen, oder die Posten, die an der Kurve stationiert waren, würden sich bemühen, ihn zu befreien. Das Scharfschützengewehr war für sie. »Außerdem wird eine Reihe von zielgenauen Schüssen in die Kurve für noch mehr Aufruhr sorgen«, erklärte Tarrant. »Stellen Sie sich vor: Überall sieht man Leute umfallen. Da wird die Panik um so größer.«

Sie würden russische Waffen verwenden, und Yazov würde sie auf dem Dach des International zurücklassen, »um ein plausibles Dementi zu ermöglichen. Glauben wird das sowieso niemand. Aber es ist immer noch besser, als wenn man da oben Eigentum der US-Army findet.«

In Brushy Hill folgten weitere Hausaufgaben über Kampala, zusätzliche Einzelheiten zu dem geplanten Attentat – und die neuesten Informationen aus dem ugandischen Network des CIA.

Das tosende Kaminfeuer war zu roter Glut heruntergebrannt, und Kruger schickte sich eben an, die letzten Holzklötze nachzulegen, als Tarrant erklärte, daß die Besprechung beendet sei. »Schlafen Sie sich gründlich aus«, meinte er und gähnte dabei. »Sie sollen morgen von Washington aus abfliegen. Ich gehe jetzt schlafen.« Ein Blick auf die Armbanduhr zeigte ihm, daß Mitternacht vorüber war. Tarrant stand auf, streckte sich und verließ das Zimmer.

Es war Arnie Kruger, der vorschlug, noch in die Sauna des Hauses zu gehen. Der Bulgare fand, daß dies eine gute Idee sei; schließlich hatten er und Kruger noch einiges zu besprechen.

Kurz darauf lagen sie in der heißen, luftlosen Saunakammer auf den Pritschen, nur mit locker um die Hüften geschlungenen Handtüchern bekleidet.

Von dem Chaos, das dem Anschlag folgen würde, hing vieles ab, und Yazov empfand ein wenig Sorge angesichts der irgendwie behelfsmäßigen Arrangements, die Tarrant für ihre Flucht getroffen hatte. Kruger hatte bemerkt, daß der Bulgare beunruhigt war, und er hatte sich vorgenommen, Yazov bei der ersten Gelegenheit unter vier Augen zu beruhigen.

»Wissen Sie, eigentlich dürfte ich Ihnen das alles nicht erzählen«, begann er. »Was Mike Tarrant mir gesagt hat, während Sie da oben auf Ihrer Hebebühne herumschwankten.«

»Was denn?«

Kruger zögerte bewußt, ehe er antwortete. Einen Augenblick lang lag er schweigend in der Hitze. Dann, als er glaubte, daß die Pause lange genug gedauert hatte, fuhr er fort. »Es war dumm von Ihnen, Spencer so einfach zu verlassen. Sehr dumm.«

»War Mr. Tarrant verärgert?«

»Das kann man wohl sagen. Es hat ihm überhaupt nicht gepaßt.«

»Er traut mir nicht?«

»So würde ich es nicht ausdrücken. Sagen wir, er will nicht, daß Sie alles wissen. Was Sie nicht zu wissen brauchen, sagt er Ihnen nicht.«

»Und wieso sagen Sie es mir?«

»Ich? Ich finde, daß Sie dies und jenes wissen müssen. Ich denke mir, Sie machen sich Sorgen über unsere Flucht aus Kampala, wenn die Schießerei vorüber ist.«

»Sie haben einen scharfen Blick.«

»Ich bin Ihr Schutzengel, wissen Sie das nicht mehr? Ich soll Ihr Händchen halten.« Kruger kicherte. »Ich werde dafür bezahlt, daß ich solche Dinge sehe. Jedenfalls – das Chaos wird weit größer sein, als Sie glauben.«

»So groß, daß es ein Kinderspiel ist, zu entkommen?«

»Genügen Ihnen fünf oder sechs Stoßtrupps, die die strategischen Punkte besetzen? Sie werden Rundfunk, Kraftwerke, Flughafen stürmen. Noch wissen sie davon nichts. Wenn Okan tot ist, liegt es auf der Hand, daß diese wichtigen Positionen besetzt werden. Sie werden nur den Befehlen unseres Mannes dort folgen ...«

»Und der ist ...?«

»Das müssen Sie nun wirklich nicht wissen. Aber wir haben ihn schon vor sechs Monaten rekrutiert, und seitdem bereiten wir ihn vor. Er ist ganz zuversichtlich – vorausgesetzt, daß wir Okan beseitigen«, erklärte Kruger. »Und mehr noch – wir werden einen geheimen Rundfunksender haben. Es wird klingen, als sendete er aus Uganda, aber in Wirklichkeit strahlen wir über die Grenze ins Land hinein. Über Kurzwelle. Auf dem Lande haben alle Leute einen Kurzwellenempfänger. Falls unser Mann Schwierigkeiten haben sollte, Radio Uganda zu besetzen, wird unser Sender auf einer Frequenz direkt neben Radio Uganda zu hören sein. Das bringt die Hörer durcheinander und verwirrt sie, so daß sie glauben, sie hörten eine offizielle Rundfunksendung.«

»Klingt gut.« Yazovs Bemerkung klang, als sei er beeindruckt.

»Sie haben sogar Bänder von einem Typen, der Okan imitiert. Den Unterschied würden Sie niemals merken. Der Mann erteilt alle möglichen falschen Befehle. Wenn Sie ein schützendes Chaos brauchen, um sich abzusetzen – das werden Sie bekommen.«

Yazov antwortete nicht.

»Zufrieden?« wollte Kruger wissen.

»Klingt gut, Butterfly.«

Kruger hörte, wie der Bulgare von der Saunapritsche herunterkletterte. Das Handtuch war ihm von den Hüften gerutscht, und er hielt es in der Hand. Nackt und schwitzend stand er da. »He, Mann!« Arnie schüttelte beifällig den Kopf. »Das nenne ich wahrhaft gut bestückt.«

Yazov starrte ihn verständnislos an.

»Okay, lassen Sie's. Ich erklär's Ihnen ein andermal.«

Sie verließen die Saunakammer, und als Yazov sich unter die kalte Dusche stellte, drängte Kruger sich mit hinein. »Ist das nicht irre?« quiekte der CIA-Mann, als das eisige Wasser auf sie herniederprasselte, so daß beide Männer japsten. Als Kruger sich dichter heranschob, wich Yazov zurück.

Später erbot Kruger sich, Yazov beim Abfrottieren zu helfen, doch dieser lehnte ab.

»Was Sie jetzt wirklich brauchen, ist eine Ganzkörpermassage, hier auf dem Tisch.« Kruger nickte zu einem flachen, langgestreckten Tisch hinüber, den der Masseur benutzte, wenn er im Hause war. »Hat jemand Lust?« Ein halbseitiges, spekulierendes Grinsen erschien auf seinem Gesicht.

»Es ist schon weit nach Mitternacht, Arnie«, wischte Yazov den scherzhaft-ernsten Vorschlag beiseite. Wenn er bemerkt hatte, wie sehr Kruger sich von ihm angezogen fühlte, dann ließ er es nicht erkennen. »Wir haben eine weite Reise vor uns.«

»Immer wenn man diesen verschissenen Masseur braucht, ist er nicht da«, sagte Kruger mit einem Unterton von Bösartigkeit. Die Miene des CIA-Mannes verzog sich für einen Sekundenbruchteil, doch dann erschien sie wieder so gelassen wie zuvor. »Wahrscheinlich haben Sie recht. Es wird ein harter Tag werden. Gehen wir schlafen.«

Am nächsten Morgen würden sie mit einem Flugzeug der *Pan*

American von Washington nach Accra in Ghana fliegen, und dort würden sie im Transit auf den nächsten Anschlußflug nach Entebbe warten.

ZWÖLF

In Accra bestiegen die beiden Männer eine Boeing 707 der *Ethiopian Airlines*, um die restlichen zweieinhalbtausend Meilen nach Entebbe zurückzulegen. Nach einem kurzen Zwischenstop in Lagos, Nigeria, flogen sie weiter über Kamerun, die Südwestecke der Zentralafrikanischen Republik und die beiden Kongostaaten, bevor sie schließlich das Sumpfland nordwestlich des Viktoriasees erreichten.

Kurz nach ein Uhr mittags, Ortszeit, würde die Linienmaschine der *Ethiopian Airlines* planmäßig in Entebbe landen.

Innerhalb von sechs Stunden nach dieser Landung – vorausgesetzt, alles lief nach Plan – würde die Verweigerungsfront in Johannesburg, in einem *El Al*-Flugzeug zwischen Kopenhagen und Tel Aviv und an Bord des ICA-Fluges Nr. 881 ab Athen zuschlagen. Um ein Höchstmaß an Überraschung sicherzustellen, sollten alle diese Anschläge zwischen achtzehn und neunzehn Uhr Ostafrikazeit verübt werden. Die Pläne der Front erforderten sodann, daß die entführten Flugzeuge und Geiseln bis zwölf Uhr am Mittag des folgenden Tages auf dem Flughafen in Entebbe wären.

Yazov und Kruger wußten von alldem nichts. Wenn sie sich an ihren eigenen Zeitplan hielten, würde Obama Okan innerhalb von achtundvierzig Stunden nach ihrer Ankunft in Entebbe tot sein, und je früher der Anschlag ausgeführt werden könnte, desto besser. Je länger sie im International in Kampala blieben, desto größer wurde die Gefahr, daß sie entdeckt und verhaftet würden. Kruger hoffte, er würde innerhalb von vierundzwanzig Stunden alles geschafft haben – und das hieß auch, Yazov zu vögeln und zu töten.

Vorausgesetzt, daß die Stimmung ihm entgegenkäme, würde er sich noch am selben Abend daran machen, den Bulgaren zu verführen; wenn Okan erst tot wäre, würde die Zeit wahrscheinlich gerade ausreichen, ihn zu erledigen.

Bisher hatte ihn sein beharrliches, aber behutsames Werben um Yazov nicht weitergebracht. Sowohl beim Sprung über den Atlantik als auch an Bord der äthiopischen Boeing hatte er den Kopf an Yazovs Schulter geschmiegt und so getan, als schlafe er. Gelegentlich hatte Yazov seine Schulter daraufhin zurückgezogen. Ganz unverhohlen aber zupfte Kruger, wann immer er Gelegenheit dazu hatte, am Ärmel des Bulgaren, ergriff mit sanftem Druck seinen Oberarm oder schmiegte sich an ihn, wenn er ihn in ein leises, vertrauliches Gespräch verwickelt hatte.

Jetzt, als die Boeing 707 im Anflug auf Entebbe stetig an Höhe verlor, fühlte Kruger wieder, wie Yazov seinen Kopf von seiner Schulter schob, und er tat, als schrecke er aus dem Schlaf.

Während die Maschine im Landeanflug auf die Nordsüdbahn des Flughafens Entebbe herunterschwebte, sammelte Kruger ein paar persönliche Dinge ein, unter anderem den Kugelschreiber, mit dem er das Kreuzworträtsel in der *International Herald Tribune* gelöst hatte, und die Bordzeitschrift der *Ethiopian Airlines*. Die Landkarten in dieser Zeitschrift würden möglicherweise nützlich sein, und niemand würde das Magazin zum Anlaß für irgendwelche Fragen nehmen, wenn er durch Zoll oder Paßkontrolle ginge. Das *Time*-Magazin hingegen schob er unter seinen Sitz: Kruger war nicht bereit, es auf einen Streit mit den strengen Einreisebeamten ankommen zu lassen, denen er gleich begegnen würde. Und gegenwärtig stand zu erwarten, daß die ugandischen Behörden noch kleinlicher vorgehen würden, denn aus den letzten CIA-Reports, die sie in Lagos erhalten hatten, war hervorgegangen, daß Okans Truppen die Sicherheitsmaßnahmen intensiviert hatten. Neue Straßensperren blockierten die Hauptstraßen in Uganda, und Razzien waren in Kampala an der Tagesordnung.

Während der Jet der *Ethiopian Airways* über die Landebahn von Entebbe holperte, traf die TU-154, die Leonid Bews zum selben Flughafen befördert hatte, die letzten Vorbereitungen für den Abflug.

Kruger schenkte der russischen Maschine nicht mehr als einen flüchtigen Blick, aber Yazov wandte den Kopf, um dem blau-weißen *Aeroflot*-Flugzeug mit der sowjetischen Flagge auf dem Leitwerk nachzuschauen. Immer schneller rollte es die Startbahn hinunter, und der Klang ihrer Triebwerke wurde schriller und schriller. Dann erhob sich die TU-154 steil in die Luft, und ein gewaltiges Brüllen hallte über die heiße, stickige, weite Ebene des Flughafens Entebbe.

Die Anwesenheit des sowjetischen Jetliners erinnerte Yazov

nachdrücklich daran, daß er sich auf feindlichem Boden befand. Als Okans Killer war er eintausendmal unwillkommen: Eine Fehlkalkulation, ein einziges Mal Pech – und er wäre tot.

Nur wenige Passagiere stiegen in Entebbe aus, und so dauerte es nur fünfzehn Minuten, bis das Killerkommando des CIA ganz vorn in der Schlange der Einreisenden stand. Ein Beamter der ugandischen Einreisebehörden saß hinter einem hölzernen Schreibtisch unter einem großen Porträt des lächelnden Obama Okan. Sie befanden sich kaum ein Grad nördlich des Äquators, und der schwarze Beamte schwitzte heftig durch sein feuchtes, schlaff an seinem Körper hängendes weißes Hemd. Er trug weiße Shorts, und seine Strümpfe reichten bis knapp unter seine Knie. Seine Augen waren hinter einer dunklen Sonnenbrille verborgen.

»Iko wapi passaporti?« fragte er auf Suaheli.

»Wie bitte?« gab Kruger zurück.

»Jina lako nani.« Der Schwarze erkundigte sich nach Krugers Namen.

»Ich verstehe Sie nicht. Ich bin Amerikaner. Bürger der USA.«

»Unatoka wapi?« Jetzt wollte der Einwanderungsbeamte wissen, woher Kruger komme.

»Tut mir leid, Bruder. Ich verstehe kein Wort. Ich spreche nur Englisch. Englisch, okay?« Kruger sprach ruhig und geduldig.

»Ich verstehe, ja. Sie kommen nach Uganda, aber Sie sprechen nur Englisch. Ihren Paß bitte.«

Kruger reichte ihm das Dokument mit dem grünen Plastikeinband.

»Wo sind Sie geboren?«

»Am sechsten Juni 1939.«

»Ich habe gefragt, wo. Ich habe nicht gefragt, wann.«

»Dallas, Texas.« Diese beiden Angaben, zusammen mit einer Beschreibung von Krugers körperlichen Merkmalen und seinem Foto, waren die einzigen wahrheitsgetreuen Informationen, die der Paß enthielt.

»Woher kommen Sie?«

»Aus Accra, Ghana. Transit in Lagos, Nigeria.«

»Ja, natürlich. Aber davor? Woher kamen Sie da?«

»Seattle, Washington, in den Vereinigten Staaten.«

»Was wollen Sie hier?«

»Mein Kollege und ich haben eine Spezialreparatur an diesem

Flugzeug dort durchzuführen.« Kruger drehte sich um und deutete mit einem Finger auf die Boeing 727 der *East African Airways*, die draußen auf dem Rollfeld, wo der Einreisebeamte sie gerade noch sehen konnte, geparkt war.

»Wir sind Techniker von Boeing auf einem Pannenhilfeeinsatz für die EAA«, beendete Kruger seine Erklärung.

»Was für eine Art Reparatur sollen Sie durchführen?« fragte der schwarze Beamte.

»Schwierigkeiten im hydraulischen System. Nicht genug Druck. Niemand hier kann herausfinden, woran es liegt.«

»Ich verstehe. Ja.«

Der Ugander blätterte durch Krugers falschen Paß. Einige Sekunden lang starrte er auf das Foto. Dann wanderte sein Blick über die Stempel auf den Seiten dahinter. Kruger vermochte nicht zu erkennen, ob der Mann lesen konnte oder nicht. Wahrscheinlich nicht; nach den Erkenntnissen des CIA war ein großer Teil der Ugander, die bei der Einreisekontrolle arbeiteten, Analphabeten.

Schließlich hob der Beamte den Kopf und sah Kruger an. Er nickte, fuhr sich mit der Hand über den strengen Mund und schlug die Plastikhülle des Passes mit einer ungeduldigen Drehung des Handgelenkes auf die Tischplatte, daß es klatschte. »Sie warten hier. Warten Sie nur«, sagte er ominös. »Ich muß diese Angelegenheit mit den Sicherheitsbehörden klären. Nur eine Formalität.«

Er erhob sich von seinem Holzstuhl, schlenderte durch den Raum und blieb an einem Betonpfeiler, etwa zwanzig Schritte weit entfernt, stehen. Erst jetzt bemerkte Kruger den Mann, der halb verdeckt an der Säule lehnte. Er trug ein grellbuntes Blumenhemd, eine dunkle Sonnenbrille verdeckte seine Augen, und seine Hosenbeine waren weit ausgestellt.

Zweifellos ein Mann vom State Research Bureau, der ugandischen Staatspolizei, dachte Arnie, ohne sein Erschrecken zu zeigen. Hatten sie es auf ihn und Yazov abgesehen? War schon zu Anfang alles schiefgegangen?

Es gab andere Wege, nach Uganda zu kommen, und plötzlich bereute Kruger heftig, daß er und Yazov nicht eine andere Route genommen hatten. Sie hätten von den freundlichen Ufern Ruandas, Burundis, Tansanias oder Kenias aus über den Viktoriasee setzen können. Oft genug waren CIA-Agenten in der Vergangenheit über ein Gewässer in ihr Zielland eingereist und hatten dabei Schlauchboote mit PS-starken Johnson- oder Mercury-Außenbordmotoren benutzt. Sie hätten das Boot in einem vorbereiteten Loch am menschenleeren Seeufer oder in der üppigen tropischen Vegetation, die hier und dort über der Wasserfläche hing, verbergen können. Und er hätte sich mit dem Boot später allein wieder absetzen können.

Kruger spürte die Anspannung in Yazov, der direkt hinter ihm stand. Er legte beruhigend und zurückhaltend seine Hand auf das Handgelenk des Bulgaren, aber dieser schüttelte die Berührung mit einer kaum merklichen Bewegung ab.

Ein Schweißtropfen rieselte an Arnie Krugers Wirbelsäule entlang, und er fühlte, wie er im elastischen Bund seiner Unterhose verschwand. Dann rollte ein zweiter Tropfen über seinen Rücken...

Wenn die Ugander ihnen auf die Spur gekommen waren, hätten sie nur geringe Aussichten, von diesem Flughafen zu entkommen, schätzte Kruger. Er versuchte, ohne Aufmerksamkeit zu erregen, gelassen in dem großen Raum umherzuschauen. Es waren mehr bewaffnete Schwarze als Reisende anwesend. Selbst wenn es ihm gelänge, ins Freie zu gelangen, was dann? Man würde sie einfach draußen zur Strecke bringen, in der sengenden Sonne.

Einen Augenblick später stand der Schwarze mit dem bunten, mit großen grünen und braunen Palmen bedruckten Hemd neben Kruger. Der Einreisebeamte setzte sich wieder auf seinen Stuhl, auf dem ein zerschlissenes, unregelmäßig geformtes Stück Schaumgummi lag, das ihm als Kissen diente.

»Guten Tag, meine Herren. Wie geht es Ihnen?« begann der SRB-Beamte ruhig und sehr höflich. Ohne auf eine Antwort zu warten, zog er eine gelbe Plastikkarte aus der Hemdtasche. »Sicherheitssonderabteilung«, sagte er und hielt den Ausweis in die Höhe. In einer Ecke der Karte befand sich ein Foto, aber solange der SRB-Mann die dunkle Sonnenbrille trug, waren weder Kruger noch Yazov in der Lage, zu überprüfen, ob es sich tatsächlich um ein Foto dieses Mannes handelte.

»Es tut mir leid, daß wir Sie überprüfen müssen, meine Herren. Ich bin sicher, daß alles in Ordnung ist, und ich möchte nicht, daß Sie einen schlechten Eindruck bekommen. Aber Präsident Obama Okan ist äußerst besorgt, weil er befürchtet, daß Spione unser Land infiltrieren könnten. Nur ein paar Formalitäten. Es wird nicht lange dauern. Ich hoffe, es macht Ihnen nichts aus. Ich bin sicher, daß Sie

Verständnis dafür haben...« Die übertriebene Höflichkeit wirkte auf eigenartige Weise bedrohlich.

»Kein Problem, Mr. – äh...?«

»Verzeihung. Ich muß mich entschuldigen. Ich bin Major Wakholi vom State Research Bureau. Sie kennen das State Research Bureau?«

»Jawohl, Major.«

»Sehr schön. Dann verstehen wir ja alles, nicht wahr? Wir haben einen ausgezeichneten Ruf.« Major Wakholi lächelte. »Versuchen Sie bitte, uns zu unterstützen.«

»Ganz zu Ihren Diensten, Major.«

»Natürlich. Ihre Papiere bitte.« Major Wakholi wandte sich an Yazov. Yazov nickte und reichte ihm seinen gefälschten Paß.

Major Wakholi studierte das Dokument sorgfältig; er sah sich jede einzelne Seite in aller Ruhe an. Besondere Aufmerksamkeit widmete er dem Foto. Als er die letzte Seite betrachtet hatte, ließ er das Büchlein zuschnappen. Dann blickte er Yazov sehr gerade in die Augen, und der Hauch eines Lächelns umspielte seine Mundwinkel, als er sagte: »Ein sehr gutes Dokument, Sir. Ganz ausgezeichnet. Sie können beide in die Republik Uganda einreisen.«

»Vielen Dank, Major«, sagte Kruger, und seine Erleichterung überwog das leise Unbehagen angesichts des rätselhaften Lächelns in den Zügen des Majors. Ein paar Sekunden lang fühlte er, wie seine angespannte Muskulatur sich plötzlich entspannte. Er hatte seinen Paß noch nicht wieder eingesteckt, als Major Wakholi sich höflich erkundigte: »Haben Sie Gepäck bei sich, meine Herren? Ich möchte es doch annehmen. Würden Sie bitte hier entlang kommen, damit wir die nötigen Inspektionen vornehmen können?«

Wieder begann es in Krugers Nacken zu prickeln.

Aber seine prompte Reaktion war, wespenzüngig zu bemerken: »Selbstverständlich, Major. Man kann niemals sorgfältig genug sein.« Beinahe ebenso prompt hätte Arnie Kruger sich am liebsten die Zunge abgebissen. Unter den gegebenen Umständen war jede Art von Sarkasmus unverzeihlich. Major Wakholi konnte in jedem Fall die besseren Späße machen. Die letzten, mit denen man sich bei der Ein- oder Ausreise in Zielländern anlegen durfte, waren die Grenzbeamten.

In der Sekunde, die auf diese Bemerkung folgte, und während Major Wakholi eine Augenbraue hochzog, zuckte das Bild der

Polizeistation in der Nähe des »Smile Fancy«-Kaufhauses in Kampala vor Krugers geistigem Auge auf. Zwei Treppen tiefer unten im Keller, am Ende eines trübe erleuchteten Ganges, war ein Raum, in dem getrocknetes Blut wie Farbe an Fußboden und Wänden klebte. Elektroschockgeräte hingen an der Wand. Ein CIA-Mann war hier gestorben. Man hatte ihn mit Armen und Beinen an einen Stuhl gefesselt, und er hatte seine vier Gefängniswärter angefleht, aufzuhören.

Wieder rollten Schweißperlen über Krugers Rückgrat.

»Wir können niemals sorgfältig genug sein, da haben Sie recht.« Major Wakholi lächelte. Er wandte sich dem Einreisebeamten zu und meinte: »Weißt du, dieser Mann ist der brillanteste Flugzeugreparierer, der mir je begegnet ist. Was meinst du, mein Freund?«

Ein breites Grinsen erschien auf dem Gesicht des anderen.

Kruger und Yazov folgten Major Wakholi und dem Paßbeamten zu einer Reihe von flachen Bänken, auf denen die wenigen Gepäckstücke aus der *Ethiopian Airways*-Maschine säuberlich in Reih und Glied deponiert worden waren. Die beiden Männer identifizierten ihr Gepäck.

»Würden Sie bitte die Koffer öffnen? Langsam, wenn es recht ist, meine Herren«, bat Major Wakholi höflich.

Krugers Hände waren schlüpfrig von Schweiß, und so rutschten seine Finger von den messingnen Schnappschlössern ab, bevor er sie schließlich aufklappte. Yazov öffnete eine schweinslederne Reisetasche.

»Werden Sie lange bleiben?« fragte Major Wakholi, während er Kleidungsstücke aus Krugers Koffer nahm und auf der kratzfesten Oberfläche der Bank ausbreitete.

»Einen Tag, vielleicht zwei. Bis wir unsere Arbeit beendet haben.«

»Was für eine Art Arbeit wird das sein?« Der SRB-Beamte lächelte sein feines, geheimnisvolles Lächeln.

»Nun, wir reparieren ... das heißt, wir helfen bei der Reparatur dieser Boeing 727, die seit ein paar Tagen hier festliegt ...«

»Ja, natürlich ... Werden Sie heute damit anfangen?«

»Nein. Ich hoffe, wir können vorher ein bißchen schlafen. Der Zeitsprung ... Das schafft einen ganz schön.«

»Ja. *Jet lag*. Ich kenne das. Vor allem, wenn man von Westen nach Osten fliegt. Sie müssen sich ausruhen«, meinte Wakholi. »Das ist ein sehr guter Grund dafür, daß Sie nicht schon heute mit der Arbeit an dem Flugzeug beginnen . . .«

»Ich weiß nicht genau, worauf Sie hinauswollen, Major.«

»Was halten Sie von unserem geliebten Präsidenten Obama Okan?« fuhr Major Wakholi fort, als habe er nichts gehört.

»Es ist die Politik der Firma Boeing, nicht über Politik zu reden. Wir sind Ingenieure, keine Politiker. Unser einziges Interesse ist, daß unsere Arbeit getan wird.«

»Das Reparieren. Ja, natürlich. Eine sehr gute Politik, meine Herren.« Major Wakholi schob die Hand in Yazovs Schweinsledertasche und zog ein paar technische Handbücher hervor, die sich mit bestimmten Reparaturen an der 727 befaßten. Angelegentlich studierte er ein paar Seiten der Handbücher, bevor er aufblickte und Yazov ansah. »Und das alles wissen Sie, Sir? Erstaunlich. Wirklich erstaunlich . . .«

»Nicht, wenn man die Ausbildung hat, die wir haben, Major«, antwortete Kruger an Yazovs Stelle.

Währenddessen hob der Paßbeamte eines von Krugers weißen Seidenhemden in die Höhe, als überlege er, ob das Hemd ihm wohl passen könnte.

»Mein Freund, du mußt das hinlegen«, sagte Major Wakholi beinahe geistesabwesend zu dem anderen Beamten. »Wir alle hier sind Freunde.« Mit einer Handbewegung umfaßte er Kruger, Yazov und seinen Kollegen. »Und ein Freund betrachtet nicht das Hemd eines anderen Freundes mit neidvollen Augen.«

Auf diesen milden Tadel hin legte der Paßbeamte das Hemd wieder zurück.

»Wo werden Sie wohnen?« wollte Major Wakholi wissen.

»Im International«, antwortete Kruger.

»Ganz recht, das ist das beste Haus in der Stadt. Dort gibt es Steak – und sogar Hühnchen. Sie müssen den *waragi* versuchen. Kennen Sie *waragi*? Starker Bananenwodka. Made in Uganda. Gut für die Nerven.« Seine Mundwinkel bogen sich wieder kaum merklich nach oben.

»Fahren wir zusammen zum International. Übrigens – wie wollten Sie denn zum Hotel kommen?«

Kruger zuckte die Achseln. »Mit dem Bus oder mit einem Taxi, denke ich.«

Major Wakholi wollte sich vor Lachen ausschütten. »Bus oder

Taxi. Was weiß dieser Freund von Bussen und Taxis?« Er strahlte den Einreisebeamten an, der ebenfalls vor Heiterkeit gluckste.

»Nein«, sagte er, noch immer lachend, »wir werden diesen Freunden eine VIP-Behandlung zuteil werden lassen müssen. Wir fahren sie selbst zum International.«

Bei diesen Worten ernüchterte sich die Miene des Paßbeamten abrupt, und sein Gesicht erstarrte für einen Augenblick.

Kruger bemerkte diese Veränderungen, und sie bestätigten seine eigenen Vorahnungen. Der Amerikaner fühlte, wie es ihm eiskalt über den Rücken lief. Er verstand, was VIP-Behandlung in Uganda bedeutete: Tod nach Folter.

»Kommen Sie, meine Herren, wir wollen uns beeilen«, grinste Wakholi. »Sie sind heute VIPs für Uganda.«

Er nickte zwei wartenden Wachtposten zu, die hinter Yazov und Kruger standen. Die beiden kamen heran, und die kleine Gruppe verließ die Ankunftshalle des Flughafengebäudes.

Draußen begaben sie sich zu einem uralten, klapprigen, schwarzen Chevrolet *Fleetline*, der im Parkverbot abgestellt war. Die zweitürige Limousine hatte mindestens fünfundzwanzig Jahre auf dem Buckel.

Major Wakholi und die beiden bewaffneten Posten sahen zu, wie Kruger und Yazov ihr Gepäck in den geräumigen Kofferraum stopften. Danach kletterte Wakholi mit dem einen der beiden Bewaffneten auf den Rücksitz und winkte den beiden CIA-Agenten, auf dem Beifahrersitz Platz zu nehmen. Sie gehorchten und zwängten sich neben den Fahrer, einen schweigsamen SRB-Mann mit der unvermeidlichen, undurchsichtig verspiegelten Sonnenbrille.

Major Wakholi beugte sich nach vorn. Er hatte seine Pistole gezogen. Es war eine russische Tokarew, und er hielt sie so, daß sie Yazovs Kopf seitlich berührte. Ein Klicken verriet Kruger, daß der Mann, der hinter ihm saß, seine Waffe ebenfalls durchgeladen hatte.

»Es ist heutzutage überaus gefährlich in Uganda, meine Herren«, erklärte Major Wakholi. »Überall lauern Spione. Wir müssen jederzeit bewaffnet sein.«

Er schaute durch das offene Fenster und sagte zu dem Paßbeamten: »Mach dir keine Sorgen. Diese Freunde sind in sicheren Händen.«

Danach verriegelte Major Wakholi die Tür neben Yazov, indem er den Plastikknopf herunterdrückte.

»Du mußt vorsichtig fahren, Bruder«, forderte er den Fahrer auf. »Wir haben VIP bei uns.«

Der *Fleetline* mit dem Kennzeichen UUU 173 setzte sich in Bewegung.

Die Straße, auf der sie Entebbe verließen, schlängelte sich durch eine Region, die häufig von tropischen Regengüssen überschwemmt wurde, und sie verlief ungefähr parallel zum Äquator. Wilde Poinsettien, Bougainvilleen und Hibiskus wucherten am Straßenrand und färbten die Landschaft bunt. Die Teerstraße war von Schlaglöchern übersät, und hier und dort lagerten Hunderte von papiernen Zementsäcken neben der Straße. Die meisten davon waren steinhart, nachdem heftige Regenfälle sie durchtränkt hatten. Autowracks säumten den Weg bis Kampala – Busse, Personenwagen, Traktoren und Bulldozer. Eine mächtige, schwere Dampfwalze war einen steilen Hang hinuntergestürzt und lag unten auf der Seite.

»Keine Ersatzteile, meine Herren«, meinte Major Wakholi entschuldigend. »Womit hat Uganda dies alles nur verdient?«

Noch immer hielt er die Tokarew in der Linken. Der Lauf berührte Yazovs Kopf dicht hinter dem linken Ohr und rührte sich nicht von der Stelle.

Yazov war sich der Waffe unaufhörlich bewußt, aber gleichzeitig wog sein Verstand immer wieder die Risiken gegeneinander ab.

Er saß zwar direkt an der linken Tür, aber ein Entkommen wäre nur möglich, wenn er zuvor den Plastikknopf hochziehen könnte. Selbst wenn es ihm gelänge, sich aus der plötzlich aufgestoßenen Tür hinauszurollen, waren die Chancen, ohne ernstliche Verletzung davonzukommen – oder Major Wakholi zu entrinnen, wenn der *Fleetline* gestoppt hätte – praktisch gleich Null.

Es mußte eine andere, weniger gefährliche Möglichkeit geben.

Er hatte schon erwogen, Major Wakholi mit der Handkante der Linken einen Hieb gegen den Adamsapfel zu versetzen, aber auch das war viel zu riskant. Die Pistole war im Weg, und dazu der Türholm des *Fleetline*. Er hatte keinen Bewegungsspielraum.

Wenn er sich in dieser Enge rasch bewegen sollte, dann wäre allenfalls ein rückwärtsgerichteter Stoß mit dem rechten Ellbogen möglich. Er könnte versuchen, die Knochennaht in Major Wakholis Jochbeinvorsprung, gleich neben dem rechten Auge des SRB-Mannes, zu zersplittern.

Er könnte auch mit dem Kopf zuschlagen; mit einer plötzlichen Rückwärtsbewegung könnte er die weichen Nasenknochen in Wakholis Gesicht zerschmettern. Wenn er es schnell und kräftig genug täte, würde er Major Wakholi damit außer Gefecht setzen. Dazu brauchte er sich lediglich mit beiden Füßen fest gegen das schräge Bodenblech des *Fleetline* zu stellen, damit er einen guten Halt hätte, und dann auf den richtigen Augenblick zu warten …

Gleichzeitig würde er die rechte Hand flach ausgestreckt und mit angewinkeltem Ellbogen an Arnie Krugers Kopf vorbei gegen die Halswirbelsäule des anderen SRB-Mannes sausen lassen. Es mußte wie ein Peitschenhieb kommen: Die Hand mußte genügend Schwung haben, das Genick des Mannes brechen zu können.

Arnie Kruger würde sich um den Fahrer kümmern müssen.

Kruger saß zwischen Yazov und dem Fahrer. Nur mit großer Mühe gelang es ihm, die Nerven zu behalten. Der CIA-Agent war sich eines ganzen Bündels von Fakten, Möglichkeiten und Wahrscheinlichkeiten bewußt.

Yazov neben ihm war angespannt wie eine Stahlfeder. Er fühlte, daß der Bulgare nur noch eine Haaresbreite weit davon entfernt war, zuzuschlagen. Wenn er es versuchte, wäre dies wahrscheinlich ihr Ende. Auf jeden Fall aber wäre es das Ende der Mission.

Yazov war ein wenig fett und nicht im Training. Kruger hatte bemerkt, daß sogar die Schwielen an seinen Handkanten allmählich weich geworden waren.

Kruger schätzte die Risiken zu hoch ein. Wenn Yazov etwas unternähme, würden sie wahrscheinlich beide sterben. Deshalb drückte er warnend das Knie des Bulgaren. Kruger spürte unter seinen Fingern, daß die Beinmuskeln hart und knotig angespannt waren.

Die beiden CIA-Agenten hatten nur noch wenige Möglichkeiten. Kruger versuchte es mit einer davon.

»Was wollen Sie?« fragte er den Major.

Wakholi machte sich nicht die Mühe, darauf zu antworten. Statt dessen rief er, nachdem er eine volle Minute geschwiegen hatte, dem Fahrer warnend zu: »Straßensperre vor uns, Bruder.«

Kruger sah eine Kette von Vierundvierzig-Gallonen-Fässern, wahrscheinlich leer, die die Straße blockierte. Ugandische Soldaten in unordentlichen Uniformen schwenkten ihre russischen AK-47-Gewehre, als der Chevy heranrollte.

»Stop! Kontrolle!« schrie einer der Soldaten, und der Chevy hielt an.

Der Anführer der Bande drängte sich durch die regellos herumstehenden Soldaten. Er trug eine Augenklappe. Mit seinem gesunden Auge funkelte er die Insassen des Chevy an, und dann befahl er: »Ausweise! Schnell!«

Major Wakholi lehnte sich aus dem linken Fenster und zeigte seine gelbe Plastikkarte. »Keine Sorge, mein Freund«, sagte er höflich zu dem einäugigen Sergeant. »Laß es gut sein. Wir haben zwei VIPs bei uns, wie du siehst. Wir sind lauter Freunde hier, die sich großartig verstehen.«

Mochte der Bandenführer nun lesen können oder nicht, jedenfalls erkannte er die Autorität von Major Wakholis gelber Karte an. Er zögerte einen Moment lang und rief seinen Soldaten dann einen Befehl zu. Sofort rollten sie zwei der großen Blechtonnen auf ihren Rändern von der Fahrbahn.

»Entschuldige, daß wir euch aufgehalten haben, Bruder«, bat der Sergeant.

»Schon gut, mein Freund. Du brauchst dir keine Sorgen zu machen. Wir werden uns um diese VIP kümmern.«

Der einäugige Soldat salutierte schlampig.

»Sehen Sie? Was habe ich Ihnen gesagt? Uganda ist ein gefährliches Land.« Wakholi gluckste, als der *Fleetline* wieder beschleunigte.

»Was wollen Sie?« fragte Kruger noch einmal.

»Uganda ist ein gutes Land. Aber es gibt viele schlechte Menschen.« Wakholi seufzte. »Zu viele Leute suchen nach Spionen. Da kann es leicht geschehen, daß einer verschwindet.«

Vor dem *Fleetline* erhob sich Kampala auf einigen flachen Hügeln, über denen eine grelle, heiße Sonne brütete. Der Chevy jagte an einer Reihe von Läden vorbei, die allesamt mit Brettern vernagelt waren. »Kein Salz mehr, kein Zucker mehr«, klagte Major Wakholi. »Nicht einmal Seife.«

Der *Fleetline* nahm Kurs auf Nakasero Hill, einen der sieben Hügel, auf denen Kampala steht. Kruger fiel auf, daß an all den kleinen Industrieunternehmen, an denen sie vorbeikamen, die gleichen Schilder in Suaheli und Englisch hingen: *»Hakuna kazi – No work.«*

»Was wollen Sie?« Kruger war hartnäckiger als je zuvor, jetzt, da der *Fleetline* die relative Sicherheit von Kampala erreicht hatte – auch wenn sie womöglich zu den Folterkammern der Staatspolizei unterwegs waren.

»Wir wollen nichts weiter als das Fahrgeld vom Flughafen bis hierher, meine Herren. Sie sind schließlich VIP, wissen Sie?« Major Wakholi schüttelte sich vor Lachen. »In Entebbe bekommen Sie kein Taxi mehr, wissen Sie.«

»Wieviel?« Erleichterung durchflutete Arnie Kruger. Dieser Major Wakholi hatte nichts weiter im Sinn als einen kleinen bewaffneten Straßenraub.

»Sie haben US-Dollars?« Es klang wie eine Feststellung und nicht wie eine Frage, und gleichzeitig griff Major Wakholi nach der Brieftasche, die Kruger ihm reichte.

Als er sie zurückgab, war sie merklich dünner; sie enthielt nur mehr die *American-Express*-Karte des Agenten.

»Was ist das?« Major Wakholi deutete auf die schwere goldene Rolex am Handgelenk des Amerikaners.

»Eine goldene Rolex-Uhr. Vollautomatisch. Antimagnetisch. Wasserdicht.«

»Ich verstehe. Sehr gute Uhr. Gefällt mir. Wie finden Sie diese?« Der Major streifte eine schmucklose Blechuhr von seinem Arm.

»Ich würde die Rolex vorziehen, wenn ich Sie wäre, Major.« Kruger seufzte innerlich.

»Gute Idee. Man muß sagen, dieser Mann ist mit ein paar ausgezeichneten Ideen nach Kampala gekommen...«

»Nehmen Sie sie, Major. Und Ihre geben Sie Ihrem Kollegen dort hinten.«

»Nein, ich hab' schon eine«, meinte der Mann neben Wakholi strahlend.

»Sehen Sie? Mein Freund hier braucht keine Uhr. Sie haben den Taxifahrpreis bezahlt. Wir haben unsere Uhren getauscht. Wie wäre es jetzt mit einem Geschenk für mich?« Wakholi grinste. »Was ist das?« Er zeigte auf einen schlanken, goldenen Cross-Kugelschreiber, der aus Arnie Krugers Hemdtasche ragte.

Dann wandten sie sich Yazov zu und machten sich über seine Brieftasche her.

In der Ferne hörte Kruger ein Läuten. Beinahe gleichzeitig vernahm er einen schrillen Klageruf. Wie er richtig vermutete, handelte es sich um Glocke und Ruf eines Muezzin, der die Gläubigen zum Gebet in die Kibuli-Moschee rief.

Es war doch noch alles in Ordnung. Es würde ihnen nichts passieren.

Kurz darauf standen sie auf der Straße neben dem Chevy *Fleetline*, die drei Gepäckstücke zu ihren Füßen. Major Wakholi sprach sie noch einmal an. Er streckte den Kopf aus dem linken Fenster und sagte: »Wir haben gern Leute aus dem Kapitalismus in Uganda. Kapitalisten, aber keine Spione. Spione sind sehr schlechte Menschen, nicht wahr?«

Kruger nickte.

»Präsident Obama Okan hat mir persönlich gesagt, daß ein Spion sehr oft viel Geld und eine gute Frau hat – und einen schwarzen Hund. Hat einer von Ihnen einen schwarzen Hund, meine Freunde?«

Yazov und Kruger schüttelten langsam die Köpfe.

»Gut. Dann können Sie auch keine Spione sein.«

Damit zog Major Wakholi seinen Kopf zurück. In einer schwarzen, öligen Wolke von Auspuffgasen rumpelte der Chevy davon.

Die beiden CIA-Männer ergriffen ihr Gepäck und überquerten die Straße zum Hotel International.

»Dieses Schwein! Dieses Schwein!« murmelte Kruger erbost, und er starrte dem *Fleetline* nach, bis dieser um eine Ecke verschwand.

Major Wakholi hatte seine Rolle so glänzend gespielt, daß weder Kruger noch Yazov ahnten, daß er Oberst Oyoks Mann war. Major Wakholi und Oberst Oyok würden die Macht in Uganda übernehmen, sobald Obama Okan tot wäre. Dann hieße es Präsident Oyok und Vizepräsident oder Premierminister Wakholi. Oberst Oyok hatte mit unnachgiebiger Strenge darauf bestanden, dafür zu sorgen, daß das Killerkommando des CIA unbeschadet ins Hotel gelangte.

Aber während der *Fleetline* auf Makindye Hill zufuhr, gingen Major Wakholi ein paar beunruhigende Überlegungen durch den Kopf. Yazov hatte ihn beeindruckt, aber Kruger nicht. Kruger war viel zu nervös.

Wenn es Kruger war, der bei der Ermordung Okans die Hauptrolle spielte, dann wäre Major Wakholi darüber nicht glücklich. Dabei war er schon unglücklich darüber, daß Oberst Oyok ihm nicht alle Einzelheiten anvertraut hatte, obgleich Oyok ja behauptet hatte, über das geplante Attentat selber nichts zu wissen.

»Ich muß unseren Freunden vertrauen, Wakholi«, hatte er gesagt. »Und du mußt mir vertrauen.«

Und dieser Russe, Bews, hatte bereits um eine Audienz bei Okan nachgesucht, weil er die neuen Sicherheitsmaßnahmen mit ihm besprechen wollte. Bis jetzt hatte Major Wakholi den Russen noch abwehren können, aber bald würde Oyok etwas arrangieren müssen.

Es war auch nicht ausgeschlossen, daß Oyok, wenn er erst Präsident wäre, versuchen würde, Major Wakholi zu beseitigen. Er konnte Oyok nicht restlos vertrauen. Und er war sicher, daß Oyok ihm gleichfalls nur bedingt vertraute.

Wenn die Amerikaner das Attentat vermasselten, würde Okan sie alle umbringen lassen, gnadenlos. Daran konnte kein Zweifel bestehen.

Major Wakholi spürte, wie die Ereignisse bedrohlich auf ihn eindrängten. Er hatte Angst, und er wußte, daß ihn diese Angst zu einer Gefahr für den ganzen Plan machte.

Vielleicht sollte er morgen eine Razzia im International durchführen. Womöglich würde er die Amerikaner mit ihren Waffen erwischen. Es war immerhin denkbar, daß man die Waffen bereits in ihre Zimmer geschmuggelt hatte.

Bis jetzt hatte er nichts weiter als eine Rolex, einen goldenen Kugelschreiber und ein paar hundert Dollar.

Major Wakholi ließ den Fahrer bremsen. »Fahren wir ins Hauptquartier, Bruder.« Dann fiel ihm ein, daß er dort vermutlich eine Nachricht von Bews vorfinden würde, damit er diesen in der sowjetischen Botschaft anriefe.

»Ich hab's mir überlegt, Bruder. Zurück zum Flughafen . . . das heißt – nein. Wir erstatten Oberst Oyok Bericht.«

DREIZEHN

Am Abend desselben Tages um achtzehn Uhr waren die Waffen noch immer nicht im Hotel International.

»Kein Problem. Noch nicht«, meinte Arnie Kruger. »Wir haben noch Zeit. Sie werden schon kommen.«

Leonid Bews hatte schon dreimal eine Nachricht für Major Wakholi im Hauptquartier des State Research Bureau hinterlassen.

Wenn er nicht bald eine Antwort bekäme, würde er Oberst Oyok direkt ansprechen und sich über den Dienstweg hinwegsetzen. Er dachte sogar daran, gleich zu Obama Okan zu gehen.

Unterdessen befand sich der ugandische Präsident in seinem Kommandoposten, schwerer bewacht als sonst. Hier würde er bleiben, bis man ihn brauchte. Bisher gab es aus der Außenwelt keinerlei Nachrichten über die Anschläge der Front, aber sie konnten von achtzehn Uhr ostafrikanischer Zeit an jederzeit stattfinden.

Hassan Jabril hatte es versäumt, dem Staatschef von Uganda einige schlechte Nachrichten zukommen zu lassen. Das Kommando Meinhof würde an diesem Tage ganz gewiß nicht mehr zuschlagen, denn das Mädchen, das das Kommando führen sollte, war plötzlich krank geworden. Die Entführung war um vierundzwanzig Stunden verschoben worden, und jeder wußte, daß sie damit um so gefährlicher war.

Und das Kommando Badawi?

El-Al-Flug 378 hatte den Pier 11 an Gate A der kastenförmigen Terminalgebäude des Kopenhagener Flughafens Kastrup verlassen, nachdem Gepäck und Passagiere auf das gründlichste durchsucht worden waren.

Kurz darauf flog die Maschine mit einer Geschwindigkeit von 470 Knoten in einer Höhe von 25000 Fuß. Sie befand sich im kalten, klaren Himmel über Westdeutschland, nordwestlich von Auerbach.

Ein Rübenbauer namens Konrad Axelmann schilderte später, was er sah.

Er hatte in seinem Rübenfeld gestanden, weniger als drei Kilometer von Auerbach entfernt, als das Donnern einer herannahenden 707 seine Aufmerksamkeit zum Himmel lenkte. Dann glaubte er, an Bord eine kleine Explosion zu sehen und zu hören. Er beschrieb diese erste Explosion als »klein«, weil der zweite Knall erheblich lauter vom Himmel herunter- und über die Felder rollte. Bei dieser zweiten Explosion verlor die Boeing auch die rechte Tragfläche, und Axelmann sah, wie Menschen und Gepäckstücke aus dem Rumpf gewirbelt wurden.

Was der Bauer nicht sah, war der eigentliche Aufprall. Das explodierte Flugzeug raste in ein Feld, das von einem Wäldchen verdeckt wurde. Aber Axelmann fühlte, wie der Boden unter seinen schweren Lederstiefeln erbebte, und als das donnernde Tosen verstummt war, sah er eine dicke, quellende Wolke von schwarzem Qualm zum Himmel steigen.

Keine fünfzig Meter weit von Axelmann entfernt schlug etwas auf dem frisch gepflügten Feld auf. Er lief hin, um nachzusehen, hob eine menschliche Hand auf, stopfte sie in die größte Tasche seines blauen Overalls und rannte zu seinem Motorrad.

In der südöstlich von Bayreuth gelegenen Kleinstadt Auerbach zeigte er sein Beweisstück auf der Polizeiwache vor. »Es sah aus wie ein brennender Heuschober am Himmel«, erklärte er den Polizisten.

Dreißig Minuten nach Axelmanns Meldung hatte auch die Verweigerungsfront die Einzelheiten erfahren, und Hassan Jabril funkte die Nachricht verschlüsselt von Aden nach Uganda zu Obama Okan.

Weder Jabril noch Okan wußten so recht, was sie von der Entführung und dem Absturz der *El-Al*-Maschine halten sollten: War es nun ein Erfolg oder ein Fehlschlag gewesen?

Was immer es gewesen sein mochte, die Nachricht von der *El-Al*-Katastrophe war noch nicht in Johannesburg eingetroffen, als der Konvoi des Außenministers kurz nach achtzehn Uhr um die letzte Straßenecke bog und auf das Carlton-Hotel zufuhr.

Eine der Türen des großen Wagens wurde geöffnet, und ein junger Mann stieg aus. Abschätzend ließ er den Blick seiner trainierten Augen über die dichte Menschenmenge wandern, die sich vor dem Haupteingang des Carlton versammelt hatte.

Am Gürtel dieses jungen Mannes war ein Tactec-Kommunikationssystem befestigt, eine Art Sprechfunkgerät. Von einem Ohrhörer führte ein dünner Draht zu einem Sende- und Empfangsgerät. Dem Gesichtsausdruck des Geheimdienstmannes war zu entnehmen, daß er einem Funkspruch lauschte.

Dann nickte er Joseph Fackman zu, und augenblicklich erhob sich dieser von seinem schweren, gepolsterten Ledersitz und stieg heraus auf den Asphalt.

Noch während Fackman aus dem Wagen stieg, hörte er in seinem Ohr die Stimme des Geheimdienstmannes laut und deutlich durch den Jubel der Menge: »Alpha zwei bittet Sie, keine Hände zu schütteln, sondern geradewegs durch den Haupteingang ins Hotel zu gehen. Geben Sie dem Hotelboß die Hand, und dann begeben Sie sich direkt zu den Aufzügen an der Nordwestseite, das heißt, vor Ihnen rechts.«

Fackman zögerte und ging dann geradewegs auf die Markise zu. Der Menge und den Reportern schenkte er ein breites Grinsen.

Er fühlte sich wohl, trotz des Massenaufmarsches schwarzer Studenten im nahe gelegenen Soweto. Jemand aus der US-Botschaft hatte ihm gesagt, daß auf einem der Transparente stehe: »Fackman ist ein Mörder.« Aber die Gespräche mit den Südafrikanern waren gut verlaufen, und der Außenminister glaubte zuversichtlich, daß seine Amtszeit mit einem harmonischen Ausklang zu Ende gehen werde.

Den südafrikanischen und rhodesischen Führern hatte er bereits erklärt, daß er – vorausgesetzt, er könne mit gewissen Zugeständnissen zu den schwarzen Nationalisten zurückkehren – vielleicht einen Waffenstillstand würde arrangieren können. Was Fackman wollte, war eine zuverlässige Zusage des rhodesischen Premierministers, daß dessen Land innerhalb eines festgelegten Zeitraums eine schwarze Mehrheitsregierung erhalten werde.

Nachdem Fackman während der Vormittagsgespräche seine Position dargelegt hatte, war er zum Carlton gekommen, um hier eine Cocktailparty zu geben. Unter den Eingeladenen waren südafrikanische Führungspolitiker, bedeutende Oppositionsangehörige und hochrangige Farbige, Schwarze wie Inder.

Vor Fackman strahlten Blitzlichter auf, als Pressefotografen auf die Auslöser ihrer Kameras drückten. Der Außenminister blieb bei einem kleinen Jungen stehen, der eine amerikanische Fahne in der Hand hielt. »Woher kommst du, mein Junge?« Er strich dem Jungen durchs Haar.

»Aus Peoria, Illinois, Sir.« Der kleine Amerikaner grinste stolz.

»Da war ich noch nie, mein Junge. Nett, daß du gekommen bist.«

Der bebrillte Mann, in dessen Händen die Auswärtigen Angelegenheiten der Vereinigten Staaten von Amerika ruhten, drehte sich um und ging auf das große Eingangsportal des Carlton zu.

»In Finanzkreisen in New York, Chikago, London und Toronto geht das Gerücht, sie seien erschossen worden, Sir«, rief ein Reporter mit scharfem amerikanischem Akzent und erregte dadurch die Aufmerksamkeit des Ministers.

»Ich würde sagen, diese Berichte sind maßlos übertrieben«, gab Fackman grinsend zurück. Als er im Eingang des Hotels verschwand, jubelte und lachte die Menge hinter ihm.

In der luxuriösen Hotelhalle ging der Außenminister ein paar

Schritte weit über einen roten Läufer und schüttelte dem Hotelmanager die Hand. »Es ist gut, bei Ihnen zu sein«, sagte er rasch und drängte sich dann an dem Manager vorbei, der eben ansetzte, ein paar Worte zu sprechen.

»Wir sind entzückt, Sie bei uns zu haben«, brachte der Hotelier heraus.

Als Alpha zwei sah, daß der Minister sich auf die Aufzüge zubewegte, sprach er in sein Tactec-Radiomikrophon. »Zero sechs, hier ist Alpha zwei. Hören Sie mich? Eiszeit erreicht Ihre Position in zwei Minuten.« Nach diesen Worten drückte der Geheimdienstmann auf einen schwarzen Knopf an seinem Walkie-talkie.

»Alpha zwo, hier ist Zero sechs. Ich habe verstanden. Eiszeit in zwei Minuten bei meiner Position. Habe zu melden, daß Zero vier seit zehn Minuten nicht mehr gekommen ist.«

»Zero sechs, hier ist Alpha zwei. Meldung gehört und verstanden. Was war Zero viers letzte Position?«

»Zero vier überprüfte die Hotelzimmer im fünfundzwanzigsten Stock. Er hat vierundzwanzig bis sechsundzwanzig. Seine letzte Meldung war, daß er Schwierigkeiten mit dem Funkgerät habe.«

»Zero sechs von Alpha zwo. Ich habe verstanden. Wenn er in, sagen wir, zehn Minuten nichts von sich hören läßt, sehen wir nach.«

Alpha zwo, der aus Columbus, Ohio, stammte, war nicht sonderlich beunruhigt. Die südafrikanische Sicherheitspolizei hatte die Zimmer schon tagsüber inspiziert. Sicherheitsbeamte in Zivil waren überall im Hotel, in öffentlichen und privaten Bereichen, verteilt. Das Carlton war von Soldaten in Kampfanzügen und mit erstklassigen Waffen eingeschlossen.

Von Zeit zu Zeit schwebte eine Westland *Wasp*, ein Hubschrauber der südafrikanischen Luftwaffe, über dem »Top of theCarlton«. Sämtliche Aufzüge waren von Angehörigen der südafrikanischen Sicherheitspolizei mit großkalibrigen Revolvern bewacht.

Alpha zwei war von den Sicherheitsvorkehrungen, die der südafrikanische Oberst Botha getroffen hatte, beeindruckt gewesen. Darüber hinaus aber hatte er gleichwohl noch ein halbes Dutzend seiner eigenen Leute mit der Überprüfung des Gebäudes beauftragt. Und seit einer Woche nahm das Carlton keine Reservierungen für Reisende und andere entgegen, die nicht gebucht hatten, bevor Fackmans Cocktailparty öffentlich bekanntgemacht worden war.

Trotzdem – wenn Zero zwei nicht innerhalb von zehn Minuten mit seinem Bericht zurückkäme, würde er etwas unternehmen müssen, denn wenn er sich vorstellte, daß Eiszeit etwas zustieße und bekannt würde, daß er den Hinweis von Zero sechs nicht weiter beachtet hatte – fünf Minuten später wäre er seinen Geheimdienstjob los.

»Zero sechs, Zero sechs, hören Sie mich? Ihr Päckchen ist im Aufzug mit Zero fünf.«

»Alpha zwei, ich habe verstanden.«

»Ich gebe Zero vier noch sechs Minuten. Danach werden alle Posten in Alarmbereitschaft versetzt.«

Alpha zwei kratzte sich unter seinem maßgeschneiderten Jackett und tastete nach der Automatik, die dort in einem Schnellschußhalfter steckte.

Zero vier lag in der weißen Badewanne des kostbar ausgestatteten Badezimmers von Zimmer 2401 im vierundzwanzigsten Stock des Carlton-Hotels. Seine Arme hingen locker herab, und seine Hände ruhten in seinem Schoß. Zero vier war vollständig bekleidet, und er war tot. Sein Kopf lag auf dem hinteren Wannenrand, und seine Augen starrten blicklos zur Decke. Ein großes, unregelmäßiges Loch klaffte vorn in seinem Schädelknochen. An dieser Stelle war ein Stahl-Nickel-Projektil vom Kaliber 7.62 ausgetreten, nachdem es, aus einer tschechischen Pistole Modell 52 kommend, von hinten sein Scheitelbein durchschlagen hatte.

Selbstverständlich war die M-52 mit einem Schalldämpfer versehen gewesen. Aber das Geschoß war dennoch so schnell aus dem Lauf gekommen, daß es sich glatt durch Zero viers Schädel gebohrt hatte und dann in die Wand des Zimmers geschlagen war.

Gabriella Garst hatte den Schuß abgefeuert. Sie und ein zweites Mitglied des Kommandos Marighella waren über Zero vier hergefallen, ohne ihm eine Chance zu geben. Nachdem sie ihn entwaffnet hatten, hatte sein Leben gegen das vieler anderer gestanden. Er hatte versucht, sein eigenes zu retten.

»Tun Sie genau, was ich Ihnen sage«, hatte Gabriella Garst ihm befohlen. »Haargenau. Sprechen Sie in Ihr Funkgerät. Sagen Sie die folgenden Worte: ›Ich habe ein Problem mit dem Radio. Over und Ende.‹« Wenige Sekunden danach war er dann doch gestorben, nicht ohne voller Schrecken zu sehen, was das Zimmer enthielt.

In dem Apartment drängte sich ein achtköpfiger Kommandotrupp. Ein paar der Männer saßen auf dem Doppelbett, andere lehnten an der Wand.

An einer anderen Wand standen ungarische Sturmgewehre vom Typ AMD. Mit den gekrümmten, abnehmbaren Magazinen hatten sie große Ähnlichkeit mit der sowjetischen AK-47, die tatsächlich das Vorbild gewesen war. Die AMD waren lediglich etwas kürzer, und wenn man die Schulterstütze einklappte, paßten sie bequem in eine Flugtasche. Aus diesem Grund hatte Garst sich für die AMD und nicht für die AK-47 entschieden.

Jeder Angehörige des Kommandos Marighella hatte sich seine Waffe aus der Wohnung der kleinen Frau in Hillbrow abgeholt – der Frau, die nur wenige Tage zuvor als Verkäuferin in der Boutique »Yellow Panther« gearbeitet hatte. Es war ohne Bedeutung, daß die Frau jetzt in Paris war, denn sie hatte ihre Aufgabe erfüllt.

Garsts Truppe hatte die Waffen in Flug- und Sporttaschen mit Aufdrucken wie *Pan American, SAA* und *Adidas* ins Hotel geschmuggelt.

Nach der Beseitigung von Zero vier war Garst dankbar für die Störung, denn augenblicklich war ihr die Bedeutung des erbeuteten Tactec-Radios klar. Mit diesem Gerät konnte sie verfolgen, was der amerikanische Geheimdienst und die Südafrikaner taten. Ruhig saß sie auf dem Bett und lauschte dem Ohrhörer.

Durch das Tactec-Radio erfuhr sie, daß das Verschwinden von Zero vier Besorgnis auslöste.

»Jetzt vermissen sie ihn. Wir müssen bald losgehen«, entschied Garst.

»Ich werde jetzt verschwinden«, sagte sie schlicht. »Ihr wißt, was ihr zu tun habt, falls irgend etwas schiefgeht.«

Sie sah, wie ein paar der Leute nickten.

»Gut. Was immer auch geschieht, ich will keine Panik.«

Der Angriff gegen das »Top of the Carlton« begann am sonnigen Spätnachmittag dieses Dezembertages in Johannesburg, als Garst das Zimmer 2401 verließ. Ihre erste Aufgabe war es, einen der Aufzüge herbeizurufen, damit der Rest der Gruppe die sechs Stockwerke hinauf zum »Top of the Carlton« fahren könnte. Sie würde auf den Knopf neben den Aufzügen drücken, und wenn der Lift neben Zimmer 2401 anhielte – denn dieses Zimmer lag gleich neben den Aufzugschächten –, würde sie den bewaffneten Liftboy töten . . .

Für Zimmer 2401 hatte man sich noch aus einem anderen Grund entschieden: Es war damit zu rechnen, daß die meisten Hotelgäste den Aufzug vor der vierundzwanzigsten Etage verlassen haben würden.

Lautlos legte Garst die kurze Strecke bis zum nächsten Aufzugknopf zurück. Als sie daraufdrückte, wußte sie, daß ein Mitglied des Kommandos Marighella sie durch ein Guckloch in der Zimmertür aufmerksam beobachtete.

Obgleich ihr Herz heftig klopfte, lag in ihrem Gesicht ein Ausdruck von heiterer Gelassenheit. Es war nicht leicht, so vor dem Liftschacht zu warten, die M-52 in der Rechten, wobei ein Wollpullover über ihrem Arm die Waffe vor zufälligen Blicken verdeckte. Jeden Augenblick konnte ein Hotelgast aus einem der zahllosen Zimmer im vierundzwanzigsten Stock treten.

Eine Ewigkeit schien zu vergehen, bis der Aufzug heraufkam. Aber Garst wußte, daß die Zeit sich bei solchen Gelegenheiten immer von Sekunde zu Sekunde dahinschleppte. Gleichzeitig war sie so stimuliert durch den kräftigen Adrenalinschwall, der ihr Blut durchflutete, daß ihr Geräusche und Bewegungen auf beinahe unwirkliche Weise bewußt waren, und dadurch erschien die Zeit noch länger. Ohne sich anzustrengen, konnte sie das Schleifen des Liftmechanismus hören, während die Aufzüge in den Schächten ringsumher auf- und abwärtsglitten.

Dann drang der resolute Klang eines Gongs in ihre Ohren und signalisierte die Ankunft des Aufzugs. Fasziniert starrte sie auf die beiseite gleitende Tür . . .

Ein uniformierter südafrikanischer Polizist stand in der Kabine. Er trug eine spitze Kappe, und an seinem Gürtel hing ein Tactec-Gerät. Jetzt, da die meisten, wenn nicht gar alle Gäste unbeschadet im »Top of the Carlton« angelangt waren, langweilte er sich ein wenig. Aber dieses Mädchen war ungefähr das hübscheste, das er an diesem Nachmittag gesehen hatte. Wie um dies kundzutun, lächelte er fröhlich.

Garst lächelte zurück; sie ließ ihre Maske nicht einmal sinken, als sie auf den Abzug der M-52 drückte.

Sie schoß dreimal. Lange Feuerzungen flammten aus der Mündung und verbrannten den Pullover. Die schallgedämpfte Pistole hustete und bäumte sich in ihrer Hand.

Jede der Kugeln traf den jungen Polizisten und schleuderte ihn rückwärts gegen die gepolsterte Liftwand. Er sank auf den Boden, und Blut quoll aus seinem Mund, über sein Kinn und an seinem Hals herunter.

Dann war Garst im Lift und hatte die Hand an den Steuerknöpfen. Auf ihr Handzeichen hin kamen die übrigen sieben Mitglieder des Kommandos Marighella herbei und zwängten sich zu ihr in den Aufzug. Einer hob das Tactec-Radio des Polizisten auf und vergewisserte sich, daß es nicht auf Sendung geschaltet war.

Die Aufzugkabine glitt aufwärts zum dreißigsten Stockwerk. Ein Klicken erfüllte die stählerne Box, als das Kommando seine Waffen bereitmachte. Garst schob ein neues Magazin in die M-52 und stopfte die Waffe in den elastischen Bund ihres Trainingsanzugs. Jemand reichte ihr eine AMD und eine *PanAm*-Flugtasche.

Der Lift stoppte auf der Ebene des »Top of the Carlton«. Gedämpft hallte draußen der Gong.

Das Kommando Marighella schickte sich an, in den Gang hinauszustürmen.

»Los geht's. Viel Glück.« Garst lächelte zuversichtlich.

Die anderen um sie herum nickten oder lächelten ebenfalls. Für die nächsten paar Minuten und vor allem für die ersten dreißig Sekunden des Anschlags hatten sie lange und hart genug trainiert.

Im »Top of the Carlton« herrschte eine heiter-gelöste Stimmung, zumindest in den Minuten, die dem Überfall durch das Kommando Marighella vorausgingen.

Fackman hielt sich in der Cocktail-Lounge auf; er hatte sich unter seine Gäste gemischt. In der Linken hielt er einen sehr trockenen Martini und schlenderte so von Gruppe zu Gruppe, ein breites Grinsen im Gesicht und die rechte Hand beständig zum Gruß ausgestreckt. »Schön, daß Sie's geschafft haben ... Nett, Sie zu sehen ... Wir haben zu Hause schon viel von Ihnen gehört ... Freue mich, Sie mal kennenzulernen ...« Er spazierte durch den großen, niedrigen Raum und tat sein Bestes, damit jeder sich wohl fühlte.

Die südafrikanischen Führungspolitiker standen in einer kleinen Traube beisammen nicht weit vom Zentrum der Bar. Sie unterhielten sich zumeist untereinander.

Nicht anders war es bei den übrigen Grüppchen: Die Farbigen –

Inder und Schwarze – trieben höfliche Konversation mit ihresgleichen und mit niemandem sonst. Aber ein paar der restlichen Gäste hatten bereits begonnen, sich über die Rassenschranken hinwegzusetzen, und unaufhörlich wurden neue Bekanntschaften geschlossen.

Kellner schlängelten sich zwischen den Gästen hindurch und balancierten Tabletts mit *canapées* und Drinks in halsbrecherischer Weise auf den gespreizten Fingerspitzen ihrer hoch über die Köpfe erhobenen Hände.

Angehörige der südafrikanischen Sicherheitspolizei waren ebenfalls zugegen, und auch ein paar amerikanische Geheimagenten. Sie alle hatten sich diskret unter Fackmans Gäste gemischt. Sie trugen Zivilkleidung und waren von den übrigen Leuten nicht zu unterscheiden, wenngleich sie einander sofort erkannten. Jeder, der sich ständig umschaute oder der manchmal den Faden der Konversation verlor, war aller Wahrscheinlichkeit nach ein Sicherheitsbeamter. Also war der Mann, der mit einem Drink in der Hand neben dem Vorhang am Durchgang zum »Top of the Carlton« stand und sich mit niemandem unterhielt, höchstwahrscheinlich ein Geheimagent. In der Tat war es Zero zwei.

Von dort, wo er stand, hörte er das leise, monotone Summen des Cocktailgeplauders, hin und wieder durchbrochen vom Klingeln eines Martiniglases oder eines Whiskytumblers oder vom hellen Lachen einer Frau.

Hinter Zero zwei befanden sich der Empfangsbereich, die Aufzugschächte und weitere Wachtposten. Diese Posten waren südafrikanische, bewaffnete Polizisten in voller, hellblau und grau gefärbter Uniform. Ihre Aufgabe war es, die Fläche vor den sechs Aufzügen sowie die Notausgänge und die Treppen, die hinauf zum Swimmingpool und hinunter zum neunundzwanzigsten Stock führten, zu sichern.

Zwei der Polizisten standen vor den Notausgängen, zwei andere neben dem Vorhang vor dem Eingang zum »Top of the Carlton«. Die restlichen Beamten patrouillierten in dem mit Teppichen ausgelegten Gang zwischen den Liftreihen, dort, wo bald das Kommando Marighella herausstürmen würde.

Die Südafrikaner wirkten ein wenig träge und gelangweilt. Das »Top of the Carlton« war so gut bewacht, daß ein Überfall so gut wie ausgeschlossen war. Schließlich standen überall Wachtposten: In der Lounge, im Empfangsbereich, vor den Aufzügen. Vier FN-bewaffnete Posten waren auf der Pool-Etage aufgestellt, und ein weiteres Dutzend sicherte das neunundzwanzigste Stockwerk. Auch in anderen Bereichen des Carlton taten Sicherheitskräfte ihre Arbeit, und in den Straßen rings um das Gebäude waren Armeekräfte in Alarmbereitschaft, und Panzerfahrzeuge parkten an jeder Ecke.

Es war also verständlich, daß die sechs Polizeibeamten auf einen brutalen, gnadenlosen Überfall nicht gefaßt waren.

Die Person, die als erste die Ungeheuerlichkeit des Überraschungsanschlags begriff – trotz des heftigen Schocks, der ihre Sinne betäubte –, war eine junge Frau mit Namen Billie-Jean Landers.

Billie-Jean Landers saß am Empfangstisch neben dem Vorhang zum Eingang des »Top of the Carlton«. Von hier aus hatte sie freie Sicht auf die Aufzüge, und eben dies war der Grund, weshalb sie hier saß. Billie-Jean hatte an diesem Tag die Aufgabe, die Einladungen aller Gäste zu kontrollieren. Sie war eine Angestellte des US-Konsulats in Johannesburg. Sie hatte sich, dem Anlaß entsprechend, elegant gekleidet und noch am Vormittag eine geschlagene Stunde unter den Händen eines Haarkünstlers verbracht.

Da Fackman bereits gekommen war, befanden sich fast alle Gäste in der Cocktail-Lounge. Billie-Jean Landers langweilte sich ein wenig. Während sie geistesabwesend auf die Lifts starrte, plauderte sie über ihr Sprechfunkgerät mit einer Freundin, die sich tief unten in der Lobby des Carlton aufhielt.

Sie war stark beeindruckt von den Polizisten und ihren FN.

»Junge, diese Typen sehen vielleicht verwegen aus. Mit Gewehren und allem Drum und Dran. Wirkt irgendwie unpassend. Die Gäste sind erschrocken beiseite gesprungen, wenn sie aus dem Aufzug kamen.«

»Hier unten sieht es auch aus wie in einem Waffen –«, setzte Billie-Jeans Freundin an.

Dann ertönte der Liftgong. Das Kommando Marighella stürzte aus dem hintersten Aufzug in den mit kostbaren roten Teppichböden ausgelegten Gang.

Billie-Jean sah, wie es geschah, aber ihr Gehirn registrierte es nicht. Statt dessen rollte ein mächtiger Schock wie eine Welle durch ihren Verstand und lähmte ihre Gedanken.

Ihre Augen sahen, wie das Kommando Marighella mit schnellen und präzisen Bewegungen eine Folge von Aktionen ablaufen ließ. Sie schilderte später, daß die Leute sich bewegten »wie College-

Footballspieler bei einem Spiel. Weißt du, wenn sie alle in verschiedene Richtungen auseinanderlaufen . . .«

Zwei von Garsts Männern wandten sich den Posten beim Notausgang zu. Die beiden Polizisten hatten keine Chance. Lange, ratternde Salven aus den AMD streckten sie beide zu Boden. Der eine der beiden wurde von den Beinen gerissen und auf den Treppenabsatz zwischen den Stockwerken hinuntergeschleudert, wo er wie ein Bündel zu Boden fiel.

Eine andere Abteilung beseitigte zur selben Zeit die Posten, die zwischen den Aufzügen standen. Einer der Terroristen rammte einem Südafrikaner die Mündung seiner AMD in den Bauch und drückte ab. Der knatternde Feuerstoß drückte das Opfer an die gegenüberliegende Aufzugtür.

Eine weitere Salve traf den vierten Polizisten in Höhe der Taille. Die Kugeln durchschlugen ihn und ließen Putz und Mauerwerk hinter ihm aufsplittern.

Alle vier Wachtposten waren innerhalb von wenigen Sekunden tot.

Ein fünfter Posten stand am Vorhang vor dem Eingang. In panischer Hast versuchte er, seine FN von der Schulter zu zerren; er hatte eben den Riemen abgestreift, aber das Gewehr verhedderte sich in einem ungeschickten Winkel – und im nächsten Augenblick brach er im Kreuzfeuer zusammen.

Der letzte der Wachtposten brachte seine FN in Anschlag. Sein Finger krümmte sich um den Abzug, und das Gewehr spie mehrere Schüsse aus, die den Putz in großen Stücken aus der Decke spritzen ließen. Der Mann hatte die Gewehrmündung noch nicht gesenkt, als ein Feuerstoß ihn rückwärts in eine Vitrine aus Holz und Glas stürzen ließ, die unter dem Aufprall sofort zusammenbrach.

Alle südafrikanischen Wachtposten waren tot, bevor Billie-Jean Landers reagierte.

»Mein Gott! Sie bringen uns um! Hier ist überall Blut . . .!« schrie sie in ihr Sprechgerät.

»Was?«

»Sie bringen uns um! Terroristen!«

»O mein Gott!«

Noch während Billie-Jean den Aufschrei des anderen Mädchens hörte, riß sie sich einen Davidsstern vom Hals. Ein Mann in einem schwarzen Trainingsanzug ragte unvermittelt vor ihr auf. »Du

Biest!« schrie er. »Weg mit dem Radio! Ich blas dir den Kopf weg!« Er hob die AMD und schlug ihr mit einem brutalen Kolbenhieb das Sprechgerät aus der Hand. Ein zweiter Hieb in die entgegengesetzte Richtrung traf das Mädchen am Kopf. Sie fiel quer über den Schreibtisch. Ihre Ohren gellten vom Gewehrfeuer, und in ihrem Kopf drehte sich alles durch die Wucht des Kolbenschlages.

Der erste wirkliche Widerstand würde aus dem »Top of the Carlton« kommen; das hatte Gabriella Garst vorausgesehen. Im Empfangsbereich würde niemand sie aufhalten, dazu wäre der Überraschungseffekt zu groß. Aber die Agenten, die sich unter die Partygäste gemischt hatten, würden Zeit zum Reagieren haben . . .

Zero zwei stand von allen dem Empfangsbereich am nächsten. Wie hundert andere Leute fuhr er herum und starrte auf den Eingang, als Garst und drei andere Terroristen hereinstürmten. Sie schwärmten in einer Formation auseinander und feuerten mit ihren AMD in die niedrige Holzdecke. Splitter schwirrten umher.

Zero zwei hatte eben noch Zeit, sein kaltes Champagnerglas zur Seite zu werfen; die Flüssigkeit flog in einem langen, dünnen Strahl durch die Luft. Er packte Garsts Sturmgewehr an seinem heißen Lauf. Obwohl seine Finger brannten, entwandt er dem Mädchen die Waffe und drehte sich um.

Garst hielt kaum im Laufen inne. Noch während sein Finger den Abzug suchte, hatte sie kühl die M-52 aus dem Bund ihrer Trainingshose gezogen. Dann schoß sie das Magazin halb leer. Die Geschosse durchschlugen Zero zwei und rasten kreuz und quer in die Schar der Gäste hinter ihm.

Als der Agent verdreht zu Boden sank, entriß sie ihm das AMD und feuerte zusammen mit den übrigen Mitgliedern des Kommandos Marighella lange, verheerende Salven in die Holzdecke und durch die weiten Panoramafenster des »Top of the Carlton«.

Kugeln ließen das Holz in alle Richtungen splittern. Einige der Spotlights flackerten plötzlich grell auf und brannten dann durch. Die großen Fensterscheiben sprangen und gingen klirrend in Scherben, als die Kugeln in einem unregelmäßigen Muster über sie hinwegharkten.

Fackmans Gäste warfen sich auf den Teppichboden. Sie schrien vor Entsetzen und drängten sich hinter Säulen und umgestürzten Tischen am Boden. Schmerzensschreie gellten durch die Lounge.

»Wir werden viele Leute töten!« schrie Gabriella Garst. »Haben

Sie gehört? Leisten Sie keinen Widerstand! Ich wiederhole! Leisten Sie keinen Widerstand! Legen Sie sich flach auf den Boden! Alle legen sich flach auf den Boden!«

Im Liftkorridor war die Luft von einem beißenden Geruch nach Kordit und verbrannter Wolle erfüllt; die Schießerei hatte den Teppichboden an vielen Stellen versengt. Pulverisierter Putz hing wie ein feiner Nebel zwischen den Aufzügen. Die Wände waren blutbespritzt, und der Boden war übersät von menschlichen Knochensplittern und Gewebefetzen.

Die toten Polizisten lagen in seltsamen, unnatürlich verdrehten Haltungen am Boden.

Das gesamte dreißigste Stockwerk befand sich jetzt fest in der Hand des Kommandos Marighella.

Aber das neunundzwanzigste Stockwerk nicht. Hier gab es noch mindestens ein Dutzend gutbewaffnete, unversehrte Sicherheitspolizisten. Und von hier aus versuchten die südafrikanischen Sicherheitskräfte, in der ersten Minute des Überfalls zurückzuschlagen.

Mit bleichem Gesicht schob ein Polizist seinen Kopf um die Ecke des Treppenabsatzes zwischen den beiden Etagen und feuerte blindlings mit seiner FN nach oben. Das Gewehr ratterte ohrenbetäubend. Kugeln sirrten hinauf zum dreißigsten Stock. Die Mündung der FN spuckte Feuer und beleuchtete die halbdunkle Treppe mit hellen Blitzen.

Es war ein Gegenangriff, der aus Verwirrung und Panik geboren war.

Zwei Guerilleros hatten sich an der Treppe postiert, um Angriffe von der Pool-Ebene auf dem Dach oder vom untersten Stockwerk zurückzuschlagen.

Sie reagierten unverzüglich.

Einer von ihnen zog eine AM-26-Handgranate hervor, ließ den Zünder herausspringen und schleuderte die kleine Explosivladung hinunter gegen die Wand des cremefarbenen Treppenabsatzes. Die Granate prallte dort ab, fiel dumpf zu Boden und rollte noch drei Stufen weit hinunter, bevor sie mit großem Getöse und einem grellen Blitz explodierte. Sie zerfetzte den Polizisten und seine Uniform, noch während dieser sich in plötzlichem Schrecken nach hinten fallen ließ.

Auf diese Weise wurde die Anfangsphase des Überfalls durch das

Kommando Marighella erfolgreich abgeschlossen. Als nächstes würde Garst ihre Position konsolidieren müssen, bevor sie schließlich ihre Forderungen bekanntmachte.

Doch so weit, so gut. Garst blieb in der Cocktail-Lounge, bis sie sicher war, daß alles gutgegangen war. Dann machte sie sich daran, den Liftkorridor zu inspizieren. Ein kurzer Blick um die Ecke und auf die Treppe zeigte ihr, wo die Granate explodiert war.

Sie bezweifelte, daß noch einmal jemand von unten versuchen würde, sie zu attackieren.

Mit breitem Lächeln streckte sie Zeige- und Mittelfinger der linken Hand zum Siegeszeichen in die Höhe. Die drei Männer, die den Empfangsbereich kontrollierten, lächelten zurück. Einer von ihnen hustete leise, weil die stechenden, ätzenden Dünste die Schleimhäute seiner Nase und seiner Kehle reizten. Garst klopfte ihm sanft auf den Rücken.

Bei der nächsten möglichen Gelegenheit würde sie Kontakt mit jemandem aufnehmen müssen, der etwas zu sagen hatte. Deshalb ging sie zu dem Tisch hinüber, hinter dem Billie-Jean Landers wimmernd kauerte. Die junge Amerikanerin war bleich und verängstigt, und sie preßte sich beide Hände an den Kopf, damit das Singen in ihren Ohren aufhörte.

Ohne ein Wort zu ihr zu sprechen, nahm Garst das Funkgerät auf. »Ist jemand dran?« fragte sie.

»Ja.« Die Antwort kam unverzüglich.

»Gut.« Garst war erleichtert. »Identifizieren Sie sich.«

»Botha. Oberst. Leiter der Sicherheitskräfte.«

»Ausgezeichnet. Hören Sie gut zu?«

»Reden Sie.«

»Ich bin die Anführerin des Kommandos Marighella der Verweigerungsfront in der PLO. Verstanden?«

»Weiter.«

»PLO. Palästinensische Befreiungsorganisation. Wir kontrollieren sämtliche Ein- und Ausgänge hier oben. Verstanden?«

»Ich denke ja.«

»Sehr schön. Wir haben alles in der Hand. Minister Fackman und seine ganze Party. Sie sind unsere Gefangenen. Verstanden?«

»Ich habe gehört, was Sie sagen.«

»Sie sollen folgendes wissen: Wir sind acht. Wir sind allesamt schwerbewaffnet. Wir haben automatische Schußwaffen und eine ausreichende Anzahl Handgranaten. Wir haben genug Munition, um jede Geisel ein dutzendmal zu erschießen. Verstanden?«

»Ja.«

»Und wir werden sie alle töten, wenn es sein muß. Gnadenlos. Ich versichere Ihnen –«

»Was wollen Sie?«

»Ich will, daß Sie eines verstehen: Sie dürfen nicht versuchen, die Gefangenen zu befreien. Ich wiederhole: Versuchen Sie nicht, die Gefangenen zu befreien. Ich versichere Ihnen, daß sonst viele, viele Leute sterben werden. Wir haben keine Angst vor dem Tod. Jeder Angriff gegen uns wird in einem riesigen Leichenberg resultieren.«

»Ich habe verstanden.«

»Das hoffe ich aufrichtig, Oberst Botha. Das Leben vieler Menschen liegt in Ihrer Hand. Und jetzt habe ich ein paar vorläufige Forderungen.«

»Ich höre.«

»Ich möchte, daß alle Aufzüge in den dreißigsten Stock geschickt werden. Leer. Und schicken Sie die Schlüssel mit.«

»Ich denke, das läßt sich machen. Ja.«

»Sie sollen nicht denken, Oberst. Sie sollen tun, was ich sage.«

»Was noch?«

»Ich möchte kurze Stricke. So lang, daß wir unsere Geiseln damit fesseln können. Und Klebstreifen. Und vier Scheren. Außerdem will ich zwei Megaphone. Starke Megaphone. So laut, daß ich damit auf dem Platz unten gehört werden kann. Ja?«

»Einverstanden.«

»Sie werden sehen, es geht alles gut, wenn Sie sich kooperativ zeigen. Ja, wenn Sie alle Aufzüge heraufgeschickt haben – leer natürlich –, werden wir sogar einige der Gefangenen freilassen. Gefällt Ihnen das?«

»Wir begrüßen es, ja.«

»Da bin ich sicher. Aber bitte vergessen Sie nicht, daß alle Gefangenen in ernster Gefahr schweben. Wir werden nicht zögern zu töten, wenn es sein muß.«

»Ich bin sicher, das wird nicht nötig sein. Was sind Ihre anderen Forderungen?«

»Alles zu seiner Zeit. In diesem Augenblick möcht ich Ihnen nur beweisen, daß wir es ernst meinen. Ich will, daß Sie selbst sehen, was passieren kann.«

»Was wollen Sie mir da beweisen? Das ist nicht nötig –«

»Oberst Botha, wir werden bald wieder miteinander sprechen. Auf Wiederhören.«

Garst beendete den ersten Kontakt mit dem südafrikanischen Sicherheitschef und legte das Sprechgerät behutsam nieder.

Als nächtes lieferte sie ihren »Beweis« ab. Ein Mitglied von Marighella machte sich an Arbeit und schleppte die Leichen der Polizisten über den Teppichboden in den wartenden Lift. Die Leichen hinterließen nasse, unregelmäßige Schleifspuren im Gewebe des Teppichs. Zusammen mit Zero zwei und dem ermordeten Liftführer lagen schließlich acht Leichen in der Kabine. Weil der Platz nicht ausreichte, wurde die letzte der Leichen, Zero zwei, quer über die anderen gelegt. Garst drückte auf einen Knopf im Aufzug und trat hinaus, zurück auf den Boden des dreißigsten Stockwerks.

Für den Augenblick war das Kommando Marighella vermutlich vor Angriffen von außen sicher. Garst mußte jetzt die interne Kontrolle weiter konsolidieren. Mit dieser Absicht kehrte sie in die Cocktail-Lounge zurück.

Als erstes rief sie: »Wo ist Minister Fackman? Bitte zeigen Sie sich.«

Sie war zwar relativ sicher gewesen, daß der Außenminister anwesend sein würde, aber bislang hatte sie sich davon noch nicht überzeugen können.

»Ich bin hier.« Fackman stand auf und klopfte sich das Jackett mit den Händen ab.

»Gut. Bitte bleiben Sie stehen, wo Sie sind.«

Rings um Fackman lagen die übrigen Geiseln befehlsgemäß flach auf dem Boden. Eine zweite Anweisung war gewesen, daß die Geiseln einander bei den Händen faßten und so eine endlose Kette am Boden bildeten.

Das Kommando Marighella hatte jedes Gespräch untersagt, und so war es still bis auf das unwillkürliche Stöhnen weniger Unglücklicher, die von Querschlägern oder Splittern getroffen worden waren.

Der Agent Zero drei des amerikanischen Secret Service lag ebenfalls auf dem Teppich. Er war so heftig auf den dichten, wollenen Belag gestürzt, als die Schießerei losging, daß er womöglich eine Bänderzerrung oder einen Knochenbruch im Knie davongetragen hatte; das Kniegelenk schmerzte jedenfalls höllisch. Die

Sonnenbrille war ihm aus der Brusttasche geflogen. Zero drei glaubte nicht, daß er sie zurückbekommen würde. Es war eine alberne Sorge, wenn man bedachte, was geschehen war und wer er war. Aber er konnte nicht viel tun.

Er konnte von Glück sagen, daß er überhaupt noch lebte. Als er die ersten dröhnenden Salven von automatischen Waffen gehört hatte, war seine Hand instinktiv zu seiner Dienstpistole gezuckt. Aber Sekunden später wußte er, daß es keine Hoffnung gab: Hätte er geschossen, hätte dies ein Dutzend Leben gekostet, einschließlich seines eigenen. Also hatte er die Pistole ebenso schnell wieder weggesteckt, wie er sie gezogen hatte.

Es fiel ihm auf, daß die übrigen Sicherheitsmänner, jeder für sich, zu der gleichen Entscheidung gekommen waren. Mit Ausnahme von Zero zwei hatte niemand den Terroristen Widerstand geleistet.

Damit die Sicherheitsleute überhaupt eine Chance hätten, wäre es notwendig gewesen, jede Aktion genau zu koordinieren. Aber es bestand keine Aussicht, daß dies möglich sein würde, und selbst dann würden viele ums Leben kommen.

Zero drei fragte sich, wer sie wohl sein mochten. Dicht neben ihm stand ein Mann in einem Adidas-Trainingsanzug. Zero drei blickte verstohlen zu ihm hinauf und wandte sich ebenso abrupt wieder ab, als der Bewaffnete ihn anfunkelte. Aber er hatte genug gesehen.

Der Mann stand mit gespreizten Beinen da, eine AMD locker in der Linken, den Zeigefinger um den Abzug gekrümmt. In der Rechten hielt er eine Handgranate, und der Sicherungsstift klemmte zwischen seinen Zähnen.

»Dies ist das Kommando Marighella von der Verweigerungsfront«, hörte er das Mädchen verkünden. »Sie sind unsere Gefangenen.«

Zero drei ahnte, was nun kommen würde.

»Bleiben Sie, wo Sie sind, und rühren Sie sich nicht. Wir wissen, daß bewaffnete Sicherheitsbeamte unter Ihnen sind. Wir fordern diese Männer auf, sich zu erheben. Sie müssen sich zu erkennen geben. Es wird ihnen nichts geschehen. Ich wiederhole, es wird ihnen nichts geschehen, wenn sie tun, was wir sagen.«

Garst wartete, bis man ihre Worte verdaut hatte, und fuhr dann fort. »Sie wissen, daß jeder Angriff auf uns Menschenleben fordern wird. Viele Menschenleben. Für jeden von uns, der getötet wird, werden wir zehn oder zwanzig von Ihnen töten. Verstanden?«

Wieder machte Garst eine Pause. Dann sagte sie: »Deshalb sollen jetzt alle Sicherheitsbeamten aufstehen, außerdem jeder andere, der irgendeine Waffe besitzt. Bitte erheben Sie sich langsam vom Boden.«

An verschiedenen, über die ganze Lounge verteilten Stellen erheben sich Männer langsam und vorsichtig; es waren vier an der Zahl. Ohne daß sie jemand dazu auffordern mußte, legten sie die Hände hinter den Kopf. Auch Zero drei stand auf und ergab sich. Dann folgten weitere.

»Gut. Ich danke Ihnen. Aber jetzt will ich Sie warnen. Wir werden Sie in Kürze alle durchsuchen. Ich kann Ihnen versichern, daß diese Durchsuchungen äußerst professionell durchgeführt werden. Vielleicht kann eine versteckte Waffe der Entdeckung entgehen, aber daran zweifle ich.«

Wieder ließ sie eine Pause eintreten, bevor sie ihre Warnung vollendete. »Jeder – ich wiederhole: Jeder, der jetzt nicht steht und bei dem wir später eine Waffe entdecken, wird augenblicklich erschossen werden.«

Auf diese Drohung hin erhoben sich drei weitere Männer. Sie sah sie an und schüttelte den Kopf. »Sie haben großes Glück . . .«, sagte sie erbarmungslos.

Inzwischen hatten alle, die standen, die Hände auf oder hinter dem Kopf verschränkt. Garst hatte nicht die Absicht, sie zu entwaffnen; ihr lag lediglich daran, professionell ausgebildete Gegner loszuwerden. Das einfachste war, sie zu den Aufzügen zu treiben und nach unten fahren zu lassen.

»Ich habe Ihnen versprochen, daß Ihnen nichts geschehen wird. Sie sind die ersten, die wir freilassen.«

Garst nickte Zero drei zu.

»Treten Sie vor. Einer nach dem anderen. Gehen Sie langsam zu den Aufzügen. Halten Sie die Hände fest auf dem Kopf. Ich wiederhole: Halten Sie die Hände immer auf dem Kopf.«

Zero drei begann zu gehen; leichtfüßig stieg er über die Geiseln, die auf seinem Weg lagen.

In langsamer Folge wurden die Sicherheitsbeamten einer nach dem anderen in den Lift geleitet. Dort warteten sie in zwei Reihen, von automatischen Gewehren in Schach gehalten.

»Bitte drücken Sie auf den Knopf für das Erdgeschoß«, befahl Garst dem Mann, der dem Steuerungspaneel am nächsten stand.

Die Stahltüren schlossen sich gleitend, und der Aufzug sank ins Erdgeschoß hinunter.

Es lief gut. Sehr gut, dachte Garst bei sich. Sie hatte die Chancen für einen erfolgreichen Gegenangriff durch die Geiseln drastisch reduziert. In der nächsten Phase würde sie, um die Leute noch besser kontrollieren zu können, die Zahl der Gefangenen weiter reduzieren. Sie hatte eine große Schar von Geiseln, und so konnte sie auch viele freilassen. Außerdem würde ihr diese Gelegenheit für ein wenig Propaganda geben.

Sie kehrte in die Cocktail-Lounge zurück und wandte sich an die auf dem Boden liegenden Gäste. »Wir führen unseren Kampf nicht gegen die farbigen Völker hier. Sie sind die rechtmäßigen Besitzer der Republik Azania.« Garst benutzte den Namen, den einige der schwarzen Nationalisten dem südafrikanischen Staat gegeben hatten.

»Die Tatsache Ihrer Anwesenheit hier ist ein Zeichen von Kollaboration und Verrat an Ihrer eigenen Sache. Aber vielleicht wird Ihnen der heutige Tag eine Lehre sein. Wenn ich Sie mit der Mündung dieses Gewehrs anstoße, dürfen Sie sich langsam erheben. Gehen Sie mit über den Kopf erhobenen Händen zu den Aufzügen. Wir lassen Sie frei.«

Daraufhin wurden die schwarzen und indischen Geiseln in Zehnergruppen hinausgeleitet. Langsam schlängelten sie sich hinaus zu den Aufzügen – und in die Freiheit.

Alles verlief genau nach dem detaillierten Plan der Front. Indem sie die Farbigen freiließ, bewies die Front ihre Solidarität mit den Feinden der Weißen in Südafrika. Mit ihrer scheinbaren Großzügigkeit hatte Garst dem Kommando Marighella zugleich auch die Aufgabe der Gefangenenbewachung wesentlich erleichtert.

Nun war es an der Zeit, die Verwundeten loszuwerden. Verletzte und Kranke waren immer eine Last, und durch ihren Zustand waren sie Disziplin und Kontrolle zum Teil entzogen.

»Jetzt will ich die Verwundeten sehen. Die Verletzten. Bitte setzen Sie sich auf . . . oder geben Sie sich dadurch zu erkennen, daß Sie die Hand heben.« Garsts Stimme verlor niemals den Klang von zuversichtlicher Autorität.

Ihr Aufruf brachte die Verwundeten auf die Beine oder wenigstens in sitzende Positionen. Einige schleppten einen Fuß nach, andere hielten sich die Seite, und ein paar stützten einander.

Schließlich taumelten die Verwundeten nach einer kurzen Inspektion durch Garst, die sich davon überzeugte, daß niemand simulierte, gleichfalls zu den Aufzügen.

Jetzt hatte das Kommando Marighella sein Geiselkontingent auf die Weißen reduziert; unter ihnen befanden sich die amerikanischen Diplomaten, Südafrikas prominenteste Kabinettsmitglieder, die Führer der parlamentarischen Opposition und ein paar bedeutende Industriekapitäne und Bergbaubosse. Auch dies entsprach den Plänen der Front.

Bald würde Garst für die nächste Phase der komplexen Operation bereit sein. Vielleicht war dies der heikelste Aspekt des Unternehmens. Sie würde die Geiseln in der Hand haben und mit ihrer Hilfe den Weg zu einem Flugzeug auf dem Flughafen Jan Smuts aushandeln, während Oberst Botha die überwältigende südafrikanische Polizei- und Armeemacht auf seiner Seite hätte und damit versuchen würde, sie an ihrem Vorhaben zu hindern.

Um das neue Stadium des Unternehmens einzuleiten, benötigte Garst einen Boten. Sie musterte die Geiseln, um eine geeignete Person zu finden. Schließlich stieß sie auf eine blonde junge Frau mit einem Minirock, die flach auf dem Bauch lag, die Arme vor sich gestreckt, die Hände ineinander verschränkt, die Nase in den Teppich gegraben. Sie hatte so große Angst, daß sie sich offensichtlich das weiße Höschen naßgemacht hatte, so daß ihr jetzt der Rock am Leibe klebte.

Garst stieß das Mädchen mit der Mündung der AMD an und klopfte ein paarmal gegen ihr Gesäß. »Stehen Sie bitte auf. Es wird Ihnen nichts geschehen.« Garsts Bitte klang eher wie ein Befehl.

Das Mädchen stand auf, und ihr Gesicht glühte vor Scham. Verwirrt hielt sie die Hände schützend vor ihren Schoß.

»Gehen Sie zum Aufzug und warten Sie. Wir lassen Sie frei, aber Sie werden eine Botschaft mitnehmen.«

Während die Blonde mit steifen Schritten davonging, gab Garst den Guerilleros, die die Cocktail-Lounge bewachten, neue Befehle. Als sie hinausging, um dem Mädchen die Botschaft auszuhändigen, begannen die anderen, die Geiseln zu binden und zu durchsuchen.

Als das Mädchen mit der Botschaft unten in der Lobby ankam, borgte sie sich als erstes einen langen Mantel. Noch immer schoben Sanitäter ihre Bahren in den Gang zwischen den Aufzügen, und eben wurden zwei Verwundete hinausgetragen. »O Gott, es ist so schön zu leben«, weinte das blonde Mädchen. Dann verlangte sie mehrmals, einen Verantwortlichen zu sprechen, da sie eine schriftliche Mitteilung der Terroristen mitgebracht habe.

»Jetzt kommt's.« Oberst Botha runzelte die Stirn, als er Alpha zwei stehenließ und auf das Mädchen zuging.

Alpha zwei sah zu, wie er leise mit ihr sprach. Er sah auch, wie der Südafrikaner etwas nahm, das sie ihm reichte.

Oberst Botha, fand der amerikanische Geheimdienstmann, hielt sich genau ans Lehrbuch. Das war gut zu wissen. Alles, was er bislang von sich gegeben hatte, war vernünftig gewesen. Man hätte fast denken können, er wäre beim Secret Service selbst in der National Academy in Quantico, Virginia, in die Schule gegangen. Im Gegensatz zu den Israelis, die es für das beste hielten, bei einer terroristischen Geiselnahme rasch, je früher, desto besser, zu stürmen, neigten die amerikanischen Behörden eher dazu, möglichst lange und ununterbrochen mit den Terroristen zu reden. Sie behielten die Ruhe und zogen es vor, die bewaffneten Geiselnehmer auszusitzen. Die Zeit arbeitete stets gegen Terroristen.

Andererseits – jeder plötzliche Angriff gegen die Terroristen würde ein Gemetzel provozieren: Ein einziger Mann mit einem AMD konnte den gesamten Liftbereich abdecken, zwei oder drei andere konnten sich um die Geiseln kümmern, und damit hätte das Kommando Marighella noch Leute zur freien Verfügung. Alpha zwei war sich der politischen Bedeutung des Außenministers genau bewußt, ebenso wie Oberst Botha vermutlich auch nicht einen einzigen Augenblick lang vergaß, daß sein Premierminister sich ebenfalls unter den Gefangenen befand. Und abgesehen von diesen beiden Hauptpersonen hatte das Kommando Marighella noch zahlreiche andere Führungspersönlichkeiten und Unschuldige in seiner Gewalt.

»Ich vermute, Sie werden damit anfangen, daß Sie durch ein paar Konzessionen ihr Vertrauen gewinnen – Stricke, Megaphone und dergleichen mehr. So gehen Sie's wohl an.« Behutsam hatte Alpha zwei versucht, Oberst Bothas Einstellung zu testen. »Sie geben ihnen etwas zu essen. Kaffee, Zigaretten. Bringen sie dazu, ein Wartespielchen zu spielen.«

»Ja, ich denke, darauf läuft's hinaus.« Alpha zwei hatte Bothas Antwort mit Erleichterung zur Kenntnis genommen. »Ich will nichts weiter, als möglichst lange mit ihnen reden. Wenn wir lange genug mit ihnen reden, werden wir gewinnen. Ich will keine Panik.«

Genauso hätte auch Alpha zwei das Kommando Marighella behandelt.

Nachdem er dem blonden Mädchen mitfühlend auf die Schulter geklopft hatte, kam Botha zurück zu Alpha zwei. »Wie ich's mir dachte, jawohl«, sagte er. »Sie will, daß wir hinaus auf den Platz gehen. Wir sollen das Hotel verlassen. Sie wird das Megaphon benutzen, um uns ihre eigentlichen Forderungen zuzurufen. Alles ist auf maximale Wirkung angelegt. Ich sage Ihnen noch etwas: Sie wird verlangen, daß die SABC eine Sendung macht.«

»Was steht auf demPapier?« Alpha zwei deutete auf das dünne, maschinenbeschriebene Blatt, das Oberst Botha in der Hand hielt.

»Der übiiche Quatsch. Lesen Sie es selbst.« Oberst Botha lächelte grimmig. »Sie wird verlangen, daß das über den Sender verlesen wird.«

Alpha zwei las schweigend, was auf dem Papier stand:

Die Verweigerungsfront bekennt sich mit Nachdruck zu den Grundlagen der panarabischen und panafrikanischen Befreiungskämpfe. Nein zu Verträgen und Verhandlungen! Nein zur Anerkennung der zionistischen, rhodesischen und südafrikanischen Aggressoren! Die Verweigerungsfront weist jeden Versuch, arabische und afrikanische Freiheitskämpfer zu sogenannten Verhandlungstischen und Ausverkaufsveranstaltungen in Genf und anderswo zu locken, mit Verachtung zurück.

Die Front steht voll und ganz hinter der totalen Verstaatlichung des arabischen Öls, des Goldes und der übrigen Reichtümer Afrikas sowie hinter einer Wirtschaftspolitik, die die Interessen der Dritten Welt vertritt, damit die unterdrückten Völker ihre eigenen Reichtümer für die Entwicklung...

Als Alpha zwei die Botschaft gelesen hatte, ahnte er, daß die SABC nicht entzückt darüber sein würde, diesen Text zu senden. Aber die Erfüllung dieser Forderung würde Oberst Botha vermutlich vor das geringste Problem stellen.

»Kommen Sie. Packen wir's an.« Oberst Botha ging allen voran hinaus auf den Platz.

Der Platz war eine zementierte Fläche, deren Eintönigkeit hier und dort durch kleine Blumenkübel und Bäume durchbrochen wurde. Das höchste Gebäude in Südafrika, ein riesiges Bürohochhaus, erhob sich im Osten des Hotels, und beide zusammen waren die Hauptbestandteile eines gewaltigen Büro-, Einkaufs- und Hotelzentrums, das unter dem Namen Carlton Centre bekannt war.

Oberst Botha nahm auf dem Platz Aufstellung, und zwar vor der Nordfassade des Hotels. Er schaute an einem eindrucksvollen Bauwerk aus Glas und Beton empor. Etwa vom zehnten Stockwerk an abwärts kurvte die Wand des Hotels schwungvoll nach außen und zog sich, einer Sprungschanze gleich, bis zum Platz herab. Obgleich der afrikanische Spätnachmittag sich seinem Ende zuneigte, strahlte der Himmel über Bothas Kopf noch immer in tiefem Blau.

Das Megaphon klickte und rauschte, als Oberst Botha sich daran zu schaffen machte. Befriedigt hob er es schließlich an den Mund. »Hier spricht Oberst Botha«, begann er, und seine Stimme hallte dröhnend zum »Top of the Carlton« hinauf. »Ich führe das Kommando über die Sicherheitskräfte. Können Sie mich hören?«

»Reden Sie, Oberst.« Eine verzerrte, aber unverkennbar weibliche Stimme wehte auf den Platz herunter.

»Ich spreche jetzt die junge Dame an, die die Gruppe befehligt, welche in der Cocktailbar im dreißigsten Stock fünfundsechzig Personen gefangenhält.«

»Weiter.«

»Sie sind vollständig umzingelt. Schauen Sie aus dem Fenster und in die Straßen unten, und sehen Sie selbst. Hunderte von Soldaten der regulären Streitkräfte halten die Straßen besetzt. Wir haben Saracen-Panzerwagen. Scharfschützen sind an allen strategischen Punkten postiert, auch in den Büros in dem großen Gebäude zu Ihrer Rechten. Bitte geben Sie auf. Sie können nicht entkommen. Wenn Sie Ihren Geiseln nichts antun, wird man Ihnen dies zugute halten. Ich wiederhole: Tun Sie Ihren Geiseln nichts an. Geben Sie Ihre Waffen heraus. Verlassen Sie friedlich das Hotel. Wenn Sie es tun, garantiere ich für Ihre körperliche Unversehrtheit.«

»Ist das alles, Oberst?«

»Sie gewinnen nichts, wenn Sie die Geiseln behalten.« Oberst Botha unternahm einen zweiten Versuch. »Es kann Ihnen nichts mehr nützen. Sie haben der Welt gesagt, worum es Ihnen geht. Weiteres Blutvergießen kann nur den Abscheu, jawohl, den Abscheu aller zivilisierten Völker erregen. Geben Sie jetzt auf, und es wird Ihnen nichts geschehen. Tun Sie den Geiseln nichts an.«

Botha hatte ihnen nichts angeboten. Statt dessen hatte er sein Eröffnungsgambit mit wohlbekannten, abgedroschenen Phrasen beschlossen. Es war der Beginn eines langen, tödlichen, scheinbar endlosen Nervenkrieges, in dem die ersten Züge stets einem bestimmten Muster folgten. Schon jetzt spürte der Südafrikaner, wie die Anspannung seine Kehle zusammenschnürte. Selbstverständlich war ihm klar, daß die Frau nicht im Traum daran dachte, aufzugeben – noch nicht: Die Kapitulation war noch weit entfernt. Er wollte sie lediglich soweit manipulieren, daß sie sich auf langwierige, zeitaufwendige Verhandlungen einließ.

Er konnte nicht ahnen, daß Garst wußte, wie sehr die Zeit gegen sie arbeitete. Sie mußte die Initiative behalten – oder sie würde verlieren.

»Ist das alles, Oberst?«

»Vorläufig ja.«

»Jetzt hören Sie zu. Prägen Sie sich unsere Forderungen sorgfältig ein.

Erstens: Das Manifest der Verweigerungsfront, das Sie erhalten haben, wird innerhalb von dreißig Minuten über das gesamte Netz der South African Broadcasting Corporation ausgestrahlt.

Zweitens: Wir verlangen, daß Hubschrauber auf dem Swimmingpool-Dach dieses Hotels landen, die meine Leute zusammen mit einigen der Geiseln zum Flughafen Jan Smuts fliegen werden.

Drittens: Wir verlangen, daß die Boeing 707 des Außenministers Fackman aufgetankt und so gewartet wird, daß die Maschine jeden Punkt in Afrika anfliegen kann – bis hinauf nach Algerien. Haben Sie mich verstanden?« Die Stimme der Frau hallte über den Platz; sie klang fest und autoritär.

»Ich habe verstanden, aber ich kann der SABC keine Anweisungen erteilen. Was eine Hubschrauberlandung auf der Swimmingpool-Ebene angeht, so ist dies physikalisch unmöglich. Und schließlich muß ich Kontakt mit der Regierung der Vereinigten Staaten aufnehmen und die Genehmigung einholen, dieses Flugzeug, das uns nicht gehört, aufzutanken und zu warten. Alles dies wird Zeit beanspruchen.«

»Viertens: Ich brauche Ihre Zustimmung in genau fünf Minuten von jetzt an. Es ist achtzehn Uhr vierunddreißig. Haben wir Ihr

Einverständnis in fünf Minuten nicht, wird das Kommando Marighella alle fünf Minuten eine Geisel hinrichten, bis Sie kapitulieren. Sobald das Manifest der Front ausgestrahlt worden ist, werden wir zwanzig Geiseln freilassen. Wenn die Hubschrauber landen, werden unverzüglich weitere Geiseln herauskommen. Wenn wir ungehindert nach Jan Smuts gelangt und unversehrt an Bord des Flugzeugs sind, werden alle südafrikanischen Geiseln freigelassen, einschließlich Ihres Premierministers und der übrigen Minister.«

»Es ist unmöglich, daß Hubschrauber dort oben landen, wie Sie es verlangen«, wiederholte Botha.

»Meine Experten sind seit einer ganzen Weile im Besitz von Plänen dieses Hotels. Es ist nicht nur möglich, sondern kinderleicht für eine einzelne Westland *Wasp*, hier auf dem Pooldach zu landen. Das Dach kann ein weit größeres Gewicht tragen. Wir verlangen vier Westland-Helikopter. Sie können und müssen hier landen, wie wir es gefordert haben. Sie haben noch vier Minuten und fünfzehn Sekunden.«

»Wenn Sie die Pläne haben, müssen Sie auch wissen, daß die Überdachung rings um den Swimmingpool nicht genügend Raum läßt, durch den ein Hubschrauber herunterkommen könnte. Es ist technisch unmöglich.«

»Die Überdachung läßt sich auf ihren Lagern zurückrollen.«

»Der Hubschrauber kann nicht im Pool selbst landen, und ein hölzernes Gitter – eine Pergola, jawohl – bedeckt den größten Teil des restlichen Dachbereiches. Ich sage Ihnen, es ist unmöglich«, versuchte Botha es noch einmal.

»Die Pergola ruht auf elf laminierten Holzpfeilern, die einen Durchmesser von fünfzehn Zentimetern haben. Zwei Zimmerleute können diese Konstruktion innerhalb von fünfzehn Minuten demontieren. Es brauchen nicht einmal Zimmerleute zu sein. Sie können zu diesem Zweck zwei Männer heraufschicken.«

»Wir haben keine Sägen, kein Werkzeug.«

»Von dort, wo Sie stehen, Oberst, sind es dreihundertvierundneunzig Schritte bis zur Ecke Pritchard und Smal Street. Dort ist ein Haushaltswarengeschäft, in dem Sie eine elektrische Kettensäge von Black und Decker kaufen können. Ein dreipoliger 220-Volt-Anschluß ist hinter der Poolbar.«

»Die Fläche ist zu klein.« Bothas Stimme klang ein wenig unsicher.

»Die Dachfläche neben dem Swimmingpool ist so groß wie ein halber Fußballplatz. Ich habe sie gestern abgeschritten. Sie ist dreißig Schritte breit und sechzig Schritte lang. Mir ist nicht bekannt, daß dies heute anders wäre.« Ihre Stimme troff von Sarkasmus.

»Es geht nicht.«

»Sie haben noch zwei Minuten und fünfundzwanzig Sekunden, Oberst. Und ich verlange, daß Ihre Leute oben auf dem Dach zu den Aufzügen herunterkommen. Unbewaffnet.«

»Ich kann sie nicht erreichen.«

»Benutzen Sie Ihr Tactec-Funkgerät. Ich habe auch eines. Also seien Sie vorsichtig mit dem, was Sie sagen.«

»Ich brauche mehr Zeit.«

»Sie haben noch eine Minute und fünfundvierzig Sekunden.«

»Was machen wir jetzt, Oberst?« fragte Alpha zwei.

»Ich will verdammt sein, wenn ich meine Leute von oben herunterhole. Die werden wir noch brauchen. Ich muß nachdenken.«

»Aber Sie haben nur noch eine Minute und fünfundzwanzig Sekunden.«

»Ich brauche mehr Zeit. Zum Teufel mit ihr.«

»Lassen Sie uns vorläufig ja sagen. Vielleicht können wir sie später hinhalten. Technische Probleme... die lassen sich herstellen.«

»Vielleicht kommt sie mit einer neuen Frist rüber. Das übliche Verfahren. Die erste Frist verlängern sie immer, jawohl. Sie versucht, uns zu schocken.« Botha versuchte, sich selbst zu überzeugen. »Was heißt überhaupt ›Marighella‹?«

»In den sechziger Jahren hat Marighella in Brasilien eine Terroristengruppe angeführt, und er hat ein Handbuch für die Stadtguerilla verfaßt. 1969 wurde er getötet, aber sein Buch ist zur Standardlektüre geworden.«

»Soll ebenfalls in der Hölle schmoren, der Kerl.« Botha fummelte nervös an seinem Sony-Megaphon herum, und krachende Geräusche drangen aus dem Lautsprecher. Er wollte es zum Mund heben und ließ es dann auf halber Höhe wieder sinken.

»Vierzig Sekunden, Oberst. Ich rate Ihnen, sagen Sie ja. Wir denken uns später etwas aus. Aber im Augenblick können wir damit Zeit gewinnen.«

Botha gehörte zu einem Menschenschlag, der sich vor Terroristen niemals beugte. Vielleicht hatte er sich bisher so verhalten wie die Amerikaner, aber sein Herz gehörte den Israelis.

Wie in vielen modernen, internationalen Hotels dient auch im Carlton die oberste Etage als Cocktail-Lounge. Am frühen Nachmittag serviert man in »Top of the Carlton« den Lunch – zu dem ein exzellentes *smörgasbord* gehört –, und nach der Cocktailstunde verwandelt es sich in einen exklusiven Nightclub.

Abgesehen von seinen Speisen, seiner kostbaren Ausstattung und seinen abendlichen Showprogrammen bietet das »Top of the Carlton«, dessen große Fenster sich weit über die nördliche und die südliche Fassade des Gebäudes ziehen, eine hervorragende Aussicht auf Johannesburg. Wenn man nach Süden schaut, sieht man die alten Goldminengebiete mit den ausgebeuteten, goldgelben Bergehalden. Nach Norden geht der Blick auf die Gebäude der City, und dahinter erheben sich weitere Bauten: Die hochaufragenden Apartmentblocks von Hillbrow und Berea.

Das »Top of the Carlton« liegt knapp hundertzwanzig Meter hoch über dem Platz, und so ist die Aussicht bestens. Aber es ist auch ein tiefer Fall für jemanden, der von dort hinunterstürzt. Und ein Mann balancierte halsbrecherisch auf dem Sims an einem der nördlichen Panoramafenster. Er hatte der Stadt und Oberst Botha, der unten auf dem Platz stand, den Rücken zugewandt.

Der Mann war groß und mittleren Alters. Er hatte eine gute Figur, auch wenn er ein wenig zu dick war. Seine Handflächen preßten sich an das Glas, und es fiel ihm nicht leicht, die Balance zu halten, denn seine Schuhsohlen ragten nach hinten über das Sims hinaus.

Er starrte in die Mündungen von zwei AMD, und in seinem Gesicht spiegelte sich tiefes, lautloses Entsetzen. Garst hatte ihn mit denselben Gewehren gezwungen, sich vom Teppich zu erheben und auf einen Stuhl zu steigen, dann von diesem Stuhl auf einen Glastisch und von dort hinaus auf das Fenstersims zu klettern.

Die Gewehrmündungen waren etwa zwei Meter weit von seinem Bauchnabel entfernt, und die Gewehrläufe waren in einem spitzen Winkel zur Horizontalen aufwärtsgerichtet. Wenn die Männer abdrückten, würden sie mit ohrenbetäubendem Rattern Feuer speien. 7.62er Kugeln würden in zwei Strömen – zehn pro Sekunde aus jeder Mündung – die dicken Doppelscheiben zerschmettern und ihn zerfetzen.

Garst hatte den Blick auf das Zifferblatt ihrer Digitaluhr geheftet. Sie hielt den Kopf gesenkt, aber ihr rechter Unterarm war gerade und reglos ausgestreckt, während sie konzentriert auf die Uhr schaute. Sie beobachtete, wie die Ziffern aus Flüssigkristall unaufhörlich ihre Gestalt wechselten: Es sah aus, als stürzten sie fortwährend ineinander. Um genau achtzehn Uhr neununddreißig sagte sie, ohne aufzublicken: »Feuer!«

Die Schnellfeuergewehre ratterten wütend.

Als sie schließlich den Kopf hob, sah sie nur noch ein großes, unregelmäßig gezacktes Loch in dem Panoramafenster und blaue Rauchwölkchen, die hinaus ins Freie wehten.

Tief unten auf dem Platz wartete Oberst Botha darauf, daß ein neues Ultimatum herunterhallte. Er rechnete fest damit, daß die Frau sich noch einmal melden und die beabsichtigte Exekution aufschieben würde, um ihr Gesicht zu wahren.

Statt dessen aber erklang im dreißigsten Stock des Fünfsternehotels das Knattern von Maschinengewehrfeuer. Beinahe im selben Augenblick hörte Botha das Klirren von zersplitterndem Glas. Genau in der Mitte der Nordfassade flog eine Gestalt durch die Luft. Einen Sekundenbruchteil bevor sie in Höhe der fünften Etage von der Taille des Hotels abprallte, erkannte Botha, daß es eine menschliche Gestalt war.

Eine kleine Gruppe von Sicherheits- und Presseleuten stob auseinander, bevor der Körper mit einem übelkeiterregenden Geräusch fünf Schritte weit neben Botha aufschlug und den Betonboden erzittern ließ.

Nur mit Mühe vermochte Oberst Botha den Mann zu erkennen, der zu Lebzeiten der südafrikanische Botschafter bei den Vereinten Nationen gewesen war.

»Ein weiterer Mord ist nicht notwendig«, dröhnte Bothas Stimme durch das Megaphon, viel ruhiger, als er es selbst für möglich gehalten hätte. »Wir sind einverstanden.«

»Wir haben Sie verstanden.« Garsts Stimme wehte flach und emotionslos auf den Platz herunter.

Botha wollte kein weiteres Blutvergießen. Später würde er versuchen, der vollen Wucht der Kritik an seiner Behandlung des

Kommandos Marighella zu entgehen. Wahrscheinlich würde man ihn sowieso feuern. Aber solange die Front wichtige Geiseln in der Hand hatte und bereit war, sie rücksichtslos zu ermorden, war seine Position doch aussichtslos?

Im »Top of the Carlton« erinnerte der Korditgeruch, der in der Luft hing, die Geiseln unablässig an die Gefahr, in der sie schwebten. Jetzt waren sie noch vierundsechzig. Sie lagen mit den Gesichtern nach unten auf dem Teppich, schweigend und voller Angst.

Garst rechnete nicht damit, daß einer von ihnen Schwierigkeiten machen würde, aber die südafrikanischen Polizisten hatten sich auch nicht vorstellen können, daß sie in den ersten Augenblicken eines Überfalls, die jetzt schon eine Ewigkeit zurückzuliegen schienen, ihr Leben verlieren würden. »Ihr dürft euch nicht entspannen. Nicht einen Augenblick lang«, hatte Garst dem Kommando Marighella immer wieder eingeschärft. »Bleibt immer wachsam.«

Und obgleich sie innerlich frohlockten, waren die Mitglieder des Kommandos Marighella in ständiger Alarmbereitschaft. Hatte Garst ihnen im Training nicht oft genug gesagt, daß dies eine Zeit von höchster Gefahr, wenn alles gewonnen zu sein schien?

Vier Männer bewachten aufmerksam die Geiseln in der Cocktail-Lounge. Im Empfangsbereich behielten drei andere die Treppen im Auge. Hier hingen alle sechs Aufzüge bewegungslos in ihren Schächten.

Aber es stimmte: Die schwierigsten Phasen der Operation waren vorüber. Auf die *Wasps* zu warten, sie zu besteigen, nach Jan Smuts zu fliegen – alles das würde viel leichter sein. Der Überfall selbst war mit rücksichtsloser Effizienz durchgeführt worden. Und Garst hatte Oberst Bothas Strategie völlig zerschlagen. Solche Erfolge gleich zu Beginn einer Operation hätten die meisten Führer euphorisch gestimmt, aber Garst benahm sich wie ein Computer; sie handelte ruhig und präzise.

Während sie auf die Hubschrauber warteten, ordnete sie die Geiseln noch einmal neu und teilte sie in Gruppen von Amerikanern, Südafrikanern und anderen ein. Ihr Plan war, vierundzwanzig der wichtigsten Geiseln in vier Sechsergruppen zum Flughafen Jan Smuts mitzunehmen. Wie sie es versprochen hatte, würde sie die restlichen Gefangenen freilassen.

Während die neuen Gruppen zusammengestellt wurden, zeigte

Garst sich erneut als geübte Psychologin. »Seien Sie ruhig, und haben Sie Geduld«, sagte sie besänftigend zu den Geiseln. »Die meisten von Ihnen werden bald frei sein. Das Schlimmste liegt hinter uns. Wir wissen, was wir tun. Alle unsere Forderungen werden erfüllt. Es besteht kein Grund zur Unruhe . . .«

In der Gruppe der Amerikaner überwogen die VIP: Der Außenminister, der Botschafter der USA in Südafrika und der Generalkonsul, der Staatssekretär für afrikanische Angelegenheiten, ein weiterer hochrangiger Diplomat und zwei von Fackmans Spitzenmitarbeitern. Die südafrikanische Gruppe war, relativ gesehen, allenfalls noch bedeutender, denn sie bestand aus dem Premierminister und fünf Kabinettsmitgliedern. Oppositionspolitiker und Unternehmer bildeten die restlichen Gruppen, unter ihnen auch der Generalmanager des größten multinationalen Konzerns in Südafrika.

Während dieser Periode der Neuordnung befaßte sich Garst abwechselnd damit, die Gefangenen umherzudirigieren und zu beruhigen und ihrem Kommando Ermutigungen und Anweisungen zuzuflüstern; auf diese Weise verband sie ihre Kräfte in und vor der Cocktail-Lounge miteinander.

Außerdem hatte sie die Nachrichtensendungen der SABC eingeschaltet. Um genau achtzehn Uhr einundfünfzig hörte sie zu ihrer Befriedigung einen englischsprechenden Ansager, der in moduliertem, gelassenem Tonfall das Manifest der Verweigerungsfront verlas; die Sendung wurde auf allen Kanälen der SABC ausgestrahlt, auf den einheimischen wie auf den internationalen.

Aber von der Athener Entführung oder von dem Anschlag auf die *El-Al*-Maschine wurde in den Nachrichten nichts erwähnt.

Um neunzehn Uhr vier traf die erste der Westland *Wasps* ein. Im hellen Licht des langen Sommertages schwebte sie über einem freien Bereich des Swimmingpool- und Sonnendaches des Carlton. Noch vierundzwanzig Stunden zuvor hatten Hotelgäste dort, wo jetzt der Hubschrauber hing, entspannt an ihren Cocktails genippt und in der Wärme des letzten Sonnenlichts gesessen.

Jetzt, als die plumpe, insektenähnliche Maschine landete, ließen Windböen, die von den turbojetgetriebenen Rotoren heruntergewirbelt wurden, das funkelnd blaue Wasser des Pools rauh aufgischten.

Garsts Plan für den Flug zum Jan-Smuts-Flughafen war narrensicher. Sie hatte vier *Wasps* angefordert. In jeder *Wasp* würden sechs Geiseln und zwei Mitglieder des Kommandos Marighella Platz finden. Garst selbst würde zu der zweiköpfigen Abteilung gehören, die Minister Fackman zum Flughafen eskortierte, und ihr Vertreter würde die Gruppe der Südafrikaner übernehmen. Jeder Hubschrauber würde separat auf dem Dach landen und wieder abfliegen.

In jeder Sekunde würden die einzelnen Abteilungen von Marighella miteinander über Funk in Verbindung stehen. Sollte einer der Abteilungen etwas zustoßen, wären augenblicklich alle anderen Geiseln in Gefahr. Dies lag auf der Hand. Gleichwohl würde sie Oberst Botha ausdrücklich warnen. Garst war sicher, daß er ihre Drohungen ernst nehmen würde.

Vorher aber mußte sie die Umgebung des Pools überprüfen. Zu diesem Zweck stieg das Mädchen über eine kurze, teppichbedeckte Treppe hinauf zum Dachgarten. Das kleine Kontingent der südafrikanischen Sicherheitskräfte hatte, ihrem Befehl folgend, den Dachbereich schon verlassen. Vor ihrem Abzug hatten sie auf Bothas Anweisung hin das Gartenmobiliar und andere Hindernisse in einer Ecke des weiten, ebenen Daches aufgestapelt.

Neben der *Wasp* bemerkte sie als nächstes die Zimmerleute, die die Pergola abgebaut hatten. Sie standen schweigend da und hoben die Hände über die Köpfe, als das Mädchen auf das Dach heraustrat.

Sie hielt ihre AMD auf zweckmäßige, sachliche Weise in der Hand und ging mit schnellen Schritten auf die *Wasp* zu. Sie vermutete, daß sie sich die ganze Zeit über im Visier eines Scharfschützen befand, der wahrscheinlich auf dem Dach oder in einem der Büros in dem Gebäude gegenüber stand. Tatsächlich zielte in diesem Augenblick ein halbes Dutzend Scharfschützen auf sie. Sie hatten Gewehre vom Typ Winchester 52 mit 10 × 15-Zielfernrohren. Jeder einzelne von ihnen hätte ihr eine Kugel ins Gehirn jagen können. Unglücklicherweise jedoch hätte eine solche Aktion ein allgemeines Massaker ausgelöst. Infolgedessen konnten sie nichts weiter tun, als das Mädchen mit ihren Zielfernrohren hilflos zu verfolgen.

Garst beendete ihre kurze Durchsuchung des Hubschraubers. Zufrieden vermerkte sie, daß tatsächlich nur der Pilot an Bord war. Um Platz für acht Passagiere zu schaffen, hatte man die Innenausstattung der Maschine weitgehend demontiert; deshalb konnte Garst sich auf eine schnelle Inspektion beschränken.

»Tun Sie Ihren Job – das heißt, tun Sie, was ich sage«, befahl sie dem Piloten knapp. Der nickte zustimmend.

Eine Minute später war sie wieder auf dem Rückweg zur dreißigsten Etage, und die beiden Zimmerleute marschierten vor ihr her. Sie gestattete ihnen nicht, den Lift zu benutzen, um auch das unwahrscheinliche Risiko eines Angriffs bei dessen Rückkehr zu vermeiden. Statt dessen befahl sie ihnen, die Treppe hinunterzugehen.

Wo immer es möglich war, reduzierte Garst die Gefahren auf ein Minimum. Das hatte sie sich zu ihrer Gewohnheit gemacht. Deshalb hatte sie, als sie wieder zum Dachgarten hinaufstieg, eine gleichmäßig gemischte Gruppe von Südafrikanern und niederrangigen Amerikanern bei sich. Auf diese Weise schützte sie sich vor einer Verschwörung, die eine der alten Gruppen flüsternd vereinbart haben konnte. Oben auf dem Dach verließen niemals mehr als drei der Kommandomitglieder, einschließlich ihrer selbst, ihre Deckung; zugleich aber hielten im »Top of the Carlton« und überall sonst ihre Leute die Gefangenen mehr als hinreichend in Schach.

Während die ausgewählten Geiseln langsam in die parkende *Wasp* kletterten, wurden diejenigen, die nicht mitfliegen würden, nach und nach freigelassen. Mühsam stolperten sie die Treppe hinunter, aber im achtundzwanzigsten Stockwerk konnten sie schließlich die kurzen Stricke abnehmen, mit denen ihre Knöchel zusammengebunden waren. Die Stricke hatten sie am schnellen Laufen gehindert; aber während die freigelassenen Geiseln sich ihrer nun entledigen konnten, wurde dies den Gefangenen, die sich an Bord der *Wasps* begaben, nicht erlaubt.

Die allmähliche Freilassung der Gefangenen war in sich schon eine clever ausgeklügelte Strategie. Es diente dazu, Oberst Botha zu zeigen, daß er Garsts Wort vertrauen konnte, der konstante Strom der Geiseln, die in Vierergruppen die Treppe herunterkamen, verhinderte, daß Botha einen Angriff unternahm, und je weiter die Zahl der Geiseln sich verringerte, desto besser hatte das Kommando Marighella die Zurückbleibenden unter Kontrolle.

Inzwischen war die erste der Westland *Wasps* bereit, vom Dachgarten abzuheben. Zwei der Geiseln teilten sich den Sitz des

Kopiloten. Vier andere drängten sich hinten zusammen. Die Terroristen forderten sie auf, sich Haltegriffe zu suchen und sich daran festzuhalten.

Als die Einstiegsluke der *Wasp* sich gleitend schloß, stemmten sich die Marighella-Leute gegen die Wände des Hubschraubers, wie sie es gelernt hatten. Der Bewaffnete, der dem Piloten am nächsten stand, schob den Lauf seiner AMD bis auf zehn Zentimeter an den Hinterkopf des Fliegers heran. »Starten Sie«, rief er dem Piloten zu, »Langsam. Gehen Sie auf eintausend Fuß. Dann kreisen Sie um das Dach.«

Der Pilot bestätigte den Befehl.

Die Rotorblätter begannen mit dröhnendem Knattern zu kreisen, und währenddessen nahm der Terrorist einige letzte Einstellungen am zweiten Kopfhörerpaar vor. Sanft lösten sich die vier Räder der mechanischen Libelle vom Dach. In einer eindrucksvollen Demonstration fliegerischer Geschicklichkeit ließ der Pilot die plumpe Flugmaschine mit äußerster Behutsamkeit durch die klaffende Lükke der Überdachung in den Himmel steigen, dessen Blau langsam dunkler wurde.

Schließlich erhob sich auch der vierte der Hubschrauber vom Dach und trug den Außenminister zusammen mit Gabriella Garst und den restlichen Geiseln ins letzte Zwielicht hinaus. In loser Formation mit den drei anderen Hubschraubern nahm er knatternd Kurs auf den Flughafen.

Im Hotelgebäude unter ihnen tasteten sich die südafrikanischen Sicherheitskräfte endlich mit großer Vorsicht die Treppe hinauf. Es war niemand mehr da.

Der Flug nach Jan Smuts dauerte knapp fünfzehn Minuten. Die Hubschrauber setzten in Abständen von drei Minuten ungehindert dicht neben der *Air Force* 720 auf – neben der Boeing 707, mit der Fackman nach Johannesburg gekommen war.

Garst wartete, bis die Turbojets der *Wasps* verstummt waren. Dann schob sie die Tür beiseite und sprang hinaus auf das Betonfeld. Schräg vor ihr stand die *Air Force* 720, von Flutlicht überstrahlt; eine orangegelb und blau lackierte Gangway stand vor dem Backbordeinstieg.

Jetzt mußte sie das Innere der Maschine examinieren. Dafür würde sie mehr Zeit benötigen, denn die Boeing 707 war wesentlich größer als die *Wasps*. Es war nicht ausgeschlossen, daß an Bord

Waffen verborgen waren, die die Besatzung von *Air Force* 720 später zu benutzen versuchen würde.

Obgleich sie wußte, daß sie auch jetzt von Scharfschützen anvisiert wurde, bewegte sie sich, ohne zu zögern, auf den großen Jet zu. Es war nicht so, daß sie keine Angst gehabt hätte. Sie spürte ein federleichtes Kribbeln auf ihrem ungedeckten Rücken, eine unangenehme Angst vor einer Kugel, die sich plötzlich in ihre Wirbelsäule grub.

Wie immer seine Befehle lauten mochten, ein Scharfschütze, der sich irgendwo auf dem Terminalgebäude befand, konnte es sich plötzlich anders überlegen. Oder Oberst Botha, für den jetzt die Zeit sehr schnell knapp wurde, konnte etwas unternehmen... Jeder Transfer war ein überaus gefahrvolles Unterfangen. Womöglich hatte Oberst Botha sich einen koordinierten Scharfschützenangriff in den Kopf gesetzt, der damit anfangen könnte, daß sie eine Kugel in den Rücken bekam.

Alles, was Oberst Botha davon zurückhielt, war das Wissen, daß eine einzige Handgranatenexplosion in einer der *Wasps* oder eine einzige, lange Salve aus einem AMD die Zahl der Toten noch weiter vergrößern würde.

Es war ein komplizierter Wettkampf von Scharfsinn und Psychologie. Das Kommando Marighella hatte die Geiseln, und einige von ihnen würden binnen kurzem gezwungen werden, die *Air Force* 720 zu besteigen. Wenn das Flugzeug erst in der Luft wäre, würde Oberst Botha den Vorteil verloren haben, den ihm seine vielfache Übermacht an Truppen vielleicht verleihen konnte. In seiner Verzweiflung würde er vielleicht darauf setzen, daß er mit einem plötzlichen, zielstrebigen Überfall die Gefangenen ohne übermäßig große Verluste befreien könnte. Wenn ihr eigenes Leben plötzlich bedroht wäre und sie begriffen, daß sie keine Hoffnung haben konnten, einen Kampf zu überleben, würden die Entführer möglicherweise kapitulieren...

Garst hatte alle diese Möglichkeiten schon vor langer Zeit erwogen. Der mörderische Überfall auf das »Top of the Carlton« hatte Oberst Botha eines ganz deutlich gezeigt: Das Kommando Marighella war ganz und gar rücksichtslos. Wenn Oberst Botha sie angriffe, würde er damit vielleicht Erfolg haben, aber wahrscheinlich würde das Resultat eine Katastrophe sein. Außerdem hatte Garst versprochen, weitere Gefangene freizulassen, sobald sie und ihre Leute sicher auf Jan Smuts angekommen wären. Hatte sie nicht zugesagt, den südafrikanischen Premierminister freizugeben? Infolgedessen stand Botha vor einem entsetzlichen Dilemma, und er hatte nur wenig Zeit, gründlich darüber nachzudenken.

Unter solchen Bedingungen, schätzte Garst, würde Oberst Botha vermutlich überhaupt nichts tun. Seine Ratlosigkeit und Unsicherheit würden ihn zu durchgreifenden Aktionen nicht ermutigen.

Trotzdem fühlte Garst dieses Kribbeln im Rücken.

Erst als die letzte der vierundzwanzig Geiseln und alle Mitglieder des Kommandos Marighella sicher an Bord der *Air Force* 720 waren, fühlte sie, wie ihre Besorgnis verflog. Statt dessen erfüllte sie wachsende Erleichterung. Eine euphorische Stimmung prickelte in ihrer Brust.

Sie hatten es geschafft. Beinahe. Im selben Augenblick warnte sie sich innerlich davor, sich jetzt zu entspannen. Während sie sich in der *Air-Force*-Boeing um alles Erforderliche kümmerte, flüsterte sie auch den anderen eine Warnung zu. Nacheinander fragte sie jeden ihrer Männer, wie er sich fühlte. Jeder, der durch den Wechsel zwischen Anspannung und Erleichterung im Laufe der vergangenen Stunden ausgelaugt oder erschöpft war, erhielt zwei Amphetamin-Tabletten und die Anweisung, diese mit etwas kaltem Wasser herunterzuspülen.

Nachdem sie sich um ihre Leute gekümmert hatte, begab Garst sich ins Cockpit der Maschine. Hier traf sie auf Kapitän Popjack, der mit den Startvorbereitungen beschäftigt war. Sein Gesicht war starr vor Sorge, und seine Antworten auf Fragen und Anordnungen des Mädchens waren zumeist einsilbig. »Ich will nur, daß Sie Ihre Arbeit tun, Kapitän«, versuchte Garst ihn zu beruhigen. »Ihre Arbeit ist es, dieses Flugzeug dahin zu fliegen, wohin ich Ihnen sagen werde. Niemandem wird etwas passieren, verstehen Sie? Sind Sie verheiratet?«

Popjack bejahte.

»Kinder?«

»Drei.«

»Das freut mich zu hören, Kapitän. Sie werden sie alle wiedersehen. Tun Sie nur, was ich Ihnen sage.«

»Das werde ich, Ma'am.«

»Machen Sie sich keine Vorwürfe, Kapitän«, fuhr Garst fort. »Ich möchte, daß Sie Kurs auf Kairo nehmen. In Entebbe, Uganda, werden Sie zwischenlanden, um die Maschine aufzutanken. Wenn ich recht verstehe, kann dieses Flugzeug nicht ohne Zwischenlandung bis Kairo fliegen. Stimmt das?«

»Ja, das stimmt, Ma'am.«

»Nun, dann werden wir in Entebbe zwischenlanden.«

Garst wollte Kapitän Popjack nicht unnötig erschrecken. Sie war sicher, daß er es vorziehen würde, Kairo zum Ziel zu haben. Wie sich herausstellte, gelang ihr dieses Täuschungsmanöver jedoch nicht. Popjack zweifelte nicht daran, daß die *Air Force* 720 in Entebbe bleiben würde.

Draußen, rings um die blau-silberne Boeing 707, war die Luft schwer von den Dieselabgasen eines Kompressortankwagens. Durch dicke, schwarze Gummischläuche wurde gekühlter Sauerstoff aus dem Kompressor in das Flugzeug gepumpt. Bodenpersonal der *South African Airways* war bei den letzten Inspektionen. Garst bemerkte, daß unter den Männern in den weißen Overalls getarnte Sicherheitsbeamte arbeiteten. Dies bereitete ihr keine weiteren Sorgen, denn die Geiseln waren gut bewacht, und zwei ihrer Leute bewachten ständig die Einstiegsluken.

Unterdessen durchsuchte sie mit zwei Männern noch einmal gründlich das Flugzeug; sie inspizierten die Toiletten, spähten unter die Sitze und öffneten die Gepäckabteile unter der Decke. Während der Durchsuchung ließ Garst alle zehn Minuten zwei Geiseln frei, beginnend mit den weniger wichtigen Gefangenen.

Paar für Paar stolperten sie die Gangway hinunter; ihre Beine waren immer noch mit kurzen Stricken gebunden, als sie das von Flutlichtlampen taghell erleuchtete Niemandsland zwischen der *Air Force* 720 und Oberst Bothas Posten in der verglasten, auf einer Höhe mit dem Rollfeld gelegenen Abflughalle überquerten. Mitgenommen, aber erleichtert, wurden sie sogleich fortgeführt und befragt: Über die Situation in der Maschine, über die Absichten der Entführer, wie die anderen Gefangenen bewacht würden, ob es Schwachstellen im Verhalten der Bande gebe und andere Dinge, die Oberst Botha für relevant hielt.

Später dann, am Rande des auf Bothas Befehl hin mit Seilen abgesperrten Bereiches der Abflughalle, gerieten sie in das Kreuzfeuer von Presseblitzlichtern, Mikrophonen von SABC und Visi-News, von Fernseh- und Wochenschaukameras.

Immer, wenn freigelassene Geiseln die Gangway herunterkamen, suchte Oberst Botha vergeblich mit seinem Fernglas nach einem südafrikanischen Kabinettsmitglied. Das Mädchen hatte versprochen, die Südafrikaner freizulassen. Endlich, zu seiner übergroßen Freude und Erleichterung, identifizierte er doch zwei der Minister. Aber sein Entzücken war nur von kurzer Dauer. Kaum waren die beiden auf dem Betonfeld angekommen, sah Botha, daß die Gangway beiseite gerollt wurde. Die Backbordluke der *Air Force* 720 wurde verschlossen. Kurz darauf rollte der große Jet auf die Hauptstartbahn zu, und die Triebwerke heulten wütend auf.

Als das Flugzeug von der Startbahn in den Nachthimmel aufstieg und Jan Smuts unter sich ließ, waren Fackman, der Botschafter, der Generalkonsul, zwei Attachés und der südafrikanische Premierminister zusammen mit dreien seiner Minister an Bord.

Mit einem lastenden Gefühl von Übelkeit im Magen schaute der Oberst den blinkenden roten Lichtern der Boeing nach, die kleiner und kleiner wurden und schließlich verschwanden.

»All der Ärger – und dann hat sie noch gelogen«, sagte er betrübt zu Alpha zwei.

»Wir könnten beide einen Drink gebrauchen«, meinte Alpha zwei und legte dem Oberst tröstend einen Arm um die Schultern. »Ich wette, da sagen Sie nicht nein. Also, ich habe einen nötig.«

Aber Bothas Gedanken beschäftigten sich nur mit der Frage, ob er vom dreißig Meilen weit entfernt gelegenen Militärflughafen Waterkloof eine Schwadron von *Mirage*-Kampfflugzeugen heranziehen sollte. Vermutlich war es das beste. Sollten doch die *Mirages* die *Air Force* 720 bis zur Grenze verfolgen, und sollten diejenigen, die jetzt die Regierung der Republik Südafrika darstellten, entscheiden, ob *Air Force* 720 vom Himmel geschossen werden sollte, bevor sie südafrikanischen Luftraum verließe. Er hatte getan, was möglich war.

»Kommen Sie, Oberst. Sie haben Ihre Rolle gespielt. Jetzt ist jemand anders am Zuge.« Alpha zwei sagte ihm, was er längst wußte.

Gegen Mitternacht ostafrikanischer Zeit flog *Air Force* 720 in einer Höhe von 32000 Fuß über der weiten tansanischen Ebene der Serengeti nordwestlich des Ngorongoro-Kraters.

Die alte Boeing der US-Air Force war nach den letzten drei Ziffern ihrer Registriernummer 8720 benannt. Zufällig handelte es sich um dasselbe Flugzeug, in dem Präsident Lyndon Baines Johnson am 22. November 1963 durch Richterin Sarah Hughes vereidigt worden war.

Da der Jet früher einmal als Präsidentenmaschine gedient hatte, war er kostspielig und geschmackvoll eingerichtet. Ein großer Teil der Innenausstattung war handgefertigt, und sämtliche Sitze waren von der Sorte, wie man sie im Ersteklassebereich kommerzieller Flugzeuge findet.

Air Force 720 verfügte auch über eine Küche: Grillöfen, ein Elektroherd mit mehreren Kochplatten und eine große Kühl- und Gefriertruhe mit Doppeltür. Garst hatte nichts dagegen, daß ihre Geiseln es sich bequem machten. Küchengeräte und Vorräte waren vorhanden, und so war es kein Problem, knusprigen Speck und Rühreier zu braten und Kaffee zu kochen. Der Kaffee wurde in blauweißen Porzellantassen mit dem Siegel des Außenministers serviert; ein Steward bediente die entführten südafrikanischen Politiker und zwei von Fackmans Assistenten. Alle saßen an einem nierenförmigen, grünen Konferenztisch in der vorderen Kabine. Zwei von Garsts Männern bewachten sie. Die Gefangenen waren zwar hungrig genug, um das Essen und den Kaffee herunterzubringen, aber sie waren still, niedergeschlagen – und sehr besorgt.

Garst selbst saß mit Fackman in dessen Privatkabine. Sie hatte dem Minister das Privileg eingeräumt, sich in seinem Sessel zu entspannen, einem noch luxuriöseren Sitz als die übrigen in diesem Flugzeug. Fackman hatte sich darin zurückgelehnt und die bestrumpften Füße auf einen schweren, geschnitzten Tisch gelegt.

Garst saß auf einer Liege auf der anderen Seite des Tisches. Sie hielt ihre M-52-Pistole locker in der Hand, und sie war noch immer mit ihrem grünen Trainingsanzug bekleidet.

»Was wird Ihr Präsident tun?« fragte sie sachlich.

Fackman hatte keine Ahnung, aber ein paar intelligente Vermutungen, so fand er, würden nicht schaden, wenn dies das Mädchen zufriedenstellen würde. Es hatte keinen Sinn, sie zu provozieren. Vielleicht konnte er sogar ihre Sympathie gewinnen.

In der Hoffnung auf ein halbwegs erträgliches Verhältnis mit dem Mädchen meinte Fackman: »Er hat zweifellos einen langen, detaillierten Bericht von unserem Konsulat in Johannesburg erhalten. Man wird ihn in halbstündigen Abständen über die Entwicklung auf dem laufenden halten. Ziemlich bald wird er eine CIA-Analyse erhalten, derzufolge dieses Flugzeug auf dem Weg nach Entebbe ist.«

»Diese Analyse basiert auf Daten von Ihren Bodenstationen und Satelliten, die uns in diesem Augenblick beobachten?« fragte Garst.

»So ist es.«

»Aber woher wissen *Sie* es? Das mit Entebbe? Sie können es nicht wissen.«

Kluges Mädchen, dachte Fackman. Natürlich hatte er es erraten, weil er jetzt wußte, daß dies die Operation war, die Okan geplant hatte. Die Einzelheiten darüber hatten sie nicht in Erfahrung bringen können, aber es hatte eine große Sache sein müssen. So wie diese Entführung. Fackman hoffte, daß der CIA mit seinen Attentatsplänen vorangekommen war ...

»Dazu braucht man kein Genie zu sein. Wo sonst könnten Sie sicher sein, daß man Sie aufnimmt?«

»Ja ... wo sonst? Bitte fahren Sie fort. Was für Maßnahmen wird das Weiße Haus ergreifen?«

»Nun, das liegt auf der Hand. Der Präsident weiß, wer Sie sind – unter anderem, weil Sie das Manifest an den Rundfunk gegeben haben. Er wird mit Okan verhandeln müssen. Ich sehe schon vor mir, wie die Leitungen zwischen Washington, Bonn und der westdeutschen Botschaft in Kampala glühen. Die Westdeutschen vertreten unsere Interessen in Kampala, wie Sie zweifellos wissen ...«

»Seit 1973.«

»Ich glaube, so ist es.«

»Ich nehme an, daß Ihr Präsident sich auch mit anderen afrikanischen und arabischen Politikern beraten wird?«

»Ich würde sagen, ja. Vielleicht wird er den libyschen Präsidenten hinzuziehen.«

»Das würde ich auch tun.« Das Mädchen lächelte. »Ich würde Libyen einschalten. Und was werden die USA tun, wenn nichts von alledem klappt und wenn sich eine Krise entwickelt?«

»Sie meinen, so wie in diesem Augenblick?« gab Fackman zurück, und beide lachten. »Tja, es wird einiges geschehen. Notfalloperationen. Das Pentagon wird Kriegsschiffe in den Indischen Ozean beordert haben, die jetzt vor der ostafrikanischen Küste liegen, darunter auch ein Flugzeugträger. Ich könnte mir vorstellen, daß Kampfbomber von einem solchen Träger auch Kampala erreichen können. Wenn Kenia es erlaubt, können Sie damit rechnen, daß von Nairobi aus Truppen eingeflogen werden.«

»Eine ehrliche Zusammenfassung, Mr. Fackman«, sagte Garst. »Aber was ist mit dem CIA? Sie haben den CIA ausgelassen.«

Fackman sah dem Mädchen in die Augen. Er hoffte, sein Gesicht möge ausdruckslos erscheinen. »Ich könnte mir vorstellen, daß der CIA ebenfalls an irgend etwas arbeitet. Meinen Sie nicht?« fragte er kühl.

»Ja, das meine ich auch, Mr. Fackman. Im Grunde ist es der CIA, der mir Sorgen bereitet.«

»Wie auch immer« – Fackman grinste sardonisch –, »es sieht so aus, als hätte es bis jetzt ganz gut geklappt mit Ihrem Unternehmen . . .«

»Vielen Dank, Mr. Fackman . . . für diese Schmeichelei. Morgen werden wir uns noch mehr Mühe geben. Aber schlafen Sie sich gründlich aus. Ich werde dafür sorgen, daß Sie nicht gestört werden.«

Damit erhob Garst sich von der Liege. Sie drückte auf einen Plastikknopf, und ein schwerer Vorhang glitt vor die Öffnung, hinter der Fackmans Privatkabine lag. Dann ging sie zum Cockpit. Garst war sicher, daß Hassan Jabril ihre ersten Funksprüche aus der *Air Force* 720 aufgefangen hatte. Er würde stolz auf sie sein.

Als die *Air Force* 720 auf dem Flughafen von Entebbe landete, war es null Uhr fünf ostafrikanische Zeit.

Den Anweisungen des Kontrollturms folgend, ließ Kapitän Popjack die Maschine hinter der Hauptlandebahn in die südliche Kurve am Tower vorbei und auf das Rollfeld vor den neuen Terminalgebäuden rollen. Eine Panzerwagenstaffel eskortierte den Jet, sobald er von der Landebahn abgebogen war.

Okan würde kein Risiko eingehen. Diesmal nicht.

Weitere Beweise für diese Tatsache zeigten sich, noch bevor *Air Force* 720 bebend zum Stehen gekommen war. Vier mächtige T-55-Panzer rumpelten auf das Rollfeld und kreisten das Flugzeug ein.

Jeeps und Schützenpanzer mit großkalibrigen Maschinengewehren patrouillierten an der Umzäunung des Flughafens. Mit Gewehren bewaffnete Soldaten umzingelten die *Air Force* 720.

Erst dann rollte das Bodenpersonal eine Gangway heran. Gleichzeitig legte ein Araber sein Gewehr ab und hastete mit einem Eimer weißer Farbe auf das Flugzeug zu; die Farbe schwappte über und spritzte auf den Asphalt. Mit einem dicken Quast pinselte er den Namen der Front in großen, plumpen arabischen Schriftzeichen auf den Rumpf der Maschine. Dann eilte er zu seinem Gewehr zurück und kam noch zur rechten Zeit, um sich einem Kommando von Frontguerilleros anzuschließen, die auf der Gangway zur Einstiegsluke hinaufstürmten. Diese Männer würden Garsts Team ablösen. Als erstes aber brachten sie Haftminen in der Passagierkabine und in den drei Toiletten an.

Nach einer Weile erschien auch Obama Okan. Als er auftauchte, begannen die ugandischen Soldaten zu klatschen, und sie hörten erst wieder auf, als Okan im Flugzeug verschwunden war. Jubel und Applaus erreichten ihren Höhepunkt, als er bei der vorderen Einstiegsluke stehenblieb. Bevor er hindurchging, nahm er Haltung an und salutierte.

Die ganze Zeit über blitzten die Kameras der Pressefotografen, und ein Troß von einheimischen Reportern folgte Okan in die Kabine.

Okans Lächeln gefror, als er die Südafrikaner erblickte. »Ihr seid meine Gefangenen. Afrikas Gefangene«, erklärte er brüsk. »Es wird höchstwahrscheinlich erforderlich scin, euch wegen Kriegsverbrechen vor Gericht zu stellen. Aber wir werden sehen.«

Noch während er redete, entdeckte er den amerikanischen Außenminister. Augenblicklich begann Okans schwarzes Gesicht zu strahlen. Er ging auf Fackman zu und klopfte ihm auf die Schulter. »Aber Sie sind willkommen in Uganda, Mr. Außenminister«, verkündete er aufgeblasen. »Ich liebe Ihren Präsidenten. Er ist ein großer Führer. Ich liebe die Amerikaner überhaupt. Ich habe viele amerikanische Freunde.«

Bevor er sich wieder Fackman zuwandte, winkte Okan den beiden Marighella-Terroristen zu, die den Außenminister bewachten. »Sie werden es hier bequem haben«, versprach er dann dem immer noch schweigenden Fackman. »Wir werden tun, was wir können.«

»Dessen bin ich sicher.«

»Das können Sie auch sein. Unbedingt. Aber Ihre Freilassung auszuhandeln wird sehr, sehr schwierig sein. Sie verstehen.« Okan unterbrach sich, um mit einer Handbewegung auf Garsts Truppe zu deuten. »Diese Leute verlangen allerlei Unmögliches. Sie wollen, daß man ihre Freunde – Helden ihrer Bewegung – aus Gefängnissen in Israel, Frankreich, der Schweiz, Westdeutschland und sogar Kenia entläßt. Ich weiß nicht, wie wir das anfangen sollen. Ihre Regierung ist mächtig. Sie muß versuchen, die anderen Regierungen zur Zusammenarbeit zu bewegen. Afrika selbst wird verlangen, daß Freiheitskämpfer aus den Kerkern in Azania, Namibia und Zimbabwe entlassen werden.«

»Ja, ich verstehe. Aber ich weiß nicht, wie ich Ihnen dabei helfen kann. Ich bin selbst als Gefangener hier.«

»Sie können helfen, Mr. Außenminister. Wahrlich. Ich habe bereits mit diesen Leuten von der Front vereinbart, daß Sie vom Flugzeug aus Kontakt mit Ihrer Regierung aufnehmen dürfen.«

»Dafür bin ich Ihnen sehr dankbar«, erwiderte Fackman.

»Sehen Sie, Sie müssen Ihrem Präsidenten erzählen, daß es Ihnen gutgeht. Sagen Sie ihm, daß ich ihn liebe.«

»Ich werde es dem Präsidenten ausrichten.« Fackman lächelte.

»Aber sagen Sie ihm auch, daß ich schlimme Nachrichten aus Nairobi gehört habe. In Mombasa liegen amerikanische Kriegsschiffe. Wie ich höre, planen amerikanische Ledernacken einen Angriff auf Uganda. Diese Berichte habe ich von vielen zuverlässigen Personen erhalten. Sagen Sie das Ihrem Präsidenten. Uganda muß jede Invasionsstreitmacht vernichten.«

»Ich werde ihm Ihre Botschaft ausrichten.«

»Sagen Sie ihm, ich weiß, daß der CIA alle starken Führer wie mich ermorden will.«

Fackman schwieg.

»Ich bin sehr, sehr unglücklich über die Lügen, die man sich über Uganda und mich erzählt.« Die Augen des Diktators wurden schmal, und seine Mundwinkel krümmten sich herab. »Ihr Präsident muß die Vereinten Nationen auffordern, einmal die Verbrechen zu untersuchen, die er selbst begangen hat, statt sich ständig in ugandische Angelegenheiten einzumischen. Um die Sache der roten Menschen soll man sich kümmern.«

»Sehr wohl, Mr. President. Auch das werde ich ihn wissen lassen.«

»Na ja.« Okans Miene erhellte sich unverhofft. »Jetzt muß ich gehen. Wenn dies alles erst vorüber ist, müssen Sie noch ein Weilchen in Uganda bleiben. Wir werden zusammen durch das Land fahren. Krokodile schießen. Ich will, daß Sie nur Gutes zu berichten haben, wenn Sie nach Washington zurückkehren, mein Freund.«

»Ich werde mit Vergnügen in Ihrem Lande bleiben, Mr. President.«

»Wissen Sie – ich bin froh, daß Sie hier sind«, erklärte Okan verschmitzt. »Sie werden die Wahrheit mit eigenen Augen sehen können. Die Menschen in Uganda sind glücklich. Sie sind frei.« Okan versetzte dem Außenminister einen Hieb auf den Rücken. »Okay, mein Freund. Bis später. Sagen Sie Ihrer Regierung über Funk, was Sie möchten.«

Dann wandte sich der Ugander dem am nächsten stehenden Marighella-Mann zu. »Wer ist euer Anführer?« Er tat, als habe er nicht die geringste Ahnung. »Bringt mich zu ihm.«

Wenig später stiegen er und Garst die Gangway hinunter. Noch bevor sie das flutlichtüberstrahlte Flughafengebäude erreichten, hatte er sie über den Stand der beiden anderen Unternehmen informiert.

Die Entführung der *El-Al*-Boeing war gelungen – oder gescheitert, je nach dem, wie man es betrachten wollte. Der libysche Präsident war entzückt.

In Athen war die Anführerin des Entführungskommandos ernstlich erkrankt, aber Jabril hatte mitteilen lassen, daß die Aktion lediglich aufgeschoben, aber nicht aufgehoben war.

Garst nahm alle diese Neuigkeiten unbewegt zur Kenntnis. Sie hatte immer geglaubt, daß die *El-Al*-Entführung das gefährlichste der drei Unternehmen sein würde. Die Nachricht von dem Absturz überraschte sie nicht. Sie wußte, wie entschlossen das Kommando Badawi gewesen war, und sie kannte die harten, kompromißlosen Israelis, und so war ein solcher Ausgang zu erwarten gewesen.

»Aber Sie haben ausgezeichnet gearbeitet«, meinte Okan, als sie den grünen Teppichboden in der Ankunftshalle des Internationalen Flughafens von Uganda betraten.

Danach lauschten Garst und Okan bis kurz vor Tagesanbruch den Tonbandaufnahmen von Fackmans Funkbericht und seiner vorsichtigen Diskussion mit dem Präsidenten der Vereinigten Staaten. Fackman achtete sorgfältig darauf, nicht zu behaupten, daß Okan mit dem Kommando Marighella unter einer Decke stecke, und darüber waren sie beide erfreut, denn unter diesen Umständen konnte Okan die Fiktion aufrechterhalten, er sei ein Unschuldslamm, das man in die Rolle des Vermittlers gedrängt habe.

FÜNFZEHN

Um bei der Landung der *Air Force* 720 pünktlich zur Stelle zu sein, war Obama Okan am späten Abend von Kampala nach Entebbe geflogen. Dank der Dunkelheit war ein Anschlag nicht möglich, und so war er auf seiner Fahrt zum Flughafen sicher vor Yazov und Kruger. Zu dieser Zeit befanden sich beide Männer in ihren jeweiligen Zimmern im elften Stock des Hotels International. Yazov schlief fest. Arnie Kruger lag wach im Bett und kochte innerlich. Er hatte Yazov vorgeschlagen, im selben Zimmer zu schlafen – aus Sicherheitsgründen. Yazov war nicht einverstanden gewesen. Die Zurückweisung schwärte in Krugers Seele; noch nie hatte er einen Mann heftiger begehrt.

Früh am Morgen, kurz nach Tagesanbruch, wurden ihre Waffen geliefert. Sie steckten in zwei großen, robusten Lederkoffern, die von zwei Ugandern gebracht wurden. Kruger stellte die Koffer im Kleiderschrank ab und klopfte dann an der Zimmertür des Bulgaren. »Es läuft alles wie am Schnürchen. Die Hardware ist gekommen. Lassen Sie uns das Zeug anschauen«, sagte er.

Dann kehrte er in sein Zimmer zurück. Beide Männer machten sich frisch; Kruger badete, Yazov duschte. Der Amerikaner rief den Zimmerservice an und ließ das Frühstück bringen. Als sie etwas gegessen hatten, machte Yazov sich daran, die Waffen zu untersuchen.

Unterdessen war es Leonid Bews endlich gelungen, ein Zusammentreffen mit Obama Okan zu vereinbaren, denn Major Wakholi hatte schließlich doch auf seine Anrufe reagiert. Man beschloß, daß Bews einen Teil des Vormittags mit Major Wakholi im Hauptquartier der Staatspolizei verbringen würde. Kurz nach dem Mittagessen würde dann Obama Okan selbst dem russischen Sicherheitsexperten eine Audienz gewähren.

In der russischen Botschaft hatte die Nachricht vom Coup der Verweigerungsfront derweilen große Aufregung verursacht, und Bews verstand nun um so besser, weshalb das KGB ihn mit solcher

Dringlichkeit nach Kampala geschickt hatte: Die jetzt folgenden Tage würden für Obama Okan lebensgefährlich sein.

Schon jetzt war Bews ein wenig desillusioniert. Er hatte eine Menge Zeit damit vergeudet, hinter Major Wakholi herzutelefonieren, und Oberst Oyok wollte ihn überhaupt nicht empfangen. Bews überlegte sich, daß Oberst Oyok womöglich pikiert war, weil Okan beim KGB um eine Revision der ugandischen Sicherheitsvorkehrungen nachgesucht hatte, die doch eindeutig in Oyoks Ressort fielen. Er würde Okan veranlassen müssen, ein Wörtchen mit Oyok zu reden.

Im Kommandoposten lag Obama Okan am späten Vormittag noch im tiefen Schlummer. Er hatte einen langen Tag und eine lange Nacht hinter sich, und er wollte erst dann ernsthaft mit Fackman zu verhandeln beginnen, wenn er und die Front einen weiteren Trumpf in der Hand hätten, und dies würde der Fall sein, wenn die Athener Entführung gelungen und die ICA-Maschine auf dem Weg nach Entebbe wäre.

Kurz nach elf Uhr erwachte Okan. Am Morgen hatte Jabril einen codierten Funkspruch gesendet, und als Okan aus seinem Schlafgemach kam, erfuhr er, daß das Kommando Meinhof den *Intercontinental-Airways*-Flug 881, der den Athener Flughafen um dreizehn Uhr verlassen würde, entführen sollte. Der ugandische Präsident beschloß, ein ausgiebiges heißes Bad zu nehmen. Danach würde er mit Garst zu Mittag essen, und wenn dann noch Zeit wäre, würde er mit dem Russen reden.

Eine Stunde später – in Kampala lag Okan noch in seiner Badewanne – ging Kapitän William Charles Funston durch die Abflughalle des Flughafens Athen. Funston war der Mann, der ICA-Flug 881 befehligen würde, nonstop von Athen nach New York.

Der ICA-Kapitän war in einer schlimmen Verfassung. Er war mißmutig, gereizt und deprimiert – kurz, er war nicht in der Stimmung, seine Boeing 747 entführen zu lassen. Der Mann, der den gleichen Flug vierundzwanzig Stunden früher unter sich gehabt hatte, wäre zweifellos leichter zu handhaben gewesen als Funston.

Zum einen war Funston spät ins Bett gekommen. Bis in die frühen Morgenstunden war er durch die engen, gewundenen Gassen des Athener Nachtklub- und Kneipenviertels gestreift. Umsonst. Das einzige, was er hatte finden können, war eine Prostituierte gewesen, die hundertfünfzig Dollar verlangt hatte. Der Preis war erheblich überzogen gewesen, und Funston war allein in sein Bett im Hilton Athen gegangen, frustriert und verdrossen.

Eben als er, kurz nach Sonnenaufgang, in tieferen Schlaf gesunken war, erweckte ihn ein drängendes Klopfen an der Tür. Es war ein knappes Telegramm von seinem Anwalt in White Plains, New York. Seine Frau war unter den Strapazen einer Ehe mit einem Verkehrspiloten schließlich zerbrochen. Die Mitteilung besagte, daß eine Versöhnung unmöglich sei und daß sie die Scheidung eingereicht habe, um eine zweiundzwanzigjährige Ehe nunmehr zu beenden. Sie forderte das Sorgerecht für die drei minderjährigen Kinder sowie eine erkleckliche Unterhaltszahlung. Endlich verlangte sie unverzügliche Anweisung, was sie mit Funstons Aquarien voller seltener tropischer Fische anzufangen habe.

Nachdem er ohne Erfolg versucht hatte, noch einmal einzuschlafen, lag Funston wach in seinem Bett und fragte sich besorgt, ob seine Frau die Fische ins Klo spülen oder ob sie sie ersticken lassen würde, indem sie die Sauerstoffpumpe abschaltete.

Die Laune des Airline-Kapitäns wurde von Minute zu Minute mieser und morbider. Sie besserte sich auch nicht, als er duschte, seine ICA-Uniform anzog und zum Flughafen Latakia fuhr. Um die Anspannung zu lindern, unternahm Funston ein paar Atemübungen. Er fühlte sich so miserabel, daß er vorübergehend sogar erwog, den Flug nach New York abzusagen. Aber er mußte so schnell wie möglich nach Hause: Wenn sie an der Sauerstoffpumpe herumgefummelt hatte ... Außerdem wollte er jetzt auch keinen Ärger mit der Airline.

Auf dem Beton des Rollfeldes vor ihm waren bereits zwei mobile Treppen vor die Einstiegsluken an der Backbordseite des Jumbos gerollt. Zwei Gabelstapler verstauten Frachtgut in den Laderäumen der großen Maschine. Gepäck- und andere Container wurden sorgfältig und nach einem exakt berechneten Plan verladen, damit die kombinierten Massen von Passagieren, Treibstoff und Fracht den Schwerpunkt des Flugzeugs nicht in einem kritischen Ausmaß veränderten.

Servicekräne ließen einen konstanten Strom von Decken, Kissen, Illustrierten, Zeitungen, Speisen, Getränken und sogar Blumen an Bord der Boeing 747 fließen.

Ein Tanklastzug parkte unter jeder der beiden Flügelspitzen und pumpte tonnenweise Kerosin in die gewaltigen Tanks – genug, um eine Flotte von einhundert Mittelklassewagen ein Jahr lang in Gang zu halten.

Es waren die üblichen Startvorbereitungen, die einen großen Linienjet umgaben, und Funston nahm sie kaum zur Kenntnis. Er stapfte die Gangway hinauf, und oben angekommen, hob er abrupt die Hand an den Mützenschirm und begrüßte eine hübsche Stewardeß. Über eine Wendeltreppe gelangte er in das Ersteklasseabteil im Oberdeck des Jumbos und von dort ins Cockpit.

Der Kopilot und der Dritte Pilot waren bereits an Bord. Seiner Laune zum Trotz rang Funston sich ein Lächeln ab. »Hallo, Jim, tut mir leid, daß ich so spät komme«, sagte er und schob sich in den Kapitänssitz zur Linken.

»Hallo, ›Wild Bill‹. Bin froh, daß Sie es noch geschafft haben. Wir hatten uns schon –«, setzte Jim Chase an.

»Wild Bill« war ein Spitzname, der aus den Tagen seiner Vietnameinsätze in einem auf Guam stationierten B-52-Bomber an Funston hängengeblieben war. Aber an diesem Tage wollte Funston ihn nicht hören.

»Hören Sie, Jim, verkneifen Sie sich den ›Wild Bill‹, ja? Nennen Sie mich ›Skipper‹, denn das bin ich. Ich hab's mir verdient.« Funston versuchte, nicht allzu zänkisch zu klingen, als er auf die fünf schwarzen und vier goldenen Streifen deutete, die die Manschette seines linken Ärmels zierten.

»'tschuldigung, Skipper«, antwortete Chase sofort.

»Bisher sind alle Systeme okay.« Joe Mantoni, der Dritte Pilot, wechselte rasch das Thema und schob eine blaue Ledermappe mit dem Jeppersen-Flughandbuch an ihren Platz. Das Handbuch enthielt aktuelle Daten über alle großen Flughäfen der Welt. In einem Notfall könnte man ICA-Flug 881 zu jedem Flughafen der Welt dirigieren – so weit der Treibstoff reichte.

»Die Wetterberichte sind gut. Da wird's keine Probleme geben.« Diese Information kam von Jim Chase.

»Okay. Fangen Sie mit den Checks an«, befahl Funston knapp.

Während die Cockpitbesatzung die Startcheckliste abhakte, ging die Kabinencrew ihren eigenen Aufgaben nach. Stewardessen ordneten Zeitungen und Magazine, überprüften die Sauberkeit der Toiletten, und die Stewards in den Küchen des Jumbos verstauten Speisetabletts und Getränkevorräte.

Hin und wieder nahm eine Stewardeß stichprobenartige Tests an den Kopfhörern der einzelne Sitze vor. Der Film, der während des langen Fluges über den Atlantik gezeigt werden sollte, hieß *Murder by Death*.

Pünktlich war ICA-Flug 881 technisch bereit zum Start. Funstan gab dem ICA-Mitarbeiter, der für die Passagierabfertigung zuständig war, das entsprechende Zeichen. »ICA 881 bereit zum Einsteigen«, sagte der Mann daraufhin in ein Sprechfunkgerät.

Weniger als eine Minute später dröhnte eine Frauenstimme über die Lautsprecheranlage in der Abflughalle: »Die Passagiere für Flug Nummer 881 der *Inter-Continental Airways* nach New York werden zum Ausgang vier gebeten.« Die Durchsage erscholl in Griechisch und in Englisch.

Das Kommando Meinhof hatte geplant, den Flug am Tag zuvor zu entführen. Durch einen Winkelzug des Schicksals waren nun Hunderte von anderenReisenden, denen dann nicht das geringste zugestoßen wäre, unverhofft zu Opfern des Kommandos Meinhof geworden.

Drei Schönheitsköniginnen aus dem Staate New York posierten kichernd für ein paar Polaroidfotos, bevor sie in den Flughafenbus steigen und sich auf die Rückreise von einem gewonnenen Rhodos-Urlaub machten.

James Thomas und seine Frau erhoben sich von ihren Sitzen in der Abflughalle. Sie hatten zehn Tage Ferien hinter sich, in denen sie eine Kreuzfahrt zwischen den griechischen Inseln unternommen hatten.

Die Schönheitsköniginnen aus New York hatten die Reise bei einer Miss-Wahl gewonnen. Marcia Williams und Peta Baker waren ebenfalls Preisträgerinnen: Sie waren die besten *Tupperware*-Verkäuferinnen im State New Jersey gewesen und hatten damit eine Reise in ein beliebiges Land in Westeuropa gewonnen. Sie hatten sich Griechenland ausgesucht.

Martin Shady war bei einem multinationalen Konzern im mittleren Management angestellt. Er war nach Athen gekommen, um für seine Firma ein großes Geschäft abzuschließen.

Aber es war Charles Koenig, der die Entführung mißraten ließ.

Koenig arbeitete als Botaniker an einem College im Mittelwesten. Außerdem gab er ein Magazin namens *Plant Weekly* heraus. Zusammen mit seiner Frau Lillian war er zu einem zweiwöchigen Urlaub nach Rhodos gekommen.

Diese und Hunderte andere Passagiere strömten jetzt langsam dem

Ausgang der in bunter Weihnachtsdekoration strahlenden Abflughalle zu und bestiegen die Mercedes-Busse, die draußen auf dem Asphalt parkten.

Wenn Charles Koenig einem großen, kräftig gebauten, fahlhäutigen Mann besonderes Augenmerk schenkte, so tat er dies nicht aus eigenem Antrieb. Als Koenig in den Bus steigen wollte, rempelte der viel größere Mann ihn heftig an, so daß er fast vom Trittbrett gestürzt wäre. Koenig war doppelt verärgert: Erstens hatte er seinen Platz in der Schlange verloren, und zweitens taten ihm die Rippen weh.

»Grober Flegel«, dachte Koenig.

Der zweiundsechzig Jahre alte, zartgliedrige Botaniker war zudem chronisch besorgt. Neben anderen Besorgnissen hegte er auch die, daß ein Flugzeug, das er bestieg, wahrscheinlich entführt werden würde. Koenig beäugte den großen Mann, der ihn fast umgestoßen hätte, mit großer Sorgfalt, und zu seinem Unglück stellte er fest, daß der Rüpel leicht als Araber durchgehen konnte.

Koenig begann, sich Sorgen zu machen.

Tatsächlich war der Mann ein Araber. Sein Name war Muhamad Mukarbal, und er war der Anführer des Kommandos Meinhof. Und mehr noch: Die Entführung hatte bereits begonnen – mit dem heftigen Stoß, den Mukarbal Koenig versetzt hatte.

Mukarbal wollte nämlich vor allen anderen im Bus sein, damit er auf jeden Fall neben dem Fahrer stehen konnte. Es war der Fahrer, der zwei ICA-Flugtaschen in seinen Bus geschmuggelt hatte, und die Taschen waren beide mit Waffen, Munition und Handgranaten vollgestopft.

Der Plan erforderte, daß Mukarbal, der kein Handgepäck bei sich hatte, sich ganz vorn im Bus neben die beiden Taschen stellen sollte. Beim Aussteigen würde er beiläufig eine der Taschen mitnehmen, und ein zweites Mitglied des Kommandos Meinhof würde die zweite Tasche hinaustragen.

Deshalb war Mukarbal so entschlossen, rasch den Bus zu besteigen. Sein rüdes Benehmen war gleichwohl nicht unbedingt erforderlich; es hätte nichts geschadet, wenn er als zweiter, dritter, vierter oder gar fünfter im Bus gewesen wäre. Im Gegenteil, sein Benehmen ließ eine gewisse Nervosität erkennen.

Es stimmte; Mukarbal war nervös. Zu seinem Glück war das Kommando Meinhof nicht gezwungen gewesen, die Waffen selbst durch die Sicherheitssysteme von Latakia zu schleusen. Eingedenk der *El-Al*-Tragödie und des Erfolgs, den Marighella in Johannesburg erzielt hatte, hatte man auch die lockeren Kontrollen in Athen verschärft.

Daher war Mukarbal dankbar für die Existenz des Busfahrers, und noch größere Dankbarkeit erfüllte ihn, als er die Griffe der beiden ICA-Taschen neben dem Sitz des Mannes erblickte. Der Fahrer lehnte auf dem Lenkrad und starrte geistesabwesend durch die Windschutzscheibe.

Als das Mädchen plötzlich krank geworden war, hatte er vorgeschlagen, das Unternehmen aufzugeben. Er hatte seine Empfehlung durch einen Kurier weitergeleitet. Wenig später hatte ein anderer Bote ihm die Entscheidung der Front überbracht: Das Kommando Meinhof sollte den Flug des folgenden Tages kapern, und Mukarbal sollte das Unternehmen anführen. Jetzt war er derjenige, der alle Entscheidungen zu treffen hatte. Mukarbal war schon nervös gewesen, als noch das Mädchen das Kommando geführt hatte.

Inzwischen waren weitere Passagiere zugestiegen. Charles Koenig rückte weiter auf und wurde durch Mukarbal am Weitergehen gehindert. Sofort fielen ihm die beiden ICA-Taschen ins Auge. Koenig konnte sich nicht erinnern, ob der Araber eine Tasche bei sich gehabt hatte oder nicht. Zwei Taschen aber hatte er ganz gewiß nicht gehabt.

Wenn die Drängelei vorher nicht gewesen wäre, hätte der Botaniker dergleichen vermutlich überhaupt nicht bemerkt. Jetzt aber achtete er wachsam auf jede Einzelheit im Zusammenhang mit Mukarbal. Deshalb fiel ihm im selben Moment auf, daß der Araber stand. Weshalb sollte er in einem leeren Bus stehen, wenn er nicht bei diesen beiden ICA-Taschen sein wollte?

Während diese Fragen durch Koenigs Gedanken kreisten, gesellte sich ein zweites Mitglied des Kommandos Meinhof zu Mukarbal. Der Mann streifte Koenig im Vorübergehen, und dieser bemerkte augenblicklich zweierlei: Er blieb neben dem Araber stehen, und er hatte kein Handgepäck.

Der Neuankömmling war ein junger Mann von etwa fünfundzwanzig Jahren. Er hatte langes Haar und trug eine enge, verblichene Levis. Wie ein Araber sah er nicht aus.

Obgleich Koenig die beiden so wachsam – und unauffällig – wie möglich beobachtete, konnte er nicht entdecken, daß sich zwischen ihnen irgend etwas abspielte.

War das alles Zufall? fragte Koenig sich beunruhigt.

Der Botaniker tat, als mache er sich eine Notiz auf einer Ausgabe von *Plant Weekly*. Dann ließ er seinen Bleistift auf den Boden fallen, und als er ihn aufhob, warf er einen langen Blick auf die beiden Taschen.

Wenn sie Waffen enthielten, konnte es sich nur um ein paar Pistolen, Munitionsmagazine und Handgranaten handeln. Aber das genügte.

Obwohl er kein Waffenexperte war, wäre Koenig doch überrascht gewesen, wenn er erfahren hätte, daß jede Tasche zwei Maschinenpistolen, sechs Magazine mit 7.65er Munition und vier Handgranaten enthielt. Die Granaten waren von einer neuartigen Sorte, deren Schrapnellexplosionen die verheerendste Wirkung hatten, die Jabril jemals gesehen hatte. Die Magazine ließen sich in die Maschinenpistolen einschieben, und sie enthielten zwanzig versetzt liegende Patronen.

Daß die Taschen Maschinenpistolen enthielten, war kaum glaublich. Aber mit dem tschechischen Modell 61 hatte Garst eine perfekte Wahl getroffen. Bei eingeklappter Schulterstütze war die Waffe insgesamt weniger als fünfundzwanzig Zentimeter lang, aber als echte Maschinenpistole erreichte sie eine Feuergeschwindigkeit von siebenhundertfünfzig Schuß pro Minute. Sie verschoß Patronen von relativ leichtem Kaliber und war bei vollautomatischem Feuer leicht zu beherrschen. Sie war schnell und genau, so daß es möglich war, das Ziel mit Mehrfachtreffern zu belegen.

Endlich ließ der Fahrer den Bus an. Wenn Koenig nicht von Anfang an alles gesehen hätte, wäre ihm nun alles normal erschienen: Der Fußboden im ganzen Bus war übersät von Taschen unterschiedlicher Größe, Form und Farbe. Die, welche zu Füßen des Arabers und des anderen Mannes standen, konnte man leicht für deren Eigentum halten.

Als der Bus sich ruckartig in Bewegung setzte, konnte der Botaniker nicht widerstehen und riskierte einen raschen Blick in das Gesicht des Arabers. Für einen kurzen Moment trafen sich ihre Blicke. Abrupt wandte Koenig sich ab. Er schaute seine Frau Lilian an. Sie war sich keiner Gefahr bewußt, wie sie so dasaß und aus dem Fenster blickte.

Als Koenig sich abwandte, erregte er damit Muhamad Mukarbals Besorgnis mehr denn je. Mukarbal hatte den Eindruck, daß der Amerikaner – er war so offensichtlich ein Amerikaner – etwas im Schilde führte. Man sah es an der Art, wie er sie beide aus der Peripherie seines Gesichtsfeldes beobachtete, und er hatte auch die Taschen mit den Waffen studiert.

Möglicherweise würde Mukarbal über kurz oder lang etwas unternehmen müssen. Aber was konnte er tun? Zum hundertsten Male verfluchte er das Mädchen und ihre Erkrankung. Wenn sie jetzt zugegen gewesen wäre, hätte sie die Entscheidung treffen können. Zugegeben, er war als stellvertretender Anführer des Kommandos Meinhof ausgebildet worden, und es hatte ihm geschmeichelt. Aber Mukarbal wußte, daß er Befehle weit besser entgegennehmen als geben konnte.

Und noch einmal ertappte Mukarbal den Amerikaner dabei, daß er ihn anschaute, und wieder wich der Amerikaner seinem Blick hastig aus.

Jetzt zog Mukarbals Magen sich zu einem Knoten zusammen. Ganz offensichtlich hegte der Amerikaner einen Verdacht. Der irrwitzige Gedanke, den dünnen kleinen Mann bei seinem knochigen Halse zu packen und ihn zu Tode zu schütteln, durchbrach Mukarbals blockierten Verstand. Er brauchte ihn nur zwei-, höchstens dreimal heftig zu schütteln.

Er fühlte, wie sein Komplize ihm mit dem Ellbogen sanft in die Rippen stieß. Offenbar hatte er Mukarbals Anspannung gespürt und wollte nun wissen, ob etwas nicht stimmte.

»Der Amerikaner hinter uns.« Mukarbal mußte den Mund verziehen, um dem anderen ins Ohr zu flüstern. »Macht vielleicht Ärger.«

Sein Nachbar nickte. »Was sollen wir tun?«

»Ich hab' schon eine Idee . . .« Mukarbal log miserabel.

Koenig sah, wie sie miteinander flüsterten. Der Schreck hätte ihn beinahe in Panik versetzt. Der heimliche Kontakt ließ so gut wie keinen Zweifel mehr zu. Die beiden steckten unter einer Decke. Das Herz des Botanikprofessors begann wild zu pochen.

Konnte er Lilian eine Warnung zuwispern, ohne daß man ihn sähe?

In diesem Augenblick kam der Mercedes-Bus langsam und quietschend zum Stehen. Bis zu der ICA-Boeing 747 waren es noch etwa zwanzig Schritte. Die pneumatischen Türen öffneten sich zischend, und die Passagiere stiegen nacheinander aus und begaben sich in ungeordneten Reihen zu der Maschine.

Als Koenig sich von seinem Sitz erhob, sah er, daß der Araber und sein Freund sich nicht von der Stelle gerührt hatten. Aber sie hatten auch die Flugtaschen nicht aufgehoben. Vielleicht sah er Gespenster? Die Taschen konnten auch dem Fahrer gehören. Er mußte sich jetzt zusammenreißen.

Koenig schloß sich der Schlange an, die den Bus verließ. Seine Frau Lilian ging vor ihm. Auf halbem Wege zum Ausstieg drehte er sich, um Lässigkeit bemüht, noch einmal um und schaute hinter sich. Genau in diesem Augenblick hoben Mukarbal und sein Freund die beiden ICA-Taschen vom Boden auf.

Das war zuviel.

Koenig packte den linken Oberarm seiner Frau mit schmerzhaftem Griff und stieß sie kräftig vorwärts. Seine Umklammerung ließ sie leise aufschreien. »Schatz, wir sind in einer furchtbaren Lage«, flüsterte Koenig ihr eindringlich ins Ohr. »Da hinten sind Flugzeugentführer. Nichts und niemand bringt uns in diese Maschine.«

Lilian Koenig fühlte den Atem ihres Mannes heiß und feucht in ihrem Ohr. Sie warf einen Blick zurück in den Vorderteil des Busses. Ein alarmierter Ausdruck trat in Mukarbals Augen. Der Araber war dabei, den Reißverschluß einer ICA-Flugtasche zu öffnen...

Jetzt spürte Charles Koenig, wie seine Frau an ihm zerrte, als sie versuchte, in der Schlange voranzukommen.

Martin Shady hatte ihren Schmerzensschrei gehört. Er drehte sich um und schaute die zierliche Amerikanerin an. »Bitte entschuldigen Sie. Wir müssen schnell aussteigen«, hörte er ihre leise, drängende Stimme.

Der Manager machte, wenn auch widerwillig, Platz.

Um sich an Marcia Williams und Peta Baker vorbeizudrängen, ließ Lilian Koenig alle Zurückhaltung fallen. »Verdammt, steigen Sie aus, und zwar schnell. Hier sind Entführer.«

Infolge der *El-Al*-Entführung und der Ereignisse in Johannesburg waren die meisten der Reisenden des ICA-Fluges 881 ein wenig ängstlich besorgt. Der unglückselige Rekord Athens hatte zu Peta Bakers und Marcia Williams' Nervosität beigetragen, und so hasteten sie auf Lilian Koenigs Warnung hin unversehens voran und hätten den Mann vor ihnen beinahe umgestoßen.

Der Mann beeilte sich selbst, zum Ausgang zu drängen, denn er hatte Lilian Koenigs Warnung ebenfalls gehört.

»Mein Gott, Entführer!« schrie er und stolperte vorwärts.

Martin Shady fuhr herum und sah, wie Mukarbal eine häßlich aussehende Waffe aus einer ICA-Tasche zog. Der Araber versuchte, ein dickes, tödliches Magazin in die Waffe zu schieben.

»Rennt! Rennt um euer Leben!« schrie Shady.

Er stürzte sich auf die Leute vor ihm wie ein Footballspieler ins Gedränge, und die Passagiere taumelten durch den engen Gang.

»Hinsetzen!« schrie Mukarbal. »Hinsetzen!«

Marcia Williams warf einen entsetzten Blick zurück und hastete dabei weiter voran. Sie sah zwei Männer mit Maschinenpistolen. Die Männer standen nebeneinander und hatten die Waffen erhoben.

»Lieber Gott! Die bringen uns um!« kreischte sie.

Mukarbal eröffnete das Feuer, und sein Komplize begann einen Sekundenbruchteil nach ihm ebenfalls zu schießen. Die kleinen, stumpfnasigen Maschinenpistolen ratterten und knatterten. Kugeln schlugen in das Knäuel der panischen Reisenden. Schmerzensschreie erhoben sich im verstopften Ausstieg.

Sollte im Bus etwas schiefgehen, würde das Kommando Meinhof Geiseln nehmen; so hatte man es geplant. Mittels dieser Geiseln würden sie von den griechischen Behörden freies Geleit erzwingen.

Aber für ein paar Sekunden war Mukarbal von Panik erfüllt, und sein mörderisches Feuer trieb die Passagiere aus dem Bus.

Shady, Marcia Williams, Peta Baker und die Koenigs wurden von der ersten Salve zu Boden geschleudert.

Für Koenig behielt Mukarbal sich eine besonders bösartige Rache vor. Er stürzte den Gang entlang und fand den unglücklichen Botaniker am Boden; er lag, von mehreren Kugeln getroffen, im Sterben. Mukarbal blieb neben ihm stehen, hielt die Modell 61 über ihn und zerfleischte den kleinen Mann mit einem langen, gnadenlosen Feuerstoß. Koenigs Körper zuckte unter den Einschüssen auf dem Boden.

Alles dies kostete den Araber Zeit.

Schon waren die übrigen Passagiere in panischer Flucht aus dem Bus gesprungen. Sie verstreuten sich über das Rollfeld wie ein Tropfen Quecksilber, der auf eine Tischplatte fällt.

Mukarbal und sein Komplize stürmten hinter ihnen her.

Der Araber drückte auf einen Knopf, und das Magazin glitt

heraus. Er schob einen Riegel zurück und ließ einen neuen Clip einrasten. Die beiden Männer standen mit gespreizten Beinen, halb in Hockstellung, leicht vorgebeugt, die Füße wie angenietet auf dem Beton des Rollfeldes, die drahtdünnen Schulterstützen gegen das Schlüsselbein gepreßt. Ihre Salven harkten über Rollfelder und Startbahnen, und sie feuerten blindlings auf die wild fliehenden Männer, Frauen und Kinder.

Die Geschosse ließen Beton und Asphalt aufsprühen wie Hagelkörner, die auf eine stille Wasserfläche prasselten.

Mukarbal schleuderte eine Handgranate. Sie hüpfte über den Asphalt und explodierte mit ohrenbetäubendem Knall – nutzlos.

Wieder ein Druck auf den Knopf, und wieder glitt ein Magazin aus der Waffe.

Inzwischen, sechsundzwanzig Sekunden, nachdem Mukarbal im Bus das Feuer eröffnet hatte, waren zwei weitere Guerilleros zu ihnen gestoßen. Diese jedoch waren nicht in Panik verfallen. Sie hatten ihre Waffen herausgezogen und waren die Treppe zum Flugzeug hinaufgestürmt, wo sie den bereits an Bord gegangenen Passagieren den Ausgang versperrten.

Dies war eine glückliche Fügung für das Kommando Meinhof, denn der zweite Bus entkam, ohne daß den Passagieren etwas zustieß.

Der zweite Mercedes wurde von einer Griechin mittleren Alters gefahren, die über einige Geistesgegenwart verfügte. Sie war dem ersten Bus gefolgt und hatte ihr Tempo verlangsamt, als sie das Maschinengewehrfeuer hörte. Es hatte geklungen wie eine Kette von chinesischen Knallfröschen.

Sie sah, wie die Passagiere in wilder Flucht aus dem vorderen Abteil des karierten Busses stürzten. Ohne zu zögern, ließ sie den Motor aufbrüllen, fuhr in weitem Bogen um das Flugzeug herum und nahm den Fuß erst wieder vom Gas, als sie außer Schußweite war.

Der Bus, in dem Mukarbal gekommen war, jagte ebenfalls davon – aber außer dem Fahrer lebte niemand mehr an Bord. Kaum waren der Araber und sein Partner hinausgesprungen, hatte er den ersten Gang eingelegt, daß es krachte. Der große Diesel röhrte kraftvoll, und der Bus raste schleudernd davon, so daß die Leichen der Leute, die als erste getötet worden waren, hin und her rollten.

James Thomas' Leiche lag quer im Ausstieg. Als der Fahrer die pneumatische Tür schloß, wurde der Fuß des Toten zwischen den

Gummilippen der Türkanten eingeklemmt. Als der Bus über den Asphalt des Rollfeldes davondonnerte, wurde Thomas' Leiche auf makabre Weise hinterhergeschleift. Als seine Frau dies sah, streifte sie ihre Schuhe ab und rannte hinter dem Bus her. Der dicke, ölige Auspuffqualm nahm ihr den Atem. Hundert Schritte weiter brach sie zusammen – ein hysterisch schluchzendes Bündel auf dem Asphalt.

Um sie herum waren Gruppen anderer Passagiere, einige Paare und auch Einzelpersonen. Manche waren verwundet. Die meisten strebten immer noch im Laufschritt der Sicherheit des Terminalgebäudes von Latakia zu. Alle waren wie betäubt.

Hinter ihnen lagen weggeworfene Reisetaschen überall verstreut. Granatexplosionen hatten flache Löcher in den Beton und Asphalt gerissen.

»Es ist gar nicht so schlecht gelaufen, Genossen«, sagte Mukarbal zu zweien seiner Männer. »Wir haben noch genug hier.« Er sprach von den siebenundfünfzig Geiseln und der Crew, die bis auf zwei bereits an Bord der Boeing 747 war. Aber die Front hatte vorgehabt, Hunderte von Geiseln zu nehmen. Ganz gleich, welche Miene Mukarbal zu machen versuchte – die Mission war schiefgelaufen.

Soviel wußte der Araber selbst.

Aus diesem Grunde hätte er es ganz sicher vorgezogen, es nicht mit jemandem wie Kapitän Funston zu tun zu haben, der noch nie so wenig Lust gehabt hatte, sich herumschubsen zu lassen, wie an diesem Tage. Selbst unter günstigen Bedingungen hätte Mukarbal wohl lieber einen sanften, gleichmütigen Flugkapitän an Bord der 747 gesehen.

Aber dies waren keine günstigen Bedingungen.

Irgendwie schwante ihm, daß man ihm die Schuld an allem in die Schuhe schieben würde, als er sich auf den Weg zum Flugdeck machte. In der Linken hielt er seine Modell 61, die Rechte umklammerte eine Handgranate.

Kapitän »Wild Bill« Funston und die anderen im Cockpit hatten das dumpfe, knatternde Dröhnen gehört, und sie hatten den kurzen, wütenden Überfall gleichsam von einem Logenplatz aus mitangesehen.

Kurz darauf hatte Funston einen Anruf von Tower bekommen. Man informierte ihn über das Massaker, das im Bus stattgefunden hatte. Die griechischen Behörden wollten, daß er sich völlig im klaren darüber war, mit wem er es zu tun hatte.

»Diese lausigen Arschlöcher«, fluchte Kapitän Funston.

»Wie bitte, Skipper?« fragte Jim Chase.

»Diesen Schwänzen werden wir die Suppe versalzen, Jim«, erklärte Funston.

Den ganzen Morgen schon war Funston grob, stur und mißgelaunt gewesen. Bei der geringsten Gelegenheit hatte er nach jedem geschnappt, um sich Luft zu machen. Und jetzt hatte er die Terroristen, an denen er seine stetig glimmende Wut festmachen konnte.

»Sie kennen den Drill, Skipper«, erinnerte Jim Chase ihn; er meinte die sorgsame Ausbildung und die vernünftigen Instruktionen, die die ICA ihren Mitarbeitern für den Fall einer Entführung erteilt hatte.

»Ich meine nichts weiter, Jim«, erwiderte Funston einlenkend, »als daß wir ihnen nicht die beschissenen Stiefel zu lecken brauchen.«

Funston hatte nicht daran gedacht, die Cockpittür zu verschließen. In diesem Augenblick kam Mukarbal herein. Er schaute kurz umher und fragte dann: »Wer ist Ihr Kapitän?«

Funston hob den Arm und deutete mit dem linken Zeigefinger auf die schwarz-goldenen Streifen.

»Gut. Ich bin El Kudesi, Führer des Kommandos Meinhof in der Verweigerungsfront.« Mukarbal legte eine Pause ein. »Ich bin Ihr neuer Kapitän.« Er hob die rechte Hand mit der Handgranate und deutete mit der Mündung seiner Modell 61 auf die kleine Bombe.

Niemand sagte ein Wort.

»Tun Sie, was ich sage, und es wird Ihnen nichts geschehen.« Dann erkundigte er sich: »Wie funktioniert die Sprechanlage?« Er hatte die Anlage schon einmal bedient, aber er hatte während des Trainings kein großes Interesse daran gehabt. Schließlich sollte ja das Mädchen alle Verhandlungen führen.

»Sie sind der Kapitän. Das haben Sie eben gesagt.« Funston lächelte grimmig. »Der Kapitän sollte über jede Kleinigkeit Bescheid wissen ...«

»Ich mag Sie schon jetzt nicht, Kapitän.« Mukarbals Augen funkelten.

»Schlechte Vibs, was?«

»Was heißt das?«

»Schlechte Vibrationen, Bruder. Wir fahren nicht aufeinander ab. Persönlichkeitsdiskrepanzen. So was.«

Am Gesichtsausdruck des Arabers sah Funston, daß der Mann nicht genau verstand, wovon er redete.

»Du nicht mögen mich, ich nicht mögen dich«, erklärte der ICA-Kapitän.

»Ich verstehe, was Sie sagen. Das versichere ich Ihnen«, versetzte Mukarbal in steifem, korrektem Englisch. »Genau dies habe ich gesagt... Ich mag Sie schon jetzt nicht.«

»Alles klar, Bruder.«

»Hören Sie, Kapitän, über eines sollten wir keine Mißverständnisse aufkommen lassen.« Mukarbal richtete seine Modell 61 auf Funston. »Tun Sie, was ich Ihnen sage. Sonst...«

»Jawohl, Sir. Was sonst?«

»Nur die Ruhe, Skipper.« Jim Chase konnte sich nicht länger zurückhalten.

»Sonst, Kapitän« – Mukarbals Stimme wurde immer lauter –, »werde ich eine von Ihren kleinen Miezen nehmen und sie hiermit ficken!« Jetzt brüllte der Araber und schüttelte dabei seine kleine Maschinenpistole. »Ich gehe sofort mit einer von ihnen hinaus auf das Rollfeld!« Noch immer schrie Mukarbal wutentbrannt. »Haben Sie schon einmal gesehen, wie eine Frau von einem Feuerstoß aus einer Maschinenpistole gefickt wurde, Kapitän? Möchten Sie es gern sehen? Ich habe es schon gesehen, Kapitän! In meinem Dorf!«

Der Ausbruch hatte sogar Funston ein wenig eingeschüchtert.

Jim Chase drückte flehentlich die Schulter des Kapitäns. »Bitte beherrschen Sie sich, Skipper. Bleiben Sie cool.«

»Klar, Jim. Ich bin die Ruhe selbst.« Funstons Augen nahmen einen abwesenden, verschwommenen Ausdruck an.

»So ist es richtig, Skipper. Bleiben Sie die Ruhe selbst«, äffte Mukarbal ihn nach. Auch der Araber war ruhiger. Seine Stimme klang wieder normal, und er wies nur mit einem Kopfnicken auf die Mündung seiner Waffe.

»Helfen Sie ihm mit der Sprechanlage, Jim.« Funston hatte sich wieder gesammelt.

»Ja, Skipper.«

»Vielen Dank für Ihre Zusammenarbeit, Kapitän.« Mukarbal entspannte sich. Eben hatte er für ein paar Sekunden die Beherrschung verloren. Die gleiche Wut hatte ihn überflutet, die ihn auch im Bus plötzlich erfüllt hatte. Was war los mit ihm? Im Training hatte er dergleichen nie erlebt; da war er stets beherrscht gewesen. Vielleicht hatte es etwas mit dem Streß zu tun, den seine Führungsrolle mit sich brachte.

Jim Chase reichte ihm das Mikrophon der Sprechanlage, und Mukarbal begann, zu den Geiseln des Kommandos Meinhof zu sprechen. »Meine Damen und Herren, bitte legen Sie freundlicherweise die Sicherheitsgurte an. Hier spricht Ihr neuer Kapitän. Ich heiße El Kudesi, und ich bin der Führer des Kommandos Meinhof in der Verweigerungsfront. Wir haben dieses Flugzeug gänzlich in unserer Gewalt. Bleiben Sie sitzen, tun Sie, was wir Ihnen sagen, und niemandem wird etwas geschehen.«

Während er in das Mikrophon sprach, hielt Mukarbal die Crew mit der Maschinenpistole in Schach. In der Hand, die das Mikrophon hielt, befand sich auch die Handgranate.

»Sie müssen sich entspannen. Bald ist alles wieder in Ordnung. Unglücklicherweise hat sich einiges Blutvergießen nicht vermeiden lassen. Ich versichere Ihnen, daß so etwas nicht noch einmal notwendig sein wird – vorausgesetzt, daß wir alle zusammenarbeiten.«

Jetzt fiel ihm alles wieder ein – was er sagen mußte, wie er sich zu verhalten hatte. Seine Zuversicht wuchs, während er redete. Mit dem Handrücken wischte er sich den Schweiß von der Stirn, und scharrend berührte er dabei das Mikrophon.

»Wir führen einen revolutionären Kampf für den Frieden. Wir haben Flug Nummer 881 in unsere Gewalt gebracht, um die Welt an das Unrecht zu erinnern . . .«

Alles in allem sprach der Araber sechs Minuten lang. Unter anderem setzte er die Geiseln davon in Kenntnis, daß die Vereinigten Staaten ein Feind des palästinensischen Volkes seien und mit den Unrechtsregime im südlichen Afrika kollaborierten. Es sei eine abscheuliche und böse Tat der Vereinigten Staaten gewesen, Israel Waffen zu liefern und sogar die Atombombe in die Hände zu geben. Amerika sei die Hauptstütze aller imperialistischen, kolonialistischen Unterdrückungsregime . . .

Mukarbal schloß mit den Worten: »Wir haben nichts gegen Sie, die Passagiere dieses Flugzeugs. Sie sind nicht in Gefahr. Aber Sie müssen allen unseren Anweisungen Folge leisten, sofort und ohne Widerspruch. Jetzt gleich werden wir zu unserem Zielort abfliegen.

Wir möchten, daß die Reise sicher und bequem vonstatten geht. Ich wiederhole also noch einmal: Folgen Sie allen unseren Befehlen. Ich danke Ihnen.«

Mukarbal schob das Mikrophon wieder in seine Halterung. Er öffnete den Mund, um etwas zu Funston zu sagen, als der ICA-Kapitän sich an Jim Chase wandte. »Holen Sie den Jeppersen heraus und schlagen Sie Entebbe nach, Jim. Das ist in Uganda. Ich war da noch nicht.«

Der Araber fühlte, wie Empörung in ihm aufwallte. Es gelang ihm, sie niederzukämpfen, bevor er sagte: »Sie sind ein kluger Mann, Kapitän. Ein Paragnostiker.«

»Sie sprechen gut Englisch. Das ist ein schwieriges Wort.«

»Ich habe Englisch gut gelernt, an der Amerikanischen Universität in Beirut.«

Kapitän Funston schwieg.

»Aber in Zukunft gebe ich die Befehle, verstanden? Ich werde Ihnen sagen, wohin wir fliegen.«

»Selbstverständlich.«

»Sie können den Kurs für Entebbe heraussuchen . . .«

Um dreizehn Uhr einundzwanzig richtete Kapitän Funston die Nase der Boeing 747 in den Wind über der Hauptstartbahn.

»ICA 881, Sie sind zum Start freigegeben«, kam die Nachricht vom Tower.

»Ich starte«, antwortete Funston den Fluglotsen.

Das Riesenflugzeug rollte immer schneller über die Startbahn und erhob sich schließlich in den klaren, blauen Himmel. Steil stieg es über den azurblauen Golf von Korinth. Bald hatte es den Flughafen und die dicht danebenliegende Mole, an der Dutzende von kleinen Segelbooten vor Anker lagen, hinter sich gelassen.

»ICA 881, auf Wiedersehen und viel Glück«, wünschte der Tower von Latakia zum Abschied.

Als die große Maschine ihre Reiseflughöhe erreicht hatte, rief Mukarbal einen der anderen Terroristen ins Cockpit. »Achte darauf, daß die Tür immer offen ist«, befahl er ihm. Dann begab er sich in die Kabine, um sich zu vergewissern, daß hier keine Gefahr drohte – und um die Lage weiter zu sichern.

Um jeden Widerspruch gegen das, was er verlangen wollte, von vornherein auszuschalten, sprach der Araber mit fester Stimme in das Mikrophon in der Mittelkabine. »Wir haben Ihre Sitzordnung verändert, damit das Ganze für uns alle einfacher wird. Nun möchte ich, daß Sie die nächste Anordnung genau befolgen. Ich verspreche, daß jeder, der Widerstand leistet, ein unangenehmes Schicksal erleiden wird. Angefangen mit der Kabinenbesatzung wird jetzt jeder von Ihnen die Kleider ablegen – bis auf die Unterwäsche.«

Mukarbal ließ ein paar Sekunden verstreichen und erklärte dann: »Der Grund dafür ist sehr einfach: Es ist eine zusätzliche Sicherheitsvorkehrung. Sie werden sehen, daß Ihre Verlegenheit Ihnen dabei hilft, auf Ihren Plätzen zu bleiben.«

Eine hübsche blonde Stewardeß befolgte den Befehl als erste. Mukarbal sah ungerührt zu, wie sie Bluse, Rock, braune Schuhe und eine braune Strumpfhose abstreifte. Nur noch mit BH und Slip bekleidet,nahm sie ruhig wieder Platz und schlug die Beine übereinander. Ihr Gesicht war brennend rot.

»Wir werden seit siebenundzwanzig Jahren gedemütigt«, erklärte Mukarbal mitleidslos. »Ein paar Stunden werden Sie nicht umbringen.«

Als alle sich, wie befohlen, ausgezogen hatten, hob der Araber das Mikrophon wieder zum Mund. »Ich danke Ihnen für Ihre Hilfe. Und nun werden meine Leute alle Ihre Reisedokumente einsammeln. Bitte halten Sie Ihre Pässe bereit.«

Als auch dies geschehen war, kehrte Mukarbal über die Wendeltreppe wieder zum Flugdeck zurück. Er forderte Kapitän Funston auf, den Tower des Ben-Gurion-Flughafens in Tel Aviv zu rufen. Kurz darauf hatte Funston mit Ben Gurion Kontakt aufgenommen, und Mukarbal verlas über das Radio eine lange, weitschweifige Attacke gegen Israel, die Vereinigten Staaten und das weiße Südafrika.

Der Araber beschloß seine Schmährede mit der Forderung, diese in sieben großen Zeitungen zu veröffentlichen: In der *New York Times*, der *Washington Post*, der *International Herald Tribune, Le Monde,* der Londoner *Times*, der *Jerusalem Post* und der in Johannesburg erscheinenden *Rand Daily Mail*.

Mukarbal sagte nicht, was passieren würde, wenn man seine Forderung nicht erfüllte.

Nachdem er sich um alles dies gekümmert und damit seine vorläufigen Aufgaben erledigt hatte, war sein Sinn frei für andere Dinge. Er fühlte sich jetzt insgesamt wohler und war so entspannt, daß er beschloß, seinen Gefangenen eine kleine Geste seines guten

Willens zukommen zu lassen. Er wies das Kommando Meinhof an, die letzte Ausgabe der *Herald Tribune* zu verteilen.

Es war kalt im Flugzeug, und die meisten Geiseln benutzten die Zeitung, um sich damit zuzudecken, statt sie zu lesen.

SECHZEHN

Während des Fluges nach Entebbe milderte sich Mukarbals Stimmung immer mehr. Er erlaubte den ICA-Stewardessen und Stewards, sich wieder anzuziehen, so daß sie den Geiseln heißen Kaffee und Kekse servieren könnten. Als das Flugzeug den heißen Himmel über der dürren, rötlich-braunen Wüstenlandschaft des südlichen Sudan erreicht hatte, verspürte er eine weitere Anwandlung von Großzügigkeit, so heftig, daß er mit dem Gedanken spielte, eine komplette Mahlzeit servieren zu lassen. Aber angesichts der Möglichkeit, daß die Geiseln das Besteck als Waffen benutzten, entschied er sich, es bleiben zu lassen.

Der Araber richtete nur wenige Sätze an Kapitän Funston, und obgleich die Atmosphäre angespannt war, hatten die beiden Männer nicht viel Zeit, einander zu provozieren. Überhaupt kam Mukarbal nur noch einmal ins Cockpit – um nämlich der Verweigerungsfront eine verschlüsselte Botschaft zu senden, auf einer Frequenz, die dem Kommando Meinhof schon im voraus zugeteilt worden war.

Die Boeing 747 flog mit sechshundert Meilen pro Stunde; ihre normale Reisegeschwindigkeit lag ein wenig niedriger. Mukarbal hatte es so angeordnet, weil er so schnell wie möglich in Entebbe sein wollte. Um sechzehn Uhr ostafrikanischer Zeit war das Flugzeug noch etwa eine Stunde von seinem Ziel entfernt.

Um diese Zeit parkte die Boeing 707 des amerikanischen Außenministers noch immer auf dem Rollfeld, wo sie den ganzen Tag über in der prallen Sonne gestanden hatte. In der Passagierkabine war es unangenehm heiß. Abgesehen davon waren die Geiseln wohlbehalten, aber von düsteren Ahnungen erfüllt.

Fackman war verunsichert, weil Obama Okan und das Mädchen nicht zum Flugzeug zurückgekehrt waren. Man hatte ihm nicht erlaubt, noch einmal Kontakt mit Washington aufzunehmen oder sich die Nachrichten im Radio des Flugzeugs anzuhören. Somit wartete er in Unkenntnis dessen, was außerhalb der Maschine vor sich ging.

Unterdessen vertrieben sich Kruger und Yazov in Kampala ebenfalls müßig die Zeit. Sie hielten sich beide in Krugers Zimmer Nummer 1102 im Hotel International auf. Das Quartier des CIA-Mannes war ausreichend; es war ein unpersönliches, relativ sauberes Zimmer von der Art, wie man sie zu Tausenden in den Mittelklassehotels der ganzen Welt findet.

Kruger lag auf dem einen Bett, den Kopf auf das Kopfkissen gelegt. Er hatte sich nicht erst die Mühe gemacht, die Tagesdecke abzuziehen. Mindestens drei Stunden lag er schon wach und wartete auf den Anruf. Den größten Teil dieser Zeit hatte er damit verbracht, zu beobachten, wie ein Schatten über die Zimmerdecke kroch. Langsam kam er voran. Hin und wieder schloß Kruger die Augen, nickte ein und öffnete die Augen dann wieder. Er maß die Distanzen, die der Schatten zurücklegte, mit Hilfe eines Schmutzflecks an der Decke.

Später verfolgte er mit seinen Blicken eine Spinne, die in einer geduldigen, ziellosen Odyssee die Wand hinaufkrabbelte. Als sie in der Ecke zwischen Decke und Wand angekommen war, fragte Kruger sich, ob das Tier wohl den Winkel überqueren würde. Die Spinne tat es und verfolgte einen unsteten, unregelmäßigen Weg über die Decke. Kruger stellte Spekulationen über die Frage an, ob das Biest dem Schatten zustreben oder im sonnenbestrahlten Bereich der Decke bleiben würde. Die Spinne entschied sich nach langem Zögern für den Schatten.

Kruger schloß für einen kurzen Moment die Augen und versuchte zu schätzen, wie weit die Spinne in dieser Zeit vorankam. Als er wieder hinschaute, war die Spinne verschwunden. Einen Augenblick zuvor war sie noch an der Decke gewesen, und im nächsten schien sie aus dem Dasein verschwunden zu sein.

Genauso wie Yazov demnächst aus dem Dasein verschwinden würde, dachte Kruger zu seiner eigenen Überraschung.

Der Bulgare saß auf dem anderen Brett, den Rücken gegen die Wand gelehnt, und las in dem russischen Militärmagazin *Polar Bear*. Er lebte. Wenn der Anruf bald käme, würden sie Okan ermorden. Yazov würde in das Zimmer zurückkehren, und Kruger würde ihn töten. Yazov würde aus Krugers Leben verschwinden wie die Spinne.

Krugers Gedanken waren, wie ein Mühlrad, unaufhörlich in Bewegung. Er grübelte darüber nach, was im Taft schiefgegangen war und was für ein hinterhältiger Ränkeschmied Mike Tarrant doch war. Er erinnerte sich an das Gesicht seiner Mutter, wie es an einem Weihnachtsfest vor vielen Jahren einmal ausgesehen hatte. Er dachte an den Geographiepreis, den er einmal in der Schule gewonnen hatte. Er durchforschte sein Liebesleben und mußte wieder daran denken, wie Yazov ihn abgewiesen hatte.

Er hatte die Jagd aufgegeben, als er sich auf das Bett gelegt hatte. Er hatte seine Hose nicht heruntergelassen, und er hatte Yazov nicht zwischen die Beine gegriffen – aber sonst hatte er wahrlich alles versucht.

Dabei hätte er wetten mögen, daß der Bulgare schwul war. In seinen Unterlagen hatte sich nirgends eine Erwähnung von einer Ehefrau oder einer Freundin gefunden. Ein ganzes Ballett mit nackten, hüpfenden Ärschen hatte ihn nicht angemacht. Er hatte den Massagesalon verschmäht. Und der Polygraph hatte gezuckt...

Das mit dem Polygraphen hatte ihn am meisten beeinflußt, dachte Kruger. Als das Gerät plötzlich ausschlug, hatte ihn das erregt. Und ein Mann, der so viele Morde auf dem Kerbholz hatte, war ihm einfach anziehend erschienen.

Wie auch immer – dies alles war Vergangenheit.

Jetzt nervte Kruger alles, was der Bulgare tat, und das war gut so. Es würde ihm am Ende Spaß machen, ihm eine Kugel in den Rücken zu jagen.

Der kalte, gefühllose Schweinehund hatte einfach den ganzen Tag lang auf dem Bett gelegen, erinnerte Kruger sich. Er hatte keinerlei Anspannung gezeigt, und alles schien ihm egal zu sein – mit Ausnahme der leblosen, unmenschlichen Waffen.

Yazov hatte sich ihnen gewidmet, sobald er konnte, gleich nach dem Frühstück. Kruger hatte die Tür zu seinem Zimmer verschlossen und die Kette vorgelegt. Dann hatte er die Vorhänge vor die Fenster gezogen. Yazov hatte die Lederkoffer geöffnet und die Waffen aus dem Styroporbett genommen, in das sie so säuberlich eingepaßt gewesen waren. Die Einzelteile der Sagger-Panzerabwehrraketen und des Dragunow-Scharfschützengewehres waren verpackt gewesen wie die Bestandteile eines komplizierten Spiels.

Yazov hatte die Dragunow in weniger als fünf Minuten zusammengesetzt. Verdrossen hatte Kruger zugeschaut, wie die Finger des

Bulgaren leicht, beinahe liebkosend, über die kalten Stahlteile gehuscht waren. Nichts geschah gewaltsam. Yazovs Bewegungsabläufe waren geschmeidig und exakt. Kruger hatte an das Vorspiel zwischen einem Mann und seinem passiven Geliebten denken müssen.

Das alles hatte ihn ein wenig angewidert.

Die Raketen waren in ihren Containern geliefert worden; sie waren einsatzbereit. Um an die Plastikgehäuse mit den Tragegriffen zu gelangen, hatte Yazov den oberen Styropordeckel abgenommen. Ein Check mit einem elektrischen Testgerät zeigte, daß die Raketen sich würden zünden lassen. Nach der Inspektion hatte Yazov die Waffen wieder eingepackt. Die Dragunow hatte er nicht wieder zerlegt. Dann hatte er sich Käse und Wein zum Lunch bestellt.

Auch darüber hatte Kruger sich geärgert. Auf der Weinkarte hatte Yazov einen kräftigen roten Cabernet aus Bulgarien entdeckt. Er war entzückt gewesen, und seit dem Mittag hatte er mit offensichtlichem Genuß Glas um Glas geleert. Sein einziger Kontakt mit Kruger während dieser Zeit hatte darin bestanden, daß er stolz auf das üppige, rot und golden bedruckte Etikett der Flasche hingewiesen hatte, welches verkündete, daß der Wein im Laufe seiner Geschichte einhundertacht Goldmedaillen errungen habe.

Zum einen mißfiel es Kruger, daß Yazov den Wein auf der Karte gefunden hatte. Und zweitens fuchste ihn aus irgendwelchen undefinierbaren Gründen, daß Yazov den Wein in so augenfälliger Weise genoß.

Zufrieden las der Bulgare den *Polar Bear* und spülte seinen Ziegenkäse Bissen für Bissen mit Wein hinunter.

»Sie sollten die Finger von dem Zeug lassen, Crystal. Wir wollen doch nicht, daß Ihr Blick sich trübt. Könnte sonst sein, daß die Häuser da draußen vor Ihren Augen zu schwanken beginnen.« Kruger konnte es nicht länger aushalten.

»Es ist guter Stoff. Aus der alten Heimat, Butterfly.«

Sogar die Tatsache, daß Yazov seinen Codenamen benutzte, reizte Kruger.

»Ihnen ist das alles scheißegal, wie?« schnappte er.

»Nein. Das hier nicht.« Yazov hob sein Weinglas in der einen und ein Stück Käse in der anderen Hand.

Kruger fragte sich, was er jemals an diesem Penner gefunden hatte.

»Entspannen Sie sich, Butterfly. Den ganzen Nachmittag über liegen Sie schon da, als wären Sie mit dem Fuß in eine Bärenfalle geraten.«

»Machen Sie sich um mich keine Sorgen, Freundchen. Ich brauche nicht zu schießen...«, erwiderte Arnie Kruger und vollendete in Gedanken: Außer daß ich dir eine Kugel in den Rücken jage, du Grünspecht.

Der Amerikaner wandte sich wieder der Zimmerdecke zu und wartete auf das Piepsignal, das jeden Augenblick aus dem Gerät neben seinem Kopfkissen dringen konnte. Das elektronische Rufgerät war ein kleines, schwarzes Kästchen von der Größe einer Zigarettenschachtel, ein Funkempfänger, der einen Pfeifton von sich geben würde, wenn Oberst Oyok auf einen Knopf an einem ähnlichen Kästchen drückte.

Der Code war denkbar einfach: Drei Piepser bedeuteten, daß Obama Okan sich anschickte, den Kommandoposten zu verlassen; zwei Piepser, und der schwarze Mercedes des Diktators hatte sich in Bewegung gesetzt.

Wenn das Unternehmen – weil Gefahr im Verzuge war oder weil irgendeine Notsituation eingetreten war – abgeblasen werden sollte, würde Oberst Oyok zehnmal piepsen.

Dies war das einfachste System, das der CIA für Oyok hatte entwickeln können.

Um sechzehn Uhr einundzwanzig hörte Kruger drei eindringliche Piepsignale.

Das schrille Geräusch durchbrach die angespannte Stille, die den Raum erfüllte.

»Zeit zum Töten. Zeit zum Spielen mit den Waffen«, rief Kruger zu Yazov hinüber und stützte sich auf den Ellbogen. »Das wird Ihnen gefallen.«

Yazov trank rasch sein Glas aus. Er schnippte ein paar Käsekrümel aus seiner Handfläche und rieb sich dann die Hände.

Oberst Oyok war im Kommandoposten, als er das Zeichen gab. Er hatte eben erfahren, daß Obama Okan nach Entebbe zum Flughafen fahren würde und daß die Frau vom Kommando Marighella ihn begleiten sollte.

Okan und Garst hatten im Kommandoposten ein geruhsames Mittagessen verspeist. Während des ausgedehnten Mahles hatten sie

Erfolge und Fehlschläge der kombinierten Aktionen diskutiert.

Garsts Mission war natürlich ein voller Erfolg. Okan hatte das Mädchen noch einmal beglückwünscht. In seiner schwerfälligen Art – es fiel ihm nicht leicht, einen Irrtum einzugestehen – hatte er sich sogar kleinlaut entschuldigt, weil er sich zunächst so heftig gegen ihre Schlüsselrolle gesträubt hatte.

»Wenn Sie in Kopenhagen gewesen wären, hätte es ganz bestimmt geklappt«, schmeichelte er.

Gleichwohl war der *El-Al*-Absturz nach terroristischen Maßstäben keine Niederlage gewesen. Die Verluste der Israelis waren größer als die der Front, und der libysche Staatschef war, wie Okan immer wieder betonte, über die Maßen entzückt. Es klang fast, als sei dem Libyer ein solcher Ausgang sogar lieber gewesen. Die Athener Aktion war nicht so reibungslos verlaufen, aber auch hier würden die Toten nicht ohne Wirkung sein. Dem Kommando Meinhof war es immer noch gelungen, an die siebzig Geiseln und ein wertvolles Flugzeug in seine Gewalt zu bringen. Auch wenn die Front eigentlich Hunderte von Amerikanern hatte entführen wollen, konnte sie mit dem Ausgang dieses Unternehmens immer noch zufrieden sein.

»Schade, daß die Frau krank wurde«, meinte Okan. »Der Bursche hat den Kopf verloren. Ihr Mann – Kudesi.«

Garst mußte sich eingestehen, daß sie mit Muhamad Mukarbal wahrscheinlich nicht die richtige Wahl getroffen hatte. Sie würde später zusammen mit Jabril die Unzulänglichkeiten analysieren, einschließlich der in Athen unterlaufenen Fehler.

Aber trotz dieser Fehler war das gesamte spektakuläre Unternehmen bisher eine schwere Niederlage für Israel, die Vereinigten Staaten und die weißen Regimes im südlichen Afrika gewesen. Die Sprengung der *El-Al*-Boeing und die Toten in Johannesburg und Athen – sie würden die Verhandlungen um so leichter machen.

Okan und die Front hatten ein paar saftige Forderungen vorzutragen. Garst hatte bereits ein verschlüsseltes Funkgespräch mit Hassan Jabril in Athen geführt. Er hatte ihr gratuliert, ihr gesagt, daß er sich nach ihr sehne – und ihre vorläufige Verhandlungstaktik gebilligt. Diese entsprach den Richtlinien, die sie schon vor geraumer Zeit mit Jabril erörtert hatte.

Zunächst würde die Front mit Fackman verhandeln, der ihre Forderungen nach Washington weiterleiten würde; auf diese Weise könnten Unterhandlungen und Transaktionen rascher vonstatten gehen. Außerdem würde Fackman selbst ihr bester Advokat sein. Es war schließlich in Fackmans Interesse, daß ihre Forderungen erfüllt wurden. Im Prinzip würde die Front die Freilassung aller Freiheitskämpfer verlangen, die in Israel, Azania, Namibia, Zimbabwe, Westdeutschland, Kenia und auch in Ägypten in den Gefängnissen saßen; es war der libysche Präsident, der einige in Kairo einsitzende Libyer befreit sehen wollte. Dies war die breite Basis: Alle Gefangenen waren freizulassen. Dabei ging es um mindestens dreiundsiebzig Freiheitskämpfer, die in einem Dokument aufgelistet waren. Wenn die Geiseln ausgetauscht werden sollten, gehörten diese dreiundsiebzig Männer und Frauen auf jeden Fall zum Lösegeld...

ICA würde alle Revolutionäre nach Entebbe fliegen, und dieselbe Airline würde auch die Geiseln ausfliegen.

Die Vereinigten Staaten und Südafrika würden sich außerdem zu einer beträchtlichen »Steuerzahlung« an die Verweigerungsfront bereit erklären müssen, und Okan würde dem Regime in Pretoria durch die Front gewisse weitere Forderungen zukommen lassen.

Die Verhandlungsstrategien, wo die Geiseln gefangengehalten werden sollten, was auf Pressekonferenzen zu sagen war, wie die Wünsche der ortsansässigen Botschaften behandelt werden sollten – dies alles und mehr hielt Okan und Garst den größten Teil des frühen Nachmittags über in Atem. Stundenlang saß die Anführerin des Kommandos Marighella mit dem Präsidenten von Uganda in dessen Arbeitszimmer und besprach sich mit ihm.

Während Obama Okan derart beschäftigt war, wartete Leonid Bews in seinem großen Vorzimmer. Der Russe war zusehends ungeduldig geworden, bis Obama Okan ihm endlich eine Audienz gewährt hatte. Nachdem Okan und Garst ihre ausgedehnten Besprechungen beendet hatte und das Mädchen verschwunden war, um zu duschen und sich umzuziehen, hatte der Privatsekretär des Präsidenten diesen an seine Verabredung mit dem Russen erinnert.

»Kommen Sie herein, mein Freund. Kommen Sie herein.« Okan strahlte, als der Privatsekretär Bews ankündigte.

»Genosse Leonid Bews. Ich stehe Ihnen zu Diensten, Mr. President.« Bews trat an Okans Schreibtisch und reichte ihm seine

Beglaubigungsschreiben. »Ich bin auf Ihren Wunsch hergekommen, Mr. President, als Sicherheitsverbindungsoffizier für unsere beiden friedliebenden Regierungen.«

»Ja, unbedingt, mein lieber Freund.« Okan tat, als studiere er das Schriftstück, das Bews ihm gereicht hatte. »Es scheint völlig in Ordnung zu sein. Tadellos.« Er gab das Papier zurück an Bews, der wußte, daß Okan praktisch Analphabet war; sein Gesicht ließ allerdings nicht erkennen, daß er es wußte.

»Ich muß mich entschuldigen, mein Freund. Wissen Sie, ich war mit außenpolitischen Angelegenheiten beschäftigt. Diese Flugzeugentführer ... Ich versuche mein Bestes mit ihnen ... Ich werde in den nächsten Tagen noch viel zu tun haben. Ich muß ja versuchen, allen aus ihren Nöten zu helfen ...« Selbst vor Bews spielte Okan seine Rolle als ehrlicher Makler weiter.

»Ja, Mr. President. Ich verstehe.«

»Nun, und wie geht's in Moskau, hm?«

»Sehr gut, vielen Dank, Mr. President. Das Volk ist glücklich, und –«

»Und Sie sind ebenfalls glücklich, weil Sie die Kälte einmal hinter sich lassen konnten, stimmt's?« Okan hörte ihm gar nicht zu. »In Moskau ist es sehr kalt. Vor allem im Winter. Jetzt ist es kalt dort, wie?«

»Im Dezember ist es natürlich kalt, Mr. President. Aber das Volk –«

»Uganda hat ein wunderbares Klima, mein Freund, glauben Sie mir.« Okan nahm noch immer keine Notiz von dem, was Bews sagte. Aber jetzt fand er, daß das Einleitungsgeplauder vorüber sei, und kam direkt zum Kern dessen, was Bews hergeführt hatte. »Meine Leute haben mir gesagt, Sie seien vor zwei Tagen in Uganda angekommen. Können Sie mir etwas berichten?«

»Ich habe gesehen, daß die Ein- und Ausreisekontrollen unverzüglich verbessert werden können, Mr. President. Vor allem am Flughafen.«

»Haben Sie darüber mit jemandem gesprochen? Major Wakholi? Oberst Oyok?«

»Mit Major Wakholi habe ich gesprochen, allerdings nur kurz. Heute morgen. Oberst Oyok habe ich nicht erreichen können. Ich wollte gleich mit Ihnen –«

Wieder ließ Okan ihn nicht zu Ende reden. Es war offensichtlich, daß der Diktator in Eile war.

»Ja, mein Freund. Über Oyok würde ich mir nicht allzusehr den Kopf zerbrechen«, meinte Okan geheimnisvoll.

»Ich verstehe nicht recht, Mr. President.« Bews war aufmerksam geworden und wartete auf eine Erklärung.

»Es kann sein, daß ich Oyok auf eine sehr lange und gefährliche Reise schicke. Vielleicht kehrt er nicht zurück...«

»Ich glaube, ich verstehe –«

»Glauben Sie mir, mein Freund, Oyok ist ein guter Mann. Er hat mir treu gedient, und er war immer sehr tüchtig. Aber er ist zu lange der Chef der Sicherheitsbehörden gewesen.«

»Ich verstehe, Mr. President.« Deshalb also hatte Okan das KGB um Hilfe gebeten. Wenn Oyok verschwunden wäre, würde er einen Experten benötigen, der alles neu organisierte. Seinen eigenen Leuten konnte er nicht trauen.

»Ich behalte meine Leute nicht gern allzu lange auf demselben Posten«, fuhr Okan fort. »Verstehen Sie? Sie werden schal. Irgendwann haben sie keine Lust mehr. Sie verlieren das Interesse. Sie kommen auf böse Gedanken. Glauben Sie mir, ich weiß das...«

Natürlich wußte er das, dachte Bews: Als Okan keine Lust mehr gehabt hatte, die ugandische Armee zu befehligen, hatte er in einem Blitzputsch die Präsidentschaft übernommen.

»Ja, Mr. President.«

»Wenn ich es mir recht überlege, mein Freund – in letzter Zeit habe ich Oyok nicht mehr oft zu Gesicht bekommen. Sehen Sie? So etwas ist ein deutliches Anzeichen. Noch vor einem Jahr hat er mich ständig begleitet. Der Mann ist zweifellos nicht mehr hundertprozentig mit dem Herzen bei der Sache. Ja, Oyok ist schal geworden.«

»Oder Schlimmeres, Mr. President. Vielleicht.«

Plötzlich waren Okans Stammesnarben wieder deutlich zu sehen. Seine Augen verengten sich mißtrauisch. »Wissen Sie, mein Freund, vielleicht hat Allah Sie mir geschickt. Glauben Sie mir, ich werde auf geheimnisvolle Weise beschützt«, sagte er mit großem Ernst. »Es ist nicht unmöglich, daß Oyok etwas im Schilde führt. Nichts ist unmöglich. Vielleicht können Sie das für mich überprüfen, he?«

»Das werde ich tun, Mr. President.«

»Sie sind ein sehr guter Mann, mein Freund. Selbstverständlich darf Oyok nicht wissen, was ich denke. Wenn er hört, daß ich ihn auf Reisen schicken will, wird er sicher Depressionen bekommen. Und ein Mann mit schweren Depressionen ist gefährlich.«

»Ich werde daran denken, wenn ich mit ihm spreche, Mr. President. Denken Sie daran, Oyok durch Major Wakholi zu ersetzen, wenn ich fragen darf? Weil . . .« Bews wollte erklären, daß Wakholi, der während ihres kurzen Gespräches großes Unbehagen gezeigt hatte, keinen guten Eindruck auf ihn gemacht habe.

»Wakholi ist ein braver Bursche. An ihm ist nichts auszusetzen. Aber er ist Wakholis Bursche. Diese Leute umgeben sich gern mit ihresgleichen. Also muß vielleicht auch Wakholi auf eine Reise gehen . . . Nein, mein Freund, ich will eine komplette Säuberung, wenn es soweit ist. Unbedingt.«

In diesem Augenblick unterbrach Okans Privatsekretär die Besprechung. Er reichte dem Präsidenten eine Nachricht von Oberst Oyok, der im Funkraum gewesen war, als der Tower des Flughafens Entebbe gemeldet hatte, daß die ICA-Boeing 747 in einer halben Stunde eintreffen werde.

»Ich muß fort, mein Freund.« Okan erhob sich augenblicklich. »Bitte denken Sie an das, was wir hier besprochen haben. Wir werden uns bald noch einmal unterhalten.«

Als Bews Obama Okan wiedersah, befand der Ugander sich in Gesellschaft des Mädchens, das Bews für die Anführerin des Kommandos Marighella hielt. Die beiden traten durch die offene Tür hinaus in die Säulenhalle vor dem Haupteingang des Kommandopostens, wo ein halbes Dutzend von Okans Leibwächtern ihre AK-47-Sturmgewehre in schlampigem Salut präsentierten. Okan grüßte weit schneidiger und sauberer zurück. Seine rechte Hand zuckte zu einem Käppi von der Art, wie Präsident de Gaulle es zu tragen pflegte; seine Kleidung war unbestreitbar eindrucksvoll. Seine Uniform war hellblau und mit goldenen Tressen, Litzen und Epauletten verziert. Eine lange Reihe von siebzehn Orden reichte von der Mitte seiner Brust bis zu seiner linken Achsel. Unter den Orden hingen drei Reihen von großen, runden Medaillen, die allesamt blitzblank funkelten.

Im selben Augenblick, da Okan in der Säulenhalle erschien, fuhren zwei Limousinen und eine Eskorte von sechs Motorrädern die Zufahrt unterhalb der Treppe zum Kommandoposten herauf.

Okan ging die Treppe hinunter zu dem Mercedes, und die

Medaillen schaukelten und klirrten. Der große schwarze Wagen war Okans Lieblingsgefährt. Seine Reisegeschwindigkeit betrug hundertsechzig Kilometer pro Stunde, und wenn es sein mußte, schaffte er zweihundertzwanzig. Den Kühler zierte der bekannte, dreizackige Stern; Okan fand ihn sehr hübsch: Er erinnerte ihn an das Visier eines Gewehrs.

Eine leichte Brise ließ die Flagge von Uganda und der PLO, die an zwei Standern auf den vorderen Kotflügeln des Mercedes angebracht waren, hin und her wehen.

Bevor Okan in den vorderen Wagen stieg, nickte er kurz in Richtung eines schwarzen Lincoln *Continental*, der hinter dem deutschen Wagen wartete. Wenn Oyok sich darum gekümmert hatte, wie er es in der Vergangenheit stets getan hatte, würden in dem Lincoln fünf SRB-Männer sitzen. Alle würden Maschinenpistolen auf den Knien liegen haben. Und Okans Leibarzt würde ebenfalls in dem Wagen sein, den Notfall zu seinen Füßen.

Einem Impuls folgend, ging Okan zu dem Lincoln hinüber, um eine Inspektion vorzunehmen...

Es war alles in Ordnung. Fünf bewaffnete Männer und der Arzt saßen auf ihren Plätzen.

Okan stieg in den Mercedes, und Garst setzte sich neben ihn auf den Rücksitz. Die Triumph-Motorräder der Eskorte brüllten auf.

Okan wußte, daß die Strecke bis zum Flughafen Entebbe für den gesamten Verkehr gesperrt sein würde, vorausgesetzt, daß Oyok mit gewohnter Effizienz geplant hatte. Dadurch könnte der Mercedes so schnell fahren, daß ein Heckenschütze nicht mehr genau zielen konnte. In der kritischen Kurve, deren Begradigung Oyok einmal vorgeschlagen hatte, würde der Sicherheitschef eine Abteilung Soldaten postiert haben. Und auf der gesamten Strecke würden Oyoks Leute beständig untereinander Kontakt halten; zu diesem Zweck hatten sie Walkie-talkies mit großer Reichweite bei sich.

Okans Mercedes setzte sich in Bewegung. Die Räder des Konvois aus zwei Autos und sechs Motorrädern rollten knirschend durch den Sand der Zufahrt.

Als die Kolonne sich den Wachtposten näherte, die die Ausfahrt bewachten, sah Okan, wie die Soldaten sich anschickten, die Waffen zu präsentieren. Er war immer nervös, wenn sie dies taten, und selbst die Tatsache, daß die Fenster des Mercedes kugelsicher waren, beruhigte ihn niemals vollständig.

Dann raste der Konvoi an den Wachen vorbei auf die offene Straße hinaus. Je schneller sie fuhren, desto besser gefiel es Okan.

Als der Konvoi sich in Bewegung gesetzt und noch ehe er die Wachen passiert hatte, war Bews in einen Zil der Botschaft gesprungen. »Fahre, als ob der Teufel hinter dir her wäre«, befahl er dem Fahrer auf russisch.

Bews vermochte nicht präzise zu sagen, was ihn beunruhigte. Vielleicht war es sein Instinkt. Jetzt, da er wußte, daß Okan plante, Oyok zu ersetzen, störte es ihn noch mehr, daß er mit Wakholi verhandelt und Oyok nicht hatte erreichen können. Wenn Okan daran dachte, seinen SRB-Chef zu beseitigen, war diese Möglichkeit vielleicht auf irgendwelchen undefinierbaren Pfaden bis zu Oyok durchgedrungen. Irgend etwas stimmte da nicht. Wie auch immer – vielleicht sollte er zumindest Okans Autokonvoi studieren. Vielleicht gab es offenkundige Verbesserungsmöglichkeiten, die er vorschlagen könnte. Die Strecke, die Geschwindigkeit, der Abstand zwischen der Eskorte und den nachfolgenden Autos...

Besorgt fragte Bews sich, ob der Zil den Konvoi würde einholen können. Er beugte sich nach vorn zum Fahrer. »Gib Gas, Genosse.«

SIEBZEHN

Oyok war Okan aus dem Weg gegangen, soweit dies möglich war, ohne das Mißtrauen des Diktators zu erregen, und Bews wollte er überhaupt nicht begegnen.

Oyoks Motive waren einfach: Er hatte Angst. Er befürchtete, Okan könne an seinem Verhalten erkennen, daß seine Gedanken sich um Verrat drehten. Und aus demselben Grund konnte er auch Bews kaum unter die Augen kommen, denn dieser war darauf trainiert, Sicherheitsrisiken zu entdecken.

Immerhin hoffte Oberst Oyok, er möge nicht so nervös erscheinen wie Major Wakholi. Er hatte Wakholi am Nachmittag zuvor gesehen, und der Mann hatte ganz offensichtlich die Hosen voll. Wakholi war davon überzeugt, daß die Anwesenheit eines Beraters vom KGB – vorgeblich sollte er die Sicherheitsvorkehrungen des SRB verbessern – unübersehbar darauf hindeute, daß eine Säuberung des SRB bevorstehe.

»Wir werden dem Klub beitreten, Wakholi«, hatte Oyok gesagt. »Du darfst keinen Fehler begehen.«

Oyok hatte den »Klub der Toten« gemeint, in dem so viele Beamte und Militärs, für die Okan keine Verwendung mehr gehabt hatte, ihren »Ruhestand« verbrachten.

Nachdem Wakholi ihn – mit der Anweisung, Bews zu empfangen und so lange wie möglich hinzuhalten – verlassen hatte, war Oberst Oyok selbst in einen Zustand nervöser Unsicherheit verfallen. Der ganze verdammte Putsch stand auf Messers Schneide. Alles hing von der Wirkung ab, die Okans Ermordung haben würde. Der Tod des Präsidenten würde augenblicklich ein Machtvakuum entstehen lassen. Oberst Oyok, der vorgewarnt und vorbereitet war, würde dieses Vakuum eilends ausfüllen, anscheinend, um die Ordnung wiederherzustellen und aufrechtzuerhalten. Auch die Soldaten, die Okan gegenüber loyal waren, würden die Befehle des scheinbar natürlichen Nachfolgers widerspruchslos akzeptieren.

Aus diesem Grunde wollte Oyok sich nicht in aller Öffentlichkeit gegen Okan stellen. Wenn er es täte, würde er damit womöglich einen blutigen Bürgerkrieg provozieren. Nein, es würde so aussehen müssen, als habe er die Nachfolge des toten Staatschefs notgedrungen angetreten. Irgend jemand mußte schließlich die Macht übernehmen, und der Preis gebührte dem, der am schnellsten handelte.

Oyok hatte das SRB lange geleitet; achtzehn Monate waren – oft buchstäblich – ein ganzes Leben, wenn man in Okans Diensten stand. Okan neigte unbestreitbar dazu, das Dienstalter niedrig zu halten. Oberst Oyok erinnerte sich an eine anschauliche Illustration der Philosophie des Präsidenten; er hatte sie vor sechs Monaten erhalten, als er ihn zusammen mit dem kubanischen Botschafter durch den Garten des Kommandopostens begleitet hatte. Er hatte sich in respektvollem Abstand hinter den beiden gehalten, aber er hatte dennoch deutlich gehört, wie der Kubaner Okan fragte, wie er es schaffte, sicher an der Macht zu bleiben, obwohl in Uganda soviel unübersehbare Rivalität herrschte. »Mein Freund...« war alles gewesen, was Okan gesagt hatte, bevor er mit seiner Reitgerte die Köpfe der Blumen, die am höchsten gewachsen waren, abschlug. Die Bedeutung dieser Geste war Oyok nicht entgangen.

Einen Monat später hatte sich ein weiteres Ereignis unauslöschlich in Oyoks Gedächtnis eingeprägt. Okan hatte ruhelos in seinem Schlafgemach gelegen, kurz nach der israelischen Rettungsaktion in Entebbe. Er hatte Oyok zu sich kommen lassen. »Oyok«, hatte er sich beschwert, »der Himmel ist heute nacht zu hell.« Und auf seinen persönlichen Befehl hin hatte Oyok mit einem Maschinengewehr auf den Mond geschossen.

Diese Episode hatte Oyoks Zutrauen in Okan empfindlich erschüttert – und auch den Glauben an seine eigene Fähigkeit, dem ugandischen Präsidenten stets zu Gefallen zu sein, etwas, das Oyok immer für lebenswichtig gehalten hatte.

Deshalb hatte Oberst Oyok bereitwillig zugehört, als ihn kurz nach diesen Erlebnissen ein schwarzer Agent des CIA geheimnisvoll angesprochen hatte. Mit geschicktem Feingefühl hatte der amerikanische Geheimdienst den Hebel bei Oyoks Machtgelüsten angesetzt, einer Eigenschaft, die bei einer Persönlichkeitsanalyse zutage getreten war, und innerhalb eines Monats hatte der CIA ihn für sich gewonnen.

Oyok stand in einem Zimmer im Obergeschoß hinter einem Fenstervorhang, als er dem Konvoi nachschaute, der die Zufahrt hinunterfuhr und mit seinen Rädern den Staub aufwirbelte.

Wahrscheinlich würde Okan sich fragen, wo der SRB-Chef steckte. Unwichtig. Vorausgesetzt, daß die Männer im International ihre Arbeit ordentlich taten, würde er dem Präsidenten wohl nie wieder etwas erklären müssen.

Oyok knöpfte die Tasche seines Khakihemdes auf und zog einen ungewöhnlichen, wie eine Zigarettenschachtel geformten Funksender hervor. Das Gerät hatte drei Knöpfe, und über jedem war ein Bild in das Plastikgehäuse gestanzt, denn Oyok konnte nicht lesen. Ein weißes Bild zeigte einen Mann, der auf eine Tür zuging, ein rotes Bild stellte einen Mercedes mit rotierenden Rädern dar, und auf dem letzten sah man eine gelbe Schlange, die sich stoßbereit aufgerichtet hatte.

Als die Fahrzeugkolonne an den Schilderhäuschen vorüberdonnerte, die die Einfahrt zum Kommandoposten bewachten, drückte Oyok auf den Knopf unter der Zeichnung mit dem roten Mercedes.

Von seinem Fenster aus bemerkte der Oberst einen Mann, der auf den Zil zustürzte – der Sicherheitsexperte des KGB, vermutete Oberst Oyok. Er sah auch, wie der Zil die Zufahrt hinunterjagte; seine Räder drehten durch und wirbelten Kies hoch in die Luft.

Der KGB-Mann hatte es sehr eilig, fand Oberst Oyok nicht ohne Unbehagen. Er trat vom Fenster zurück und machte sich auf den

Weg zum Funkraum. Während der nächsten Stunde würde er viel zu tun haben.

Wäre Oberst Oyok dem Zil etwa anderthalb Meilen weit gefolgt, nachdem dieser das Tor des Kommandopostens hinter sich gelassen hatte, hätte er womöglich auf den Knopf mit der Schlange gedrückt. Etwa diese Strecke hatte die Kolonne nämlich zurückgelegt, als Bews sie zum Halten brachte, indem er sie einholte und einen langen, heftigen Fanfarenstoß aus dem leistungsstarken Signalhorn des Zil erklingen ließ.

Bews stieg aus.

Er ging an dem Lincoln, dessen Türen offenstanden, vorbei. Zwei der SRB-Männer lehnten an den Flanken des Wagens, die Modell 61 im Anschlag. Ihre Gesichter trugen einen gelangweilten Ausdruck.

Die Motorradeskorte vor dem Mercedes war regellos stehengeblieben. Die Triumph-Maschinen standen schräg und in verschiedenen Winkeln zum Asphalt der Straße, je nachdem, ob die Fahrer sich mit dem linken oder dem rechten Fuß abstützten.

Alle schauten sich um und beobachteten Bews neugierig.

Als er sich dem Mercedes näherte, fragte er sich, ob er das Richtige tat. Ihm lag daran, sich bei Okan so bald wie möglich ein gewisses Maß an Autorität zu verschaffen. Aber das hier war vielleicht doch zu albern... die ganze Kolonne zu stoppen... Trotzdem, es war eine gute Gelegenheit, mit der Arbeit anzufangen. Wenn er den Präsidenten nicht dazu bringen konnte, sich seinen Sicherheitsanweisungen zu beugen, konnte er ebensogut gleich nach Moskau zurückfliegen.

Das Fenster der hinteren Tür auf Präsident Okans Seite wurde heruntergedreht. Während es stetig in der Tür versank, fühlte Bews im gleichen Maße Unsicherheit in sich aufsteigen.

»Ja, mein Freund? Was gibt es?« Okan streckte den Kopf heraus. Seine Stimme klang ungeduldig. »Wir sind alle in großer Eile.«

»Mr. President, ich brauche Ihre Unterstützung.«

»Ja?« Okan war mißtrauisch.

»Dies ist eine Zeit von höchster Gefahr. Sie müssen Ihre Reisepläne häufig ändern. Handeln Sie gegen Ihre Gewohnheiten. Nehmen Sie Änderungen in letzter Minute vor. So etwas kann das Timing eines Attentatsversuches gegen Sie entscheidend durcheinanderbringen.«

»Selbstverständlich, mein Freund.« Okan lächelte nachsichtig.

»Das wissen wir alles. Glauben Sie mir. Aber Sie machen sich unnötig –«

Jetzt war Bews es, der Okan unterbrach. »Eine plötzliche Veränderung ist die beste Garantie für Ihr Leben. Ich empfehle Ihnen, das Fahrzeug zu wechseln. Verlassen Sie den Mercedes und steigen Sie hier ein.« Bews deutete auf den Lincoln.

»Sie machen sich heute unnötige Gedanken, mein Freund.« Okan war bemüht, seine fröhliche Miene zu behalten. Man hatte ihm berichtet, daß die Klimaanlage im Lincoln kaputt sei, und er hatte keine Lust, auf dem weiten Weg nach Entebbe in seiner schweren Uniform mit all dem Zierrat zu schwitzen – nicht zu vergessen die kugelsichere Weste, die er darunter trug. Davon abgesehen, war der amerikanische Luxuswagen ebenfalls mit Sirene, Feuerlöscher, schußsicheren Reifen und Fenstern und einer Panzerung ausgerüstet. Das Chassis konnte die Explosion einer kleinen Bombe überstehen. Der Lincoln enthielt außerdem auch ein Radiosende- und Empfangsgerät.

»Ich muß darauf bestehen, Mr. President. In meinem Lande gehorchen selbst die obersten Führer den Anweisungen der Sicherheitsoffiziere, die für ihre leibliche Unversehrtheit verantwortlich sind. Dies gilt auch für den Präsidenten der Vereinigten Staaten. Alle großen Führer –«

»Mein Freund, bitte, wir haben es eilig. Ich bin es nicht gewöhnt, in meinem eigenen Lande Befehle zu empfangen. Jetzt stimmen Sie mich allmählich finster.« Okan meinte damit, daß der Russe ihn ärgere, und Bews verstand. Sein Wille stand gegen den des Uganders, und wenn es ihm jetzt nicht gelänge, ein wenig Autorität auszuüben, könnte er gleich aufgeben.

»Mr. President, bitte, ich –«

»Mein Freund, sind Sie taub? Ich meine, sind Sie tatsächlich taub?« kläffte Okan.

Bews nahm sich vor, es noch einmal zu versuchen. Viel Hoffnung hatte er nicht mehr. Aber er spürte, daß ihm selbst der Kamm zu schwellen begann.

Arnie Kruger hatte eine prächtige Aussicht auf Kampala. Er war auf dem Dach des Gebäudes der *East African Airways*, und von dort, wo er kauerte, konnte er die Haarnadelkurve sehen, die die Straße nach Entebbe an der South Street beschrieb.

Er hatte seinen EAA-Overall angezogen und einfach den Aufzug genommen, und dann war er damit bis zur obersten Etage gefahren. Über eine Treppe war er auf das Dach gelangt.

Der CIA-Agent ging in Hockstellung, so daß seine Augen die einen Meter hohe Begrenzungsmauer gerade überragten; er war bemüht, so weit wie möglich in Deckung zu bleiben. Einmal hatte er versucht, sich hinzuknien, aber rasch hatte er sich wieder auf seine Fersen gesetzt, denn die Hitze des Daches war doch zu schmerzhaft.

Es würde nicht mehr lange dauern.

Kein Hubschrauber war am Himmel zu sehen. Kruger hatte einen oder zwei erwartet, hoch über den Gebäuden entlang der Fahrtroute, zur Sicherung der Dächer. Falls welche auftauchten, würde er sich mit dem Risiko abfinden müssen. Er konnte sich nicht wie Yazov unter einem Wassertank verstecken, denn sein Job war es, das Signal zu geben, wenn der Konvoi herankam.

Kruger schrieb das Fehlen der Hubschrauber der Initiative Oberst Oyoks zu. Es gehörte zu Oyoks Ressort, zu entscheiden, ob Helikopter eingesetzt werden sollten oder nicht, und für diesmal hatte er auf sie verzichtet. Einmal konnte er es sich erlauben, und niemand würde hinterher Fragen stellen, denn Okan würde nicht mehr leben.

Tja, da kamen sie also.

Ein Sonnenstrahl ließ eine Windschutzscheibe aufblitzen. Dies war das erste, was Arnie Kruger sah. Dann erschien im flirrenden Dunst die Motorradeskorte. Hinter den Motorrädern kam der schwarze Mercedes. Kurz darauf war die gesamte Kolonne, auch der zweite Wagen, deutlich zu sehen.

Kruger mußte ein paar Sekunden warten, bis der Mercedes auf einer Höhe mit dem Bau am Straßenrand war.

Dann drückte er einen Knopf an demselben Gerät, mit dem er auch Oberst Oyoks Signal empfangen hatte. Der kleine Sender reichte mindestens eine Meile weit, und von seinem Standort bis zum Dach des International war es längst nicht so weit.

Das war's. Kruger hatte seine Arbeit getan. Der Rest lag bei Yazov.

Das Signal von Kruger – neun schrille Pfeiftöne in drei Dreiergruppen – ließ Yazov zusammenfahren. Er saß unter einem klobigen Wasserreservoir aus Wellblech, so daß er aus einem möglicherweise vorüberfliegenden Hubschrauber nicht zu sehen sein würde.

Ein dünner Draht verband den Taschenempfänger mit einem Ohrhörer. Damit er das Signal auch ganz sicher hörte, hatte Yazov die Lautstärke so weit aufgedreht, daß die durchdringenden Töne ihn nun veranlaßten, sich den Hörknopf aus dem Ohr zu reißen.

Bevor er sich unter dem Wasserturm niedergelassen hatte, um auf Krugers Zeichen zu warten, hatte der Bulgare zwei einfache Dinge erledigt: Nachdem er über eine Treppe und durch eine Holztür auf das flache, silbern glänzende Dach des International gelangt war, hatte er die Tür mit einem starken *Bulldog*-Vorhängeschloß versperrt und sich den Schlüssel an einer Kette um den Hals gehängt. Dann war er mit schnellen Schritten zu der Mauer gegangen, die sich rings um das Dach des International zog, und hatte sich vergewissert, daß in die Betonkrone vier Markierungen eingeritzt waren. Zwischen diesen Markierungen würde er die Abschußhülsen der Sagger-Raketen in Position bringen.

Die Markierungen hatte er gefunden. Der CIA war gut in solchen Dingen, und es würde genauso sein, als feuerte er noch einmal von der Hebebühne in Camp Peary.

Als das Pfeifen in seinem Ohr schrillte, wußte er, daß er weniger als dreißig Sekunden Zeit hatte, die Raketen an die Mauer zu tragen, aufzustellen und abzuschießen.

Rasch war er auf den Beinen, und dann bewegte er sich präzise und mechanisch. Er packte die Raketenhülsen bei den Handgriffen und hatte die sechs Schritte bis zum Rande des Daches in weniger als vier Sekunden zurückgelegt.

Noch im Gehen drückte er auf einen Knopf an der Unterseite eines jeden Handgriffes und ließ die gefederten Stützrohre hervorschnellen. Da der Abstand zwischen dem vorderen und dem hinteren Ständer an den beiden Kästen jeweils knapp zwanzig Zentimeter betrug – so breit war auch die Mauer, die das Dach umschloß –, klemmte Yazov die beiden Gehäuse einfach mit den Ständern oben auf die Mauer, und zwar an den durch die Kratzmarkierungen bezeichneten Stellen.

Dann rüttelte er an den Handgriffen, um festzustellen, wie fest die Gehäuse auf der Mauerkrone verankert waren; sie rührten sich trotz heftiger Bemühungen nicht.

Während er die beiden Kästen auf die Mauer klemmte, hatte Yazov einen Blick hinunter auf die Sikh Street geworfen, dorthin, wo sie zwischen den Gebäuden der EAA und der National Insurance Corporation zu sehen war. Truppen kontrollierten die Haarnadelkurve, aber die Fahrzeugkolonne war noch nicht aufgetaucht.

Jetzt drückte Yazov auf zwei andere Knöpfe am Vorderteil der Plastikgehäuse, die über die Kante der einen Meter zwanzig hohen Mauer ragten. Daraufhin lösten sich die quadratischen Frontabdeckplatten der Gehäuse und klappten an ihren Scharnieren nach unten.

Der Konvoi hatte die Kurve noch immer nicht erreicht.

Mit den Daumen drückte Yazov zwei weitere Knöpfe, diesmal am hinteren Teil der Gehäuse. Daraufhin geschah zweierlei: Die Raketen glitten in ihren Halterungen ein Stück weit nach vorn, und die rückwärtigen Abdeckplatten klappten ebenfalls herunter, so daß die Steuerungsarmaturen zugänglich wurden. Yazov nahm die Steuergeräte heraus und trat ein paar Schritte weit beiseite; dabei ließ er dünne Stromkabel ausrollen.

War er sicher vor dem Feuerstrahl der Raketenantriebe? Er wollte so dicht wie möglich hinter den Raketen stehen, ohne sich allerdings an den lodernden Gasflammen zu versengen, die aus den Düsen der Raketen sprühen würden.

Nach kurzer Überlegung wechselte Yazov seine Position.

Er war bereit.

Er hatte noch ein paar Sekunden Zeit. Als erstes sah er, wie die Soldaten in der Kurve sich strafften. Als zweites sah er die Spitze des Konvois. Die Motorräder kamen in Sicht, und Yazov hörte die Sirenen.

Als nächstes erschien der schwarze Mercedes. Er bremste, bevor er in die Kurve einbog, und verlangsamte seine Fahrt für den Schuß, den Yazov trainiert hatte. Wenn jetzt jemand zum Hoteldach hinaufblickte, wäre es zu spät.

Yazovs Daumen betätigte den Auslöserknopf an seinem Joystick, und ein batteriegespeister Stromstoß jagte aus dem Steuergerät durch das Kabel in den Schaltkreis des Raketenantriebs.

Im selben Augenblick begann das feststoffgetriebene Raketentriebwerk zu lodern und zu qualmen. Einen Sekundenbruchteil später sprang die Rakete in die Luft. Die halb eingeklappten Stabilisierungsflossen schnappten heraus, und die fliegende Bombe jagte wild schlingernd davon. Sie zog eine Spirale aus Rauch und Feuer hinter sich her.

Brüllend raste sie in die Lücke zwischen den zwei Gebäuden, und haarfeine Drähte entrollten sich von der Spule auf dem Rücken des Geschosses. Yazov bewegte sich geschickt. Nachdem er zweimal heftig am Joystick gerissen hatte, war der Mercedes genau in seinem Visier.

Die Rakete begann einen weiten, makellosen Bogen zu fliegen. Mit gefühlvollen Bewegungen seiner Hände ließ Yazov sie genau auf den herannahenden Mercedes zuhalten.

Die Formation der Motorradeskorte zerstob.

Für den Fahrer des Mercedes war es viel zu spät.

Die Rakete fuhr krachend in die kugelsichere Windschutzscheibe. Der abgeflachte Zünder des Sprengkopfes detonierte. Ein Blitz versank in einem weit größeren Blitz.

Die Hohlladung im Innern des Sprengkopfes – ein zylindrischer Block von hochexplosivem Sprengstoff mit einem glatten, konischen Hohlraum im vorderen Ende – explodierte mit einem alles zerreißenden, konzentrierten Feuerstrahl.

Die Fahrgastkabine des Mercedes war von Schrapnell erfüllt, als die Rakete zu einem Hagel von Stahlsplittern zerbarst.

Der Mercedes preschte unkontrolliert über den grasbewachsenen Straßenrand und durchbrach eine Leitplanke. Die Vorderachse riß ab, und die intakten Räder rollten mitsamt der Aufhängung ein Stück weit die Straße entlang.

Gleichzeitig flog ein Mann mit dem Kopf zuerst durch das Dach des Mercedes. In einer ungefähr parabolischen Kurve wurde er hoch in die Luft gewirbelt und schlug nach drei langsamen Saltos auf dem Teer der Straße auf.

Der Mercedes war ein verbogenes, zerfetztes Wrack. Alle Fensterscheiben waren zersprungen. Mit seiner radlosen Schnauze hatte er tiefe Scharten in den Teer gerissen, bevor er knirschend zum Stehen gekommen war. Dann explodierte der Benzintank. Flammen quollen aus allen Ritzen. Die hintere Tür blähte sich unter dem Druck, gab in ihren Angeln nach und hing gähnend offen.

Obama Okans Arzt hing in dem zersplitterten Fenster der Tür.

Die Leichen der SRB-Männer lagen wie brennende Mikadostäbe rings um das Wrack.

Der Fahrer hatte den V-8-Motor auf dem Schoß.

Vom Dach des International spähte Yazov durch das vierfach vergrößernde Zielfernrohr der Dragunow. Er überzeugte sich davon, daß der Mercedes ein zerfetztes, zermalmtes, brennendes Wrack war. Es war nicht notwendig, die zweite Sagger hinterherzuschießen.

Yazov richtete das Zielfernrohr auf die Motorradeskorte. Die Männer mühten sich in panischer Hast, die Maschinen zu wenden. Die Soldaten, die in der Kurve auf Posten gestanden hatten, rappelten sich vom Grasrand auf oder hörten auf, davonzurennen, und schoben sich vorsichtig zurück zu den Trümmern des Mercedes.

In rascher Folge zog der Bulgare den Kammerstengel der Dragunow ganz zurück und ließ eine Patrone in die Kammer springen, und dann legte er den Sicherungshebel um. Er schickte sich an, jeden, der in Sichtweite war, zu erschießen, systematisch und so lange, wie die Leute nicht davonliefen.

NEUNZEHN

In den Sekunden vor und nach der Explosion der Rakete in dem Mercedes geschahen einhundert Dinge.

Leonid Bews schaute geradeaus. Ja, da flog ein Projektil heran. Er brüllte einen russischen Fluch. Sein Blick verfolgte den Rauchschweif der Sagger zurück und registrierte die Umrisse – Kopf und Schultern – eines Mannes auf dem Dach eines Hochhauses. Mehr konnte er nicht sehen, bevor das Geschoß explodierte.

Okan saß im Lincoln. Er und Garst sahen überhaupt nichts, bis alles vorüber war. Aber Okans Fahrer hatte einen kurzen Blick auf die Szene erhascht – und er hatte genug gesehen, um das Lenkrad hastig herumzureißen, so daß die Vorderräder über den Randstreifen holperten. Als der Mercedes in den tosenden Flammen verschwand, war der Lincoln in sicherem Abstand vom Schauplatz.

Der Fahrer vollendete entsetzt sein Wendemanöver, und als der Wagen wieder auf die Teerstraße holperte, schaute er in die entgegengesetzte Richtung.

»Auf den Boden!« schrie der SRB-Mann, der vor Okan saß. Er

wirbelte herum, zerrte den Präsidenten vom Sitz und drückte ihn in den engen Zwischenraum zwischen Vorder- und Rücksitz.

Garst blieb bewegungslos sitzen. Sie war völlig ungerührt.

»Was ist passiert?« rief Okan mit erstickter Stimme herauf.

»Eine Rakete«, antwortete Garst ruhig. »Wahrscheinlich eine Panzerabwehrrakete.«

»Woher ist sie gekommen?« Die Stimme des Präsidenten klang ein wenig beherrschter.

»Ich glaube, vom Dach des International, Exzellenz.« Diesmal war es der Fahrer, der antwortete.

»Wir sind außer Sicht und in Deckung«, sagte Garst beruhigend.

Von irgendwoher, aus geringer Entfernung, erklang das stotternde Rattern von schweren Maschinengewehren. »Unsere?« fragte Okan und mühte sich, wieder heraufzukommen.

»Ich glaube, das kann man im Moment nicht sagen«, meinte Garst.

»Man kann es nicht wissen«, bestätigte der SRB-Leibwächter. »Aber hier kommt der Russe. Er hat da vorn gehalten.«

»Ja, das habe ich gesehen.« Okan klopfte sein Käppi ab. »Okay, Fahrer. Fahren Sie uns hinter den russischen Wagen. Ich will mehr Deckung. Unbedingt. Und rufen Sie die Motorräder zurück.« Okan war schon sehr viel ruhiger.

»Jawohl, Exzellenz.« Der SRB-Mann griff nach dem Radiotelefon und befahl der Motorradeskorte, zum Lincoln zurückzukehren.

Okan sah sich nach der Kurve und dem brennenden Mercedes um, just in dem Augenblick, da ein Soldat sich plötzlich mit beiden Händen an die Kehle griff. Yazovs Kugel hatte ihn links neben der Halswirbelsäule in den Nacken getroffen, war schräg nach unten durch den Hals und durch die Luftröhre gefahren und vorn wieder ausgetreten; dabei hatte sie ein Amulett aus Elefantenhaar abgerissen, das der Mann zum Schutz gegen böse Geister getragen hatte.

Bei dem Schuß ließen sich die übrigen Soldaten in der Kurve auf den Boden fallen. Im Glas liegend zerrten sie sich die AK-47 von den Schultern und ließen die Blicke suchend über die Skyline von Kampala schweifen. Eine AK-47 spuckte Feuer. Dann schossen auch die anderen, und einige ratterten im Automatikbetrieb.

»Tötet ihn! Tötet sie alle!« zeterte Okan hilflos.

Bews stieg aus seinem Zil und eilte zu Okan, der immer noch auf dem Rücksitz des Lincoln saß. Dabei behielt er die Männer in der Haarnadelkurve im Auge.

Ein Mann wurde aus dem Gras ein Stück weit in die Luft geschleudert. Bews sah, wie Fetzen – er wußte, daß es Fleisch- und Knochenfragmente waren – aus seinem Rücken flogen. »Welch ein Schuß!« Der Russe konnte seine Bewunderung trotz seiner verzweifelten Wut nicht unterdrücken.

Gefechtslärm hallte zum Lincoln herüber: Das dumpfe Knallen schwerer Mörser, das vertraute Dröhnen von Granatexplosionen, das stetige Knattern von automatischen Waffen. Okan begriff, daß hier offensichtlich mehr im Gange war als ein schlichter Attentatsversuch.

»Gib mir den Kommandoposten«, befahl er.

»Sofort, Exzellenz.«

Ein kräftiger Soldat erhob sich von der Straße. Er warf seine AK-47 fort und rannte taumelnd davon. Nach fünf Schritten stolperte er. Mühsam kam er wieder auf die Beine und hastete weiter. Im vollen Lauf traf ihn eine Kugel in die Schulter und wirbelte ihn herum wie einen Kinderkreisel.

»Ernsthafte Schwierigkeiten, Mr. President.« Bews beugte sich zum Autofenster herunter. »Ein gutgeplanter Putsch. Aufständische Truppen sind unterwegs zu allen wichtigen Punkten: zum Rundfunksender, zum Flughafen, zum Regierungsgebäude, zum Kommandoposten. Handeln Sie rasch, oder alles ist verloren.« Die Schlußfolgerung des Russen lag auf der Hand.

»Der Kommandoposten meldet sich nicht, Exzellenz«, sagte der SRB-Mann.

»Versuche es mit dem Regierungspalast«, wies Okan ihn ruhig an.

»Jawohl, Exzellenz.«

Yazovs vierter Schuß ließ den Kopf eines Motorradfahrers explodieren. Das Motorrad rollte krachend auf den Randstreifen und über ein paar Männer hinweg, die dort lagen. Daraufhin sprangen alle auf, rannten in wilder, zielloser Flucht um die Kurve und warfen ihre Waffen weg. Ein paar hatten sich sogar die Stiefel von den Füßen gerissen.

Drei der Flüchtenden stießen mit zwei Motorrädern zusammen, und alle fünf stürzten in einem wirren Haufen auf die Straße.

»Ein Scharfschütze. Oben auf dem Dach«, konstatierte Bews sachlich.

»Das Hotel International, mein Freund«, erklärte Okan. Dabei beobachtete er einen Motorradleibwächter, der in panischer Hast versuchte, seine umgekippte Maschine wieder auf die Räder zu bringen. Eine Kugel traf ihn in den Rücken und ließ ihn über dem Lenker zusammensacken.

»Diese verdammten Idioten! Warum beeilen sie sich nicht?« tobte Okan frustriert.

»Sie beeilen sich, so gut sie können, das versichere ich Ihnen.« Das war Garst.

»Er ist ein eiskalter Bursche, unser scharfschießender Freund«, sagte Bews. »Ein Experte ...«

»Sie kennen ihn?« wollte Okan wissen.

»Ich glaube ja, Mr. President.«

»Ich kann das Regierungsgebäude nicht erreichen, Exzellenz«, unterbrach der SRB-Mann.

»Dann rufen Sie Oberst Oyok«, befahl Okan.

»Ich glaube nicht, daß uns das helfen wird, Mr. President«, widersprach Bews. »Ich glaube, Oyok ist unser Verräter ...«

Ein anderer Motorradfahrer bemühte sich verzweifelt, sein Gefährt aus dem Knäuel am Boden zu zerren. Schließlich gelang es ihm. Er setzte sich in den Sattel und trat mit dem rechten Fuß heftig auf das Startpedal. Die Triumph-Maschine stotterte und erstarb. Noch einmal trat er den Kickstarter herunter. Der Motor sprang an, und der Soldat ließ ihn wild aufheulen. Eben wollte er die Kupplung loslassen, als ihn eine Kugel tief unten in die rechte Seite traf. Eine kleine rote Fontäne sprühte auf. Der Motorradfahrer riß beide Hände hoch und ließ die Kupplung los. Die Triumph sprang vorwärts und schleuderte ihren Fahrer aus dem Sattel.

Okan fluchte wild. »Was können wir tun?« fragte er.

»Nichts ... im Augenblick.« Bews zuckte die Achseln. Anscheinend konnten sie über Funk niemanden erreichen. Das SRB-Kontingent im Mercedes war massakriert, und die Motorradfahrer und Soldaten, die nicht getötet oder verwundet waren, hatten die Flucht ergriffen – oder versuchten es.

»Was raten Sie mir, mein Freund?« Okan hatte jetzt Respekt vor diesem verblüffend gelassenen KGB-Agenten. So mußte man sich in einer Krise verhalten. Und außerdem – hatte der Russe ihm nicht das

Leben gerettet? Garst und der Russe, genaugenommen. Das Mädchen hatte die festgefahrene Diskussion zwischen ihm und dem Russen beendet, indem sie einfach ausgestiegen und zum Lincoln hinübergegangen war. Dies hatte Okan beunruhigt, und er hatte sich trotz seines Ärgers in dem Mercedes plötzlich unsicher gefühlt. So hatte auch er den Wagen gewechselt, und er hatte während des ganzen Weges geschmollt, bis zu dieser Kurve ...

»Ihre Gegner halten Sie für tot. Wir müssen vorläufig geheimhalten, daß Sie noch leben, Mr. President.«

»Ich denke –«

Bews wischte beiseite, was immer Okan denken mochte. »Wenn sie erfahren, daß Sie noch am Leben und hier sind, werden sie eine Einheit herüberschicken, die die Arbeit vollendet. Sie sind ungeschützt und eine leichte Beute für sie.«

»Das verstehe ich. Unbedingt, mein Freund.«

»Sie müssen zu den loyalsten Truppen gelangen, die Sie haben. Dann müssen Sie die Tatsache, daß Sie noch leben, öffentlich bekanntgeben. Die Nachricht muß veröffentlicht werden, sobald Sie in Sicherheit sind. Damit ist die Schlacht halb gewonnen. Die Unentschlossenen werden sich auf Ihre Seite stellen. Die Abtrünnigen werden unentschlossen.«

»Dann muß ich nach Entebbe zum Flughafen. Unbedingt.«

Auf dem Flughafen Entebbe waren Okans stärkste Streitkräfte mit einer großen Zahl von T-55-Panzern, Panzerwagen und anderen taktischen Waffen stationiert. Sie kontrollierten die besten Waffen, die Uganda besaß. Diese kleine, aber schwer bewaffnete Kolonne könnte, unterstützt von den Infanterietruppen aus der Flughafenkaserne, den Aufstand niederschlagen.

Okans kleine, mit sowjetischen Maschinen ausgerüstete Luftwaffe stand ebenfalls in Entebbe. Er mußte nur rechtzeitig hinkommen.

»Über die Straße können Sie nicht fahren«, meinte Bews. »Nehmen Sie einen Hubschrauber, wenn Sie können.« Der Russe überlegte, wie die unvermeidlichen Straßensperren zu überwinden seien.

»Ich habe Kontakt mit dem Regierungsgebäude, Exzellenz!« Der Ruf des SRB-Mannes ließ eine Woge der Erleichterung durch Okan strömen. »Sie werden dort belagert.«

»Gib das her!« Okan griff nach dem Mikrophon. Er hielt einen Hubschrauber beim Regierungsgebäude in ständiger Alarmbereitschaft. Er diktierte Anweisungen in das Mikrophon und befahl, der

Hubschrauber solle auf dem Parkplatz nordwestlich der South und der Burton Street landen. In weiser Voraussicht beorderte er den Hubschrauber in die äußerste südliche Ecke des Parkplatzes, wo er vor einem Mann auf dem Dach des International sicher wäre.

»Sehr gut, Mr. President.« Bews zeigte sich beeindruckt von den Instruktionen, die Okan mit fester Stimme in das Mikrophon gebellt hatte.

»Was meinen Sie?« Okan wandte sich an Garst.

»Ich bin Ihrer Meinung. Wir müssen nach Entebbe. Damit ist vielleicht noch alles zu retten«, antwortete das Mädchen knapp.

Wenn sie erst auf dem Flughafen angekommen wäre, würde sie die Situation neu überdenken müssen. Falls es Okan nicht gelänge, den Putsch in kürzester Zeit niederzuschlagen, würde sie sich und das Kommando Marighella in Sicherheit bringen müssen. Der Jet des Außenministers würde noch Treibstoffreserven in den Tanks haben, genug jedenfalls, um Aden oder, wenn Jabril seine Gastgeber nicht in Verlegenheit bringen wollte, Somalia zu erreichen. Nach Nairobi würde sie bestimmt gelangen können.

Mogadischu in Somalia wäre ihr lieber gewesen, aber das alles war abhängig von der augenblicklichen Reichweite der 707. Die Kenianer würden sich feindselig verhalten, daran gab es keinen Zweifel. Wahrscheinlich standen amerikanische Marinesoldaten am Flughafen Embakasi, und vielleicht würden sie versuchen, das Flugzeug zu stürmen.

Aber ein paar Trümpfe hatte sie schließlich auch noch in der Hand. Bei dem Gedanken lächelte Garst. Um ihren Wünschen größeren Nachdruck zu verleihen, würde sie alle Geiseln in die ICA-747 transferieren, falls diese rechtzeitig landete.

Alles hing davon ab, daß Okan schnell die Kontrolle zurückgewann.

»Gut, dann sind wir uns alle einig«, meinte Okan. »Was sagen Sie, mein Freund?«

»Ich habe den Verdacht, daß unser Genosse Scharfschütze ein professioneller Killer ist, Mr. President. Ein verräterischer Wahnsinniger. Er hat früher einmal für uns gearbeitet, und deshalb werden Sie sicherlich verstehen, daß ich mit diesem Herrn noch ein Hühnchen zu rupfen habe.«

»Wenn Sie hier warten wollen, mein Freund, schicke ich Ihnen eine Abteilung loyaler Soldaten.«

Bews schüttelte den Kopf. »Keine Zeit, Mr. President. Dieser Mann wird versuchen, in der augenblicklichen Verwirrung zu entkommen.«

»Ja, unbedingt, das denke ich auch«, stimmte Okan zu.

Okan streckte die Hand aus dem Fenster und schüttelte die des KGB-Mannes herzlich.

»Exzellenz! Der Hubschrauber!« Der Fahrer und der SRB-Leibwächter hatten aufgeregt den Himmel in der Richtung des Regierungspalastes abgesucht.

Bews fühlte, wie Okans Händedruck plötzlich straffer wurde, und der dicke Mann begann zu strahlen.

Es stimmte. Als der Russe in die Richtung sah, in die der Fahrer zeigte, erblickte er einen schwarzen Punkt am Himmel, der stetig größer wurde.

»Sie müssen los, Mr. President.«

Okan nickte, und der Lincoln rollte davon, auf den nahe gelegenen Parkplatz zu.

Bews eilte zu seinem Zil zurück. Rasch gab er dem Fahrer ein paar Anweisungen, und eben als er damit fertig war, hörte er das harte Rattern der Hubschrauberrotoren. Es war, das wußte Bews, ein Kamow-Hubschrauber – ein Geschenk der Sowjetunion für Okan.

Langsam setzte der Zil sich in Bewegung.

War das wirklich Yazov dort oben auf dem International? Bews überlegte. Sein Instinkt sagte ihm, daß er auf den Bulgaren gestoßen sein mußte. Wenn es stimmte, dann war dies nur gut. Er würde die Aufgabe, die in Spencer und vor dem Taft in New York fehlgeschlagen war, hier vollenden.

Zu diesem Zweck würde er seine Lieblingspistole benutzen, das gleiche Modell, das auch Garst bei ihrem Unternehmen im Carlton Hotel verwendet hatte. Es war die tschechische M-52 mit der extrem hohen Austrittsgeschwindigkeit von fünfhundert Metern pro Sekunde.

Bews machte es sich auf dem Rücksitz des Zil bequem und vergewisserte sich, daß ein volles Magazin mit acht 7.62er-Kugeln in der Pistole steckte. Natürlich war es so. Nach dieser Überprüfung brauchte er nur noch den Schlitten zurückzuziehen und wieder loszulassen.

Yazov würde auf der Hut sein. Aber Bews bezweifelte, daß der Bulgare einen Killer von seiner eigenen Klasse erwartete. Damit hatte er einen kleinen Vorteil. In Angelegenheiten dieser Art gewann zumeist derjenige, der dem anderen um eine solche Haaresbreite voraus war.

ZWANZIG

Arnie Kruger hatte seine eigenen Gründe, Yazov zu töten. Abgesehen von allem anderen hatte er seine Gefühle und seinen Stolz.

Der Schuß vom International war ein bemerkenswerter Augenblick gewesen, den er Tarrant mit großem Genuß beschreiben würde, wenn er erst wieder in Washington wäre. Die Serie von Schüssen, die darauf gefolgt war, war ebenfalls prachtvoll gewesen. Kruger hatte nur den Anfang mit angesehen, aber das hatte genügt.

Es war schade um einen so guten Mann.

Dies waren seine Gedanken, als er mit dem Aufzug ins Erdgeschoß des EAA-Gebäudes hinunterfuhr. Seine EAA-Tasche pendelte an seiner linken Hand, als er durch die Eingangshalle schlenderte. Angestellte standen in einer kleinen Gruppe beisammen, und in ihren Gesichtern spiegelten sich Besorgnis und Verwirrung.

Kruger murmelte etwas Unverständliches, verließ das Gebäude, ging die Treppe hinunter und nahm Kurs auf das International, das nur ein paar Straßen weit entfernt lag.

Die Burton Street war wie leergefegt. Aber als Kruger an die Einmündung zur Buxton Street gelangte, mußte er stehenbleiben, um zwei Jeeps vorbeizulassen. Die Armeefahrzeuge waren mit Soldaten vollgestopft, die ihre Gewehre im Anschlag hielten.

Einer von ihnen warf ihm einen wütenden Blick zu. Im nächsten Moment feuerte er einen Schuß ab. Kruger hatte keine Zeit zum Reagieren. Er hörte nur den harten Knall, ein schwirrendes Geräusch und einen trockenen Schlag, als die Kugel über ihm in die Hauswand fuhr.

Sofort war der CIA-Agent vorsichtiger. Er beschleunigte seinen Schritt.

Als er zur Market Street kam, hörte er, daß das Rattern der Maschinengewehre lauter und die Abstände zwischen den Granateinschlägen kürzer wurden.

Wie ein Feuer, das sich zunächst nur mühsam hatte entfachen lassen, begann der Putsch aufzuflammen.

Kruger ging noch schneller. Aber in der Market Street wurde er von einem Dutzend Studenten überholt. Sie lachten, schrien und trugen Steine in den Händen. »Tod der Tyrannei, Tod der Sklaverei!« sangen sie.

Bews begegnete derselben Studentengruppe. Sie tanzten auf der Straße, und ein paar von ihnen sprangen auf die Motorhaube des langsam fahrenden Zil. Sie drückten sich an die Windschutzscheibe und skandierten: »Fünf, sechs, sieben, acht, jetzt wird Bürgerkrieg gemacht!«

Eine Flasche flog aus einem der Häuser und zerplatzte auf der Straße. Augenblicklich veränderte sich die Stimmung der Studenten. Als Bews dies sah, befahl er dem Fahrer, Gas zu geben. Der Wagen beschleunigte, und zwei Studenten fielen von der Motorhaube; andere sprangen beiseite, um sich in Sicherheit zu bringen.

Bews hörte lautstarkes Fluchen, und dann traf ein dröhnender Schlag das Heck des Zil. Als er sich umdrehte, war es schon geschehen: Ein Stein von der Größe eines Tennisballes war vom Kofferraumdeckel abgeprallt und hatte eine kräftige Beule hinterlassen. Bews sah weitere Steine, die über den Asphalt hüpften, ohne aber den Wagen zu treffen.

Wenn der Putsch erst niedergeschlagen wäre – alles zu seiner Zeit –, würde die Makerere-Universität an die Reihe kommen, vermutete Bews. Wie um den Russen in seinen Gedanken zu bestätigen, stießen die Studenten zwei Mülltonnen um und schleuderten sie dann in ein schwer verbarrikadiertes Ladenfenster.

Der KGB-Mann wäre beunruhigt gewesen, wenn er gewußt hätte, was in diesem Augenblick auf dem Campus der Makerere-Universität vor sich ging: Sechstausend Studenten versammelten sich auf dem Platz vor dem Hauptgebäude. Sie forderten Okans Sturz.

Einige der Studenten rissen Okan-Porträts herunter, um sie zu verbrennen und die Asche in »Gräbern« zu »bestatten«. Die anderen – die überwiegende Mehrheit – schickten sich an, in ihren roten Roben vom Campus aus in die Straßen von Kampala, zwei Meilen weit südöstlich, zu marschieren.

Der Zil bog derweilen nach Osten in die Market Street. Und

kaum war dies geschehen, beugte Bews sich nach vorn, rüttelte an der Schulter des Fahrers und befahl ihm, anzuhalten.

Der Grund dafür war, daß er Arnie Kruger entdeckt hatte, der eben im Begriff war, in der Zufahrt zum International-Hotel zu verschwinden.

Bews hatte Kruger erst vor wenigen Tagen gesehen, draußen vor dem Taft in New York. Der Russe hatte ein gutes Gedächtnis für Gesichter, vor allem, wenn er sich Mühe gab. Er war darauf trainiert, und in Arnie Krugers Fall hatte er sich besonders große Mühe gegeben.

Zum erstenmal an diesem Tage wußte Leonid Bews nicht genau, was er tun sollte. Yazov war sein wichtigstes Ziel, und Kruger bestärkte ihn in seiner Annahme, daß Yazov hier sei.

Bews hatte hinten im Zil gesessen und versucht, sich zu überlegen, wie er Yazov erledigen sollte. Er hatte erwogen, den Bulgaren auf dem Dach zu überraschen, indem er sich von hinten an ihn heranschliche.

Als er Kruger erblickte, erleuchtete ihn eine Inspiration. Er würde Kruger in dessen Zimmer umbringen und dann auf Yazov warten. Warum nicht? Ein vernünftiger Einwand war nicht ersichtlich. Auf diese Weise konnte er dem KGB einen doppelten Dienst erweisen.

Und wie würde er in Krugers Zimmer gelangen? Dieses Problem würde er auf dem Weg dorthin lösen ...

Bews gab dem Fahrer des Zil ein paar Anweisungen, stieg aus und lief mit großen, schnellen Schritten auf die Zufahrt zu, in die Kruger eingebogen war. Er betrat die Lobby und ging zu dem verlassenen Empfangstisch.

Er blätterte durch das Gästebuch und fand die Zimmernummern der beiden EAA-Techniker. Eine dürftige Tarnung. Er verzog das Gesicht.

Bei den zwei Aufzügen sah Bews, daß die Leuchtziffern über dem einen anzeigten, daß der Lift sich im elften Stock befand. Dies entsprach den Informationen aus dem Hotelregister.

Bews öffnete die Tür des zweiten Aufzugs und drückte auf den schwarzen Knopf für das zehnte Stockwerk. Von dort aus würde er die Treppe benutzen, so daß er um die Ecke spähen könnte, bevor er sich auf die Zieletage schliche. Noch war ihm kein geeigneter Trick eingefallen, mit dem er in Krugers Zimmer gelangen könnte.

Er wußte nicht einmal mit Sicherheit, welcher der beiden in welchem Zimmer wohnte.

Aber dafür hatte er beträchtliches Zutrauen in seine M-52-Pistole mit ihren Hochgeschwindigkeitsgeschossen und in seine Fähigkeit, sie zu benutzen. Die Waffe lag überaus beruhigend in seiner rechten Hand.

Arnie Kruger war in Zimmer 1102 bei seinen eigenen Vorbereitungen, die hauptsächlich darin bestanden, seinen Smith & Wesson-*Double-Aktion*-Revolver zu inspizieren. Die Waffe war mit dem kurzen Dreieinhalbzollauf ausgestattet, aber Kruger verwendete Magnum-Patronen. Er wußte, daß ein Magnum-Geschoß eine Autokarosserie glatt durchschlagen konnte, weil er es probiert hatte. Für die vor ihm liegende Aufgabe war der Revolver genau richtig.

Kruger schob mit dem Daumen die letzte der .375er Magnums in die Trommelkammer des Revolvers, als er plötzlich ein leises Klopfen an der Tür zu Zimmer 1101 zu hören glaubte. Wegen des Gefechtslärms draußen war er nicht sicher. Aber als er die Trommel ein letztes Mal prüfend drehte, hörte er das Klopfen wieder. Diesmal war er sicher: Jemand klopfte, ein paarmal, rasch hintereinander.

Kruger stand behutsam auf, um nachzusehen.

Als er das Zimmer zur Hälfte durchquert hatte, ließ ihn ein lautes Pochen an der Tür zu 1102 innehalten.

In der augenblicklichen Situation war das Klopfen fehl am Platze. Wollte sich etwa die Direktion davon überzeugen, daß die Gäste des International in Sicherheit waren? Kruger hielt es für unwahrscheinlich. Der Manager war wahrscheinlich im Keller, falls es einen gab.

»Okay. Wer ist da?« erkundigte Kruger sich laut. Gleichzeitig trat er neben die Tür und untersuchte sie noch einmal. Er hatte sie sich schon am Abend zuvor genau angesehen, denn ein Agent in einem riskanten Einsatz mußte schließlich wissen, wieviel Schutz ihm seine Schlafzimmertür bieten konnte, Krugers neuerliche Inspektion änderte seine Einschätzung nicht: Diese Tür war kein besonders wirksamer Schutz.

»Zimmerservice.« Die Stimme klang ein wenig undeutlich.

»Ich erinnere mich nicht, den Zimmerservice bestellt zu haben.« Wieder sprach Kruger sehr laut, um sicherzugehen, daß man ihn durch die Tür hören konnte.

Schon hatte ein Plan in seinem Kopf Gestalt angenommen. Die

Tür war ein Standardprodukt: Etwas mehr als einen Meter achtzig hoch, etwas weniger als neunzig Zentimeter breit. Und das Holz war nicht massiv. Wenn er sich nicht irrte, bestand die Tür aus Sperrholz.

Eine Magnum, die eine Autokarosserie durchdringen konnte, würde durch Sperrholz einfach hindurchfliegen.

»Vielleicht war es der andere Mann, Sir?«

Der andere Mann? Welcher andere Mann? Er konnte nur Yazov meinen. Der Mann da draußen wußte von Yazov, aber Yazov war oben auf dem Dach und würde kaum den Zimmerservice gerufen haben.

Außerdem störte es Kruger, daß der Mann nicht mit diesem schweren ugandischen Akzent sprach, der ihm inzwischen vertraut war. Es klang eher wie ein ... ein harter, slawischer Akzent. Yazov sprach so nicht mehr.

Kruger hielt die Smith & Wesson bereit. Er würde nichts riskieren. Wenn es nicht Yazov war, stand draußen auf dem Gang ein Gegner. Und wenn es doch Yazov war, würde er ihn sowieso töten. Auf jeden Fall war etwas faul. Bei solchen Gelegenheiten pflegte Kruger zuerst zu schießen und das Puzzle später zusammenzusetzen.

»Zimmerservice. Bitte machen Sie auf.«

Für Kruger klang es, als stehe der Mann direkt vor der Tür, und auf diese Stelle würde er eine Serie von Schüssen abgeben. Er stand links neben der geschlossenen Tür und zielte auf einen Punkt etwa fünfundzwanzig Zentimeter von der Türkante entfernt. Den ersten Schuß feuerte er aus einem flachen Winkel von ungefähr zwanzig Grad ab.

Dann schoß er in schneller Folge noch ein paarmal. Dabei veränderte er den Winkel und vergrößerte ihn rasch auf fünfzig Grad. Kurz hintereinander rissen vier Magnum-Geschosse unregelmäßige Löcher in das dünne Holz. Zementstaub löste sich von der gegenüberliegenden Korridorwand.

Für einen Mann in Bews' Position – er stand neben der Tür, flach an die Wand gedrückt – war es deutlich zu erkennen, von wo aus der CIA-Agent schoß.

Bews sah die großen Einschußnarben im Putz der gegenüberliegenden Wand, und er sah die Löcher in der Tür. Mit diesen Daten hatte er die Flugbahn der Kugel rasch berechnet. Jetzt brauchte er nichts weiter zu tun, als ebenfalls schnell zu schießen. Und er wußte, er brauchte nur schnell genug zu sein, und er würde es schaffen.

Es war ein uralter Trick, das Ganze.

Er hatte ihn gut gelernt – Kruger so zu ködern, wie er es getan hatte, und ihn dazu zu bewegen, blindlings loszuballern.

Der CIA-Agent hatte nicht überlegt. Unglücklicherweise hatte er nicht genug Zeit gehabt, ruhig und gründlich nachzudenken. Kruger war in einer fremden Stadt, in einem kitzligen Augenblick, kurz nach einem Einsatz, und ringsum wurde gekämpft.

Bews gab seinen ersten, ohrenbetäubenden Schuß einen Sekundenbruchteil nach Krugers viertem ab. Dann schoß er weiter, unaufhörlich, und er zählte, bis das Magazin nahezu leer war. Bei sieben stellte er das Feuer ein. Eine Patrone hielt er als Reserve zurück.

Unter der raschen Folge von Einschlägen zersplitterte die Tür. Ein Pfeifen erfüllte Bews' Ohren; jeder Knall hatte ihn für einen Augenblick taub gemacht. Rauch erfüllte den Gang.

Die letzten sechs Schüsse, die Bews abfeuerte, krachten wirkungslos rings um Kruger ins Zimmer. Nur der erste hatte ihn getroffen, eben als er an der Wand in Deckung hatte gehen wollen. Kruger fühlte, wie seine Eingeweide brannten. Trotzdem feuerte er reflexartig noch eine Magnum ab, und ein weiteres Loch wurde in das Sperrholz gerissen.

Dies stürzte Bews in Panik.

Instinktiv ließ der Russe sich zurückfallen. Heftige Adrenalinstöße durchpumpten ihn, als er sich mit der Schulter gegen Yazovs Zimmertür warf. Die Tür hing schräg in ihren Angeln, bevor Bews sie wieder vor die Öffnung drückte.

Der KGB-Killer war verwirrt. Eigentlich hätte der Mann in 1102 erledigt sein müssen. Vorausgesetzt, man war schnell genug und die Aktion wurde mit gutem Timing durchgeführt, ging es selten schief. Bews war blitzschnell gewesen, und sein Timing hatte auch gestimmt. Zumindest eine Kugel mußte ihr Ziel gefunden haben.

Während der Herzschlag des Russen sich wieder normalisierte, kreisten Fluchtgedanken in seinem Kopf. Beruhige dich, Genosse. Reiß dich zusammen, befahl er sich selbst mit Nachdruck. Aber er mußte zugeben, daß er unverhofft ganz schön in der Tinte saß. Weshalb hatte er sich auch durch diesen Typen von seiner Hauptaufgabe ablenken lassen – Yazov zu töten? Zur Hölle mit seinen Impulsen. Er hätte die Finger davon lassen müssen, als ihm oben immer noch kein narrensicherer Trick eingefallen war, in das Zimmer zu gelangen.

Der Sinn der Sache war gewesen, den Komplizen umzubringen und Yazov dann in dem Zimmer zu erwarten. Aber der Bulgare würde ja wohl kaum eine Tür öffnen, die von klaffenden Einschußlöchern übersät war.

In einer schnellen Bestandsaufnahme überlegte Bews, daß er gut bewaffnet war – er hatte bereits wieder geladen –, daß er unverletzt war, daß er den ganzen Korridor unter Kontrolle hatte und daß er durch das Fenster würde entfliehen können. Vorausgesetzt, daß er seinen Fluchtweg vorbereitete, könnte er ein Weilchen hierbleiben.

Wie sahen die Risiken aus? Bews konnte es nicht sagen, weil sein Kopf noch immer nicht ganz klar war. Aus diesem Grunde drängte sein Instinkt ihn, die Flucht zu ergreifen. Aber dann würde er vielleicht nie wieder eine Gelegenheit bekommen, Yazov zu erschießen.

Zumindest für lange Zeit nicht.

Aber wenn er wartete und ein wenig Glück hätte, könnte er den Bulgaren erwischen, wenn dieser durch den Gang käme.

Bews' Gedanken beschäftigten sich zum Teil mit der Flucht, zum Teil mit der Ermordung Yazovs.

Einige Sekunden später zog er das Laken vom Bett. Mit den Zähnen riß er ein Loch in den weißen Baumwollstoff. Während er den Gang durch einen Spalt zwischen Tür und Türpfosten im Auge behielt, zerriß er das Laken in Streifen.

Er beabsichtigte, ein behelfsmäßiges Seil herzustellen, das lang genug wäre, um ihn zu einem Fenster im neunten Stock hinunterzulassen, wenn er es am stählernen Fensterrahmen festbände.

Während seine Finger das Laken zerrissen und seine Augen auf den Türspalt starrten, fiel ihm plötzlich ein, daß er nicht an den Mann im Nebenzimmer gedacht hatte.

Zum Glück befand Bews sich jetzt in einem Eckapartment. Er würde hinter der Ecke aus dem Fenster steigen, so daß man ihn von Zimmer 1102 aus nicht sehen könnte.

Abgesehen davon vermochte der Russe keinen klaren Gedanken zu fassen. In seinem Kopf herrschte größerer Aufruhr, als ihm lieb sein konnte.

Von allen Dummheiten, die er begangen hatte – und er hatte

einige begangen –, war dies wirklich die größte gewesen. Daran mußte Arnie Kruger trotz seiner Schmerzen immer wieder denken. Auf diesen plumpen Trick hereinzufallen, wie er es getan hatte, war unverzeihlich – ganz zu schweigen davon, daß es möglicherweise tödlich war.

Die meisten der Kugeln hatte Schränke durchschlagen, das Bett und eine Tischplatte, oder sie waren in die Holzdielen des Fußbodens gefahren, nachdem sie ein Loch in den Teppichboden gerissen hatten.

Die Kugel, die ihn getroffen hatte, war durch ihn hindurchgejagt.

Im einzelnen war dies folgendermaßen vonstatten gegangen: Die Kugel hatte Bews' Pistole mit einer Geschwindigkeit von mehreren hundert Metern pro Sekunde verlassen. Sie hatte das Sperrholz durchschlagen und war abgelenkt worden, und dies war Krugers Pech gewesen, denn durch die zufällige Änderung der Flugbahn erst hatte sie ihn getroffen.

Das Projektil traf ihn auf der rechten Seite in den Leib. Es riß dabei eine Wunde von der Form eines altmodischen Schlüsselloches. Während es ihm durch den Leib drang, trieb es Hunderte von Gewebepartikeln als Sekundärprojektile vor sich her.

In dem Sekundenbruchteil, den das Geschoß benötigte, um ihn zu durchschlagen, erlitt Kruger einen Milzriß, es zerfetzte ihm den rechten Teil des Magens und ein Stück des Darms.

Links unten am Rücken trat das Geschoß schlingernd wieder aus. Die Austrittswunde war großflächig, unregelmäßig geformt und mit auswärts gekrümmten Rändern. Metallsplitter markierten die leicht gebogene Bahn des Projektils in Krugers Körper.

Es war eine schlimme Verwundung, und Arnie Kruger wußte es. Er war immerhin Doktor der Medizin, und er wußte, daß der Primärschock und die Blutung eingesetzt hatten, bevor er sich gegen das Bett lehnte.

Der gesamte Wundbereich war voll von Blutgefäßen. Er konnte am Schock sterben, am Blutverlust, an Gewebsvergiftung...

Wenn er nicht schleunigst Hilfe bekam, war es aus mit ihm. Es war eine dumme Art zu sterben, dachte er: Mit einem gewaltigen Bauchschuß in einem gottverlassenen Zimmer auf der anderen Seite der Welt – und niemand, der seine Hand halten könnte. Nur unter größten Anstrengungen hatte er sich zum Bett schleppen und aufrichten können. Jetzt versuchte er, die Smith & Wesson nachzuladen.

Dort, wo er saß, bot sich ihm ein guter Blick auf die Tür, die zersplittert in den Angeln hing. Der Geruch von verbranntem Kordit erfüllte die Luft. Es war ein schwerer, widerlicher Geruch, und Kruger wußte, daß er aufpassen mußte. Wenn er sich übergäbe, konnte er dabei leicht sterben. Aber das wollte er nicht. Nicht bevor er Yazov erwischt hatte...

EINUNDZWANZIG

Yazov hatte gesehen, wie die Kamow irgendwo im Südwesten, nicht weit von seiner Position entfernt, heruntergekommen und aus seinem Gesichtsfeld verschwunden war. In der Gegend befand sich ein Parkplatz, ein flaches, offenes Grundstück – er erinnerte sich, es bei seinem Studium des Stadtplans von Kampala gesehen zu haben –, und so vermutete Yazov, daß der Hubschrauber dort gelandet war. Kurz darauf hatte er sich hoch über die Gebäude erhoben, war scharf nach Westen abgebogen und hatte sich rasch vom International entfernt; und mit klatschenden Rotorblättern hatte er Kurs auf Entebbe genommen.

Yazov maß all dem keine Bedeutung bei. Er ahnte nicht, daß Okan an Bord der Maschine war: Niemand konnte den Volltreffer in den Mercedes überlebt haben. Er kam zu dem Schluß, daß der Hubschrauber ein Teil der Verwirrung war, die die Straßen von Kampala erfüllte.

Bisher war Yazov auf dem Dach sicher und unbehelligt geblieben. Die Soldaten, die in der Kurve im Gras gelegen und geschossen hatten, waren ihm nicht gefährlich geworden. Sie hatten, soweit er es hatte sehen können, wild um sich geschossen. Wahrscheinlich hatten die meisten von ihnen ihn ohnehin nicht entdeckt, und sie hatten einfach in panischer Angst ihre Magazine leergefeuert. Der nächstgelegene Treffer war rechts oben in die Südfront des International gefahren.

Einmal hatte ein Jeep unterhalb des Hotels kurz angehalten. Ein schweres Maschinengewehr war auf ihm montiert, und jemand hatte damit die Wand, metertief unterhalb von Yazovs Position, bestrichen. Der Angreifer hatte einen kurzen Feuerstoß von drei oder vier

Sekunden abgegeben, und bevor Yazov zurückschießen konnte, war der Jeep davongerast.

Die planlose Schießerei der Soldaten und der Jeep waren die einzigen Gegenattacken auf Yazovs Stellung gewesen. Davon abgesehen, hatte er seiner Heckenschützenarbeit ungehindert nachgehen können.

Aber als er zwei Magazine der Dragunow leergeschossen hatte, stellte der Bulgare fest, daß ihm die Ziele ausgingen. Die Soldaten waren hinter Gebäuden und in den Straßen der Umgebung verschwunden, und die überlebenden Motorradfahrer waren längst außer Schußweite.

Es war Zeit, sich zurückzuziehen. Ein schwerer Regentropfen fiel klatschend auf seine Schulter. Er schaute hoch zum graubewölkten Himmel und sah, daß in wenigen Augenblicken ein Wolkenbruch herniedergehen würde.

Bevor er das Dach verließ, lief der Bulgare rasch an der Umfriedung entlang, um sich selbst davon zu überzeugen, wie schnell die Kämpfe sich ausgebreitet hatten. Auf der Kampala Road hatte er schon drei vollbesetzte Truppen-Lkw gesehen. Bedeutsamer aber waren ein paar mittelgroße französische Panzer, die schwerfällig auf die Kreuzung nach Jinja zugerumpelt waren.

Mit Überraschung hatte Yazov zur Kenntnis genommen, wie rasch die Kämpfe ausgebrochen waren. Er war nicht sicher, ob Arnie Kruger darüber erfreut sein würde oder nicht. Nach dem, was Kruger gesagt hatte, lag den Putschisten an einer relativ unblutigen Machtübernahme. Nun, damit würde es nichts werden.

Minuten nach der Explosion des Mercedes war das Dröhnen der leichten Mörser schwereren Detonationen gewichen – 120-mm-Granaten, dem Klang nach zu urteilen. Yazov hatte sogar Raketen gesehen, Katjuschas, die wie Schnellzüge dahinrauschten und lange Feuerschweife hinter sich herzogen. Jetzt hörte er das Krachen einer Haubitzengranate, dann noch einmal. Vermutlich handelte es sich um ein robustes 152-mm-Geschütz aus der Sowjetunion.

Es gab keinen Zweifel: Ein Putsch, unorganisiert, wild und blutig, war im Gange. Unter solchen Bedingungen war die Flucht erheblich leichter.

Als er den Schlüssel in das Vorhängeschloß an der schweren Holztür steckte, begannen Regentropfen auf das Dach zu prasseln. Yazov beeilte sich. Ein paar Sekunden später hatte er die Tür geöffnet und lief die Treppe hinunter.

Im elften Stock blieb er am Fuße der Treppe stehen: Ein vertrauter, durchdringender Korditgeruch ließ ihn innehalten. Dieser Dunst war eine Warnung.

Das Gewehr mit mehreren Magazinen und die Raketenausrüstung hatte er auf dem Dach gelassen, aber unbewaffnet war er nicht. Im Bund der Levis, die er unter dem EAA-Overall trug, steckte eine Luger. Bevor er weiterging, öffnete er den Reißverschluß des Overalls bis zur Taille und zog die Pistole mit der Rechten heraus.

Dann spähte er vorsichtig um die Ecke, wobei er nur mit einem Auge und einem Teil seiner Wange und seines Kopfes die Deckung verließ. Blaue Dunststreifen hingen noch immer in der Luft des Korridors. Es mußte sich um Pulverdampf handeln. Yazov suchte mit den Augen den Teppichboden ab. Im Licht der Deckenlampe vor dem Zimmer 1102 schimmerte etwas, das aussah wie zwei Patronenhülsen. Der Boden vor Krugers Zimmer war anscheinend von Splittern übersät. Wahrscheinlich hatte Kruger eine Schießerei gehabt. Warum oder mit wem – Yazov konnte es nicht wissen. Noch nicht.

Dann sah er, daß seine eigene Zimmertür ein wenig schief hing. Das Zimmer lag direkt gegenüber, ein Stück weit den Gang hinunter. War Kruger tot? Yazov beschloß, es herauszufinden.

»Butterfly, ist Ihnen was passiert?« rief Yazov durch den Gang. »Wie ist Ihr Status?«

Die Stimme des Bulgaren hallte den Gang hinunter, dreißig Schritte weit bis zum Zimmer 1102 und weiter.

Arnie Kruger hörte sie.

Er saß neben dem Bett auf dem matt orangegelben Teppichflor. Seine Beine waren ausgestreckt. Die blauschimmernde Mündung der Smith & Wesson ruhte auf dem gelben Teppich.

Die Seite des CIA-Beamten brannte vor Schmerzen, und das Brennen ergriff allmählich seinen ganzen Oberkörper. Dort, wo er saß, war der Teppich blutgetränkt. Krugers Gesicht war bleich, seine Haut war kalt und klamm, und sein Puls pochte schnell und dünn in seinem Handgelenk.

Yazovs Ruf riß ihn aus der Apathie, in der er langsam versank. Kruger war wieder wach und lauerte . . .

»Butterfly! Hören Sie mich? Wie ist Ihr Status?«

Kruger war schwach und ausgeblutet. Er hatte drei Möglichkeiten. Er konnte all seine Kraft zusammennehmen und eine Warnung hinausbrüllen. Er konnte sich schonen und gar nichts sagen. Oder er konnte versuchen, Yazov in eine tödliche Falle zu locken: Entweder er selbst oder der Mann, der auf ihn geschossen hatte, würde ihn dann töten.

Hin und wieder wurde Kruger von einem Zittern geschüttelt. Er befürchtete, er könnte zu schwach sein, um den Abzug zu drücken, wenn der Augenblick da wäre.

»Hab'... ein paar Kratzer«, krächzte er, so laut er konnte. »Schaffe es nicht, Crystal. Brauche Hilfe.«

Kruger sackte gegen das Bett.

Yazov hatte ihn nicht gehört.

Bews konnte nicht verstehen, was der CIA-Agent sagte, aber er hörte die rasselnden, krächzenden Laute aus dem Zimmer nebenan.

Er hatte ihn also doch getroffen. Das Zittern in der gequälten Stimme verriet dem Russen, daß der Mann schwer verwundet war und vielleicht sogar starb.

Erfreut nahm er zur Kenntnis, daß er sich doch nicht verrechnet hatte. Weniger zufriedenstellend allerdings war, daß Yazov nicht den Gang heruntergekommen war und Bews eine Chance gegeben hatte. Vielleicht, schalt Bews sich selbst, hätte er bei der Treppe warten sollen. Yazov mußte den Korditgeruch bemerkt haben. Bews hatte erwartet, daß er daraufhin vorsichtig den Korridor entlanggehen würde, um nachzusehen, aber der Bulgare war noch mehr auf der Hut, als er vorausgesehen hatte.

Indem er Yazovs Komplizen erledigt hatte, war das Überraschungsmoment natürlich verspielt. Butterflys mühsam gekrächzte Antwort – Butterfly war anscheinend irgendein Codename – machte die Sache noch schlimmer. Wenn Yazov sie gehört hatte – was Bews bezweifelte –, dann würde er jetzt noch vorsichtiger zu Werke gehen.

Auch die schiefe Tür würde ihn warnen. Bews hatte versucht, das Ding zu richten, aber beim Aufbrechen hatte er eine irreparable Beschädigung verursacht, und jetzt stand die Tür verräterisch schräg.

Yazov würde wahrscheinlich schlußfolgern, daß jemand im Zimmer war und auf ihn wartete. Wenn es ihm gelänge, sicher in den zehnten Stock zu kommen, könnte er vielleicht immer noch hinter den Bulgaren gelangen, während dieser seine Aufmerksamkeit auf das Zimmer mit dem verwundeten Butterfly oder auf das, in dem Bews sich versteckte, konzentrieren würde.

Also würde er jetzt den Köder in eine neue Falle stecken. Bews war überaus inspiriert. Er würde das Feuer des Bulgaren auf das Eckapartment locken, in den zehnten Stock hinunterfliehen und Yazov in den Rücken fallen...

Sofort hob Bews seine Modell 52, ohne auch nur die aufgebrochene Tür ein Stück weiter zu öffnen. Er zielte sorgfältig und jagte dann vier Schüsse nacheinander den Gang hinunter auf die Ecke zur Treppe zu, wo er Yazov hatte hervorlugen sehen.

Die großkalibrigen Geschosse sirrten durch den Korridor. Sie prallten von der cremefarbenen Wand ab, und das Sirren verwandelte sich in ein Heulen. Er hoffte nicht darauf, daß er Yazov mit einem dieser Schüsse treffen könnte. Ihr einziger Zweck war, zu signalisieren, daß Bews sich noch im Zimmer befand, und Yazov in Schach zu halten, während der Russe aus dem Fenster floh.

Bews gab noch vier Schüsse in den Gang ab. Dann klinkte er das Magazin aus und schob ein neues hinein.

Ein kurzer Blick durch den Spalt zwischen Tür und Rahmen überzeugte Bews davon, daß ihm mindestens fünfzehn Sekunden blieben, in denen er handeln konnte.

Seine Bemühungen, das Laken in Streifen zu reißen, hatte er bereits aufgegeben – es dauerte viel zu lange. Statt dessen hatte er zwei Laken und zwei Decken zusammengeknotet; diese Länge würde für seine Zwecke ausreichen. Das erste Laken hatte er bereits an den Stahlrahmen geknotet. Somit brauchte er jetzt nur noch zum Fenster zu laufen und das improvisierte Seil hinauszuwerfen. Dann zerrte er noch einmal heftig an dem Knoten über dem Fenster und vergewisserte sich, daß er ihn tragen würde. Der Knoten hielt.

Bews sah, daß ein sehr kurzer Tropenschauer eben zu Ende ging. Er schaute nach unten und überzeugte sich davon, daß sein Seil aus Laken und Decken lang genug war, so daß er daran zum zehnten Stock gelangen könnte. Es genügte. Tatsächlich würde er sogar bis zu einem Fenster im neunten Stock kommen können, wenn er wollte.

Der Russe war bereit. Er würde noch einmal einen Blick in den Korridor werfen, um nachzusehen, ob die Luft rein war, und dann würde er noch einen oder zwei Warnschüsse abgeben, um die zusätzliche Zeit zu gewinnen, die er benötigte, um über sein Behelfsseil zu entkommen.

Mit der Pistole in der Hand eilte Bews zurück zur Zimmertür. Er hatte den Weg zur Hälfte hinter sich gebracht und war mitten im Schritt, als Yazovs zweite AT-3-Rakete mit ihrem flachen Zündkopf die Tür einrammte.

Bews' Pistolenmündung blitzte auf, aber es war nichts weiter als eine unerklärliche Reflexreaktion.

Im selben Augenblick detonierten knapp drei Kilogramm hochexplosiven Sprengstoffes mit einem gewaltigen, rollenden Donnerschlag in der Enge des Hotelzimmers.

Hätte jemand mit einer Zeitlupenkamera unten auf der Straße gestanden und im richtigen Winkel heraufgeschaut, dann hätte er filmen können, wie Wand und Fenster sich für einen Sekundenbruchteil nach außen wölbten und dann in Stücke zerplatzten. Heiße, augenblicklich expandierende Gase rissen Bews von den Beinen und schleuderten ihn hinaus, hoch über die Market Street, und mit ihm Mörtel, Steine, Glassplitter und einen Stahlrahmen.

Der KGB-Agent hatte eine leichte Gehirnerschütterung und fühlte keinen Schmerz. Ihm war, als könne er ewig so schweben – auf seinem Gesicht lag ein Ausdruck von wohlgemuter Zufriedenheit, als ein Sonnenstrahl darüber hinweghuschte –, und dann schlug er, elf Stockwerke tiefer, auf den Asphalt.

ZWEIUNDZWANZIG

Der plötzliche Regenguß, der über Kampala niedergegangen war und der ebenso abrupt aufhörte, wie er angefangen hatte, war so begrenzt, daß man schon wenige Meilen außerhalb der Hauptstadt nichts mehr von ihm bemerkte. Abgesehen von einigen Tropfen auf der Windschutzscheibe und den Sichtluken der Kamow hatten Passagiere und Crew nichts davon gesehen.

Sieben Personen saßen in dem russischen Hubschrauber. Im Cockpit befanden sich ein Pilot und ein Kopilot. Drei SRB-Leibwächter saßen auf ebenso vielen der zwölf Klappsitze, über die die Kamow verfügte. Okan und Garst vervollständigten die Zahl der Insassen.

Das Mädchen saß ruhig da. Sie hatte Okan um die Erlaubnis gebeten, einen Bericht an ihre Truppe am Flughafen zu funken, doch er hatte abgelehnt. Garst konnte nicht einsehen, weshalb. Sie konnte nur vermuten, daß Okan sich in dem Hubschrauber allzu verwundbar fühlte. Schützenpanzertruppen bewegten sich auf den Flughafen von Entebbe zu, und unter den Waffen der Formation befanden sich mobile Flugabwehrkanonen. Er wollte warten, bis sie dicht bei dem Flughafen wären, anstatt einen Abschuß zu riskieren, indem er seine Anwesenheit an Bord der Kamow verriet.

Während des Fluges schmiedete Garst Pläne für alle Eventualitäten. Falls Okan den Aufstand niederschlug, würde es keine Probleme geben. Falls es ihm aber nicht gelänge – oder nicht schnell genug –, dann würde sie bestimmte Entscheidungen zu treffen haben.

Noch größere Sorgen bereitete ihr die Frage, wie sie den Transfer der Geiseln in die größere Boeing 747 bewerkstelligen sollte – vorausgesetzt, daß die Maschine rechtzeitig landete. Oder sollte sie das Kommando Meinhof anweisen, gar nicht erst in Entebbe zu landen? Wenn der Jumbo einmal gelandet wäre, würde er vielleicht nie wieder wegkommen. Womöglich würde er so oder so landen müssen, weil der Treibstoff knapp wurde. Dann würde sie vielleicht alle in das Flugzeug des Außenministers umsteigen lassen müssen...

Mit diesen und anderen ähnlichen Problemen war Garst beschäftigt.

Obama Okan wurde von anderen Ungewißheiten geplagt. Sie hatten Kampala seit kaum fünf Minuten hinter sich, als klar war, daß Oberst Oyok einen Putsch in überraschend großem Maßstab entfesselt hatte, dabei aber auf Widerstand von anderen stieß, die gleichfalls die Regierungsgewalt an sich reißen wollten. Dennoch hatte Oyok den Kommandoposten, Radio Uganda und andere strategische Punkte in seine Gewalt gebracht. Der Regierungspalast würde bald fallen.

Radio Uganda hatte in überzeugender Weise Okans Tod gemeldet: Er sei – natürlich – verunglückt; ein Verkehrsunfall habe ihn das Leben gekostet. Anscheinend kannte sogar Oyok die Wahrheit noch nicht, und die Schlacht gegen seine Rivalen nahm ihn ganz und gar in Anspruch.

Sollten sie nur kämpfen und einander zermalmen. Okan war froh darüber. Er würde sich noch früh genug ins Handgemenge stürzen, frisch und mit starker Rückendeckung. Die Meldung, daß er gar nicht tot, sondern im Gegenteil sehr lebendig sei – gesendet im psychologisch besten Augenblick –, würde eine weitere, niederschmetternde Vergeltungsmaßnahme gegen Oyok sein.

Als der Hubschrauber auf das Sumpfland zuflog, das den Flughafen umgab, konnte Okan am Boden eine ungeordnete Kolonne von Panzerwagen und Soldaten erkennen. Es waren vermutlich Oberst Oyoks Leute, unterwegs nach Entebbe, um die dort stationierten Truppen zu überfallen.

Es sah alles danach aus, daß Okan just im rechten Augenblick eintreffen würde. Ohne feste Führung konnte es leicht geschehen, daß die Flughafengarnison kapitulierte und sich dem neuen Regime unterstellte. Die Leute am Flughafen mußten verwirrt sein. Sie waren Loyalisten, die wahrscheinlich glaubten, Okan sei tot.

Aber waren sie wirklich Loyalisten?

Genau dies war der Grund für Okans Unentschlossenheit. Sollte die Kamow landen? Oder sollte sie weiter ins nordwestliche Uganda fliegen? Dort hielt er zuverlässige südsudanesische Verbündete in Reserve, Männer seines eigenen Stammes und von seiner eigenen Art. Es waren gutausgerüstete Truppen, unterstützt von Panzereinheiten, die er für Gelegenheiten wie diese unterhalten hatte.

Er fühlte sich versucht, zu seiner nördlichen Festung weiterzufliegen, aber andere Überlegungen sprachen dagegen. Vom Norden aus würde er einen langen Bürgerkrieg mit ungewissem Ausgang führen müssen. Aber mit der Unterstützung der Truppen in Entebbe würde er mit Oyok kurzen Prozeß machen können – und auch mit jedem anderen, der versuchte, sich ihm entgegenzustellen.

Die allerbesten Waffen und Soldaten lagen in Entebbe oder in den nahe gelegenen Kasernen. Hier hatte Okan den größten Teil der ugandischen Panzerstreitkräfte zusammengezogen – T-55-Kampfpanzer, zwei Dutzend BTR-Schützenpanzer, ein paar BRNM-Panzerspähwagen, allesamt sowjetische Fabrikate, allesamt schwer bewaffnet. Mit ihren 100-mm-Maschinengeschützen, die bis zu fünf Schuß pro Minute abgeben konnten, waren die T-55 den mittelgroßen Panzerfahrzeugen, die jetzt auf Entebbe zurollten, haushoch überlegen. Wenn man sie gegen Kampala einsetzte, würden sie Straßensperren und ähnliche Barrikaden innerhalb von Minuten aus dem Weg räumen.

Abgesehen davon waren dort Ugandas Elitetruppen stationiert, ausgerüstet mit den besten leichten Waffen, die das Land besaß: Mit leichten und schweren Mörsern, RPG-7-Granatwerfern und mit Bren- und RPD-Maschinengewehren. Und in speziell entworfenen Schutzbunkern parkte Ugandas Luftwaffe: Eine kleine, aber schlagkräftige Streitmacht von MiG- und *Mirage*-Kampfflugzeugen und Jagdbombern.

Inzwischen sah Okan deutlich die Startbahnen, die Rollbahn, das Rollfeld und die alten und neuen Flughafengebäude sowie die Boeing 707 des Außenministers. Gleich würde er mit dem Kontrollturm Kontakt aufnehmen und dann mit dem Kommandanten der Garnison von Entebbe. Er hoffte, daß der Kopilot bereits, wie befohlen, auf die richtige Frequenz geschaltet hatte.

Als hätte er Okans Gedanken gelesen – so zumindest kam es Okan vor –, drehte der Kopilot sich um. Aber es hatte nichts mit dem Tower zu tun. Schreiend, um das ohrenbetäubende Kreischen der beiden Gluschenkow-Turbostrahltriebwerke zu übertönen, wedelte er mit dem Arm und deutete immer wieder mit Nachdruck auf das Fenster neben Okan. Gleichzeitig legte der Pilot die Kamow schräg in eine Kurve.

Durch das Plexiglas sah Okan die langerwartete Boeing 747. Sie schwebte hoch am Himmel und kreiste über dem Flughafen Entebbe.

Okan sah Garst an und strahlte. Das Mädchen hatte das Gesicht schon dem Plexiglas zugewandt. Immer noch strahlend packte Okan den Kopiloten bei der Schulter und wies mit einem Kopfnicken auf das Mikrophon in der Hand des Mannes.

Jawohl. Der Kopilot hatte verstanden. Alles sei bereit, grinste er, und Okan könne seinen Funkspruch absetzen. Er reichte das kleine Mikrophon an Okan weiter, und die isolierte Spirale des Anschlußkabels dehnte sich, um die größere Distanz zu Okans Platz zu überbrücken.

»Hier spricht der Präsident der Republik Uganda«, begann Okan seinen Funkspruch, wie er ihn in Gedanken bereits geprobt hatte. »Ich betone noch einmal: Hier spricht Präsident Obama Okan. Unbedingt. Gegen siebzehn Uhr einunddreißig Ortszeit hat der SRB-Verräter Oyok versucht, mich in Kampala zu ermorden... Dieser bösartige Anschlag auf mein Leben ist fehlgeschlagen. Ich wiederhole: Der Anschlag ist unbedingt gescheitert. Ich habe erkannt, daß imperialistische Rassisten im Sold des CIA versucht haben, das ugandische Volk zu vernichten. Dieser Versuch ist dem Untergang geweiht. Unbedingt. Ich werde Uganda retten, ohne Gnade –«

In diesem Augenblick explodierte eine 75-mm-Granate aus einem rückschlagsfreien Geschütz etwa hundert Meter weit südlich der Hauptlandebahn. Oyoks Kolonne hatte das Feuer eröffnet. Für die Soldaten in der Kaserne neben dem Flughafen klang es, als sei eine gewaltige Mülltonne aus großer Höhe auf den Betonboden des Flughafens gefallen.

Ein T-55 hob sein Geschützrohr und drehte den Turm der Straße nach Kampala zu, und dann spie die Kanone Rauch und eine lange Flamme in einem ungezielten Vergeltungsschuß.

Unterdessen schickte Okan, nachdem er den Tower für sich gewonnen hatte, an, den Kommandanten der Entebbe-Garnison zu rufen. Der Tower hatte bereits versprochen, Okans Funkspruch an diejenigen Abteilungen am Flughafen weiterzuleiten, mit denen er Kontakt habe.

Okan war optimistisch gestimmt. Die Antwort des Towers war schnell und deutlich gekommen – und man hatte ihm volle Unterstützung zugesichert. Sobald er sich von der Loyalität des Garnisonskommandeurs überzeugt hätte, würde er den Piloten anweisen, unverzüglich zu landen. Eine ganze Weile schon hatte der Fluglotse des Internationalen Flughafens Entebbe die ICA-Boeing 747 – zu Indentifikationszwecken »Charlie Bravo« getauft – auf seinem grünen Radarschirm verfolgt. In einer Flughöhe von fünfunddreißigtausend Fuß, hoch über den zahllosen Adern der schlammigen braunen Flüsse, die sich durch die braunen Berge von Norduganda schlängelten, war Charlie Bravo beständig überwacht worden. Der Strom der Daten materialisierte sich auf dem Radarschirm im Tower von Entebbe in Form eines kleinen grünen Kästchens, das sich in kurzen Sprüngen über das kreisrunde Glas bewegte.

Schon als das entführte Flugzeug noch ein gutes Stück von Entebbe entfernt war, hatte der Lotse den Piloten angewiesen: »Charlie Bravo, gehen Sie auf dreitausend Fuß herunter. *Stand by* für Sichtlandeerlaubnis auf Hauptlandebahn Nord-Süd.«

»Roger, Entebbe Anflugkontrolle«, antwortete Kapitän »Wild Bill« Funston.

Kurz darauf kam der Flughafen in Sicht. Völlig unvermittelt erhob sich eine Fontäne aus Asphalt und Erde vom Boden dicht neben der

Hauptlandebahn. Es war die Granate, die von dem rückschlagsfreien Geschütz abgefeuert worden war. Funston sah auch die Rauchwolke, die aus der Mündung der T-55-Kanone quoll.

»Charlie Bravo, Sie haben noch keine Landeerlaubnis.« Der Fluglotse meldete sich wieder. »Ich wiederhole: Sie haben noch keine Landeerlaubnis.«

Weil er gesehen hatte, daß der Flughafen unter Beschuß lag, konnte diese Anweisung Funston nicht überraschen.

»Roger, Entebbe Control.«

»Ein Kamow-Helikopter mit Präsident Obama Okan an Bord befindet sich in Ihrem Luftkorridor. Er wird gleich landen«, meldete sich Entebbe Control. »Bis dahin müssen Sie kreisen.«

»Roger, Entebbe Control.«

Funston schob die grüne Sonnenblende vor sich zurecht. Dann wandte er sich an Muhamad Mukarbal, der zwischen ihm und Jim Chase stand, die Waffe unablässig im Anschlag.

»Festhalten, Bruder«, sagte Funston lakonisch. »Wir fliegen eine weite Kurve.« Mukarbal nickte und stemmte seine Füße gegen die Verankerung der beiden Sitze, auf denen Funston und Chase saßen. Mit weit gespreizten Beinen stand er so zwischen Pilot und Kopilot.

Der ICA-Kapitän ließ die linke Tragfläche der Maschine absakken, und der mächtige Jet legte sich in eine weit ausgreifende, sanfte Kurve. »Fat Albert« – der »fette Albert«, wie man die Boeing 747 im Pilotenjargon nannte – strafte seinen Spitznamen Lügen. Er war ein prachtvolles, munteres Flugzeug, das überhaupt keine Probleme bereitete. Vielleicht war er das beste, das Kapitän Funston je geflogen hatte, und er hatte am Steuerknüppel so vieler Flugzeuge gesessen, daß seine Meinung Gewicht besaß.

Durch das Vorderfenster konnte Funston die Kamow in der Ferne erkennen. Im Backbordfenster des kreisenden Flugzeugs sah er, wie weitere Explosionen die Erde des Flughafens Entebbe aufpflügten. Die Granaten kamen von der schmalen Militärkolonne, die gegen den Flughafen vorrückte. Dreitausend Fuß tief unter ihm sprühten zwei kleine Geysire aus Erde auf. Funston hatte das alles schon früher gesehen – über Vietnam.

Offensichtlich hatte der Kampf um die Beherrschung des Flughafens begonnen.

Funston warf einen Blick auf Mukarbal, der ein besorgtes und beunruhigtes Gesicht machte. Mit dem linken Daumen deutete er auf die Explosionen am Boden. »Die haben ganz schönen Ärger da unten, Bruder.«

Mukarbal runzelte die Stirn. Aber es stimmte. Er sah es selbst.

»Da landen wir nicht. Weder jetzt noch später. Jim, nimm den Jeppersen für Embakasi. Für einen anderen Platz reicht der Sprit nicht mehr.« Das war natürlich eine Lüge. Das Flugzeug war für den langen Nonstopflug von Athen nach New York aufgetankt worden. Und die gespannte Atmosphäre zwischen Funston und Mukarbal – eine Anspannung, die niemals nachgelassen hatte – wurde dadurch auch nicht gemildert.

Wofür hielt dieser Mann ihn? fragte sich Mukarbal. Für einen großen Idioten? Der Flughafen Embakasi in Nairobi war für das Kommando Meinhof feindliches Gelände. Wahrscheinlich war er gestopft voll von amerikanischen Marinesoldaten. Weshalb diese Lüge über den Treibstoff? Hielt der Kapitän ihn, Mukarbal, für so schwachsinnig? Und vor allem – weshalb ging dieser Kerl davon aus, daß das Flugzeug nicht in Entebbe landen würde?

Mukarbal hatte versucht, den ganzen Weg von Athen bis hierher Frieden zu halten. Er war freundlich zu den Passagieren gewesen und hatte sich bemüht, es ihnen möglichst bequem zu machen, vorausgesetzt, daß das Kommando Meinhof dadurch nicht gefährdet wurde. Er hatte sogar den venezolanischen Meinhof-Kämpfer ermahnt, weil dieser durch die Gänge wanderte und den Passagieren mit einer Handgranate über die Köpfe strich.

Aber dieser Kapitän war unmöglich.

Jim Chase breitete die Jeppersen-Karte für Embakasi aus.

Mukarbals innere Empörung gewann die Oberhand. Er versuchte, sie niederzukämpfen, aber die Wut wallte auf wie Milch in einem Topf, die unerbittlich überkochte.

Der Araber versetzte Jim Chase einen bösen Seitenhieb. Die Mündung seiner Pistole traf den Kopiloten im Gesicht, brach ihm zwei Vorderzähne aus und schlug ihn bewußtlos. Chase traf mit dem Kopf seitlich gegen das Steuerbordfenster und sackte in seinem Sicherheitsgurt zusammen. Er hing schräg in seinem Sitz.

»Lande, du schwarzer Hurensohn! Du bringst dieses Flugzeug sofort herunter! Augenblicklich!« Mukarbal hatte jede Beherrschung verloren. Die Waffe in seiner Hand zitterte unkontrolliert. Er kochte vor Wut.

»Wild Bill« Funstons spontane Reaktion war das Ergebnis allen Unglücks, das ihm im Laufe seines Lebens widerfahren war.

Als barfüßiger Junge in Mississippi hatte er mit angesehen, wie sein alter Herr gelyncht worden war. Der Onkel, der ihn erzogen hatte, war streng und disziplinversessen gewesen und hatte die Funston-Kinder gnadenlos geprügelt. Funston hatte gelernt, seinen Ärger nicht zu zeigen und seine Wut nicht herauszulassen. Statt dessen hatte er jeden Druck tief in seinem Innern vergraben, in der Schule, auf dem College und in der Air Force, als er B-52-Einsätze gegen Hanoi flog.

Schwarz zu sein war nicht leicht. Seine Ehe mit einer weißen Schönheitskönigin war zerbrochen. Schon vor dieser Ehe war Funston ein Pulverfaß von unberechenbaren Emotionen gewesen, und in letzter Zeit hatte er gespürt, wie die Wut in ihm ein gefährliches Ausmaß annahm, und er hatte professionellen Rat gesucht. Der Psychiater hatte wohl gesehen, wie verzweifelt Funston sein Temperament zu unterdrücken suchte, aber er hatte gefunden, daß eine Explosion vielleicht nicht das Schlechteste wäre – vorausgesetzt, daß niemand in der Nähe wäre.

Seitdem waren zehn Tage vergangen. Am dreiundzwanzigsten Dezember um siebzehn Uhr siebenundvierzig rastete »Wild Bill« Funston schließlich aus.

Wenn er »Fat Albert« auf dem Flughafen herunterbrächte, würden sie wahrscheinlich sowieso alle sterben. Wenn er und die Passagiere und die Besatzung sterben mußten, dann würde er auch das Kommando Meinhof und möglichst viele seiner Komplizen mitnehmen.

Und es gab schon so viele Wenns.

Sein Privatleben einmal beiseite gelassen – und das war schon eine beachtliche Katastrophe –: Wenn er nicht so empört über die *El-Al*-Explosion über Deutschland gewesen wäre, wenn er nicht so entsetzt über die Morde in Johannesburg gewesen wäre, wenn das skrupellose Massaker in Latakia ihn nicht mit solchem Abscheu erfüllt hätte – wenn dies alles nicht gewesen wäre, hätte er sich vielleicht noch dieses eine Mal beherrscht.

Wenn El Kudesi nicht so ein niederträchtiger Lump gewesen wäre, wenn er nicht ein ebensolcher Tyrann wie sein Onkel in Chikago gewesen wäre, dann wäre er vielleicht auch jetzt nicht zusammengebrochen. Wenn El Kudesi seine Hautfarbe nicht ins

Spiel gebracht und wenn er seine Mutter nicht eine Hure genannt hätte ...

Wenn Obama Okan nicht so offensichtlich ein Komplize der Entführer gewesen wäre, wenn Funston nicht geglaubt hätte, daß der Ugander die Schwarzen durch seine Greueltaten um Jahrhunderte zurückgeworfen habe, wenn er Okan nicht für seine unglückselige Situation im Cockpit von »Fat Albert« verantwortlich gemacht hätte ...

Wenn der Kamow-Hubschrauber nicht im Landeanflug gewesen wäre, wenn Okan nicht an Bord gewesen wäre ... dann hätte Funston nicht die plötzliche Eingebung – und Gelegenheit – gehabt, »Fat Albert« in die Kamow rasen zu lassen.

Wenn Obama Okan zwanzig Minuten früher oder später den Hubschrauber bestiegen hätte, wäre nichts geschehen. So aber waren alle an Bord von »Fat Albert« und der Kamow an Ort und Zeitpunkt ihres Schicksals angelangt, am Himmel über Uganda.

Funston stellte das Flugzeug abrupt auf die Spitze der Backbordtragfläche. Unter seinen Händen heulten die Pratt & Whitney-Turbinen zu voller Kraft auf, zuverlässig wie immer, und die freischwebend aufgehängten Triebwerke erbebten in ihren Gehäusen.

Das Bordwarngerät, das auf Hindernisse aufmerksam machte, blinkte rot, ein Alarmton schrillte und eine Tonbandaufzeichnung rief: »Hochziehen! Hochziehen!«

Die Fliehkräfte des plötzlichen, schrägen Sturzflugs schleuderten Muhamad Mukarbal auf den Cockpitboden. Seine Wut verflog augenblicklich, und eine alles verzehrende Angst trat an ihre Stelle, aber jetzt war es zu spät, sich die wahnwitzige Zunge herauszureißen oder die Hand abzuhacken, die Jim Chase geschlagen hatte ...

In der Kamow hatte Okan eben seine Unterredung mit dem Garnisionskommandeur von Entebbe beendet. Der Pilot hatte den Befehl, schleunigst zu landen. Da krallte sich jemand mit heftigem, schmerzhaftem Griff in das weiche Fleisch seines Oberarms. Der Pilot schnappte nach Luft, fuhr herum und starrte in das Gesicht seines Kopiloten.

Trotz des Lärms der beiden Gluschenkows hörte er, wie der Mann heulte; sein Mund war eine klaffende Höhle wie bei dem Entsetzensschrei auf dem Gemälde von Edvard Munch. Der Pilot blickte hoch, und da legte sich »Fat Alberts« Schatten über die Kamow.

Was er sah, war unglaublich: Ein gewaltiger Boeing-747-Jumbo näherte sich in steilem, schrägem Sturzflug rasch der Kamow.

»Zieh hoch! Zieh hoch!« schrie der palästinensische Pilot. In panischer Hast ließ er die Gluschenkow-Triebwerke aufröhren und versuchte, den acht Tonnen schweren Hubschrauber seitlich abgleiten zu lassen, um »Fat Albert« auszuweichen, der unterdessen mit einer Geschwindigkeit von vierhundertdreiundsiebzig Meilen pro Stunde herniederstieß und in dessen Tank Zehntausende von Gallonen Treibstoff schäumten.

Obama Okan dachte genüßlich daran, wie er auf den Flugplatz hinaustreten und das Kommando übernehmen würde. Die Offiziere am Boden standen alle auf seiner Seite. Der Panzerkommandeur hatte ehrlich erleichtert geklungen, als er erfuhr, daß Okan noch am Leben war und landen wollte. Die ganze Affäre fing an, dem Ugander Spaß zu machen. Er würde Oyok zerschmettern, zerquetschen, zerhacken, und seinen Kopf würde er im Kühlschrank aufbewahren und zu besonderen Anlässen hervorholen.

Auch Okan sah den weit aufgerissenen Mund des Kopiloten, und dann nahm er den plötzlichen, mächtigen Schatten wahr, der auf den Hubschrauber herabstieß. Er wußte nicht, was er davon halten sollte, bis er sah, wie die Rotorblätter der Kamow sich in »Fat Albert« schnitten, unterhalb der Cockpitfenster und der blutrot lackierten ICA-Insignien.

In diesem letzten Augenblick zerbrach auch Garsts Gelassenheit. Sie preßte beide Hände an den Kopf und trat gegen die Wand der Kamow, um »Fat Alberts« Nase zu entfliehen, und tonlos schrie ihr Mund nach Hassan Jabril.

»Fat Alberts« Cockpit war erfüllt von einem Durcheinander aus zuckenden Zeigern, Schaltern und blinkenden Lampen. Die Kamow, ein Wrack schon, prallte gegen die Tragfläche des Jumbos, und zerfetzte die Treibstofftanks. Augenblicklich zersprühten Hunderte Gallonen von Treibstoff in der Luft, verdampften an den zweitausend Grad heißen Triebwerken und vermischten sich mit den brennenden Abgasen. Ein Teil der flüchtigen Flüssigkeit spritzte direkt auf die heißen Maschinenteile.

Die zerschmetterte Kamow hing immer noch in seiner Flanke, als »Fat Albert« in einem gigantischen Feuerball explodierte. In der pilzförmigen Explosionswolke verdampfte ein Teil des Stahls und Aluminiums. Trümmer flogen aus der flammenden Kugel der

Vernichtung, und wenige Sekunden später stürzte das Wrack in den Viktoriasee und ließ eine mehr als fünfzig Meter hohe Fontäne aufgischten.

Unter der Wasserfläche ertönte eine weitere dumpfe Explosion.

Viele hundert Meter weit entlang des Seeufers und noch weit draußen auf dem Wasser erhoben sich Tausende von Vögeln flatternd und kreischend in den Himmel.

Und durch die Hügel jenseits des Flughafens von Entebbe hallte das Echo von drei mächtigen Explosionen.

DREIUNDZWANZIG

Die Wand des Zimmers 1102, die der Explosion des Sagger-Sprengkopfes am nächsten lag, war die Ostwand zwischen den Bädern von 1101 und 1102. Deshalb mußte die Detonation und die darauffolgende Druckwelle erst drei fünfzehn Zentimeter dicke Steinmauern durchdringen, bevor Arnie Kruger, der aufrecht an der Seite des Bettes lehnte, ihre Wirkung spüren konnte.

Die Explosion zerstörte den größten Teil der Wand zwischen Bad und Schlafzimmer von 1101, riß ein großes Loch in die Trennmauer und verursachte einen Riß in der Wand von Krugers Zimmer.

Zwar blieb Kruger von direkten Verletzungen – durch Schrapnell oder umherfliegende Trümmer – verschont, aber er wurde übel durchgerüttelt und geschüttelt. Die Druckwelle schleuderte ihn auf den Teppichboden und verschlimmerte seine akuten Schmerzen, und der von der Explosion aufgewirbelte Staub ließ ihn würgen.

Er lag auf dem Boden, als Yazov die Tür eintrat. Sie war bereits so stark zersplittert, daß es nur wenige, wohlgezielte Tritte erforderte, um ein großes, unregelmäßig ausgezacktes Loch in das Sperrholz zu reißen.

Yazov sah Kruger auf dem Fußboden liegen; er sah, wieviel Blut der Amerikaner verloren hatte, wie ihm die Gedärme seitlich aus dem Leib hingen und wie der Staub sein Gesicht verkrustet hatte.

»Wie fühlen Sie sich, Butterfly?« fragte er.

Kruger gab keine Antwort.

Als erstes machte Yazov sich daran, Kruger sanft vom Boden aufzuheben und ihn aufrecht an das Bett zu lehnen.

Beide Männer bemerkten die Smith & Wesson. Sie war Kruger

aus der Hand gefallen und lag einen Schritt weit entfernt von ihm. Der dunkelblaue Lauf schimmerte im schwindenden Tageslicht. Yazov ließ die Waffe liegen.

Als er Kruger an das Bett gelehnt hatte, fuhr Yazov dem Agenten mit den Fingern durchs Haar, um Mörtelstaub und Putzbröckchen, die von der Zimmerdecke gefallen waren, zu entfernen. Es war die einzige zärtliche Geste, die er dem Agenten je gegönnt hatte.

»Wir schaffen Sie zu einem Doktor, Butterfly. Sobald wir können. Halten Sie noch ein wenig durch.«

Yazov schaute Kruger tief und hart in die Augen. Sein Blick war undurchdringlich. Und als Kruger den Blick erwiderte, sah er, wie sich seine eigenen Augen in denen des Bulgaren spiegelten. Sie waren merkwürdig vergrößert, und Kruger konnte sogar seine Wimpern in den Augen des anderen Mannes erkennen.

Wem glaubte dieser große, latente Schwule etwas vormachen zu können? fragte Arnie Kruger sich. Sie beide, er und der Bulgare, wußten, daß er sterben würde, hier, mit dem Arsch auf dem Teppich neben dem Bett.

Ein scharfer, brennender Schmerz erfüllte Krugers Seite, als seien seine Eingeweide von allem schützenden Gewebe entblößt und als streife ein heftiger Wind über sie hinweg und über seinen Magen und seine Milz.

Wenn dieser arme Schweinehund sich nur von ihm hätte erklären lassen, daß er ebenfalls schwul war. Daran war doch nichts Schlimmes. Sie hätten sich miteinander vergnügen können. Aber nein, er war zu stolz.

Kruger versuchte, seine Smith & Wesson zu erreichen.

Als er es nicht schaffte, weil Schmerzen und Anstrengung zu groß waren, gab er es auf und schaute zu Yazov hinüber, um zu sehen, was er tat.

Yazov stand vor dem eingebauten Kleiderschrank und warf ein paar Sachen in eine EAA-Leinentasche. Nur ein paar Kleinigkeiten – wie Krugers Lieblingsjacke aus abgetragenem Wildleder, und Krugers braune Hose. Die Jacke war schwarz und blankgescheuert, und wann immer Kruger in den letzten zehn Jahren verreist war, hatte er seine schwarze Wildlederjacke mitgenommen.

Natürlich paßte die Jacke nicht mehr in die EAA-Tasche. Also zog Yazov seinen Overall aus, stieg in die braune Hose und zog die

Jacke an. Dann fuhr er fort, Krugers persönliche Habe zu durchstöbern.

Natürlich hatte die Explosion Yazovs Sachen wahrscheinlich in tausend Fetzen zerrissen. Zumindest konnte er sie wohl nicht mehr anziehen. Aber in Krugers Augen war er trotzdem ein Aasgeier, der die Taschen eines Toten durchwühlte. Jeden Augenblick konnte Yazov sich mit einem Hammer oder mit dem Kolben seiner Luger über seinen Goldzahn hermachen, dachte Kruger mit beißendem, bitterem Galgenhumor.

Es war gut, sich darüber zu ärgern, denn es ließ noch einmal einen Adrenalinstoß durch seinen Körper strömen. Vielleicht schaffte er es jetzt, das kurze Stück bis zu dem Revolver zu überwinden, und vielleicht blieb ihm noch genug Kraft, um den Abzug zu drücken.

Während Kruger ihn mit fasziniertem Abscheu beobachtete, stopfte Kruger sich einen gefälschten Paß und andere falsche Papiere in die Tasche der Wildlederjacke. In einer anderen Tasche verstaute er das Geld, größtenteils Dollars und sämtliche Goldmünzen, die zusammen mit den Waffen geliefert worden waren. Auch die andere Smith & Wesson steckte Yazov ein.

Bevor er die Waffe in die Tasche schob, ließ er die Trommel rotieren, um nachzusehen, ob in jeder Kammer eine Patrone steckte. Danach öffnete Yazov eine Schachtel mit .357er-Munition und schüttete die Patronen lose in die letzte leere Tasche, die versteckt ins Innenfutter genäht war.

Woher wußte Yazov von dieser Tasche? fragte Kruger sich. Er mußte schon früher herumgeschnüffelt haben...

Der CIA-Agent verspürte Übelkeit; der Gestank im Zimmer war so stark, daß er sich gleich übergeben würde; das wußte er.

Gleichwohl konnte er seinen Blick nicht von dem Bulgaren wenden, der sich bewegte wie eine Dschungelkatze: Geschmeidig und fließend, nicht zu schnell und nicht zu langsam. Wie Yazov mit dem Revolver umging, war es fast, als streichle er ihn in seine Tasche. Wieder war er der gefährliche, der tödliche Mann, den Kruger vor so langer Zeit unter dem Polygraphen in Langley zum erstenmal gesehen hatte.

Schließlich hatte Yazov alles, was er brauchte.

Er kam herüber zu Kruger, der schwer atmend und schweißnaß vor Schmerzen am Boden saß. »Ich muß jetzt gehen, Butterfly... einen Arzt holen.«

Wieder sah Kruger ihm in die Augen, wie er es schon ein paar Minuten zuvor getan hatte. Yazovs Augen waren noch immer genauso undurchdringlich. Wieder sah Kruger das Spiegelbild seiner eigenen Wimpern.

»Hier, Butterfly. Nehmen Sie den.« Yazov griff nach der Smith & Wesson. »Dann fühlen Sie sich sicherer, während Sie warten.« Dies war das letzte, was Yazov sagte. Er legte Kruger den Revolver in die rechte Hand und half ihm, die Finger um den Kolben zu schließen. Dann strich er dem Sterbenden noch einmal durch die Haare, stand auf und ging auf die klaffende Öffnung in der zerbrochenen Tür zu.

Er hatte Kruger den Rücken zugewandt. Und wieder spürte Kruger die Kraft der Bedrohung, die Yazov zum Feind für jedermann machte.

Mit der ganzen Kraft seines Hasses stemmte Kruger die Smith & Wesson hoch und umklammerte sie mit beiden Händen. Sein rechter Zeigefinger lag am Abzug.

Die Waffe schwankte stark in seinen Händen, aber Yazovs Rücken bot ein breites Ziel. Kruger zog am Abzug, so heftig er konnte.

Eine Lähmung, eine überwältigende Mattigkeit, strömte durch seine Arme und Hände.

Krugers Gesicht war eine häßliche Maske von quälender Anstrengung und bitterem Haß. Ein Schweißtropfen rann über seine Stirn bis zur Nasenwurzel, rollte an der Nase herunter und blieb dort hängen – und dann schüttelte das Zittern, das seine bis zur Unkenntlichkeit verzerrten Gesichtszüge überkam, ihn ab.

Um den Druckpunkt des Abzugs zu überwinden, bohrte Kruger noch einen zweiten Finger in den Abzugsbügel, den Zeigefinger seiner linken Hand.

Unter dem vereinten Druck beider Finger gab der Abzug schließlich nach.

Kruger wußte es nicht, aber in diesem Moment war Yazov längst draußen im teppichbelegten Korridor und ging auf den Lift zu. Er hörte zwar das Krachen eines Revolverschusses, aber er kehrte nicht zurück. Er sah sich nicht einmal um.

Ein paar Stunden später fuhr er mit einem kleinen Motorboot über den Viktoriasee. Nach seiner Rechnung würde er das Ufer von Ruanda mit dem ersten Tageslicht erreichen.

Noch ein wenig später hörte er das Tosen eines großen Düsenflugzeugs am Nachthimmel. Als er aufblickte, sah er ein paar tausend Fuß hoch über sich die blinkenden roten Lichter an einer Flügelspitze und unter dem Rumpf. Es war die *Air Force* 720 auf ihrem weiten Flug zurück nach Johannesburg, aber das wußte Yazov nicht. Er wußte, daß er lebte und daß er, wenn er erst in Kigali, der Hauptstadt von Ruanda, wäre, in die amerikanische Botschaft gehen und von dort aus Kontakt mit Tarrant aufnehmen würde.

Tarrant würde einen umfassenden Bericht erhalten. Aber vielleicht würde Tarrant auch keinen umfassenden Bericht erhalten, und vielleicht würde Yazov sich überhaupt nicht bei ihm melden.

Anmerkung:

Aus verschiedenen Gründen konnten die bisherigen Romane von William Wingates Serie über Yazow alias Hardacre alias Crystal in Deutschland nicht in der chronologischen Reihenfolge erscheinen. Natürlich kann jeder Roman für sich gelesen werden, und die Unkenntnis eines vorangegangenen Buches hat keine Auswirkungen auf das Verständnis eines folgenden.

Für die Leser, die sich für die Originalreihenfolge interessieren, hier die Aufstellung:

1. Feuerspiel *(Fireplay, 1976)* Knaur 670
2. Blutbad *(Bloodbath, 1978)* Ullstein Krimi 10307
3. Die Vergeltung des Fremden *(Hardacre's Way, 1980)* Ullstein Krimi 10166
4. Crystal *(Crystal, 1983)* Ullstein Krimi 10274

WILLIAM WINGATE

Crystal

Aus dem Englischen
von Rainer Schmidt

für Marinka, Dominique und David

1

Als Coco viel später über alles nachdachte, begriff er, daß er von Anfang an gegen die ganze Sache gewesen war. Daß Giacomo Graniano sich überhaupt in dem Laden aufhielt, war schon irgendwie albern und würdelos. Allein der Name dieser Disko – »Il Mafioso«. Und dann die Ausstattung – Maschinenpistolen aus Plastik an den Wänden, und den eisgekühlten Weißwein servierten sie in alten Stiefeln, die in Eimer aus hartem Zement eingelassen waren. Überlebensgroße Poster von Al Capone, Lucky Luciano, Vito Genovese, Carlo Gambino und anderen Gesichtern bedeckten die Wände. Auf eine Trennwand neben dem Eingang der Disko wurden ununterbrochen alte Gangsterfilme in Schwarzweiß projiziert; der Ton allerdings wurde von ohrenbetäubender Rockmusik vom Band übertönt. In sporadischen Augenblicken relativer Stille ratterten harte Maschinengewehrsalven vom Tonband aus den Hi-fi-Lautsprechern.

Der Diskjockey trug ein schwarzes Hemd mit weißer Krawatte, übertrieben spitze Schuhe und eine dunkle Sonnenbrille, die sich um die Schläfen herumzog – eine Kopie von Richard Widmark in *Kiss of Death*. Wenn die Salven vom Tonband knatterten, sprang er auf und ab und überschüttete die Tanzenden mit Platzpatronen aus einer Tommy. Die Tanzenden – die inmitten ihrer Verrenkungen erstarrten, wenn die Musik abbrach – warfen sich in wirren Knäulen zu Boden und stellten sich tot. In den wenigen Sekunden der Stille verteilte der DJ tödliche Kußhände. Dann setzte der Beat wieder ein, und die reglosen Leiber erwachten zuckend zum Leben.

Sechs Wochen vorher war hier eines von vielen leerstehenden Kellerlokalen in Manhattans Klein Italien gewesen. Coco hatte das Schild mit der Aufschrift ZU VERMIETEN selbst gesehen, als er auf einer seiner regelmäßigen Routen mit seinem Buick dort vorübergefahren war. Genaugenommen hatte er zwei Schilder gesehen, beide links von der eisernen Feuerleiter neben einer 7-Up-Reklame auf dem Gehweg. Es waren plumpe Schilder gewesen, handgemalt, fehlerhaft geschrieben, und die Räumlichkeiten, auf die sie verwiesen, waren finstere, schmutzige Kellerlöcher, zu denen man von dem rissigen Gehweg aus über eine ausgetretene Betontreppe hinuntergelangte.

Aber an diesem Abend war es ein ganz ordentlicher Laden – und gestopft voll. Alle möglichen Leute drängten sich entweder auf der Tanzfläche oder um ihre Tische, oder sie versperrten die schmalen Gänge. Innerhalb von sechs Wochen war Il Mafioso »in«, ein Riesenerfolg, und die Besitzer machten einen Haufen Geld damit – und über alles dies ärgerte Coco sich sehr.

Das Ganze war so kitschig, daß ein Don, der Selbstachtung besaß, sich in seinem ganzen Leben in diesem Laden nicht würde sehen lassen. Aber Jack Graniano, Cocos Boss, saß nicht nur an einem Tisch in dieser Disko »Il Mafioso«, nein, er grinste auch noch über das ganze Gesicht. Graniano war der Einladung seiner Nichte gefolgt, und Coco wußte das. Aber es überzeugte ihn nicht. »Was soll'n das?« hatte er sich beschwert. »Du hast doch wirklich besseres zu tun, als einem Haufen Halbwüchsiger den ganzen Abend lang einen leibhaftigen Paten vorzuführen, oder? Den Mann vom Syndikat, von der Combination!«

»Ich mag die Kleine«, hatte Graniano erwidert.

»Eine verrückte Göre!« hatte Coco geschnaubt. »Bei dem Vater, und mit dir als Onkel. Und dann will sie so etwas. Sie hat keine Spur von Respekt.«

»Halt die Klappe, Coco!«

»Ich schwöre dir, Jack, das bringt nichts Gutes. Ein paar von den alten Jungs in der Combo wollen den Laden sogar dichtmachen. Ich habe gehört, daß keine der Familien Freude an dem Schuppen hat. Niemand sollte sich über *uns* in dieser Weise lustig machen und damit davonkommen dürfen. Und jetzt willst du sogar hingehen.«

»Wie oft soll ich es dir noch sagen, Coco?«

»Und seien wir doch mal ehrlich, Jack: Im Augenblick brauchst du alle Unterstützung, die du von der Combo kriegen kannst.«

»Was muß ich tun, damit du die Klappe hältst, Coco?« Graniano war ungeduldig geworden, und der Unterboss hatte sofort den Kopf eingezogen.

»Meine Güte, Jack, ich sag' dir doch nur, wie's aussieht.« War er nicht schließlich *consigliere,* hatte Coco sich gefragt. Aber er hielt die Klappe.

Am bislang verrücktesten Abend seines Lebens gewann und verlor Jack Graniano alles. Er stand am Anfang der wenigen Minuten, Stunden, Tage, Wochen seines Lebens, in denen er alles hatte, was er sich je gewünscht hatte.

Es war eine Einladung, die er nicht absagen konnte. Mehr zum Spaß als aus irgendwelchen anderen Gründen hatte Ginny sich gewünscht, daß ein echter, lebendiger, hundertprozentiger Mafia-Don ihrem unwiederbringlichen einundzwanzigsten Geburtstag die rechte Würze verleihe. Sie war ein nettes Mädchen, ein bißchen wild, und Graniano mochte sie wirklich gern. Aber wenn sie ihren Vater nicht dazu überredet hätte, zur Feier des Tages die ganze Disko zu mieten, hätte Graniano abgelehnt.

Ginnys Vater war aus New Jersey und ein größerer und mächtigerer

Don als er; er selbst war das Oberhaupt der kleinsten der Fünf Familien von New York. Wie also sollte der Lieblingsonkel sich weigern, wenn Ginnys Vater mit drinsteckte? Indem er das »Il Mafioso« mietete, hatte Ginnys Vater der Sache einen respektablen Anstrich verliehen. Und vor diesem Hintergrund würden die Familien es als eine von Jack Englishs exzentrischen Ideen betrachten.

Also hatte Onkel Jack eingewilligt. Sie hatte ihm die Arme um den Hals geworfen und ihn an sich gedrückt. Ein verrücktes Huhn, aber er hatte sie gern. Außerdem sparte er damit wenigstens ein paar tausend Dollar für ein Geschenk – nicht daß das Geld eine große Sache gewesen wäre, aber er war durch diesen Auftritt eben doch um ein ganzes Bündel reicher, denn sie wünschte sich kein anderes Geschenk als seine Anwesenheit an einem Ecktisch im »Il Mafioso«.

Und so scheußlich war der Laden gar nicht, wie sich zeigte. Am Anfang, das mußte Graniani sich eingestehen, war er ein wenig nervös. Es war das Gefühl, das er auch empfand, wenn er in eine Kirche geraten war, wenngleich das »Il Mafioso« nicht die geringste Ähnlichkeit mit einer Kirche hatte. Einen Moment lang fragte Graniano sich, ob die ganze Geschichte nicht doch ein wenig zu weit ginge – auch wenn es Ginnys einundzwanzigster Geburtstag war. Vielleicht hatte Coco recht gehabt.

Aber bald sah er ein, daß er sich unnötig Sorgen gemacht hatte. Ginetta erwartete ihn am Eingang. Lachend und mit leuchtenden Augen geleitete sie ihn, Coco und zwei andere höchstpersönlich zu seinem Tisch in der Ecke, zehn oder fünfzehn Schritte weit vom DJ entfernt. Einen Ecktisch hatte er sich ausbedungen, und ein Ecktisch erwartete ihn, auch wenn bereits großes Gedränge auf Ginnys Party herrschte.

Graniano setzte sich, bestellte französischen Champagner und widmete sich der Show auf der Tanzfläche. Coco lehnte ein paar Minuten lang an der Wand und war dann verschwunden. Aber er war in der Nähe, dessen war Graniano sicher, und die beiden anderen waren auch nicht weit. Andernfalls würde er dafür sorgen, daß es ihnen leidtäte.

Eine Zeitlang beäugten ihn einige der Jungen; sie starrten in seine Richtung und wandten hastig den Kopf ab, wenn er durchdringend zurückstarrte. Und Ginetta, das verrückte Huhn, brachte ein paar von ihnen zu ihm an den Tisch, damit sie ihm guten Tag sagten; sie stellte ihn als ihren Onkel vor, der »gerade aus dem Knast« gekommen sei. Er schüttelte ein paar Hände, aber nur ein einziger versuchte sich als Komiker – die anderen hatten viel zuviel Angst. Der einzige Witzbold fragte so etwas wie: »Na, wie war's denn im Kahn?« So klang es wenigstens, aber die Musik war zu laut, als daß Graniano hätte sicher sein können. *Der Bengel ist kesser als die meisten,* dachte Graniano. *Gibt sich als große Nummer aus und erzählt nachher seinen Kumpels, wie er es Jack English gegeben hat.* Graniano hatte schmallippig gelächelt und nichts gesagt, und der Kleine war verschwunden.

Bald aber ließen sie ihn in Ruhe. *Kids,* dachte Graniano bei sich. Nichts interessierte sie länger als fünf Minuten.

Doch es waren nicht nur Kids auf dieser Party. Die Blonde in dem grünen Kleid war in jeder Hinsicht umwerfend – und alles andere als ein kleines Mädchen: Ein entzückender Hintern und gewiß kein Schaumgummi am Körper. Graniano schätzte das Mädchen auf Ende Zwanzig, vielleicht Anfang Dreißig; sie war älter als die meisten der Gäste, wenngleich einige schon in den Dreißigern und Vierzigern waren und er selbst auf die Fünfzig zuging. Die meisten Kids hier waren um die Zwanzig.

Was das Mädchen in Grün so außergewöhnlich machte, war die Tatsache, daß sie aussah wie eine junge Version von Grace Kelly. Sie hatte saubere, klassische Gesichtszüge. Wahrscheinlich entstammte sie der irischen Aristokratie von Boston. *Was tut eine solche Prinzessin in einer Kaschemme wie dieser?* fragte Graniano sich. Seine Nichte hatte wahrhaftig einen großen Bekanntenkreis.

Dann regte sich etwas in seiner Erinnerung. War es nicht vor einem Monat gewesen, daß Ginny und ein halbes Dutzend ihrer Freunde an seinem Tisch im getäfelten Grillroom des »21« stehengeblieben waren? Sina war bei ihm gewesen, und deshalb hatte er keines der Mädchen in den Hintern gekniffen. Ein paar hastige »Hallos«, mehr nicht, und Ginetta war ihm wie immer um den Hals gefallen. *Aber vielleicht,* entsann er sich, während er zusah, wie das Mädchen in Grün sich anmutig im Takt der Musik bewegte, *vielleicht ist sie bei Ginny gewesen.*

Und im Rainbow Room, vor zwei Wochen? Graniano hatte gesehen, wie sie ihn einen, zwei Augenblicke lang anlächelte, aber als er fünf Minuten später noch einmal zu ihr hinübergeschaut hatte, war sie nicht mehr dagewesen. Hatte er sich das alles eingebildet? Hatte er sich im flackernden Kerzenlicht getäuscht? Zu diesem Schluß war er damals gekommen. Und trotzdem . . .

Er beobachtete sie, wie sie sich auf der Tanzfläche drehte, und irgend etwas an ihr war ihm vertraut, aber er hätte nicht sagen können, was es war. Unvermittelt brach die Musik ab, und die Tanzenden erstarrten in seltsamen Posen. Das Mädchen in Grün stand mit gespreizten Armen da – die eine Hand aufwärts, die andere abwärts gereckt, als wehre sie einen herabstoßenden Vogel ab, und ihr Kleid schmiegte sich an die sanfte Kurve ihres makellosen Hinterns. Graniano verspürte eine instinktive Wärme in seinem Schoß.

Rat-a-tat! Rat-a-tat! Rat-a-tat! Rat-a-tat!

Das Mädchen stürzte zu Boden, und der Schwung ließ ihr Kleid aufwehen und entblößte ihre Schenkel. Graniano sah etwas Weißes aufblitzen, und wieder fühlte er, wie es ihn warm durchlief.

Stille.

Sie löste sich aus dem Gewirr zuckender Leiber, stand auf und kam auf seine Ecke zu. Ihr Tanzpartner legte ihr augenblicklich protestierend die Hand auf die Schulter und zog sie zurück auf die Tanzfläche. Graniano fühlte, wie die bohrende Enttäuschung in ihm sich in brennende Freude verwandelte, als sie sich den Aufforderungen widersetzte; sanft schob sie die Hand von ihrer Schulter, strich eine Strähne ihres langen blonden Haars zurecht und drängte sich an einem Tisch vorbei, um keine drei Schritte weit von ihm entfernt Platz zu nehmen. Sie hatte sich kaum niedergelassen, als das Mädchen, das neben ihr saß, ihr mit Gesten bedeutete, daß dieser Stuhl besetzt sei. Graniano konnte es ihr nicht verdenken. Keiner Frau lag etwas an dieser Art von Konkurrenz.

Das Mädchen in Grün stand sofort wieder auf und schaute unentschlossen umher. Sie stellte sich in ihren hochhackigen Schuhen auf die Zehenspitzen und hielt Ausschau nach einem freien Sitzplatz. Nachdem sie eine Weile vergebens umhergespäht hatte, mußte sie ihren Platz räumen. Graniano war bereit. In den zwanzig oder dreißig Sekunden, die verstrichen waren, hatte das Mädchen seinen Sitzplatz verloren und betrübt umhergeblickt, und er hatte einen Entschluß gefaßt.

Er mußte es versuchen. Es war einen Versuch wert. *Auch Weitschüsse treffen manchmal ihr Ziel,* dachte er.

Als das Mädchen in Grün sich umdrehte und sich an seinem Tisch vorbeischieben wollte, legte Graniano ihr leicht die linke Hand auf den Arm. Sie blieb stehen, sah auf ihn herunter und verfolgte seine Gebärde mit den Augen. Er machte die gleiche Geste noch einmal, über seinem linken Oberschenkel – er bot ihr seinen Schoß an.

Ihre Blicke trafen sich, und er dachte: *Traust du dich, deinen Rassearsch hier niederzulassen?*

Ihr Blick hielt dem seinen stand, und sie starrte im Halbdunkel auf ihn herunter. Dann, mit einem aristokratischen Schwung ihrer Hüften und ohne ein Wort, ohne eine Geste, ohne die Haltung zu verlieren, setzte sie sich auf seinen Schoß.

Augenblicklich verspürte Graniano eine Regung. *Grundgütiger!* dachte er verzweifelt. *Bewahre mich vor einem schnellen Ständer!*

Er konzentrierte sich auf die Diskomusik, und so traf das nächste ohrenbetäubende *Rat-a-tat-tat!* ihn völlig unvorbereitet. Es klang wie ein Bandenkrieg, und der Don fuhr, von plötzlichem Schrecken erfüllt, heftig zusammen. Auch das Mädchen zuckte unter der ungestümen Attacke des DJ zusammen und erstarrte. Graniano reagierte, indem er beschützend ihre Taille umschlang.

Während der nächsten Minuten ließ sich das Mädchen unter dem harten Beat der Musik immer tiefer in Granianos Schoß sinken. Ihre Bewegungen waren zart und betörend – und er war sich jeder einzelnen bewußt.

Zunächst widerstand Graniano. Er fühlte, wie er sich unter der kaum merklichen Reibung einer jeden Bewegung langsam aufrichtete. Es erforderte einiges an Willenskraft, dagegen anzukämpfen. Aber jedesmal, wenn das Mädchen sich bewegte, spürte er, wie er sich gegen sie preßte und wie der Stoff seiner Hose sich spannte, bevor er wieder zurücksank. Einmal, als er ihr mit einiger Heftigkeit entgegengewachsen war, zweifelte er nicht daran, daß das Mädchen ihn gespürt hatte. *Was zum Teufel wollte sie?*

Elizabeth Fitzwilliam begriff sehr genau, was die feinen Regungen unter ihrem Gesäß zu bedeuten hatten. Jedesmal, wenn sie so tat, als wolle sie es sich ein wenig bequemer machen, fühlte sie ihn. Und immer, wenn Graniano sich gerade wieder unter Kontrolle gebracht hatte, brauchte sie nur ganz sanft zu wippen, und schon war er wieder da.

Immer wieder versuchte er, ihn unten zu halten. Es war ein Kampf zwischen Stolz und Willenskraft, zwischen ihrem Willen und seinem Stolz. Die Regungen wurden härter, und die Härte hielt länger an.

Liz Fitzwilliam erhob sich behutsam, spreizte die Schenkel ein wenig und ließ sich wieder herabsinken. Sie spürte, wie es sich hart zwischen ihren Beinen aufrichtete, und wußte, daß die Schlacht gewonnen war. Jetzt blieb er oben. Graniano fühlte, daß er festsaß – durch seine Hose, durch ihr grünes Kleid, und durch die Unterwäsche hindurch saß er fest zwischen ihren Beinen. Es war alles, was Liz Fitzwilliam an diesem Abend wollte. Wenn sie einander beim nächstenmal begegneten, würde Jack English keine Schwierigkeiten mehr haben, sie wiederzuerkennen, und die Zukunft sah vielversprechend aus.

Dann umfaßten seine Hände ihre Hüften und hoben sie hoch, nicht mehr als eine Handbreit. Noch während sie versuchte, die Absichten des Mannes zu erraten, fühlte sie, wie Graniano sie sanft zurücksinken ließ. Er hatte seinen Reißverschluß geöffnet und war nicht länger eingesperrt. Das Mädchen überlegte. Es war unverkennbar, daß er seine Zurückhaltung aufgegeben hatte; er war hart und groß. Und wenn er nicht gerade mit festem Griff ihre Taille umspannte, spielten seine Finger in angenehmer Weise über ihren Rücken.

Sogleich nach einem neuerlichen *Rat-a-tat-tat* hob Graniano sie noch einmal behutsam hoch. Ihr Kleid glitt hinten nach oben, und Liz fühlte, wie seine Hände zügig an ihren Schenkeln heraufstrichen. Ein kleiner Ruck am Gummi, und ihr Slip sank herunter. Der dünne, spinnwebfeine Stoff war bereits an ihren Knien angelangt, als Liz Fitzwilliam sich wieder gefaßt hatte. Ihr Körper straffte sich, und sie begann, Widerstand zu leisten, aber sanft zog er sie wieder auf sich herunter, und weich senkte sie sich über das harte Glied des Mannes.

Der Lauf der Ereignisse war nicht länger in ihrer Hand. Liz begriff, daß etwas geschehen mußte, und zwar schleunigst, denn sonst würde dieser vielversprechende Kontakt in einer Katastrophe enden, die irreparablen Schaden nach sich ziehen könnte. In Liz Fitzwilliams Gedanken jagte eine Option die andere, während Granianos harte Männlichkeit unter ihr immer beharrlicher wurde. Es war Wahnsinn, unter den Augen von einhundert Leuten mit einem Mafia-Don zu bumsen. Aber bis jetzt hatte noch niemand bemerkt, was dort in der halbdunklen Ecke vor sich ging. Dessen war Liz sicher. Aber sie war nicht sicher, ob sie lange unentdeckt bleiben würden.

Hinter ihr schwankte Graniano leicht zur Seite. Liz schrak zusammen, bevor sie sich auf dem Schoß des Mannes langsam umwandte. Es war der Unterboss, Coco. Er hatte Graniano scherzhaft auf den linken Oberarm geboxt und ihn so aus dem Gleichgewicht gebracht. Coco ragte wie ein Turm über ihnen beiden auf, riesig und zähnebleckend. Er brüllte Graniano etwas zu, aber der hörte ihn nicht. Also brüllte er noch einmal, diesmal dichter am Ohr des Don und lauter, um die Musik zu übertönen.

Liz schnappte ein paar Worte auf; es klang wie: »Es schneit...« Aber sie wußte nicht, was es bedeuten sollte, es sei denn, es hatte sich um eine Anspielung auf Kokain gehandelt. Soviel sie wußte, war Graniano ein Heroinmann. Wollte er sich verändern?

Was immer es gewesen sein mochte, Graniano selbst hatte verstanden. Gleich nachdem Coco Graniano einen zweiten scherzhaften Hieb gegen die Schulter versetzt hatte, spürte sie einen mächtigen Stoß zwischen ihren Beinen. Coco hatte offenbar gute Nachrichten gebracht.

Alles läuft genau nach Plan, dachte Graniano zufrieden. *Sogar der Schnee in der Türkei im Dezember.*

Der Drogenzar war ein wenig besorgt gewesen. Er konnte organisieren, soviel er wollte, aber einige Dinge lagen außerhalb seines Einflusses. Das Wetter zum Beispiel. Er war dabei, die alte Route zwischen der Türkei, Marseille und New York wieder in Betrieb zu nehmen. Seine Kontakte, wie Jacques Deveraux in Frankreich und Aziz Algan in Istanbul, arbeiteten hart, genau wie Coco in New York. Es waren gute Leute, und sie waren bereit, alles Erdenkliche für ihn zu tun, sogar für ihn zu sterben – vor allem, wenn der Tod in ferner Zukunft lag.

Das Mädchen erhob sich, und zwei Sekunden lang dachte er voller Panik: *Ich habe sie verloren. Mehr läuft nicht, und ich muß ihn wieder wegstecken.* Aber nein, sie verblüffte ihn ein weiteres Mal. Sie verharrte einen kurzen Augenblick lang über seinem Schoß, bewegte sich geschickt hin und her – und sank dann wieder herunter. Der Winkel war ein wenig unbequem, aber er war drin.

Graniano sah auf und erkannte, daß Cocos Gesicht alles zu verraten drohte. Der Don betete bei sich, daß das Mädchen Cocos amüsierte Miene nicht bemerkt haben möge. Er warf seinem Unterboss einen bösartigen Blick zu, und Coco wandte sich hastig ab.

Welch ein wunderschöner Abend! Granianos Gedanken waren wieder bei dem Mädchen, und er versank allmählich in diesem betörenden Erlebnis.

Es war nicht leicht zu erklären, nicht einmal für ihn selbst, wie er dazu kam, in einer Kaschemme in der Mott Street zu sitzen und eine Blaublütige zu bumsen. Aber es entsprach seinem Ego, daß er bereitwillig glaubte, so etwas könne – wenn überhaupt – nur ihm passieren. Graniano hatte die Frauen noch nie verstanden, und je älter er wurde, desto weniger verstand er sie. Er hatte es schon vor Jahren aufgegeben, Sinas Handlungen vorherzusagen. Alles war möglich.

Unverhofft durchzuckten Cocos Worte noch einmal seine Gedanken: *Es schneit in der Türkei.* Was immer jetzt geschehen würde, Aziz Algan in Istanbul würde dem Wetter nicht die Schuld geben können. Hoch oben auf dem isolierten Plateau im Sandikli-Gebirge wuchs der Stoff, *sein* Stoff. Die Bauern von Sandikli – und weiter östlich auch die Bauern in den Hochebenen im Sultan-Gebirge – hatten, geduldig hinter ihren Ochsen hergehend, das Land gepflügt, Furche um Furche. Im Oktober hatten sie gesät, und in dieser entlegenen Hochlandregion würde niemand die Bauern daran hindern, sich um ihre Felder zu kümmern. Legal oder nicht – manchmal war es das, manchmal nicht –, das Saatgut wurde ausgesät. Die Halunken, die dieses karge Land beackerten, waren hart genug, sich mit Erdbeben und feuerspeienden Bergen anzulegen, von den einheimischen Bullen mal gar nicht zu reden. Die Leute in der Provinz Afyon waren gute, zähe, zuverlässige Mohnbauern.

Nur der Schnee – besser gesagt, sein Fehlen – vermochte sie zu besiegen. Wenn ein strenger Frost über die ersten grünen Mohnschößlinge kam, bevor es kräftig geschneit hatte, war das eine Katastrophe. Ein solcher harter Frost konnte die gesamte Ernte vernichten. Graniano wußte alles über den Mohnanbau, denn dieses Wissen war in seinem Geschäft wesentlich. Sicher, wenn die Ernte im Dezember erfror, säten die Bauern im März oder April noch einmal. Die Erntezeit bei der Frühjahrsaussaat war die gleiche wie bei der Herbstaussaat, aber der Morphingehalt der Frühjahrspflanzen war weit geringer.

Wenn es also in Afyon im Dezember schneite, war das eine gute Nachricht. Der Schnee würde sich auf die Mohnschößlinge legen und die Herbstsaat gegen die sehr viel niedrigeren Temperaturen isolieren, die im Januar und im Februar zu erwarten waren.

Graniano verspürte ein entzückendes Zucken zwischen seinen Beinen. *Castellamare de Golfo! Die Prinzessin kontrahierte ihre Muskeln.* Mit köstlichen, kurzen Vibrationen umspannte sie seine Männlichkeit, daß sie zu pochen begann.

Graniano griff nach dem Reißverschluß an der linken Seite ihres Kleides, die der Diskowand zugekehrt und somit neugierigen Augen verborgen war. Er bekam ihn zu fassen, zog ihn herunter und öffnete das Kleid. Das Mädchen hatte kaum Zeit zu begreifen, was geschah, als seine Hand auch schon über ihren flachen Bauch und dann nach unten zwischen ihre Schenkel strich. Einen Momentlang tastete er umher, und dann begann sein Finger sich leicht und regelmäßig zu bewegen. Für eine Weile gab es nur noch die vibrierenden Spasmen zwischen seinen Beinen, die Bewegungen seines Fingers, den Geruch von Schweiß und Pot, die wild zuckenden Lichter und den harten Rock, der beinahe hysterisch von ihnen abprallte. Das Mädchen auf seinem Schoß straffte sich. Granianos Finger hörte nicht auf mit seinen Bewegungen.

Er würde niemals zurückgehen. Die Fünf Familien waren gut zu ihm gewesen, gab er bei sich zu. Aber zum Teufel damit! Tatsache war, daß das mexikanische und das fernöstliche Heroin beschissen war.

Tatsache war auch, daß die Mafia in New York, die den größten Teil des illegalen Drogenhandels kontrollierte, ihm angeboten hatte, soviel Heroin abzunehmen, wie er liefern konnte. Die Familien taten ihm damit keinen besonders großen Gefallen. Er hatte nichts weiter zu tun, als den schönen, weißen, flockigen Stoff aus Marseille herauszubringen. Sie würden ihm abnehmen, was er hätte. Damit verschafften sie sich auf dem Markt einen Vorteil gegenüber dem braunen Puertoricaner- und Niggerstoff.

Heroin aus Mexiko und Fernost war nicht hübsch anzusehen. Es war braun, und es war auch schwächer als der flockige, weiße Stoff, der in der Gegend von Marseille so fachmännisch zusammengebraut wurde. Dieser Stoff genoß bei den Süchtigen einen mystischen Ruf, und wenn er den New Yorker Familien in ausreichenden Mengen zur Verfügung stände, würde er ihnen zweifellos dazu verhelfen, die von schwarzen und puertoricanischen Rauschgiftringen übernommenen Marktanteile zurückzuerobern.

Das Mädchen begann zu beben. Coco konnte sich einen Seitenblick nicht verkneifen, und Graniano blitzte ihn so wütend an, daß er beinahe in Flammen aufgegangen wäre.

Die spasmischen, unkontrollierten Vibrationen des Mädchens übertrugen sich in einem unerträglichen, hektisch flatternden Zittern auf ihn. Graniano fühlte, wie er kam und spritzte. Dann war es vorbei, und es war nur noch naß.

Aber auch damit wurde das Mädchen fertig. Sie beugte sich nach vorn, um ihre Handtasche aufzuheben, öffnete sie und reichte Graniano ein Bündel Kleenex.

Er wartete eine Stunde und dann noch eine, aber sie kam nicht zurück. Sie ging ihm nicht aus dem Sinn. Später, am frühen Morgen, gab er die Hoffnung auf und erhob sich, um zu gehen.

Es war immer noch zu laut, als daß man in der Disko hätte reden können. Also winkte er seiner Nichte Ginetta, mit ihm die Treppe hinauf auf den Gehweg zu kommen. Sie wollte nicht, aber sie besann sich, als er »spielerisch« ihr Ohrläppchen zwischen Daumen und Zeigefinger nahm, es quetschte und verdrehte. Als er sie die Treppe hinaufführte, lachte Graniano und nannte sie eine verrückte Göre.

»Hat dir die Party gefallen, Onkel Jack?« Ginny schenkte ihm ein breites Lächeln und rieb sich das Ohr. Sie nannte Graniano »Onkel«, und es klang, wie wenn Tick, Trick und Track in den Disney-Cartoons mit ihrem Onkel Donald sprachen.

»Soll das ein Witz sein, Ginny?« Graniano lachte. »Ein solches Fest habe ich noch nie erlebt. Was für eine Frage!«

Ginny lachte laut und voller Glück. Graniano wußte, daß sie stoned war, vollgedröhnt mit Gott-weiß-was. »Wirklich, Onkel

Jack? Im Ernst? Wirklich?« Die Stimme des Mädchens war ein schriller Singsang. Ihre Pupillen waren so groß wie Stecknadelköpfe. Sie schwitzte in der nächtlichen Kälte, die sie nicht spürte, während Graniano in seinem schweren Mantel fröstelte.

»Yeah, Ginny. Wirklich.« Er hob die Hand und legte sie dem Mädchen auf die linke Wange. Coco beobachtete ihn, und er war sicher, daß Graniano die Kleine mit dem Handrücken quer über den Gehweg geprügelt hätte, wenn sie nicht seine Nichte gewesen wäre.

»So, Ginny, und jetzt nimm dich zusammen, und zwar schnell.« Graniano verlor sichtlich die Geduld.

»Aber klar, Onkel Jack.« Das Mädchen richtete sich ein wenig auf.

Grundgütiger, dachte Graniano bei sich, *wenn mein dämlicher Schwager der Kleinen nicht schnellstens den Kopf zurechtrückt, dann wird er in seiner eigenen Tochter einen Großabnehmer für den Stoff haben, den er verdealt.* »Die Mieze in Grün. Die, die aussah wie Grace Kelly ... oder Candy Bergen. Du weißt, wen ich meine ...«

»Wer ist Grace Kelly, Onkel Jack? Candy wer?« unterbrach ihn seine Nichte. Sie schwankte, und ein Freund hielt sie aufrecht. Graniano erkannte den Sohn eines der Dons der Fünf Familien.

Grundgütiger, dachte er noch einmal. »Du weißt doch, die Mieze von neulich, als du mich und Sina getroffen hast. Deine Tante Sina und mich, im ›21‹. Diese Klasseblondine ...«

»Klasseblondine?«

Graniano war verärgert. Coco wußte, daß das Mädchen jeden Augenblick eine Tracht Prügel zu erwarten hatte, Nichte oder nicht, einundzwanzigster Geburtstag hin oder her. »Ein Nobelweib. Weißt du, was ich meine? Eine blonde Schönheit. Klassischer Superarsch ...«

»'n grünes Kleid?«

»Ja.«

»'n klassischer, vorstehender Arsch?«

»Ja.« Es klang wie die, die er meinte.

»Liz Fitzwilliam. Das muß Liz Fitzwilliam sein.« Ginny schwankte, und die angestrengte Konzentration ließ sie fast in Ohnmacht fallen.

Sogar der Name paßt, dachte er. »Ja, das muß sie sein. Danke, Ginny. Bist 'n gutes Kind.« Mehr würde er aus seiner Nichte nicht herausbringen, nicht um diese Zeit. »Gute Nacht, Ginny.« Graniano wandte sich zum Gehen.

Ginny hielt ihn fest und fuchtelte mit einem unsteten Finger in der eiskalten Luft herum. »Du machst 'n großen Fehler, Onkel Jack«, sagte sie mit schwerer Zunge. »Li Fitz bumst nämlich nicht 'mal mit Bostoner Iren ...«

So ist es, Ginny, dachte Graniano. *Sie bumst nur deinen Onkel Jack, mitten auf einer Diskoparty.*

Ginny und ihr Freund kehrten zurück ins »Il Mafioso«, und als der Junge sie die Treppe hinunterführte, hatte er die Hände an ihren Titten.

Was für eine Generation, dachte Graniano, als er den beiden nachsah. *Und dabei sollten sie Verantwortung in den Familien übernehmen.*

Unterdessen hatte einer seiner Leute den Cadillac geholt, der jetzt am Bordstein stand; die hintere Tür war halb geöffnet. Beglückt bei dem Gedanken an eine dicke Schneedecke in Afyon und mit einem sanften Vibrieren zwischen den Schenkeln bei der Erinnerung an Liz Fitzwilliam fuhr Graniano nach Hause zur Upper East Side – nach Hause zu Sina und seinem Penthouse. Als der Caddy im Keller seines Hauses vor der Aufzugtür hielt, sagte Graniano: »Weißt du, Coco, ich habe nachgedacht.«

»Aha?«

»Diese Disko hat wirklich Pfiff.«

»Yeah.«

»Mit dem Laden ist Moos zu machen.«

»Yeah?« Coco war wachsam.

»Wem gehört der Schuppen also?«

»Zwei Juden hier in der East Side.«

»Meine Güte, und die beiden machen so viel Moos mit uns«, schnaubte Graniano. »Da ist doch was nicht in Ordnung.«

»Yeah. Verdienen sich 'ne goldene Nase, indem sie sich über uns lustig machen.« Coco war empört und folglich den Besitzern der Disko übel gesonnen.

»Weißt du, wie sie heißen, Coco?«

»Einer von den beiden heißt Rosen-Dingsbums. Rosenberg. So ähnlich.«

»Ruf ihn an.«

»Wieso?« fragte Coco.

»War ich heute abend da?«

»Klar.«

»Na, und wo ist mein Anteil? Meine Prozente?«

»Wovon redest du?« Coco entdeckte keinen direkten Zusammenhang zwischen Granianos Besuch in der Disko und einer Bezahlung durch die Besitzer.

»Sind irgendwelche Bomben explodiert? Hat jemand den Laden in Brand gesteckt?«

»Nein, aber . . .«

»Sei mal ein bißchen helle, Coco. Du hast mir selbst erzählt, daß die Familien daran denken, den Laden dichtzumachen. Meinst du, die gehen vor Gericht und erwirken eine einstweilige Verfügung, um das Ding zu schließen?«

»Nein, aber...«

»Diese Bude, diese Disko braucht also Schutz. Oder? Jetzt mehr denn je.«

»Yeah?«

»Wenn nämlich dieser Rosenberg und der andere Jude nicht mit meinem Anteil herausrücken, könnte es sein, daß ich den Laden selber in die Luft jage.«

»Ist das dein Ernst, Jack?«

»Ist das mein Ernst, Coco?«

»Hast du nicht mit der Route schon alle Hände voll zu tun? Ist es nicht schon ein Haufen Arbeit, die Route wieder in Betrieb zu nehmen?«

»Du bist ein Trottel, Coco. Ein Trottel! Weißt du das?«

Aber es war das Mädchen, das unablässig durch die Gedanken des Unterbosses geisterte, als er sich schlaflos in seinem warmen Bett hin und her wälzte. *Ja, sie war eine Schönheit. Jack English einfach so zu bumsen! Setzt sich mitten in der gestopft vollen Disko einfach auf seinen Schoß!*

Bis zu jenem Abend war das komischste Erlebnis in Cocos Leben der Sado-Maso-Bengel gewesen, der ihm damals über den Weg gelaufen war, als er noch als Kredithai auf der Straße aktiv gewesen war. Der Kleine hatte seine Raten nicht gezahlt. Als sie mit ihm fertig gewesen waren, hatte der Kleine blutüberströmt und mit ausgeschlagenen Zähnen erklärt: »Morgen zahle ich auch nicht.« Mühsam hatte er sich aufgerichtet, und mit aufgeschwollenen Lippen hatte er gegrinst und gesagt: »Ihr braucht nicht zu glauben, daß ich morgen bezahle.«

Der Bengel hatte überhaupt die ganze Zeit gegrinst; das war das Komische an der Sache gewesen. Ein halbes dutzendmal hatten sie ihn zusammengeschlagen, und dann hatte er, blutig und mit gebrochenen Knochen, in der Gosse gelegen. Glücklich. Bis zu Ginnys Party war dies das komischste Erlebnis gewesen.

Irgendwie empfand Coco die gleiche Betrübnis und ein gewisses Gefühl der Verwirrung, wenn er an Elizabeth Fitzwilliam dachte.

Er würde sie überprüfen müssen, denn er wußte, daß der Don jede Sekunde davon genossen hatte. Der Don würde mehr davon haben wollen. Aber schon jetzt hatte er das Gefühl, daß er bei Elizabeth Fitzwilliam nichts finden würde und daß er verwirrt bleiben würde.

2

Es war sieben Uhr morgens, als Elizabeth Fitzwilliam in ihrer Wohnung den Telefonhörer abnahm und Wheelers Privatnummer wählte. Sie hatte unruhig geschlafen, denn eigentlich hatte sie schon früher Kontakt mit Wheeler aufnehmen wollen. Aber es war zu kalt gewesen, um hinauszugehen, und so hatte sie bis zu diesem Augenblick warten müssen, damit sie ihn anrufen konnte. Sie wußte, daß dies die günstigste Zeit war, ihn zu erreichen. Das Rufzeichen ertönte, und sie ließ Wheelers Telefon ein paarmal klingeln, bevor sie wieder einhängte.

Sofort tippte sie seine Nummer noch einmal. Wheelers Telefon klingelte: Zwei-, vier-, sechs-, achtmal. Das war der Code, den sie vereinbart hatten. Achtmal klingeln, und dann unterbrach sie die Verbindung. Manchmal hatte sie sich gefragt, was die anderen Klingelzeichen signalisieren mochten, die sich dazwischenschoben.

Sie war bereits warm angezogen, um zur nächsten Telefonzelle zu gehen, und so hatte sie schon im nächsten Augenblick das Apartment verlassen. Wheeler würde um Punkt halb acht bei seiner Telefonzelle sein, und damit hatte sie Zeit für eine schnelle Tasse Kaffee und eine Scheibe trockenen Toast, bevor sie ihren Bericht abgab.

Um genau sieben Uhr dreißig, innerlich gewärmt von zwei Tassen Kaffee, schlüpfte Liz Fitzwilliam in eine gläserne Telefonzelle. Sie holte ihr Kleingeld aus der Tasche, warf eine Münze in den Schlitz und wählte 997–9762 – die Nummer einer anderen Zelle an der Ecke 55. Street und 7. Avenue.

Liz straffte sich erwartungsvoll, wie immer bei solchen Gelegenheiten. Am anderen Ende der Leitung nahm jemand den Hörer ab.

»Hallo.«

»Reden Sie.« Wheeler war zur Stelle, wie immer.

»Ich habe den Kontakt hergestellt.«

»Gut. Wird er halten?«

»Er wird.« Sie dachte an die Entscheidung, die sie am Abend getroffen hatte, als sie Graniano hart unter sich gespürt hatte. In diesem Augenblick, nachdem er ihr den Slip ausgezogen hatte, hätte sie aufhören können. Sie hätte den Abend beenden können, und vielleicht hätte allein das Gefühl ihrer Nähe ihn zurückgebracht. Statt dessen aber hatte sie einen schnellen Entschluß gefaßt – und eben das war ja das A und O der Praxis. Sie war ein Risiko eingegangen: eine große

Connection sofort herzustellen oder die Sache mit größerer Zurückhaltung in Angriff zu nehmen. Und sehr viel mehr Zeit zu brauchen.

Der Lauf der Ereignisse hatte zu einer günstigen Gelegenheit geführt, den Kontakt zu Jack English auf eine außergewöhnliche Weise herzustellen, die dieser nicht schon nach fünf Minuten vergessen haben würde. Sie hatte beschlossen, ihn Liz Fitzwilliam erleben zu lassen, und nach diesem Erlebnis würde er zurückkommen und mehr davon verlangen.

»Kontakt, he? Wie stark?«

So ist Wheeler, dachte Liz. *Er muß alle Einzelheiten wissen.* »Ich habe ihn gebumst, mit nacktem Hintern auf seinem Schoß, mitten im ›Il Mafioso‹, gegen ein Uhr nachts.«

Es folgte ein kurzes Schweigen. »Hat es Ihnen Spaß gemacht?«

»Arschloch.« Sie haßte Graniano, und sie arbeitete auf Anweisung Wheelers. Aber – ja, so zu vögeln, direkt neben der Tanzfläche der Disko, mitten in Ginnys Partytrubel, das war schon etwas gewesen. Außerdem wurde sie nicht jede Nacht von so erfahrenen Fingern gestreichelt, mochte sie dieses Schwein auch noch so sehr verabscheuen. Allmählich gelangte sie zu der Überzeugung, daß sie bei Leuten, die sie haßte, am besten kam.

»Na, na.« Wheeler klang besänftigend.

»Okay, was jetzt?«

»Jetzt fangen Sie an zu graben.«

»Kein Problem.«

»Und nicht vergessen – wenn Sie wissen, wie gut der Kontakt ist, informieren Sie mich unverzüglich.«

»Okay«, antwortete sie, und dann fiel ihr noch etwas ein. »Übrigens – dieser Kofferträger, den Graniano hat . . .«

»Ja, Coco. Was ist mit ihm?«

»Ich habe nicht genau verstehen können, was er Graniano ins Ohr gebrüllt hat.«

»Das lag am Krach in der Disko und an der Bumserei?«

Wheeler hatte eine rasche Auffassungsgabe, das mußte man ihm lassen. »Yeah. Wie haben Sie das nur erraten?« erwiderte sie. »Jedenfalls, was er schrie, klang wie: ›Es schneit . . .‹, ›Schnee fällt . . .‹ So ähnlich. Aber ich konnte es nicht verstehen. Vielleicht will Graniano ins Kokaingeschäft.«

»Nein. Mit Koks hat er nichts zu tun. Er hat wahrscheinlich gesagt: ›Es schneit in der Türkei.‹ Da schneit's nämlich, in der Provinz Afyon.«

»Okay, bin im Bilde.« Sie verstand augenblicklich.

»So sieht das Bild aus. Ich höre dann von Ihnen.«

Sie machten sich niemals die Mühe, sich voneinander zu verabschieden, und so hängte Liz Fitzwilliam ein. Dabei kam ihr wieder dieser schmerzlich vertraute Gedanke: *Es ist immer leichter, sich auf eine solche Sache einzulassen, als wieder herauszukommen.* Das wußte sie aus erster Hand.

Harry Wheeler nahm den Hörer ab und wählte eine Nummer. Er stand gleich neben der U-Bahn, mit der er geradewegs zur Cortlandt Street hätte fahren können, aber weshalb zum Teufel hätte er das tun sollen? Er war schon mit der Bahn von Washington Heights herunter zum Columbus Circle gefahren, bevor er dann zu Fuß den Broadway herunter und nach links durch die 55. Street gegangen war, um hier zu telefonieren.

Er hatte zwei Wohnungen. An Wochentagen hielt er sich zumeist in einem Hochhaus in Manhattan auf, gleich hinter der George Washington Bridge, und am Wochenende bewohnte er einen kleinen Bungalow am Südufer von Long Island, in Breezy Point, in der Nähe des Vogelparks Jamaica Bay.

Eine Fahrt mit der U-Bahn reichte ihm für diesen Vormittag, und außerdem – wozu war der Dienstwagen gut, wenn er ihn nicht benutzte?

Fünfzehn Minuten später stand Wheeler vor dem Haupteingang des New Yorker Sheraton und wartete. Der Dienstwagen sollte um acht Uhr kommen. Abgesehen von den äußerst willkommenen Neuigkeiten, die Liz Fitzwilliam ihm mitgeteilt hatte, war dies bisher ein typischer Tagesanbruch gewesen.

Er war schon um sechs Uhr aufgestanden, um seine Morgengymnastik zu machen; er spazierte die Treppe der Wohnung hinunter zur Tür und holte dort die *New York Times,* und als er in die Küche zurückkam, war sein Kaffee fertig. Ein Glas Orangensaft, eine Schüssel Schweizer Müsli, danach noch eine oder zwei Tassen Kaffee, und dann wußte er alles, was er aus der *Times* erfahren wollte. Eine ausgedehnte, heiß-kalte Dusche, ein Anruf beim Diensthabenden, um sicherzustellen, daß sein Wagen zur Verfügung stand, und dann war er startbereit.

Jetzt brauchte er nur noch an seinem Privattelefon zu warten, ob zwischen sechs Uhr fünfundvierzig und sieben Uhr einer der codierten Anrufe ankäme.

Es war eine beachtliche Leistung, alle diese Nummern und Orte im Gedächtnis zu behalten. Die Leute draußen brauchten sich nur ein paar Schlüsselsequenzen zu merken, während Wheeler sich den Kopf mit langen Ziffernketten vollstopfen mußte.

Der Himmel mochte wissen, was geschehen würde, wenn er einmal einen Schlag auf den Kopf bekäme und einen rückwirkenden Gedächtnisverlust erlitte.

Liz Fitzwilliams Nachricht war das beste, was er seit Wochen gehört hatte, gestand er sich selbst ein. Wenn sie es schaffte, sich in eine Bauch-an-Bauch-Position mit Jack English zu manövrieren, würde er bald jede verdammte Einzelheit wissen. Es bedeutete außerdem, daß Phase zwei bereits lief und er bald mit Phase drei beginnen würde. So ging es im Leben: Was immer er je hatte tun wollen, stets hatte er etwas anderes vorher erledigen müssen.

Wo blieb nur dieser verdammte Ford, fragte sich Wheeler, als er in der Kälte stand und wartete. Es war dreißig Sekunden nach acht – sein Exekutivassistent und der Fahrer hatten also schon dreißig Sekunden Verspätung. Das jedenfalls stand fest: Pünktlichkeit war noch nie Sache der Rauschgiftbekämpfungsbehörde gewesen.

Wheeler haßte es, an Straßenecken herumzustehen. Jeden Morgen ließ er sich an einer anderen Stelle abholen, aber nichtsdestoweniger hatte er es gern, wenn er pünktlich abgeholt wurde, auch wenn starker Verkehr herrschte. In den Jahren beim CIA war das anders gewesen. Die Fahrer bei der Company wußten, wie man's machte. Die Company war überhaupt weit effizienter gewesen, sie hatte ein viel ausgeprägteres Sicherheitsbewußtsein gehabt, und noch manches andere, was die Behörde nicht hatte.

Nur schade, daß man ihn gefeuert hatte.

Stansfield Turner war ins Hauptquartier in Langley, Virginia, gekommen, und mehr als tausend CIA-Beamte waren gegangen, die meisten von ihnen Geheimdienstleute. Die Begründung dafür war gewesen, daß der CIA zu bürokratisch geworden sei; es würden zu viele Fotokopien gemacht, zu viele überflüssige Positionspapiere verfaßt und zu viele schwachsinnige Pläne in Umlauf gebracht. Wheeler war der erste, der zugegeben hätte, daß die Company zu viele »Raumanzüge« beherbergte – Leute, die in Langley nur Raum beanspruchten. Außerdem gab es nach dem Ausbruch des Vietnamfriedens zu viele überflüssige Agenten im Geheimdienst, die nichts mehr zu tun hatten.

Als es dann soweit gewesen war, hatte Wheeler den Dank der Regierung der USA für geleistete Dienste – über zwanzig Jahre und manchmal unter hohem Risiko – erhalten: Zwei Sätze in einer fotokopierten Aktennotiz. Das war am 31. Oktober 1977 gewesen. *Halleluja!*

Mike Tarrant – dem alten Mondgesicht selbst – hatte er es zu verdanken, daß er einen Job bei der Rauschgiftbekämpfungsbehörde gefunden hatte. Wie es Tarrant gelungen war, das Massaker zu überleben, war eine Frage, die Wheelers Neugier immer wieder beschäftigte. Er argwöhnte, daß Tarrant ein größerer Judas als sie alle zusammen gewesen sei, größer noch als der berüchtigte Ischariot selbst. Zweifellos hatte er sich nur so an Turner vorbeimogeln können.

Immerhin, Mike Tarrant hatte ihm den Job bei der Behörde verschafft, und mit seiner GS-16-Einstufung ging sein Aufstieg dort rasch vonstatten. Mehr noch, er hatte weiterhin jederzeit Zugang zu Mike Tarrant und zu anderen CIA-Bonzen. Dies alles hatte ihm bei der Erfüllung seiner neuen Aufgaben geholfen, der polizeimäßigen Durchsetzung von Ziffer 21 im Strafgesetzbuch der Vereinigten Staaten von Amerika (mit Ergänzungen). Ziffer 21 betraf die Ungesetzlichkeit von Import, Verkauf, Transport und auch Besitz gefährlicher Drogen. Dazu gehörte beispielsweise Heroin.

Endlich, mit dreiundvierzig Sekunden Verspätung, hielt der grüne Ford neben Wheeler an, der trotz der Kälte bereits kochte. Kaum hatte er es sich auf dem Rücksitz bequem gemacht, da verkündete der Fahrer: »Tut mir leid, daß wir ein bißchen zu spät kommen, Mr. Wheeler. Um diese Zeit ist viel Verkehr.«

»Um diese Zeit ist immer viel Verkehr«, entgegnete Wheeler gnadenlos.

»Jawohl, Sir.«

Wheeler beließ es dabei. Sein Assistent, der auf dem Beifahrersitz saß, drehte sich um und reichte ihm ein Bündel Papiere, die geheimen Telexe, die im Laufe der vergangenen Nacht aus den Überseestationen der Behörde eingegangen waren.

»Ist etwas dabei?« wollte Wheeler wissen.

»Nichts Besonderes, Sir.«

»Irgend etwas über Graniano?«

»Nichts Neues.«

»Irgend etwas über diese neue Operation, bei der sie den asiatischen Stoff über Mexiko hereinbringen?« Seit Monaten sickerten der Behörde Informationen zu, die die Existenz einer großen neuen Drogenroute zu bestätigen schienen; in ihrem Ausmaß war sie anscheinend der alten Connection Türkei–Marseille–New York vergleichbar, aber hier wurde der Stoff aus Laos und Burma über Hongkong nach Mexiko und Lateinamerika und von dort nach New York geschafft.

»Kann sein, daß wir in El Paso ein Muli geschnappt haben. Steht alles in dem Telex aus El Paso.« Ein einzelner Schmuggler von niederem Rang oder ein Kurier, der Rauschgift durch Kontrollposten oder über Grenzen beförderte, mehr nicht.

»Besser als nichts«, grunzte Wheeler.

»Jawohl, Sir.«

»Aber ich will immer noch, daß wir uns auf Graniano konzentrieren. Er hat Vorrang.«

»Jawohl, Sir.« Der Assistent nickte.

Seit Jack English vor ein paar Monaten aus dem Gefängnis entlassen worden war, wo er wegen Steuerhinterziehung gesessen hatte, hatte Harry Wheeler darauf gedrängt, Erkenntnisse über ihn zu sammeln. Manchmal fragte der Assistent sich, was dabei letzten Endes herauskommen sollte. Seit zwanzig Jahren handelte Jack English mit Rauschgift, ohne ein einziges Mal deshalb verhaftet oder gar überführt zu werden. Was immer sie an Informationen über Graniano ausgraben würden – vor Gericht würde nichts davon standhalten. Der Mann war ein Meister in der Kunst, einen hinreichend großen Abstand zwischen sich und dem Heroin zu halten. Eben dies war der Grund dafür, daß die Fünf Familien jedes Gramm Heroin kaufen würden, das Graniano herbeischaffen konnte. Er war effizient, zuverlässig und verhaftungssicher.

Der Fahrer setzte Wheeler und seinen Assistenten vor dem Westeingang des One World Trade Center ab, und mit dem Lift fuhren sie den weiten Weg hinauf zu Wheelers Etage. Als er am Schreibtisch seiner Sekretärin vorbeihastete, gelang es ihr, ein rasches »Guten Morgen« loszuwerden und ihm einen Aktenordner in die Hand zu drücken. Während sein Assistent abwartend neben seinem riesigen Schreibtisch stand, blätterte Wheeler durch die Telexkorrespondenz. »Nichts drin«, bemerkte er schließlich und schob den Ordner über den Schreibtisch hinweg zu seinem Assistenten hinüber.

»Jawohl, Sir«, meinte dieser zustimmend.

»Ich werde mich jetzt zehn Minuten lang mit dieser Akte hier beschäftigen«, erklärte Wheeler und klopfte dabei mit dem rechten Zeigefinger auf den Aktendeckel. »Danach halten wir unsere Besprechung.«

»Jawohl, Sir.«

»Lassen Sie mich nicht warten. Zehn Minuten.«

»Ja, Sir.«

Exakt zehn Minuten später betraten vier leitende Beamte der Behörde das geräumige Büro, und Wheeler winkte sie zu seinem lederbezogenen Konferenztisch, auf dem die Sekretärin bereits die Tassen mit dem dampfenden schwarzen Kaffee abgestellt hatte. Harry Wheeler verabscheute jeden, der Milch in seinen Kaffee tat, vor allem morgens. Solche Leute, das spürte er, konnten einfach nicht vertrauenswürdig sein, ebensowenig wie Leute, die braune Anzüge trugen.

»Ich habe noch nie so viel Scheiße gesehen wie in letzter Zeit«, begann er, sich auf die Fernschreiben der vergangenen Monate beziehend. »Das ganze Gebäude stinkt davon.« Er klapperte mit seiner Tasse auf der Untertasse. »Was zum Teufel glauben die Brüder da draußen, was sie tun?« Mit einer Handbewegung deutete Wheeler auf die Weltkarte mit den Fähnchen bei den Hauptstädten, Fähnchen, die die Außenstellen der Rauschgiftbehörde bezeichneten.

»Ich glaube, ich werde mal hinausgehen und ein paar Leuten in den Arsch treten müssen.« Außerdem würde er New York für Phase drei ohnehin verlassen müssen.

Niemand erhob Einwände.

»Aber bevor ich gehe, brauche ich Ihre Vorschläge, wie ich verfahren soll.«

Ein paar der Beamten nickten.

Wheeler nippte an seinem Kaffee und wandte ihnen dann den Rücken zu. Er trat an das Westfenster des Zimmers und betrachtete einen Ozeandampfer, der tief unter ihm den Hudson hinunterfuhr. Er erkannte das Schiff: Es war die QE 2. Er stellte die leere Kaffeetasse auf seinen Schreibtisch und begann, vorzuschlagen, wem er wie heftig in den Arsch treten könnte.

Keiner der Beamten – überhaupt niemand in der Behörde – wußte etwas von Liz Fitzwilliam.

Es war allgemein bekannt, daß es in der Behörde Korruption gab und daß nicht wenige Agenten eine Heidenangst vor ihrem eigenen Laden hatten. Deshalb erzählte er niemandem von ihr und Graniano, und seine geplante Reise zu den Überseestationen der Behörde war eine perfekte Tarnung für Phase drei.

Am frühen Abend kehrte Liz Fitzwilliam zurück in ihr Apartment in Soho. Sie stellte fest, daß jemand auf irgendeine Weise in die Wohnung eingedrungen war, ohne eine Tür oder ein Fenster aufzubrechen. Wer immer es gewesen war, hatte zehn Dutzend Rosen hinterlassen – in der Badewanne. Weiße, rosafarbene, rote und gelbe Rosen im Dezember. In der Wanne war nicht einmal mehr Platz für ihren kleinen Zeh.

Mitten auf dem Rosenberg lag eine Karte, so groß wie die Speisekarte im 21. Darauf stand in goldenen Lettern: »Dinner um neun. Wo? Im River Café. Trag, was du willst – und was du auf deinem Kopfkissen im Schlafzimmer findest. Jack.« Sie ging hinüber ins Schlafzimmer. Schon in der Tür sah sie, wie sie im Licht des neuinstallierten Deckenspots funkelten.

Morgen früh würde sie Wheeler anrufen.

3

Charmaine Brown, »Charlie«, kam mit British Airways, Flug Nummer 552, aus London nach Wien. Der T-schwänzige Trident-Jet mit den Hecktriebwerken landete auf dem Flughafen Schwechat, während wallende Wolken versuchten zu schneien. Das Zusammentreffen mit Harry Wheeler war für den nächsten Morgen angesetzt, aber Charlie war schon einen Tag früher eingeflogen. Nach Möglichkeit verschaffte sie sich immer gern einen Eindruck von den Orten, an denen sie zu tun hatte, fand heraus, wie sie sich anfühlten, denn so konnte sie ihre Nerven besser unter Kontrolle halten.

Die Trident war kaum zum Stehen gekommen, als die Gangway auch schon an Ort und Stelle gerollt war; im nächsten Augenblick war ein rot-weiß lackierter Bus mit der Aufschrift *Flughafen Wien* herangekommen. Ebenso wie die Schweizer waren die Österreicher effizient im Führen eines Flughafens. Charlie billigte so etwas. Noch erfreulicher war die Geschwindigkeit, mit der man sie durch Zoll und Paßkontrolle schleuste. Die Österreicher verlangten nicht einmal, daß sie das Formular ausfüllte, das außer in der Schweiz so gut wie überall obligatorisch war.

Charlie nahm an, daß die Österreicher sich aus dem Kalten Krieg gänzlich zurückgezogen hatten: Jeder durfte jederzeit herein, und Spione waren willkommen. Wie die Schweizer, interessierten sich auch die Österreicher nicht länger dafür.

Die Busfahrt von Schwechat nach Wien dauerte etwa zwanzig Minuten, und bei der Endstation vor dem Wiener Hilton stieg Charlie aus. Nach einer kurzen Taxifahrt betrat sie die mit roten Teppichen ausgelegte Empfangshalle des Hotels am Stephansplatz, das dem Dom gegenüberlag. Das Hotel bot gute, saubere Unterkunft, aber es war bescheidener als das Wiener Hilton. Wheeler war nicht großzügig. Noch nicht.

Nachdem sie ein paar Sachen aus ihrem Handgepäck herausgelegt hatte, machte Charlie sich frisch, zog warme Sachen unter ihren cremefarbenen Trenchcoat und spazierte dann die Kärntner Straße hinauf. Die Straße begann am Stephansplatz und war von Geschäften, Restaurants und Vergnügungslokalen gesäumt. Fahrzeuge durften das neue Pflaster nicht befahren, und so war es ein guter Ort, Leute zu beobachten und Schaufenster zu betrachten. Charlie ging ins Olympia-Restaurant und bestellte sich einen Kaffee – und ein Stück von der schweren Wiener Schokoladentorte.

Dann fragte sie sich zum zehnten Mal, was zum Teufel Harry Wheeler mit ihr vorhaben mochte. Sie hatte nie wieder etwas von ihm gehört oder gesehen, seit sie beide diese beleidigenden, demütigenden Zweizeiler von der Company erhalten hatten. Zusammen mit Wheeler und ein paar anderen aus dem Geheimdienst hatten sie in jener Nacht eine wüste Totenfeier abgehalten.

Es war ein langer Abend mit französischem Champagner, Kaviar, Räucherlachs und *paté de foie gras* in einem exklusiven Restaurant in Washington gewesen. Danach, wenn sie sich recht erinnerte, hatten sie womöglich alle zum Abschied gevögelt. Jedenfalls erinnerte sie sich lebhaft daran, daß Harry Wheeler quer über ihr gelegen hatte, als sie aufgewacht war – und daß sie einen mörderischen Kater gehabt hatte. Außerdem erinnerte sie sich – bis zur letzten Zutat – an Wheelers sogenannten narrensicheren Augenöffner. Der »Heimtükkische Bastard«, den Wheeler in der Bar des Shepheard's Hotel in Kairo entdeckt hatte, bestand aus gleichen Teilen Gin, Brandy und Limonensaft mit einem Spritzer Angostura, aufgefüllt mit Ginger Ale. In Kairo servierten sie diesen Cocktail aus kosmetischen Gründen mit einer Limonenscheibe und einen Zweiglein Minze garniert, hatte Harry ihr erklärt.

Charlie erinnerte sich an alles dies so genau, weil ihr nach dem ersten Schluck übel geworden war, und sie sich hatte übergeben müssen. Zugegeben, danach hatte sie sich wesentlich besser gefühlt, aber selbst Wheeler hatte einräumen müssen, daß dies nicht die beabsichtigte Wirkung gewesen sei.

Sie war zu nüchtern gewesen, als daß sie ihm noch einen Fick gestattet hätte, und danach hatte sie nie wieder etwas von ihm gehört oder gesehen – bis zur vergangenen Woche. Irgendwie hatte er es geschafft, ihren Aufenthaltsort aufzuspüren und ihren angenommenen Namen zu knacken.

Er hatte ein Treffen am Morgen gewollt, irgendwo am Nordufer des Donaukanals, zwischen der Uraniastraße, wo die Wien in den Kanal floß, und der Franzenbrücke. Von ihrem Hotel aus war es ein Spaziergang dorthin – nach Norden, die Rotenturmstraße hinauf, über die Marienbrücke und die Treppe hinunter, und dann am Nordufer des Kanals hinauf. Von hier aus brauchte sie nur noch dem Weg zu folgen, der am Wasser entlangführte.

Als Charlie sich auf den Weg machte, war der Himmel von den gleichen, schlaffen Wolken bedeckt, die sie schon bei der Landung in Schwechat so deprimierend empfunden hatte. Ohne rechten Erfolg mühten sie sich zu schneien, und das erinnerte sie an einige der knapp verpaßten Orgasmen in ihrem Leben.

Ein Jogger streifte sie, und einen Moment glaubte sie, es sei Wheeler. Wo zum Teufel steckte er? Was sollte diese verdammte

Geheimniskrämerei? Wann würde Wheeler je erwachsen werden und diese Mantel-und-Degen-Klischees aufgeben? Von Ed hatte sie gehört, daß Wheeler von der Company zur Drogenbehörde übergewechselt war, aber dort trug man doch die Geheimagentenfaxen nicht so dick auf wie beim CIA.

Er saß auf einer Bank aus Holz, und an seinem Hals hing ein schweres Fernglas. Wheeler hatte sie offenbar kommen sehen, lange bevor sie ihn bemerkt hatte, selbst wenn man die Tatsache berücksichtigte, daß der Donaukanal sich gleich hinter der Marienbrücke nordwärts wandte. Aber er tat, als beobachte er sie nicht durch das Fernglas; er hatte es an die Augen erhoben und auf einen niedrig fliegenden Jet gerichtet, der zum Anflug auf Schwechat ansetzte.

»Na, wie geht's?« Wheeler erhob sich von seiner Bank, als sie vor ihm stand.

»Mir geht's prima. Und dir?«

Das Glas baumelte locker vor seiner Brust. Sie hatte gewußt, daß Wheeler angeblich ein eifriger Vogelbeobachter war, aber mit einem solchen Fernglas konnte er auch dafür sorgen, daß ihn selbst niemand beobachtete. Der Mann, dessen war Charlie sicher, hatte so viele Geheimnisse, daß er vermutlich das eine oder andere sogar vor sich selbst verbarg.

»Lange nicht gesehen«, fuhr Wheeler fort. »Lange nicht gesehen« war Geheimagenten-Sprache für »Ist 'ne Menge Zeit vergangen, aber ich hab' dich nie gebraucht – bis letzte Woche«.

»Ja. Lange nicht gesehen.«

»Aber ich erinnere mich noch genau an das letzte Mal.« Wheeler lachte.

»Ja...«

»Hast du Lust, am Ufer entlangzuspazieren?« fragte Wheeler. In der Agentensprache hieß das: »Wir unterhalten uns im Gehen, denn vielleicht hat jemand einen dieser kompakten Parabolreflektoren auf uns gerichtet, die noch auf tausend Meter registrieren, was wir sagen. Weshalb sollen wir es ihnen leichtmachen?«

Es war eine lange Übersetzung für so wenige Worte, aber Charlie verstand augenblicklich. Sie spürte es kaum, daß sie seit so vielen Jahren nicht mehr bei der Company war. »Okay, gehen wir«, sagte sie.

»Tut mir leid, das mit Ed«, sagte Wheeler. Geheimagentensprache für »Wenn Ed nicht da ist, kann ich dich viel leichter benutzen.«

Er mußte von Ed gewußt haben. Ed war bei der Rauschgiftbehörde gewesen. Sie und Ed hatten geheiratet, und ihr Adoptivsohn war ein kleiner vietnamesischer Flüchtling mit großen braunen Augen und einem fröhlichen Lächeln. Eines Nachmittags war sie in ihren Vorstadtbungalow zurückgekehrt, und der vier Jahre alte Ed jr. hatte an der Deckenlampe gebaumelt. Ed hatte in der Wanne gelegen, unter Wasser, und in seinem Kopf waren zwei Einschußlöcher gewesen.

»Selbstverständlich tut es dir leid. Die Behörde hat einen guten Mann verloren«, erwiderte sie.

»Er hat nie für mich gearbeitet«, gab Wheeler zur Antwort. Das hieß: *Wenn er für mich gearbeitet hätte, hätte ich ihm gesagt, er solle vorsichtiger sein. Aus eben diesem Grunde schärfe ich meinen Jungs immer wieder ein, ihre Pistolen bei sich zu tragen, selbst auf dem Lokus.*

»Es war eine harte Sache«, redete Wheeler weiter. »Die Behörde hat die Mörder nie erwischt, nicht?« Übersetzung: »Ich möchte, daß du weißt, da nichts davon meine Schuld ist. Er hat nie für mich gearbeitet, und mit der Untersuchung hatte ich nichts zu tun.«

»Nein, die Mörder haben sie nie erwischt.«

»Und du bist nach England gegangen?«

»Ja, ich bin nach England gegangen.« Charlie war klar, daß Wheeler jede Adresse kannte, die sie seit ihrem Abschied vom Geheimdienst gehabt hatte.

»Ich bin noch immer sauer über die Art, wie sie uns gefeuert haben«, sagte Wheeler plötzlich. Übersetzung: »Ich hoffe, du bist ebenfalls noch sauer. Bei der Behörde wird uns das nicht passieren.«

Sie machte ihm eine Freude, indem sie sagte: »Sie haben eine Menge guter Leute vergeudet.«

»Du warst eine der besten, weißt du das?«

»Findest du?«

»Yeah. Am Anfang war ich dagegen, daß Frauen beim Geheimdienst arbeiteten«, erklärte Wheeler schuldbewußt.

»Daran erinnere ich mich. Du hast es mir gesagt. Mehr als einmal.« Charlie war eine der wenigen Frauen gewesen, die in der CIA-Abteilung für »Schmutzige Tricks« gearbeitet hatten.

»Aber die meisten von uns hast du in die Tasche gesteckt«, sagte Wheeler. »Okay, geben wir's zu – du warst besser als die meisten Männer. Aber nicht besser als ich und Tarrant, um nur zwei zu nennen.«

»Ach, übrigens – wie hast du mich eigentlich gefunden?« Jetzt, da die Rede auf Tarrant gekommen war, wechselte Charlie das Thema.

»Tarrant.«

»Das alte Kratergesicht?«

»Wir halten Kontakt. Versuchen zu kooperieren. Und die Company kümmert sich um ihre Schäfchen, behält im Auge, wo sie sich aufhalten und was sie so tun.« Übersetzung: *Geben wir es zu: Der CIA muß seinen ehemaligen Angestellten nachspionieren, vor allem denen, die schmollen, weil sie gefeuert wurden.*

»Yeah. Jeder ist im Computer. Tarrant brauchte mir lediglich eine aktuelle Liste zukommen zu lassen.«

»Ich verstehe«, sagte Charlie.

»Vermißt du die alte Tretmühle manchmal?«

Das Heulen eines Jet ließ Wheeler nach seinem Fernglas greifen, und er spähte hinauf zum Himmel; die Wolkendecke war aufgerissen. »Sieh doch!« rief er. »Eine Boeing 707 der Kuwait Airways. Weißer Schwanz mit blauen und weißen Streifen und einem stilisierten aufsteigenden Vogel in Weiß!« Verkehrsflugzeuge beschrieb er mit der gleichen Sicherheit wie einen langschnäbligen Sumpfzaunkönig oder einen gemeinen weißen Reiher.

»So eins hab' ich schon lange nicht mehr gesehen!« redete er weiter. Übersetzung: »Wie lange soll ich dieses Theater noch spielen, bevor du dich entschieden hast, ob du für mich arbeitest oder nicht?«

»Okay. Was hast du vor?« fragte Charlie schließlich.

»Tja, ich habe tatsächlich etwas vor.« Übersetzung: *Du arbeitest für mich, nicht für die Behörde.*

»Und was?« fragte Charlie.

»Ich möchte, daß du einen Mann findest.«

»Mehr nicht?«

»Wie gefällt dir das?«

»Weiß ich noch nicht.«

»Mit anderen Worten?«

»Bis jetzt hast du mir noch nicht erzählt, ob ich ihn vögeln oder umbringen soll.«

»Du sollst ihn finden, das ist alles.« Übersetzung: *Den schwierigen Teil werde ich dir gleich erzählen.*

»Das klingt nicht schwierig.«

»Ist es aber.« Übersetzung: *Wir nähern uns dem kniffligen Teil. Wieso fragst du nicht?*

»Wer ist es?«

»Dieser Überläufer. Ivan Yazov. Crystal. Hardacre.« Lässig hängte Wheeler die beiden Codenamen an den Namen des Killers an.

»Ich verstehe.«

»Rasch! Sieh dir das an!« Es war Zeit für eine neue kritische Pause. Wheeler riß sein Fernglas hoch, als ein weiterer Jet in der Einflugschneise von Schwechat durch die Wolken schwebte. »Rotweißer Schwanz. Stilisiertes Pfeilemblem gleich hinter der vorderen Luke. Eine DC-9 der Austria Airlines.« Er beschrieb die Maschine leidenschaftslos, denn sie war nichts Besonderes.

»Ich sehe das Problem. Es kann leicht passieren, daß ich getötet werde.«

Crystal hatte die Spionagezentrale in Sofia in die Luft gejagt, den Putsch in Kampala ausgelöst und all diese Leute im nördlichen Tennessee umgebracht. Nach letzten Zählungen hatte er Dutzende von Menschenleben auf dem Gewissen. Eine Zeitlang hatte die Company ihn benutzt, erst als Doppelagenten in Sofia – als Dreifachagenten, genaugenommen –, und dann als Attentäter bei den Blutbädern in Entebbe und Kampala. Hier war Mike Tarrant der Verantwortliche gewesen, und Crystal hatte seine Arbeit sehr gut gemacht.

Er hatte nur eines nicht gut gemacht: Er war nicht nach Langley zurückgekehrt. Er war verschwunden und nach einer Weile in Tennessee wieder aufgetaucht, wo er in einer Kleinstadt namens Baptist's Fire ein paar Leute umgebracht hatte, *en passant,* sozusagen.[1]

Die Company, das FBI, der KGB, diverse Polizeibehörden – alle suchten ihn. Die Mafia wahrscheinlich auch – wegen der Sache in Tennessee.

Crystal hatte keine Aktennotiz von der Company bekommen, mit der man ihn feuerte.

»Ich weiß, was du denkst«, unterbrach Wheeler ihre Gedankengänge.

»Daran zweifle ich nicht. Es ist ein weiter, harter Weg.«

»Crystal wechselt seine Position so schnell, daß der Computer nicht mithalten oder ihn wenigstens ausfindig machen kann.«

»Wo hat man ihn zuletzt gesehen?«

»In Baptist's Fire, im nördlichen Tennessee, in den Bergen.«

»Vermuteter gegenwärtiger Aufenthaltsort?«

»Adresse unbekannt. Er kann überall sein, aber wahrscheinlich ist er irgendwo in Europa oder in Nordamerika.«

»Ein weites Feld.«

»Deshalb habe ich dich geholt, Charlie.«

»Ich bin geschmeichelt.«

»Das solltest du auch sein. Ich weiß, was so etwas kostet.« Übersetzung: *Du bist der einzige Mensch mit genug Know-how, der unabhängig genug – und gerissen genug ist. Du bist immer noch sauer genug, daß du zeigen willst, was für eine hervorragende Agentin du hättest sein können, und du wirst es ihnen allen zeigen.*

[1]) siehe UB 10166: Die Vergeltung des Fremden

»Ich bin doppelt geschmeichelt.«

»Das glaube ich. Außerdem habe ich noch ein paar andere Ideen.« Übersetzung: *Ich will nicht, daß du in dem Glauben weggehst, ich verließe mich nur auf dich, Charlie. Vielleicht habe ich auch noch andere Hilfe. Konkurrenz ist gut für die Bauchmuskeln – man kann nie genug von dieser altmodischen Anspannung haben.*

Sie hatten die Franzenbrücke erreicht und überquert und gingen am Südufer des Donaukanals zurück nach Westen, auf die Marienbrücke zu. »Was für Unterstützung werde ich bekommen?«

»Alles, was ich habe.« Das hieß: *Ich bin nur ein einzelner Mann, Charlie. Du wirst auf dich selbst gestellt sein. Wenn du erst drinsteckst, wirst du feststellen, daß du von keiner Seite regelmäßige Unterstützung bekommst.*

»Und weshalb sollte ich es überhaupt tun?«

»Des Geldes wegen, Charlie. Vielleicht auch, um etwas zu tun zu haben.« Übersetzung: *Mal ehrlich – die letzten beiden Jahre, seit du Ed nicht mehr zum Bumsen hast, waren doch von tödlicher Langeweile.*

»Und womit sollte ich anfangen? Himmel, ich brauche doch irgendeinen Anhaltspunkt.«

»Du bekommst Crystals Computerausdruck von Octopus. Dann weißt du so viel wie CIA und FBI zusammen.« Octopus war der allwissende CIA-Computer, der in Langley im Keller stand.

»Und die Akte?«

»Wenn du sie wirklich haben willst. Tarrant wird nichts dagegen haben. Aber wozu willst du sie haben? Du bekommst den Ausdruck.« Übersetzung: *Ich kann also davon ausgehen, daß du mitmachst.* Das Schlüsselwort war »willst«. Er hatte gesagt »willst«, nicht »würdest wollen«.

»Ich habe nicht gesagt, daß ich den Job übernehme«, sagte Charlie zurückhaltend.

»Das stimmt, Charlie. Gesagt hast du es nicht.«

»Was willst du von ihm?«

Wheeler sah sie an, ohne stehenzubleiben. Sie hätte schwören können, daß er aus dem Mundwinkel sprach, um es dem imaginären Parabolempfänger schwer zu machen. »Du hast nichts weiter zu tun, als ihn zu finden.« Übersetzung: *Er soll für mich töten, Charlie. Was sonst? Und jetzt sieh zu, daß du ihn findest, und zwar schleunigst, bevor ihn jemand umbringt; ein Dutzend Parteien sind auf der Suche nach ihm.*

»Ich muß darüber nachdenken, Harry.« Es war das erste Mal, daß sie ihn beim Namen nannte.

»Nimm dir Zeit.« Übersetzung: *Entscheide dich rasch, Charlie. Das*

Gehampel kannst du dir sparen.

»Ich werde es dir heute abend sagen.«

Sie verlangsamten ihren Schritt, als sie sich einer der weißen Holzbänke näherten. »Okay, Charlie, ich komme heute abend zu dir. Du brauchst nur ja oder nein zu sagen.« Übersetzung: *Ich will deine Antwort heute abend in deinem Zimmer. Ja oder nein kannst du auch dort gefahrlos sagen. Außerdem werde ich, ob du es gestattest oder nicht, versuchen, dich zu bumsen, und der beste Ort dafür ist dein Zimmer. Vergiß nicht, du schuldest mir etwas.*

»Meine Zimmernummer ist 402.«

»Ich weiß.«

»Bis sieben Uhr dann.«

»Ist mir recht.«

Sie ging davon, den Weg hinauf und mit zielstrebigem Schritt zum nördlichen Ende der Rotenturmstraße.

Wheeler fuhr mit dem klapprigen alten Aufzug, der auf einer Seite offen war, zum vierten Stock hinauf. In zweifacher Hinsicht war dieser Aufzug gefährlich: Zum einen konnte man sich an der nackten Schachtwand böse Schrammen holen, wenn man nicht aufpaßte, wo man stand, und zum anderen war er, wie er so von Stockwerk zu Stockwerk nach oben fuhr, für jede schallgedämpfte Pistole eine todsichere Zielscheibe.

Er hatte sich schon einmal ein Szenario ausgedacht, in welchem er jemanden im zweiten Stock ins Jenseits beförderte, während der Lift unterwegs zum zehnten wäre. Derweilen wollte er dann zu Fuß die Treppen hinunter und aus dem Gebäude laufen. Wheeler beschloß, die Treppe zu benutzen, wenn er bei Charlie gewesen wäre.

Pünktlich um sieben Uhr klopfte er an die Tür von Zimmer 402. »Wheeler?« Er hörte ihre Stimme leise durch das dünne Holz.

»Ja.«

»Allein?«

»Ja.«

»Unbewaffnet?« Sie wollte ihn auf den Arm nehmen.

»Mach schon auf«, sagte er mürrisch.

Ein klapperndes Geräusch, und Charlie öffnete die Tür. Sie hatte ihren Trenchcoat an und war bereit, auszugehen.

»Meine Antwort ist: Ja«, sagte sie in der offenen Tür.

»Großartig, Charlie.« Wheeler drängte sich ins Zimmer. »Und jetzt laß uns vögeln.«

»Was, jetzt?« brachte sie in unschuldiger Empörung hervor.

»Nein, Charlie, nächstes Jahr in Marienbad.« Übersetzung: *Wenn wir dann noch leben.*

Aber da hatte sie den Mantel schon ausgezogen. Wheeler saß auf dem Bett, nur noch mit seinen Socken bekleidet; wartend sah er sie an.

Später führte er sie sogar zum Essen aus, in ein kleines, ruhiges Lokal abseits der Kärntner Straße, unter einer Bedingung allerdings: Es wurde nicht über die Arbeit geredet. Die Einzelheiten würden sie am nächsten Tag am Kanalufer besprechen. Falls irgend jemand sie beobachtete, sollte es aussehen wie ein gewöhnliches Essen zu zweit mit ausgiebigem Händchenhalten.

Als die Unterhaltung erlahmte, nachdem Charlie ihm erzählt hatte, wie es ihr nach Eds Tod ergangen war, fragte sie ihn über sein eigenes Leben aus. Hatte er je geheiratet? Sie hatte es nie erfahren; war es etwa ein Geheimnis?

Wheeler lächelte, und zum allerersten Mal öffnete er sich tatsächlich einen Spaltbreit. »Die größte Erfahrung meines Lebens«, sagte er und erhob das Glas mit eisgekühltem Riesling.

»Du machst Witze«, antwortete sie.

»Kein Witz.« Wheeler nahm einen Schluck von dem trockenen Weißwein. »Ich war verrückt nach ihr. Nach ihrem Aussehen, ihren Augen, ihrer phantastischen Möse.«

Charlie ließ ihr Weinglas hin und her wippen und starrte ihn ungläubig an.

»Ich war nur für sie da. Mein Lebensziel bestand darin, sie glücklich zu machen, ihr das Gefühl zu geben, daß es auf dieser ganzen beschissenen Welt wenigstens einen gab, dem wirklich etwas an ihr lag. Daß sie nicht allein war.«

»Du machst Witze.«

»Nein, Harry macht niemals Witze über seine Frau. Diese Ehe war mein Zufluchtsort, und dorthin verkroch ich mich vor den Sorgen, dem Töten, den Tarrants. Und wenn ich wirklich Frieden haben wollte, kroch ich geradewegs zwischen ihre Beine.« Wheeler hatte sich warmgeredet, und er erzählte mehr als je zuvor. Und Charlie hörte zu.

»Wir haben einiges falsch gemacht, indem wir die Liebe zueinander praktizierten. Vielleicht habe ich mir allzuviel Mühe gegeben. Ich war ständig dabei, mich zu entschuldigen.«

»Und was geschah dann?« Charlie war fasziniert.

»Wir haben uns nie gestritten. Ich habe es nie dazu kommen lassen. Ich hätte mit den Russen schon genug zu tun, habe ich im Scherz immer zu ihr gesagt. Aber ich habe Fehler gemacht. Ich wollte sie immerzu vögeln.«

»Und was geschah dann?«

»Ich weiß es nicht. Das ist die Wahrheit. Ich dachte immer, wir verständen einander ganz und gar. Wir hatten einen weiten Weg zusammen zurückgelegt und gute Erfahrungen miteinander gemacht.«

Wheeler nahm einen Schluck Wein.

»Und dann saßen wir eines Abends in einem Restaurant, wie jetzt.«

»Ja.«

»Meine Frau nahm einen Bissen von ihrem Schnitzel, und dann stand sie auf, ohne ein Wort zu sagen, und verschwand, das Stück Schnitzel noch im Mund. Ich wartete eine Weile, und die Kellner waren ernstlich beunruhigt; zum Spaß hatte ich ihnen gesagt, meine Frau sei verärgert nach Hause gegangen, weil einer der Gäste sich so rüpelhaft benehme. Ein Kerl mit 'nem kleinen Schwips hatte die Kellner laut und aggressiv herumkommandiert. Sie warfen ihn schließlich hinaus, aber meine Frau habe ich niemals wiedergesehen.«

Er war todernst.

»Du hast sie umgebracht und begraben.« Charlie versuchte, die depressive Stimmung zu vertreiben, die sich über dem Tisch niedergelassen hatte. Aber sogleich bedauerte sie ihre Bemerkung. Ein paar Sekunden färbten sich Wheelers Mundwinkel weiß, aber sogleich hatte er sich wieder in der Gewalt. Er lächelte nur traurig und sagte: »Nein. Ich habe sie nur nie wiedergesehen.«

»Das heißt, sie könnte jetzt überall sein? Irgendwo leben?« fragte Charlie, um den Fehler auszubügeln.

»Ich nehme es an«, antwortete Wheeler. »Aber ich hoffe, ich werde ihr nie wieder begegnen, nach so langer Zeit.«

»Warum?«

»Weil ich zuviel gegeben habe.«

Aber er sagte nicht, was er tun würde, wenn er ihr doch einmal begegnen sollte.

Am folgenden Tag trafen sie sich noch einmal am Ufer des Donaukanals. Sie sprachen lange miteinander und klärten alles, was zu klären war. Wheeler war besorgt und verständnisvoll. Es würde schwierig sein, Crystal ausfindig zu machen. »Aber wenn du den Mut verlierst, bevor du anfängst, wirst du überhaupt nichts erreichen. Du fängst gar nicht erst an. Das ist der Preis, den man für das Leben zahlt – man muß anfangen.«

Später war er wieder er selbst, der Wheeler, den sie von früher kannte. Seine Abschiedsworte waren: »Du kannst ausgeben, soviel du willst.« Sie verstand, was es bedeutete: »Halte dich ein bißchen zurück.«

Als sie an der Hotelrezeption ihren Schlüssel verlangte, stellte sich heraus, daß er ein Geschenk für sie hinterlassen hatte. Ein netter Einfall. Charlie riß das Einwickelpapier herunter, um das Parfüm herauszunehmen. Aber es war nur ein Eau de Toilette.

4

Das »River Café« war an Bord eines Hausbootes im East River, das am Brooklyn-Ufer, nicht weit im Süden der Brooklyn Bridge, vor Anker lag. Es war ein kostspieliges Dinner gewesen, und durch ein riesiges Panoramafenster hatte man über das Wasser hinweg zu den Wolkenkratzern des Finanzdistrikts blicken können. Hinter diesen gewaltigen Gebäuden und noch über sie hinausragend erhoben sich die Zwillingstürme des World Trade Centers.

Es war ein Abendessen gewesen, an das man sich erinnern würde; die ganze Zeit über war ihre Hand zwischen seinen Beinen gewesen, während sie einhändig ihre Forelle mit der Gabel zerlegte. Weitere unvergeßliche Abende waren gefolgt.

Jetzt saßen sie dreiundvierzig Stockwerke hoch über der Stadt und tranken Cocktails im »Top-of-the-Park« im schlanken, weiß-blauen Gulf & Western-Gebäude am Columbus Circle, und die Aufregung für ihn hatte nicht nachgelassen. Sie war eher noch gewachsen. Von den Barhockern aus blickte man über die Upper West Side hinaus; später, wenn sie auf der anderen Seite des Raumes, im Restaurantbereich, dinierten, wollte Graniano versuchen, ihr sein Penthouse zu zeigen.

An diesem Abend trug er einen blauen, zweireihigen Blazer mit einem blauen, sorgfältig gebundenen Seidenschal unter dem weißen Hemd. Mit goldenem Faden war das Wappen von Castellamare de Golfo auf den Schal gestickt. Graniano beharrte darauf, seine Kleidung in London und nicht in New York zu kaufen. Alle seine Anzüge stammten aus der Savile Row, und sein Hemdenschneider war der Sproß einer langen Reihe von Hemdenschneidern, die es schon vor der *Mayflower* gegeben hatte. Sogar seine Unterwäsche erstand Graniano im Dutzend bei Marks & Spencer in der Oxford Street.

Während er im sanften, rötlichen Kerzenschein mit dem Barmann redete, sah Graniano sich und Liz Fitzwilliam verschwommen in dem Spiegel, der sich von einem Ende der Bar zum anderen erstreckte. Mit ausdruckslosem Gesicht lauschte sie seinen Ausführungen über die diversen Sorten von Scoth Whisky und ihre subtilen Qualitätsunterschiede.

Der Barmann war ehrfurchtsvoll und spitzte die Ohren, während er mit ernsthafter Miene einen weiteren Cocktail zurechtmixte. Er demonstrierte dem Don gebannte Aufmerksamkeit und nickte in beständiger Übereinstimmung mit den Bemerkungen des Don. Graniano fiel es da schon schwerer, seinen ungerührten Gesichtsausdruck vor dem Barmann zu bewahren.

Auf der anderen Seite der Bar, dort, wo der Barmann es nicht sehen konnte, hatte Liz seinen Reißverschluß geöffnet und ihre Hand in seine Hose geschoben. Während Graniano sich an die Ecke der Bar lehnte, befingerte sie ihn mit federzarten Berührungen und griff nur hin und wieder mit sanftem Druck zu, wenn Graniano versuchte, ihre Hand beiseite zu schieben.

5

Es war Januar, und Ivan Yazov, genannt Crystal, war in Zürich. Er saß an einem Fensterplatz im Restaurant »Zu den Kaufleuten« am Pelikanplatz. Crystal nippte an seinem Frühstücksorangensaft und war beunruhigt. Draußen war es kalt, und eine dünne, zerschlissene Schneedecke lag auf den Bäumen und Rasenflächen des Platzes. Gefrorenes Wasser erfüllte die Zementschale neben dem Straßenpflaster, wo er den Kopf des CIA-Killers zerschossen hatte. Crystal konnte sich noch an den Schuß erinnern. Er war mit seinem schallgedämpften Gewehr oben auf dem Dach gewesen, hinter dem abblätternden Schild der BANK OF INTERNATIONAL SWISS FINANCE AND DEVELOPMENT. Der Hinterkopf des Attentäters war im Fadenkreuz seines Zielfernrohrs gewesen; der Chef des Züricher CIA-Büros hatte den Kopf auf seine Hände gestützt. Ein Polizeiwagen war auf den Pelikanplatz eingebogen, die Sirene hatte geheult, und Crystal hatte abgedrückt. Der Kopf war in den Händen des Mannes explodiert.

Crystal schaute aus dem Fenster und zu dem schneebedeckten schrägen Dach hinauf, wo er damals auf den richtigen Augenblick gewartet hatte. Während seiner einsamen Wacht hatte er dort oben gepicknickt – dünn geschnittenen Parmaschinken, Käse, Brot, Erdnüsse. Und Ruffino Chianti. Als er jetzt im Januar, ein paar Jahre später, zu dem Dach hinaufschaute, stellte er fest, daß das Schild der Bank nicht mehr da war.

Die Kellnerin brachte ihm eine Tasse heißen Kaffee und ein Brötchen. Orangensaft allein war nicht genug, nicht an einem so kalten Morgen.

Crystal wußte nicht genau, was er am Pelikanplatz eigentlich suchte.

Er zog es zumeist vor, die Orte, an denen er getötet hatte, nicht noch einmal aufzusuchen. Man konnte nie wissen, ob nicht jemand, der diese Plätze regelmäßig aufsuchte, ihn nicht wiedererkennen würde.

Vermutlich war er wegen des Geldes noch einmal hergekommen, das auf seinen Namen bei der Bank of Swiss International and Overseas Services deponiert war. Die Bank befand sich an diesem Platz, gegenüber der Stelle, an der er vor Jahren darauf gewartet hatte, den CIA-Killer umbringen zu können. Die Bank gehörte natürlich zum CIA; die Company hatte hier seine Honorare deponiert, als er noch Triple-Agent gewesen war – Agent des CIA, Oberst des bulgarischen Geheimdienstes und KGB-Killer.

Crystal hatte eine Menge Geld auf dieser Bank gehabt, schon bevor der CIA ihm ein weiteres Honorar versprochen hatte, falls es ihm gelänge, ihren Hoffman aus der Zentrale in der Brzinastraße herauszuholen, die gesamte Nachtschicht dort umzubringen, das Gebäude in die Luft zu jagen – und Hoffman in den Zug nach Jugoslawien zu setzen.

Er hatte Verrat gewittert, als Hoffman kurz darauf von jemandem umgebracht worden war. Dahinter hatte nur die Company stecken können. Sie hatten vereinbart, daß er sein Honorar bei dieser Bank am Pelikanplatz abholen solle, aber Crystal hatte gewußt, daß man ihn in einen Hinterhalt locken wollte.

Sein Geld hatte er schließlich nie bekommen, aber statt dessen hatte er den Killer und noch einen zweiten CIA-Mann umgebracht, und danach hatte es die kompliziertesten Verwicklungen gegeben. Trotz allem, was sich ereignet hatte, war er bis zu diesem Tag ohne sein Honorar geblieben. Damit allerdings konnte er sich abfinden: Die Geschichte war schließlich überaus verworren gewesen, und er hatte manches richtig, aber auch manches falsch gemacht.

Und nun saß er in den »Kaufleuten«, trank heißen Kaffee, starrte zu der Banko of Swiss International and Overseas Services hinüber und zerbrach sich den Kopf, wie er an sein Geld kommen sollte. Er hatte sogar schon daran gedacht, die Bank auszurauben – um sein Honorar zu holen! Aber es gab eine Million Gründe, die dagegen sprachen, einmal abgesehen von der Tatsache, daß Bankraub nicht zu seinem Metier gehörte. Er bezweifelte, daß in den Tresorgewölben überhaupt genug Geld liegen würde. Wahrscheinlich liefen die Konten alle über den Computer, und das Geld war anderswo deponiert. Große Mengen Bargeld wurden ja nicht benötigt. Als CIA-Unternehmen führte die Bank keine gewöhnlichen Sparkonten. Falls für Agenten oder deren geleistete Dienste große Summen benötigt wurden, mußte man entsprechende Vorkehrungen treffen.

Es war nicht so, daß Crystal das Geld nicht brauchte. Im Gegenteil. Abgesehen von dem Geld, das er für den Notfall versteckt hatte, besaß er keinerlei Mittel mehr, weder direkt zugängliche noch irgendwo verborgene. Vor zwei Jahren hatte er die 50000 Dollar ausgegraben, die er in einer Fiberglaskapsel in den Schweizer Bergen verbuddelt hatte. Das meiste davon hatte er inzwischen ausgegeben, wenngleich er im Bewußtsein seiner Situation sehr zurückhaltend gewesen war. Für einen Mann, der sich auf der Flucht vor einem halben Dutzend Agenturen befand, war Mobilität lebensnotwendig. Jeder Ortswechsel aber kostete Geld.

Crystal stand auf und ließ ein kleines Trinkgeld auf dem Tisch liegen. Als das Mädchen herankam, sah er, wie sie das Gesicht zu einer säuerlichen Grimasse verzog. Zum Teufel mit ihr. Sie würde niemals erfahren, wie es war, mittellos zu sein, und er konnte schließlich nicht gut um Arbeitslosengeld einkommen oder sich um einen Job bewerben. Die Computer suchten nach ihm, und Computer fraßen genau die damit verbundene Art von Papieren. Bisher hatte ihn niemand gefunden, weil er sich so schnell bewegte, daß nicht einmal Octopus oder Walnut eine Spur von ihm hatte aufnehmen können, und weil er keine Papiere hinterließ. So mied er beispielsweise jeden Flughafen, der in das Terroristenfahndungsnetz eingebunden war. Alle Flughäfen in Westdeutschland etwa. Das westdeutsche Bundeskriminalamt kontrollierte mehr als tausend Videokonsolen, die an sämtlichen Grenzübergängen des Landes spionierten. Ein ultramodernes, elektronisches Erkennungssystem speiste alle Informationen in einen gewaltigen Zentralcomputer, und damit konnte jeder Paßinhaber augenblicklich überprüft werden. Die Datenbanken des BKA in Wiesbaden dienten hauptsächlich der Fahndung nach Terroristen – den Roten Brigaden, der Roten-Armee-Fraktion oder der PLO –, aber Crystal war sicher, daß auch er irgendwo in den Datenbanken gespeichert war.

Er war ständig auf der Hut vor TV-Kameras und dergleichen an den Grenzübergängen, und er versuchte zu vermeiden, daß jemand ein scharfes Foto von ihm machte, auch wenn er sich nach dem Aufruhr in Entebbe und später in Baptist's Fire noch einmal das Gesicht hatte verändern lassen. Auch das hatte Geld gekostet – viel zuviel Geld.

Crystal klemmte sich die *International Herald Tribune* unter den Arm und ging hinaus. Die Kälte auf dem Pelikanplatz traf ihn wie eine Mauer, und unwillkürlich sog er die Luft zwischen den Zähnen ein.

Ohne einen besonderen Plan begann er, um den Platz herumzuspazieren. Bevor er das Gebäude erreicht hatte, in dem die Bank of International Swiss Finance and Development untergebracht war und von dessen Dach aus er damals geschossen hatte, blieb er kurz stehen, um einer Fünfmannkapelle der Heilsarmee zu lauschen. Dann schlenderte er in einem Anflug von Neugierde seitlich um das Gebäude herum. Es hatte sich nichts verändert; nur der Eingang, durch den er damals auf das Dach gelangt war, war mit einem Eisengitter verschlossen worden. Eine Tafel mit großen roten Buchstaben hing an dem Gitter: ZUTRITT VERBOTEN. Hier war er vor ein paar Jahren herausgekommen, und im Weggehen hatte er noch den trägen Schweizer Gendarm umgebracht. Er erinnerte sich lebhaft daran, wie der Gendarm in der schmalen Gasse zwischen den Mauern unter den Schüssen hin- und hergeschleudert worden war.

Crystal wandte sich nach Südosten und wanderte die Nüscheler hinunter bis zur St.-Peter-Straße. Dort bog er rechts um die Ecke und kam zur Talackerstraße. Er schaute einer blau-weißen Straßenbahn nach und ging dann die Talackerstraße hinauf zurück zum Pelikanplatz. Als er dort ankam, waren die Heilsarmeemusikanten verschwunden.

Ohne genau zu wissen, warum – vermutlich von einer gewissen Frustration getrieben –, überquerte Crystal den Platz und näherte sich der CIA-Bank. Im Erdgeschoß residierte eine Filiale der Credit Lyonnais, die am Samstag vormittag natürlich geschlossen war. Er spähte durch die Glastür, und hinter der verschlossenen Tür, am Fuße der Treppe, konnte er eine Edelstahltafel erkennen. *Bank Leu AG,* las er. Bank Leu AG, Reisebüro Commercial, stand in schwarzen Prägebuchstaben auf einem anderen silbrig schimmernden Schild. Bank of Swiss International and Overseas Services AG . . . Sie waren also immer noch im Geschäft.

Crystal stand vor der verschlossenen Glastür wie ein Kind vor einem Schaufenster mit teurem Spielzeug. Mit der *International Herald Tribune* unter dem Arm, die behandschuhten Hände in die Taschen seines Mantels gestopft, betrachtete er sein Spiegelbild in der Glasscheibe, die jetzt vom warmen Dunst seines Atems beschlug. Hilflose Frustration erfüllte ihn.

Weshalb war er überhaupt nach Zürich gekommen, und weshalb ausgerechnet hierher? Weil er Zeit hatte, natürlich. Er hatte jede Menge Zeit.

Schon nach diesem kurzen Spaziergang war Crystal so durchgefroren, daß er sich trotz der neuerlichen Ausgaben dem Restaurant zuwandte, das an der Südseite des Pelikanplatzes den »Kaufleuten« gegenüberlag.

Ein Ober mit schütterem Haar servierte ihm heißen Kaffee, und Crystal strich die Rückseite der *Tribune* glatt, um noch einmal die

Mitteilung in der Rubrik »Privatanzeigen« zu lesen. Sie lautete schlicht:

Crystal aus Spencer, erbitte dringend Ihren Anruf unter der alten Nummer wegen Bargeld.

Er war Crystal aus Spencer, daran gab es keinen Zweifel. Vor dem letzten Ärger, also vor der Sache in Kampala, hatte der CIA sich bemüßigt gefühlt, ihm im Rahmen ihres Eingliederungsprogramms für Überläufer eine neue Existenz zu verschaffen. Daß dies geschah, war nicht etwa Beweis für die Großherzigkeit der Company. Ohne ein solches Programm hätte es kaum Überläufer gegeben.

Nachdem der Einsatz beendet gewesen war, hatte Tarrant versucht, ihn in Spencer, Iowa, anzusiedeln, weit ab vom Schuß. Sein Codename war Crystal gewesen. Die Mitteilung war also für ihn, und sie kam entweder vom CIA oder vom KGB. Natürlich hatte das KGB von Spencer erfahren, und damit hatte ein Teil des Ärgers begonnen, denn daraufhin hatte es seine Killer ausgesandt.

Die Anzeige hatte jetzt drei Tage hintereinander in der Zeitung gestanden. Sie wußten natürlich, daß er ein eifriger Leser dieses Blattes war; er hatte ihnen während der Abschlußbesprechungen eine Menge relativ harmloser Dinge erzählt.

Stundenlang hatte Crystal über die Mitteilung schon gegrübelt. Sie beschäftigte seine Gedanken, wenn er durch Zürich spazierte, wenn er sparsam in einem Restaurant speiste oder wenn er im Hotel Limmathof am Limmat-Quai in seinem Bett lag.

Das Ganze konnte eine Falle von CIA oder KGB sein. Die Möglichkeit lag nahe. Oder es war ein Privater, für den er gegen Bezahlung etwas erledigen sollte.

Es war nicht schwer zu erraten, was man von ihm wollte. Wenn ein Privater die Anzeige aufgegeben hatte, sollte jemand getötet werden. Es hing von der Bezahlung ab, ob es sich um eine Einzelperson oder um eine Busladung handelte.

Aber es war clever eingefädelt. Es lag an ihm, ob er reagierte. Wer immer die Anzeige aufgegeben haben mochte – er hatte zu Recht vermutet, daß er sie lesen würde. Wenn es sich um eine Privatperson handelte, würde er wissen, daß auch CIA und KGB die Anzeige gelesen hatten. Sie lasen die *International Herald Tribune* und tausend andere Zeitungen. Und hier lag das Problem: Wie konnte man verhindern, daß die Company oder das KGB sich in die Kommunikation einschaltete?

Der Absender der Mitteilung hatte auf raffinierte Weise versucht, Außenseiter auf eine falsche Spur zu locken, indem er darum bat, »die alte Nummer« anzurufen. Mit anderen Worten: »Gebt euch keine

Mühe. Crystal und ich haben eine Nummer – die alte Nummer – für unsere Kontakte.«

Aber der Absender der Mitteilung und Crystal hatten keine alte Nummer. Also steckte ein Code in der Anzeige, der einfach zu entschlüsseln sein mußte – falls er existierte. Allein als Übung im Entschlüsseln codierter Botschaften war die Anzeige reizvoll. Ob er den Anruf tätigen würde, wenn er den Code erst geknackt hätte, war eine andere Frage. Ja, er war ziemlich sicher, daß es um einen Telefonanruf ging. Ein Telefonanruf ging schnell, ermöglichte zweiseitige Kommunikation, war anonym und relativ sicher, wenn man ein Abschirmgerät benutzte, das dafür sorgte, daß niemand mithören konnte.

Aber zunächst fesselte ihn dieser Code und beschäftigte seine Gedanken, wenn er nicht gerade darüber nachdachte, wie er sein Geld aus der CIA-Bank am Pelikanplatz herausholen könnte.

Crystal hatte ein paar Ideen, mehr nicht. Er vermutete, daß es sich um eine private Mitteilung handelte, denn die alte Nummer des KGB am Dzerzhinskyplatz in Moskau oder die des CIA in Langley würde er gewiß nicht anrufen, ebensowenig wie die Nummer der neuen bulgarischen Zentrale, wenn er sie gewußt hätte, was nicht der Fall war. Womöglich war die alte Nummer diejenige, die Tarrant ihm bei seiner unglückseligen Ansiedlung in Spencer gegeben hatte. Diese Nummer – den Panikknopf, hatte Tarrant gesagt – hatte er anrufen sollen, falls er in Schwierigkeiten geriete. Es war eine New Yorker Nummer gewesen, die nicht im Telefonbuch stand, und sie war rund um die Uhr von CIA-Personal besetzt.

Aber Crystal war bereits zu dem Schluß gekommen, daß die alte Nummer sich auf Paris beziehen mußte. Die *International Herald Tribune* erschien in Paris, und die Zeitung selbst war möglicherweise ein Hinweis.

Jetzt brauchte er nur noch die richtige siebenstellige Pariser Telefonnummer zu finden. Davon gab es nur ein paar Millionen, und wenn er noch am selben Tage anfinge, sie alle anzuwählen, würde er im Leben nicht die richtige finden.

Lange nachdem er seinen Kaffee ausgetrunken hatte, stand Crystal auf und trat wieder hinaus auf den Pelikanplatz. Als er an den Kaufleuten vorbeikam, sah er, wie die Kellnerin ihn durch das Fenster hindurch anstarrte. *Dumme Ziege,* dachte er. *Ist immer noch sauer wegen des Trinkgelds.* Einladend war ihr Blick ganz gewiß nicht.

Ein Killer verabscheute jede Art von Aufmerksamkeit. Vielleicht war es dumm gewesen, vor dem Bankgebäude herumzulungern und durch die verschlossenen Glastüren zu spähen.

Er ging in nördlicher Richtung zurück zur Bahnhofstraße, wo er die Heilsarmeekapelle wiederfand. Diesmal blieb er nicht stehen, um zuzuhören. Er spazierte langsam die Bahnhofstraße hinauf, bis er zur Bahnhofbrücke kam. Hier blieb er stehen und schaute über die Limmat hinüber zu seinem Hotel, einem schmalen, alten Gebäude, über dessen Dach sich der Schriftzug CAMPARI erstreckte. Lieber hätte er natürlich im Hotel Zürich am Neumühlenquai gewohnt, aber wie die Dinge lagen, konnte er sich kaum den Limmathof leisten, und sein Januar-Etat war bereits knapp.

Er überquerte die Brücke und betrat eine Bar neben dem Limmathof. Drinnen war es voll. Ein Mann trank Bier aus einem großen Krug und hielt mit Daumen und Mittelfinger der Linken einen Fisch in die Höhe. Zu seinen Füßen lag ein leckender Plastikbeutel, der weitere nasse Fische enthielt. Der Mann versuchte, die Fische zu verkaufen. Crystal fand die kleine Szene ein wenig abstoßend. Würde er ebenfalls zu solchen Mitteln greifen müssen, wenn sein Geld verbraucht wäre? Lächerlich. Aber nicht völlig ausgeschlossen.

Er setzte sich an einen Tisch und bestellte ein Bier, und in Gedanken war er wieder bei dem Code in der Anzeige. Vielleicht war es Paris 7377865; dazu mußte man die Buchstaben der ersten sieben Wörter abzählen. Aber warum die ersten sieben Wörter? Warum nicht die letzten sieben? Warum nicht jedes zweite? Wenn er jedes zweite Wort ausließ, lautete die Nummer Paris 7785367.

Insgesamt waren es dreiundsiebzig Buchstaben. War die Nummer vielleicht Paris 730000?

Crystal studierte die Datumszeile der *Tribune*. 5. Januar 1980. Die Anzeige lief schon seit drei Tagen; anscheinend hatte also das Datum keine Bedeutung. Aber vielleicht der Monat. Oder das Jahr. War die Nummer vielleicht 1980100? Oder 0010891? Nein, das glaubte er nicht. Seine Anzeige war die letzte in der Spalte, aber vielleicht gab es einen Zusammenhang zu der vorhergehenden? Die Anzeige, die darüberstand, lautete:

Athen – Billy sendet Grüße. Familie gesund. Mutter vermißt dich.

Das sah ebenfalls nach einem Code aus, aber es war nicht für ihn bestimmt. »Mutter« stand in der Agentensprache entweder für einen leitenden Agenten eines Dienstes oder für das Hauptquartier oder die Operationsbasis. Aber diese Anzeige stand nicht schon seit drei Tagen in der Tribune, und schon deshalb glaubte er nicht an einen Zusammenhang.

In diesem Augenblick erschienen die Heilsarmeemusikanten im Eingang. Sie begaben sich zu einigen leeren Plätzen an einem langen Tisch, und ihre Instrumente stießen gegen die anderen Gäste, als sie sich zwischen ihnen hindurchdrängten. Crystal mißfiel dies ganz entschieden, ebenso wie der Umstand, daß er der Kapelle jetzt zum drittenmal innerhalb so kurzer Zeit begegnete. Sicher, sie waren vor ihm zur Bahnhofstraße gezogen, und es hatte so ausgesehen, als sei er ihnen über den Weg gelaufen und nicht umgekehrt. Aber vielleicht hatten sie es so geplant.

Ohne Vergnügen beobachtete Crystal, wie die Musiker sich hinsetzten, ihre blauen Mützen abnahmen und große Bierkrüge bestellten. Predigte die Heilsarmee nicht Abstinenz? Waren ihre Mitglieder nicht Antialkoholiker?

Crystal trank ohne Hast sein Bier aus, aber als der Krug leer war, ließ er nur eine sehr kurze Anstandsfrist verstreichen und stand dann gleich auf, um zur Tür zu gehen. Er wandte sich nicht um, aber er behielt die Fensterscheibe im Auge, in der die Heilsarmisten sich spiegelten. Keiner von ihnen schien ihn zu beobachten. Aber wenn man auf der Flucht war, konnte man niemals sicher sein.

An einem Würstchenstand gleich neben der Bar, am Ende der Niederdorfstraße, blieb er stehen und kaufte sich ein Wurstbrötchen, eine Züricher Spezialität, zu der eine gehörige Position Senf gehörte. Crystal verzehrte seinen Imbiß an der Theke des Wurststandes und wartete darauf, daß sie herauskämen. Aber sie kamen nicht, und so schlenderte er die Niederdorfstraße hinunter bis zur Pumpi-Bar, wo er noch ein Bier trank. Diesmal war von der Heilsarmee nichts zu sehen.

Später, am Nachmittag, rief er die erste seiner Nummern an, um festzustellen, ob er den Code geknackt hätte. Von einer Telefonzelle aus versuchte er es mit der Nummer, die Tarrant ihm in New York gegeben hatte. Zu seiner Erleichterung war dort kein Anschluß mehr. Eine ganze Weile später versuchte er es noch einmal, und die Erkenntnis bestätigte sich.

Es war eine Niete, über die er glücklich war. Unterdessen beschäftigten seine Gedanken sich mit einigen anderen Möglichkeiten. Aber ehe er noch einen Anruf tätigte, wollte er die nächste Ausgabe der *Tribune* abwarten, um die Anzeige auf mögliche neue Hinweise oder Veränderungen hin zu untersuchen. Es war merkwürdig, wieviel ihm inzwischen daran gelegen war, den Code zu entschlüsseln. So sehr es ihn danach drängte, wußte Crystal doch, daß er vorsichtig sein mußte. Wer immer sich dieses Ding ausgedacht hatte, war schlau. So schlau, daß er ihn dazu gebracht hatte, anzubeißen.

6

Coco war beunruhigt, und im Laufe des Tages wuchs seine Unruhe. Er wußte, daß Jack Graniano seit fast vier Wochen kaum noch schlief. Tage und Nächte des Don waren angefüllt von einer endlosen Kette von Partys, kostspieligen Dinners, Einkaufsexpeditionen – und Bumsereien. Der Unterboss hatte den Eindruck, Liz Fitzwilliam müsse unersättlich und Jack Graniano unzerstörbar sein.

Etwas Ähnliches hatte Coco noch nicht erlebt. Die glühende Leidenschaft, die der Don für das Mädchen entwickelte, nahm so viel Zeit in Anspruch, daß Graniano kaum noch zum Arbeiten kam. Sie waren zwar die kleinste der Fünf Familien, aber kümmern mußte man sich auch um ihre Geschäfte.

Die höflichen Anfragen des Unterboss, ob Graniano nicht vielleicht auf der einen oder anderen geschäftlichen Besprechung der Familie »seinen Schnurrbart zeigen« wolle – mehr verlangte er nicht; der Don sollte sich nur gelegentlich sehen lassen – verhallten unbeachtet. In der harten Welt des organisierten Verbrechens zu überleben war nicht leicht. Andere Familien hielten unablässig Ausschau nach Territorien, die sie schlucken oder an denen sie sich zumindest beteiligen könnten, ob es anderen paßte oder nicht. Das Gleichgewicht der Kräfte mußte gewahrt bleiben, genauso wie das zwischen Rußland und Amerika.

Eine Familie zu führen war eine Ganztagsbeschäftigung, und Graniano kümmerte sich nicht mehr so um den Laden, wie er es sonst immer getan hatte – sogar hinter Gefängnisgittern. Coco wußte, daß Graniano seinen ersten Penner – die Opfer waren immer Penner, auch wenn es sich um den Erzbischof von Canterbury gehandelt hätte – wenige Tage nach seinem siebzehnten Geburtstag getötet hatte. Der Don hatte so jung angefangen, daß er heute, Cocos Schätzungen nach, bei mindestens hundert Bandenmorden die Hand im Spiel gehabt hatte. Das war eine respektable Anzahl. Und Graniano hatte sich auf die altbewährte Weise nach oben gearbeitet.

Er hatte sich in den üblichen Branchen betätigt – Schmuggel, Erpressung, Schutzgeldeintreibung, Entführung, Raub und Glücksspiel. Aber Rauschgift war sein Spezialgebiet gewesen. Er hatte eine Ader für Sprachen, und so hatte Graniano sich Französisch, Spanisch und sogar ein wenig Türkisch beigebracht. Berlitz, Linguaphon und Reisen hatten ihm dabei geholfen – wenn er beispielsweise in Frankreich war, legte er Wert darauf, ausschließlich Französisch zu sprechen. In Spanien oder Südamerika sprach der Don nichts als Spanisch. Und natürlich sprach er Englisch und ein paar italienische Dialekte.

Vor einem solchen Hintergrund war es nur natürlich, daß Graniano eine Organisation des internationalen Rauschgifthandels aufgebaut hatte. Die anderen Familien hatten ihn dabei unterstützt, und das Geschäft hatte geblüht. Eine Zeitlang – und nicht von ungefähr – hatte man Graniano den »deutschen Jack« genannt: Seine Routen funktionierten, und sie funktionierten reibungslos. So effizient war er. Und er bezahlte jedermann so pünktlich wie ein Uhrwerk. Wenn er mit seinen Lieferanten Geschäfte machte, war Graniano peinlich darauf bedacht, ehrlich zu verfahren. Aber er akzeptierte auch kein Gezeter, wenn es um die Bezahlung großer Summen ging, es sei denn, es hätte berechtigte Beanstandungen gegeben. Gleichwohl räumte er den Familien gelegentlich einen kleinen Kredit ein – wohlweislich.

Bevor er wegen Steuerhinterziehung für zwei Jahre ins Gefängnis gegangen war – das einzige Mal, daß man ihn überführt hatte –, hatte er Heroin zum Preise von 40000 Dollar pro Kilo oder »Key« vertrieben. Der Markt allein in New York hatte jährlich rund 4000 Keys aufgenommen, was ihm einen Jahresumsatz von zirka 16 Millionen Dollar eingebracht hatte. Auf der Straße, wenn der reine Stoff verschnitten und weiter gestreckt worden war, steigerte sich der Umsatz auf anderthalb bis zwei Milliarden Dollar jährlich. Aus Gründen der Effizienz hatte Graniano seine übrigen illegalen Aktivitäten auf ein Minimum reduziert. Coco war der Auffassung, daß Graniano auf dem Gebiet der Heroinvermarktung unersetzlich sei. Eine Rauschgiftroute zu leiten war schließlich alles andere als ein Honigschlecken.

Nach einer Serie von harten Prozessen und Revisionsverfahren hatte man Graniano schließlich wegen Steuerhinterziehung festnageln können, und Coco hatte die Verantwortung für die Routen übernommen. Trotz der fähigen Unterstützung, die der Don ihm aus der Gefängniszelle hatte zukommen lassen, war der Unterboss dieser Aufgabe nicht gänzlich gewachsen.

Bis zum heutigen Tage hatte Coco niemals analysieren können, was eigentlich schiefgelaufen war. Er wußte nur, daß er sein Bestes versucht hatte und daß das nicht genügt hatte. Als Graniano seine Strafe abgesessen hatte, waren die Routen zerfallen gewesen, und die schwarzen und puertoricanischen Rauschgiftringe hatten sich ein großes Stück aus dem Kuchen des New Yorker Heroingroßhandels herausgeschnitten. Um den braunen, verfärbten Stoff aus Fernost und aus Mexiko zurückzudrängen, hatte Graniano sich darangemacht, die alte Connection Türkei–Frankreich wieder zu eröffnen.

»Nur die Franzosen wissen, wie man den Stoff schön weiß und flockig braut.« Oft genug hatte Coco diese schlichte Wahrheit von

Graniano zu hören bekommen. »Es sind eben Kochkünstler dort drüben, keine Hamburgerbrater.« Die Idee mit der Wiedereröffnung der französisch-türkischen Route war Graniano in den Sinn gekommen, als die türkische Regierung im Jahre 1975 das Mohnanbauverbot aufgehoben hatte. Aber Gerichtsverfahren und Revisionen und nicht zuletzt auch die Gefängnisstrafe hatten Graniano daran gehindert, seine Idee in die Tat umzusetzen.

Coco mochte über die Gründe für sein Scheitern als Drogenboss im unklaren sein, aber er wußte inzwischen genug, um zu begreifen, daß Graniano an Ort und Stelle verfügbar sein mußte, damit er sich um Pannen kümmern konnte, wenn sie auftraten. Deshalb war Granianos wilde, ungezügelte Beschäftigung mit diesem Mädchen eine Gefahr für alles, was die kleine Familie im Laufe der Jahre aufgebaut hatte.

Mit einer ganzen Reihe von exzentrischen Launen des Don hatte Coco leben können, in allen seinen Phasen. Dem Unterboss hatte es nicht gefallen, als die Jack-English-Phase des Don die Periode des einfachen »deutschen Jack« abgelöst hatte. Die anderen Familien hatten angefangen, ihn Jack English zu nennen – zuerst hinter seinem Rücken, aber dann auch öffentlich. Der Wandel hatte stattgefunden, als Graniano begann, eine Vorliebe für alles Englische an den Tag zu legen: Er hatte sich das Pfeifenrauchen angewöhnt, einen Spazierstock mit sich herumgeschleppt und Schals und Krawatten getragen, die mit dem Wappen von Castellamare de Golfo bestickt waren. Sogar der Akzent seines gebrochenen Italo-Amerikanischen hatte sich verändert.

In anderen Unternehmen hatten sich sogar Gerüchte vernehmen lassen, die behaupteten, der Don sei schwul geworden. Zumindest diese Art von boshaftem Tratsch war nun ein für allemal widerlegt worden. Dafür hatte das Mädchen gesorgt. Aber soweit es Coco anging, hätte er alle anderen Marotten des Don dieser Vernarrtheit in das Mädchen vorgezogen.

Deshalb war es ein Geschenk des Himmels gewesen, als Coco in der ersten Woche – als das Mädchen dem Don noch nicht den Verstand verdunkelt hatte – die Anweisung bekommen hatte: »Überprüfe sie. Finde alles über sie heraus.« Der Unterboss hatte sein Möglichstes getan, etwas auszugraben, was gegen das Mädchen spräche. Aber am Ende hatte Liz Fitzwilliam sich ganz einfach als ein Mädchen erwiesen, das nach Jack Granianos Penis verrückt war. Coco hatte sogar einen Psychiater konsultiert, einen, dem er vertraute und der einige Zeit damit verbracht hatte, Cocos eigene Tochter wegen gewisser Probleme zu behandeln.

Anscheinend handelte es sich um eine umfassend dokumentierte

Krankheit oder doch Eigenart, welche in einigen psychiatrischen Schulen unter der Bezeichnung Honoria-Syndrom bekannt war – benannt nach der Gattin des Hunnenkönigs Attila. Es gab, so hatte Coco erfahren, in der Tat hier und da Society-Frauen, die einen besonderen Genuß dabei empfanden, Ganoven zu vögeln.

Coco fand heraus, daß Liz Fitzwilliam in Vassar studiert hatte. Eine Zeitlang war sie Fotomodell gewesen, und dann hatte sie freiberuflich Artikel über Mode geschrieben, die in diversen Frauenmagazinen der Spitzenklasse erschienen waren. Das Mädchen hatte nur unregelmäßig gearbeitet, da sie einen großen Teil ihrer Zeit mit Reisen verbrachte. Sie sah gut aus, sie hatte Klasse – und Geld. Ihre Eltern waren bei einem Autounfall ums Leben gekommen, als sie zehn war, und ein Treuhandfonds verwaltete ein Vermögen, das ihr ein unabhängiges Leben gestattete.

Als Coco mit diesen Resultaten zu Graniano gekommen war, hatte der Don über alles, auch über die Geschichte mit den Eltern, große Zufriedenheit geäußert. Zwar zählte die Presse ihn zu den »Spitzenleuten im Heroinhandel« der Stadt, aber Graniano war nicht so naiv zu glauben, daß dies das aristokratische Mädchen unbedingt zu ihm hingezogen hätte.

Nachdem er seinen Bericht erstattet hatte, war der Unterboss zu großer Zurückhaltung gezwungen gewesen, soweit es Liz Fitzwilliam betraf. Eine Weile mußte er sich auf kryptische Bemerkungen beschränken, wie etwa: »Jack, du kannst nur so große Schritte machen, wie deine Beine es gestatten. Verstehst du, was ich meine?« Aber dergleichen Bemerkungen und andere alte sizilianische Sprichwörter ignorierte der Don zumeist.

Coco war beunruhigt. Das Mädchen war zu perfekt. Und Graniano war verrückt nach ihr.

7

Im selben Januar bezog Charlie Brown ein kleines Apartment im Haus Nummer 3 an der Place de la Sorbonne. Das Apartment befand sich in einem schäbigen, schmutzigen, cremefarbenen Gebäude zwischen einem Café namens »L'Ecritoire« und dem »Sorbonne-Schnellimbiß und Grill«. Das Gebäude trug die halbwegs irreführende Bezeichnung »L'Office des Livres«, und Charlie gelangte durch eine düstere Eingangshalle, von deren Wänden grüne Farbe abblätterte, und über eine alte Holzstiege, die hier und dort Überreste von blauem Lack zeigte, in ihre Wohnung.

Der Platz war klein, und starker Autoverkehr erfüllte ihn Tag und Nacht. An seinem westlichen Ende erhob sich der mächtige Komplex der Université de Paris und der Ecole Nationale des Chartes, und nach Osten zu mündete er auf den Boulevard Saint-Michel. Von Charlies winzigem Apartment aus waren es nur wenige Schritte zu einer der berühmtesten Straßenkreuzungen von Paris: Der zwischen Boulevard Saint-Michel und Boulevard Saint-German. Ihr war es recht. Sie aß meistens entweder im »L'Ecritoire« oder im »L'Escholier«, das ein paar Häuser weiter westlich neben der geschnitzten, blau-schwarz verzierten Holztür ihres Apartmenthauses lag. Schon nach wenigen Tagen war sie für eine der Frauen, die das »L'Ecritoire« betrieben, fast so etwas wie eine Vertraute geworden. Zusammen tranken sie Kaffee an einem der kleinen, runden Tische, Kaffee mit Zuckerklumpen, die so grob aussahen, als seien es getrocknete Zuckerrohrstücke. Nach einer Woche gestattete die Frau ihr, das Telefon des Cafés zu benutzen, sofern sie sich kurz faßte – ein Privileg, das den Studenten, die den größten Teil der Caféklientel stellten, nicht so rasch zuteil wurde.

Wheeler hatte das alles für sie arrangiert: Das Apartment, die Telefone dort, die Einrichtung, und er gab anonym auch die Anzeigen in der *International Herald Tribune* auf. Die Mitteilung sollte an vierzehn aufeinanderfolgenden Tagen erscheinen, mit Ausnahme der Wochenenden natürlich, da es für Samstag und Sonntag nur eine Ausgabe gab. Sie brauchten nichts weiter zu tun, als zu warten.

Befriedigt vermerkte Charlie, daß der Wortlaut der Anzeige sich nach einigen Tagen verändert hatte. Jetzt lautete sie:

Crystal aus Spencer, erbitte dringend Ihren Anruf unter der alten Nummer wegen Bargeld zwischen 8.00 und 9.00 Uhr, 11.00 und 13.00 Uhr oder 15.00 und 18.00 Uhr.

Wheeler hatte gemeint, daß Crystal dem Zusatz würde entnehmen können, daß es sich um eine private Botschaft handelte. Ein Geheimdienst hätte den Anschluß rund um die Uhr besetzt gehalten.

Der Code hatte Wheeler gefallen. »Nett«, hatte er gesagt. Die Mitteilung begann mit dem Wort »Crystal« . . . sieben Buchstaben. Im Alphabet stand das C an dritter Stelle; R war 18, die Quersumme davon 9; Y wurde auf diese Weise zur 7, und so weiter. Schließlich ergab sich Paris 3970213.

Wheeler hatte die Telefonanschlüsse legen lassen. Wie er das angestellt hatte, wußte Charlie nicht. Sie fragte ihn auch nicht; er hatte seine eigenen Wege, die Dinge zu arrangieren. Sie nahm an, daß ein ehemaliger CIA-Bonze, jetzt hohes Tier bei der Rauschgiftbehörde, daß ein Mann also wie Harry Wheeler so etwas zustande brachte.

Wheeler hatte auch das Abschirmgerät besorgt. Dieses Gerät diente als Schutz gegen jemanden, der den Code möglicherweise ebenfalls knackte, jemanden, der Crystal gleichfalls finden oder der wissen wollte, was los war. Es war immerhin möglich, daß ein solcher Jemand oder auch ein Geheimdienst mithörte, falls Crystal anriefe.

Aus diesem Grunde hatte sie um das Abschirmgerät gebeten, und sie hatte es bekommen. Es sah aus wie ein gewöhnliches Telefon, aber es hatte eine Zusatzanzeige, die vor Wanzen warnte; sie zeigte an, ob die Leitung sauber war oder nicht. Mit diesem Gerät konnte Charlie alle Arten von Abhörgeräten entdecken und identifizieren: Harmonikawanzen, Abhörsender oder Niederimpedanz-Direktabzweige.

Charlie war zuversichtlich, daß die Anzeige den Killer erreichen würde. Nach den Computerprints des CIA war Crystal ein regelmäßiger Leser der *Tribune.* Die Auflage der *Trib* belief sich auf viele hunderttausend, und sie wurde in allen großen Städten Europas darüber hinaus an vielen Orten in der ganzen Welt verkauft. Die *Trib* war Pflichtlektüre für jeden, der im internationalen Geschehen auf dem laufenden bleiben wollte.

Falls Crystal die *Trib* noch las, würde er dann wissen, daß die Anzeige ihm galt? Spione und Exspione waren eingefleischte Leser der privaten Kleinanzeigen in ihren jeweiligen Zeitungen, vielleicht aus purer Gewohnheit. Charlie selbst pflegte sie immer zu lesen, und mitunter fragte sie sich, was dahinterstecken mochte, wenn dort stand:

Komm schnell heim, Bernie. Mutter ist krank.

Oder:

Peter, man ist nicht korrekt verfahren.

Crystal würde die Anzeigen in der *Tribune* lesen, und er würde sofort wissen, daß er gemeint war. Und wenn er erst begriffen hätte, daß die Mitteilung verschlüsselt war, würde er den Code dechiffrieren. Er würde ein paar falsche Nummern anrufen, es würde ein Weilchen dauern, aber schließlich würde er sich melden. Crystal war ein erfahrener Exagent, der über umfangreiches Know-how verfügte. Und er war einfallsreich und hartnäckig wie ein Stier, das ging aus dem Computerprint hervor. Aber würde er überhaupt anrufen wollen? Das war die Eine-Million-Dollar-Frage. Wenn er Geld brauchte, würde er es vielleicht tun.

Als Charlie den Job angenommen hatte, war ihr sogleich klar gewesen, daß sie ihn nicht finden würde, und wenn sie tausend Jahre lang die fünf Kontinente durchstöberte – wenn er nicht gefunden werden wollte. Er würde *sie* finden müssen.

Das Schöne an der Idee war, daß Crystal sie gefahrlos von jeder

Telefonzelle auf der Welt anrufen konnte, wann er wollte und solange er wollte. Mit einem Informationsruf riskierte er überhaupt nichts, selbst wenn er ihn nur tätigte, um seine eigene Neugierde zu befriedigen.

Nachdem acht Tage ohne einen Anruf verstrichen waren, begann Charlies anfänglicher Optimismus zu schwinden. Vielleicht war Crystal anonym getötet worden, oder er hatte kein Interesse.

Am neunten Morgen lautete die Anzeige:

Crystal. Angebot weiterhin offen. Bitte um Rückruf R-Gespräch.

Charlie nahm einen kleinen Schluck von ihrem starken Morgenkaffee und beobachtete müßig einen Plastikbecher auf dem Gehweg vor ihrem Fenster, der von den Füßen der Passanten hin und her gestoßen wurde, und sie ließ sich den neuen Anzeigentext durch den Kopf gehen.

Wenn Crystal den Code mit dem neuen Hinweis nicht knackte, würde es ihm vielleicht niemals gelingen. Sie fragte sich, ob sie seine Fähigkeiten überschätzt haben mochte. Der neue Text – den sie für einen solchen Notfall entworfen hatte – mußte die Aufmerksamkeit des Killers auf das Wort »Crystal« lenken. Die beiden Texte waren ansonsten völlig unterschiedlich, aber sie vermittelten die gleiche Bedeutung. »Rückruf R-Gespräch« hieß nichts anderes als »Anruf unter der alten Nummer« – beide Formulierungen implizierten, daß Crystal die Nummer kannte, und dies lenkte andere Interessen von der Tatsache ab, daß es sich um einen Code handelte. Außerdem hatte die zweite Anzeige Crystals Aufmerksamkeit vom Text der Anzeige weg und auf die Buchstaben CRYSTAL lenken sollen. Zugegeben, es waren subtile Gedankengänge, die dieser Änderung zugrunde lagen – vielleicht zu subtil. Aber nach der dritten Anzeige müßte der Killer begriffen haben, daß der Code im Wort »Crystal« lag. Danach war alles ein Kinderspiel.

Der Anruf kam am Nachmittag des neunten Tages um vier Uhr. Das Telefon klingelte laut und beharrlich.

Sie hatte schon andere Anrufe entgegengenommen: Leute, die sich verwählt hatten, und Leute, die jemanden gekannt hatten, der diese Nummer vorher gehabt hatte. Aber solche Anrufe waren selten und in großen Abständen gekommen, und mit der Zeit waren es weniger geworden.

Ihr Herz klopfte wild, wie es das bei jedem Anruf getan hatte. Charlie nahm den Hörer ab und behielt das Warngerät im Auge. Die Leitung war sauber. Ein grünes Licht blinkte auf der Anzeige.

»Oui?«

Sie hörte die elektronischen Laute einer Münze, die in den Schlitz geworfen wurde. Eine öffentliche Telefonzelle. Eine einzelne Münze. Also kam der Anruf wahrscheinlich aus der Umgebung von Paris. »Ist dort Paris 3970213?« fragte eine Männerstimme auf französisch.

»Oui. Ou est-ce?«

»Je m'appelle Crystal.«

Ihr Herz hämmerte hinter ihren Rippen. Sie hörte und fühlte das dumpfe Echo der Schläge in ihrem Innern. *»Crystal de Spencer?«* Bewußt kontrollierte Charlie den Klang ihrer Stimme.

»Oui.«

»Ich habe eine Abschirmung zwischengeschaltet.«

»Oui.«

Ich bin sicher, daß die Leitung nicht abgehört wird.«

»Ich verstehe.«

»Sie werden gesucht. Gegen Bezahlung«, erklärte sie ohne Umschweife.

»Wieviel?«

»Eine beliebige Summe – innerhalb vernünftiger Grenzen. Sie nennen den Preis.«

»Wofür?«

»Für einen Mord, vermutlich.«

»Sie wissen es nicht?«

»Ich bin nur ein Kontakt.«

»Wen vertreten sie?«

»Private Interessen.«

»Und was noch?«

»Bargeld für einen Mord. Das ist alles.« Nicht einmal so viel hatte Wheeler ihr erzählt, aber sie wußte es, genauso wie auch Crystal es wußte.

»Ich werde es mir überlegen. Wie setze ich mich mit Ihnen in Verbindung?«

»Ich werde Sie über eine Zeitung ansprechen.«

»Nennen Sie mir Einzelheiten.«

Charlie hielt inne. Die Angelegenheit mit Crystal würde sie auf ihre eigene Weise regeln, und das bedeutete, daß Wheeler sich heraushielt, bis sie bereit war. Die grüne Lampe blinkte, und vielleicht war die Leitung sauber, aber vielleicht hörte Wheeler mit. Wheeler hatte das Apartment besorgt, das Telefon, das Abschirmgerät – alles.

Wenn sie versuchte, allen Leuten jederzeit zu gefallen, dann würde irgend jemand das nicht mögen; das hatte Charlie ebenfalls gleich zu Anfang entschieden. Im Augenblick war es Wheeler, der in der

Leitung nichts zu suchen hatte, und der Mann, der jetzt bei Laune gehalten werden mußte, war Crystal. »Ich bin sicher, daß die Leitung nicht abgehört wird«, sagte sie nach der kurzen Pause, »aber . . .«

»Aber man kann nie wissen«, beendete er ihren Satz. »Geben Sie mir eine andere Nummer, und ich rufe Sie in drei Minuten an.«

»Deux.« Ihr Herz schlug einen glücklichen Trommelwirbel.

»Trois«, wiederholte er.

»Tout droit.«

Charlie ratterte die Nummer von »L'Ecritoire« herunter und trug ihm auf, nach Sally zu fragen.

»Merci«, war seine Antwort. Im nächsten Moment war sie aus der Wohnung gelaufen und sprang die ausgetretene Holztreppe von 3 Place de la Sorbonne herunter; sie rannte, bis sie die Eingangshalle durchquert hatte und auf den Gehweg hinaustrat.

Crystal stand in einer Telefonzelle unter der Brücke, über welche die Linie Charles-de-Gaulle-Nation die Metrostation Dupleix verließ. Er sah, wie einer der Züge über ihm dahinrollte, auf Bir Hakeim und die Seinebrücke zu. Er hatte darauf bestanden, drei und nicht zwei Minuten verstreichen zu lassen, damit er genug Zeit hätte, diese Telefonzelle zu verlassen und zu einer anderen zu gehen, wenngleich er bezweifelte, daß jemand innerhalb der kurzen Zeit des Telefonates den Anruf hatte zurückverfolgen können.

Nichtsdestoweniger konnte es von einer so einfachen Vorsichtsmaßnahme abhängen, ob man drei Minuten lang in einer Telefonzelle wartete oder ob man verhaftet oder getötet wurde.

Die Telefonzelle auf der Insel unter der Brücke erreichte er nur mit knapper Not. Er hatte die Rue de Docteur Finlay überquert, als ein adrettes Schulmädchen die Zelle verließ – und zweieinhalb Minuten waren verstrichen . . . und dann nahm ein Mann mit einem Hund Kurs auf die leere Zelle. Der Killer hatte seinen Schritt beschleunigt, um das Rennen gegen den durch seinen Hund behinderten Mann zu gewinnen. Zwischen Mann und Hund war es zu einer Auseinandersetzung gekommen, und als Crystal seine Nummer wählte, sah er, wie der Schwanz des Hundes, starr vor Angst, sich gegen den Regenmantel seines Herrn preßte und den Stoff zerdrückte.

Das Rufzeichen erklang. Crystal hörte die dröhnende Stimme eines Mannes, im Hintergrund Klingeln und Rattern. Er vermutete, daß das Telefon sich in einem Café befand, nicht weit neben einem Flipperautomaten.

»Il y a eu un accident«, sagte Crystal hastig. Es hat einen Unfall gegeben. Dann fragte er nach Sally.

»Sallliiie!« Der Name gellte in Crystals Ohr.

Der Mörder versuchte, die Augen des Mannes, der mit seinem Hund betrübt vor der Zelle stand, zu meiden. Statt dessen schaute er zurück über die Rue de Docteur Finlay hinweg auf eine *pharmacie* und dann zum Café Le Dauphin mit seiner rot und rosafarben gestreiften Markise hinüber.

Dann war das Mädchen am Apparat, und ihre leise, dunkle Stimme bildete einen Kontrast zu der dröhnenden Männerstimme. »*Allô. C'est Sally l'appareil.*«

»*C'est Crystal.*«

Die nächste Nachricht würde sie im *London Daily Telegraph* veröffentlichen, und zwar in zwei oder drei Wochen, und sie würde von Mandy an Bill gerichtet sein. Sie würde sieben Wörter enthalten, und die Anzahl der Buchstaben eines jeden Wortes würde eine siebenstellige Londoner Telefonnummer ergeben.

Tagelang hatte Charlie darauf gewartet, und stets hatte ihr kleiner, leichter Koffer gepackt bereitgestanden. In der Wohnung hinterließ sie eine halbgeleerte Schachtel Corn-flakes, einen ungeöffneten Milchkarton, einen Rest Tonic Water, eine Dreiviertelflasche Gin, Zucker, Pulverkaffee, eine ungeöffnete Kekspackung und das abgeschirmte Telefon – aber keine Fingerabdrücke. Es ging den ganzen Weg über den Boul Mich bergab bis zum Bahnhof Saint-Michel. Charlie war so beglückt, daß sie zu schweben glaubte. Sie hatte den Kontakt hergestellt!

In Roissy-Charles de Gaulle buchte sie den ersten verfügbaren Transatlantikflug nach New York. Und wenn sie schon mit einer DC-10 flog, so fand sie, konnte sie auch erster Klasse fliegen.

8

Graniano und Liz Fitzwilliam speisten in einem schummrig erleuchteten italienischen Restaurant in Manhattan. Er versuchte, ihr beizubringen, daß die italienische Küche schließlich und endlich doch die beste der Welt sei, besser noch als die englische. Und das Beste an der italienischen Küche sei die Pasta. Und die beste Pasta war, wenn man es sich recht überlegte, Spaghetti.

Aber man mußte – bitte sehr! – genau wissen, was man tat, sowohl mit den Spaghetti als auch mit der Sauce. Was immer die Leute sagen mochten – Spaghetti gut zu kochen, war nicht einfach. Es war ein Ritual, und hier, im Süden der Houston Street und westlich der 6. Avenue, verstanden sie etwas von Spaghetti.

Der Don saß auf seinem Lieblingsplatz: In der hinteren Ecke des Lokals und mit dem Rücken zur Wand. Liz Fitzwilliam saß neben ihm, den Rücken an das Plüschpolster der Wand gelehnt. Ein blendendweißes Tischtuch bedeckte den Tisch. Unter dem gestärkten weißen Tuch, das auf der anderen Seite des Tisches fast bis zu dem weinroten Teppich hinunterreichte, hatte sie ihre rechte Hand in seinem Schoß.

Sie hatte ihre Hand die ganze Zeit über dort gehabt, während er seine *pastina in brodo* verspeiste. Es war einer der guten Gründe dafür, daß er immer verrückter nach ihr war.

Natürlich hatte er sie durch Coco überprüfen lassen. Aber er hatte auch selbst ein paar Untersuchungen vorgenommen – von weit persönlicherer Art allerdings. Niemand, der so tief im Drogenhandel steckte wie er, würde einer Süchtigen auch nur eine Minute lang vertrauen, vor allem, wenn es um etwas so Wichtiges wie ihn selber ging. Deshalb hatte er ihren wunderschönen, milchweißen Körper höchstpersönlich detailliert in Augenschein genommen und nach solchen Dingen wie blauen oder schwarzen Einstichspuren – nach Punkten, die wie eintätowiert aussahen – gesucht, nach kleinen Krusten oder länglichen Narben an den Venen. Besonders die Unterarme, die Hand- und die Fußrücken hatte er inspiziert, und er hatte inständig gehofft, keine Spuren von Heroinsucht zu finden. So sehr hatte Graniano sich davor gefürchtet, daß er sogar ihre Kleider durchwühlt hatte, um winzige Blutspuren zu entdecken, vor allem innen an den Ärmeln. Aber sie nahm nicht einmal Pillen oder Pot.

Er hatte sie sorgfältig und über lange Zeit beobachtet und auf Anzeichen von Unruhe gewartet, auf exzessives Schwitzen und Gähnen, auf Zuckungen, Nervosität, Appetitlosigkeit oder übersteigerten Durst. Er hatte sich sogar fürsorglich nach ihrer Verdauung erkundigt – Verstopfung wäre ein unwillkommener Hinweis gewesen. Aber auch hier hatte sich nicht der geringste Anlaß zur Besorgnis ergeben.

Graniano dachte daran, wie sie ihn unter der Tischdecke massierte. Überaus angenehm. Als er seine Suppe verspeist und sich den Mund abgetupft hatte, war sie bereits dabei gewesen, den Reißverschluß herunterzuziehen und seinen Schwanz aus der Unterhose zu graben. Ein Kellner erschien – der Oberkellner –, um sich zu erkundigen, ob es ihnen geschmeckt habe. Parmaschinken und Melone für sie – natürlich echt – und Pastinasuppe für ihn.

»*Molto bene, grazie.*« Graniano formte mit Daumen und Zeigefinger der Rechten einen kleinen Kreis und bewegte ihn eine Handbreit vor seiner Nase auf und ab: Die internationale Geste der Zufriedenheit.

»*Prego.*« Der Oberkellner beugte sich tief über den Tisch und fegte ein paar Brotkrumen von der Decke.

Liz Fitzwilliam hatte ihn mittlerweile in der Hand, fest und sicher, und jetzt bewegte sie die Finger sanft und betörend auf und ab. Graniano hielt ihr ein Kristallglas mit kühlem Chianti an die Lippen, während er nachdachte. Das geschliffene Kristall funkelte wie ein Diamant. O ja, er hatte alles – fast alles.

Unter dem Tisch fühlte sein Penis sich an, als wachse er zu enormen Proportionen an.

Bald schon würde er alles haben – ohne jedes »fast«. Wenn die Route erst in vollem Gange wäre und wenn die Mohnernte in der Provinz Afyon, sagen wir, Ende Juni unter Dach und Fach wäre, dann würde er rund fünfhundert Dollar für das Kilo Morphinbase zahlen. Nach dem Raffinieren in Marseille wäre das Kilo fünftausend wert, und in New York könnte er den Stoff für sechzigtausend pro Kilo an die Familien verkaufen.

Litz Fitzwilliam neben ihm zog ihre Hand zurück. *Grundgütiger*, dachte Graniano voller Schrecken, *sie kann doch jetzt nicht aufhören*!

Der Oberkellner schob einen Servierwagen aus der Küche über den weinroten Teppich auf den Tisch zu, an dem Jack Graniano allein saß.

»Dov'è la Signorina?« fragte er mit teilnahmsvollem Lächeln. Er hatte gesehen, wie das Mädchen den Tisch verlassen hatte.

»Non è nulla di grave«, grunzte Graniano. »Kein Grund zur Besorgnis.« Er winkte dem Kellner, die Teller aufzutischen und die Spaghetti zu servieren.

»Bella, bella Signorina«, gurrte der Kellner. *»Bellissima.«*

»Si«, erwiderte der Don knapp.

»Sie haben beide sehr viel Glück«, redete der Kellner auf italienisch weiter, während er mit gewandten und geübten Bewegungen die heißen *spaghetti di vongole* aus der Schüssel auf die Teller beförderte.

»Si, si.« Graniano grunzte noch einmal und winkte ihm zu verschwinden. Der scharfe Unterton in der Stimme des Don ließ den Kellner verwirrt zurückweichen.

Er verschwand und machte sich auf die Suche nach dem Mann, dessen Aufgabe es war, ein Auge auf den Tisch des Don zu haben, und zwar nur auf diesen Tisch. »Momo, wo hast du gesteckt?« nörgelte er, als er Momo in der Küche entdeckte. Momo stopfte sich eben das Hemd in die Hose.

»Auf dem Lokus, um Himmels willen, Frank. Darf ich nicht mehr auf den Lokus gehen, oder was?«

»Zeig mir deine Hände, Junge.« Franco, der Oberkellner, hatte einen neuen Einfall.

»Wieso? Was is' eigentlich hier los?« fragte Momo verdrossen, zu einem der Köche gewandt.

»Seht euch nur dieses Schwein an«, rief Franco triumphierend. »Er hat sich nicht die Pfoten gewaschen. Sie sind pulvertrocken.«

»Um Himmels willen, Frank –«

»Geh sie dir waschen, Kleiner. Sofort. Kriegst du es nicht in deinen dämlichen Schädel, daß wir ein Klasselokal sind?« Franco zog ein angewidertes Gesicht.

»Ach, komm, Frank . . .«, murmelte Momo schuldbewußt.

Als Momo und Franco nebeneinander vor dem Waschbecken standen und sich die Hände wuschen, fragte der Oberkellner: »Was ich eigentlich von dir wollte: Wo ist die Perle geblieben, mit der Jack English hereingekommen ist? Du solltest doch den Tisch im Auge behalten, eh?«

»Was weiß denn ich, was passiert ist, während ich auf dem Lokus war, Frank? Solange ich da war, hat sie sich nicht vom Platz gerührt.«

»Okay, dann gehst du jetzt noch mal nachschauen. Vielleicht ist sie ja wieder da. Dann wird sie jemand brauchen, der die *vongole* serviert.«

»Okay.«

Momo rückte seine Krawatte zurecht und begab sich durch die Küche zurück zu seinem Posten neben dem Tisch des Don. Mit einem verstohlenen Seitenblick stellte er fest, daß das Mädchen immer noch verschwunden war. Ein paar Sekunden später riskierte er einen zweiten Blick und sah, wie Graniano ein paar Spaghetti von der Gabel fallen ließ. Die Serviette des Don war jetzt alles andere als frisch und weiß. Sie sah aus, als sei ein dreijähriges Kind über die Spaghetti hergefallen. Und dann sah Momo die Schuhe.

Sie waren unter dem Tisch, weiß, mit hohen Absätzen.

»O Gott!«

Er schaute noch einmal hin. Sie lag tatsächlich unter dem Tisch. Man sah nur ihre hohen Absätze. Und Graniano war stinksauer. Er erstickte fast an seinen Spaghetti, und mit wutverzerrtem Gesicht funkelte er Momo an.

Der Kellner floh geflissentlich. Er schob einen Fuß in die Küchentür und wirbelte dann mit einer ruckhaften Bewegung wieder herum.

»Himmel, Frank, der hat sie umgebracht«, jammerte er voller Angst.

»Häh?«

»Sie liegt unter'm Tisch. Tot.« Und Momo erklärte, was er gesehen hatte. Frank wußte nicht, was er davon halten sollte, aber die Angst im Gesicht des anderen Kellners war echt.

»Jesus, Frank, sag bloß nicht, er wird nach 'ner großen Hundetüte verlangen, wenn er erst fertig gegessen hat.« Momo jammerte immer noch.

»Halt die Klappe, du Clown. Du hättest niemals deinen Posten verlassen dürfen. Dann wäre so was überhaupt nicht passiert.« Der Oberkellner deutete einen Schlag mit dem Handrücken an.

»Um Himmels willen, Frank, ich hätte mir fast in die Hose gepinkelt. Wie hätte dir das gefallen, in deinem Klasseladen?«

»Ich hab' gesagt, du sollst die Klappe halten. Der Kerl ist ein Don. Weißt du das nicht? Wir dürfen jetzt keinen Fehler machen.«

»Klar, Frank.«

»Bleib hier. Rühr dich nicht von der Stelle, bis ich zurückkomme, oder ich werde dich eigenhändig erwürgen. Das schwöre ich.«

»Okay.« Momo erschrak noch einmal.

Wachsam schlenderte der Oberkellner an einer Tischreihe vorbei und erkundigte sich mit unterwürfigem Lächeln nach dem Wohlbefinden der Gäste. Elegant näherte er sich Granianos Tisch. Dann sah er die hohen weißen Absätze. Granianos Gesicht leuchtete von innen heraus.

Blitzschnell war Franco wieder in der Küche. »Du Holzkopf! Du Holzkopf!« brüllte er Momo an.

»Frank ...« Der jüngere Mann wich zurück.

»Du erschreckst mich, daß ich beinahe einen Herzanfall bekomme, und weshalb? Wegen nichts! Wegen gar nichts!«

»Frank, ich wollte doch nicht ...«

»Stupido!« fluchte der Oberkellner. »Da ist nichts weiter los, als daß sie auf seiner Flöte spielt! Das ist alles. Unter dem Tisch.«

»Du machst Witze, Frank.«

Aber der Oberkellner war bereits in träumerische Bewunderung versunken. »Was für eine Frau! Was für eine Frau!« krähte er.

»Hör zu, Frank«, unterbrach Momo ihn.

»Aber du gehst da jetzt nicht hin«, besann Franco sich plötzlich. »Kein Mann wird gern beobachtet, wenn ihm eine Frau was auf der Flöte spielt. Vor allem nicht so einer wie Don Jack. Der ist imstande und bringt dich um.«

»Okay, Frank. Ich habe einen Fehler gemacht. Fertig.«

»Und noch was.« Die Stimme des Kellners klang scharf und entschlossen. »Niemand räumt ihren Tisch ab. Das mache ich. Nur ich.«

Wieder verklärte sich sein Blick.

»Ich werde ihren Tisch abräumen. Nur ich«, wiederholte er. »Was für eine Frau.«

Liz Fitzwilliam hatte ihn im Mund, so tief, wie es nur ging, und sanft saugend bewegte sie ihre Lippen über den Schaft.

Oben am Tisch rückte Graniano seine weiße Serviette zurecht. Er sah ein wenig töricht aus, wenn er einfach nur dasaß und mit halbgeschlossenen Augen ins Dämmerlicht starrte; und deshalb machte er sich wieder über die Spaghetti her. Er schob sich eben zum zweitenmal die Gabel in den Mund, als ihn ein Schauer überlief, so daß ihm der Bissen im Halse steckenblieb. Ein oder zwei mit Soße getränkte Spaghetti kleckerten auf seine Serviette und hinterließen leuchtende Flecken.

Nach dem Dinner verweilten sie beim Espresso, bevor Graniano sich mit ihr zu dem Penthouse am Südrand des Central Park fahren ließ. Schon bevor Cocos Nachforschungen abgeschlossen waren, aber nachdem er seine eigenen Untersuchungen beendet hatte, war Liz Fitzwilliam in ein Fünftausenddollarapartment gezogen, das ganz in der Nähe der Wohnung lag, die er mit Sina bewohnte. Morgens, wenn er die Hand nach ihr ausstreckte, durchfuhr ihn oft ein Schreck, wenn er sie nicht neben sich im Bett fand – aber dann war sie irgendwo in der Wohnung und kochte Kaffee oder dergleichen.

Plötzlich wurde ihm bewußt, daß er es allmählich satt hatte, ständig Ausreden für Sina zu erfinden und sie zu belügen, wenn sie ihn fragte, weshalb er jede Woche zwei- oder dreimal anderswo übernachtete.

9

Sie rief ihn aus einer Zelle am Times Square an, und sie verabredeten ein Zusammentreffen. Wheeler war über ihren Bericht entzückt gewesen – so sehr, daß er, als er hörte, daß Charlie ein Zimmer im Taft genommen hatte, darauf bestand, daß sie sogleich ins Hilton überwechseln solle, welches nur eine Straßenecke weit vom Taft entfernt war.

»Ich wußte, daß du es kannst, Charlie«, hatte er begeistert erklärt. »Und so schnell!«

Wie es nun weitergehen solle, hatte sie wissen wollen.

»Nicht am Telefon. Wir treffen uns«, hatte er geantwortet.

Sie würden sich treffen ... aber Wheeler hatte einen Treffpunkt in der Mitte des Vogelparks von Jamaica Bay gewünscht. »Wenn das Wetter es zuläßt«, hatte sie erwidert. Damit werde es kein Problem geben, hatte er beharrlich zur Antwort gegeben. Man müsse sich nur warm anziehen, und dann könne man auch an einem Januartag durch den Park spazieren.

»Miete dir bei Avis einen Wagen. Fahr über die Manhattan Bridge, dann nach Süden über die Flatbush Avenue, über den Marine Parkway hinweg, und schon bist du da.«

Sie hatte das Apartment in Paris erwähnt, in dem noch das Gerät stand, und er hatte sie beruhigt, daß man sich um alles kümmern werde. Auch die Fingerabdrücke werde man entfernen.

Als sie ihm sagte, daß es keine Fingerabdrücke gebe, hatte er gekichert und noch einmal wiederholt, wie phantastisch sie sei.

Trotzdem würde er die Wohnung auf Fingerabdrücke untersuchen; dessen war Charlie sicher gewesen, als sie eingehängt hatte. Wenn er es konnte und wenn genügend Zeit war, überprüfte Wheeler immer alles doppelt und dreifach. Sie erinnerte sich, daß er beim CIA immer überprüft hatte, ob seine Schreibtischschubladen auch tatsächlich verschlossen waren.

Miete dir einen Wagen, hatte er gesagt. Danach sollte sie ihn zurückrufen und ihm die Autonummer und das Fabrikat nennen. Schließlich hatte er sie instruiert, beim Informationshäuschen von Breezy Point anzuhalten und dem Wachmann dort mitzuteilen, daß sie einen Besuch machen wolle. Breezy Point war eine private Wohnanlage, und deshalb stand an der Zufahrtsstraße eine Wachtpostenstation, die man euphemistisch »Informationshäuschen« nannte. In Wahrheit aber war es ein Checkpoint, an dem sie sich würde vorbeimogeln müssen. Im Grunde handelte es sich lediglich um ein kleines weißes Häuschen neben einem hohen Flaggenmast.

Wheeler hatte sie beruhigt; sie würde keine Schwierigkeiten haben, hindurchzukommen.

Und so fuhr Charlie an diesem grauen Januartag in den privaten Wohnpark hinein und rollte langsam an einer langen Reihe kleiner Bungalows vorbei; viele davon waren mit gestreiften Markisen geziert, die kleine Terrassen überschatteten.

Sie achtete darauf, daß sie beim Fahren auf dem Asphalt der Straße blieb und nicht auf den schmutzigweißen Seesand geriet, der die Straße zu beiden Seiten säumte, und sie fragte sich, in welchem der kleinen Bungalows Wheeler wohl Ausschau halten mochte.

Wheeler stand derweilen hinter dem Vorhang seines Bungalows mit der rot-weiß gestreiften Markise.

Er entdeckte ihren weißen Toyota Corolla, als er noch ein paar hundert Meter weit entfernt war und langsam herangerollt kam. Mit dem Fernglas überprüfte er das Nummernschild. Charlie hielt die Verabredung ein. Gut. Aber gab es vielleicht noch jemanden, der sie einhielt?

Wenigstens fünf Minuten lang studierte Wheeler die Privatstraße, die an seinem Bungalow vorbeiführte und unten am Kap in einer

Sackgasse endete. Es war schwierig für einen Fremden, hier unbemerkt zu bleiben. In der Zeit, die Charlies Toyota brauchte, um an Wheelers Bungalow vorbei bis zur Spitze von Breezy Point und wieder zurückzufahren, fuhren sieben andere Autos vorüber. Sechs davon erkannte Wheeler: Jacksons alten Olds, den keuchenden Dodge des alten Ferguson, den TR4 der Slocum-Bengels, Mrs. Harrisons Ford-Kombi und andere. Den siebten, einen neuen, marineblauen Buick, kannte er nicht, aber er hatte sich sogleich die Nummer notiert.

Wenn der Buick Charlies Toyota verfolgte, dann tat er es sehr unauffällig. Er blieb sehr weit hinter Charlie – falls er ihr tatsächlich folgte. Vermutlich, dachte Wheeler, war der Fremde nichts weiter als ein unschuldiger Besucher.

Trotzdem wartete er noch zehn Minuten, bis er völlig zufriedengestellt war. Der Fremde beschattete Charlie tatsächlich nicht.

Erst als er völlig sicher war, daß die Luft rein sei, bestieg Wheeler seinen Chevette Hatchback und fuhr hinaus aus der Enklave von Breezy Point.

Der weiße Toyota parkte neben der Straße neben einem hölzernen Laternenpfahl. Die Fenster waren geschlossen, und deshalb drückte Wheeler auf die Hupe, als er vorbeifuhr, und winkte Charlie, ihm zu folgen.

»Hallo«, sagte Wheeler, als der Toyota neben ihm anhielt.

»Hallo.«

Kein weiteres Wort fiel, während Wheeler im Kofferraum der Chevette herumwühlte. Schließlich hängte er sich ein großes Fernglas um den Hals und klemmte sich ein grünes, dickes Bündel unter den Arm.

»Was ist das?« fragte Charlie.

»Schlafsack. 'n doppelter.«

»Aha.«

»Für Notfälle.«

»Laß uns dafür sorgen, daß sich kein Notfall ereignet.«

Sie hatten die geparkten Autos kaum fünfzig Schritte weit hinter sich gelassen, als sie schon durch dichtes, winterwelkes Hochgras stapften, umgeben von Stechpalmen, Lorbeerbüschen, wilden Rosen und Weiden.

Es war kein Mensch zu sehen, und Charlie vermutete, daß dies in Wheelers Absicht gelegen hatte. In nicht allzu großer Ferne sah sie die beiden Türme des World Trade Centers.

»Ich werde heute offen zu dir sein«, verkündete Wheeler plötzlich, während sie sich ihren Weg durch das kühle Gras und Gestrüpp bahnten. Er schien zu wissen, wohin sie gingen, und er führte sie unauffällig.

»Wie schön.«

»Sei nicht albern.« Er drehte sich um und sah sie streng an.

»Es ist mein Ernst.«

»Meiner auch.«

Wheelers Kleidung war beige- und khakifarben: Eine khakifarbene Hose und ein beigefarbener, pelzgefütterter Anorak, dessen Reißverschluß bis zum Pelzkragen hochgezogen war. Schon aus geringer Entfernung würde man ihn vor dem Hintergrund von Gras und Buschwerk kaum noch erkennen können.

»Alles, was ich tue, ist äußerst gefährlich. Absolut illegal«, erklärte er. »Offen gesagt.«

»Ich verstehe«, antwortete sie ernüchtert. Augenscheinlich hatte er ihren Gesichtsausdruck bemerkt, einen leicht schmerzlichen Ausdruck, der zu sagen schien: »Hör mal, weshalb müssen wir dieses alberne Gekraxel durch das Gestrüpp absolvieren? Wen willst du mit deinen überzogenen Agentenspielchen beeindrucken?«

»Tatsache ist, Charlie, daß die Rauschgiftbekämpfungsbehörde eine Reihe von korrupten Mitarbeitern hat. Sie sitzen in hohen Positionen. Ich bin selbst in einer hohen Position, aber ich habe immer wieder Angst vor meinen eigenen Mitarbeitern.«

»Ed hat so etwas auch schon erwähnt«, antwortete sie zum Ausgleich für die schweigende Mißbilligung seiner Methoden, die sie zum Ausdruck gebracht hatte. Die Profite im illegalen Drogenhandel waren hoch, und es war oft nicht leicht, die großzügigen Schmiergelder abzulehnen. Hin und wieder hatte sie sich schon gefragt, ob Ed nicht vielleicht von einer korrupten Fraktion seiner eigenen Behörde ermordet worden war.

»Ich bin froh, daß er schon davon gesprochen hat. Das erspart mir eine lange Geschichte«, meinte Wheeler erleichtert. »Ich bin ganz auf mich selbst gestellt, Charlie. Ich suche nach Leuten, denen ich vertrauen kann.«

»Ich höre dir zu.«

»Eine weitere Tatsache ist, Charlie, daß ich jetzt seit ein paar Jahren bei der Behörde bin ... und nichts ist geschehen. Ich habe so gut wie nichts erreicht.«

»Hm.«

»Die Burschen, die nicht geschmiert werden, sind einfach nicht raffiniert genug. Es herrscht ein echter Konkurrenzkampf da draußen ... in der Drogenwildnis. Weißt du, was ich meine? Das Geschäft wird kontrolliert von großen Politicos, von kriminellen Diplomaten –

ja, sogar Geheimdienstbosse stecken mit drin. Das sind große Fische. Unangreifbar. Leute wie ein Expräsident von Mexiko, paraguayanische Minister, chinesische Kriegsherren, französische Aristokraten . . . nicht zu reden von den Mafiabossen.«

»Nicht schlecht.«

»Wir haben ein paar Mulis geschnappt. Kleine Dealer. Aber niemand kommt auch nur in die Nähe der Unangreifbaren. Diese Leute sind verhaftungssicher. Wir können tausend Mulis hochnehmen; es werden immer tausend andere bereitstehen, die an ihre Stelle treten.«

»Ich sehe das Problem. Und was folgt daraus?« Sie wußte schon, was er ihr vorschlagen würde.

»Da ist noch etwas anderes, Charlie.« Er hielt sie noch ein Weilchen hin. Es war schließlich ein eindrucksvoller Vorschlag. »Die Behörde hat so gut wie alles versucht. Wir haben die Türkei 1972 dazu gebracht, den Anbau von Opiumpflanzen zu untersagen, nicht wahr? Hat uns vierzig Millionen an sogenannter Hilfe für die Türkei gekostet. Das Geld haben sie verbraten, und jetzt pflanzen sie den Stoff wieder an. 1975 haben sie das Verbot aufgehoben. Wußtest du das?«

»Ich hab' es irgendwo gelesen.«

»Die Angelegenheit ist zu politisch – verstehst du, was ich meine? Tatsache ist, daß eine Mohnpflanze in der Türkei mehr wert ist als Weizen. Es geht dabei nicht nur um Opium; die Bauern benutzen das Zeug als Viehfutter, Saatgut, Haushaltsöl, Medizin . . . Machen sie seit Jahrhunderten so. Die Sache ist zu politisch. Eine türkische Zeitung hat es kürzlich so ausgedrückt: ›Tut uns ja leid, das mit den amerikanischen Heroin-Junkies, aber es ist ungerecht, diese Last der türkischen Wirtschaft aufzubürden.‹«

»Unfreundlich.«

»Soll das ein Witz sein? Das ist feindselig!« Wheeler trat gegen einen kalten, ausgetrockneten Erdhaufen.

»Das heißt, daß die türkische Route wieder groß im Geschäft ist?« Charlie wünschte sich, er würde zur Sache kommen.

»Dazu kommen wir später. So einfach liegen die Dinge nicht.«

»Was hast du denn vor?« Charlie hatte das Katz-und-Maus-Spiel satt. Sie brach einen trockenen Grashalm ab und kaute darauf herum.

»Erinnerst du dich an Lo?« fragte Wheeler.

»Ja.« Selbstverständlich erinnerte sie sich an Lo. Wie hätte sie ihn vergessen können? Sie hatte Ed kennengelernt. Es war eine Gemeinschaftsaktion von CIA und der Rauschgiftbehörde gewesen, eine der ersten großangelegten Attacken gegen die Rauschgiftrouten, die die junge Behörde nach ihrer Gründung am 1. Juli 1973 geführt hatte. Damals hatte sich der Rückzug der Company aus Kambodscha, Laos und Vietnam im Endstadium befunden. Es war eine der wenigen Gelegenheiten gewesen, bei denen die beiden Behörden sich in effektiver Weise zusammengetan hatten.

Lo war einer der mächtigsten und reichsten Heroinbosse in Südostasien gewesen, größer als irgend jemand sonst zu jener Zeit. Sie hatte, zusammen mit Ed, zu den Agenten gehört, die man in die Gegend entsandt hatte, damit sie Los Operationen aus dem Untergrund beobachteten. Sie war von Bangkok aus an die Grenze zwischen Laos und Burma gereist, und ihr Network hatte nacheinander neun Heroinfabriken und ein rundes Dutzend Lagerhäuser ausfindig machen können. Es hieß, jedermann könne Lo Opium bringen und erhalte dafür eine Lagerquittung, die in Burma, Thailand oder Laos ebenso viel wert sei wie ein Travellerscheck von American Express in London.

»Man brachte Lo den Stoff – Rohopium oder Morphinbase –, und es war genausogut wie ein Konto bei der Chase Manhattan Bank«, sagte Wheeler.

»Genau das dachte ich auch eben.«

»Das war, bevor die Fabriken und Lager zusammen mit Lo in die Luft gejagt wurden.« Sie hatten es aus der Luft erledigt. Zielgenaue Luftangriffe auf die Punkte, die sie zusammen mit Ed enttarnt und gekennzeichnet hatte.

»Seit dieser Bombardierung hat es eine vergleichbare Operation nicht wieder gegeben.«

Sie konnte nicht widerstehen. »Ich wußte nicht, daß Crystal fliegen kann.«

»Ich auch nicht.« Ein Schatten legte sich über Wheelers Gesicht.

»Tut mir leid. Ich hätte das nicht sagen sollen.«

»Sag, was du willst.«

Wheeler blieb stehen. Sie waren da. Ihr war schon aufgefallen, daß sie das Gelände umkreist hatten wie ein Vogelpaar, das nach einem sicheren Nistplatz am Boden Ausschau hielt. Er hatte durch sein Fernglas gespäht und die gesamte Umgebung prüfend abgesucht. »Ich mag nicht mehr weitergehen«, sagte Wheeler. Er warf den Schlafsack auf den Boden, breitete ihn aus, zog den Reißverschluß an der Seite herunter und sah auf. »Komm rein.«

»Ist das wirklich notwendig, Harry?« fragte sie verärgert.

»Laß uns so tun – nur für den Fall, daß uns jemand beobachtet –, als ob wir ein Liebespaar wären. Okay? Ich hasse diese Spielchen noch mehr als du. Glaube mir bitte.«

»Gut, solange wir nur so tun...« Sie verzog das Gesicht.

Zusammen schlüpften sie in den Schlafsack, und als sie nebeneinander lagen, fühlte sie etwas Hartes an ihrer Hüfte. »Mein Gott, Harry«, sagte sie. »Wenn du es wirklich so dringend nötig hast, hätten wir doch ins gottverdammte Hilton gehen können.«

»Bilde dir nicht zuviel ein.« Wheeler grinste. Dann wühlte er in dem Schlafsack herum und förderte schließlich einen .45er Colt zutage.

»Nur für den Fall, daß jemand versucht, dich zu vergewaltigen.« Selbstzufrieden grinste er noch einmal. Dann lachten sie beide.

»Also, was hast du jetzt vor?« fragte sie, um weiterzukommen.

»Etwas Hochgefährliches, absolut Illegales und total Inoffizielles.«

»Das hast du *fast* alles schon einmal gesagt.«

Er hatte das »total Inoffizielle« seiner Stellenbeschreibung hinzugefügt, und sie hatte es sogleich bemerkt. »Ich werde die Hauptrauschgiftrouten zerschlagen. Eine nach der anderen.«

»Und das heißt?« Er sollte jetzt Klartext reden. Keine Euphemismen, nichts Offiziöses.

»Meine ›Endlösung‹.«

»Und das heißt?«

»Ein- oder zweihundert Schlüsselermordungen. Damit ist fast alles stillgelegt.« Zum ersten Mal zeigte er jetzt Unbehagen.

Ein- oder zweihundert Schlüsselermordungen!

»He, sieh nur!« Er hob das Fernglas an die Augen und drehte am Schärfenrad. Sie waren kaum eine Meile weit vom Südwestzaun des John-F.-Kennedy-Flughafens entfernt, und seit sie im Schlafsack lag, hatte sie mindestens ein Dutzend Flugzeuge durch die grauen Wolkenfetzen schweben sehen. »Eine DC-10 Skytrain«, fuhr Wheeler fort. »Horizontale rote und schwarze Streifen am Schwanz.« An der DC-10 war nichts Besonderes, und das wußten sie beide.

Zweihundert Schlüsselermordungen!

»Die Unangreifbaren kennen wir alle – oder fast alle. Aber beweisen kann die Behörde so gut wie nichts. Wir sind meilenweit von jeder Verhaftung entfernt.«

»Also willst du sie einfach umbringen.«

»So ist es«, antwortete er schlicht.

Jetzt war es an Charlie, eine Pause einzulegen, obwohl sie mit dieser Antwort gerechnet hatte. »Ich verstehe«, sagte sie schließlich. »Und dabei soll ich dir helfen.«

»So ist es, Charlie.«

»Aha.« Zehn, fünfzehn Sekunden lang herrschte unbehagliches Schweigen.

»Dies ist ein Probelauf«, erläuterte Wheeler weiter. »Wir werden sehen, wie er verläuft. Ich führe eine Tarnoperation innerhalb der Behörde durch, und dabei benutze ich die Erkenntnisse der Behörde.«

»Wird der Chef davon wissen?«

»Auf keinen Fall!« Wheelers Stimme klang eisenhart. »Der Direktor bleibt draußen. Das hier ist mein Baby.«

»Das sagst du, aber ob es so ist, werde ich nie erfahren.«

»Du kannst mir glauben.« Wieder dieser eisenharte Tonfall. »Da ist nichts Offizielles, nichts Legales an der ganzen Angelegenheit.«

»Sprich nicht so laut«, ermahnte sie ihn. »Vielleicht hört jemand zu.«

Das brachte ihn aus dem Konzept, und er suchte die ganze Umgebung mit seinem Fernglas ab, doch er fand nichts.

»Gehen wir trotzdem weiter«, meinte er. Sie rollten den Schlafsack zusammen, er steckte die Waffe weg, und sie machten sich wieder auf den Weg.

»Später werde ich meine eigenen Agenten in jedes Problemland setzen. Stationschefs, gewissermaßen. Die eigentlichen Chefs werden dann von hier aus operieren, Söldner heuern und Material organisieren – du weißt schon, Bomben, Waffen, Hardware. Material. Wie ich es für dich tue.«

»Verstehe«, sagte sie. »Das wird niemals klappen.«

»Das liegt in weiter Zukunft«, erwiderte Wheeler rasch. »Die Operation fängt eben erst an.«

Charlie hob einen kleinen Stein auf und warf ihn in einen Busch. Sie schauderte. Es wurde kühler, bald würde die Sonne untergehen. »Und was steckt für dich drin?« wollte sie wissen.

»Mir gefällt die Idee. Ich möchte es machen. Ich möchte etwas tun, was Wirkung haben wird«, sagte er schlicht.

»Die Idee ist nicht neu.« Wieso mußte sie ständig nörgeln? Sie wußte, daß er wußte, daß sie an die brasilianischen Todesschwadronen und an andere Vigilantenorganisationen dachte, die sich in ihrer Frustration schließlich auf ihre eigene Weise verdächtiger Krimineller angenommen hatten.

»Das Töten habe ich tatsächlich nicht erfunden, wenn du das meinst«, gab er zu.

»Was soll ich tun?«

»Du bist das Bindeglied.«

»Aha. Ich bin das plausible Alibi. Ist es so?«

»In zwei Worten.«

Sie würde die Verbindung zu Crystal darstellen. Wenn irgend etwas schiefginge, wäre bei ihr die Endstation. Bis zu Harry Wheeler oder

der Behörde würde niemand vordringen. Wenn sie Glück hätte, wäre schon bei Crystal alles zu Ende. Mit Hilfe von einem Dutzend verwirrender falscher Pässe, Identitäten und Alibis könnte sie sich unsichtbar machen.

»Allmählich verstehe ich deine manische Heimlichtuerei«, meinte sie. »Die Sache ist wirklich heiß.«

»Ich dachte mir, daß du genauso denken wirst wie ich«, gab er zurück. »Du bist ein kluges Mädchen.«

Sie blieben erneut stehen, und Wheeler breitete den Schlafsack aus. »Wir werden niemals alle Nachschublinien stillegen können«, fuhr er dabei fort. »Aber es gibt einen Unterschied zwischen einer Flutwelle und einem Rinnsal. Durch eine Schleuse im Boulder-Damm fließt mehr Wasser als durch den Gartenschlauch von Tante Fanny.«

»Ich hab' schon verstanden«, versetzte sie, wieder leicht verärgert.

»Wir können einem Großunternehmer wie Jack English nicht gestatten, das Zeug wie einen Gießbach durch den New Yorker Zoll rauschen zu lassen.«

Charlie wußte, von wem die Rede war. Sie hielt sich auf dem laufenden. »Er ist einer der Unangreifbaren«, sagte sie. Sie wußte, wer er war, weil Ed es ihr erzählt hatte. Ed hatte einmal in wütender Frustration einen Plastikeimer gegen den Fernsehschirm geschleudert, als Graniano dort zu sehen war, wie er eine Miss-Universum-Anwärterin zum Wahlball geleitet hatte.

»Unangreifbar, aber nicht unsterblich«, sagte Wheeler leise.

»Er ist es also.«

»Er ist der Testfall.«

»Deine Auswahl gefällt mir zumindest«, meinte sie.

»Du machst also mit?« fragte er eifrig.

»Das habe ich nicht gesagt. Erzähl mir mehr.«

»Es gibt nicht viel mehr. Ich werde Graniano aufs Korn nehmen. Ihn und sein ganzes Network, sowie er es organisiert. Von der Türkei nach Marseille, von Marseille nach New York City. Am Ende ist er dran. Der Prototyp, der Beispielfall. Zwischendurch werde ich die Route zerschlagen, Bomben, Morde und so weiter. Ich will, daß eines klar wird: Eine große Route zu betreiben kann für jeden, der es versucht, äußerst gefährlich sein.«

»Und nach Graniano?«

»Den Nächstgrößten. Da ist irgendein Kerl dabei, über den Fernen Osten und Mexiko einzusteigen. Wir wissen so wenig über ihn, daß die Behörde ihn scherzeshalber ›El Nobody‹ nennt. Wir haben ein paar von seinen Mulis erwischt, und überall finden wir Spuren von ihm. Wenn wir Graniano überleben, ist er vielleicht der nächste.«

»Und danach?«

»Das liegt noch zu weit in der Zukunft. Bis dahin können wir allesamt tot sein.«

»Es wird niemals klappen«, meinte sie. »Nicht auf lange Sicht.« Hunderte von Ermordungen – es konnte nicht klappen.

Wieder stand Wheeler auf und spähte durch sein Fernglas. »Da draußen ist jemand«, sagte er beiläufig. »Was zum Teufel tut jemand hier draußen an einem so lausigen Tag wie diesem? Das verlangt nach einer ernsthaften Erklärung.« Er mußte an den Buick denken.

»Ich bin dabei«, sagte Charlie plötzlich. »Aber nur für Graniano.« Jetzt, da sie einmal soweit gegangen war – warum nicht?

»Na großartig«, sagte Wheeler, und ein breites Grinsen erstrahlte in seinem Gesicht. *Ich brauche sie nicht umzubringen!*

»Ich will mir nichts vormachen«, meinte Charlie. »Jetzt, wo ich wieder dabei bin, gefällt es mir. Einiges jedenfalls.«

Ed hat immer davon geträumt, Graniano zu fassen.

»Die geborene Agentin«, antwortete er.

»Na, ist jedenfalls besser, als den ganzen Tag mit 'nem Vibrator Modell ›Standard‹ zu Hause rumzuhängen«, versetzte sie, um seine Sprüche zu bremsen.

Wheeler sah sie mit merkwürdigem Gesichtsausdruck an.

»Und was kommt jetzt?« erkundigte sie sich.

»Als nächstes kommt das zweitwichtigste.«

»Aha.«

»Als nächstes engagieren wir Crystal. Ich bin der Hintermann, du bist der Kontakt, und Crystal ist der Killer.«

»Das ist er allerdings.«

»Er tut es für Geld. Das ist der Haken bei der Sache.« Bei dem Gedanken verzog Wheeler das Gesicht.

»Bezahlt werde ich doch auch, oder nicht?« Charlie versuchte, verletzt zu klingen. »Und zwar verdammt gut, hoffe ich.«

»Klar, Charlie. Wo denkst du hin? Aber in dir glüht doch wenigstens ein Fünkchen Anständigkeit. Wenn auch beiläufig, würdest doch auch du gern sehen, wie diese Rauschgiftrouten zerschlagen werden, oder etwa nicht?«

»Ja ... vielleicht.« Aber mehr als alles andere war es Langeweile, und außerdem bekam sie das sentimentale Bedürfnis, etwas für Ed zu tun.

»Es steckt dahinter – mehr, als du zugeben möchtest. Es ist heutzutage passé, zuzugeben, daß man noble Motive hat. Für diesen Halunken allerdings geht es nur um Geld und um nichts anderes. Und zwar um einen Haufen Geld ...«

»Danach wollte ich eben fragen. Wo ist das Geld? Wie heißt das Geld?«

»Frag mich nicht. Ich werde es bekommen. Ich habe es schon.«

»Wenn du es sagst.« Ob er es aus seinem Etat abgezweigt hatte? Bei soviel Mantel-und-Degen-Arbeit, bei so vielen Informanten, die bezahlt werden wollten, und bei allem, was dazukam – schwierig würde es kaum sein.

»Vielleicht bezahlte ich ihn mit dem Geld aus seinem eigenen Konto in Zürich«, meinte Wheeler mit einem boshaften Grinsen.

»Soll das ein Witz sein?« Sie riß die Augen auf.

»Tarrant hat die Hand auf dem Geld. Und es liegt einfach so da.«

»Das würde ihm gefallen«, sagte sie ohne Überzeugung; sie meinte Crystal. Ob Wheeler nur große Reden führte? Wenn er es tat, dann paßte es nicht zu seinem Charakter. Außerdem – Tarrant würde dabei niemals mitspielen.

»Du bist doch bisher bezahlt worden, oder nicht?« Er wechselte die Richtung.

»Ja.«

»Dann zerbrich dir wegen deines Geldes nicht den Kopf.« Damit beendete Wheeler dieses Thema und fuhr fort: »Wie gesagt, Crystal arbeitet nur für Geld. Ich bin darüber nicht glücklich, aber so ist es nun einmal. Jemand mit moralischem Engagement ist mir allemal lieber. Aber von ihm können wir so etwas nicht erwarten. Alles, was du tun kannst, ist also, ihm Geld anzubieten, was immer es kosten mag. Er soll sagen, was er will, und wir werden zahlen.«

»Rechnest du damit, daß es teuer wird?«

»Ja.«

»Das denke ich auch«, nickte Charlie.

»Es ist der einzige Anreiz für einen Typen wie ihn.« Wheeler rümpfte voller Abscheu die Nase. »Und du kannst ihm niemals so viel bezahlen, daß er bereit ist, für dich zu sterben. Deshalb sehe ich es gern, wenn einer moralisches Engagement zeigt. Diese Söldner sind allesamt keine *ayatollahs*.«

»Okay, reden wir über Einzelheiten.« Charlie fackelte nicht gern lange, wenn es etwas zu tun gab.

Aber Wheeler stand schon wieder da und schaute durch sein Fernglas.

»Das müssen wir verschieben, Charlie«, antwortete er, als er wieder in den Schlafsack schlüpfte. »Dort hinten sind zwei Kerle, die immer näher kommen.«

Er zog den Reißverschluß hoch.

»Tut mir leid, Charlie, aber wir müssen jetzt anfangen zu bumsen.«

»Aber wir tun nur so, Harry. Okay?« Doch seine Hand war bereits am Reißverschluß ihrer Jeans.

10

Trotz der Kälte, die in der Telefonzelle und draußen herrschte, fror Liz Fitzwilliam nicht. Sie war in einen wadenlangen Nerzmantel gehüllt – das letzte Geschenk von Jack Graniano. Nicht die Kälte machte ihr zu schaffen, sondern die Anspannung, die ihren Magen vibrieren ließ. Sie war auf der gefährlichsten Mission ihres Lebens. Und abgesehen von den regelmäßigen Telefonkontakten zu Wheeler war sie ganz allein.

»Sie machen sich großartig, Kleine. Einfach großartig. Bleiben Sie dran, das genügt.« Wheeler versuchte, ihr Zuversicht zu vermitteln. Sie hatte nichts Besonderes zu berichten, und so war es lediglich ein Routineanruf. Vielleicht spürte er ihre Anspannung, vielleicht merkte er, wie die vier Glaswände sie von allen Seiten bedrängten und wie die Platzangst in ihr aufzusteigen begann. War er etwa fürsorglich?

Sie hatte sich für die Telefonzelle zwischen Broadway und 53. Street entschieden, weil sie geschützt war, ein kleiner Hafen in der feuchten Kälte. Von hier aus sah sie die Lichter des Broadway-Theaters an der gegenüberliegenden Straßenecke, wo *Evita* gespielt wurde. Wenn die Autos, die auf dem Broadway nach Süden fuhren, vor der Ampel der 42. Street stoppten, glitzerten verschwommene rote Reflexe auf der schlüpfrig nassen Straße.

Er lobte sie wegen nichts. Es war eine unbedeutende Meldung – nichts Bedeutsames oder Wichtiges. Sie hatte ihn über ein paar Details informiert, aber Wheeler tat, als habe sie den Papst persönlich als Kopf eines Rauschgiftringes enttarnt.

»Sind Sie noch da, Liz?« fragte er leicht beunruhigt, als sie nicht antwortete.

»Ja.«

»Wie gesagt, bleiben Sie dran. Was Sie da machen, ist wirklich großartig. Atmen Sie ein paarmal tief durch, wenn es Ihnen an die Nerven geht. Joggen Sie um den Park, wenn Sie mal raus müssen. Aber sorgen Sie dafür, daß er glücklich ist. Okay?«

Pause.

»Sie haben schon Schlimmeres durchgemacht, Kleines. Sie werden's schon schaffen.«

Noch nie hatte sie etwas so Gefährliches durchgemacht, und Wheeler wußte das. »Good bye, Kleines.«

Sie konnte sich nicht erinnern, daß Wheeler sich jemals zuvor verabschiedet hätte.

»Bye, Harry.«

»Und denken Sie daran: Im Notfall können Sie mich jederzeit im Büro anrufen.«

Es klickte in der Leitung, als Wheeler irgendwo im Osten von Manhattan einhängte.

Aus Sicherheitsgründen hatten sie, nachdem Graniano angefangen hatte, mit ihr zusammenzuleben, ihre Geheimkontakte geändert. Es war immer schwieriger geworden, von der Wohnung aus zu telefonieren, selbst wenn es nur darum ging, Wheelers Telefon ein paarmal in der verabredeten Weise klingeln zu lassen. Nicht selten war Graniano im Schlafzimmer. So vereinbarten sie statt dessen, daß sie einmal alle zwei Wochen, und zwar am Montag um genau drei Uhr nachmittags, eine bestimmte Telefonzelle anwählen solle, an welcher Wheeler wartete. Wenn sie aus irgendeinem Grunde am Montag nicht anrufen könnte, sollte sie es am folgenden Tag, am Dienstag, um die gleiche Zeit wieder versuchen, aber jetzt bei einer anderen Zelle. Und so sollte es weitergehen – an jedem darauffolgenden Tag ein Anruf bei einer anderen Zelle, bis der Kontakt hergestellt wäre.

Sie hatten zudem beschlossen, daß es ausreichte, wenn sie alle zwei Wochen Bericht erstattete, zumal da Granianos Operationen sich erst im Anfangsstadium befanden. Mit der Opiumernte war nicht vor Ende Juni zu rechnen, und erst dann würden sie häufiger miteinander Kontakt aufnehmen. Selbstverständlich hatten sie die Möglichkeit eines Notfalls in Betracht ziehen müssen. Es konnte sich jederzeit etwas ereignen, das einen Aufschub von zwei Wochen oder auch nur von einem Tag nicht gestattete. In einem solchen Notfall sollte sie seinen Privatanschluß im Büro oder zu Hause anrufen, und zwar zu jeder beliebigen Zeit. Sie sollte dann lediglich mit einem Blechfrosch ins Telefon klicken – »quaken«, wie Wheeler sich ausdrückte. Auf diese Weise brauchte sie nichts zu sagen, und Wheeler würde sich augenblicklich auf den Weg zu derjenigen Telefonzelle machen, die als nächste auf der Liste der regulären Anrufe stand. Genau eine Stunde nach dem letzten »Quak« würde Wheeler dann ihren Anruf entgegennehmen.

Liz trat aus der Zelle und bekam einen gewaltigen Schreck. Johnny Cisco fuhr mit seinem Buick an ihr vorbei, nicht mehr als zwei oder drei Schritte von der Telefonzelle entfernt.

Hatte er sie gesehen? Schon entwickelten sich Spannungen zwischen ihr und Granianos Männern. Jack war so stolz auf sie – sein »College-Mädchen«. Er hatte sich angewöhnt, sie in geringfügigen

Angelegenheiten ständig um Rat zu fragen. So etwas war in Mafiakreisen unerhört; Frauen wurden aus den geschäftlichen Angelegenheiten herausgehalten. Graniano hatte ihr erzählt, daß Johnny Cisco ihm ohnehin abgeraten habe, sie ins Vertrauen zu ziehen.

Liz wandte sich rasch ab, als der Buick an ihr vorbeirollte und sich in den Verkehr einfädelte. Vielleicht hatte er sie nicht erkannt. Sie hatte wohlweislich den Pelzkragen hochgeschlagen, und sie trug eine Astrachankappe auf dem Kopf.

Er konnte sie nur mit einem flüchtigen Blick wahrgenommen haben.

Dennoch – die Vibrationen in ihrem Magen waren jetzt schlimmer als zuvor. Sie ließen erst wieder nach, als sie den Broadway hinaufging und der Buick seine Fahrt in Richtung Zentrum fortsetzte – und plötzlich ging ihr das Bild ihrer Mutter durch den Kopf. Und das ihres Stiefbruders. Wann immer sie an ihre Mutter dachte, sah sie sie mit dem Jungen in einem Zimmer der Mietwohnung.

Es war wegen ihrer Mutter und wegen des Jungen, daß sie für Wheeler arbeitete und diese Risiken auf sich nahm.

Sie saßen immer auf dem Bett, und die Arme des Jungen waren so dünn, daß sie sich nie hatte vorstellen können, wie die Injektionsnadel dort Platz finden sollte. In ihren Erinnerungen sah sie ihre Mutter immer mit gesenktem Kopf dasitzen, benommen, niedergedrückt und lethargisch nickend, und die Anwesenheit ihrer Tochter oder wenigstens des Jungen war ihr kaum bewußt. Der Junge hatte große, braune Augen in einem ausgemergelten Gesicht, und ihn schauderte ständig. Neben den beiden, auf einem kleinen Tisch, lag eine leere Plastiktüte, ein Löffel, eine Pipette, eine Nadel und Wattebällchen, mit denen das im Löffel aufgelöste Heroin gefiltert wurde.

Solange sie denken konnte, hatte sie diese weißen und roten Blumen gehaßt – den Schlafmohn, *Papaver somniferum*, die Blume des Opiums. Während andere einräumten, daß zumindest die Blumen wunderschön seien, hatte sie sie immer als häßlich und unheimlich empfunden. Heroin, das stärkste aller Opiate, nahm den Schmerz und führte den Schlaf herbei – und außerdem eine grelle, orgasmische Euphorie, die um eine Vielfaches stärker war als beim Morphium. Aber es gab auch nichts, was ein Menschenleben so unausweichlich und so gründlich zerstört hätte.

Liz Fitzwilliams Vater war Sproß einer der führenden neuenglischen Familien gewesen. Er hatte in Harvard Jura studiert, um dann seinen Platz in der Anwaltskanzlei seiner Familie einzunehmen.

Ihre Mutter Zoey kam aus völlig anderen Verhältnissen. Sie entstammte einer Familie von mühsam kämpfenden – und stets scheiternden – Theaterexistenzen. Liz' Vater hatte Zoey aus einer Tanztruppe am Times Square herausgeholt, in der man sie »Ultra-Frostbeule« genannt hatte. Als er sie auf das Anwesen der Familie in Cape Cod brachte, war sie schwanger und mit ihm verheiratet.

Es war von Anfang an eine unmögliche Liaison gewesen. Zoey hatte nicht das geringste Interesse für die Herkunft ihres Mannes, seine prestigeträchtige Anwaltspraxis oder seine gelehrten Freunde aufgebracht. Sie hatte sich isoliert gefühlt, und die stolze, traditionsgebundene Familie hatte sie nicht akzeptiert. In ihrem Narzißmus, ihrem Mißtrauen gegen die Familie ihres Mannes und in ihren chronischen Depressionen hatte Zoey sich vom Leben betrogen gefühlt. Um ihre Langeweile zu lindern, hatte sie oft alte Freunde in New York City besucht, und dort war sie schließlich auf einen Exfreund gestoßen, der sich inzwischen dem Drogenhandel zugewandt hatte.

Um ihrer Langeweile, ihrer Frustration und ihrer Unfähigkeit, sich über irgend etwas zu freuen, zu entrinnen, hatte Zoey angefangen, den tödlichen Stoff zu schnupfen. Wenig später war sie dazu übergegangen, sich eine verdünnte Lösung mit der Injektionsnadel unter die Haut zu spritzen, und schließlich hatte sie intravenös injiziert.

Dies war die Geschichte gewesen, soweit Liz Fitzwilliam sie von ihrem Vater erfahren hatte. Einiges andere hatte sie selbst herausgefunden oder erlebt.

Es war ein lausig kalter Wintertag in Manhattan, und noch immer war sie von nagender Angst erfüllt, als sie den Broadway überquerte und auf das Woodward Hotel an der 55. Street zuging. Gewaltsam beschwor sie ein anderes Bild ihrer Mutter vor ihrem geistigen Auge herauf. Und für eine kurze Zeit vergaß sie ihre bohrende Unruhe und war wieder ein kleines Mädchen, das in das Schlafzimmer der Mutter gerannt kam, die Puppe hinter sich herschleifend.

Zoey saß im Zwielicht vor dem Fenster in einem Sessel, die Linke zu einer harten Faust geballt und einwärts gebogen, damit die Venen des Unterarms hervortraten. Eine Nadel stak in einer der dicken, angeschwollenen Adern. Ihre Mutter sah auf, schüttelte verärgert den Kopf und schickte sie wortlos aus dem Zimmer.

Liz Fitzwilliam erinnerte sich daran, wie ihr Vater es versucht hatte. Er hatte es zwei Jahre lang versucht. Stundenlang hatte er oben bei Zoey gesessen, seine Arbeit vernachlässigt und endlos auf sie eingeredet. Aber es war, als sei ihre Mutter verhext, hatte Liz ihn einmal sagen gehört.

Eine andere Gelegenheit, an die sie sich lebhaft erinnerte, war der Tag, an dem er aufgegeben hatte. Er hatte das Zimmer verlassen, war schnellen und zielstrebigen Schritts die Treppe heruntergekommen und hatte den Telefonhörer abgenommen. Sie hatte sich zwischen den schmalen Pfeilern der geschwungenen Balustrade verborgen und hatte Fetzen des Gesprächs mitangehört, und einmal hatte ihr Vater wütend gesagt: »Sie ist eine Chemikalie. Ich sitze da und rede mit einer Dosis Diazetylmorphin. Wie geht das? Wie redet man mit einer Chemikalie?« Und dann waren die Ärzte gekommen, die Psychiater, die Sanatorien. Und schließlich die Scheidung.

Sie hatte ihre Mutter nicht wiedergesehen – bis zu dem Jahr zwischen High-School und Vassar. Dieses Jahr hatte sie damit zugebracht, ihre Mutter zu suchen, um sie von dem Stoff herunterzubringen.

Sie zu finden, war nicht schwer gewesen. Ihr Vater richtete immer noch kleine Unterhaltszahlungen an sie, und er hatte ihre Adresse in jenem schmierigen Mietshaus in der Bowery gehabt.

Sie von dem Stoff herunterzubringen, war unmöglich gewesen.

Die meiste Zeit hatte Zoey in einer Art Stupor verbracht. In schmutzigen Kleidern hatte sie dagesessen, und Abszesse, verursacht von septischen Nadeln, hatten ihre Venen bedeckt. Sie sah aus, als sei sie hundertfünfzig Jahre alt, und ihre Nuttentage waren vorüber. Niemand würde mit diesem ausgemergelten, ungewaschenen Haut-und-Knochen-Bündel ins Bett gehen.

Der Junge war es, der ihr das Geld für den Stoff heranschaffte. Er knackte Apartments – eine diebische Katze von fünfundsechzig Pfund. Einen Teil des Stoffes verkaufte er gegen ein Aufgeld an seine Freunde. Und dann waren da immer noch die Unterhaltszahlungen.

Ein paarmal hatte Liz Fitzwilliam sich übergeben müssen, wenn sie die Wohnung verlassen hatte; sie hatte den beiden etwas zu essen und saubere Kleider gebracht und ein wenig mit ihnen geredet. Aber sie hatten sich nicht für sie interessiert – alle beide nicht. Zoey und der Junge lebten irgendwo in ihrem Geist und ihrem Körper, wo man sie nicht mehr erreichen konnte: Sie lebten, aber sie hatten sich getötet. Essen, Kleidung, ein Dach über dem Kopf oder Liz' Gegenwart – das alles bedeutete für diese lebenden Toten nichts mehr. Sie verkauften die Kleider und die Lebensmittel.

Als Liz an der Chrysler-Niederlassung am Broadway vorbeikam, durchfuhr sie eine neue Erinnerung – diesmal war es der Junge. Er war immer so mager gewesen, daß seine zerlumpten Kleider um ihn herumflatterten, wenn er seinen Tanz vollführte. Sie brachte Kleider und Lebensmittel – und er vollführte dann immer einen kleinen Tanz, stampfte mit den Füßen auf den kahlen Boden und schlug zum Schluß die Absätze aneinander. Es war ein Tanz der Vorfreude: Er freute sich darauf, alles zu verhökern und dann durch Wind und Regen, Schnee oder Hitze durch die Straßen zu laufen und seinen Freund Little Mac zu suchen. *Ich habe Geld in der Tasche, also wo ist Little Mac?* Als Liz herausfand, daß er Kleider und Lebensmittel verkaufte, brachte sie ihnen nichts mehr.

Jetzt fühlte sie sich innerlich besser. Der Schmerz im Leib war nur noch ein Kribbeln, und ihre Eingeweide hörten auf zu vibrieren. Noch ein paar Bilder aus der Vergangenheit, und es würde ihr wieder gutgehen. Vielleicht würde sie sich sogar wohl fühlen. Bis zum Columbus Circle war es jetzt nur noch ein Block.

Sie hatte ihre Besuche bei den beiden gänzlich eingestellt, als ihr Stiefbruder versucht hatte, sie im dunklen Treppenhaus auszurauben, weil sie sich geweigert hatte, ihnen noch mehr Geld zu geben.

Zwei Jahre später war jemand durch eine Gasse gekommen und hatte zwei dürre Beine unter einer *Sunday Times* hervorlugen sehen. Zoey war an Hepatitis gestorben, weil sie schmutzige Nadeln benutzt hatte, und man hatte sie mit einem Berg von schmutzigen Zeitungen bedeckt. Liz hatte nie herausfinden können, wie sie so lange hatte durchhalten können. Ein Jahr darauf hatte jemand den Jungen erschossen. Er hatte ihn mit einem .38er-Geschoß aus dem offenen Fenster geschleudert, als er versuchte, hereinzuklettern.

Nachdem sie ihr Studium in Vassar beendet hatte, war sie zum Bundesamt für Betäubungsmittel und gefährliche Drogen gegangen, bevor es im Jahre 1973 in der neugegründeten Rauschgiftbekämpfungsbehörde aufging. Den größten Teil ihrer Zeit verbrachte sie in Übersee. Die heikelste Situation hatte sie in Amsterdam erlebt, als sie mit einem Dealer in ein Haus gegangen war und plötzlich, irgendwo auf der engen, dunklen Treppe, einen Pistolenlauf im Rücken gespürt hatte. Sie hatte das Schnappen des Schlagbolzens gehört und war im Hechtsprung über das Geländer gestürzt. Überall hatte es im Halbdunkel aufgeblitzt, als sie aufeinander geschossen hatten, aber irgendwie war der Dealer entkommen, obwohl die anderen, unaufhörlich schießend, die Treppe erstürmt hatten. Ihre Verletzung war die schlimmste gewesen: Sie hatte sich das Schienbein und das Wadenbein gebrochen.

Kurz darauf hatte sie gekündigt. Sie wußte von der Korruption, die in der Behörde herrschte, und so konnte sie den Verdacht nicht loswerden, daß es sich bei dem Zwischenfall in dem Amsterdamer Haus um ein abgekartetes Spiel gehandelt habe.

Harry Wheeler hatte sie gefunden. Inzwischen hatte das Heroingeschäft auch sie ruiniert. Sie war nicht süchtig, hatte das Zeug in ihrem ganzen Leben nicht angerührt. Aber sie war unfähig zu jeder auch nur annähernd normalen Beziehung. Sie war schön, und so hatte es diesen Filmproduzenten in San Francisco gegeben, und nicht nur ihn – es hatte eine Menge von Männern gegeben. Aber dieser Produzent war unter all den anderen etwas Besonderes gewesen, und beinahe hätte sie ihn geheiratet. Aber in – buchstäblich – letzter Stunde hatte sie begriffen, daß es ein Fehler sein würde, und sie hatte die Hochzeit abgesagt. Er war zu nett gewesen.

Bei »netten« Männern kam sie nie. Nette Männer konnten sie nie wirklich erregen. Die Geschichte ihres Sexuallebens war alles andere als zuversichtserweckend. Sie hatte »es« zum erstenmal erlebt, als ihr Vater ihr zur Strafe für irgendein Vergehen aufgetragen hatte, den Rasen des Familienanwesens in Cape Cod zu mähen. Sie hatte diese Arbeit verabscheut, bis bestimmte Vibrationen des Motormähers ein ganz bestimmtes Kribbeln im Schoß ihrer Hot pants ausgelöst hatten, und plötzlich – *wamm!*

Irgendwie hatte es sie mit Behagen erfüllt, die Bestrafung ausgetrickst zu haben. Er hatte sie gezwungen, etwas zu tun, was sie verabscheute, und *wamm!* hatte sie die Strafe ausgetrickst.

Aber mit netten Männern war es nie etwas geworden.

Liz schaute am Gulf & Western Building empor und fühlte sich an Graniano erinnert. Sie kam an Alfredos Restaurant am Central Park vorbei, und wieder mußte sie an ihn denken, und daran, wie er nach dem Essen seine Faust zwischen ihre Beine geschoben hatte.

Immer, wenn Liz Fitzwilliam daran dachte, wer sie wirklich war, löste sich der zermalmende Druck in ihrem Innern, und statt dessen erfüllte sie ein süßes Haßgefühl, das ihren Pulsschlag rasen ließ. Oft verglich sie sich selbst mit einer Schwarzen Witwe. Sie hatte alles über die Gewohnheiten dieser Giftspinne gelesen. Sie fand es faszinierend, daß das Männchen nach jeder Paarung riskierte, bei lebendigem Leibe gefressen zu werden.

Der Portier legte grüßend einen Finger an seine Mütze. Es war ein kalter Februartag, und der Himmel war von stumpfem Grau überzogen. Die Stadt war von Stromsperren bedroht, die Müllabfuhr erwog einen Streik, und wieder redete man davon, daß ganz New York City vor dem Bankrott stehe. Und sie lächelte. Der Portier hob den Blick unter seinem Mützenschirm. Ein wunderschönes, reiches Weib. Sie lächelte immer noch.

Wieso sind es immer die anderen Kerle, die so viel Glück haben? fragte sich der Portier.

Johnny Cisco hatte sich fast den Arsch aufgerissen, um den Broadway hinunterzurasen, schleudernd und mit kreischenden Pneus in die 50. Street einzubiegen, am Time Life Building noch einmal nach links in die Sixth zu kurven und dann, von einer Spur zur anderen wechselnd und pendelnd, durch den dichten Verkehr nach Central Park South zu fahren. Sie war es gewesen, und er hatte recht gehabt. Sie hatte in einer Zelle telefoniert, die nur ein paar Blocks weit vom Penthouse entfernt war – wo ihr höchsteigenes, hübsches Telefon mit dem Hörer aus imitiertem Elfenbein stand . . .

Nur das KGB, der CIA und die Mafia, verdammt, benutzten für ihre Telefonate einen öffentlichen Fernsprecher.

Johnny Cisco machte sich jetzt mehr Sorgen als je zuvor. Johnny Cisco. Es gab zwei Johnny Ciscos in der *Cosa Nostra*, aber er war aus San Francisco gekommen, und so hatten sie ihn Johnny »aus San Francisco« Cisco getauft. Viel zu lang. Dann war er eine Zeitlang San Francisco Cisco gewesen. Immer noch zu lang. Wie wär's mit Frank Cisco? Graniano hatte gemeint, auch das sei noch zuviel. Der Don nannte ihn nur Coco.

Als er den Columbus Circle entlangfuhr, sagte Coco sich, daß Millionen von Menschen völlig harmlose Anrufe in öffentlichen Telefonzellen in New York City tätigten, an jedem Tag in der Woche. Da brauchte man nur bei Bell nachzufragen. Wer war zum Beispiel der Typ, der dort drüben am Circle in der Zelle stand und telefonierte? Na gut, es war ein Bulle . . . Schlechtes Beispiel; er kannte viele Bullen, weil sie auf der Schmiergeldliste standen.

Und wenn er zum Don ginge und ihm sagte: »Hör zu, das Licht deines Lebens, die Liebe deines Lebens, hat eben von einer Telefonzelle aus telefoniert . . .« Na und? Er mußte sorgfältig darauf achten, seine Gedanken für sich zu behalten, bis er etwas in der Hand hätte.

Nicht, daß Coco das Mädchen nicht zu gern losgeworden wäre. Sie war, wie man in der alten Heimat zu sagen pflegte, ein Stein in allen Schuhen. Aber als er das Thema einmal ganz beiläufig zur Sprache gebracht hatte, war die lakonische Antwort des Don gewesen: »Coco, ich will dir eintausend Dinge in fünf Worten sagen: Sei klug.« Er hatte nicht hinzugefügt: ». . . und deiner sicher.« Aber das war es, was der Don gemeint hatte. *Sei klug und deiner sicher. Versuche nicht, sie anzuschwärzen, wenn du nichts hast.*

Graniano hatte seinem Unterboß gegenüber sogar angedeutet, daß er daran denke, sich von seiner Frau Sina scheiden zu lassen. Als Coco dazu nichts gesagt hatte – und was hätte er sagen sollen? –, hatte sogar der Don den Kopf für ein Weilchen eingezogen. Mafia-Dons ließen sich einfach nicht scheiden.

11

Im Februar erschien die Annonce im *London Daily Telegraph.* Sie stand unter der Rubrik *Persönliches* zwischen zwei anderen Anzeigen. Die eine davon lautete:

H. B. – New-Orleans-Karte. Ob ich mich erinnere? Versuch's! Brief oder Anruf. W. B.

Die andere lautete:

R. M. S. Venus sucht Copiloten für Reise zum Mond. Melde dich bei mir.

Gillian

Charlies Mitteilung, die zwischen diesen beiden stand, hatte folgenden Wortlaut:

Billy. Mein schöner Mann. Magische Prinzessin liebt dich. Mandy.

Die 474 aus »Mein schöner Mann« würde ihm verraten, in welcher Gegend die Wohnung lag, aber mehr auch nicht. Charlie war dadurch nicht beunruhigt. Ihre Adresse konnte er jederzeit bekommen, wenn er sie haben wollte. Sie hatte die Anzeige im *Telegraph* aufgegeben und das Apartment hinter dem Londoner Hilton gemietet. Es lag in einer Nebenstraße in der Nähe des zum Hilton gehörigen »London Tavern«, ein kleines Apartment, das man über eine kurze Treppe erreichte, zwischen adretten, blau- und braungestrichenen Häusern mit zwei oder drei Stockwerken.

Sie hatte immer noch nicht gewollt, daß Wheeler die Hände im Spiel hatte, und deshalb hatte sie alles selbst erledigt. Er hatte ihr Ausweichmanöver in Paris nicht erwähnt, mit dem sie den Anruf im »L'Ecritoire« entgegengenommen hatte; vielleicht hatte er also doch nicht mitgehört und das Abschirmgerät hatte die Wahrheit gesagt. Aber sicher konnte sie nicht sein.

Das Londoner Apartment gehörte einer Prostituierten, einer von Charlies Freundinnen. Charlie hatte sie überredet, auf ihre Kosten Ferien auf den Westindischen Inseln zu machen. Es war Februar in London, und die Freundin hatte bereitwillig die Flucht ergriffen. Da sie ihrer Arbeit in den Nobelhotels der Umgebung nachging, wurde Charlie jetzt nicht durch ungebetene Besucher belästigt. Der einzige Nachteil an dieser Wohnung war der niemals abreißende Strom von Anrufen; Charlie war in einem Zustand ständiger Aufregung, während sie auf den einzigen Anruf wartete, der wichtig war.

Am Nachmittag des Samstags nach Erscheinen der Anzeige rief Crystal an.

»Hallo!« Charlies Herz raste.

»Crystal.«

»Ich bin froh, daß Sie anrufen.« Das hatte sie sich einfach nicht verkneifen können.

»Und was noch?«

»Ich kann Ihnen eine Million Dollar anbieten.« Sie hatte nicht die Absicht, auf den Busch zu klopfen. Wheelers Auftrag war gewesen, Crystal für »maximal eine Million Dollar« einzukaufen. Das war unmißverständliche Agentensprache für »Versuche um Himmels willen, ihn herunterzuhandeln«, aber diese Mühe würde sie sich sparen.

»In bar?«

»Teils, teils.«

»Wofür?«

»Leute müssen umgebracht werden. Dinge müssen in die Luft gejagt werden.«

»Wie Sie sich schon dachten.«

»Wie *wir* es uns dachten.«

»Es kostet nicht immer alles mehr, als man sich leisten kann.«

Das Gespräch verstummte. War das ein Witz gewesen? »Wir werden uns treffen müssen, wenn es weitergehen soll«, meinte sie nonchalant.

Das war die Crux. Würde er sich mit ihr treffen und dabei riskieren, daß er in eine Falle lief? Crystal zögerte. Charlie warf einen Blick auf das Abschirmgerät. Diesmal hatte sie es selbst besorgt. Das grüne Licht leuchtete; also war die Leitung sauber.

»Vermutlich müssen wir uns treffen, ja«, stimmte er zu.

»Ja.«

»Sie verlangen viel.«

»Ich weiß«, sagte sie.

»Dann treffen wir uns morgen«, erklärte er. »Hyde Park. Wenn das Wetter es zuläßt.« Es war eine gute Tarnung. Hunderte, nein, Tausende von Londonern würden durch den Park, über Wege und Rasenflächen, spazieren. Sie würden zwischen Hunderten anderer Paare verschwinden. Ob sie wohl Arm in Arm daherschlendern würden, fragte sie sich zynisch.

»In Ordnung«, stimmte sie zu. Sie wagte nicht, einen anderen Vorschlag zu machen.

»Erwarten Sie mich am Achilles-Denkmal an der Park Lane, gegenüber vom Hilton. Ist Ihnen das recht?«

Und ob! »Um vierzehn Uhr dreißig. Wenn ich bis fünfzehn Uhr nicht aufgetaucht bin, gehen Sie nach Hause. Ich werde Sie dann anrufen.«

»Okay.«

»Wenn es zu stark regnet, werde ich Sie anrufen und absagen.«

»Ja.«

»Tragen Sie eine Ausgabe des *Telegraph* in der linken Hand. Haben Sie noch etwas anderes?«

»Ich habe ein grünes Seidenkopftuch.«

»Und was noch?«

Herrgott, er wollte wirklich sichergehen. »Eine goldene Anstecknadeln in Form des Buchstabens D an meinem Mantelaufschlag.«

»Das wird genügen. Übrigens . . .« Er brach ab.

»Ja?«

»Wenn es eine Falle ist, werde ich Sie töten. Vielleicht erwische ich sonst niemanden. Aber Sie ganz bestimmt.«

»Selbstverständlich . . . wenn es eine Falle ist«, erwiderte sie gleichmütig. Sie hörte ein Klicken, und dann war die Leitung tot.

Zur Abwechslung war es ein angenehmer Februarsonntag. Frisch und kalt, aber nicht eisig. Am Himmel zeigten sich sogar blaue Flecken. Charlie ging die Curzon Street hinauf und in die Unterführung an der Park Lane. In der Unterführung roch es nach schalem Urin, und sie wich einem Rinnsal aus, das ihren Weg kreuzte. Als sie an einem Bettler vorbeiging, ohne ihm ein paar Münzen in die Mütze zu werfen, hörte sie, wie er bösartig fluchte.

Nach genau 344 Schritten hatte sie die Unterführung hinter sich gebracht und das Denkmal erreicht. Es war zu Ehren von Arthur Wellington errichtet worden, und zwar von allen Frauen seines Landes – so zumindest behauptete es die Inschrift:

> Für Arthur, den Herzog von Wellington, und seine tapferen Waffengefährten. Diese Statue des Achilles, gegossen aus dem Eisen der Kanone, die bei den Siegen von Salamanca, Vittoria, Toulouse und Waterloo dabei war, ist ihnen gewidmet von den Frauen ihres Landes.

Schon zählte sie die Minuten.

Um vierzehn Uhr neunundzwanzig hatte sie die Statue erreicht, und um vierzehn Uhr fünfzig wartete sie immer noch auf Crystal. Sie war nicht beunruhigt, aber sie begann sich zu langweilen. Sie wußte, daß er sie von irgendwoher beobachtete und die Situation studierte. Sie stellte einen Fuß auf die Kette, die das Denkmal umgab.

Charlie versuchte gar nicht erst, ihn aus den Hunderten von Leuten herauszufinden, die den Park bevölkerten oder die sich an dem Stand in der Nähe einen Becher heißen Kaffee geholt hatten. Statt dessen betrachtete sie das Denkmal, und als sie dazu keine Lust mehr hatte, las sie ein paar Seiten des *Telegraph*, wobei sie das Blatt in der Linken hielt.

Zum x-ten Mal schaute sie dann zu dem Denkmal hinauf. Die schwarze Achillesstatue mit Schwert und Schild schimmerte matt vor dem tiefblauen Himmel. Ihre Blicke wanderten hinunter zu den gewaltigen Eisenhoden, die nur sparsam bedeckt waren ... Und dann war er neben ihr. »Crystal«, sagte er.

»Hallo.« Sie lächelte. »Daphne.«

»Gehen wir«, sagte er.

Sie hatte in dem Computerprint seine Beschreibung gelesen, aber sie war dennoch gelinde überrascht, als sie sah, wie schlank er war und wie durchschnittlich und wenig beeindruckend seine äußere Erscheinung wirkte.

»Was haben Sie erwartet?«

Erstaunt stellte sie fest, daß er diese winzige Regung offenbar gespürt hatte. »Nein ...«, begann sie verunsichert. »Ich wußte nicht, was ich erwarten sollte.«

Wie hätte sie ihm sagen können, was sie von denen erwartete, die an der Schnittstelle lebten, am Rande – von denen, die auf dem Hochseil balancierten und die jederzeit abstürzen konnten. Das allein war ihr faszinierend genug.

Er hatte den Mantelkragen hochgeklappt, und da er einen Hut und eine hellbraun getönte Sonnenbrille trug, war es schwierig zu sehen, wie er aussah. Sie spazierten den Broad Walk entlang auf Hyde Park Corner zu. Er hatte beide Hände in den Manteltaschen. Hielt er eine Pistole mit Schalldämpfer in der einen?

Je weiter sie vorankamen, desto mehr entspannte er sich. Einmal wich er zur Seite, damit sie einige frische Pferdeäpfel umgehen konnte, die säuberlich auf dem weißen Mittelstreifen des Weges abgelegt worden waren. Er führte sie vom Weg herunter und auf eine Bank zu, in deren Nähe ein paar Kinder Frisbeescheiben hin und her warfen. Ein Modellflugzeug kreiste in der Luft, stieg steil auf und sank wieder herunter. Im Gehen blickte er gelegentlich wachsam zu den niedrigen Gebäuden an der Park Lane hinüber. Sie setzten sich auf die Bank, und er erklärte: »Wenn das eine Falle ist, werde ich Sie hier töten, auf dieser Bank.«

»Es ist keine.«

»Das hoffe ich. Für uns beide.«

»Wäre es nicht sowieso unvernünftig, einen Mann mit einem Gewehr auf eines dieser Häuser zu stellen?« Sie hatte die Hände in die Taschen geschoben, und so mußte sie mit dem Kinn auf die Häuser deuten, die er im Auge behalten hatte. »Ein wenig zu auffällig für einen Sonntagnachmittag im Park, finden Sie nicht auch? Später wäre es viel leichter, an irgendeinem sicheren Ort. Wenn ich nicht mehr dabei bin. Ließe sich ohne große Probleme arrangieren.«

»Das denke ich auch.«

»Tut mir leid.« Sie hätte sich am liebsten die Zunge abgebissen.

»Schon gut. Jetzt erzählen Sie, was Sie wollen.«

Sie saßen auf der Bank, und sie erzählte ihm alles. Sie erzählte ihm von sich und von ihrer Rolle in dieser Sache, von Wheeler und der Behörde, von Wheelers Ideen, von Wheeler und sich beim CIA und davon, wie man sie gefeuert hatte, sogar von Ed und von Ed jr. Sie erzählte ihm alles das, und außerdem von Jack Graniano und davon, was Wheeler im einzelnen vorhatte und was er diesen Leuten zugedacht hatte. Sie erzählte ihm sogar, daß Wheelers Plan ihrer Meinung nach auf lange Sicht zum Scheitern verurteilt war. Hunderte von Ermordungen. Das konnte nicht klappen.

Sie erzählte dies alles nicht in einer bestimmten Reihenfolge, sondern redete über das, was ihr gerade in den Sinn kam. Niemals zögerte sie, aber manchmal kehrte sie zu Dingen zurück, von denen sie bereits gesprochen hatte, um noch mehr darüber zu sagen und weitere Einzelheiten zu erläutern. Sie redete vielleicht eine Stunde lang, leise und ohne daß sonst jemand ihr zuhören konnte.

Er stellte Fragen.

Sie beantwortete sie, so gut sie konnte, ohne zu zögern. Und weil es die Wahrheit war, wie sie sie kannte, beeindruckte es ihn, und das wußte sie. Aber die Quintessenz des Ganzen war das, was sie am Anfang gesagt hatte: Wheeler suchte einen Killer. Für eine Million Dollar sollte Crystal Granianos Rauschgiftroute zerschlagen, von Afyon bis New York City. Sie war der Kontakt. Wheeler war der Hintermann.

Als er sich zum drittenmal nach dem Geld erkundigte, bestätigte sie, daß er eine halbe Million als Vorschuß bekommen könne. Den Rest würde man ihm in jeder von ihm gewünschten Weise auszahlen, und zwar in kleineren Summen, nachdem er einzelne Aufgaben erfüllt hätte.

Schließlich gab es nichts weiter zu besprechen. »Okay«, sagte er. »Ich werde es mir überlegen. Und ich werde es Sie bald wissen lassen.«

»Gut«, sagte sie, und ihr war, als habe jemand eine schwere Last von ihren Schultern genommen.

»Ich fange an, Ihnen zu vertrauen. Vielleicht«, fügte er, sich korrigierend, hinzu.

»Ich weiß, daß Wheeler Sie haben will, weil Sie der Beste in der Branche sind«, sagte sie ernsthaft.

»Ich glaube, wir könnten gut zusammenarbeiten«, antwortete er.

Sie war geschmeichelt. »Tun Sie, was Sie in Ihrem Interesse für richtig halten«, meinte sie. Sie hatte gegen jede einzelne Regel im Lehrbuch für Geheimagenten verstoßen. Aber sie hatte entschieden, daß dies der einzige Weg sei.

»Ich rufe Sie Mittwoch nachmittag an«, versprach er.

»Okay«, antwortete sie. »Übrigens, mein wirklicher Name ist Charlie. Nicht Daphne. Charlie Brown.«

»Ich habe von Ihnen gehört«, sagte er. »Es gab ja nicht viele Frauen im Geheimdienst.«

Hat er alles gehört? »Auch das von dem fröhlichen Hermaphroditen?« wollte sie wissen.

»Auch davon.«

»Meine Güte, ist denn nichts mehr heilig?«

»Ich vertraue Ihnen ein wenig, Charlie. Ich bin lange genug im Geschäft, um zu wissen, daß man niemandem ganz vertrauen kann . . .« Es war seine Art, ihr zu sagen, daß er beeindruckt sei, daß es, gelobt seien alle Heiligen, ein Wunder auf dem Broad Walk gegeben habe.

Oder sind alle Agenten und Killer gleich? fragte Charlie sich zynisch. *Vielleicht macht er mir etwas vor.* Charlie nahm die Hände aus den Taschen und winkte freundlich zum Abschied.

»Okay«, sagte er mit schiefem Grinsen. »Jetzt werden wir's herausfinden.«

»Was denn?« Sie hatte es vergessen.

»Ob das Ganze eine Falle war.«

Jetzt erinnerte sie sich. »Es ist okay«, sagte sie, um ihn zuversichtlich zu stimmen. Aber wenn es eine Falle gewesen wäre, hätte sie das gleiche gesagt.

»Na klar.«

Der Wind streifte kalt über ihre Wangen. Er konnte nicht sicher sein, daß es nicht doch eine Falle war. Eine oder zwei Stunden lang würde die Ungewißheit in seinen Eingeweiden brennen.

Beinahe direkt gegenüber ihrer Bank entdeckte sie eine Treppe, die vom Weg hinunter in eine Unterführung führte, die zu einer Tiefgarage unter dem Hyde Park gehörte. An einem Geländer oben an der

Treppe hing ein blau-weißes Schild, auf dem stand:

KEIN EINGANG. NOTAUSGANG DER TIEFGARAGE

Wollte er diese Treppe hinunter und durch das feuchte Dunkel der Tiefgarage verschwinden? Das wäre keine gute Wahl. Wenn dies eine Falle gewesen wäre, dann wäre die fast leere Parkgarage – die an einem Sonntag kaum benutzt wurde – bei effizienter Planung zweifellos bewacht. Ein Mord im klammen Untergrund der Tiefgarage würde überhaupt kein Aufsehen erregen.

Aber er stand auf und ging weiter den Broad Walk hinunter.

Natürlich – Speaker's Corner!

An der Speaker's Corner herrschte wie immer großes Gedränge. Wenn es ihm gelänge, in der Menge zu verschwinden, hätte er eine Chance. Sie sah, wie er sich durch eine dünne Kette von Menschen drängte, die einen Mann mit einem Sandwichplakat umringte. Auf dem Plakat stand: DIE WANDELNDE KLAGEMAUER DER DEMOKRATIE. Charlie beobachtete, wie er sich unter eine größere Gruppe mischte, die einen gutgekleideten Schwarzen umstand, der gegen Homosexualität und die Emigration der Pakistani aus Uganda wetterte. Dann war er verschwunden, hatte sich in Luft aufgelöst, als hätte er nie existiert.

Crystal verschmolz mit geübter Gewandtheit mit der Menschenmenge. Zehn oder fünfzehn Sekunden lang blieb er irgendwo stehen, bevor er sich weiterbewegte. Die Menge war ein Labyrinth.

Als er die dritte Gruppe erreicht hatte, trug er seinen Mantel über dem Arm. Bei der vierten – er blieb stehen, um sich einen oder zwei Sätze aus dem Sermon eines PLO-Redners anzuhören – hatte er die dunkle Brille abgenommen. Bei der sechsten Gruppe – hier pries der Redner Autosexualität und Masturbation – hatte er den Mantel wieder an, diesmal jedoch umgekehrt. Es war ein hellbrauner Mantel gewesen, als er Charlie getroffen hatte, aber als er die Autosexuellen verließ, trug er einen hellblauen.

Als Crystal behende auf einen fahrenden Bus in der Nähe von Marble Arch aufsprang, hatte er die zufriedene Gewißheit, daß er es zumindest versucht hatte. Die Wahrscheinlichkeit, daß er einer potentiellen Falle entronnen war, war gewachsen, während die Möglichkeit, daß er selbst einen Fehler beginge, kleiner geworden war.

Der Bus rumpelte an der Paddington Station vorbei, und er überlegte immer noch, wie er die halbe Million kassieren könnte, ohne überhaupt jemanden zu töten. Irgendwo im Hintergrund lauerte Tarrant, Wheeler war ein Ex-CIA-Mann, und auch das Mädchen war beim CIA gewesen, und so vermutete Crystal, daß man ihm die Teilnahme an irgendeinem verrückten CIA-Projekt offerierte. Und der CIA schuldete ihm Geld. Weshalb aber sollte er für sein eigenes Geld zweimal arbeiten?

Zumindest arbeiteten aufsässige Elemente des CIA und der Rauschgiftbehörde zusammen. Aus langer Erfahrung wußte Crystal, daß nichts in der Geheimdienstarbeit jemals so einfach war, wie es aussah. Er machte sich gar nicht erst die Mühe, die Millionen von Gründen zu analysieren, die hinter dieser Geschichte steckten. Sie gingen ihn nichts an.

Alles, was er wollte, war das Geld. Und hatte er nicht geschworen, nie wieder für die Company zu arbeiten? War es dabei von Bedeutung, daß diese Leute alle gefeuert worden waren?

Sie wußte, daß er sie während der Woche von irgendwoher beobachten würde, daß er überprüfen würde, was er konnte. Sie benahm sich wie ein gewöhnlicher Tourist: Harrods, die Geschäfte in der Oxford Street, am Montag und am Dienstag ins Theater. Wheeler rief sie nicht an.

Nach einem Musical im Prince George beschloß sie, sich ein Dinner im Rooftop Klub des Hilton zu gönnen. Man hatte sie mit merkwürdigen Blicken bedacht, als sie einen Fenstertisch im hinteren Teil des Restaurants, weit weg von der Band, bestellt hatte. Aber Willi, der Oberkellner, gab sein Okay, und so nahm sie zwei Drinks an der Bar im selben Stockwerk und wartete auf ihren Tisch.

Zum fünfzigsten Male mußte sie daran denken, wie phantastisch Wheelers Projekt – in der langen Version – wirkte. Daß er Graniano ans Leder wollte, war verständlich. Aber wenn man es weiterspann – Hunderte von Ermordungen, das war einfach phantastisch. Nichtsdestoweniger wäre es ein Fehler, Wheeler nicht ernst zu nehmen. Hatte die Company schließlich nicht 1950 versucht, Indonesien zu erobern – mit drei Guerilla-Experten und drei Funkern? Und wenn Kennedy den zweiten Luftangriff auf Kuba erlaubt hätte – wie hätten denn die 1400 Rebellen tatsächlich in der Schweinebucht landen und es mit den 200000 Mann in Castros Armee und Milizen aufnehmen sollen? Aber die Company war in beiden Fällen mit Ernst bei der Sache gewesen. Und Wheeler war einer der wilderen Wunderknaben in der Planungsabteilung gewesen.

Nach dem Essen saß Charlie noch eine Weile da, während zwei, drei überschüssige Drinks sanft in ihr wirbelten, und starrte durch die hohen Fenster neben ihrem Tisch auf die Park Lane hinunter. Der Dunst, der auf den Scheiben lag, verzerrte und streckte die Straßenlaternen. Am Broad Walk im Hyde Park leuchteten vereinzelte Lichter in der Dunkelheit.

Er war schon ein sonderbarer Typ. Einer der Überlebenden, einer von denen, die nicht aufgaben, so wie sie. Sie dachte an die, die nicht überlebt hatten – wie Ed und Ed jr. –, und an die, denen es bisher gelungen war – Crystal, Wheeler, sie selbst. Diejenigen, die überlebt hatten, waren bereits gestorben, sie hatten eine Art von Tod herbeigeführt, indem sie sich selbst versiegelten und ihr innerstes Wesen in sich begruben. Aus irgendeinem seltsamen Grunde fühlte Charlie plötzlich bittersüße Melancholie und Trauer. Die Kellner sahen eine einsame Lady, die teuren französischen Wein aus einem langstieligen Glas trank, und sie behandelten sie sanft und behutsam.

Am Mittwoch rief er sie an. Könnte er ungefährdet in ihre Wohnung kommen, um weitere Einzelheiten mit ihr zu besprechen? Vermutlich, meinte sie, aber vielleicht gingen sie doch besser woanders hin, wo sie wirklich sicher sein könnten.

Wenn er eine große Zahl von Leuten umbringen und vieles in die Luft sprengen sollte, sagte er, würde er gern mit den Waffen üben und sich mit den Bomben vertraut machen. Außerdem brauchte er Zeit, um die halbe Million in Sicherheit zu bringen. Dies und anderes müsse besprochen werden.

Nach seinem Anruf empfand sie die Melancholie noch süßer. Es war eine süße Trauer, die plötzlich von dem Gedanken unterbrochen wurde, daß alles gut zu laufen schien und daß sie folglich etwas übersehen haben mußte.

12

Charlie traf sich noch einmal mit Harry Wheeler, vermutlich zum letzten Mal, bevor die Operation begann. Danach würden sie nur noch telefonisch miteinander Kontakt aufnehmen oder Material an zuvor vereinbarten Orten abholen.

Wie gewöhnlich war es ein ungewöhnlicher Treffpunkt, und die Umstände waren sonderbar. Er hatte ihr befohlen, mit der IND bis zur Dyckman Street zu fahren. Der Treffpunkt lag eine halbe Meile weit nordwestlich des Bahnhofs, am Südende der kleinen Eisenbahnbrükke zwischen Spuytin Duyvil und Inwood Hill Park am nördlichen Ende von Manhattan Island. Als sie Protest erhob, meinte er, sie brauche sich nur eine Straßenkarte zu einem Dollar fünfzig zu kaufen, die es in jedem Buchladen gebe, und sich ein Fernglas umzuhängen – und schon würde sie aussehen wie eine Hobby-Ornithologin.

Die Tatsache, daß dieser Treffpunkt für ihn äußerst bequem zu erreichen war, weil er gleich hinter der George Washington Bridge wohnte, erwähnte er nicht.

Charlie genoß den kleinen Spaziergang an der Westseite von Inwood Hill Park, und sie wartete bei der Brücke. Das schmale Gleisbett lag nur wenige Fuß hoch über dem Wasserspiegel, und die Brückenstreben waren schmutzig braun und benötigten einen frischen Anstrich.

Wheeler erschien pünktlich um zehn, und zusammen spazierten sie durch den dichtbewachsenen Park. Charlie wußte, daß Wheeler von der alten Schule war, von der Sorte also, die mit dem Wort rasch bei der Hand und dabei überaus verschlagen war. Dies verschaffte ihm einen leichten Vorteil im Umgang mit Leuten, die eher geradeheraus sagten, was sie dachten. Charlie vermutete, daß Jack Graniano zur selben Schule gehörte. Deshalb erzählte sie Wheeler nicht, daß Crystal ebensoviel wußte wie sie selbst.

»Himmel, er hat alles gewollt? Eine Million, wie? Keinen Cent weniger«, bemerkte Wheeler voller Abscheu. »Gierig, gierig.«

Charlie vermied es, ihn direkt zu belügen; statt dessen ließ sie das eine oder andere einfach weg. Wichtig war schließlich im Grunde nur, daß Crystal sich bereit gefunden hatte, den Auftrag zu diesem Preis zu übernehmen. Das war es gewesen, was Wheeler gewollt hatte, und er hatte es bekommen.

Er nickte zustimmend, als sie ihm erzählte, daß Crystal sich mit den Waffen vertraut machen und detailliert über alles informiert werden wollte, was getan werden sollte. Es war nötig, daß der Attentäter sein Opfer so bald wie möglich kennenlernte, damit er selbst die erforderlichen Vorbereitungen treffen könnte.

Abgesehen davon, daß er Zeit brauchte, um das Geld »in Sicherheit zu bringen« – ein paar Monate –, und neben einigen anderen geringfügigen Bedingungen bestand er vor allem darauf, daß er die Morde selber planen würde. Crystal wollte sie als Kontaktperson, und nur sie, wie Charlie mehrfach betonte. Und er wollte nichts mit dem Transport der benötigten Waffen zum Einsatzort zu tun haben; das sei Sache von Charlie und ihrem Hintermann. Natürlich verlangte er ein Mitspracherecht hinsichtlich der Auswahl der Waffen, aber davon abgesehen wollte er nichts weiter wissen als: Wer, wann und wo?

»Was hältst du von ihm?« fragte Wheeler unvermittelt. »Du bist doch nicht etwa in ihn verschossen, Charlie?« Hatte er eine subtile Veränderung an ihr bemerkt, derer sie sich selbst nicht bewußt war?

»Er ist nichts Besonderes. Ich hab' ihn mir nicht mal genau ansehen können. Aber mit seiner Akte ist er ja schon ein Traumtyp, nicht?«

»Yeah, yeah.« Wheeler war nicht überzeugt, und seine Stimme klang schroff. »Verliebe dich niemals ins Inventar. Das ist das erste Gebot.«

Er hob das Fernglas an die Augen. »Sieh nur, ein gehörnter Papageientaucher! Der erste, den ich dieses Jahr gesehen habe.« Charlie schaute durch ihr eigenes Glas; irgendwie fühlte sie sich verpflichtet. Der Vogel hatte einen scharlachroten Schnabel und Füße von der gleichen Farbe.

»Also fängt die Show tatsächlich an.« Wheeler ließ sein Fernglas zurück auf seine Brust sinken. »Wir werden sie nur zur Hälfte in der Hand haben, Charlie. Die andere Hälfte müssen wir dem Zufall überlassen.« Sie strebten einem Ort zu, an dem sie sich gefahrlos verabschieden könnten, und auf dem Rest des Weges wurde Wheeler philosophisch. »Mit Hilfe der Behörde hätte ich es niemals in Gang bringen können, Charlie«, erklärte er. »Abgesehen von allem anderen bin ich ein Innovator in dieser Sache. Die anderen Jungs mit ihren eingefahrenen Routinemethoden und kleinen Imperien hätten keine Freude daran. Und es ist zu riskant, als daß die anderen es unterstützen könnten. Es geht nur auf diese Weise.«

»Ich will, daß er sein Geld kriegt, Harry – zur Abwechslung«, unterbrach Charlie ihn nicht ohne Schärfe.

»Unbedingt.« Wheeler wandte ihr das Gesicht zu und schenkte ihr noch einmal einen nachdenklichen Blick.

»Eine halbe Million sofort, und den Rest, wenn er Leichen liefert.«

»Unbedingt«, sagte Wheeler noch einmal. »Ich beschaffe eine halbe Million in bar. Gebrauchte Hundert-Dollar-Scheine. Nicht durchlaufend numeriert. Das Geld wird im Kofferraum eines Chevy Citation liegen. Du bringst ihm den Wagen, und peng! schon hat er seine Anzahlung.«

»Ich bin froh, daß du schon darüber nachgedacht hast.«

»Ich denke an alles, und zwar ständig.«

Schweigend gingen sie fünfzig oder sechzig Schritte weiter. »Du bist sicher, daß du nicht in ihn verknallt bist?« fragte er noch einmal.

»Harry, für ein Techtelmechtel mit diesem Typen setze ich nicht mein Leben aufs Spiel. Okay? Ich riskiere hier meinen Arsch, nicht du. Und ich will sichergehen, daß ich leiste, was ich versprochen habe. Niemand, der halbwegs bei Sinnen ist, verstößt gegen das erste Gebot.«

»Da wir gerade von deinem Arsch sprechen – was hast du heute vor? Heute abend zum Beispiel?« erkundigte er sich mit einem lüsternen Seitenblick.

»Hör zu, Harry«, antwortete sie müde, wohlwissend, daß er scherzte, »laß uns eines klarstellen: Für den Rest dieser Operation ist mein Arsch tabu.«

»Schade.« Wheeler grinste wieder. »Du bist was Besonderes, Charlie.«

»Okay, lassen wir's dabei.« Es gab nichts weiter zu besprechen, und so legten sie den Rest des Weges schweigend zurück. Nur hin und wieder blieb Wheeler stehen, um ihr einen ornithologischen Vortrag zu halten.

13

Wenn es jemanden gegeben hätte, der Jack Graniano für einen Schwachkopf in Geschäftsdingen gehalten hätte – und es stand zu bezweifeln, daß es eine solche Person gab –, hätte er sich geirrt. Als Kaufmann im Heroingeschäft, das wußte Graniano, war er eine Klasse für sich. So hatte er sich beispielsweise stets über technologische Entwicklungen auf dem laufenden gehalten. In der *Los Angeles Times* hatte einmal ein Bericht über einen Rauschgiftring gestanden, der eine Rakete verwendet hatte, um seine Ware in die Vereinigten Staaten zu schießen. »Besorg mir den Bericht«, hatte er Coco befohlen, als er davon gehört hatte. Er hatte gelautet:

> Radarbeobachtungsdaten der US Air Force und ein anonymer Anruf, der einige Nächte darauf bei der Rauschgiftbehörde einging, lassen darauf schließen, daß eine Rakete dazu verwendet worden ist, Rauschmittel in die Vereinigten Staaten zu senden. Der Zwischenfall, der sich im März 1973 ereignete, wurde von Beamten des Nordamerikanischen Luftraum-Verteidigungskommandos in Colorado Springs, Co., bestätigt. Das Verteidigungskommando, dessen Aufgabe die Beobachtung möglicher feindlicher Luftangriffe ist, ließ verlauten, daß die Radarstation in Mount Laguna bei San Diego die Flugbahn einer Rakete beobachtet habe, die in Mexiko abgeschossen worden und in der Wüste von Arizona gelandet sei.

In dem Bericht hatte noch mehr gestanden, und Graniano hatte alles sorgsam überprüft. Dann hatte er selbst Nachforschungen angestellt, und die Verwendbarkeit von Raketen für den Rauschgiftschmuggel war ausführlich erwogen worden. Am Ende hatte man die Idee verworfen – und Graniano hegte ernsthafte Zweifel, ob jemand tatsächlich jemals eine Rakete verwendet hatte. Wenn man ihn fragte, schrieb er die ganze Affäre einem Radarfehler zu. Allen Berichten zufolge hatte es sich jedenfalls um eine sehr schwache Spur gehandelt.

Für Jack Graniano war der Drogenschmuggel vor allem eine Sache von Menschen – nicht von Maschinen. Wenn er seine Mitarbeiter richtig auswählte, funktionierte alles. Abgesehen von allem anderen – weil seine unmittelbaren Unterbosse sich, zumindest im Umfang mit ihm, tüchtig und ehrlich zeigten, genoß er den Ruf eines ungewöhnlich klugen und kompetenten Organisators, der stets die richtige Wahl zu treffen pflegte.

Im Umfang mit seinen Leuten zwang Graniano sich dazu, sich geduldig anzuhören, was ein jeder von ihnen hinsichtlich seines persönlichen Fachgebietes zu sagen hatte. Er hatte für jeden Vorschlag ein offenes Ohr, und er wollte, daß sie ihre Ideen ohne Scheu zum Ausdruck brachten. Dann aber traf er selbst die Entscheidungen.

Im wesentlichen waren es diese schlichten Maximen, die das Fundament für seine ungewöhnlich erfolgreichen Routen bildeten. Und es gab noch eine andere Maxime, an die er sich hielt: Im Notfall war Ungestüm besser als Umsicht. Durch impulsives Handeln war oft noch etwas zu retten, auch wenn diese Entscheidungen nicht immer die klügsten waren. Bei umsichtigem Verhalten aber verlor man leicht kritische Zeit, und oft war es dann für jedes Handeln zu spät.

In Jacques Deveraux besaß er einen hervorragenden Koordinator für den französischen Abschnitt der Route. Deveraux war gerissen und erfindungsreich – ein Mann, dem es bei einem Verhör durch die Nazis gelungen war, die Pistole des Feindes zu erwischen, ihn zu töten und dann zu entkommen. French Jack hatte einmal für den französischen Geheimdienst gearbeitet und besaß deshalb umfassende Erfahrungen im Führen einer Untergrundorganisation. Unter French Jacks Leitung würde die Morphinbase aus der Türkei in Marseille von den Schiffen geschmuggelt werden, die Chemiker würden sie zu flockigem, weißem Heroin verarbeiten, und dann würde der Stoff über den Atlantik in die Vereinigten Staaten gebracht werden.

Aziz Algan war sein würdiger Vertreter am türkischen Ende der Route, ein einflußreicher Geschäftsmann, der seine zahlreichen geschäftlichen Aktivitäten als Tarnung benutzte; unter anderem besaß er Anteile an einem Im- und Exportunternehmen, an einer Vertretung für Landwirtschaftsmaschinen und Düngemittel und sogar an einem Vergnügungspark im Beyoglu, dem neuen Stadtteil von Istanbul. Außerdem verfügte Algan über wertvolle Verbindungen zu Zoll und Polizei und auch zu Politikern. Er war der Mann, den Graniano mit der Aufsicht über die Opiumernte betraut hatte, und zudem hatte er die Verantwortung für den Transport des Rohopiums in geheime Camps in den Bergen, wo es zu Morphinbase verarbeitet wurde, und für den Schmuggel der Morphinbase nach Istanbul und in die anderen Hafenstädte.

Als er aus dem Danbury-Gefängnis entlassen worden war, hatte Granianos erste Sorge einem geheimen Treffen mit seinen beiden Leutnants gegolten; er hatte sie reaktivieren und ihnen neue Zuversicht gegeben, sie mit ungeheuren, neuen Reichtümern in greifbarer Nähe inspirieren wollen.

Als es ihm gelungen war, Deveraux und Algan wieder auf seine Gehaltsliste zu setzen, hatte Graniano gewußt, daß der Rest größtenteils ein Kinderspiel sein würde. Andere murrten zwar, weil er der neuen Route nicht seine gesamte Zeit widmete, aber Graniano war zuversichtlich, daß die Route nunmehr wie von allein Gestalt annehmen würde. Er hatte nichts weiter zu tun, als das Vorgehen seiner beiden Leutnants in Frankreich und der Türkei allgemein zu billigen und ihnen die Details zu überlassen.

So kam es, daß häuslicher Ärger im März dieses Jahres für ihn das bei weitem größte Problem war. Anfang März hatte er Sina eröffnet, daß er die Scheidung wolle und daß er die Absicht habe, Liz Fitzwilliam zu heiraten. Er erklärte ihr, daß es für ihn an der Zeit sei, eine Familie zu gründen. Nach fünfundzwanzig Jahren kinderloser Ehe war dieser Seitenhieb auf ihre Unfruchtbarkeit der herzloseste aller Angriffe auf Sina.

Einfach war nichts an der Sache. Mafia-Dons hatten ihre Affären, sie ermordeten Menschen, brachen ihnen die Knochen, handelten mit Heroin, betrogen beim Kartenspiel, stahlen, aßen Freitags Fleisch, gingen Sonntags nicht zur Kirche, begehrten jedermanns Hab und Gut, besuchten kaum jemals das Grab ihrer Eltern, verwendeten leichtfertig heilige Namen – aber sie ließen sich nicht von ihren Ehefrauen scheiden.

Was Sina anging, so floß bestes Mafiablut in ihren Adern. Ihr Vater war selbst ein Don, und unter ihren engeren männlichen Verwandten war keiner, der nicht schon mehrmals »ein Ei zerbrochen« hatte. Die bloße Erwähnung einer Scheidung war eine schwere Beleidigung für Sina gewesen, und sie hatte reagiert.

Als Graniano das Thema zum erstenmal ins Gespräch brachte, sagte sie: »Was sollen denn die Pflanzen denken?« Wie viele kinderlose Ehepaare hatten sie ihr Penthouse mit Pflanzen vollgestopft. Einige der Pflanzen hatten sogar Vornamen. »Denk nicht an so etwas«, sagte Sina. »Um der Pflanzen willen.« Beim zweitenmal, als er es erwähnte, ließ sie sich auf den Teppich fallen, wälzte sich umher, richtete sich auf allen vieren auf, schlug ihren Rock hoch und bat ihn, sie auf unnatürliche Weise zu nehmen, wie er es immer gewollt hatte. Er hatte es nicht getan. Beim drittenmal hatte sie keinen Laut von sich gegeben. Nicht einmal ihr Gesichtsausdruck hatte sich verändert, als sie mit schlaffer Hand die Tür zum Arbeitszimmer aufgestoßen hatte. Im Arbeitszimmer saß ihr Vater.

Aber ihr Vater vermochte Graniano nicht umzustimmen. Dieser hatte sich schon vor der unausweichlichen Begegnung zurechtgelegt, was er sagen würde, nämlich, daß es sich um eine kinderlose Ehe handelte und daß Mafia-Dons sich zwar gemeinhin nicht scheiden ließen, aber dafür auch große Familien hatten. Es bestand ein traditioneller Bedarf an zahlreichen Nachkommen, der aus der unnatürlich hohen Sterberate in dieser Gruppe resultierte.

Diese Argumentation hatte der alte Don verstanden. Er war nicht eben stolz darauf, daß seine Tochter sich als unfähig erwiesen hatte, den traditionellen Anforderungen zu genügen. Er hatte ihre Kinderlosigkeit immer dem Fluch der Pille und einer absichtlichen Zuwiderhandlung gegen die Lehren des Papstes zugeschrieben. Abgesehen davon, daß diese Art der Verwendung von Chemikalien in seinen Augen etwas Widernatürliches war, hatte die Pille eben auch den Zorn einer Macht heraufbeschworen, die er lieber nicht beim Namen nannte.

Als Sina – wenigstens vorläufig – aufgab, versuchte Coco sein Glück. Er erklärte, daß die Familien dagegen seien. Nicht ohne Mühe führte Graniano die gleichen Argumente, die er Sinas Vater vorgetragen hatte, noch einmal ins Feld. »Und außerdem, Coco«, endete er, »wo wärest du ohne mich?«

»Nirgendwo, denke ich, Jack.«

»Nun, Coco, dann laß es gut sein, ja?«

Pater Francesco erwies sich als schwierigste aller Hürden für Graniano, und der Don war alles andere als erfreut, als er ihn eines Nachmittags im Herbst in seinem Arbeitszimmer antraf. Graniano betrat das Apartment, flankiert von zweien seiner Jungs – seit er mit Sinas Vater gesprochen hatte, ging er mit seinem Leben ein wenig sorgfältiger um –, und der Priester saß ruhig und gelassen in einem Sessel und schnippte mit dem Ende der Kordel, die um seine Kutte geschlungen war. Als Graniano eintrat, erhob er sich aus dem Sessel und sagte: »Gott segne dich, mein Sohn.«

»Hallo, Pater«, grüßte Graniano knapp. Er hatte den Priester nicht mehr gesehen, seit er vor mehr als sechs Monaten einen seiner Soldaten zu Grabe getragen hatte.

»Sina hat mir den Schlüssel gegeben«, erklärte Pater Francesco, als er Granianos verblüfften Gesichtsausdruck sah.

»Sina dürfte eigentlich keinen Schlüssel haben.«

»Sie hatte aber einen.«

»Sofort alle Schlösser auswechseln«, befahl Graniano einem seiner Leibwächter, der sich augenblicklich zum Gehen wandte.

Der Mann war noch nicht durch die Tür gegangen, als Graniano sich geringfügig anders besann. »Coco soll sich drum kümmern. Ich will nicht, daß es noch einmal verpfuscht wird.«

Pater Francesco setzte sich wieder. Er verschränkte seine Hände, löste sie wieder voneinander und sagte, den anderen Leibwächter hinauswinkend, geheimnisvoll: »Schicke diesen Mann fort. Wir haben ein vertrauliches Gespräch zu führen, mein Sohn.«

Der Leibwächter sah Don Jack fragend an. »Du bleibst hier, Duck«, konterte Graniano sofort. Er vertraute niemandem außer Liz. Man konnte nie wissen, was der Priester unter seiner Kutte verbarg – falls da etwas war –, und Graniano wollte nichts riskieren.

»Wie du willst.« Pater Francesco winkte Graniano, sich zu setzen.

»Ich bleibe lieber stehen, Pater. Es wird ja nicht lange dauern.«

»Du begehst einen großen Fehler, Momo.« Der Priester benutzte die Verkleinerungsform seines Vornamens Giacomo.

»Wer hat Sie geschickt? Sina?«

Der Priester hob den Blick zur Decke und durch sie hindurch. Nein, es war nicht nur Sina gewesen.

»Es ist zwecklos.«

»Es wird ein großer Makel für dich sein, wenn du tust, was du vorhast.«

»Was? Die Scheidung? Sogar der Papst hat gesagt, man kann sich scheiden lassen.«

Pater Francesco bedachte ihn mit einem mitleidsvollen Blick, als spreche Graniano von Dingen, die er nicht verstehen könne. Angelegenheiten des Glaubens und der Moral gehörten zur Domäne der Kirche.

»Was habe ich denn da in der Zeitung gelesen?« beharrte Graniano, immer noch den Papst vorschützend.

»Momo, ich bitte dich. Überlege dir noch einmal, ob du diesen schroffen Schritt wirklich unternehmen willst.«

»Da ist nichts zu überlegen, Pater.«

»Du bist in diesem Monat noch nicht zur Messe gekommen, mein Sohn.« Pater Francesco versuchte es von einer anderen Seite. Genaugenommen war Graniano, außer zu Beerdigungen, seit zehn Jahren nicht mehr in der Kirche gewesen.

»Ich will sehen, daß ich's mal wieder schaffe«, antwortete der Don schuldbewußt.

»Und wann warst du zuletzt bei der Beichte?« Pater Francesco war sichtlich inspiriert.

»Gibt nichts zu beichten«, behauptete Graniano verstockt. Der Priester irritierte ihn. Sina, ihren Vater und Coco hatte er handhaben können, jeden von ihnen auf seine Weise. Mit Pater Francesco war es weit schwieriger und heikler, weil seine bewährte Argumentation hier nicht anwendbar war. Graniano hatte eine abergläubische Abneigung dagegen, einen Priester zu beschwindeln.

»Warum kommst du nicht morgen früh zur Messe?« schlug der Priester plötzlich vor. »Bete um Erleuchtung in dieser Sache, Momo. Die Pforten der Kirche stehen dir allzeit offen.«

»Das bringt uns doch nicht weiter, Pater.«

»Nun, dieses böse Weib, das zwischen dich und Sina getreten ist...« Granianos Gesichtsausdruck ließ den Priester zögern.

Jetzt fing der Priester auch damit an, dachte Graniano. Er hatte Liz vorgeschlagen, er wolle ihr zwei Leibwächter stellen, weil er nicht genau wußte, was Sina oder vielleicht auch ihr Vater tun würden. Aber Liz hatte davon nichts wissen wollen. Das Mädchen besaß Klasse, das mußte man ihr lassen. Königliche Klasse.

»Ich möchte keine Beleidigungen hören, Pater.« Graniano war bemüht, seine Stimme nicht zu heben. Er hatte auch eine abergläubische Abneigung dagegen, einen Priester anzubrüllen, aber er wollte nicht, daß Pater Francesco das wußte. Es würde die Sache nur noch komplizierter werden lassen.

»Diese Frau ist zwischen dich und dein dir rechtmäßig angetrautes Eheweib getreten!« Pater Francesco war empört.

Graniano schloß die Augen fest und ballte die Hände zu Fäusten. Er begriff plötzlich, daß er nichts weiter tun konnte, als dafür zu beten, daß Pater Francesco bald gehen möge, und so begann er, in lautlosem Gebet die Lippen zu bewegen.

»Miracolo! Miracolo!« schrie der Priester, als er sah, daß Graniano betete. Er sank auf die Knie und verharrte ein paar Augenblicke lang in schweigender Andacht.

Dann teilte er Graniano mit, daß diese Geschichte Sina in den Schoß der Kirche zurückgetrieben habe, daß sie in letzter Zeit jeden Morgen zur Messe komme und daß Graniano sie dort finden werde.

Granianos Lippen erstarrten, als der Priester das Zimmer verlassen hatte. Er erschauerte bei dem Gedanken an die Rückkehr des Geistlichen, wenn dieser erst entdeckt hätte, daß die Scheidung nicht abgesagt worden war. Graniano wollte alles so schnell wie möglich hinter sich bringen. Seine Anwälte hatten ihm gesagt, daß die Affäre Monate dauern könnte, falls Sina sich als störrisch erweisen sollte. Schon jetzt forderte sie phantastische Unterhaltszahlungen.

Sie versuchte sogar, die Verfügungsgewalt über das Grünzeug zu einer Streitfrage aufzubauschen. So beanspruchte sie das Sorgerecht für Alberto Graniano, einen nach ihrem Vater benannten Gummibaum. Die »Zwillinge« hatte sie bereits in Beschlag genommen. Dabei konnte sie alles haben: Er wollte nichts davon. Er hatte Liz, und außerdem hatte er es allmählich satt, daß ein paar der Gewächse, die das Penthouse durchwucherten, mit der Pipette gefüttert werden mußten. Sie bekamen sogar spezielle Vitaminpräparate. Es war nicht zu glauben.

Die Anwälte rieten ihm, sich nicht mehr so oft mit Liz Fitzwilliam zu treffen und nicht in ihrem Apartment zu übernachten. Alles in allem entwickelte die Angelegenheit sich zu einem undurchschaubaren Gestrüpp. Im Vergleich dazu war die Heroinroute ein Kinderspiel.

»Wo zum Teufel steckt Coco ?« blaffte Graniano den zurückgebliebenen Leibwächter an. »Ich will, daß sofort jedes Schloß ausgewechselt wird. Jedes verdammte Schloß!« Er erschauerte bei der Erinnerung daran, wie er Pater Francesco in der Wohnung angetroffen hatte. Er pflegte so wenig Umgang mit Priestern wie möglich, aber religiöse Angelegenheiten erfüllten ihn immer noch mit einer abergläubischen Furcht.

Als er das eheliche Schlafzimmer betrat, wäre er am liebsten gestorben. Er schlug sich klatschend an die Stirn; das Geräusch war so laut, daß Duck hereingestürzt kam. An der Wand über dem Kingsize-Bett hing ein Kruzifix. Das war zweifellos Pater Francescos Werk!

Granianos erster Impuls war, das Ding herunterzureißen, aber sein Aberglaube hielt ihn zurück. Er dachte einen Augenblick lang nach und erwog seine Optionen, und dann wandte er sich dem Leibwächter zu. »Duck, hilf mir, das Bett hinauszuschaffen.«

Ächzend und schnaufend vor Erschöpfung – es war harte Arbeit, die große Matratze und den schweren Rahmen durch die schmale Tür des Schlafzimmers zu schaffen – ließen sie sich im Wohnzimmer in die Sessel fallen. »Duck, du schließt das Zimmer ab.« Graniano deutete auf die Schlafzimmertür. »Niemand geht da mehr rein, okay?«

Sina hatte es also in den Schoß der Kirche zurückgetrieben, wie? Am liebsten hätte er laut gelacht, aber er nahm sich zusammen.

Sina kniete, schwarz gekleidet, an einem Nebenaltar der Kirche. Sie hatte mindestens ein Dutzend Votivkerzen angezündet. Sie befanden sich in verschiedenen Stadien des Niederbrennens, und Wachs sammelte sich in den gläsernen Haltern. Für weitere Kerzen war kein Platz mehr da, aber sie würde warten. Eine hatte schon zu blaken begonnen. Sollte sie zu Ende flackern, und dann würde sie eine neue anzünden. Unterdessen würde sie beten. *Mögen alle Teufel der Hölle, jetzt und in alle Ewigkeit, ihm mit glühenden Zangen . . .*

14

Crystal verließ Heathrow Airport um zwölf Uhr dreißig mit TWA-Flug 771, einer Boeing 747, die ihn über den Atlantik hinweg nach Chikago bringen sollte. Er würde in den nächsten Tagen eine Menge Energie brauchen, und so nahm er eine Schlaftablette, und als diese nicht rasch genug wirkte, nahm er noch eine. Das Großraumflugzeug war nur zur Hälfte besetzt, so daß er sich auf vier Sitzen der Mittelreihe ausstrecken konnte. Erfrischt erwachte er eine Stunde vor der Landung auf dem O'Hare Airport in Chikago. Auf dem Anschlußflug zum Intercontinental Airport in Houston gelang es ihm, noch einmal ein wenig zu schlafen. Als er am Heck des Flugzeuges die Rampe hinunterstieg, wehte ihm heiße Triebwerksluft ins Gesicht.

Der Anschlußflug war notwendig, weil es keinen günstigen Direktflug von London – oder von Amsterdam, Brüssel oder Paris – gab, der ihn pünktlich zu dem vereinbarten Treffen mit Charlie gebracht hätte. Er würde sie in Dallas treffen, und dort würde sie Geld, Auto, Waffen, Pässe und andere Papiere abliefern. Wenn das Ganze eine Falle war und sie ihn erwarteten, würden sie ihm vermutlich entweder in Love Field oder am Flughafen von Fort Worth auflauern. Wenn es sich um einen Hinterhalt handelte, waren diese beiden Plätze wahrscheinlich bewacht – aber auf Houston International würden sie nicht auch noch Leute aufstellen. Houston und alle anderen Flugplätze im näheren Umkreis von Dallas – wie Oklahoma City und Little Rock – zu bewachen, wäre eine zu umfangreiche Operation. Wo sollte das alles enden?

In Houston International mietete Crystal bei Avis einen Chevy. Er benutzte dazu eine falsche, erst neulich erworbene Kreditkarte. Bis Octopus oder Walnut irgend etwas davon registrierten – falls das überhaupt geschähe –, wäre er längst in Sicherheit. Er haßte es, Spuren aus Plastik oder Papier zu hinterlassen, und wenn es unumgänglich war, benutzte er einen Ausweis möglichst nur ein einziges Mal.

Die Fahrt von Houston nach Dallas dauerte nur wenig mehr als drei Stunden. Mit stetigen fünfundfünfzig Meilen pro Stunde glitt der Chevy über die Interstate 45 – es gab keinen Grund zu Geschwindigkeitsübertretungen. Der Anschlußflug mit der Boeing 737 war pünktlich gewesen, und deshalb hatte er keine Eile.

Nachdem er einen Parkplatz gefunden hatte, der ihm im Notfall eine schnelle Flucht ermöglichen würde, rief er Charlie von einer Telefonzelle aus an, die nur etwa hundert Meter weit vom vereinbarten Treffpunkt entfernt war. Um sich in die bestmögliche Position zu bringen, verabredete er sich mit ihr für genau dreißig Minuten später. Sie solle einmal die Lichthupe betätigen, und es dürfe auf keinen Fall jemand bei ihr im Wagen sein.

Er befand sich auf einer Straße, die an einem Park in einem Vorort entlangführte. Es war ein offenes Gelände, in dem er einen allzu auffälligen Hinterhalt sicher leicht bemerken würde. Im Notfall würde er im Park verschwinden können. Eine solche Position verbesserte seine Chancen ein wenig. Aber Crystal wußte, daß alle Fluchtwege gesperrt sein würden, falls sie ihn hereingelegt hatte. Jemand würde in diesem Augenblick eine Karte der Umgebung vor sich liegen haben und seine Befehle erteilen.

Der Ford rollte am Bordstein aus und ließ seine Scheinwerfer aufstrahlen. Es war soweit. Dieser Augenblick kam immer – wenn alle Kalkulationen beendet, alle vernünftigen Vorkehrungen getroffen waren. Crystal trat rasch aus seiner Deckung heraus; er zwang sich, die Sache hinter sich zu bringen. Das Fenster wurde heruntergekurbelt, und Charlie schenkte ihm ein breites Lächeln.

»Hallo«, sagte sie. Ein rascher Blick überzeugte ihn davon, daß sie allein war.

»Hallo«, antwortete er.

»Hatten Sie eine angenehme Reise?« erkundigte sie sich. Er wußte, daß sie versuchte, die Anspannung zu lockern.

»Ich habe viel geschlafen.« Die Wagentür öffnete sich, und sie rutschte auf den Beifahrersitz. Er setzte sich hinter das Steuer und fuhr an. Zwanzig oder dreißig unbehagliche Sekunden lang war ihm, als habe ein großer, schwarzer Chrysler die Verfolgung aufgenommen.

»Haben Sie das ganze Zeug mitgebracht?«

»Eine halbe Million Dollar in zwei Koffern im Kofferraum. Waffen und Papiere in einem Geheimabteil unter dem Sitz.«

»Sie werden mir alles zeigen müssen.«

»Okay.«

Er fuhr bis dicht vor das Heck seines gemieteten Chevy, hielt an, suchte in der Tasche seiner Wildlederjacke nach dem Schlüssel und sagte: »Er ist von Avis. Ich möchte, daß Sie sich für mich darum kümmern.«

»Okay.« Charlie drehte sich um, beugte sich hinunter und sagte:

»Passen Sie auf.« Sie hob die Bodenmatte an, drückte auf den Kopf einer Schraube, und ein Teil des Rücksitzes klappte hoch, so daß ein Hohlraum sichtbar wurde. Wieder drückte sie auf die Schraube, und der Sitz klappte herunter.

»Sehr gut«, meinte Crystal befriedigt. »Es ist kaum zu sehen.«

Sie vereinbarten den nächsten Kontakt, und Charlie stieg aus. »Sie trauen mir immer noch nicht?« fragte sie.

»Ich vertraue Ihnen schon sehr.«

»Aber nicht restlos.«

»Würden Sie das tun?«

Sie zuckte die Achseln.

Der Motor lief noch, und als er den Automatikhebel umlegte, setzte der Ford sich in Bewegung. Als er um die zweite Ecke des Blocks gefahren war, hielt er an.

Er streckte die Hand aus und drückte auf den Schraubenkopf am Wagenboden. Da lagen die Waffen. Er zog einen flachen .45er Colt heraus, überprüfte ihn und legte ihn ins Handschuhfach. Eine .32er Beretta deponierte er unter der Bodenmatte vor dem Beifahrersitz.

Sogleich fühlte Crystal sich sehr viel sicherer.

Wenn er flog, trug er niemals irgendwelche Waffen bei sich, weder verborgen noch offen. So etwas brachte nur Ärger. Aber deshalb war er bei solchen Gelegenheiten stets verwundbar. Er war darauf angewiesen, sich auf seine bloßen Hände zu verlassen, und er machte sich keinerlei Illusionen über seine Chancen in einem Notfall. Mehr als alles andere fürchtete Crystal, daß man ihn schnappte. Falls man ihn je gefangennehmen würde, wären seine Fluchtchancen praktisch gleich Null, schätzte er.

Crystal fuhr in die Stadt. Soweit er feststellen konnte, wurde der Ford nicht verfolgt. Sanft rollte der Wagen in einer unterirdischen Parkgarage aus.

Sein einziges Gepäckstück war eine kleine Reisetasche, die man im Flugzeug unter dem Sitz verstauen durfte. Er hatte sie bei dem Zusammentreffen mit Charlie bei sich gehabt und auf den Rücksitz des Ford geworfen. Crystal stopfte seine Papiere und den Colt mit dem Halfter in die Tasche. Die .32er schob er, ohne sie aus dem Halfter zu nehmen, hinter den Bund seiner Cordhose.

Er ging um den Ford herum und schob den Schlüssel in das Kofferraumschloß. Dies war wieder ein Augenblick, den er so schnell wie möglich hinter sich bringen wollte. Der Gedanke an eine Autobombe drängte sich auf; so ein Ding konnte jederzeit hochgehen, wenn jemand versuchte, das Geld aus dem Kofferraum zu nehmen.

Aber wie Charlie gesagt hatte, befanden sich in dem Kofferraum nur zwei schwarze Samsonite-Koffer.

Crystal verließ die Parkgarage und winkte sich ein Taxi heran. Den Ford würde er nicht wieder abholen.

Crystal mietete sich ein geräumiges Zimmer im Sheraton Dallas, einer anonymen Herberge in Southland Center, nicht weit von der Liveoak Street. Jetzt, da er den Ford losgeworden war und sich vergewissert hatte, daß Türen und Fenster seines Hotelzimmers verschlossen waren, versicherte er sich gegen die unwahrscheinliche Möglichkeit, daß Charlies Leute einen Peilsender irgendwo in dem Material untergebracht hatten, das er jetzt bei sich führte. Bevor er beim Zimmerservice einen Hamburger und eine Coke bestellte, hatte er die beiden Pistolen zerlegt und wieder zusammengesetzt.

Dann zählte er das Geld.

Es waren gebrauchte Einhundert-Dollar-Noten, säuberlich zu jeweils hundert Stück gebündelt, jedes Bündel von einem dünnen, straffen Gummiband zusammengehalten. Es waren fünfhundert Bündel, und bis dahin bereitete das Zählen eher Spaß als Mühe. Aber jedes Bündel einzeln durchzuzählen würde unpraktisch und ermüdend sein. Crystal vertraute bei seinen Überlegungen immer mehr darauf, daß Charlie ihn nicht getäuscht hatte, daß dies kein abgekartetes Spiel war: Die größte Gefahr hatte bei dem Zusammentreffen am Rande des Parks und kurz darauf bestanden. Wenn es sich um eine Falle gehandelt hätte, wäre dies der rechte Augenblick gewesen, ihn zu töten oder gefangenzunehmen. Deshalb war er nun halbwegs zuversichtlich, daß die volle halbe Million in den Koffern lag. Gleichwohl führte er ein paar Stichproben durch. Jedes Bündel stimmte. Statistisch gesehen war die Wahrscheinlichkeit, daß alle Bündel in Ordnung waren, äußerst hoch. Eine halbe Million.

Er packte das Geld wieder ein und trug es zusammen mit den beiden Pistolen ins Badezimmer. Hier legte er sich für eine oder zwei Stunden in die Wanne und dachte nach.

Danach ließ er sich noch einen Hamburger und eine Coke bringen. In der Nacht und am Morgen schlief er zwei oder drei Stunden lang unruhig.

Am folgenden Tag begab er sich geradewegs in die Gepäckabteilung eines Kaufhauses, kaufte, was er brauchte, und kehrte in sein Hotelzimmer zurück. Dort packte er das Geld in die beiden neuen Koffer. Die beiden Samsonite-Koffer schaffte er beiseite. Er wischte einfach die Fingerabdrücke ab und ließ sie im Erdgeschoß auf der öffentlichen Toilette stehen. Jetzt war er Ford *und* Koffer los.

Seine nächste Station war ein Waffengeschäft, wo er ein paar

Schachteln mit .32er und .45er Munition erwarb. Die Patronen, die er von Charlie bekommen hatte, wickelte er in die *Dallas News* und warf sie in einen Papierkorb.

Hierauf fuhr er eine Zeitlang, immer wieder das Taxi wechselnd, durch die Stadt, um mögliche Verfolger abzuschütteln – eine weitere Vorsichtsmaßnahme. Jetzt glaubte er zuversichtlicher als je zuvor, daß Charlie kein falsches Spiel mit ihm getrieben hatte. Noch nicht.

Mit falschen Identitätspapieren – einem Paß – betrat Crystal eine Zweigstelle der Bank of America im Zentrum von Dallas und mietete ein geräumiges Bankschließfach. Er hatte nicht vor, das Geld lange dort zu lassen, und so war das Fach sicher genug. Ausweispapiere, Pässe, Dokumente waren leicht zu beschaffen – und leicht zu benutzen, sofern er nicht gezwungen war, einen falschen Ausweis mehrmals zu verwenden.

Zumeist fälschte Crystal seine Papiere selbst; dies war eines der vielen nützlichen Dinge, die er bei MGB, CIA und KGB gelernt hatte: Pässe und Ausweise fälschen, das Benutzen von Codes und Chiffren, die Arbeit mit Fotografien und Mikrofilmen, Kommunikations- und Kuriertätigkeiten, das Lesen und Anfertigen von Karten, Außendiensttätigkeiten verschiedener Art, Überwachungs- und Sicherungstaktiken, heimliche Grenzüberschreitungen und Schmuggeltechniken. Alles das hatte er gelernt, und noch mehr: waffenlosen Nahkampf, Waffentraining, Ermordungstechniken, Sprengstofftechnologien . . . Risikoabschätzungen, Wahrscheinlichkeitstheorie.

Auf der Flucht Pässe zu fälschen war eine der leichtesten Aufgaben für ihn. In den Vereinigten Staaten war es besonders leicht. Er brauchte nichts weiter zu tun, als eine Geburtsurkunde für eine bereits verstorbene Person zu beantragen. Da er weder einen Job noch sonstige Verpflichtungen hatte, verfügte Crystal über jede Menge Zeit – Zeit, die Friedhöfe oder die Zeitungsarchive nach den Todesdaten von Babys zu durchforschen, die um die gleiche Zeit wie er selbst zur Welt gekommen waren; dabei kam es auf ein paar Jahre mehr oder weniger nicht an. Wenn er den Namen des Kindes und die Identität der Eltern ermittelt hatte, beantragte er beim Standesamt der entsprechenden Gemeinde eine Geburtsurkunde. Die Tatsache, daß es Amerikaner aller Farben, Rassen, Formen, Größen und Glaubensrichtungen gab, machte es leicht, ein solches Dokument zu erlangen; außerdem gab es deshalb in amerikanischen Unterlagen über Geburten und Todesfälle nur wenige Querverbindungen, da jeder Bezirk seine eigenen Register führte.

Es erforderte einen Führerschein, zwei Fotos und dreizehn Dollar, den Paßantrag bei einem der achthundert Postämter in den Vereinigten Staaten einzureichen, die befugt waren, solche Paßanträge zu bearbeiten. Dieser Weg war gefahrloser, als wenn er sich den genaueren Prüfungen der Beamten in den Standes- oder Paßämtern ausgesetzt hätte. Innerhalb von vierzehn Tagen hatte Crystal noch stets seinen Paß bekommen. Die Paßfotos hatte er mit einer Selbstauslöserkamera eigenhändig aufgenommen und entwickelt, nicht ohne sich dazu auf diese oder jene Weise zu maskieren.

Seit Jahren weigerte der Kongreß sich, Personalausweise, wie sie in den meisten Ländern üblich waren, gesetzlich vorzuschreiben. Vielleicht war dies teilweise das Resultat einer Tradition, die es einem Menschen mit dunkler Vergangenheit gestattete, an einem neuen Ort eine neue Identität anzunehmen und seine Vergehen wieder gutzumachen. Im alten Westen hatten nicht wenige diese Möglichkeit genutzt.

Für eine gründlichere Tarnung hatte der Killer sich Pässe von einem Fälschungsexperten in Europa beschafft. Dieser Fälscher hatte in einem Krankenhaus für amerikanische NATO-Bedienstete gearbeitet. Zu seinen Aufgaben hatte die Bearbeitung der Unterlagen im Falle des Todes eines Bediensteten gehört. Er hatte die unverheirateten Verstorbenen ohne Anhang sorgfältig ausgewählt und ihren Tod – soweit es die offiziellen Unterlagen betraf – vertuscht, und so hatte er sich mit der Zeit eine dicke Akte von Personen zusammengestellt, die in den Vereinigten Staaten offiziell noch am Leben waren. Diese Pässe waren teuer gewesen, aber sie waren ihr Geld wert. Zu Crystals Erleichterung war der Fälscher etwa ein Jahr, nachdem er die falschen Pässe geliefert hatte, eines natürlichen Todes gestorben. Weitere Reisedokumente hatte er von korrupten Konsularbeamten aus Ländern der dritten Welt erworben.

Crystal deponierte 360000 Dollar zusammen mit der .32er Beretta in seinem Schließfach in der Bank of America. Den Rest würde er brauchen.

Schnell hintereinander erstand er einen Jeep aus zweiter Hand bei einem Gebrauchtwagenhändler und ein kleines, aber neues, PS-starkes Honda-Motorrad.

Ein Spezialgeschäft für Vermessungsinstrumente in Dallas verkaufte ihm einen leichten, aber genauen Wild-Theodoliten, ein stählernes Maßband, einen Chronometer, einen Elektronenrechner, einen Sternenalmanach mit Tabellen, Konturkarten von West-Texas und der Umgebung von El Paso, wasserfestes Papier und Schreibzeug und anderes Material, das zum Kartenzeichnen erforderlich war.

Danach besuchte er ein Geschäft, das mit Armee-Überschußbeständen und Campingausrüstungen handelte, und was er dort erwarb, packte er in den Jeep: Khaki-Overalls, Marschstiefel, einen Rucksack von der Art, wie das Militär ihn im Dschungel benutzte, einen Präzisionskompaß, Wasserflaschen, einen wasserdichten Poncho, eine Luftmatratze, ein Schlauchzelt, einen Erste-Hilfe-Kasten, ein paar Eiserne Rationen, eine Balaclava-Mütze, Socken und Unterwäsche, eine kleine Hacke und einen Spaten sowie das Allzweckmesser der Schweizer Armee, den sogenannten »Waldläufer«. Bei einigen dieser Ausrüstungsgegenstände zeigte er sich recht wählerisch: Die Schnürsenkel der Stiefel bestanden aus Wildleder und die Sohlen aus Vibram, und er würde die Stiefel mit *Sno-Seal* imprägnieren; der mit Gänsedaunen gefüllte Schlafsack hatte eine schwere Außenhaut und eine unauffällige Farbe, ebenso wie das Schlauchzelt; der Erste-Hilfe-Kasten enthielt Schlangenserum. Nachdem er noch zwei »Sierra-Klub«-Tassen – Edelstahlbecher mit Drahthenkeln –, eine Sonnenbrille, eine Toilettentasche und eine Kapsel aus starkem Fiberglas erstanden hatte, war der Killer beinahe bereit, Dallas zu verlassen.

Der Wagen mußte vollgetankt werden, und dann blieb nur noch eines zu tun. Crystal steckte drei Hundertdollarnoten in einen Umschlag und schickte sie an einen Mann in Brüssel. Es waren drei willkürlich herausgezogene Scheine von dem Geld, das Charlie ihm gebracht hatte. Der Mann war einst ein Experte im Fälschen von US-Banknoten gewesen, bevor er aus Bulgarien in den Westen geflüchtet war. Crystal hatte ihn von London aus angerufen und ihn um einen Gefallen gebeten, und der Fälscher hatte sich einverstanden erklärt.

Am frühen Nachmittag verließ der Killer Dallas auf der Interstate 20 in Richtung Westen. Er war ziemlich sicher, daß er nichts vergessen hatte. Falls ihm doch noch etwas einfallen sollte, gab es noch ein paar Kleinstädte entlang seiner Fahrtroute, in denen er Versäumtes würde nachholen können.

Crystals Ziel war der Nationalpark in den Guadalupe-Bergen im westlichen Texas. Die größte texanische Stadt in dieser Gegend war El Paso am Rio Grande del Norte, der die Grenze nach Mexiko bildete. Hier würde sein Geld – hunderttausend Dollar davon – in Sicherheit sein, wenn er es in der Fiberglaskapsel in einer abgelegenen Gegend des Nationalparks vergraben hätte. Das Geld zur Bank zu tragen oder – auch nur kurzfristig – in einem Schließfach zu deponieren bedeutete, die Papierspur einer falschen Identität zu hinterlassen, und jedesmal, wenn er das Konto benutzte oder das Schließfach aufsuchte, bestand die Möglichkeit, daß etwas schiefging.

So unangenehm es auch war – große Geldsummen mußte er vergraben. Es war beschwerlich, aber es bedeutete, daß er sich auf niemanden als sich selbst zu verlassen brauchte. Und es erfüllte seinen

Zweck. Wenn der Notgroschen in seinem Schweizer Versteck nicht gewesen wäre, hätte er es kaum geschafft, so lange zu überleben.

Er benötigte weitere Geldverstecke, und zwar mehrere. Sie mußten erreichbar sein, wenn er sich auf der Flucht befand. Crystal beabsichtigte, drei Verstecke in den Vereinigten Staaten und eines an der alten Stelle in der Schweiz anzulegen.

Der Nationalpark in den Guadalupe-Bergen war eine gute Idee gewesen. Die mexikanische Grenze war nicht weit, und das bedeutete, daß er ihn auch von Mexiko aus erreichen konnte. Außerdem lag er weit im Süden und war die meiste Zeit des Jahres über frei von Schnee, so daß er sein Versteck, anders als in der Schweiz, beinahe jederzeit würde aufsuchen können. Guadalupe war eine gute Gegend – weit weg von allem, trocken, rauh und unwirtlich. Sie bestand aus Salzseen, Kaktuspflanzen, öden Ebenen, Kreosot, Salzgebüsch, Klapperschlangen, Präriehasen und Eidechsen. Er würde versuchen, sich von Schlangen und Hasen zu ernähren. Wenn Crystal sich, ganz gleich, wie lange, in rauher Wildnis aufhielt, bemühte er sich stets, von dem zu leben, was das Land zu bieten hatte; es war eine gute Übung für den Fall, daß ihm einmal nichts anderes übrigbliebe.

Um alter Zeiten willen verbrachte er zwischen Midland und Penwell die Nacht in einem Motel am Rande von Odessa. Früh am nächsten Morgen war er schon wieder auf den Beinen, und kurz darauf war er unterwegs. Hundertfünfzig Meilen lagen zwischen Odessa und der Straße, die vom Highway abbog und in nördlicher Richtung auf den Nationalpark zuführte.

Crystal hatte daran gedacht, eine oder zwei Extradecken gegen die Kälte mitzunehmen, aber es war fast April, und er hatte den Daunenschlafsack. Er hatte außerdem erwogen, in einem der Kaufhäuser an der Strecke ein .22er Kleinkalibergewehr zu kaufen, um damit Präriehasen zu jagen. Aber er hatte beide Ideen verworfen. Die Decken wären nichts als überflüssiges Gewicht, und Hasen mit dem Gewehr zu schießen, wäre kein Überlebenstraining.

Als er die Ausläufer des Gebirges erreicht hatte, konsultierte Crystal seine Konturkarte. Kurz danach bog er von der Straße herunter und fuhr tief in das rauhe Gelände hinein. Als die Wildnis für einen Jeep zu unwegsam wurde, stellte Crystal ihn zwischen zwei mächtigen Felsblöcken ab und tarnte ihn mit Buschwerk, das er mit der Axt abgeschlagen hatte.

Dem Beladen der Honda hatte er einige Überlegung gewidmet. Den größten Teil der Ausrüstung trug er schließlich am Körper, und er hatte alles bei sich, was er benötigte. Das Geld steckte bereits in der versiegelten Fiberglaskapsel, und die Kapsel hatte er in den Schlafsack gerollt.

Mit dem Fernglas suchte er nach dem nächstgelegenen, zugänglichen Vermessungspunkt. Als er ihn gefunden hatte, stellte er den Theodoliten auf und brachte die Null auf der horizontalen Skala mit dem magnetischen Nordpol seines Kompasses in Übereinstimmung. Dann peilte er den herausragenden Vermessungspunkt an und ermittelte den Abstand und die Richtung zu seinem Standort. Auf diese Weise eliminierte er das Risiko, sich zu verlaufen oder auf dem Rückweg den Jeep nicht wiederzufinden.

Es war schon zu spät, sich jetzt noch auf den Weg zu seiner Landmarke zu machen. Es war zu weit; ein Blick auf die Sonne sagte ihm, daß er riskierte, den Rückweg nicht mehr zu finden, wenn es erst dunkel geworden wäre. Also beschloß er, den nächsten Morgen abzuwarten.

Zwei Stunden später, im letzten Zwielicht, schoß er einen Präriehasen. Den rohen, aber starken Bogen hatte er aus den Ästen eines Busches angefertigt. Bewegungslos und ohne einen Laut wartete Crystal über eine Stunde lang, um sicherzugehen, daß der zugespitzte Schaft beim ersten Versuch sein Ziel traf. Er schnitt die Haut des erlegten Hasen sorgfältig ein und trank ein wenig von dem warmen Blut, aber es schmeckte ihm nicht.

Das Abendessen war hervorragend – eine kulinarische Köstlichkeit. Mit dem Hasen hatte er wirklich Glück gehabt. Das Lagerfeuer brannte munter; es erforderte so gut wie keine Ausrüstung: Dürres Holz und ein Taschenmesser genügten. Das Ritual, mit dem man die richtigen Reiser suchte und fand und dann durch Reibung in Brand setzte, befriedigte irgendein inneres Bedürfnis des Killers. Schon begann er, sich hier draußen in den Bergen wohl zu fühlen. Er war in Sicherheit, und er lebte von dem, was das Land ihm bot. Niemand wußte, wo er war. Flammen züngelten unter dem rauhen, trockenen Holz hervor. Gebraten schmeckte der Hase köstlich, viel besser als sein Blut.

In der Nacht holte Crystal den Theodoliten noch einmal hervor. Er peilte Sterne an und verglich seine Beobachtungen mit dem Chronometer. Im Licht einer Taschenlampe und mit Hilfe seiner Tabellen, seines Sternenalmanachs und seines Rechners kalkulierte er das astronomische Dreieck, das durch den Nordpol, den Polarstern und seinen eigenen Zenith gebildet wurde. Auf diese Weise bestimmte er Längen- und Breitengrad seines Standortes auf zehn Bogensekunden genau. Mittels anderer Berechnungen, die auf den Positionen anderer Sterne basierten, sicherte er seine Resultate.

Allmählich wurde es spät; Mitternacht war schon vorüber. Crystal fand einen überhängenden Felsen, unter dem er sein Zelt aufschlug. Das Schlauchzelt war ein Zylinder aus Polyäthylen, der ungefähr drei Meter lang war und einen fast ebenso weiten Durchmesser hatte und der nur ungefähr zwei Pfund wog. Crystal schob Luftmatratze und Daunenschlafsack hinein, fädelte eine Nylonschnur durch die Spitze des Zeltes und verknotete sie an einem kräftigen Ast. Dann kroch er ins Zelt, schlüpfte in den Schlafsack, zog sich die Wollmütze über die Ohren und war schlafbereit.

Am nächsten Abend, wenn er dort, wo er die Kapsel vergraben wollte, sein Lager aufschlüge, würde er ein paar Fallschnüre spannen. Für alle Fälle.

Er tat, als sei er wieder in den Bergen vor Sofia. Dort hatte er damals zum erstenmal seine Position auf der Erdkruste gekannt – berechnet –, auf zehn Bogensekunden genau.

Crystal erwachte steif und durchfroren. Gymnastik war eigentlich nicht notwendig; die Klettertour durch die Ausläufer des Gebirges würde als Training genügen, aber er vollführte dennoch einige Übungen.

Eine halbe Handvoll Orangenkristalle in den »Sierra-Club«-Becher geworfen und mit Wasser aufgefüllt war das halbe Frühstück. Die Reste des Hasen bildeten die andere Hälfte. Crystal kaute das kalte, faserige Fleisch und trank zwischendurch von seinem Orangensaftgetränk.

Die Honda sprang beim ersten Startversuch an, wie sie es auch in ihrem Geschäft in Dallas getan hatte. Aber sie brachte ihn nicht ganz bis zu seiner Landmarke; das letzte, steile Stück legte er, sich mit Händen und Füßen anklammernd, aus eigener Kraft zurück. Am späten Vormittag hatte er den Punkt erreicht.

Oben auf dem Gipfel ruhte er sich ein Weilchen aus. Die Sonne stand hoch am Himmel und brannte ihm heiß auf den Rücken. Hier war die Luft frisch und sauber. Es würde ein guter Tag werden: physische Anstrengung, der weite, offene Himmel und eine Mahlzeit, die er der Wildnis abjagen würde. Tief im Süden konnte er die Sierra Madre erkennen, die sich in der dunstigen Ferne erhob. Die Berge von Neu-Mexiko lagen näher und waren deutlicher zu sehen. Unter ihm erstreckte sich meilenweit dürres, trostloses Felsengelände.

Seit Monaten, ja, seit Jahren hatte er sich nicht mehr so gut gefühlt. Es war schon so lange her, daß er zusammengebrochen war. War er jetzt endlich dabei zu genesen?

Crystal verglich die Kennzeichnungen an dem Vermessungspunkt mit seiner Karte. Zahlen und Buchstaben auf Karte und Vermessungspunkt stimmten überein, und Crystal unternahm eine letzte Überprüfung. Er stellte den Theodoliten genau über die Marke, orientierte sich an Hand der Karte und suchte die anderen Vermessungspunkte in der Ferne. Er fand sie alle, und er sah, wie die dünnen Stangen über jedem Punkt im Hitzedunst unter dem weiten blauen Himmel flimmerten.

Der Rückweg zur Honda war viel leichter.

Unterwegs hielt er einmal an, um Streifen aus einem Kaktus herauszuschneiden. Sorgfältig schälte er die Stachelhaut ab und zerkaute dann das saftige Fleisch der Pflanze.

Am frühen Nachmittag erlegte er eine Klapperschlange. Sie lag auf einem flachen Felsen und sonnte sich. Crystal hatte den ganzen Tag über Ausschau gehalten, und er hatte das Tier mit dem Fernglas entdeckt. Die Hornschuppen am Schwanz der Schlange hatten eben zu rasseln begonnen, als sein Stein, groß wie ein Baseball, ihr den Kopf zermalmte.

Der Nachmittag war zur Hälfte verstrichen, als Crystal den Platz für sein Versteck fand: eine sandige Stelle, umgeben von einem hufeisenförmigen Ring von Felsblöcken. Er prüfte den Boden mit seiner Hacke und fand, daß er geeignet war. Die Gefahr einer Überschwemmung bestand nicht. Wenn er das Geld nicht eines Tages abholen käme, würde es für alle Zeiten in den Guadalupe-Bergen liegenbleiben.

Während er die Gegend erkundet hatte, war er, vor allem von der Anhöhe mit dem Vermessungspunkt aus, ständig auf der Suche nach Anzeichen für menschliches Leben gewesen, aber er hatte nichts gefunden. Dennoch blieb er wachsam, er sah sich um, wartete und fuhr auf der Honda umher. Er hätte mindestens zwei Präriehasen zur Strecke bringen können, doch er verschonte sie.

Crystal röstete die Klapperschlange langsam über seinem Holzfeuer. Sie schmeckte gut, viel besser noch als der Hase. Wieder hatte er Glück gehabt. An diesem Abend verzichtete er auf das Schlauchzelt. Er lag in der kalten Nacht, den Blick zu den frostigen Sternen gerichtet, und ließ seinen Gedanken freien Lauf.

Charlie würde jetzt mit ihren eigenen Vorbereitungen beschäftigt sein. Es gab einiges zu planen, und Wheeler würde für die Logistik sorgen. Wheeler war die Achse, um die sich alles drehte. Er hatte das Wann, Wo und Was zu entscheiden. Das dringendste Problem, mit dem er sich zu beschäftigen hatte, war der Transfer der Waffen an Crystal, damit er sie, wie er verlangt hatte, untersuchen und erproben konnte.

Ob Graniano wohl ahnte, was auf ihn zukam? fragte Crystal sich.

Ein paar Morde, ein paar Bomben, und er würde es wissen. Es würde immer schwieriger werden, je weiter das Unternehmen gedieh ...

In London hatte er viel gelesen und seine Kenntnisse in Kartographie, Mikrofotografie und anderen Gebieten aufgefrischt. Über die alte Heroinroute, die aus der Türkei über Frankreich nach New York führte, hatte er alles gelesen, was er hatte finden können. Und er hatte sämtliche verfügbaren Informationen über Graniano studiert.

So kam es, daß er jetzt, als er in den Guadalupe-Bergen lag, wußte, daß die Bauern in Afyon den März und den April dazu verwendeten, mit ihren Familien in den Opiumfeldern zu arbeiten; sie lockerten den Boden auf und säuberten die Pflanzungen vom Unkraut. Mohnpflanzen, die zu dicht beieinander standen, wurden herausgerissen, und was übrigblieb, würde saft- und kraftvoll sprießen.

Die Pflanzen, die aus der Erde gerissen wurden, ließ man auch nicht ungenutzt verrotten. Während er, den Bauch voller Klapperschlangenfleisch, unter dem Sternenhimmel lag, saß in Afyon so mancher Bauer mit seiner Familie zu Tisch und verspeiste einen bitteren Salat aus breiten, grünen Opiumblättern.

Als er den Spaten aus der Hand legte, war das Loch etwa anderthalb Meter tief und einen halben Meter breit. Es war nicht überraschend, daß er fast den ganzen Vormittag lang daran gegraben hatte. Er hatte solche Arbeit schon an anderen Orten geleistet. Die Spitzhacke und der scharfe Spaten erleichterten die Sache, aber schon nach der Hälfte der Zeit war er schweißgebadet und nackt bis zur Taille.

Die Fiberglaskapsel ließ sich mühelos in das Loch schieben. Sie enthielt das Geld und einen seiner echten falschen Pässe. Nach kurzem Nachdenken legte er den .45er Colt und eine Schachtel Patronen dazu. Wenn ihn jemand in der Umgebung beobachtete, würde es ihm keinerlei Schwierigkeiten bereiten, den frisch aufgegrabenen Boden wiederzufinden. Die Möglichkeit, daß außer ihm irgendwann jemand hier mit einem Metalldetektor herumschnüffelte, war äußerst unwahrscheinlich.

Crystal schaufelte den Hügel aus Erde und kleinen Steinen wieder in das Loch zurück und deckte die Kapsel damit zu. Verglichen mit dem Aufgraben war das Zuschaufeln ein reines Vergnügen. Überschüssige Erde verstreute er in der Umgebung. Schließlich war von dem Loch so gut wie nichts mehr zu sehen. Damit ihm bezüglich der exakten Lage seines Verstecks später kein Irrtum unterliefe, schlug er direkt über dem Loch einen kleinen Pflock in den Boden. Danach rastete er im Schatten eines Felsens und hielt noch einmal Ausschau nach Menschen. Schließlich visierte er den Pflock mit seinem Theodoliten an und notierte sich die genaue Position.

In der Eiseskälte der letzten Nacht in der Einöde plazierte er den Theodoliten exakt über den Pflock – also über Geld, Paß und Pistole – und peilte den Polarstern und zwei andere Sterne an. Er notierte sich die genauen Zeiten, und beim ersten Tageslicht hatte er den Almanach vor sich und berechnete Längen- und Breitengrad der Stelle, an der er das Versteck angelegt hatte. Alles stimmte bis auf zehn oder zwanzig Bogensekunden mit den Berechnungen überein, die er bei Tageslicht angestellt hatte.

Crystal war zufrieden. Es konnte Jahre dauern, bis er in diese trostlose Wildnis zurückkehrte, um das Geld zu holen, aber er würde es mit Sicherheit finden, und er würde dazu nicht mehr als ein einziges Loch graben müssen. Er zog den Pflock heraus, packte seine Sachen zusammen und war kurz darauf bereit, die Gegend zu verlassen. Noch einmal untersuchte er die Umgebung des hufeisenförmigen Felsenringes nach verräterischen Spuren seiner Arbeit. Schon jetzt hatte der Wind den Sand über der Kapsel verweht und geglättet. Pulsierend erwachte die Honda zum Leben, zuverlässig wie immer, und wenig später schaukelte er über den holprigen Boden zurück zu seinem Jeep.

Er würde noch zwei weitere Verstecke in abgelegenen Gegenden der Vereinigten Staaten anlegen. Das bedeutete, daß er mindestens zweitausend Meilen würde zurücklegen müssen: Endlose Landstraßen, Dutzende von »Howard Johnsons« und Tankstellen, Motel-Übernachtungen in einer Handvoll Staaten. Außerdem waren Mikrofotografien aufzunehmen und Waffen zu studieren und zu erproben.

Er hatte Zeit genug. Schließlich blieben ihm noch zwei Monate, oder nicht? In Afyon pflegte man gewöhnlich im Juni zu ernten, je nachdem, wie lange der Frühling auf sich warten ließ. Und erst nach der Ernte würde das Töten beginnen.

Wie er so querfeldein durch die rauhe Landschaft fuhr, fühlte er sich lebendiger als je zuvor seit seinem Zusammenbruch. Und zur Krönung des Ganzen hatte hatte er noch ein paar Streifen Klapperschlangenfleisch übrigbehalten. Er schob sich ein Stück in den Mund und kaute.

Die letzten Märztage, der April und der Mai waren für Crystal,

Wheeler und Charlie angefüllt mit Vorbereitungen und Informationsgesprächen.

Crystal erprobte einige der Waffen, andere nicht. Charlie lieferte sie ihm, wie sie auch das Geld geliefert hatte. Das Mannlicher-Scharfschützengewehr fand Crystal in einem Dodge der Firma Hertz außerhalb von Sioux Falls in South Dakota. Er hatte eine russische 7.62er Dragunov gewollt, weil er damit vertraut war, aber ein solches Gewehr war nicht zu beschaffen gewesen. Doch auch die in Österreich gebaute Mannlicher war ihm nicht unbekannt, und er verleugnete nicht, daß sie der Dragunov überlegen war – nur kannte er die Dragunov eben viel besser.

Nachdem er das Scharfschützengewehr in den windgepeitschten Badlands von South Dakota erprobt hatte, war er restlos zufrieden. Auf hundertzwanzig Meter schoß er ein ganzes Magazin mit zehn 7.62er Patronen und eine elfte Patrone aus der Kammer in eine Blechbüchse. Seine Versuche, einen leuchtendgelben Fünfgallonenkanister, dreihundert Meter weit entfernt auf der anderen Seite des Tales, zu treffen, waren eigentlich purer Übermut. Auf diese Entfernung war das Ziel kaum noch zu erkennen. Gleichwohl gelang es ihm, mit zwanzig Patronen acht Löcher in den Kanister zu schießen, und als er nachschaute, fand er die Einschläge aller übrigen Geschosse in der Nähe des Zieles.

Bei einem nächtlichen Versuch versah er die Mannlicher mit einem westdeutschen B8-V-Aktiv-Infrarotvisier, und er traf einen umherstreunenden Präriehasen in den Kopf. Die Mannlicher hatte die Prüfung bestanden.

Die Auswahl der Maschinenpistolen war noch schwieriger. Charlie lieferte sie beide – eine Ingram Modell 10 und eine tschechoslowakische Skorpion VZ-61 – auf dem Parkplatz hinter dem Sheraton Canandaigua Inn. Das Inn war ein flaches, zweistöckiges Gebäude am nördlichen Ufer des Canandaigua-Sees im Nordwesten des Staates New York. In der »Schiffsmesse«, unter der Takelung eines Segelklippers – gleichsam auf dem Vorderdeck –, saßen sie an zwei dicht beieinander stehenden, separaten Tischen und tranken Cocktails. Sie sprachen nicht miteinander und ließen mit keinem Blick erkennen, daß sie einander kannten. Am nächsten Vormittag wechselten sie die beiden cremefarbenen Dodges gegeneinander aus; der Schlüsselaustausch geschah im Restaurant »Drei Faden«, das auf den See hinausblickte. Er nahm ihre zusammengefaltete Zeitung vom Tisch und ließ sein *Time*-Magazin liegen. Die Autoschlüssel waren mit Klebstreifen auf Seite fünf angebracht.

Beide Maschinenpistolen waren mit Schalldämpfern ausgerüstet.

Er war zugunsten der Skorpion voreingenommen. Sie wog weniger als die Ingram Nummer 10, war leichter zu verstecken, und aus eigener Erfahrung kannte er sie als wirkungsvolle und überaus zuverlässige Waffe. In Bulgarien und Rußland hatte er oft damit trainiert.

Von der Ingram hatte er gelesen, aber er kannte sie nicht. Den Berichten zufolge war es eine exzellente Waffe.

Wie er es schon mit der Mannlicher getan hatte, zerlegte Crystal auch diese beiden Waffen, um ihren Mechanismus im Detail zu studieren. Dann erprobte er sie mit Schalldämpfern in der Einsamkeit der Adirondacks, in der Nähe der kanadischen Grenze im Norden des Staates New York. Das Testgelände war nicht weit von der Stelle entfernt, wo er McLaren und Mallory im Forellenbach getötet hatte, und den KGB-Wächter, der unter dem Baum seinen Apfel gegessen hatte. McLarens Kopf hatte sich geöffnet wie eine platzende Sprühdose mit roter Farbe.

Nach dem Probeschießen neigte er dazu, sich für die Ingram zu entscheiden. Das Modell 10 war von größerem Kaliber als die Skorpion, seine Feuergeschwindigkeit war höher, und der MAC-Schalldämpfer ließ die Geschosse immer noch ihre volle Geschwindigkeit im Überschallbereich erreichen. Die Ingram war kurz, kompakt, solide. In den Tests erwies sie sich als die bessere Waffe.

Crystal wußte nicht, wie zuverlässig sie war. Wenn er auf kurze Distanzen in einem Gebäude mit der Maschinenpistole feuerte, konnte er sich keine Ladehemmung leisten. Wenn dergleichen bei der Mannlicher aufträte, wäre die Distanz weit größer: Er würde dann wahrscheinlich Zeit für einen zweiten Versuch haben, ganz gewiß aber Gelegenheit zur Flucht. Wenn die Ingram hingegen auf zehn Metern versagte, wäre das sein Tod.

Nach zwei weiteren Tagen der Erprobung war er zufrieden. Nicht ohne Vorbehalte entschied er sich für die Ingram. Für den Notfall würde er sich eine Pistole in den Gürtel schieben.

Einige der Waffen erprobte er nicht, das Maschinengewehr zum Beispiel. Er hatte Charlie gesagt, daß es das russische RPD-7.62 sein müsse, ein leichtes Maschinengewehr mit einem Gabelstativ. Er hatte schon mit allen fünf bekannten Versionen der Degtyarev geschossen, und er wußte alles über die Mechanismen, die für diese Gewehre verwendet wurden.

Mit einem Maschinengewehr zu experimentieren war zu gefährlich, selbst im offenen Parkland.

Die Bomben lieferte sie ihm in einem anderen, wiederum cremefarbenen Dodge auf einem anderen Parkplatz. Diesmal fand der

Tausch neben dem Skipper Motor Inn statt, bei dem alten Walfängerhafen New Bedford in Massachusetts.

Crystal war mit einer Vielzahl von Bomben und Sprengsätzen vertraut. In allen seinen Fähigkeiten hatte er sich in den Jahren seiner Flucht bemüht, mit der Entwicklung der Technologien Schritt zu halten. Die Literatur über Handfeuerwaffen und Sprengstoffe war unerschöpflich und leicht zu beschaffen. Crystal bevorzugte elektrische Zünder anstelle von chemischen, mechanischen, Radio- oder Brandzündern. Er hatte einen Uhrwerk-Zeitschalter angefordert, der in den Zünder integriert sein sollte, und darauf bestanden, daß er Konstruktionspläne der Geräte erhielt.

Die Bomben waren in flachen Samsonite-Koffern verpackt. Der Killer öffnete jeden Koffer behutsam in seinem Motelzimmer. Obgleich Charlie ausdrücklich erklärt hatte, daß die Bomben nicht mit Sprengstoff gefüllt seien, ging er mit gleicher Vorsicht zu Werke, als er sie auseinandernahm. Der Zünder hatte einen Uhrwerk-Timer, und er sah aus wie das Kombinationsschloß eines Wandtresors. Als Crystal an dem Einstellrad drehte, hörte er ein leises, aber solides Klicken.

Als Crystal in seinem Motelzimmer saß und die Bomben zerlegte, begriff er, daß ihm von Wheeler keine Gefahr drohte. Wenn sie darauf aus gewesen wären, ihn zu töten, hätten sie es bereits ein halbes Dutzend Mal tun können; sie hätten einen der Dodges mit einer Autobombe versehen oder die Zeitbomben hochgehen lassen können. Er war in Sicherheit, bis er die Morde begangen hätte. Oder doch die meisten davon.

Crystal gab die Bomben in den Samsonite-Koffern zurück, in dem er auf dem Parkplatz der Plymouth Plantation auf Cape Cod noch einmal die Dodges vertauschte. Als er durch das rekonstruierte Fort spazierte – Bürger in alten Kostümen saßen überall herum und taten, als sei ihnen alles, was nach dem siebzehnten Jahrhundert geschehen war, unbekannt –, war von Charlie nichts zu sehen. Aber als er zum Parkplatz zurückkehrte, war der Dodge nicht mehr da. Der neue Wagen stand in derselben Reihe, sieben Autos weiter. Der Schlüssel lag unter der vorderen Bodenmatte, auf der Fahrerseite.

Als der Mai zu Ende ging, war der Killer bereit für seinen Auftrag. Das Geld – dreihunderttausend Dollar – war in drei verschiedenen, entlegenen Gegenden der Vereinigten Staaten verborgen. Die Lagebestimmungen der Kapseln hatte er auf Mikrofilmpunkten aufgezeichnet, die er mit größter Sorgfalt auf neun schwarze Punkte auf dem weißen Zifferblatt seiner Armbanduhr geklebt hatte. Die übrigen drei Punkte auf dem Zifferblatt enthielten bereits die Geheimnisse des alten Schweizer Verstecks. Er besaß noch zwei weitere Sets von jeweils neun Mikropunkten – winzige Negative, die er mit einem mikrofotografischen Verfahren hergestellt hatte.

Neun dieser Mikropunkte – Fotografien der Positionsnotizen zu den einzelnen Verstecken – klebte er auf Punkte in einer alten Ausgabe des *National Geographic*, das er aus der öffentlichen Bücherei in Provincetown, Massachussets, entliehen hatte und später zurückbrachte. Es war die Ausgabe, die in seinem Geburtsmonat erschienen war, und sie war so alt, daß kaum jemand außer ihm selbst sie noch einmal entleihen würde. Die restlichen Mikropunkte würde er in die gleiche Ausgabe des *Geographic* im britischen Museum in London kleben. Auch hier würde er die ersten Punkte auf den Seiten zwei, drei und vier dazu benutzen.

In der Hauptstelle der New Yorker Bibliothek auf der fünften Avenue überflog er die letzten Ausgaben der International Herald Tribune, bis er unter den Privatanzeigen fand, was er suchte. Es war eine Mitteilung von dem Fälscher in Belgien:

John. Sende mehr Geld. Alex.

Die Fünfhunderttausend waren sauber. Bis jetzt hatten Charlie und Wheeler also nicht versucht, ihn hereinzulegen.

Jetzt blieb nur noch übrig, die letzte Kapsel in der Schweiz zu vergraben. Dann war es Zeit, daß er sich das Geld verdiente.

15

Aziz Algan traf sich mit seinem Leutnant Mehmet Nur an einem Nachmittag im Juni an der Südseite der Galata-Brücke. Nur saß neben der Brücke, unterhalb der Straße, und angelte. Er hatte seinen Sohn bei sich, einen bebrillten Jungen, dessen Krücken am Brückengeländer lehnten. Die beiden benutzten einfache Leinen und Haken, um kleine Fische damit zu fangen.

Der Geschäftsmann sah ihnen eine Weile zu. Immer, wenn Vater oder Sohn einen Fisch fingen, lachten beide vergnügt. Die kleinen Fische tanzten glitzernd am Ende der Schnur. Weder der Mann noch der Junge benutzte einen Köder. Statt dessen warfen sie die beschwerten Schnüre in die Mündung des Goldenen Horns und zogen ruckartig daran. Hin und wieder gelang es ihnen, einen Fisch zu fangen. Mehmet Nur war ein großer Fisch in Algans Organisation.

Sicher, im Jahre 1974 hatte die türkische Regierung das Anbauverbot für Mohnpflanzen aufgehoben. Sie gestattete über hunderttausend Bauern, die Pflanzen ganz legal auf winzigen Äckern zu kultivieren. Aber wie früher war die Regierung auch jetzt der einzige rechtmäßige Aufkäufer für Opium. Um den illegal anpflanzenden Bauern und den Schwarzmarkthändlern, die die von der Regierung gebotenen Preise stets überboten, das Handwerk zu erschweren, hatten die türkischen Behörden die uralte Inzisionsmethode der Opiumernte untersagt.

Durch ein Gesetz wurde den Bauern verboten, die Mohnkapseln einzuschneiden und den hellbraunen, dickflüssigen Saft zu sammeln. Zur Erntezeit reisten Regierungsagenten durch das Land und kauften Mohnkapseln mit einem Stiel von sechs Zoll Länge. Hunderte von Agenten überwachten den Mohnanbau, und es war viel schwieriger als früher, Opium von den Farmen herunterzuschmuggeln. Es erforderte beträchtliche Gerissenheit, Bestechung, Erfahrung und Organisation, wenn es gelingen sollte. Es erforderte Männer wie Mehmet Nur.

»Mehmet, mein Freund.« Algan ging zu dem Mann hinunter und schlug ihm auf die Schulter.

»Ah, ja!« Nur drehte sich um, als er die Stimme hörte und den Schlag auf der Schulter verspürte. Er trug einen mächtigen Schnurrbart.

»Wie geht's dir, mein Junge?« Algan fuhr dem verkrüppelten Jungen mit der Hand durch das Haar. Der Junge antwortete nicht, was seinem Vater mißfiel.

»Nun, was hast du mir zu berichten?« fragte Algan. Die beiden lehnten sich gegen das Brückengeländer. Das Goldene Horn, das sich vor ihnen erstreckte, schimmerte bläulich-grün, und die See war ein wenig rauh. Gelegentlich ließ der Wind das Wasser in feinen Tröpfchen aufsprühen. Dutzende von Fischern standen am Geländer. Auf den Fischerbooten waren Restaurants, und Läden säumten die Unterseite der Pontonbrücke. Sie pulsierte von Leben; früh an jedem Morgen – gegen Viertel nach vier – wurde der gesamte Mittelabschnitt in die Höhe geklappt, damit Schiffe im Goldenen Horn ein- und ausfahren konnten.

Mehmet Nur war früher einmal Bauer in Afyon und so fortschrittlich gewesen, daß er sich seinen eigenen Lastwagen gekauft hatte, mit dem er seine frischen Produkte nach Istanbul zum Markt, gleich hinter der Galata-Brücke, transportierte. Dann hatte Aziz Algan ihm den Weg zu noch größerem Reichtum gewiesen: Er hatte Mehmet Nur mit der Aufgabe betraut, den Opiumkauf bei den Bauern von Afyon zu organisieren, das Opium in den Bergen zu Morphinbase umzuwandeln und dann nach Istanbul und in andere türkische Hafenstädte zu schaffen. Ein weiterer Leutnant Algans, ein ehemaliger Dockarbeiter und Seemann namens Mustafa Nesin, übernahm es, die Morphinbase auf die Docks und von dort auf die Schiffe, die nach Marseille fuhren, zu schmuggeln.

Gestern nun war Mehmet Nur von einer Rundreise durch die Pflanzungen in Afyon zurückgekehrt, und Algan brannte darauf, seinen Bericht zu hören.

»Bei Kemal läuft alles bestens.«

Ahmet Kemal war Nurs Chefeinkäufer in Afyon. Algan war ihm nie begegnet, aber Kemal war für die Operation ebenfalls von entscheidender Bedeutung: Er gab sich als Wanderarbeiter aus, der seine Dienste zur Erntezeit den Opiumbauern anbot. Man vertraute Kemal und schätzte ihn – und er verfügte über intime Kenntnisse des Landes und der Farmen in seinem Gebiet.

»Gut. Und wie stehen die Pflanzen?« fragte Algan.

»Ausgezeichnet. Sie sind bereits so hoch.« Nur streckte die Hand in Schulterhöhe aus.

»Und riechen sie gut?«

»Sie verströmen einen wahrhaft wundervollen Geruch.« Algan wußte, daß sein Leutnant damit sagen wollte, daß der Gestank abscheulich sei. Kurz vor der Erntezeit verströmten Opiumpflanzen einen schweren, faulig-süßen Duft. Es wurde schließlich so schlimm, daß die Bauern die Fenster ihrer Hütten verschlossen hielten.

Vor seinem geistigen Auge sah Algan die Opiumfelder vor sich: Zehntausende von Mohnpflanzen in lebhaftem Rosa und Violett, Purpur und Schneeweiß, die in der Brise schwankten. »Und die Blütenblätter fallen?«

Der türkische Geschäftsmann wich einen Schritt weit zurück, als Nur die Schnur mit dem Haken und dem Bleigewicht über seinen Kopf schwang und in das Goldene Horn schleuderte. Algan sah, wie das Bleigewicht durch die Luft flog, und sein Blick streifte über den Hintergrund von Wasser, Docks und Yeni Cami, der neuen Moschee. »Bei einigen hat es angefangen«, antwortete Nur.

Wenn die Blütenblätter fielen, hinterließen sie eine wachsgrüne Kapsel, die täglich weicher und dunkler wurde. Wenige Tage nachdem die Blütenblätter abgefallen waren, mußte der Bauer ernten. »Und die Bauern? Sind sie auf den Feldern, Mehmet?«

»Einige schon. Dort, wo die Blätter schon am Boden liegen.«

Schon bald, in einem oder zwei Tagen, würden die vielen Opiumbauern zwischen ihren Mohnpflanzen stehen und mit den Fingern die Kapseln auf den langen Stielen sanft drücken. Jeder Bauer mußte entscheiden, wann geschnitten werden sollte. Von seiner Urteilskraft hing der Opiumertrag und somit auch der Geldwert der Ernte ab.

Wenn ein Bauer unerfahren war und die Einschnitte zu früh vornahm, war der milchig weiße Saft in den feinen Adern der Kapseln zu dünn, und anstatt hervorzuquellen und zu einem Klumpen Opium zu trocknen, würde er auf den Boden rinnen und dort unwiederbringlich versickern. Wenn man zu spät schnitt, würden chemische Vorgänge im Innern der Kapsel den Saft bereits in ein minderwertiges Opiumderivat umgewandelt haben.

»Und wird es eine gute Ernte geben, Mehmet?«

»Es ist eines der besten Jahre.«

»Und ist unser Anteil sichergestellt?«

»Kemal hat einhundert Zusagen.«

»Hat auch Emin Demrel eine Zusage gemacht?« erkundigte Algan sich scherzhaft.

»Dieser *Grieche*!« Bei diesen Worten spuckte Nur aus, eine Beleidigung, die schlimmer war, als wenn er Demrels Mutter und ihre intimsten Körperteile verflucht hätte.

»Nun?«

Demrel war einer der reichsten Bauern in Kemals Territorium. Der illegale Opiumverkauf hatte ihn reich gemacht; er hatte expandiert und mit Hilfe von Strohmännern immer mehr Land bebaut. Offiziell besaß er lediglich eine einzige, recht kleine Farm.

»Der Grieche will in diesem Jahr tausend Lira pro Kilo.« Wieder spuckte Nur aus.

Algan hatte den Schwarzmarktpreis auf etwa achthundert Lira geschätzt; diese Summe entsprach den zweiunddreißig Dollar pro Kilo, die in seinem Bericht an Graniano gestanden hatte. »Emin Demrel möchte wohl innerhalb weniger Minuten reich werden«, bemerkte er.

»Und dabei geht es nur um einen kleinen Teil seines Opiums«, schnaubte Nur. »Das meiste will er vorerst behalten. Dieser Grieche hat Kemal gesagt, daß er sicher mehr werde haben wollen, wenn die Preise erst gestiegen seien, und das werde zweifellos geschehen.«

Jedesmal wenn die Araber den Preis für ihr Rohöl anhoben, verlor die türkische Lira wieder an Wert. Algan bemerkte, daß eine beunruhigende neue Unsitte um sich griff: Die Bauern hielten einen Teil der illegalen Opiumernte als Versicherung gegen die Inflation zurück. »Emin Demrel ist wahnsinnig vor Gier«, sagte Algan.

»Er ist eben ein Grieche.«

»Es kann leicht geschehen, daß Emin Demrel in seinem Wahnsinn sein Haus mitsamt seiner Familie in Brand steckt ...«

Mehmet Nur wandte sich um und sah Algan an. Er verstand nicht genau, was sein Boss damit sagen wollte. Ein Jahr zuvor hatte Nur befohlen, einen Kurier zu töten, der unter dem vagen Verdacht stand, als Informant gearbeitet zu haben. Er hatte es getan, nachdem Algan eine ähnliche Andeutung gemacht hatte. Später hatte der Geschäftsmann behauptet, er habe seine Drohung nur im Scherz ausgesprochen. Nur hätte sich wohler gefühlt, wenn Aziz Algan deutlich gesagt hätte, was er meinte. Forschend betrachtete er das Gesicht des Geschäftsmannes, aber dieser lächelte lediglich rätselhaft.

»Ah, dein Sohn hat einen Fisch gefangen!« Algan schien begeistert.

Der kleine Junge, der an einer auszehrenden, bisher noch nicht diagnostizierten Krankheit litt, schrie vor Glück wie ein kleiner Vogel. Mehmet Nurs Mördergesicht nahm einen sanften Ausdruck an.

»Warum bringst du ihn nicht zu dem Spezialisten in London, he?« fragte Algan.

»Das ist teuer.«

»Du wirst das Geld haben.«

Wieder wandte Nur sich um und sah Algan an. Er war seinem Boss für diese plötzliche Freundlichkeit besonders dankbar.

»Und bringe ihn bald einmal in den Vergnügungspark. Er kann fahren, womit er will – auf dem Pferdekarussell, auf dem Riesenrad, der Schaukel, überall. Er und meine Söhne . . .«

»Noch einmal vielen Dank.« Algan war wirklich ein freundlicher und mitfühlender Vorgesetzter. Nur wußte, daß Algan Miteigentümer des Vergnügungsparks unterhalb des Etap Hotel an der Mesrutiyet Cadesi in Tepebasi auf der anderen Seite der Brücke war.

»Schließlich drehen sich die Karussells, ob sie voll sind oder nicht. Es macht keinen Unterschied, ob unsere Kinder auf den Pferden sitzen oder ob sie leer im Kreis herumfahren. Ist es nicht so?«

»Ich danke dir. Du bist wirklich sehr freundlich.«

»Und du bist äußerst wertvoll, Mehmet. Äußerst wertvoll.« Damit verabschiedete Algan sich. Er hatte eine Verabredung mit Inspektor Guvenc vom Rauschgiftdezernat. Wichtige und einflußreiche Verbündete ließ er nicht gern warten.

Das einzige, was nicht so recht zu Ahmet Kemals Tarnung als Wanderer bei der Opiumernte passen wollte, war sein Suzuki-Motorrad.

Es war ein wenig ungewöhnlich, daß ein einfacher Arbeiter eine solche Maschine besaß. Aber sie war notwendig, wenn er sich rasch und problemlos zwischen den Farmen und Hügeln bewegen sollte. Und das tat er. Außerdem wußte so gut wie jeder Bauer in diesem Territorium, in dieser Gegend des Hochplateaus, daß er ein Opiumaufkäufer war.

Nur um sich an der türkischen Polizei vorbeizumogeln, posierte er als Wanderarbeiter. Und er machte seine Sache gut; er arbeitete sogar auf den Feldern und beschnitt dort die Pflanzen. Er arbeitete sich nicht krumm, wie die anderen es taten, aber wenn ihn jemand fragte, konnte er beweisen, daß er ganz rechtmäßig bei der Ernte geholfen hatte. Als Tagelöhner aber mußte er nach einem oder zwei Tagen stets zu einer anderen Farm überwechseln, und deshalb war die Suzuki praktisch – das jedenfalls erzählte er jedem neugierigen Polizisten. Die Suzuki war auch nur eine sehr kleine Maschine, und es war durchaus glaubhaft, daß er dafür gespart hatte.

Der fette, reiche Emin Demrel hatte an diesem Tag den Befehl zum Anschneiden der Mohnkapseln gegeben. Dieser Bauer verstand seine Arbeit, wenn es um den Opiumanbau ging, und so erwartete Kemal, daß der weiße Saft genau die richtige Konsistenz haben würde.

Und er hatte sie. Kemals Messer schlitzte Hunderte der weichen, grünen Kapseln, und jeder Schnitt zeigte, daß Emin Demrels Entscheidung richtig gewesen war. Mit geschickten Händen führte Kemal das skalpellartige Messer mit den winzigen Widerhaken und nahm chirurgische Einschnitte in der Haut der walnußgroßen Kapsel vor: Nicht zu tief, denn sonst schnitt die Klinge in die Frucht hinein und verdünnte das Opium mit unerwünschten anderen Säften; aber auch nicht zu oberflächlich, denn sonst würden nicht alle Adern der Kapsel durchtrennt.

Die Arbeit begann am Spätnachmittag, und mit flinken Händen versah Kemal Hunderte und Aberhunderte von Kapseln mit Dreivierteizollschnitten. Demrel glaubte an eine weitverbreitete Theorie: Wenn der Bauer am Spätnachmittag schnitt und das Opium in der kühlen Nachtluft hervorquellen ließ, war der Ertrag größer, als wenn die Einschnitte am Morgen vorgenommen wurden. Aber ganz gleich, welche Methode die effizientere war, Kemal wußte auch, daß Geschwindigkeit und Geschicklichkeit von entscheidender Bedeutung waren: Wegen der geheimnisvollen chemischen Vorgänge im Inneren der Mohnkapsel mußte die Ernte innerhalb von vierundzwanzig Stunden beendet sein; dies bedeutete, daß nach dem Beginn des Schneidens nicht mehr als eine Nacht und ein Tag zur Verfügung standen.

Zumindest dieser Faktor spielte den Schwarzanbauern heutzutage in die Hände. Früher war die Notwendigkeit, die Ernte hastig einzubringen, ein Fluch gewesen. Jetzt hieß es: Je schneller, desto besser, denn nicht alle Patrouillen der Regierung konnten bestochen werden. Es bedeutete aber auch, daß die Bauern jede vertrauenswürdige Hand benötigten, die sie finden konnten – auch Kemals.

Emin Demrel hatte ihm eine Unterkunft für die Nacht angeboten, aber obwohl er sich längst an den fauligen Geruch der quellenden Opiumpflanzen gewöhnt hatte, verbrachte Kemal die Nacht in einem nahe gelegenen Dorf bei einem Freund. So konnte er außerdem das Dorfcafé besuchen – in dem mehr Tee als Kaffee verkauft wurde, denn Kaffee war zu teuer –, um dort über sein nächstes Geschäft zu verhandeln.

Kemal kam später zu Emin Demrels Farm, als es dem fetten Bauern lieb war. Die anderen Arbeiter waren bereits draußen bei der Ernte, als die Sonne aufging. Mit säuerlicher Miene übergab Demrel ihm das kupferne Gefäß und das Kratzmesser.

Nun, sollte Demrel doch gehen und ein Brathühnchen vögeln. Kemal nahm Gefäß und Kratzmesser in Empfang und ging zur Arbeit in das Mohnfeld. Zwei Stunden lang kratzte er sorgfältig die kleinen Klumpen von hervorgequollenem Pflanzensaft von den Kapseln. Als das Opium, das während der Nacht oxidiert und deshalb nicht mehr weiß, sondern rötlichbraun geworden war, dick an der Messerklinge klebte, deponierte Kemal es in dem kleinen Kupfergefäß, das mit einem breiten, frischen Mohnblatt ausgelegt war.

Als er die Arbeit satt hatte, ging Kemal mit seinem vollen Gefäß zu einem Feigenbaum, in dessen Schatten Demrel saß und süßen, dickflüssigen Kaffee trank. Er kann ihn sich leisten, dieser fette, reiche Bastard, dachte Kemal. Der widerwillige Wanderarbeiter warf den Inhalt seines Kupfergefäßes auf ein breites, flaches Holztablett neben Demrel, auf dem bereits ähnliche Klumpen lagen. Sofort schälte der Bauer das Opium von dem Blatt und begann, es zu einer Kugel zu kneten, die schon jetzt zwei- oder dreimal so groß war wie ein Tennisball.

»Es ist erstklassiges Opium. Das beste«, bemerkte Emin Demrel. Widerwillig stimmte Kemal ihm zu.

»Es kostet mehr und mehr. Das ist das Schlimme daran«, klagte der Bauer. Er bezahlte ein Vermögen an Schmiergeldern, denn die Polizisten waren habgierig wie nie zuvor. Und nach der Ernte mußte man in mühseliger Arbeit die Köpfe der Mohnpflanzen abschlagen und in langen, frisch gegrabenen Löchern verschwinden lassen. Diese Seite des Geschäftes war alles andere als ertragreich.

»Ja, ja«, sagte Kemal verärgert.

Demrel fragte sich oft, ob der Opiumanbau sich überhaupt noch lohnte. Früher, ja. Aber heute nicht mehr.

Ja, ja, ja. Kemal konnte das alles nicht mehr hören.

Demrel, so ließ er wissen, war bereit, zum jetzigen Zeitpunkt vierzig Kilo seiner Ernte zu verkaufen. Zu tausend Lira das Kilo. Zwar entsprach es einer wohlbekannten Tradition, um die Opiumpreise zu feilschen, aber die beiden Männer kannten einander zu gut. Es wurde nicht gehandelt. Mehmet Nur hatte ihn autorisiert, den Preis zu zahlen, und so nickte Kemal bloß. Vierzig Kilo erstklassiges Opium – es war ein guter Anfang der Saison.

»Das sind vierzigtausend Lira«, erinnerte der Bauer, um sicherzugehen, daß niemand den anderen mißverstanden habe.

»Schon gut.« Kemal nickte wütend.

Den Zahlungstermin setzte man auf die folgende Woche fest, und gezahlt werden sollte am Ort der Auslieferung. Emin Demrel bot ihm Kaffee an, und der Opiumaufkäufer fühlte sich versucht, ihn abzulehnen.

Später am Nachmittag, nachdem vierzig Kilo Opium abgewogen und in Jutesäcken verstaut worden waren, band Kemal die Säcke sorgfältig zu. Dann goß er geschmolzenes Wachs über die Schnur. Bevor das Wachs völlig erstarrt war, kennzeichnete er die Säcke mit einem komplizierten Siegel, das er selbst angefertigt hatte. Dies war eine Vorsichtsmaßnahme, die verhindern sollte, daß Demrel die Beutel später wieder öffnete und kleine Zweige unter die Opiumkugeln mischte, nachdem er ein wenig von dem Opium herausgenommen hatte. Jedes Jahr änderte Kemal sein Siegel, um Fälschungen zu verhindern.

Er prägte sich den Kaufpreis und die Anzahl der Säcke ins Gedächtnis. Dann gelang es ihm, sich höflich von Demrel zu verabschieden, und wenig später war er mit seiner Suzuki unterwegs zur nächsten Farm. Auch hier würde er nicht pünktlich sein, aber schließlich war er ja nicht wirklich ein wandernder Erntearbeiter.

16

Graniano saß auf einem der blauen Plastikstühle unter einem weiß und gelb gemusterten Sonnenschirm auf dem Gehweg vor »Umbertos« auf der Mulberry Street. Er hatte unter dem großen roten Neonschild des Restaurants gesessen, aber diesen Platz hatte er verlassen. Beim Hochschauen hatte er zufällig gesehen, wie das Schild an der Mauer befestigt war. Er hatte sich gefragt, was ihm passieren würde, wenn das Ding herunterkäme. Es würde ihn töten, und damit hatte sich's. Er hatte den Film gesehen, in dem der kleine Kerl mit den Augen den Kirchturm auf den alten Mann hatte fallen lassen. Es ärgerte Graniano, daß er immer abergläubischer wurde, zumal da Sina soviel betete. Mehr denn je glaubte er an Erscheinungen wie Dracula und Vampire. Er hätte es allerdings niemals zugegeben. Trotzdem, wenn sie einen erwischten, bevor man sechs Jahre alt war, hatten sie einen ein Leben lang in der Gewalt. Die Jesuiten nämlich.

Der Don nahm einen Schluck von seinem Cappucino. Es gab italienische Dinge, die entschieden besser waren als englische. Das Wetter zum Beispiel. Und der Kaffee.

Aziz Algans Bericht hatte seine Stimmung erheblich gebessert. Die Preise waren ein wenig gestiegen. Aber wenn die Bauern dreißig oder vierzig Dollar für das Kilo Opium verlangten, war das immer noch fast geschenkt. Die Qualität war gut. Beim Einkauf hatte es bisher keine Schwierigkeiten gegeben.

Wenigstens etwas, das reibungslos arbeitete. Die Route. Heute abend würde er Jacques Deveraux in Frankreich die Neuigkeiten überbringen. Gute Nachrichten waren immer willkommen, und wer sie brachte, zog stets einen Nutzen daraus: Man achtete ihn.

Sein Privatleben indessen verlief noch immer bewegt. Sina war stur wie ein Panzer, und selbst Liz Fitzwilliam wurde allmählich ruhiger. Sie war jetzt sanfter, aber auch zurückgezogener. Graniano schrieb dies der Wahrscheinlichkeit zu, daß sie sich niederlassen, ihn heiraten und Kinder bekommen wollte – aber sie empfand Sinas Bosheit als Belastung.

Wheeler traf sich mit Charlie in London zu einer abschließenden Besprechung. Zum ersten Mal war sie nervös. Er versuchte ihr zu erklären, daß es sei, als drehten sie einen Film. Jemand mußte ein Drehbuch schreiben, und jemand mußte das Geld auftreiben. Es gab eine Vorproduktion, eine Produktion und eine Nachproduktion. Sie waren nun im Begriff, mit der Produktion zu beginnen.

Charlie traf sich mit Crystal in Österreich. Er bemerkte, daß sie ein wenig gereizt war. Sie beklagte sich über das verdammte Herumreisen mit einem Dutzend verschiedener Pässe, und darüber, daß sie von Wien aus nach Genf zurückfliegen müsse, nur um die Spur zu verwischen. Wheeler wollte nicht, daß sie beide aus derselben Stadt nach Istanbul flögen. Der Killer erhielt weitere Details für seinen ersten Mord, und sie vereinbarten, sich am Busbahnhof in Istanbul, an der Südseite der Galata-Brücke, zu treffen.

Crystal war entspannt. Es war nicht schwierig gewesen, das Geld nach Zürich zu schaffen, und sogar das Wetter war freundlich zu ihm gewesen. Das Vergraben der Kapsel war reibungsloser vonstatten gegangen, als er erwartet hatte. Wenn das Wetter nicht mitgespielt hätte und wenn der Schnee in diesem Frühjahr nicht ein wenig zu früh geschmolzen wäre, hätte er womöglich Schwierigkeiten gefunden.

Das einzige Problem war gewesen, was er mit dem überschüssigen Geld anfangen sollte, das ihm nach all dem Umherreisen verblieb. Es waren immer noch mehr als fünfzigtausend Dollar, und Crystal schaffte nicht gern ausländische Devisen über Landesgrenzen, wenn es nicht sein mußte.

Er hatte auf einen alten Trick zurückgegriffen. Nachdem er den größten Teil des Bargelds gegen Goldmünzen eingewechselt hatte, hatte er ein paar Nächte in abgelegenen Landhotels im Süden Englands, in der Schweiz, in der Provence und außerhalb von Wien verbracht. Er hatte dort jeweils die Zimmer mit der besten Aussicht bezogen – so würde er in irgendeiner zukünftigen Nebensaison einen Grund haben, dasselbe Zimmer noch einmal zu verlangen – und dort sorgfältig die Steckdosen untersucht. Wenn sie sich als brauchbar erwiesen hatten, hatte er die Deckel abgeschraubt. In den Hohlräumen der Steckdosen hatte er sodann kleine Plastiktüten versteckt, die jeweils ein paar Goldmünzen enthielten. Diese Münzen würden auf Jahre hinaus sicher sein. Außer bei größeren Renovierungsarbeiten kümmerte sich niemand um die elektrischen Leitungen in einem Hotel.

Eine Woche nachdem Ahmet Kemal vierzig Kilogramm Opium von Emin Demrel in Afyon gekauft hatte, landete Crystal auf dem Yesilkoy-Flughafen. An den Gebäuden wurden Reparaturen vorgenommen, und es wimmelte überall von türkischen Soldaten. Die Taxifahrt von Yesilkoy über das Goldene Horn zum Taksim Square und dem Istanbul Sheraton dauerte zwanzig Minuten und kostete sechshundert Lira.

17

In der Nacht, in der Crystal ankam, führten Emin Durel und andere Bauern, geleitet von Kemal, weit draußen auf dem Hochplateau in den Sandikli-Bergen in Afyon ihre Maultiere durch die lautlose Finsternis. Hoch über ihnen funkelten Sterne am klaren Himmel. Acht Maultiere trugen zusammen mehr als vierhundert Kilogramm Opium.

Das Ziel der kleinen Gruppe war eine Stelle jenseits der Berge, ein Treffpunkt am Rande einer schmalen Hügelstraße, etwa sieben Meilen weit südwestlich der Kleinstadt Suhut. Alle Bauern waren bewaffnet, die meisten mit Gewehren. Falls man sie entdeckte, würde es gewiß zu einer Schießerei kommen. Sie würden sogar auf den Teufel selbst feuern.

Schließlich hatte die kleine Gruppe die schmale Schotterstraße erreicht, die sich durch die Berge schlängelte. Kemals Augen entdeckten einen roten Funken, der hell in der Dunkelheit glühte. Ein Mann zog heftig an einer Zigarette.

Kemal ließ vorsichtig seine Taschenlampe aufblitzen. Er hatte sie bei der Durchquerung des Gebirges benutzt, wo man vor Polizeistreifen sicher war. Die Parkleuchten eines Lastwagens blitzten zur Antwort dreimal auf. Kemal ließ die Bauern am Fuße des Abhangs neben der Schotterstraße stehen und näherte sich vorsichtig dem Lastwagen.

»Kemal?« Ein scharfes Flüstern drang über die Straße herüber.

»Ja. Bist du es, mein Freund?«

»Ich bin es.«

Der Rest war einfach. Mehmet Nur hatte das Geld in Tausend-Lira-Noten dabei. Kemal kehrte zu den Bauern zurück und führte ein Maultier nach dem anderen an die Stelle, wo Nur in der Dunkelheit wartete. Zusammen überprüften sie die Siegel, öffneten jeden Sack, zählten die Opiumkugeln und verstauten sie in widerstandsfähigen Plastikcontainern.

Mehmet Nur zahlte das Geld aus, und ein Bauer nach dem anderen wurde bezahlt, so daß er nach Hause zurückkehren konnte. Auf diese Weise zerstreute sich die kleine Gruppe allmählich. Die Plastikcontainer wurden nacheinander unter einem riesigen Berg von Apfelsinen versteckt, der die Ladefläche des Lastwagens bedeckte.

»Du hast gute Arbeit geleistet«, sagte Nur lobend zu Ahmed Kemal, nachdem alles vorüber war.

»Es war nicht der Rede wert.«

Bevor er Kemal seine eigene Kommission auszahlte, vereinbarte Nur mit ihm, wo sie sich zwei Wochen später wiedertreffen würden. Dann stieg er in seinen Lastwagen, einen fast neuen, blauen Ford, auf dessen Vorderseite in gelben Buchstaben das Wort *Mazallah* stand. Der Lastwagen war in ausgezeichnetem Zustand. Er war in Ankara unter einem falschen Namen gemietet worden. Die Ausweispapiere, die Mehmet Nur und sein Fahrer bei sich trugen, waren ebenfalls falsch.

Der Ford setzte sich in Bewegung und rollte den Weg hinunter; sein Ziel war ein Ort in den Bergen, irgendwo im Mittelpunkt des Halbmondes, den Suhut und die beiden kleinen Städte Karadilli und Haydarli bildeten. Rumpelnd schaukelte der Wagen durch die Nacht, die Scheinwerfer waren abgeblendet, und Motor und Getriebe des Ford heulten in dem stetigen Auf und Nieder, bremsend und wieder beschleunigend.

Mehmet Nur hatte seine Fracht bereits in dem Camp auf der Hochebene von Sandikli, etwa hundert Meilen weit südlich der Stadt Afyon, abgeliefert, als Charlie sich mit Crystal an der Galata-Brücke traf nicht weit von der Stelle entfernt, wo Nur mit seinem Sohn gefischt hatte.

Es war spät am Nachmittag, kurz vor Sonnenuntergang. Während sie auf ihn wartete, kaute Charlie heiße, gesalzene Mandeln; für zehn Lira hatte sie bei einem Händler am Busbahnhof eine Tüte davon gekauft. Der Mann röstete die Mandeln an Ort und Stelle auf einem kleinen Kohleofen. Aber sie waren zu salzig, und sie warf sie fort.

Der Killer zögerte, als er auf sie zutrat, und bedachte sie mit einem merkwürdigen Blick. Erst als sie sagte: »Hallo, Bill«, streckte er die Hand aus, um die ihre zu schütteln.

Es war ihre Verkleidung, vermutete Charlie. Sogar Crystal hatte sie getäuscht. »Hallo«, sagte er.

Das Restaurant nahm zwei Decks eines alten Holzbootes in Anspruch. Nachdem sie zugeschaut hatten, wie ihr Fisch über glühenden Kohlen auf dem unteren Deck gegrillt wurde, stiegen sie über die Leiter auf das Oberdeck. Die Sonne ging eben unter, und das Goldene Horn leuchtete tatsächlich golden. »Schön«, sagte Charlie.

»Ja. Wie haben Sie den Nachmittag verbracht?« Er machte Konversation.

Sie hatte sich mit Wheeler getroffen, allerdings schon am Vormittag, und danach war sie herumgelaufen wie ein Tourist.

»Der Topkapi-Palast. Santa Sophia. Die Blaue Moschee.« Sie leierte die Sehenswürdigkeiten herunter.

»Die Schatzkammer im Topkapi?«

»Ja. Smaragde, so groß wie Tennisbälle. Fabelhafte Juwelen.«

»Sind alle falsch, wissen Sie.«

»Tatsächlich?«

»Leider.«

»Das wußte ich nicht.«

»Ein Staatsgeheimnis.«

Sie lachten beide. Crystal machte Witze! Der gegrillte Fisch wurde serviert, mit viel Zitrone und kaltem, trockenem Weißwein.

»Er wird doch im Vergnügungspark sein.«

»O ja.« Der Vergnügungspark war einer der möglichen Orte gewesen.

»Sie werden Wheelers Zimmer im Etap, oben auf dem Hügel, bekommen.« Das Etap war ein Hotel der French Group. Es war ein hohes, vielstöckiges Gebäude mit einer großartigen Aussicht über das Goldene Horn. Außerdem ragte das Etap direkt über dem Vergnügungspark empor, an dem Algan beteiligt war.

»Gut.«

»Ja?«

»Ein leichter Schuß.«

»O ja.«

»Ich habe mir den Vergnügungspark heute morgen angesehen.«

Sie hätte es wissen können. Er sah sich immer alles an. »Abgesehen davon bleibt es bei dem alten Plan.« Sie schob sich ein zartes, köstliches Stück von dem schneeweißen Fisch in den Mund.

»Es hat sich nichts geändert?«

»Ich werde Sie zum Etap fahren. Sie werden das Gewehr mitnehmen. Ach, bevor ich es vergesse, hier ist ein Zweitschlüssel für Wheelers Zimmer. Siebter Stock.«

»Danke.« Er nahm ihr den Schlüssel aus der Hand.

»Und Sie?«

»Ich werde im Vergnügungspark sein und ihn für Sie aufstöbern.«

»Werden Sie mich vom Vergnügungspark aus anrufen?«

»Es funktioniert. Das Telefon dort.« Sie sagte es nicht ohne einen Hauch von Selbstgefälligkeit. Auch sie hatte sich ein wenig vorbereitet. Er war nicht der einzige, der an solche Dinge dachte.

»Ich werde Sie gleich nach dem Schuß abholen; ich komme dann die Refik Saydam herunter, dort, wo sie auf die Mesrutiyet stößt.« Das war direkt vor dem Etap.

»Ich werde Sie sehen, wenn Sie durch die Tür kommen«, fügte sie hinzu.

»Okay. Und jetzt lassen Sie uns das Essen genießen.«

Sie aßen. Nach einem letzten Glas von dem kühlen Weißwein, nach dem Dessert, als sie aufstanden, um das Lokal zu verlassen, sagte er: »Charlie, Sie sehen gut aus.«

Es war ein professionelles Lob. Sie war gekleidet wie ein junger Mann, und so gut wie niemand, nicht einmal Crystal, hätte ihre Verkleidung durchschauen können. Sie hatte sie angelegt, weil eine Frau ohne Begleitung in der Türkei unwillkommene Aufmerksamkeit erregte. Türkische Männer hätten sie für eine Prostituierte gehalten. Und das war sie nicht – jedenfalls nicht eine von dieser Sorte.

Wheeler hatte einen alten Chevy beschafft, ein Modell aus den frühen sechziger Jahren. Die meisten Autos in Istanbul waren über zwanzig Jahre alt, und ein neuerer Wagen hätte Aufmerksamkeit auf sich gezogen. Charlie fuhr über die Galata-Brücke und bog dann nach links, die Yuksek Kaldirim Caddesi hinauf. Eine zweite, scharfe

Linkskurve brachte sie auf die Mesrutiyet. Einen Block weit vor dem Hotel setzte sie ihn ab, und als er die Tür öffnete, um auszusteigen, zupfte sie an seinem Ärmel und sagte: »Viel Glück!«

»Es wird schon klappen.«

Sie hörte, wie der Kofferraumdeckel geöffnet wurde, und zehn Sekunden später schloß er sich mit dumpfem Schlag. Sie warf einen Blick in den Rückspiegel und fuhr davon. Crystal spazierte den Hügel hinauf – eine Abkürzung zum Etap – wie ein ganz normaler Tourist. Er war wieder allein und tat, was er am besten konnte.

Crystal betrat das Hotel durch die Glastüren und durchquerte die modernistische, mit grünen Teppichen ausgelegte Lobby des Etap, als wohnte er dort schon seit Wochen. Die Edelstahltüren des Aufzugs zur Rechten glitten auf, und im nächsten Augenblick fuhr er mit einem französischen Touristenpaar nach oben. Die beiden lächelten ihn an, etwas, das er von Franzosen nicht gewohnt war, und er lächelte zurück.

Würden sie sich an sein Gesicht erinnern?

In der fünften Etage stiegen sie aus, und so würden sie wenigstens niemandem sagen können, daß er mit dem Lift zum siebten Stock gefahren sei. Sie hatten nicht gesehen, auf welchen Knopf er gedrückt hatte.

Crystal wandte sich nach links und zählte die Zimmertüren. An seiner östlichen – hinteren – Seite hatte das Etap große Aussichtsfenster. Selbst von den Gängen aus hatte man einen ausgezeichneten Ausblick über den Bosporus. Dann hatte er den Schlüssel in das Schloß gesteckt, und er war im Zimmer, bevor ihn jemand hatte sehen können. Dies war die Art von Glücksfällen, die er liebte.

Crystal zog seine Kugelschreiberlampe aus der Tasche, hängte das *Nicht-stören*-Schild an die Tür, verschloß sie, durchquerte das Apartment und zog die Vorhänge beiseite. Große Panoramafenster. Der Ausblick über das Goldene Horn war herrlich, und der über den Vergnügungspark unterhalb des Hotels geradezu hinreißend. Die Lichter des Vergnügungsparks funkelten. Besucher bewegten sich in kleinen Gruppen umher. Nicht allzu viele Menschenmengen. Auch das war gut so.

Crystal trug Handschuhe. Er ließ das Schloß des Koffers aufschnappen und klappte den Deckel hoch. Im bleistiftdünnen Lichtstrahl seiner Lampe schimmerte der kaltgetriebene Stahllauf der Mannlicher matt.

Crystal trug das Telefon zum Fenster. Dann nahm er sich das Gewehr vor. Eine Minute später hatte er es zusammengesetzt. Als eine weitere Minute vergangen war, hatte er das westdeutsche Infrarotvisier der Marke Eltro B8-V angebracht. Als letztes schob er ein Magazin mit zehn Patronen in die Waffe und ließ es mit sanftem Klicken einrasten. Er verwendete spezielle Hohlspitzengeschosse. Ein einziges davon würde Aziz Algans Schädeldecke wegreißen. Keine Frage.

Crystal schob das Fenster gerade so weit auf, daß er den Lauf nach außen schieben konnte. Er rieb sich die Augen. Schon jetzt wurden die gleißenden Lichter unten zu einer Plage.

Dann drückte er den Kolben der Mannlicher gegen seine Schulter und ließ den Blick suchend über den Vergnügungspark wandern, hauptsächlich, um seine Augen einzugewöhnen. Er unternahm keine bewußten Anstrengungen, Algan zu finden, noch nicht jedenfalls. Das war Charlies Job. Im Gewehrkoffer waren Fotografien von Algan, und er würde sie sich noch einmal ansehen, wenn es sein müßte. Aber wahrscheinlich würde er nichts weiter brauchen als das Bild von Algan in seinem Kopf.

Außenlicht wirkte sich bei einem Infrarot-Zielgerät natürlich störend aus. Anders als bei einem passiven Nachtsichtgerät, welches das Außenlicht sammelte und verstärkte, brachte das aktive Infrarotvisier sein eigenes Licht hervor. Bei minimalem Außenlichteinfall funktionierte es am besten. Damit Crystal einen sauberen Schuß anbringen könnte, würde Algan sich an einer dunklen oder wenigstens halbdunklen Stelle aufhalten müssen. Solche dunklen Stellen fanden sich überall auf dem Rummelplatz. Er würde Algan erwischen, wenn er eine davon durchquerte oder in der Dunkelheit wartete.

Als der Killer alle notwendigen Einstellungen an Gewehr und IR-Visier vorgenommen hatte, legte er die Waffe sanft und behutsam nieder. Im Laufe der nächsten fünf oder zehn Minuten machte er sich mit dem Vergnügungspark, den verschiedenen Geräten, Spielen und Ständen vertraut.

Es wurde später, und der Rummel begann sich mit Menschen zu füllen.

Wo war Charlie? Zwanzig Minuten waren vergangen, seit sie ihn am Fuße des Hügels abgesetzt hatte. Jetzt, da er sich die nächtliche Topographie des Rummelplatzes eingeprägt hatte, nahm Crystal die Mannlicher wieder auf. Es war ratsam, sich an das Infrarotvisier zu gewöhnen. Das Gewehr war nur ein wenig zu schwer, als daß man es ständig hätte hochhalten können, das war alles.

Das Telefon klingelte. Crystal preßte sich den Hörer ans Ohr; es war eine unbequeme Stellung.

»Bill?«

»Ja. Moment!« Der Killer legte das Gewehr nieder und griff statt dessen nach dem Fernglas.

»Sprechen Sie.«

»Er ist hier.« Es war Charlie, in einer Telefonzelle. Crystal fand sie; sie war gekleidet wie ein Mann und lehnte in der Zelle. Es war eine hölzerne Zelle, mit vier Seiten und gläsernen Fenstern, und unter dem Dach stand mit roten Buchstaben auf einem weißen Streifen das Wort *Telefon*.

»Wo?«

»Am Schießstand.«

Wollte sie sich über ihn lustig machen?

»Ich kann ihn nicht sehen.« Die Schießbude wurde von anderen Ständen verdeckt. »Rufen Sie mich wieder an, wenn er sich in meinem Gesichtsfeld aufhält.«

»Er trägt ein weißes, offenes Hemd«, fuhr sie fort, ohne auf das, was er gesagt hatte, zu achten.

»Weiter.«

»Eine cremefarbene Leinenjacke. Brille. Hellgraue Hose.«

»Ja.«

»Bei ihm sind drei Kinder. Eins ist verkrüppelt. Trägt eine Brille. Metallkrücken. Die Kinder haben Ballons.«

Crystal war ein wenig erleichtert. Er würde also doch leichtes Spiel haben.

»Ich rufe Sie wieder an.«

Er legte das Fernglas beiseite und richtete das Infrarot-Sichtgerät auf die Gegend, in der Algan voraussichtlich erscheinen würde. Er bewegte die Waffe hin und her und visierte abwechselnd alle Ausgänge des Schießstandes an. Nichts. Das grelle Licht machte es schwierig, etwas zu sehen. Es würde doch nicht ganz einfach werden.

Crystal nahm das Fernglas wieder auf. Da war er. Zuerst entdeckte er den Jungen, der sich, flankiert von zwei anderen Jungen, auf Krücken vorwärtsschwang. Aziz Algan folgte den dreien. Wie hatte ihr die Frau an Algans Arm entgehen können? Sie war immerhin groß genug und hatte eine Figur wie ein Schmalzfaß.

Das Telefon klingelte. »Bill?«

»Er hat jetzt eine Frau im Arm.«

»Ich weiß.«

»Haben Sie ihn?«

»Ja. Sie können gehen.«

»Gehen?«

Crystal hatte gesehen, wo die kleine Gruppe stehengeblieben war: Beim Riesenrad. Es würde doch einfach sein.

»Ich verstehe.« Das war Charlie. Auch sie hatte es gesehen. »Okay. Ich werde warten.«

»Ja.«

Crystal hörte es klicken, als sie einhängte.

Jetzt gab es keinen Grund mehr zur Eile. Er nahm sich Zeit und spähte durch das Fernglas. Aziz hatte zwei goldene Schneidezähne, genau wie auf den Fotos. Den verkrüppelten Jungen in eine der Gondeln zu setzen, verursachte einen kleinen Aufruhr. Der Junge wollte nicht. Aber sie setzten ihn hinein, und die beiden anderen Jungen ebenfalls. Die Ballons hüpften, an ein Geländer gebunden, auf und ab.

Crystal sah, wie Algans Lippen sich bewegten, als er den Aufseher des Riesenrades ermahnte, darauf zu achten, daß die Ballons nicht gestohlen würden, während sie alle »hoch oben in der Luft« waren. Crystal vermutete, daß Algan genau dies auf türkisch sagte, denn er redete, drohte mit dem Finger und deutete ständig zum Riesenrad hinauf.

Einen Moment lang sah es so aus, als wolle Algan nicht mitfahren, denn als die Frau sich in die Gondel setzte, nahm sie zuviel Platz in Anspruch. Sie war so breit wie eine Hundehütte. Algan zuckte die Achseln, als er sah, wie wenig Platz ihm blieb. »Was? Wer? Ich? Dorthin?« sagte er. Aber natürlich scherzte er nur.

Der Killer fragte sich, wie oft dieses Spielchen zwischen dem Mann und seiner fetten Frau stattfinden mochte. Ob er sie ständig wegen ihres Gewichtes hänselte? Und ob sie ihn hänselte, weil er ein solcher Taugenichts war, der das Leben von Menschen mit seinem Opium zerstörte? Crystal glaubte es nicht. Mit Geld kaufte man Lebensmittel, und das Geld kam vom Opium.

Dann saß Algan in der Gondel, und sie schwankte, als der Wärter die Sicherheitsstange einrasten ließ. Das Riesenrad drehte sich ein Stück weiter, und die fette Frau kreischte.

Crystal war es fast, als hörte er sie, während er oben am Fenster des Etap kniete. Was würde geschehen, wenn die Gondel erst oben angekommen wäre? Himmel, was würde sie tun, dort oben am Himmel, wenn der Kopf ihres Mannes gleich neben ihr zerplatzte und sie über und über bespritzte?

Es war Zeit, sich bereitzuhalten. Crystal stand auf und schüttelte seine Schultern, um die Muskeln zu lockern. Sie schmerzten immer noch, und so legte er seine Hände in den Nacken und massierte sich kurz.

Als er seine Massage beendete, war Algan noch drei Gondeln weit von der Spitze des Riesenrades entfernt. Crystal stand auf, nahm seine

Position ein, schob die Mündung des Gewehres durch den Fensterspalt und entspannte sich. Er spähte durch das Visier, und Algan war noch zwei Gondeln weit von der Spitze entfernt. Die Frau hatte sich an Algan gehängt, und wahrscheinlich jammerte sie leise und wagte nicht, aus der Gondel auf den Rummelplatz tief unter ihnen zu schauen. Es war dunkel dort oben, wo die Gondel hing. Crystal war zufrieden. Das Infrarot-Zielgerät ließ das Paar vor seinem Auge aufleuchten, als werde es von einem Scheinwerfer angestrahlt.

Dann bewegte sich die Gondel wieder, und jetzt hatten sie die höchste Stelle fast erreicht. Es war gut so. Crystal konnte nicht sicher sein, daß er bessere Sicht haben würde, wenn sie ganz oben angekommen wären. Das, was er jetzt im Fadenkreuz seines Visiers erkennen konnte, war gut genug. Es war Azizs Algans Kopf, etwa dreihundert Meter weit entfernt.

Die fette Frau erwählte diesen Augenblick, um unter dem erhobenen Ellbogen hervorzuspähen. Sie kreischte angstvoll auf, und ihre Massen ließen die Gondel schwanken. Je mehr sie kreischte – und Crystal konnte sie hören, lauter als je zuvor –, desto mehr schwankte die Gondel. Es war unmöglich, genau zu zielen.

Ich könnte sie umbringen! dachte er.

Er würde also doch warten müssen, bis sie ganz oben angekommen wären. Endlich war es soweit, und Crystal hatte bessere Sicht als je zuvor. Kein Flimmern mehr im Hintergrund, nur die schattenhaften Umrisse des Goldenen Horns. Und die Frau saß stocksteif da und wagte es nicht, die Augen zu öffnen. Algans Mund leuchtete im Infrarotvisier, und Crystal stellte sich vor, daß er sie sanft bedrängte, sie herausforderte, die Augen zu öffnen – und kein Feigling zu sein.

Der Killer drückte auf den Abzug der Mannlicher – ein glatter, solider, sauberer Mechanismus. Das Geschoß vom Kaliber 7.62 jagte durch den wurstförmigen Schalldämpfer, der auf der Mündung saß, und legte die Strecke bis zu Algans Kopf mit einer Geschwindigkeit von mehr als einer halben Meile pro Sekunde zurück.

Aziz Algans Kopf flog auseinander – wie McLarens Kopf vor langer Zeit auseinandergeflogen war – wie eine zerplatzende Sprühdose. Die Wucht des Geschosses schleuderte ihn nach hinten, und als er starb, hing er schräg in der Gondel, halb drinnen, halb draußen, gehalten nur von seinem gebrochenen Rückgrat.

Ein Treffer war genug, obgleich Crystal bereits repetiert hatte und bereit war, noch einmal zu schießen. Er brauchte eine Minute, um alles zusammenzupacken – nur wenig länger, als er beim Üben im Motel in der Nähe der Badlands von South Dakota gebraucht hatte. Das leere Magazin in seiner Tasche war noch nicht ganz abgekühlt, als er schon draußen auf dem Gang war.

Die fette Frau heulte immer noch, als Charlie ihn vor dem Etap abholte. Die Stimme dieser Frau entsprach wahrlich ihrem Körperumfang. Crystal warf den Gewehrkoffer auf den Rücksitz des Chevy, und Charlie fuhr augenblicklich los, den Hügel hinunter zur Atatürk-Brücke. Als sie die Gefahrenzone hinter sich gelassen hatten, hielten sie an, und er verstaute den Gewehrkoffer im Kofferraum.

Sie setzte ihn in der Nähe eines geparkten Taxis ab. Was Charlie jetzt mit dem Wagen tun würde, wußte er nicht. Vermutlich würde sie ihn an einem Ort absetzen, den Wheeler ihr bezeichnet hatte, und den Schlüssel unter der Bodenmatte verstecken.

Harry Wheeler saß im Büro von Inspektor Suleyman Guvenc. Sie hatten in der »Rôtisserie Panorama«, dem Dachrestaurant des Hotels Intercontinental in Istanbul, gegessen. Vorher hatte er Guvenc in der Bar ein halbes Dutzend Whiskys eingeflößt. Bei den Whiskys und beim Essen hatte Guvenc unaufhörlich geschwitzt. Ständig bedeckte eine dünne, feuchte Schicht seine Stirn. Kaum hatte Inspektor Guvenc sie mit einem großen, schlaffen, weißen Taschentuch fortgewischt, als seine Stirn schon wieder glitzerte.

Guvenc gehörte zum Rauschgiftdezernat von Istanbul. Er war der Verbindungsmann für den Agenten der Rauschgiftbekämpfungsbehörde in der Türkei, Dave Martin. Martin war nicht zur »Rôtisserie Panorama« gekommen, weil er, wie Wheeler vermutete, eine wichtigere Mission zu verfolgen hatte: ein Rendezvous mit der Gattin eines westlichen Botschafters. Er hatte Wheeler spät am Nachmittag angerufen und sich für das Essen mit Guvenc entschuldigt; er hatte einen plötzlichen Anfall von türkischen Bauchschmerzen vorgeschützt.

Nach dem Essen schlug Wheeler vor, der Lagezentrale des Rauschgiftdezernates einen raschen Besuch abzustatten, um einen Blick auf die streng vertrauliche Karte zu werfen, auf der die neuesten Schmuggelrouten der Opiumhändler verzeichnet waren. Wheeler wußte, daß die Karte ständig auf dem neuesten Stand gehalten wurde und daß jede Information, die einging, sofort eingetragen wurde. Außerdem zeigten kleine Fähnchen diejenigen Stellen an, an denen vermutlich das Opium innerhalb der türkischen Grenzen in Morphinbase umgewandelt wurde.

Diese Karte der Türkei mit ihren Fähnchen und bunten Stecknadeln zeigte zusammenfassend den Stand behördlicher Kenntnisse und Theorien. Wheeler erhielt regelmäßige Berichte von Dave Martin, aber wenn er die große Wandkarte ein Weilchen betrachten könnte, würde ihm diese helfen, seine eigenen Gedanken zu sortieren.

»Du meine Güte, nein«, sagte Guvenc in seinem merkwürdigen Englisch. »Das ist nicht möglich.«

»Warum nicht?« wollte Wheeler wissen.

»Das überschreitet meine Kompetenz. Es gehört zum Gebiet des Direktors.«

Wheeler hatte noch niemals zuvor jemanden gesehen, der so offensichtlich geschmiert wurde. Er erinnerte sich daran, wie er bei einem seiner früheren Besuche in Istanbul schon einmal mit Guvenc zusammengetroffen war und wie der Türke damals um soviel positiver und hilfsbereiter gewesen war. Noch bevor das Abendessen endete, war Wheeler zu dem Schluß gekommen, daß Guvenc wahrscheinlich erst kürzlich angefangen hatte, Schmiergelder anzunehmen.

Nichtsdestoweniger beharrte er darauf, die Karte zu sehen. Als Guvenc sich weiterhin sperrte, drohte Wheeler, in die Zentrale zu fahren und den Direktor selbst zu fragen.

»Du meine Güte, der Direktor wird gar nicht dasein«, parierte Guvenc.

»Aber sicherlich wird doch jemand in der Zentrale wissen, wie man den Direktor erreicht«, bohrte Wheeler weiter.

Aber in der Zentrale erging es ihm nicht viel besser. Auf türkisch redete Guvenc auf einen Beamten der Nachtschicht ein, und danach erklärte er Wheeler, er habe den Mann angewiesen, mit dem Direktor Kontakt aufzunehmen. »Aber zum Teufel, ich glaube nicht, daß dem Direktor das gefallen wird«, warnte er Wheeler, als sie im Büro waren.

Über ihnen paddelte ein Ventilator mit einem einzelnen Blatt müde durch die Luft. Schweigend saßen sie da. Wheeler bereitete sich auf einen Kampf des Willens vor. Er zweifelte keinen Augenblick daran, daß Guvenc in seiner türkischen Tirade nichts anderes gesagt hatte als: »Hör zu, dieser Ausländer versucht, sich in unsere Angelegenheiten einzumischen, tu, was du willst, aber rufe nicht den Direktor an.«

»Kann diese Angelegenheit nicht überhaupt bis morgen warten?« fragte Guvenc, nachdem sie zwanzig Minuten lang geschwiegen hatten.

»Nein. Morgen muß ich in aller Frühe nach Ankara fahren.«

Guvenc unterdrückte ein Gähnen. Ein paar Minuten später furzte er laut. Ob er es mit Absicht getan hatte oder nicht, vermochte Wheeler nicht zu entscheiden. »Ach du meine Güte, es tut mir wirklich leid«, behauptete Guvenc mit gespielter Bestürzung. »Aber das ist gut gegen Verstopfung.«

Wieder verstrichen ein paar Minuten.

Das Telefon klingelte.

Guvenc plapperte eine Weile. »Das war der diensthabende Beamte«, sagte er dann. »Er versucht immer noch, den Direktor zu erreichen. Kann diese Angelegenheit nicht bis morgen warten?«

»Nein.«

»Nun denn.«

Wheeler fühlte sich versucht, Guvenc zu fragen, was dieser über Aziz Algan wisse; ob ihm bekannt sei, daß Aziz Algan der größte Aufkäufer für Rohopium und der größte Schmuggler der gottverdammten Morphinbase in der ganzen Türkei war. Und ob Guvenc eine Ahnung davon habe, daß just in diesem Augenblick irgendwo in den Hügeln westlich von Suhut und Haydarli in der Provinz Afyon das Opium zu Morphinbase verkocht wurde. Wenn er es gewollt hätte – was nicht der Fall war –, würde er Guvenc genau sagen können, wo dies geschah, sobald ein gewisser Lastwagenfahrer seinen Bericht...

Das Telefon klingelte. Mit gelangweilter Miene nahm Guvenc den Hörer ab. Dann straffte sich sein Gesicht überrascht und ungläubig, und schließlich nahm es einen Ausdruck tiefen Schreckens an. Aufgeregt schnatterte er in die Sprechmuschel, und zwischendurch betupfte Guvenc sein Gesicht und seine Schläfen mit seinem Taschentuch.

Schließlich legte er den Hörer auf die Gabel.

»Was ist passiert?« fragte Wheeler. »Ist mit dem Direktor alles in Ordnung...?«

»Du meine Güte, ich bin sicher, dem Direktor geht es gut.«

»Was ist dann los?«

»Es ist wirklich nichts.«

»Das ist doch nicht Ihr Ernst.« Wheeler war verärgert.

»Eigentlich geht es Sie nichts an. Ein Mann ist erschossen worden. Das ist alles.«

»Ein Mann?«

»Ja, ein bekannter und geachteter Geschäftsmann. Sie werden seinen Namen nicht kennen.«

»Wenn Sie meinen.«

»Du meine Güte, sie haben ihm auf dem Rummelplatz den Kopf weggeschossen.«

»Klingt ja furchtbar.«

»Aber es ist langweilig. Du lieber Himmel, er wurde in einer Gondel auf dem Riesenrad erschossen.«

»Wer war es? Hat man den Täter gefaßt?«

»O nein. Das kann noch niemand sagen. Niemand weiß etwas.«

»Warum, glauben Sie, hat man ihn getötet?«

»Wer weiß? Er liegt nicht in meiner Zuständigkeit, dieser Fall. Es ist nur so, daß Mister Algan ein prominenter Mann ist. Ein prominenter Mann war, sollte ich wohl sagen. Vielleicht sind es diese linken Terroristen. Sie töten ständig Menschen. Das ist die Theorie meines Freundes.«

»Es tut mir leid, daß es Sie so sehr beunruhigt hat.«

»Hat es das? Dabei ist es mir eigentlich egal«, erklärte Guvenc. »Mein Freund hat es mir nur erzählt. Aber hören Sie, wir müssen diese Sache mit dem Direktor für heute abend vergessen. Ich muß nach Hause.«

»Selbstverständlich.«

»Ach du meine Güte«, murmelte Guvenc, als er die Lampe mit dem von Fliegenklecksen übersäten grünen Schirm, die über seinem Kopf baumelte, ausknipste. Guvenc war mehr als beunruhigt. Erst an diesem Nachmittag hatte er Aziz Algan eine Mikrofotografie der geheimen Karte aus der Lagezentrale übergeben, und er war noch nicht bezahlt worden.

18

Mehmet Nur wußte nichts von Aziz Algans Tod, jedenfalls nicht sofort. Er hielt sich in den fernen Hügeln östlich von Karadilli auf, im Süden der Stadt Afyon. Obgleich er ein innovativer Mann war, der in dem ihm unterstehenden Bereich von Algans Drogenunternehmen zahlreiche nützliche Neuerungen eingeführt hatte, war es ihm noch nicht in den Sinn gekommen, eine Radiotelefonverbindung einzurichten.

Er und der neue Fahrer waren über staubige Straßen und Pisten gefahren, soweit es ging. In dem unwegsamen Gelände konnte man mit dem Ford nicht bis ganz an das Camp heranfahren, und so hatte er, nachdem sie mit der Maultierkarawane zusammengetroffen waren, dem neuen Fahrer befohlen, nach Burdur, der Hauptstadt der Provinz Burdur, weiterzufahren. In Burdur sollte der Fahrer versuchen, die Orangen auf dem Markt zu verkaufen, und zwei Nächte später sollte er ihn an derselben Stelle wieder abholen.

Nur sah keinen Grund, weshalb er dem neuen Mann die genaue Lage des Camps hätte zeigen sollen. Außerdem war es riskant, den Lastwagen an der Straße zu parken. Und was sollten sie mit all den Orangen anfangen?

Also hatte er sich ohne Fahrer auf den Weg zum Camp gemacht, dem Führer der Maultierkarawane hartnäckig auf den Fersen bleibend. Der Marsch durch die Finsternis dauerte drei Stunden. Als sie angekommen waren, legte Nur sich für den Rest der Nacht schlafen. Das Entladen der Maultiere überließ man anderen im Camp.

Als er erwachte, stand die Sonne schon seit zwei Stunden am Himmel.

»Ich wollte dich nicht wecken, mein Freund«, sagte sein Chemiker, der die Leitung des Camps hatte, als Nur sich den Schlaf aus den Augen rieb.

»Das war gut so«, antwortete Nur und nahm die dampfende Schale mit Tee in Empfang, die ihm der Mann, Yashar Kambur, darbot. »Wie steht's?«

»Alles läuft zufriedenstellend.«

»Dann will ich dich nicht von deiner Arbeit abhalten.«

Kambur wußte sehr wohl, daß Nur in gewissen Abständen die Camps besuchte – nur Allah wußte, ob es zwei, drei oder ein halbes Dutzend davon gab –, um zu überprüfen, ob das Opium ordnungsgemäß in Morphinbase umgewandelt wurde. Der Chemiker verneigte sich leicht und ging zurück an seine Arbeit. Es war ein wenig lästig, wenn Nur sich im Camp herumtrieb. Der Chemiker würde das Umwandlungsverfahren selbst durchführen müssen, solange sein Boss zugegen war, anstatt, wie sonst, den Großteil der Arbeit seinen Assistenten zu überlassen.

Nur streckte seine Beine und spazierte im Camp umher; er erwartete nicht, auf Beanstandungen zu stoßen. Alle würden über seinen Besuch informiert sein und geflissentlich ihre Arbeit tun.

Der Platz für das Camp war gut gewählt: Eine flache Mulde zwischen schroffen Felsenklippen in hügeliger Umgebung. Niemand, der den Hang heraufkam, konnte es sehen. Ohnehin würde sich niemand dem Camp nähern können, ohne beizeiten entdeckt zu werden. Vier Wächter arbeiteten im Camp, und mindestens zwei von ihnen behielten die felsigen Zugangswege ständig im Auge.

In der Türkei stand auf der illegalen Umwandlung von Rohopium in Morphinbase die Todesstrafe.

Wie Nur ganz richtig erwartet hatte, standen alle vier Wächter auf ihren Posten und spähten aufmerksam umher.

Jeder im Camp war auf die eine oder andere Weise bewaffnet. Aber die Wachen trugen die besten Waffen: drei Sturmgewehre vom Typ Kalashnikov AK-47, und ihr Anführer hatte eine Sten. Nur hielt es für wichtig, daß seine Leute gut ausgerüstet waren. Jeder Wächter lag flach hinter einem Felsenvorsprung und starrte aufmerksam den Hügel hinunter. Der Mann mit der Sten benutzte sogar demonstrativ und unaufhörlich sein Fernglas. Nur ließ sich nicht täuschen. Sobald er fort wäre, würden sie allesamt in verträumtes Dösen verfallen; die meiste Zeit über waren es nicht mehr als zwei, die Wache hielten.

Nur kehrte vom Rande des Camps zurück zu Yashar Kamburs Arbeitsplatz. Sein Chemiker befand sich in einem der Zelte und regelte die Gasflamme unter einem Ölfaß, das fünfzig Gallonen faßte. Die Gasflamme war eine von Nurs glänzenden Ideen gewesen. Er hatte die altmodischen, qualmenden – und somit weithin sichtbaren – Holzfeuer abgeschafft und an ihrer Stelle zwei große Brenner aufgestellt, die von gewöhnlichen Gasflaschen gespeist wurden. Zudem war die Wärmeabgabe der Brenner leichter zu regeln; somit wurden die alten Methoden, nach denen man kaltes Wasser hinzugefügt hatte, um die Lösung, die im Faß kochte, abzukühlen, oder neues Holz aufgelegt hatte, um sie weiter zu erhitzen, überflüssig.

Nur spähte in das Faß, und Yashar Kambur schenkte ihm ein unterwürfiges Grinsen, wie es einem Boss zukam.

Wahrscheinlich war es ein Teil des Opiums, das in der vergangenen Nacht ins Lager geschafft worden war, was jetzt in dem Faß kochte, dachte Nur. Das Gefäß war zu zwei Dritteln mit einem Gemisch von gleichen Teilen Opium und Wasser angefüllt. Das Wasser reichte bis zu einer leuchtend grünen Markierung – wieder eine von Nurs Ideen: die Markierung war eingeschweißt, ebenso wie Markierung für das Opium selbst. Der Chemiker brauchte nichts weiter zu tun, als Opium und Wasser bis zu den entsprechenden Markierungen einzufüllen. Konnte es etwas Einfacheres geben? Ein Thermometer hing in der Lösung; es war an demselben Dreifuß befestigt, an dem auch das Fünfziggallonenfaß über dem Gasbrenner hing. Das Thermometer war gleichfalls eine der Verbesserungen, die Mehmet Nur in das uralte Verfahren der Opiumumwandlung in den Bergen von Afyon eingeführt hatte.

In vergangenen Zeiten hatte man die Temperatur des Wassers grob mit dem Finger geprüft. Dieses Verfahren hatte Nur immer schon als riskant empfunden, vor allem, wenn ein Chemiker keine empfindlichen Finger besaß. Schließlich wurde ja der Morphingehalt vernichtet, wenn das Wasser, in dem das Opium geschmolzen wurde, eine zu hohe Temperatur – oder gar den Siedepunkt – erreichte.

Nur hatte seine Chemiker mit Industriethermometern ausgestattet, und er selbst hatte den sicheren Bereich – knapp unter neunzig Grad Celsius – auf den hölzernen Haltern leuchtend grün gekennzeichnet, so daß jeder Chemiker erkennen mußte, wo die Temperatur zu liegen hatte. Oberhalb der grünen Markierung hatte er einen roten Streifen angebracht, der grell auf die drohende Gefahr aufmerksam machte. Wie konnte ein sogenannter Chemiker jetzt noch einen Fehler begehen? Aber manche schafften es immer noch, wie Nur mit tiefer Abscheu und Mißvergnügen zur Kenntnis nehmen mußte.

Kambur hörte auf, am Regler des Gasbrenners herumzudrehen. Die Quecksilbersäule stand genau in der Mitte des grünen Streifens. Kambur lächelte, und Nur lächelte zurück.

Was als nächstes geschah, empfand Nur stets als beunruhigend. Er hatte es niemals ganz begreifen können. Alles, was er wußte, war, daß etwas geschah, wenn man ungelöschten Kalk hinzufügte. Es war merkwürdig. Er hatte es schon so viele Male gesehen und war immer noch fasziniert. Wenn man den grauweißen Kalk in die dunkelbraune – fast schwarze – Opium-Wasserlösung schüttete, *verschwanden* sowohl das Opium als auch der Kalk. Wohin, vermochte er nicht zu sagen. Wenn man den Kalk nach und nach hinzufügte und die Lösung dabei beständig umrührte, nahm das ganze nach einer Weile die Farbe von sehr schwachem Tee an.

Sicher, unten, am Boden der Trommel, setzte sich eine Art schwarzer Staub ab, aber jemand hatte ihm einmal erzählt, daß es sich hier lediglich um ein Sediment von Fasern und anderen Unreinheiten – Pflanzenteilen – handelte, die an den Opiumklumpen kleben geblieben waren, als man sie von den Kapseln gekratzt hatte. Vom Opium selbst war nichts mehr zu sehen. Auch von dem ungelöschten Kalk war keine Spur. Was diesen Teil des Verfahrens betraf, so konnte Mehmet Nur seinen Chemikern lediglich anraten, es richtig zu machen, damit das Opium verschwände.

Wenn das ganze Opium und der ungelöschte Kalk verschwunden waren, war es an der Zeit, die Lösung zu filtern. Er sah zu, wie Kambur dies nun tat.

Dieser Teil der Arbeit war einfach. Jeder Idiot konnte es tun, pflegte er zu sagen. Man mußte nur darauf achten, daß man das verdammte Zeug nicht verschüttete. Irgendwo in der hellbraunen Lösung verbarg sich das Opium, das verschwunden war. Und nur ein Idiot würde mit dem heißen Fünfziggallonenfaß so tolpatschig umgehen, daß er die Lösung auf den Boden und nicht durch das gewebte Tuch schüttete, das über ein zweites Fünfziggallonenfaß gespannt war. Das Filtern hatte den Zweck, das schwarze Sediment auf dem Grund und Spuren davon in der Lösung auszusondern.

Nur sah zu, wie Kambur es machte . . . *Nach Nurs Methode.* Diese Methode bestand darin, daß man den Brenner unter dem Faß beiseite schob und daß dann drei Männer das Faß mit äußerster Vorsicht kippten – je mehr Männer, desto größer die Kontrolle – und die Lösung behutsam in einem dünnen Strahl mitten auf das

Tuch gossen. Die Männer wickelten sich Lappen um die Hände, damit sie sich nicht verbrannten.

Kamburs Methode – wenn Nur nicht zugegen war – bestand darin, daß er fortfuhr, mit einem großen Teil seiner Assistenten Karten zu spielen, während einer oder höchstens zwei Männer die Lösung mit ruckartigen Bewegungen aus dem Fünfziggallonenfaß schwappen ließen. Manchmal heulten sie auf, weil sie sich ihre ungeschützten Hände verbrannt hatten. Da sie darauf brannten, zu dem Kartenspiel in Yashar Kamburs Zelt zurückzukommen, vergossen sie beträchtliche Mengen der kostbaren, opiumreichen Flüssigkeit und ließen sie im sandigen Boden versickern.

Aber diesmal waren es drei Männer, die das Faß bewegten, während Kambur die Feinheiten der Operation beaufsichtigte, und so kam es, daß unter den Augen von Mehmet Nur kein einziger Tropfen vergossen wurde. »Und das«, meinte Nur, zufrieden schnalzend, »ist einfach tadellos.«

»Man muß wirklich sagen, daß du die allerbeste Methode entwickelt hast«, bemerkte Yashar Kambur bescheiden.

Die nächste Phase der Umwandlung war ebenfalls ein Rätsel für Mehmet Nur. Schon oft hatte er dabei zugesehen, aber obgleich er alles aus nächster Nähe beobachtet hatte, war er nicht klüger geworden. Diese sedimentfreie Lösung wurde sorgfältig von vier Männern, darunter auch Kambur, zu einem anderen Dreifuß über einem anderen Brenner in einem zweiten Zelt geschafft. Wenn Nur nicht dabei war, war es nur ein Mann, höchstens aber zwei, die das Faß auf seinem unteren Rand über den Boden rollten, so daß der Inhalt ständig herausspritzte.

»Ausgezeichnet«, sagte Nur. »Nicht ein Tropfen wurde verschüttet, Yashar.«

Kambur verneigte sich wortlos. Wieder wurde der Brenner eingestellt, wieder hängte man ein Thermometer in die Lösung, und auch dieses war mit roten und grünen Streifen versehen. Als die Quecksilbersäule in der Mitte des grünen Streifens verharrte, fügte Kambur mit eigener Hand die nächste Chemikalie hinzu. Es handelte sich um eine starke Ammoniaklösung, um Ammoniumchlorid. Während einer seiner fünf Assistenten rührte – die übrigen waren dabei, ein zweites Faß mit Opium und Wasser am anderen Dreifuß vorzubereiten –, ließ Yashar Kambur mit stoischer Miene das Ammoniaksalz in die Lösung rieseln. Tränen strömten über seine Wangen, als ihm der durchdringende Ammoniakdunst in die Augen wehte. Sogar Nur wich einen Schritt weit zurück und fragte sich, wie Kambur diesen beißenden Geruch ertragen konnte.

Aber, wie er allen seinen Chemikern wiederholt eingeschärft hatte, dieser Teil des Verfahrens erforderte äußerste Sorgfalt, denn in einem bestimmten Augenblick, wenn die Temperatur die richtige Höhe erreicht hatte und das exakte Quantum des stark riechenden Salzes hinzugefügt worden war, geschah ein Wunder. Die hellbraune Lösung explodierte plötzlich zu einer großen, grau-weißen Wolke.

Diese Wolke, die jetzt in der Flüssigkeit schwebte, mußten sie einfangen, wie Nur seinen Chemikern erklärte. Als sie an diesem Tag erschien, lächelte er Kambur zu. Es war ein anerkennendes Lächeln, und wieder galt es der Sorgfalt, die Kambur bei seiner Arbeit an den Tag legte.

Das war gar nichts, lächelte Kambur zurück. Er fragte sich, was Nur wohl tun würde, wenn er je herausfände, daß er, Kambur, in seiner Abwesenheit nicht im Traum daran dachte, mit dem übelriechenden Gift zu hantieren, welches, dessen war er sicher, ihn ohnehin eines Tages erblinden lassen würde.

Das letzte Stadium war erreicht. Während Kambur sich zu dem anderen Brenner zurückbegab, bereiteten sich drei seiner Mitarbeiter darauf vor, die Flüssigkeit mit der großen, weißen Wolke durch ein zweites gewebtes Tuch in ein Fünfziggallonenfaß zu gießen. Auch hier ging nicht ein einziges Partikel des weißen Staubes verloren, wenngleich er sich zu verdunkeln schien und bräunlich-grau wurde, während er sich auf dem Tuch sammelte. Dies war ebenfalls ein Wunder für Nur, diese Farbänderung, während die Morphinbase auf dem Tuch liegenblieb.

Die Männer filterten die Lösung noch einmal, wie Nur ihnen empfohlen hatte, um sicherzustellen, daß nichts von dem wertvollen Niederschlag verlorenging. Dann filterten sie die Lösung ein drittes Mal, was sogar nach Nurs Maßstäben ein wenig unnötig war. Er hätte ihnen sagen können, daß die Flüssigkeit eigentlich keine Morphinbase mehr enthielt, nicht, nachdem sie zweimal durch das Tuch gefiltert worden war. Und so war es auch.

Aber die Männer arbeiteten gründlich, und dies entging Nur nicht. Er schüttelte den Kopf, ein wenig traurig, aber in unmißverständlicher Sympathie für ihren fehlgeleiteten Eifer.

Jetzt kehrte Kambur zurück, und einer der Männer erhielt den Auftrag, den nassen, bräunlich-grauen Schlamm zu trocknen. Er tat dies in einer Pfanne, die Nur beschafft hatte – auch eine seiner Verbesserungsmaßnahmen. Früher hatte man den Morphinschlamm auf den Tüchern belassen, damit er in der Sonne trocknete. Das dauerte Stunden, und manchmal hatte der Wind das Pulver verweht, wenn die Chemiker nicht aufgepaßt hatten. Nurs Verbesserungsmaßnahme bestand darin, daß er einen weiteren Gasbrenner und die Pfanne besorgt hatte. Der Schlamm wurde von den Tüchern gekratzt und in die Pfanne geschüttet, und über der niedrigen, regelbaren Wärme des Brenners wurde die Morphinbase getrocknet. Um dieses Verfahren noch zweckmäßiger zu gestalten, hatte der Mann, der mit dem Trocknen betraut war, unaufhörlich mit einem hölzernen Spatel durch den wärmer werdenden Brei zu rühren.

Und so geschah es auch an diesem Tag vor Nurs eigenen Augen. Während einer von Yashar Kamburs erfahrenen Mitarbeitern mit dem hölzernen Spatel durch die Morphinbase rührte, trocknete sie allmählich zu hellbraunen, körnigen Kristallen, die große Ähnlichkeit mit braunem Zucker hatten.

Wie um sich selbst zu beweisen, daß es tatsächlich kein Zucker war, befeuchtete Nur seinen Finger und tupfte ein paar der Körner auf, um sie zu prüfen. *Sie waren bitter, Allah sei gepriesen!* Eine seltsame Angst vermochte Nur niemals ganz abzuschütteln: Eines Tages würde er das ganze Verfahren bis zu diesem Punkt hinter sich bringen – angefangen mit dem Erwerb der Opiumkugeln und durch alle diese mysteriösen, chemischen Vorgänge –, und dann würde er seinen Finger in das Pulver schieben, davon kosten und zu seinem Entsetzen feststellen, daß er feinsten braunen Zucker raffiniert hatte. Diese Vorstellung war ein immer wiederkehrender Alptraum.

Yashar Kambur kam heran, als Nur das Gesicht bei dem bitteren Geschmack des Morphins verzog. »Es schmeckt gut, ja?«

»Sehr gut.« Nur spie das Zeug auf den Boden.

»Du bist zufrieden, ja?«

»Aber selbstverständlich, Yashar. Ich wünschte, alle meine Chemiker wären wie du.«

Kambur verbeugte sich.

Was Nur eigentlich nicht so recht begreifen konnte, war, weshalb das Verhältnis der von Yashar Kambur erzielten Morphinbase zu den gelieferten Opiumkugeln gleichmäßig schlecht war. Für einhundert Kilogramm Opium, die ins Lager geliefert wurden, hätte Kambur eigentlich zehn bis zwölf Kilogramm Morphinbase liefern müssen. Durch ein weiteres Wunder, das Nur gleichfalls nicht verstand, verschwanden, wie er wußte, ungefähr neunzig Prozent des Opiumgewichtes im Laufe des Verfahrens. Wohin – das wußte Allah allein.

Aber es war eine Tatsache, daß seine anderen Chemiker, die längst nicht so sorgfältig arbeiteten wie Yashar Kambur, so gut wie immer die erforderlichen zehn bis zwölf Prozent Morphinbase aus der gelieferten Opiummenge destillierten.

Um den Grund für diese kleine Diskrepanz herauszufinden, war

Mehmet Nur diesmal hergekommen. Ob Yashar Kambur das Zeug stahl? Gewiß nicht. Die Strafe für ein solches Vergehen war nicht bloß der Tod.

Ein Donnerschlag rollte über den Himmel, und Nur sah auf. Dunkle Wolken zogen herauf. Der Blick zum Himmel erinnerte Nur an eine weitere Verbesserung, die er in seinen Camps eingeführt hatte: Alle Zelte waren grün und braun getarnt. Es war beinahe unmöglich, das Zelt aus der Luft ausfindig zu machen.

Seine Gedanken kehrten zu Kambur zurück. Er wollte den Morphin-Output dieses speziellen Camps verbessern – den Prozentsatz des Destillates erhöhen. In den nächsten zwei Tagen würde er Kambur sorgfältig beobachten und nach Spuren von versteckter Morphinbase Ausschau halten. Wenn Kambur stahl, stahlen sie alle. Zumindest seine Assistenten waren dann seine Komplizen, wenn nicht gar auch die Wächter.

Nur hoffte darauf, eine ganz simple Erklärung für die Diskrepanz in Yashar Kamburs Produktionszahlen zu finden. Falls ihm dies nicht gelänge, würde er sich mit Aziz Algan beraten und etwas unternehmen müssen. Und dabei, das hatte er sich selbst gegenüber bereits zugegeben, konnte es sich nicht darum handeln, Kambur lediglich zu töten. Natürlich würde Kambur sterben müssen. Aber nicht einmal, sondern tausendmal.

Crystal nahm die Fähre zum Bahnhof Hydarpasa auf der Karaköy-Seite der Galata-Brücke. Damit überquerte er den schmalen, schmutzigen Bosporus und gelangte von Europa nach Asien.

Unter sich fühlte er das stetige Vibrieren der Maschinen, die die Fähre langsam über das Wasser trieben. Frachter, einige von ihnen alt und rostig, säumten die Docks. Kleine Boote, leckende, stinkende Nußschalen, tuckerten allenthalben über das Goldene Horn und den Bosporus: Wassertaxis, auf denen sich die Fahrgäste drängten. Crystal sah, wie ein Türke seinen kleinen Sohn mit den Füßen in die schmierige Brühe tauchte; er hielt das Kind bei den Armen fest. Die Mutter schaute besorgt zu, und der Sohn krähte vor Angst. Der Vater grinste breit, und ein Goldzahn blitzte in seinem Mund.

Crystal fühlte sich unbehaglich.

Er war unterwegs, um sich eine Fahrkarte nach Aleppo in Syrien zu kaufen. Tatsächlich würde er den Mototren in Afyon verlassen. Aber auf diese Weise stellte er zumindest sicher, daß er ein kleines Schlafwagenabteil für sich selbst bekam. Die Wurzel seines Unbehagens jedoch war die Frage, ob er überhaupt mit dem Dieselzug nach Afyon fahren sollte. Charlie hatte ihn nicht völlig überzeugen können.

Es sei Wheelers Idee gewesen, hatte sie gesagt. Und so war es ihm auch erschienen. Dieser ganze, irgendwie aufs Geratewohl angelegte Plan stammte wahrscheinlich von Wheeler. Aber schließlich hatte Wheeler das Kommando, und er bezahlte.

Crystal sollte mit dem Zug nach Afyon fahren. Vor dem Bahnhof parkte ein Yamaha-Motorrad mit dem Kennzeichen 51 AZ 460. Mit der Yamaha würde er zu der Kreuzung in Karadilli fahren, wo er sich mit Charlie treffen sollte. Die Kreuzung lag im Nordosten der Stadt: Die eine der beiden Straßen war diejenige, welche von Afyon über Suhut nach Karadilli führte, die andere bog nach Nordosten und führte nach Cay.

Wheeler war dagegen, daß sie zusammen reisten: Es sei riskant. Aber Crystal empfand es als unnötige Vorsichtsmaßnahme. Wenn er alles bedachte, sah er keinen zwingenden Grund, auf verschiedenen Routen zu reisen. Dadurch, daß sie einzeln reisten, sollte das Risiko, daß sie gleichzeitig in Schwierigkeiten gerieten, eliminiert werden. Aber wenn die Arbeit in den Hügeln getan wäre, könnten sie als Ehepaar zusammen reisen, was ihnen die Flucht erleichtern würde. Aber dieser Plan war nicht ohne Nachteile. Wenn sie von Anfang an zusammenblieben, wäre die Reise bis zu ihrem Ziel weit gefahrloser. Um Wheelers Anweisungen zu unterstützen, hatte Charlie Crystal daran erinnert, daß sie die Reise natürlich als Mann verkleidet unternehmen würde. Falls man sie unterwegs entdeckte und jemand sich an sie erinnerte, würde ihre Verwandlung in eine Ehefrau nach der Operation in den Hügeln um so wirkungsvoller sein. Wenn alles vorüber wäre, würden sich Unruhen kaum vermeiden lassen. Je nachdem, wie rasch die Behörden alarmiert würden, wäre mit Straßensperren zu rechnen.

Dies alles mochte so sein, aber Crystal war noch immer nicht überzeugt. Er zählte die Unsicherheiten auf, die dieses Reisearrangement mit sich brachte: Der Zug konnte Verspätung haben, jemand konnte die Yamaha vom Bahnhof stehlen, er oder Charlie könnten die richtige Kreuzung vielleicht nicht rechtzeitig erreichen.

Aber es blieb bei Wheelers Plan. Er bestand darauf, daß sie sich daran hielten, und während Crystal die Morde auf seine Weise durchführte, war die Logistik immer noch Wheelers Sache.

Charlie hatte die Vermutung geäußert, daß Wheeler vielleicht selbst Probleme hatte. Sie wartete immer noch darauf, daß er die genaue Lage des Camps mitteilte. Sie hatte den Eindruck, daß Wheeler noch nicht genau wußte, wo es lag. Dies war ein weiterer Grund für sie, noch eine Weile in Istanbul zu bleiben, während Crystal die Stadt bereits ungefährdet verlassen hatte.

Die Fähre stampfte auf den Bahnhof Hydarpasa zu. Es war ein klobiges, deutsch anmutendes Bauwerk, und die beiden Türme mit den großen Uhren spiegelten sich kräuselnd in den weichen, langgezogenen Wellen an der Seite der Fähre.

Immerhin, Charlie erzählte ihm alles, sogar das, was sie lediglich vermutete. Das Mädchen schien ehrlich zu sein. Noch einmal hatte sie ihn daran erinnert, daß sie ihm alles sagte, was sie wisse, ohne daß Wheeler dies ahne. Wheeler glaubte, daß er für Crystal nichts weiter als eine schattenhafte Gestalt sei, ein Mann ohne Gesicht und ohne Namen.

Der Killer kaufte eine Fahrkarte nach Aleppo und zahlte dem Schalterbeamten einen Wochenlohn, um sicherzustellen, daß er ein Schlafwagenabteil für sich allein hatte. Zu Crystals Überraschung und Erleichterung war der Zug solide verarbeitet und neu, und an der Spitze stand eine leistungsfähig aussehende Diesellokomotive. Als er auf dem Weg zu seinem Abteil durch den Speisewagen kam, stellte er erfreut fest, daß er sauber war und daß frische, weiße Tücher auf dem Tisch lagen.

Da er nicht zum ersten Mal durch den Nahen Osten reiste, hatte Crystal befürchtet, einen schmutzigen Eisenbahnwagen mit einhundert struppigen, schmutzig aussehenden Bauern, ihrem chaotischen Gepäck und einem Dutzend gackernder Hühner teilen zu müssen. Der Schlafwagen der ersten Klasse, der von Istanbul nach Syrien fuhr, vertrieb seine Befürchtungen. Er war tadellos in Ordnung. Die Zugreise würde wahrscheinlich angenehmer werden als eine Fahrt mit dem Auto.

Um sicherzugehen, stöberte Crystal den Schaffner auf. Er bezahlte auch diesem Mann einen Wochenlohn und kehrte dann beruhigt in sein Abteil zurück. Der Schaffner hatte für das Bedürfnis des Killers nach Ungestörtheit volles Verständnis bewiesen, und er hatte heftig genickt, während er das Schmiergeld in die Tasche steckte.

Es war eine neue Überraschung für Crystal, daß der Zug Hydarpasa pünktlich verließ, also genau um sieben Uhr morgens. Die Reise nach Afyon würde den größten Teil des Tages beanspruchen, und Crystal hatte vom Schaffner erfahren, daß der Dieselzug um zwanzig Uhr fünfundvierzig in Konya sein würde. Die Entfernung von Istanbul nach Afyon betrug ungefähr zweihundert Meilen, und bis Konya waren es noch einmal hundert. Wenn der Zug den Fahrplan einhielt, würde er am Nachmittag in Afyon sein.

Die fünfundzwanzig Meilen von Afyon nach Karadilli würde er mit dem Motorrad leicht in einer Stunde zurücklegen können. Je nachdem, wo sich das Camp befand – vermutlich war es nicht weit von

Karadilli entfernt –, würde er noch vor Sonnenuntergang dasein können.

Die Morde plante er für den frühen Morgen, wenn die meisten von ihnen noch schlafen würden. Im Laufe der Nacht würde er die Umgebung des Camps erkunden, und dann würde er entscheiden, wo das Maschinengewehr aufzustellen war.

Der Mototren nach Syrien rauschte an winzigen Landbahnhöfen vorbei. Crystal sah, wie Cafébesitzer weiße Stühle und Tische unter Bäumen aufstellten. Bald würde das Tagesgeschäft beginnen.

Der Schaffner klopfte an die Abteiltür, und sie glitt mit einem Krachen beiseite. Er lochte die Fahrkarte des Killers, nickte befriedigt, als er die freien Plätze im Abteil sah, und legte den Finger seiner rechten Hand an seinen Mützenschirm.

Crystal äußerte den Wunsch nach einem Bier und einem leichten Imbiß und sein gleichzeitiges Bedürfnis, im Abteil zu bleiben. Dabei überreichte er dem Schaffner zwei Tageslöhne. Der Schaffner nickte und gab ihm zu verstehen, daß er höchstpersönlich jemanden aus dem Speisewagen herüberschicken würde. Sie lächelten einander an, ganz und gar einig in ihrer Methode, dafür zu sorgen, daß die Welt sich drehte.

Crystal erregte nicht gern Aufmerksamkeit. Wahrscheinlich würde sowohl der Schaffner als auch der Schalterbeamte in der Lage sein, ihn zu beschreiben. Aber dies war ein geringes Risiko. In einem Eisenbahnabteil, in dem er allein reiste, würde kaum etwas passieren. Seine Gedanken kehrten zu dem Überfall auf das Camp zurück. Dieser Teil seiner Vereinbarungen mit Wheeler widerstrebte seinen Killerinstinkten am meisten. Das Risiko hier würde größer sein als gewöhnlich.

Es war nicht besonders wichtig, aber Crystal fragte sich gleichwohl, was Wheeler zu erreichen beabsichtigte. Daß er Aziz Algan hatte töten lassen, hatte er verstanden. Wenn Wheeler die Opiumroute in der Türkei zerschlagen wollte, war Algan ein guter Anfang. Nach Algan hätte man die Hierarchie ein wenig weiter verfolgen und zwei oder drei Leutnants erschießen können.

Aber ein Massaker im Camp? Wozu? Es war ein kostspieliges und verschwenderisches Unternehmen. Ging es darum, allen, buchstäblich allen, den großen und den kleinen Fischen – zu verstehen zu geben, daß das Rauschgiftgeschäft viel zu gefährlich war, als daß es sich lohnte, es im großen Stil zu organisieren? Aber dies waren lediglich flüchtige Überlegungen. Wheeler hatte ihn bezahlt, und er hatte seine Arbeit zu erledigen. Es gehörte zu Crystals professionellem Stolz, daß das, was getan werden mußte, auf gründliche und handwerklich saubere Weise getan wurde.

Wieder klopfte es, und wieder glitt die Tür ratternd zur Seite. Ein Kellner brachte ein Bier und ein Käsebrötchen. Crystal dankte ihm mit der Methode, mit der er zumeist alles erreichte, und stellte für die Zukunft prompte Bedienung sicher. Kellner und Killer einigten sich darauf, daß das Mittagessen im Abteil serviert werden würde, wenn der Kellner Gelegenheit dazu hätte. Crystal goß sich ein halbes Glas Bier ein. Es war zu bitter für seinen Geschmack, aber solche kulinarischen Feinheiten ließen sich dem Kellner nicht vermitteln.

Zugegeben, die Waffen würden dasein. Wie Wheeler sie ihm beschaffte, war seine Sache. Ein leichtes Maschinengewehr vom Typ 7.62 RPD. Erprobt und zuverlässig. Einsetzbar in einer Distanz von bis zu achthundert Metern. Dieses russische Maschinengewehr war so leicht, daß man es schnell auch über rauhes Gelände transportieren konnte; es wog ungefähr fünfzehn Pfund mit Munitionsgurten oder Gabelstativ. Sobald er das RPD an der richtigen Stelle aufgestellt hätte, würden ihm etwa zwanzig Sekunden bleiben, in denen er die ersten, entscheidenden Salven abfeuern könnte. Crystal nannte dies »bergab arbeiten« oder »Freispiel«. Innerhalb dieser Frist war die Überraschung auf seiner Seite, und die Zeit würde ausreichen, um den größten Teil der Campbesatzung auszuschalten.

Danach, wenn die Zielpersonen aufgewacht wären und die Tatsachen des Lebens begriffen hätten, würde er »bergauf arbeiten«, mit »geborgter Zeit«.

Den Rest würde er erwischen müssen, bevor die »Patt-Phase« begann. Zunächst würde er das Maschinengewehr einsetzen, und dann den tragbaren Raketenwerfer vom Typ RPG-7. Auch diese Waffe war ein russisches Produkt, eine Einmannartillerie, mit der er über die Feuerkraft einer mittleren Kanone verfügte. Die Raketen waren für solche Ziele gedacht, denen es gelungen war, in Gräben oder anderswo vorübergehend Deckung zu finden.

Der Werfer wog noch einmal fünfzehn Pfund, und das Gewicht der Granaten betrug jeweils etwa fünf Pfund.

Dieses ganze Zeug mit sich herumzuschleppen, erforderte einige Anstrengung, vor allem auf unwegsamem Gelände. Aber seine Kondition war gut, er war an solche Dinge gewöhnt, und wenn die Sachen gut verpackt wären, würde er keine Probleme haben. Außerdem würde er die ganze Nacht Zeit haben, um sich vorzubereiten.

Das Problem war, daß ihm keinerlei Einzelheiten über dieses spezielle Camp bekannt waren. Er hatte Fotografien gesehen, die ihm gezeigt hatten, was zu erwarten war. Ein typisches Camp: Drei oder vier Wachen, bewaffnet mit verschiedenen Gewehren; fünf oder sechs Männer im Inneren des Camps, ebenfalls bewaffnet, aber mit

Waffen, die denen der Wächter unterlegen waren; Zelte in einer kleinen Senke, verborgen unter dem natürlichen Schutz großer Felsblöcke; ein paar Feuerstellen, einige Fünfziggallonenfässer und Schlafplätze an einem Lagerfeuer.

Die Wächter würden gelangweilt dösen – nachts würden sie sogar schlafen, statt auf ihrem Posten zu sein. Aber sie waren Scharfschützen, sofern sie in Aktion traten. Alle Zielpersonen waren recht gute Schützen, trotz ihrer alten Donnerbüchsen, die aus dem Ersten Weltkrieg stammten oder gar noch älter waren. Also würde er gründlich zuschlagen müssen, und schnell. Über alles dies war Crystal sich im klaren. Dennoch hätte er gern präzise Details über die Anlage des Camps und exakte Informationen über sein Ziel besessen. So hätte er beispielsweise gern gewußt, an welchen Stellen die Wächter normalerweise standen, und aus welcher Richtung man sich dem Camp am besten näherte, wenn man nicht entdeckt werden wollte.

Die Abteiltür glitt krachend beiseite.

Er hatte Charlie gegenüber ausdrücklich betont, daß er den Job übernehme, ohne das Camp gesehen zu haben, und daß er, sollte ihm die Umgebung nicht gefallen, unverrichteterdinge abziehen würde. *Dann können Sie mein Konto belasten . . .*

Der Mann war ein unwillkommener Eindringling.

Eine der Jalousien in dem Abteil war heruntergezogen. Crystal hatte gedankenversunken den Angriff auf das Camp durchgespielt. Er hatte gedöst, während Bäume, Häuser und Telegrafenmasten hinter der cremefarbenen Jalousie vorübergehuscht waren. Seine Augen hatten gegen das Flackern angekämpft, sie waren zugefallen, hatten sich geöffnet und wieder geschlossen. Er erwog, ein kurzes Nickerchen zu halten, als das Geräusch der Tür ihn aufschrecken ließ.

Es war weder der Schaffner noch der Kellner.

Es war ein Fremder. Hinter ihm hörte Crystal den Lärm schreiender Kinder, und der Mann war mit resigniertem Achselzucken eingetreten. Es ist wirklich die Hölle, eine Reise mit den Kindern, schien das Achselzucken zu besagen. Ohne ein Wort ließ er sich erschöpft auf den grünen Sitz fallen, Crystal gegenüber. Erleichtert blies er die Wangen auf, gab erschauernde Geräusche von sich, schlug die Beine übereinander, machte es sich bequem und zündete sich eine Zigarette an.

Er schien vorauszusetzen, daß Crystal dies alles verstand – die schreienden Kinder, das Bedürfnis, in aller Ruhe eine Zigarette zu rauchen. Er fragte nicht um Erlaubnis.

Crystal verabscheute so etwas. Der Mann trug ein offenes weißes Hemd und einen bräunlich-rosafarbenen Anzug; die weit ausgestellten Hosenbeine umflatterten seine Waden. Er hatte dichtes, schwarzes Haar, einen wilden Schnurrbart und den verbreiteten »Meuchelmörderblick«, den jeder Mann in der Türkei zu haben schien. Crystal schätzte sein Alter auf Anfang Dreißig.

Der Mann zog an seiner Zigarette, daß die Spitze hell aufglühte. Dann sah er zur Decke des Abteils, blies einen dicken, trägen Rauchkringel von sich und schob seinen Kopf darunter. Als Crystal seine Talente offensichtlich nicht zu schätzen schien, klopfte er mit dem Zigarettenstummel auf die Kante des Sitzes zwischen seinen Beinen, verstreute die Asche, runzelte die Stirn und konzentrierte sich heftig auf die vorüberziehende Landschaft.

Wer zum Teufel ist er? Hat Charlie – nein, Wheeler – oder vielleicht beide – haben sie mich hereingelegt? Crystals nagende Zweifel bezüglich der Zugfahrt nach Afyon kehrten mit einem Schlag zurück. Oder war es ein Zufall? Hatten die kreischenden Kinder den Mann vielleicht wirklich aus dem nächsten Abteil herübergetrieben?

Crystal betrachtete den Mann, der ihm gegenübersaß. Er zeigte sichtliches Unbehagen; Crystal sah es an seinen unstet umherhuschenden Blicken. Aber vielleicht war er nur nervös und fühlte sich unwohl unter Crystals prüfenden Augen. Wenn dies alles war, was es zu bedeuten hatte, warum zum Teufel verschwand er dann nicht wieder dorthin, woher er gekommen war?

Wieder lächelte der Mann und bot ihm eine Zigarette an. Crystal schüttelte den Kopf: Die Zähne hatten den Burschen verraten. Er hätte lernen müssen, nicht zu lächeln. Drei seiner oberen Schneidezähne waren aus purem Edelstahl. Crystal hätte sein ganzes Geld darauf verwettet, daß es Ostblockzähne waren. Aber mußte dies unbedingt bedeuten, daß der Mann sich in das Abteil gemogelt hatte, um auf dem Mototren nach Aleppo einen schnellen Mord zu begehen? Schließlich hatte er sich die Brücke ja auch irgendwo in Polen, in der Tschechoslowakei oder in Ostdeutschland anfertigen lassen können, während er dort Urlaub machte. Und war es nicht auch möglich, daß man inzwischen in der Türkei Edelstahl verarbeitete? Vielleicht.

Crystal fragte sich, wie sie ihn gefunden haben mochten.

War der Mann ein Killer von Wheeler? Oder war dies eine Sache von KGB oder MGB? Der MGB hatte diesen Emigranten in London mit einer vergifteten Schirmspitze erwischt. Und dieser BBC-Journalist, der damals seine feindseligen Sendungen nach Bulgarien hineingestrahlt hatte, hatte oben auf der Treppe einen »Herzanfall« erlitten und sich umgebracht, als er die Treppe hinunterstürzte.

Crystal musterte den Mann eindringlich von oben bis unten.

Das Lächeln war jetzt verschwunden. Mit grimmigem Gesicht

versuchte er, sich auf die ausgedörrte Landschaft zu konzentrieren, durch die der Zug jagte. *Ist der Kerl vielleicht einfach stur?* überlegte Crystal. Er war in das Abteil eingedrungen, hatte festgestellt, daß er nicht willkommen war, und jetzt saß er es aus, aus reinem Trotz. *Du kannst mich am Arsch lecken, aber ich bleibe. Niemand schickt mich hinaus, wenn ich es nicht will.*

Wahrscheinlich gehörte er zum KGB, wenn er überhaupt ein Agent war. Sie verfügten über die entsprechenden Möglichkeiten. Vielleicht hatte ihn jemand in Istanbul entdeckt, vielleicht am Flughafen. Jemand von früher, der ihn trotz der kosmetischen Operation erkannt hatte. Vielleicht hatte er sich durch eine eigentümliche Angewohnheit verraten. Crystal dachte darüber nach. Er wickelte sich beispielsweise dauernd eine Stirnlocke um den Finger, wenn er nicht darauf achtete, sondern einfach nur dasaß und las oder nachdachte, während er auf ein Flugzeug, einen Bus oder ein Taxi wartete. Es war immerhin möglich.

Nun, worauf wartete er? Wenn er vom KGB war, weshalb zögerte er dann noch? Sicher mußte diesem Killer doch klarsein, daß er – Crystal – sich alles zusammengereimt hatte.

Wenn er ein Killer war, kam er nicht von Wheeler. Crystal war sich dessen zwar nicht sicher, aber es war doch unwahrscheinlich. Es hatte schon vor dieser Zugfahrt genug Gelegenheiten gegeben. Es sei denn natürlich, Wheeler hätte gewollt, daß er Algan erledigte – und dann ...

Es war unwahrscheinlich. Eine halbe Million Dollar allein für Algan war zuviel. Es war möglich, aber äußerst unwahrscheinlich.

Der Mann griff in die Tasche, und Crystal war bereit. Er hatte den Ablauf schon im Kopf: *Tsukite* in den Magen, wenn er aufstand, und dann *keichu*: Die durchbohrende Hand, und dann der Kniehammer.

Der Mann zog sein goldenes Feuerzeug heraus und zündete sich eine neue Zigarette an. *Verschwinde, solange du noch Zeit hast!* durchzuckte es Crystal. Aber was würde das nützen? Wenn er ein Killer war, würde er ihm folgen ...

War er allein? Auch diese Frage war zu berücksichtigen.

Aber in diesem Augenblick konzentrierte sich Crystal mit jeder Phase auf den Mann, der vor ihm saß. So war es richtig, so überlebte man.

Der Mann fuhr sich mit der Zunge über die Lippen. Sie waren trocken. Auch dies war ein Zeichen. Ein trockener Mund verriet Angst und Anspannung. Natürlich konnte er auch krank sein ... Aber er sah nicht so aus. Alles andere sprach dagegen. Wie würde es geschehen? Ein Messer? Eine Pistole mit Schalldämpfer? *Worauf wartete er?*

Crystal saß im weichen, cremefarbenen Licht der Jalousie auf seiner Seite des Abteils. Verschwommen nahm er wahr, wie der Zug an einem kleinen Bahnhof vorbeiraste. Dann hörte er einen langen, durchdringenden Pfiff.

Die dem Fenster zugewandte Schläfe und die Wange des Mannes schimmerte matt. Er schwitzte. Er mied Crystals Blick und schaute angestrengt in die andere Richtung.

Asche fiel von der Zigarette ab. Zitterten seine Finger?

Wieder ertönte ein Pfiff, langgezogen und laut.

Die Lippen des Mannes bildeten eine harte, gerade Linie. Wieder leckte er mit der Zunge darüber.

Stand es so dicht bevor?

Aus den vorderen Abteilen drangen Schreie herüber. Und plötzlich begriff Crystal.

Es war ein Tunnel! Plötzlich, in dem Sekundenbruchteil, in dem die Schreie erklangen und die Finsternis hereinbrach, begriff Crystal. Der Lichtfilm, der am Zugfenster vorbeijagte, war zu Ende. Es war, als sei er gerissen. Ohne jede Vorwarnung, abgesehen von den Schreien in den anderen Abteilen, waren sie in einen Tunnel gefahren. In der ganzen Welt schrien Bauern in den Tunnels, manchmal auch die Fahrgäste der ersten Klasse. Man braucht nur nach Südamerika, nach Asien oder in den Nahen Osten zu fahren, und man wird sie hören.

Crystal stand, bevor der andere Mann sich auch nur hatte aufrichten können. Er rammte seine linke Hand mit starr ausgestreckten Fingern wie ein Schwert in den Magen des anderen. Dessen Kopf fuhr herunter, und Crystal packte in der Dunkelheit seine Schultern. Sein Kniehammer traf die Kinnspitze des Killers, und gleichzeitig riß er die Schultern herunter.

Es erforderte ein gutes Timing, aber wenn man es richtig machte, konnte man damit ein Genick leichter brechen als einen dürren Zweig. Crystal hörte, wie es brach; es war ein lautes Krachen.

Dann hatten sie den Tunnel hinter sich gelassen, und der Mann lag schräg auf dem Sitz. Sein Kopf rollte hin und her. Er war tot.

Kein Blut. So hatte Crystal es gewollt.

Sein Knie schmerzte höllisch, als er hinkend sein Bettzeug unter dem Sitz hervorzog. Jeden Augenblick konnte der Kellner hereinplatzen, und er mußte den Mann unter der Decke verstecken.

Während Crystal sich abmühte, entdeckte er etwas Funkelndes auf dem Boden. Ein Stilett. Er hatte nicht einmal gehört, wie es aufgeklappt war. War der Tote wirklich ein Killer gewesen, oder hatte er sich nur in der Dunkelheit so sehr gefürchtet, daß er sein Messer gezogen hatte? Crystal würde es niemals mit Sicherheit wissen.

Etwas anderes fand sich in den Taschen nicht – kein Kalender, kein Notizbuch, keine Papiere. Eine teure Uhr. Aber kein schlüssiger Beweis.

Crystal ließ sich auf den Sitz sinken. Sein Herz jagte. Verflucht, allmählich wurde er zu alt für solche Sachen. Oder war es die Anstrengung? Er hoffte, es möge so sein.

Er dachte wiederum nach. Das Licht flackerte hinter der Jalousie, aber jetzt war er hellwach. Die Sache mit dem Camp würde jetzt wohl ausfallen müssen. Er mußte verschwinden, die Türkei verlassen.

Die letzte Station war Eskisehir gewesen. Wahrscheinlich näherten sie sich jetzt Kütahya, und das bedeutete, daß der Zug noch eine oder zwei Stunden von Afyon entfernt war.

Die Gedanken in Crystals Kopf jagten einander, und eben erwog er, den Leichnam aus dem Fenster zu werfen, sobald der Zug noch einmal durch einen Tunnel fuhr, als jemand klopfte. Es war der Kellner.

Crystal begrüßte ihn mit einem breiten Grinsen. *»Merhaba, merhaba«*, flüsterte er, »Hallo, hallo« auf türkisch. Er deutete auf die Gestalt, die wie schlafend dasaß.

»Merhaba«, antwortete der Kellner. Sodann vollführte er eine Pantomime, die anscheinend bedeuten sollte: »Es tut mir leid, daß ich so spät komme, aber ich habe den ganzen Zug abfüttern müssen.«

Auf dem Tablett, das er mitgebracht hatte, standen eine Schüssel mit Fischsuppe, außerdem geschmortes Lamm und eine Flasche kalter Weißwein.

»Balik corbasi! Balik corbasi! Iyi! Iyi!« Dabei deutete er auf die Fischsuppe: »Fischsuppe! Fischsuppe! Gut! Gut!« erklärte er mit gedämpfter Stimme.

Crystal hob den Finger an die Lippen und ermahnte ihn so noch einmal, den schlafenden Fahrgast nicht zu wecken.

Der Steward nickte heftig mit dem Kopf und erklärte in einer neuerlichen Pantomime: »Ja, ich verstehe.«

Crystal klappte behutsam den Tisch an der Abteilwand zwischen ihm und dem toten Killer herunter, und leise setzte der Kellner das Tablett ab, sorgfältig bemüht, nicht mit Geschirr oder Besteck zu klappern.

Während der Kellner erwartungsvoll vor ihm stehen blieb, kostete Crystal von der Suppe. Behutsam nippte er am Löffel und schob ihn dann begeistert in den Mund. »Diese Suppe ist wundervoll«, ließ er den Kellner wissen.

Der Kellner strahlte. »Wer ist der Kerl, der hier schläft?« erkundigte er sich mimisch, indem er auf die Gestalt unter der Decke auf dem Sitz deutete, seine beiden Hände zusammendrückte und den leicht geneigten Kopf dagegenlegte. Dann hob er die Schultern und riß die Augen weit auf.

»Nur ein Freund«, erwiderte Crystal.

»Wird er etwas haben wollen, wenn er aufwacht?« Wiederholt deutete der Kellner auf seinen Mund und unternahm kauende Bewegungen, und dann zeigte er noch einmal auf die reglose Gestalt.

»Er ist krank und nicht hungrig«, gestikulierte Crystal.

Dann besann er sich, in die Tasche zu greifen und neben dem Preis für das Essen zwei oder drei Tageslöhne für den Kellner hervorzuziehen.

»Danke! Danke! Danke!« mimte der Kellner. »Das Geschirr werde ich später abholen.«

Crystal aß noch, als der Zug in Kütahya einlief. Er konsultierte seine Karte: Es war noch mindestens eine Stunde bis Afyon, wahrscheinlich anderthalb.

Kurz nachdem sie den Bahnhof von Kütahya verlassen hatten, erscholl wieder ein Klopfen an der Tür. Diesmal war es der Schaffner. Offenbar hatte der Steward ihm von der Gestalt auf dem Sitz erzählt, denn er zeigte keine Überraschung, sondern nur Mitgefühl für Crystal.

»Stört es Sie, wenn dieser Kerl hier liegt?« fragte er in einer Serie von pantomimischen Darbietungen.

»Nein, überhaupt nicht.« Crystal schüttelte heftig den Kopf und bog seine Mundwinkel aufwärts.

»Gewiß sagen Sie das nur, weil Sie freundlich sind.«

»Nein, ganz und gar nicht.«

»Schließlich habe ich es Ihnen versprochen.« Der Schaffner deutete auf sich selbst und zog das Schmiergeld aus seiner Tasche. Dann deutete er auf die Gestalt unter der Decke und trat mit dem Fuß heftig in Richtung der Tür. Er schüttelte den Kopf und tätschelte die leere Luft vor Crystals Nase mit der flachen Hand. »Ich werde ihn hinauswerfen. Sie werden gar nichts davon merken«, sollte diese Vorstellung besagen.

»Es macht mir überhaupt nichts aus, ihn im Abteil zu haben, das versichere ich Ihnen.«

In diesem Augenblick sprang der Wagen über eine unebene Stelle in den Gleisen. Die linke Hand des Toten wurde losgerüttelt und fiel schlaff auf den Teppichboden des Abteils.

Augenblicklich und mit demonstrativer Fürsorge stopfte Crystal die Hand wieder unter die Decke. »Sie sehen, der Bursche ist sehr krank«, erklärte er mimisch. »Es wäre grausam, ihn hinauszuwerfen.«

»Es geht ihm nicht gut. Selbst dieser starke Ruck hat ihn nicht aufgeweckt«, meinte der Schaffner.

»Vielleicht geht es ihm besser, wenn er wieder aufwacht.«

»Nun, es ist Ihre Sache«, antwortete der Schaffner mit einem Achselzucken. »Ich versuche nur, Ihnen zu helfen.«

Irgendwo zwischen Mütahya und der Stadt Afyon wuchtete Crystal den Leichnam aus dem Fenster, während der Zug ratternd durch einen Tunnel fuhr.

Kurz bevor sie Afyon erreichten, kam der Kellner, um das Tablett mit dem leeren Geschirr abzuholen. Anscheinend hatte er dem Schaffner sogleich Bericht erstattet, denn wenig später wurde noch einmal an der Tür geklopft. Es klang, wie wenn jemand einen eisernen Locher gegen die Tür schlug.

»Nun, ich sehe, Sie sind den Kerl losgeworden«, meinte der Schaffner gestikulierend.

»Ja«, nickte Crystal.

»Hat er Ihnen Schwierigkeiten gemacht?«

»Nein, er hat sich bedankt. Das war alles.«

»Sie sind sehr freundlich.«

»Nicht der Rede wert.«

In Afyon stieg Crystal aus, als wolle er sich die Beine vertreten. Die Yamaha stand genau an der Stelle, die Charlie ihm bezeichnet hatte. Der eine der beiden Schlüssel paßte in das Vorhängeschloß an der Kette, die um einen stählernen Pfahl geschlungen war, der andere Schlüssel gehörte zum Zündschloß.

Als er den Bahnhof lebendig verlassen hatte und unversehrt auf die Straße nach Karadilli gelangt war, wußte er, daß der, den er im Zug getötet hatte, nicht Wheelers Mann gewesen war. Wenn sie zur Sicherheit einen zweiten Mann eingesetzt hätten, wäre er bei der Yamaha gewesen. Dort hätte ihn jemand mit einem Gewehr leicht erwischen können.

Er fragte sich, wann die Türken den Leichnam wohl finden würden, und ob noch jemand im Mototren gewesen war, der mit dem Toten zusammengearbeitet hatte. Und wenn ja, hatten sie ihn gesehen, wie er das Abteil in Afyon verließ! Oder war der Kerl lediglich einer von diesen unverfrorenen Scheißern gewesen, deren Gewohnheit es war, sich überall vorzudrängen, kleinen, alten Damen Rauch ins Gesicht zu blasen, in überfüllten U-Bahnen Titten zu drücken und sich überhaupt wie die Axt im Walde zu benehmen?

Wenn ja, dann gab es nun einen weniger von dieser Sorte.

»Ich habe im Zug einen Mann umgebracht«, sagte er.

»Ja?« Sie versuchte, gelassen zu bleiben.

Sie hatte ihn in einem zerbeulten Dodge an der Kreuzung erwartet.

Crystal war unverhofft an der Wagentür aufgetaucht, als sei er vom Himmel gefallen. Er hatte die Yamaha irgendwo zurückgelassen und sich zu Fuß von hinten dem Wagen genähert.

Charlie teilte ihm sogleich mit, daß Wheeler den Job in den Bergen abgesagt habe. Wheeler hatte ihr erzählt, das »timing« sei nicht gut, aber sie hatte ihm nicht geglaubt. Sie vertrat noch immer die Theorie, daß es Wheeler nicht gelungen war, das Camp genau zu lokalisieren, und daß Wheeler selbst entschieden hatte, daß es nicht gut sei, wenn Crystal in den Hügeln umherwanderte und danach suchte. Ein Camp dieser Art war unter allen Umständen gut versteckt, und wenn man nicht eine genaue Beschreibung besaß, konnte es Tage, Wochen oder gar Monate dauern, es zu finden.

Charlie meinte, die Sache sei nicht abgeblasen, sondern aufgeschoben. Wheeler hatte lediglich gesagt, das »timing« stimme nicht, und dies implizierte, daß er immer noch plante, das Camp zu einem anderen Zeitpunkt zu überfallen.

Dann erzählte Crystal ihr von dem Mann im Zug. »Vielleicht habe ich einen Fehler gemacht«, meinte er.

»Einen Fehler?«

»Ja. Ich dachte, er sei hinter mir her. Aber sicher war ich nicht.«

»Aha.« Sie waren unterwegs nach Ankara, und dies bedeutete, daß sie etwa hundertfünfzig Meilen weit auf der schmalen gewundenen Straße nach Cay würden fahren müssen. Gleich westlich von Cay würden sie die Zubringerstraße – die auf der Karte mit der Nummer 29 versehen war – bis Emirdag nehmen. Dahinter würden sie über Highway 68 zur Hauptstraße fahren. Die Straße nach Cay war wie eine Achterbahn.

»Der Schaffner hat mich ausgiebig betrachten können«, sagte er.

»Ja?«

»Der Kellner ebenfalls.«

»Schade.«

»Ja. Ich muß die Türkei verlassen. Sie werden sich an mich erinnern, und morgen wird man anfangen, nach mir zu suchen. Der Schaffner wird aussagen, daß ich in Afyon ausgestiegen bin.«

Deshalb also hatte Crystal vorgeschlagen, die Strecke über Cay zu nehmen, obwohl die Straße nach Afyon – die Richtung also, aus der er gekommen war – breiter und besser war. Sie hatte auch weniger Ähnlichkeit mit einer Achterbahn.

»Wird man die Leiche so schnell finden?« Sie war neugierig, was er damit angestellt haben mochte.

»Ich habe sie in einem Tunnel kurz vor Afyon neben die Gleise geworfen.«

»Dann wird man sie bald finden.«

»Das glaube ich auch. Und den Schaffner werden sie noch am selben Tag haben. Also haben wir nur wenig Zeit. Nicht viel, aber genug.«

»Sie werden wahrscheinlich erraten, daß Sie Afyon mit der Yamaha verlassen haben.«

»Genau das denke ich auch.«

Sie hatten sich des Motorrads entledigt, kurz nachdem sie sich auf den Weg nach Ankara gemacht hatten. Crystal war dem Dodge vorausgefahren und hatte nach einer geeigneten Stelle gesucht. Das beste, was er hatte finden können, war ein Abwassergraben unter einer schmalen Brücke. Wenn die Polizei angestrengt danach suchte, würden sie die Maschine ohne große Schwierigkeiten finden. Andernfalls würde ein glücklicher türkischer Bauer demnächst in den Besitz einer Yamaha gelangen. Auf jeden Fall aber würde er bis dahin das Land verlassen haben, und so konnte ihm dies gleichgültig sein, selbst wenn sie das Motorrad mit ihm in Verbindung brächten. Alles, was er brauchte, war ein wenig Zeit, während sie nach einem Mann auf einer roten Yamaha suchten.

»Es wird kein Problem sein, Ankara mit dem Flugzeug zu verlassen«, sagte sie.

»Ja.«

Sie trug jetzt wieder ein Kleid, und auch er hatte sich umgezogen. Sie hatten ihre Kleider im Dunkeln am Straßenrand gewechselt. Charlie hatte die Männerkleidung abgelegt, und der Killer hatte sein blaues, offenes Hemd und die Jeans gegen einen leichten, cremefarbenen Anzug ausgetauscht. Die Kleider hatte er in einen Straßengraben geworfen und unter einem Berg von kleinen Steinen und Felsbrocken vergraben, die überall herumlagen. Jetzt waren sie ein Ehepaar, das von Antalya nach Ankara fuhr, und sie hatten Papiere, die dies bewiesen.

»Heute abend werden wir keinen Flug mehr bekommen«, meinte sie.

»Das glaube ich auch nicht.«

Charlie bewunderte es, wie er die Kurven nahm und die Nadel des Tachometers auf dieser tückischen Straße stets zwischen fünfundvierzig und fünfundfünfzig Meilen pro Stunde hielt. Trotzdem würden sie erst spät am Abend in Ankara ankommen, zu spät also, um noch einen Flug zu erwischen, es sei denn, sie würden am Flughafen eine große Szene veranstalten, die die Aufmerksamkeit auf sie lenken würde. Es wäre besser, bis zum nächsten Morgen zu warten und unauffällig und gelassen vorzugehen. »Wir werden in ein Hotel gehen müssen«, sagte sie.

»Ich werde nicht in der Abflughalle schlafen«, antwortete er warnend.

»Da wäre das Grand Ankara oder das Dedeman. Beides große Hotels. Wir werden kein Problem haben, ein Zimmer zu bekommen.«

»Ich kenne sie nicht.«

»Sie sind ziemlich nobel.«

»Ich könnte ein ausgiebiges Bad gebrauchen.«

»Wir werden zusammen ein Doppelzimmer beziehen müssen.«

»Das ist unsere Tarnung, nicht wahr?« meinte er grinsend.

Sie schwiegen, bis sie sich ans Steuer setzte, als sie die Hauptstraße nach Ankara, den Highway 68, erreicht hatten.

»Ich werde Wheeler über den Zwischenfall im Zug informieren müssen.«

»Das weiß ich.«

»Ich könnte mir vorstellen, daß er gezwungen sein wird, den Überfall auf das Camp für eine ganze Weile aufzuschieben.« Es war schon ein ziemlicher Schlamassel.

»Das wird er entscheiden müssen.«

»Ja, das – und was mit den Waffen geschehen soll.«

Dann waren sie in Ankara. Es war kein Problem, ein Doppelzimmer in dem asymmetrischen Turm des Grand Ankara am Atatürk Bulvari zu bekommen.

Später, nachdem sie gebadet und gegessen hatte, legte sie sich neben ihn auf das Doppelbett. »Möchtest du mit mir schlafen?«

»Nein.«

Am nächsten Morgen um sieben Uhr dreißig bestiegen sie auf dem Flughafen Esenboga den Flug 107 der Turkish Airlines nach Genf.

Die Reise verlief ereignislos, bis sie die Luftstraße nach Genf erreicht hatten und der türkische Pilot die Boeing 727 durch Wolken und Berge zum Flughafen Cointrin hinunterbrachte. Sie flogen knapp oberhalb der weißen Wolkendecke, und zerklüftete Bergwipfel ragten zu beiden Seiten der Tragflächen aus dem Dunst herauf.

Charlies Hände umklammerten die Armlehnen, daß die Knöchel sich weiß färbten. Es munterte sie ein wenig auf, als der Killer bemerkte, dieser Flug sei das furchteinflößendste Erlebnis seit ihrer Ankunft in der Türkei.

In der Snackbar des Flughafens nahmen sie einen Hamburger-Imbiß zu sich, verabredeten das Signal für den nächsten Kontakt und trennten sich.

Harry Wheeler war noch in Istanbul, als Charlies Flug in Cointrin landete.

Dies und jenes mußte noch geregelt werden, bevor er nach New York zurückkehrte. Hauptsächlich ging es darum, die Logistik zu ordnen. Er mußte sich um die Mannlicher mit dem Nachtsichtgerät kümmern, um den Chevy, den Charlie benutzt hatte, und dergleichen. Außerdem mußte er entscheiden, was mit dem leichten Maschinengewehr und den Granatwerfern geschehen sollte, die beide in einer felsigen Mulde nicht weit von der Straße bei Karadilli versteckt waren. Diese Waffen wurden nicht mehr benötigt.

Charlie hatte er gesagt, es gehe darum, daß das »timing« stimme. Dies war lediglich ein Vorwand gewesen. Sie durfte nicht an ihm zweifeln, sondern mußte wissen, daß alles, was er unternahm, auch funktionierte.

In Wirklichkeit aber war er gezwungen gewesen, den Überfall auf das Camp wegen eines Informationsausfalls abzusagen. Es war eine fundamentale Regel für diese Art von Operationen, daß nichts jemals exakt klappte. Ein anderes Gesetz besagte, wenn er je versuchte, etwas, das niemand auf irgendeine Weise mißverstehen konnte, genau zu erklären, würde sich doch jemand finden, der es mißverstände.

Der Lastwagenfahrer war niemals zu seinem Verbindungsmann und somit auch nicht zu Wheeler zurückgekehrt. Der Lastwagenfahrer aber hatte die genaue Lage des Camps herausfinden sollen, indem er, falls nötig, der Maultierkarawane folgte. Wäre es dann immer noch nicht möglich gewesen, eine genaue Lagebeschreibung für Crystal zu beschaffen – eine Karte oder eine einfache Zeichnung beispielsweise –, hatte Wheeler geplant, den Fahrer als Führer mitzuschicken.

Aber der Lastwagenfahrer war verschwunden. Vielleicht hatte er plötzlich Angst bekommen, vielleicht aber hatte er sich auch der Opiumbande angeschlossen. Wheeler wußte, daß Loyalität in diesem Geschäft nicht sehr belastbar war, und wer immer gerade am meisten bezahlte, besaß vorläufig die ungeteilte Hingabe seiner Mitarbeiter.

Als Charlie ihn über den Mord im Mototren nach Aleppo informiert hatte, hatte er den Angriff auf das Lager auf unbestimmte Zeit verschoben. Es standen wichtigere Dinge zu erwarten, und Crystal war zu wertvoll, als daß er ihn aufs Spiel hätte setzen mögen. Wheeler verließ sich auf sein Gefühl. Und ein Überfall auf das Lager widerstrebte jetzt seinen Gefühlen. Er handelte niemals gegen seine Intuition. Beim leisesten Unbehagen gab er seinen Plan auf. Er zwang sich niemals zu etwas.

Der Killer hatte Aziz Algan mit traumhafter Sicherheit erledigt. Harry Wheeler hatte den Toten auf dem Rummelplatz gesehen. Er hatte ausgesehen, als habe er sich mit dem Griff einer jener alten deutschen Handgranaten in den Zähnen herumgestochert, als das Ding explodiert war.

19

In New York nahm Jack Graniano die Nachricht von Aziz Algans Tod mit stoischer Gelassenheit auf. »Er hat gar nicht gemerkt, was ihn da erwischt hat, Coco«, erklärte er seinem Unterboß. »Das ist die beste Art, sich zu verabschieden, wenn es denn sein muß.«

Coco verstand Granianos Stoizismus als eine Bestätigung der Tatsache, daß er weiterhin vorrangig mit Liz Fitzwilliam beschäftigt war.

Graniano vertrat die Theorie, daß Algan linksgerichteten Terroristen zum Opfer gefallen sei. In der Tat überlebte die Türkei mit knapper Not eine Regierungskrise nach der anderen. In einer Anzahl größerer Provinzen war das Kriegsrecht ausgerufen worden, und Soldaten im Kampfanzug bevölkerten die Straßen von Großstädten wie Istanbul, oder sie patrouillierten in strategischen Gebieten wie etwa in der Umgebung von Flughäfen. Nichtsdestoweniger fanden täglich terroristische Morde statt.

»Die Politik hat ihn in den Kopf getroffen. Das ist alles.« Graniano hatte sogar Coco von dieser Theorie überzeugt.

Um den türkischen Teil der Route in Gang zu halten, begnügte Graniano sich damit, Mehmet Nur zu befördern. Nur besaß vielleicht nicht Algans Finesse, aber er wußte so gut wie alles über die Opiumgeschäfte des Ringes in der Türkei.

»Er muß sich nur mit Nesim einigen, das ist alles, Coco.« Graniano meinte Mustapha Nesim, der den Teil der Route kontrollierte, über den die Morphinbase von den Docks in Istanbul auf die Schiffe nach Marseille und zu anderen günstig gelegenen Hafenstädten geschmuggelt wurde. »Eine Zeitlang werden sie zusammenarbeiten müssen. Dann werden wir weitersehen.«

Coco wünschte sich brennend, Graniano würde nicht ständig über alles vor diesem Mädchen reden. *Frauen in diesem Geschäft!*

Graniano diskutierte mit dem Mädchen sogar über türkische Politik und forderte sie auf, sich selbst eine Theorie über den Mord zu bilden. Es war verrückt. *Wen will er damit beeindrucken?* Etwas Ähnliches hatte der Unterboß noch niemals erlebt. Er hätte niemals geglaubt, daß Graniano sich tatsächlich so benehmen könnte, wenn er es nicht mit eigenen Augen gesehen hätte. Und das Mädchen war ständig bei, auf oder unter Graniano, den ganzen Tag lang, jeden Tag. Wenn sie ein wenig mehr Mäßigung an den Tag gelegt hätte, wäre Coco bereit gewesen, sie als Nymphomanin zu bezeichnen.

Alle wurden verrückt. Auch Sina. Sina ging drei- oder viermal täglich zur Messe. Wenn sie ein wenig mehr Mäßigkeit an den Tag gelegt hätte, wäre Coco bereit gewesen, sie als Heilige zu bezeichnen.

Granianos leichtfertiges Verhalten war nicht alles, was Coco Sorgen bereitete. Seit er beobachtet hatte, wie das Mädchen in der Telefonzelle am Broadway telefoniert hatte, hatte er sie fast jedesmal verfolgt, wenn sie das Apartment allein verlassen hatte. Coco räumte ein, daß es einhundert gute Gründe dafür geben konnte, weshalb das Mädchen eine Telefonzelle benutzte. *Aber verflucht – diese Dinger wurden von der Mafia benutzt!* Man benutzte sie, weil man nicht wollte, daß ein Gespräch belauscht wurde. Mit anderen Worten, man benutzte sie, wenn man Geheimnisse hatte.

Coco wußte, daß er einen plötzlichen Tod riskierte, falls der Don jemals erfuhr, daß er Liz Fitzwilliam beschatten ließ, ohne sich zuvor mit Graniano zu besprechen. Aber wenn Graniano für alles blind war, mußte Coco an seiner statt wachsam sein. Weitere Erkundigungen über Liz Fitzwilliam hatten nichts erbracht. Auch die Beschattung hatte nichts erwiesen. Aber Coco verfiel ins Grübeln, wenn sein überaus erfahrener Pflastertreter das süße, kleine Mädchen hin und wieder verlor. Regelmäßig, etwa alle zwei Wochen, geschah es, daß der Verfolger sie auf unerklärliche Weise aus den Augen verlor.

20

Nur zwei Tage nachdem Crystal Yashar Kamburs Morphinfabrik in den Bergen hatte überfallen sollen, verließ ein Teil der Morphinbase, die Kambur in Mehmet Nurs Gegenwart gekocht hatte, das Camp für immer.

Eines Nachts hielt ein Lastwagen am Straßenrand, nicht weit von der Stelle, an der ein einzelnes Maultier angebunden stand. Es war ein fast neuer Fiat 130 NT, und er war beladen mit zahllosen Tabletts voller halbreifer Tomaten. Der Fahrer und sein Beifahrer, beide unrasiert und in schwarze T-Shirts und schwarze Hosen gekleidet, sprachen mit dem Maultiertreiber.

Dann ließen sie die Seitenklappe herunter, und alle drei Männer machten sich daran, einige der Tomatentabletts vom vorderen Teil der Ladefläche herunterzunehmen. Der Fahrer selbst verstaute den Beutel aus starkem, schwarzen Plastik, und dann halfen die beiden anderen, die Tabletts wieder auf den Wagen zu laden. Zum Abschluß des Unternehmens erhielt der Maultiertreiber ein Paket, das in braunes Packpapier eingewickelt war. Weder Lastwagenfahrer noch Maultiertreiber machten sich die Mühe, das Geld zu zählen; sie wußten beide, daß es die vereinbarte Summe sein würde.

Der Dieselmotor des Fiat erwachte dröhnend zum Leben, und der Lastwagen begann seine lange Reise nach Istanbul, zusammen mit Tausenden von Lastwagen aus allen Teilen der Türkei. Das Geld war stets mindestens das Hundertfache dessen, was der Fahrer und sein Kollege als ehrliche, gesetzestreue Lastwagenfahrer in Istanbul verdienen konnten, und deshalb wurden Gelegenheiten wie diese stets freudig erwartet. Weil aber solche Fahrten höchst ungesetzlich waren, hielten sie sich an weniger befahrene Straßen im Nordwesten der Türkei, wo Straßensperren der Polizei praktisch unbekannt waren.

Sie wechselten sich am Steuer ab, überquerten den Highway 80 bei Sandikli und nahmen die leere Straße nach Banaz. Eine kurze Strecke weit mußten sie die Hauptstraße nach Izmir benutzen, aber dann bogen sie nach Norden ab und fuhren auf einer verkehrsarmen Straße nach Usak. Auch hinter Usak herrschte nur geringer Verkehr auf den Straßen, bis man zu der Kleinstadt Iznik gelangte. Unerschütterlich dröhnte der große rote Fiat durch die Nacht und hielt nur einmal an, um seinen Tank mit Dieselöl zu füllen. Für Notfälle transportierte er ein Fünfundfünziggallonenfaß mit Dieselöl auf dem Dach. Eine kurze Strecke weit – etwa dreißig Meilen – benutzte der Fiat die Hauptstraße, bis er Adapazari erreicht hatte. Von dieser Stadt aus ging es geradewegs in nordöstlicher Richtung nach Istanbul. Auf dem größten Teil der letzten siebzig Meilen mieden sie den Highway, und einmal hielten sie auf einer verlassenen Landstraße an, um den großen, schwarzen Plastiksack an eine Stelle zu transferieren, wo er leicht zu erreichen war.

Endlich rollte der Fiat über die moderne, eindrucksvolle Bosporus-Brücke – Stolz eines jeden Lastwagenfahrers –, die die Meerenge überspannte, die Europa von Asien, das Marmara-Meer vom Schwarzen Meer trennte. Jetzt waren sie in Beyoglu, dem neuen Teil Istanbuls, und der Weg, der vor ihnen lag, war nicht mehr weit. Der Lastwagenfahrer und sein Kollege hatten genaues Zeitgefühl bewiesen: Es war kurz vor Sonnenaufgang.

Zusammen mit Hunderten anderen Wagen rumpelte der Lastwagen die Halaskargazi Caddesi hinunter, bog nach rechts in die Dolapdere Caddesi, passierte den Vergnügungspark, in dem Aziz Algan erschossen worden war, und kam im trüben Zwielicht des Morgens neben einem kleinen, von Müll übersäten Stück Brachland zwischen Lobut

Sokagi und Evliyacelibi Caddesi für einen Augenblick zum Stehen. Zwei Reklametafeln dominierten das Brachland: Auf einer der Tafeln standen in schwarzen Lettern die Worte *Kelebec Mobilva.*

Dieser Reklametafel nun näherten sich der Lastwagenfahrer und sein Kollege vorsichtig, nachdem sie aus dem Wagen gesprungen waren. Zwei Schritte weit vor einem der Stützbalken der Tafel legten sie ein Loch im Erdboden frei, schaufelten ein wenig Schmutz heraus und steckten den schwarzen Plastiksack hinein.

»Beeil dich.«

»Mach dir nicht ins Hemd.«

»Nein, aber beeil dich.«

Sodann schleppten sie ein paar Kisten mit faulen Tomaten auf die Müllkippe, warfen die verdorbenen Früchte fort und trugen die Kisten zurück zum Wagen. Falls jemand vorüber käme und sie fragte – und das war bisher an keiner der Stellen, an denen sie ihre illegale Fracht abgeladen hatten, geschehen –, hatten sie zumindest eine dürftige Ausrede für ihre Anwesenheit an der Müllkippe. Aber was immer auch geschehen mochte, ob man sie verhörte oder gar verhaftete und ins Gefängnis sperrte, weil sie widerrechtlich einen Plastiksack mit über vierzig Kilogramm Morphinbase transportiert hatten – verraten würden sie niemanden.

Dies zu tun wäre weder gewinnbringend noch weise – aber wahrscheinlich tödlich. Erst drei Tage zuvor hatte man im Goldenen Horn einen Lastwagenfahrer gefunden; sein Leichnam dümpelte in einem Fünfundfünfziggallonenfaß. Man hatte ihn roh in zwei Teile zersägt und in das Faß gestopft. Sein Mund war mit menschlichen Exkrementen vollgestopft, so daß die Wangen sich aufblähten. Es hieß, er habe »Scheiße geredet«.

Was immer geschehen mochte, weder der Fahrer des Fiat noch sein Beifahrer würden so etwas jemals tun. Und auch das Geld, das der starke Plastiksack barg, würden sie nicht stehlen. Das Geld gehörte jemand anderem.

Der alte Mann näherte sich der Müllkippe von Lobut Sokagi her. Es war neun Uhr fünfzehn, und auf den dreihundertfünfzig Metern von der Kippe, die Yolcuzade Caddesi und die Yenik Caddesi hinunter, zum Nordende der Atatürk Brücke drängte sich dichter Vormittagsverkehr.

Sein Name war Sebas Baykal, und er war nicht einen Tag jünger als siebzig Jahre. Wahrscheinlich war er älter – Sebas Baykal selbst wußte es nicht genau. Er trug einen verschlissenen schwarzen Anzug, und eine Schnur, die um seine Taille geschlungen war, verhinderte, daß die

Hose von seinem eingefallenen Leib hinunter auf seine Sandalen fiel. Sein Kopf war mit einer schwarzen Mütze bedeckt. Es war Sebas Baykals tägliche Gewohnheit, den Müll zu durchwühlen. Was er suchte, wußte niemand. Der Ertrag dieser speziellen Müllkippe – wie überhaupt jeder Müllkippe in Istanbul – war besonders mager.

Und dennoch schien der alte Sebas Baykal Dinge zu finden. Ein rostiges Stück Eisen – mit dem man vielleicht jemandem eins über den Schädel geben konnte? Verfaultes Gemüse, das er in einem schwarzen Plastikbeutel verstaute – wozu, wußte niemand, denn viel bessere Abfälle fanden sich leicht auf dem Marktplatz jenseits der Brücke. Ein schmieriger Pappkarton. Wenn er Glück hatte, ein wenig gesplittertes Holz. Daß er nach Holz suchte, war begreiflich: Mit Holz ließ sich ein Feuer anzünden.

Nach allgemein verbreiteter Ansicht war der alte Sebas ein wenig verrückt. Manchmal neckten ein paar Straßenjungen ihn, während er umherstöberte, und die Art, wie er reagierte, in dem er ihnen nachsetzte, war der Beweis dafür. Schaum trat ihm vor den Mund, er schleuderte in spastisch zuckender Wut Steine nach ihnen und brüllte endlose Beschimpfungen.

Erwachsene scheuten sich, ihm zu begegnen. Und wenn der alte Sebas auf dem Gehweg erschien, liefen die, welche ihn kannten, in einem kleinen Halbkreis um ihn herum. Einmal hatte ein Soldat ihn aufgefordert, ihm zu zeigen, was sich in dem schwarzen Plastiksack befand, und der alte Sebas war völlig ausgerastet und hatte dem Soldaten zehn Pfund faule Tomaten auf Uniform und Stiefel gekippt. Sogar die Kinder zeigten allmählich größere Zurückhaltung. Kaum eine Woche zuvor hatte er einem Zehnjährigen einen Stein an den Kopf geworfen.

Aber der alte Sebas Baykal wußte genau, was er tat. Er begab sich zu einer Stelle, die sich genau zwei Schritte weit südlich des westlichsten der drei Stützbalken befand, die das *Kelebec-Mobilva*-Schild trugen, und stocherte mit seinem Stock im Boden herum. Die Beutel waren da, verpackt in einem großen, kräftigen schwarzen Plastiksack.

Ein neugieriger Erwachsener, der von Sebas Baykal nichts wußte, lungerte am Rande der kleinen Müllkippe herum und sah ihm zu. Der alte Sebas wurde wild vor wahnsinniger Wut, warf sich auf den Boden und kreischte, als sei er von einem bösen Geist besessen. Schließlich rappelte er sich wieder auf und näherte sich dem Beobachter mit ruckhaften, spastischen Sprüngen. Seine Hände umklammerten faule Tomaten. Der unschuldige Zuschauer wich rasch zurück, und als der Mann seine Wurfgeschosse fliegen ließ, ergriff er hastig die Flucht.

Sebas Baykal kehrte knurrend zu seinem Versteck zurück. Ein

schneller Handgriff in den Plastiksack, ein kurzes Umhertasten, und dann hatte er sein Geld – in türkischen Liras. Es fühlte sich an wie weiches Toilettenpapier. Sebas schob das Geld in die Tasche; er wußte, daß es stimmte – bis auf die letzte Lira. Noch nie hatte man ihn betrogen.

Dann zog er den schmutzigen Plastikbeutel aus der Vertiefung und stopfte ihn in einen zerknüllten Sack, dessen Enden er mit einem starken Draht fest zusammenband. Um das Maß voll zu machen, befanden sich neben dem schwarzen Plastikbeutel ein paar Pfund faule Tomaten in dem Sack. Mit einem Schwung wuchtete er sich etwa einhundertzehn Pfund auf den Rücken, und kaum fünf oder zehn Minuten, nachdem er auf der Müllkippe umhergeklettert war, befand er sich auf dem Weg zur Atatürk-Brücke – und zu den Docks.

Der alte Sebas trug seine Last ohne große Mühe. Als junger Mann war er ein fast legendärer *Hamal* gewesen, ein menschlicher Lastenträger. Sie waren ein weitverbreiteter Anblick in Istanbul, wie sie große Lasten auf dem Rücken balancierten. Das Prestige eines Hamal – und auch sein Einkommen – hing von seiner Fähigkeit ab, auch die schwersten und klobigsten Güter zu transportieren. Zu seiner Zeit, bevor er in den Docks und später als Matrose gearbeitet hatte, war Sebas einer der besten gewesen.

Als der alte Mann die Yolcuzade Caddesi hinunterging, sah er, wie ihm ein anderer Hamal entgegenkam. Der Mann trug Plastikfahrräder, die, eines über das andere gestapelt, mindestens das Anderthalbfache seines eigenen Gewichts wogen. Als der Hamal den alten Sebas erblickte, wich er wachsam aus und umging den Alten in einem Halbkreis. Sebas grollte zustimmend. Innerlich kicherte der Alte leise. Der Hamal mit seinem schiefen Turm aus Fahrrädern hatte ihn an ein Trickfoto erinnert, das er vor Jahren, als er in Livorno an Land gegangen war, in Pisa hatte aufnehmen lassen: Als das Foto entwickelt und abgezogen war, zeigte es ihn, wie er den Schiefen Turm auf dem gebeugten Rücken trug.

Sebas blieb auf der rechten Seite der Straße, die zur Atatürk-Brücke und den Azapkapi-Docks hinunterführte. Manchmal lief er, weil der Gehweg so schmal war, durch die Gosse. Schließlich erreichte er die Treppe am nordwestlichen Ende der Atatürk-Brücke. Die Stufen waren schmal und aus grauem Stein gehauen. Er stieg an der Seite der Brücke hinunter zu den Docks. Am Fuße der Treppe mußte er sich durch eine enge Öffnung zwängen, aber das hatte er schon viele Male getan. Viel wichtiger war die Tatsache, daß niemand ihn je aufgehalten hatte.

Zollbeamte und Wachleute waren es gewöhnt, den alten Sebas

Baykal in den Docks arbeiten zu sehen. Sebas stahl niemals etwas; er nahm nur solchen Abfall und Schrott, auf den niemand einen Anspruch erheben würde. Ganz selten geschah es, daß einer der diensthabenden Wachmänner herbeikam und inspizierte, was der alte Sebas trieb. Bei solchen Gelegenheiten verfiel Sebas merkwürdigerweise nur in ein leises Wimmern, ohne jedoch einen seiner üblichen Ausbrüche vom Stapel zu lassen. Aber so oft der Wachmann ihn auch kontrollieren mochte, es geschah niemals, wenn der alte Sebas Morphinbase auf das Dock schmuggelte. Tatsächlich war Sebas überzeugt, daß der Wachmann selbst von dem Mann bezahlt wurde, den er im Coffee Shop kennengelernt und von dem er seine Instruktionen erhalten hatte.

Sebas kannte jeden Zoll der Docks im Hafen von Istanbul. Besonders vertraut waren ihm die Azapkapi-Docks, denn hier hatte er jahrelang als Stauer gearbeitet, und so war es ihm nicht schwer, das Versteck zu finden. Jetzt blieb ihm nichts weiter zu tun, als den schwarzen Plastikbeutel aus dem Sack zu nehmen und ihn, wie befohlen, zu verstauen – in einer Lücke zwischen übereinandergestapelten, rostenden Stahlträgern. Seit mindestens zwei oder drei Jahren lagen diese Träger auf dem Dock, und offensichtlich würden sie eines Tages auf dem Schrott landen.

Als er seinen Auftrag ausgeführt hatte, stopfte der alte Sebas seinen Sack mit zerrissenen Zeitungen, schmieriger Baumwollwatte und anderem Zeug voll, bis er seine klobige Form wiedergewonnen hatte. Dann ging er zu der Treppe zurück, drängte sich mitsamt seinem Sack durch die Öffnung und machte sich an den Aufstieg. Er hatte gehört, daß die Hafenbehörde erwog, die Lücke, durch die er eben gekommen war, zu verschließen. Es war nur ein Gerücht, und der alte Sebas war sicher, daß Jahre vergehen würden, bevor etwas geschähe, selbst wenn es stimmte. Und dann würde er entweder tot sein, oder er würde einen anderen Weg finden.

Er überquerte die Atatürk-Brücke, und sein Herz sang. Seit er diese Aufträge, durchschnittlich einmal im Monat, erledigte, verdiente er mehr, als ihm die Arbeit als Hamal, als Stauer oder als Matrose jemals eingebracht hatte – selbst in seinen besten Tagen. Es war wahrscheinlich ein Segen von Allah, nachdem man ihn zuerst von den Schiffen und dann von den Docks gejagt hatte, weil er zu alt sei.

Der alte Mann kam an einem roten Fiatlastwagen vorbei, an dem zwei Männer, der Fahrer und sein Beifahrer, miteinander plaudernd lehnten. Der alte Mann hatte weder die beiden noch den Lastwagen je zuvor gesehen, und ahnungslos ging er an ihnen vorüber. Die üblichen Hyänen wimmelten umher, größtenteils Kinder, die die Überreste nach eßbarem Gemüse durchsuchten, das sie in durchsichtige Plastiktüten stopften. Immer, wenn der alte Sebas Baykal sie sah, empfand er Mitleid mit ihnen.

Er überquerte die Straße und wanderte durch eine schmutzige Gasse, die sich zwischen hölzernen Baracken hindurch den Hügel hinaufschlängelte. Der alte Sebas lebte oben auf dem Hügel in einem heruntergekommenen Appartementhaus, das auf das Goldene Horn zwischen der Atatürk- und der Galata-Brücke hinausblickte. Tatsächlich gehörte ihm das ganze Gebäude, und er vermietete die verfallenen Appartements. Sebas' eigene Wohnung gab ihm gelegentlich Anlaß zur Besorgnis. Sie war bequem eingerichtet und mit kostspieligen Gegenständen ausgestattet, darunter ein Fernsehgerät und ein Kühlschrank und eine hervorragend bestückte Speisekammer.

Wenn ein Beamter sähe, was er in seiner Wohnung hatte, würde er in große Schwierigkeiten geraten und versuchen müssen, sich mit wenig überzeugenden Lügen herauszureden. Aber was immer geschehen mochte, niemals würde er tun, was der Kerl, den sie aus dem Wasser des Goldenen Horns gefischt hatten, getan hatte.

Unter keinen Umständen würden die Lippen des alten Sebas Baykal menschliche Exkremente absondern.

Bokzurt Mummar hatte die Wache auf dem schmutzigen kleinen Küstendampfer *Petit Cheval*, der die Routen zwischen dem Nahen Osten, der Türkei, der Ägäis, Italien, Südfrankreich und Spanien befuhr. Im Augenblick lag das Schiff an den Azapkapi-Docks, dicht neben der Atatürk-Brücke. Obgleich Mummar nach vielen Dienstjahren in der Handelsmarine über eine gewerkschaftlich garantierte Vorrangstellung verfügte, hatte er sich die Wache zwischen Mitternacht und den frühen Morgenstunden ausgesucht, denn Bokzurt Mummar beabsichtigte, während seiner Wache die *Petit Cheval* rasch und lautlos zu verlassen.

Der Nachtwind, der sanft vom Goldenen Horn herüberwehte, strich kühl und erfrischend über sein Gesicht. Bald würde es Zeit sein. Abgesehen von einer leichten Anspannung der Magenmuskeln – die nur bewies, daß er nicht nervenlos war – hatte Bokzurt Mummar nur wenig Angst davor, gefaßt zu werden. Mit den Jahren hatte er ein paar Dinge gelernt. Die wichtigste Lektion war gewesen: Wer schmuggeln will, muß warten können ... auf den richtigen Augenblick, der die optimale Chance bot.

Bokzurt Mummar hatte außerdem gelernt, daß die Chancen zu seinen Gunsten standen. Wenn die Behörden nicht gewarnt worden waren und wenn er den richtigen Augenblick erwählte, würde niemand ihn beim Morphinschmuggel ertappen. Wenn die Lieferung erst an Bord wäre, gäbe es dort zehntausend potentielle Verstecke dafür. Und wenn die Reise vorüber wäre, würde er die Konterbande in Marseille ebenso leicht auf die Docks schaffen können, wie er sie in Istanbul vom Kai holen würde.

Schmuggeln hieß warten – und es hieß, den Kontakt mit der Schmuggelware auf einem Minimum zu halten. Während der gesamten Operation würde er die Morphinbeutel weniger als zehn Minuten lang in der Hand halten – zehn Minuten, die sich über mehrere Tage verteilten.

Jetzt war es Zeit. Schwarz gekleidet und mit einer schwarzen, tief in die Stirn gezogenen Wollmütze bewegte sich Bokzurt Mummar wie ein Schatten über die Gangway zum Kai hinunter. Behende glitt er über das Dock, und an den dunkelsten Stellen blieb er hin und wieder stehen, um mit Augen und Ohren, die an Dunkelheit und Stille gewöhnt waren, zu lauschen und sich umzuschauen. So lautlos und flink huschte er über das Dock, daß seine plötzliche Anwesenheit eine streunende Katze erschreckte. Mummar wurde von lautlosem Gelächter geschüttelt, als die Katze kreischte und als ihr Fell sich im matten Mondlicht sträubte wie in einem Zeichentrickfilm, den er einmal gesehen hatte und in dem eine Katze ihre Pfote in die Steckdose geschoben hatte.

Seine Bauchmuskeln entspannten sich wieder, und Mummar sprang weiter bis zu einem Stapel rostiger Stahlträger. Einen Augenblick später streiften seine Fingerspitzen über den schwarzen Plastiksack. Weniger als eine Minute später stopfte er einen der beiden kleineren Beutel, die der größere enthielt, in seinen leinenen Seesack. Mummar bevorzugte Geschwindigkeit und Gewandtheit gegenüber brutaler Kraft: Den Rest der Morphinbase ließ er an Ort und Stelle, um ihn später abzuholen.

Kurz darauf stand er in der leeren Kombüse; und wieder ein paar Sekunden später hatte er die Konterbande aus dem Seesack gezogen, in einen Jutesack gesteckt und in einem Vorratsbehälter verstaut, der eine halbe Tonne Zwiebeln in ähnlichen Säcken enthielt. Wenige Minuten darauf hatte Mummar auch die zweite Hälfte der Morphinbase sicher an Bord versteckt und war auf seinen Wachtposten zurückgekehrt.

Am nächsten Vormittag spazierte er über die Atatürk-Brücke. Genau in der Mitte des westlichen Gehwegs – durch sorgfältiges Abschreiten hatte er diesen Punkt zuvor bestimmt –, pünktlich um elf Uhr fünfunddreißig, putzte er sich lange und heftig mit einem großen, leuchtendroten Taschentuch die Nase. Er fragte sich, welcher der zahllosen Fußgänger auf sein Signal warten mochte, daß die Morphinbase sicher an Bord verstaut sei. Fünfzehn Stunden später stampfte die *Petit Cheval* unter der hochgezogenen Galata-Brücke hindurch und verließ den Hafen von Istanbul. In Palermo, Sizilien, würde sie ihre Fracht löschen und dafür eine neue Ladung an Bord nehmen.

Mummar hatte gehört, daß es sich dabei um sizilianischen Wein handeln würde, den einige der skrupellosen Winzer in Südfrankreich mit ihren eigenen, kostspieligeren Erzeugnissen zu vermischen pflegten. Abgesehen davon würde die Fahrt nach Marseille ohne Unterbrechung vonstatten gehen.

Während der ganzen Reise berührte Bokzut Mummar nur noch ein einziges Mal den Jutesack, der die Pakete mit Morphinbase enthielt, und bei dieser Gelegenheit war er sicher, daß niemand ihn beobachtete. Es war frühmorgens, während der ersten Wache, als der Chefkoch wie alle anderen schlief, wie alle jedenfalls, die im Lebensmittellager nichts verloren hatten. Mummar entknotete die rote Plastikschnur an einem der Säcke – der andere war mit einem weißen Knoten verschlossen – und nahm sein Geld heraus.

Knisternde Schweizer Banknoten. Soviel konnte er auf hundert gewöhnlichen Fahrten als Hilfskoch nicht verdienen – dies nämlich war sein Beruf. Nie wieder machte er sich an Morphinpaketen zu schaffen, die in den Jutesäcken lagen, versteckt zwischen anderen, mit Zwiebeln gefüllten. Als Hilfskoch hatte Mummar, neben anderen, niederen Tätigkeiten, die Aufgabe, Kartoffeln und Zwiebeln zu schälen. Nur er hatte im Kartoffel- und Zwiebellager etwas verloren. Jeden Tag, wenn er Zwiebeln herausnahm, vergewisserte er sich, daß der Morphinsack an seinem Platz lag, hinten in der Mitte.

Sollte es durch einen unwahrscheinlichen Zufall geschehen, daß jemand auf die Pakete mit der Morphinbase stieß – und dies war äußerst unwahrscheinlich –, würde niemand ihn handfest beschuldigen können. Ganz gewiß würde er alles bestreiten, während er sich schreiend von Bord der *Petit Cheval* schleppen ließ. Die Organisation, für die er arbeitete, garantierte ihm die Verteidigung durch hochqualifizierte Anwälte. Niemals, unter keinen Umständen, würde er singen. Dies wäre weit riskanter, als wenn man ihn dabei ertappte, wie er Morphinbase vom Kai in Istanbul nach Marseille schmuggelte.

In jeder anderen Hinsicht handelte es sich um eine Routinefahrt. Mummar schälte kleine Berge von Kartoffeln und Zwiebeln, schnitt Hunderte von Tomaten in Scheiben und überging achselzuckend Hunderte von Beleidigungen, mit denen der Koch ihn bedachte. Es stimmte – die schmutzigen Hilfsarbeiten langweilten ihn, und er verrichtete sie mit der Energie, mit der ein Spanier eine Fliege totschlägt. Zum Glück fuhr er nicht so oft zur See. Er spielte ein wenig, trank zuviel Wein, kotzte sein eigenes Essen zusammen mit den anderen über die Reling, und jede Nacht ließ er sich vom Maat bumsen.

Es war ein strahlender, sonniger Morgen, als die *Petit Cheval* durch die schmale Öffnung zwischen der Digue du Fort St-Jean und der Digue Ste-Marie ohne besondere Ankündigung in den Hafen von Marseille einlief. Es war eine von zwanzig- bis dreißigtausend Schiffsbewegungen, die die schmale Hafeneinfahrt jährlich erlebte, und es handelte sich um einen ziemlich schmutzigen, verrosteten kleinen Kahn.

Der Küstenfrachter machte im Bassin de la Grande Juliette an Kai J4 fest. Schon dies betrachtete Bokzurt Mummar als ein ausgezeichnetes Omen: Der Kai war einer der letzten vor dem Zaun zwischen dem südöstlichen Hafenbereich und der Digue du Fort St-Jean, wo ganz gewöhnliche Leute im Wasser der Hafeneinfahrt zum Vieux Port von Marseille fischten.

Im Laufe des Tages würde man ihm weitere Anweisungen bezüglich der Morphinbase erteilen, aber angesichts des günstigen Liegeplatzes, den die *Petit Cheval* ergattert hatte, konnte er sich denken, was man ihm auftragen würde.

Es gab Dutzende von Methoden, die Konterbande von Bord zu schmuggeln: Man warf sie in wasserdichten Säcken an einer zuvor vereinbarten Stelle vor der Küste über Bord, wo Komplizen sie dann mit Netzen wieder auffischten, man versteckte sie irgendwo auf den Docks, oder man brachte sie unter den Augen eines korrupten Zollbeamten vom Schiff.

Nachdem Mummar an diesem Morgen das Schiff verlassen hatte und durch die Paßkontrolle gegangen war, begab er sich als erstes zu einer Telefonzelle und wählte eine bestimmte Nummer in Marseille.

»*Allo*«, meldete sich jemand.

»*Allo. C'est Victor.*«

»*Victor?*«

»*Oui, Victor de Naxos.*« Er benutzte den Namen einer griechischen Insel.

»Ich kenne keinen Victor aus Naxos. Mit wem wollen Sie sprechen?«

»Ist dort nicht Marseille 53 34 6?«

»Sie haben sich verwählt. Hier ist Marseille 53 34 62.« Der Mann am anderen Ende betonte die »zwo«.

»*Excusez-moi.*«

»De rien.«

Mummar hängte ein. Später, nämlich genau um drei Uhr nachmittags, würde er die Nummer anrufen, für die »zwo« der Code gewesen war – die erste Telefonnummer, die er sich ins Gedächtnis eingeprägt hatte. Für Mummar war dies die einzige wirkliche Schwierigkeit an der ganzen Operation gewesen. Die Nummern auswendig zu lernen. Sie den ganzen Tag im Kopf zu behalten, trieb Mummar zum Wahnsinn. Um sein gepeinigtes Gedächtnis zu erleichtern, schrieb Mummar – gegen seine Anweisungen – fünf Ziffern auf einen Fetzen Zeitungspapier. Die sechste Ziffer würde er ganz gewiß nicht vergessen. Es war der Fluch seines Lebens, daß er es schaffte, jede einzelne dieser gottverdammten Zahlen während der ganzen Reise von Istanbul bis hierher zu behalten, sogar in stürmischer See und mit dem Maat an seinem Arsch, und sie dann eine Stunde bevor er anrufen sollte, zu vergessen. Man konnte glauben, ein böser Zauber laste auf ihm.

Mummar telefonierte aus einer Zelle am Canebière.

Inzwischen würden sie den Liegeplatz der *Petit Cheval* kennen. Der Inhalt der Befehle bestätigte seine Vermutung.

Bokzurt Mummar war nicht zum Studenten geschaffen, und Prüfungen hatten ihm noch stets ein böses Magenflattern verursacht; Diebstahl hingegen oder die praktische Seite des Schmuggelns ließen seinen Magen so gut wie überhaupt nicht flattern. Er glaubte einfach nicht – vorausgesetzt, daß er vorsichtig war und auf den richtigen Augenblick wartete –, daß man ihn dabei erwischen würde. Erfahrung vermittelt Selbstvertrauen – Selbstvertrauen beim Stehlen von Obst und Gemüse auf dem Markt, als er ein Kind war, beim Stehlen von Süßigkeiten von der Ladentheke mit neun und beim Stehlen von Radkappen als Teenager; die ganze Liste seiner Erfahrungen war weit länger.

Kurz vor Mitternacht, während seiner Wache, verschwand Mummar von Bord der *Petit Cheval.* Wieder wurde er zu einer Katze, die pfeilschnell von Schatten zu Schatten huschte und zwischen die großen, gelben *Caterpillar*-Traktoren schlüpfte, die ungeordnet auf den freien Flächen südlich von Kai J4 geparkt waren. Einige von ihnen standen direkt vor dem rostig-weißen Zaun aus Eisenstäben, der das abgesperrte Hafengelände von der öffentlich zugänglichen Digue du Fort St-Jean trennte.

Der Zaun war hoch, anderthalbmal so hoch wie ein ausgewachsener Mann. Einmal hatte Mummar ein illegales Paket just über diesen Zaun geworfen, aber seine Anweisungen für diese Nacht waren noch simpler. Er versteckte die Hälfte seiner Lieferung äußerst notdürftig zwischen den Rädern eines Bulldozers und kehrte dann flink und lautlos zur *Petit Cheval* zurück, um den Rest zu holen.

Es war unglaublich, aber wahr: An seiner westlichen Ecke, wo der Zaun nach einem Neunziggradknick noch ein paar Schritte weit nach Norden reichte, endete er am Rande des Wassers am westlichen Ende des Hafendammes, der Digue du Fort St-Jean. Jedem, der das Hafengelände vom Damm aus betreten wollte, war der Weg durch stählerne Dornen versperrt, die jeweils einen Zoll lang waren und in Abständen von einem Zoll in den letzten Zaunpfahl eingelassen waren. Aber es war unglaublich einfach, über die Steine zum Wasser hinunter und um die Stahlspitzen herum auf das Hafengelände oder zurück auf den Damm zu klettern.

Mummar hatte erst am Nachmittag mitangesehen, wie zwei Fischer es getan hatten; sie waren über die Felsbrocken gekraxelt, hatten den stachelbewehrten Zaun umrundet und auf der Hafenseite geangelt.

Sicher, mit einem Bulldozer oder einem Lkw würde niemand über die Steine gelangen, und schwere Kisten auf diesem Wege aus dem Hafen zu schmuggeln war ebenso wenig möglich. Aber für ein paar Pakete mit vierzig Kilogramm Morphinbase war es überhaupt kein Problem.

Mummar tat es. Als er sicher war, daß die Luft rein war, huschte er mit der Hälfte seiner Lieferung zum Rande des Zaunes, kletterte vorsichtig um die Dornen herum und warf die Säcke in einen Fischerkorb, der dicht neben dem Zaun am Boden stand. Dann kehrte er mit dem Rest der Morphinbase zurück und wiederholte den Vorgang.

Daß es die richtigen Fischerkörbe waren, erkannte er nicht nur an ihrer Farbe und Position, sondern auch daran, daß in einem von ihnen ein dickes Bündel französischer Banknoten lag. Bokzurt Mummar liebte diese Arbeit vor allem deshalb, weil er nicht einmal, sondern zweimal bezahlt wurde.

Der Fischer hatte mit dem Rücken zum Zaun gestanden und auf das Wasser in der Einfahrt zum Vieux Port geblickt. Fünfzehn Minuten, nachdem Mummar seine Fracht abgeliefert hatte, schickte der Fischer sich an, Feierabend zu machen. Nur noch er und drei oder vier andere standen um diese Zeit noch auf dem Viertelmeilenstück der Digue du Fort St-Jean und hatten ihre Leinen im Wasser. Um genau null Uhr fünzehn packte er seine Sachen zusammen.

Der Fischer verstaute seine Ausrüstung, einschließlich der Körbe, im Seitenwagen eines Motorrades. Dann trat er gähnend den Starter herunter und drehte mit der Hand das Gas auf.

Er gähnte wieder, als er den Damm hinauf und am Fort selbst vorbeifuhr. Und er gähnte, trotz des kalten Windes in seinem Gesicht, noch immer, als er den Quai du Port hinunterschnurrte. Am nächsten Morgen würde er den Stoff in zwei respektable Koffer packen und in einem Schließfach am Bahnhof St-Charles abstellen.

Zum Glück liebte er das Fischen, und die Fische, die er fing, schmeckten ihm – aber seiner Frau nicht. Wenn seine Frau die Bouillabaisse wieder ruiniert hatte, würde er sie mit einem Tritt in den Arsch aus dem Bett befördern. Ohnehin hatte er festgestellt, daß sie sich zum Nachteil verändert hatte, seit er aus dem Knast gekommen war.

Etwa um dieselbe Zeit, da der Fischer seiner Frau einen Tritt versetzte, schlief Crystal in Zürich im Hotel Zürich. Er hatte eines der zweihundertelf geräumigen Zimmer, die mit Klimaanlagen, Fernsehern, Radios und Kühlschränken ausgestattet waren. Während seines zehntägigen Aufenthaltes in Zürich war er einmal mit Charlie zusammengetroffen, und sie hatte ihn über den nächsten Auftrag informiert. Davon abgesehen hatte er frei über seine Zeit verfügen können. Bald aber würde er nach Marseille fliegen müssen.

Während Crystal in Zürich schlief, saß Charlie an ihrem Tisch vor dem Westfenster des »Rooftop Nightclub« im Hilton und schlug die Zeit tot. Inzwischen war es wirklich »ihr« Tisch. Sie war auf demselben Wege von Zürich nach Heathrow zurückgeflogen, und allmählich stand ihr die endlose Fliegerei von Flughafen zu Flughafen bis obenhin. Nicht lange, und sie würde mit einem falschen Paß nach Marseille jetten müssen.

Während Charlie im Hilton saß, schalen französischen Champagner nippte und den Verkehr auf der Park Lane beobachtete, war Wheeler in New York mit harter Arbeit beschäftigt. Er hatte jemandem, der in der Rauschgiftbekämpfungsbehörde eine noch höhere Position innehatte, zu erklären, weshalb er schon so rasch wieder nach Europa, genau gesagt, nach Marseille, zurückfliegen mußte. Das New Yorker Büro lief fast von allein, behauptete Wheeler, aber er müsse regelmäßig nach Übersee reisen. Nicht, weil es ihm Spaß mache, sondern weil es überall auf dem Kontinent Hintern gebe, die einen Tritt oder eine Streicheleinheit brauchten, weil sie sich sonst einfach niederließen und fett wurden.

21

Es war spätnachmittags in Liz Fitzwilliams Apartment an der Südseite des Central Park. Sahnig sanftes Nachmittagslicht strömte durch die kostbare Seidensonnenblende; der zarte Vorhang bebte in einer leichten Brise und ließ das Licht auf dem dicken Teppich und den hellblauen Seidenbezügen des Bettes einen unwirklichen Tanz vollführen. Die Farbe der Bettwäsche ähnelte der von Liz Fitzwilliams Augen.

»Weißt du was, Engelchen?« Jack Graniano hatte plötzlich eine Idee. »Laß uns doch aus New York verschwinden. Einfach abhauen. Weißt du, was ich meine?«

Die Stadt gab Graniano allmählich das Gefühl, der Himmel wolle ihm auf den Kopf fallen, und ihm war ein wenig unheimlich zumute. Sinas Beterei den ganzen Tag lang – das war schon unnatürlich. Das Scheidungsverfahren wurde immer wieder behindert. Sinas neueste Masche war es, zu betonen, daß sie eine gute Katholikin sei und daß sie nicht nachgeben werde, was immer der Papst dazu sagen mochte. Wenn Graniano sie loswerden wolle, könne er ja vom Dach springen.

Aus irgendeinem Grunde hatten alte Freunde aus dem organisierten Verbrechen – Kumpels, mit denen er in alten Zeiten diesem und jenem mal den Arm oder das Bein gebrochen hatte – angefangen, ihn zu schneiden; sie zeigten ihm nicht völlig die kalte Schulter, aber doch beinahe. Dabei hatte es Zeiten gegeben, in denen die meisten von ihnen einen Umweg von einer Meile auf sich genommen hätten, um an seinem Tisch im Restaurant vorbeizukommen und ihm guten Tag zu sagen. Jetzt aber bewegten sie kaum noch die Lippen, wenn sie zufällig an seinem Tisch vorübergingen. Sie drückten sich am Tisch des Don vorbei und sprachen kein Wort zuviel!

Die Oberkellner gaben ihm immer noch die besten Tische, aber ein paar seiner Lieblings-Entertainer verkniffen sich die Bemerkungen über ihn. Früher hatten die Komiker ihre Show immer mit gespielt furchtsamen Andeutungen darüber gewürzt, wie die bloße Anwesenheit des Don auf der Empore ihnen schon das Herz in die Hose sinken lasse.

Sogar die Komiker wichen ihm aus. Anscheinend hatten sie echte Angst, Witzchen über den Don zu machen.

Als er Coco gefragt hatte, was los sei, hatte der Unterboß nur die Achseln gezuckt. Auf Granianos Drängen jedoch hatte er gemurmelt, daß es vielleicht an dieser unangenehmen Scheidungsgeschichte mit Sina liege, diesem braven italienischen Mädchen, und daran, daß die Route aus der Türkei immer noch nicht offen sei, so daß die anderen

Familien allmählich ungeduldig würden, und vielleicht auch daran, daß Liz Fitzwilliam so schön sei . . .

»Und was heißt das, Coco?« hatte Graniano wissen wollen.

»Weißt du, sie ist so schön, daß die anderen Jungs vielleicht alle eifersüchtig sind.«

»Das ist doch verrückt.«

»Sie ist vielleicht so schön, aber eine Italienerin ist sie nicht.«

»Stuß.«

»Sie ist vielleicht so schön, aber sie versaut Sinas Leben. Wohlgemerkt, ich sage das nicht, Jack, aber vielleicht denkt man so. Ich brauche dir nicht zu sagen, daß Sinas Alter – der Don des Hafenviertels – großen Einfluß hat.«

»Sina versaut mir *mein* Leben, dieses nichtsnutzige Miststück.«

»Okay, vielleicht liegt es daran, daß sie so schön ist, daß sie deine gesamte Zeit in Anspruch nimmt. So schön ist sie . . .«

Was Coco dachte und auch gern gesagt hätte, war: *»Okay, du hast nichts als ihre Muschi im Sinn, und die Familien glauben deshalb, daß du nicht so recht bei der Sache bist. Vergiß nicht, diese Türkei-Route ist für uns alle – die Cosa Nostra. Dir haben die Familien lediglich die Konzession gegeben.«*

Graniano lag auf den seidenbezogenen Kissen und hatte die Hände hinter dem Kopf verschränkt. Er starrte durch die leise wehenden Seidenvorhänge auf die Penthouse-Terrasse hinaus. Sie hatte seinen Schwanz im Mund und nagte zärtlich daran.

»Hast du gehört, was ich gesagt habe, Baby?« beschwerte Graniano sich mit verhaltenem Klagen.

»Mmm, hmm.«

»Ich finde, der Big Apple ist sauer geworden. Die verdammte Stadt zahlt nicht mal ihre Schulden – lausiges Nest.«

»Mmmm.«

»Hast du irgendeinen Grund zum Bleiben?«

»Mmm, mmm.«

»Ich könnte langsam die Wände hochgehen, weißt du. Coco benimmt sich auch komisch, wenn du weißt, was ich meine. Sina betet den lieben langen Tag über, und diese verschissenen Anwälte rühren anscheinend keinen Finger . . . Hier geht 'ne Menge Respekt zum Teufel, verstehst du?«

»Mmm, hmm.«

»Wenn du nicht wärest, würde ich die ganze Scheißroute fahren lassen. Sollen die sich ihren Stoff doch selber holen. Ich hab' meine Schäfchen im trockenen. Was brauche ich noch?«

»Mmmm.«

»Aber niemand kann den Betrieb organisieren, das ist das Problem. Nur English Jack, und das wissen sie genau. Alle diese Klugschwätzer und Meckerer und Kiebitze.«

»Mmm, hmm.«

»Also geh dir das Näschen pudern, und dann fahren wir nach Südfrankreich. An die Riviera. Monte Carlo, Cannes – überallhin.«

»Mmmm?«

»Coco sagt, die Jungs sind beunruhigt, weil ich soviel Zeit mit dir verbringe, weißt du. Sie glauben, ich kümmere mich nicht um die Route, für die ich die Konzession habe.«

»Mmm, hmm?«

»Die haben doch keine Ahnung. Die Route läuft praktisch von selbst. Da ist überhaupt kein Grund zur Sorge.«

»Mmmm.«

»Und wenn wir in Saint-Tropez sind, werfe ich vielleicht mal einen Blick auf das französische Ende – nur um sicherzugehen.«

»Mmmm.«

Graniano wand sich auf dem Bett hin und her. »Hey, das ist wirklich sehr gut, Baby. Sehr, sehr gut. Aber es wird mich nicht umbringen, wenn du mal für fünf Minuten aufhörst.«

Liz Fitzwilliam saugte heftiger. Sie hatte ihn so weit im Mund, daß er fast bis in ihre Kehle reichte.

»Hör zu, Baby, wir müssen wirklich darüber reden. Bis jetzt hab' ich noch nichts Vernünftiges von dir gehört . . .«

Die Route war okay. Aziz Algan war umgebracht worden, aber dafür hatte er nicht mehr als ein großes »Na und?« übrig. Nur sein Privatleben lag in Trümmern. Sina betete den ganzen Tag; vielleicht betete sie ja dafür, daß die Kleine ihm die Seele aus dem Leib vögelte . . .

In dieser Hinsicht hatte er jedenfalls alle Hände voll zu tun. Aber eines mußte man dem Mädchen lassen: Sie war ihm treu ergeben. Loyal. Royal und loyal zugleich. Aber wenn sie nach Monte Carlo flögen und dort eine Yacht mieteten, würde sie das vielleicht ein wenig ablenken, und er würde, wenigstens für ein Weilchen, aus ihren Löchern herausbleiben können.

22

Es nieselte – für diese Jahreszeit in Marseille ungewöhnliches Wetter.

Mit zwei flachen Samsonite-Koffern ging der Fischer den Boulevard

Athenes hinauf auf die breite, graue Treppe zu, die zum Bahnhof St-Charles hinaufführte. Er kam an einem Mann vorbei, der einen Hund – einen Boxer – an der Leine führte; das Tier hockte sich nieder, um zu scheißen, und seine Pfoten rutschten über die regennassen Steinstufen. Der Fischer empfand aufwallenden Abscheu. Niemand kümmerte sich einen Dreck um irgend etwas; sie ließen ihre Hunde pissen und scheißen, wo sie gerade wollten.

Als er die Stufen erklommen hatte, wandte er sich nach rechts und überquerte die Straße zur Westseite des Bahnhofes, wo Schließfachreihen, eine über der anderen, die Wände eines großen Raumes bedeckten.

Der Fischer ging zu einem leeren Schließfach, stellte die beiden Koffer hinein, verschloß die kleine Stahltür, drehte am Griff, um sich zu vergewissern, daß das Fach verschlossen war, und verließ die Gepäckaufbewahrung. Er kehrte auf demselben Weg zurück, auf dem er gekommen war, und als er die Treppe hinunterging, fluchte er über die Hundescheiße.

Elf Minuten später, um genau acht Uhr morgens, rief er eine Telefonnummer an, die – so vermutete er – zu einem Café im Vieux Port gehörte, nicht weit von der Stelle, an der er jetzt stand. Er sprach zwei Sätze; mit dem einen identifizierte er sich, mit dem anderen teilte er die Schließfachnummer mit. Dann ging er nach Hause und legte sich schlafen. Am Nachmittag würde er sein Geld abholen, bevor er wieder zum Hafendamm ginge, um dort zu fischen. Fischen. Ah, Gott sei gedankt für Rute und Schnur! Und von der Frau erlöste es ihn auch für ein Weilchen.

Es war eben acht Uhr fünfzehn gewesen, als Pierre Venturi den Schließfachraum im Bahnhof St-Charles betrat. Vor einem Schließfach an der Ostwand des Raumes blieb er stehen und wühlte in seiner Tasche nach dem Schlüssel. Es war ein Passepartoutschlüssel, der auf jedes Schließfach in diesem Raum paßte. Er nahm die beiden schwarzen Samsonite-Koffer heraus und ersetzte sie durch einen einzelnen kleinen Koffer, der für das Bündel französischer Banknoten im versiegelten Plastikumschlag immer noch zu groß war.

Der Fischer war bezahlt, und Venturi hatte die nächste Etappe zu überwinden.

Der untersetzte Franzose ging durch den Bahnhof zur Metro nach Süden.

Die Metro war voll; es herrschte der allmorgendliche Berufsverkehr. Die Fahrgäste rochen nach Schweiß, feinem Regen und Plastikmänteln. Venturi drängte sich in die Menschentraube, die den Waggon gleich hinter dem Triebwagen bevölkerte.

Eine ältere Frau kreischte schmerzerfüllt auf, als Venturi sich zwischen sie und ein kleines, mausähnliches, gummikauendes Mädchen zwängte.

»Pardon«, sagte er und nahm seinen Stiefel von ihrem Fuß.

»Fettes Schwein!« keifte die Frau. Im Wagen herrschte ein solches Gedränge, daß sie sich nicht einmal bücken konnte, um sich den gepeinigten Fuß zu halten oder nachzusehen, ob ihr Strumpf eine Laufmasche davongetragen hatte.

Leute saßen auf den Sitzen und hatten Koffer neben sich, andere standen und hatten Koffer zwischen den Füßen, und Koffer drängten sich auch vor den Türen. Im ganzen Waggon gab es mindestens ein halbes Dutzend schwarze Samsonite-Koffer, einschließlich der beiden vor dem Eingang.

Hin und wieder flackerte das Licht im Wagen, während der Zug durch den Tunnel rumpelte. In einem der Fenster sah Venturi das Spiegelbild des Mannes, mit dem er verabredet war. Der Mann machte ein gleichgültiges Gesicht, während er versuchte, in einem Taschenbuch zu lesen. Ein Mädchen neben ihm warf ihm immer wieder verstohlene Blicke zu.

Leval war ein gutaussehender Halunke, dachte Venturi. Er hatte wirklich Glück. Er brauchte nichts weiter zu tun, als dazusitzen und sein Bein an ihrem zu reiben, und am selben Abend könnte er sie haben, wenn sie aus dem Büro käme. Oder während der Mittagspause, in einem Zimmer in einem der Hotels rund um den Vieux Port – wenn er wirklich darauf bestände.

Ratternd fuhr der Zug in die Station Colbert ein, und im Fenster sah Venturi, wie Leval sein Buch zuklappte. Der Kerl lächelte das Mädchen an, und die Kleine wurde rot wie ein Radieschen. Ein paar Fahrgäste stiegen aus, aber sie nicht. Es hätte Venturi nicht gewundert, wenn sie ihre Station mit Absicht versäumte.

Das Problem mit Leval war, daß er für dieses verdammte Geschäft viel zu gut aussah. Venturi dachte darüber nach. Wenn es jemals darauf ankäme, würde das Mädchen im Fenster Leval bei einer Gegenüberstellung aus tausend Gesichtern herausgreifen können. Sie brauchte nichts weiter zu tun, als sich daran zu erinnern, wie sie sich die Hose naßgemacht hatte, nur weil sie neben ihm saß.

Die nächste Station war Vieux Port. Die Türen öffneten sich, und die Menge stürmte auf den Bahnsteig hinaus. Venturi nahm die beiden anderen Samsonites auf und ließ die beiden mit der Morphinbase für Leval stehen. Er sah dem Zug nach, als er die Station verließ und nach

Estragin-Paradis weiterfuhr. Das Mädchen saß immer noch drin, und jetzt war Venturi sicher, daß sie längst hätte aussteigen müssen.

Venturi strebte mit der Menge dem Ausgang zu. Zwei Minuten später stand er auf der Rolltreppe zum Quai des Belges, dort, wo dieser auf die Canebière stieß, direkt am Wasser des Vieux Port. Venturi sah, wie mattes Sonnenlicht auf dem Edelstahl der Rolltreppe schimmerte. Wenig später überquerte er den Quai des Belges und ging durch den Nieselregen die Canebière hinauf und in die Rue Beauveau, die erste Straße zur Rechten. Dort parkte der Wagen, den er bei Avis gemietet hatte, dem Hotel Beauveau beinahe direkt gegenüber.

Er würde die zehn Meilen bis zum Flughafen Merignane mit dem Auto zurücklegen und dann zunächst einen Flug nach Paris nehmen. Die Idee stammte von Le Chef. Venturi nannte den Chemiker, der die Morphinbase in Heroin umwandelte, »Le Chef«. Der Mann führte ein Restaurant mit drei Michelin-Sternen. Le Chef war außerdem sehr vorsichtig. Er bestand darauf, daß Leval nach jedem Umsteigen alle möglichen Verfolger abschüttelte. Dazu reichte es nicht aus, wenn er in Marseille herumrannte. Le Chef hatte ihn angewiesen, in Frankreich herumzurennen.

Insofern war es merkwürdig, daß er die Nachteile nicht sah, die mit einem so gutaussehenden Burschen wie Leval verbunden waren.

Jean Leval fuhr eine Zeitlang in Marseille herum, um sicherzugehen, daß niemand ihm folgte. Die Morphinbase hatte er im Kofferraum des Simca verstaut.

Die Biene in der Metro hatte sich so heftig gegen seinen Schenkel gepreßt, daß er die dünne Linie ihres Slips hatte fühlen können. Bei jeder anderen Gelegenheit hätte er sie gezwungen, ihm zwanzig Minuten von ihrer Mittagspause zu opfern und mit ihrem Freund oder Verlobten Schluß zu machen. Darauf bestand er immer. Sie mußten vom Hotel aus anrufen, und er pflegte sein Ohr an den Hörer zu drücken und zu lauschen. Sonst, so behauptete er, wären sie untreu, und dann sei er nicht bereit, ihn hineinzuschieben. Bei sich aber gab er zu, daß es ganz so einfach nicht war: Irgend etwas Perverses in ihm trieb ihn zu solchen Dingen. Manchmal zwang er sie auch, den Job aufzugeben – sie mußten dann anrufen und erklären, sie würden nicht mehr kommen, nie mehr, und der Boss könne sich seinen Job sonstwohin schieben.

Wie auch immer – an diesem Tag war ein Quickie ausgeschlossen. Er hatte den Stoff abzuliefern, und Le Chef kannte keine Gnade, wenn jemand eine Tour vermasselte oder auch nur zu spät kam.

Als er sich überzeugt hatte, daß die Luft rein war, steuerte Leval den roten Simca zurück zum Vieux Port, bog am Quai des Belges nach rechts in den Boulevard Charles Livon, passierte das Hotel Sofitel und fuhr dann über die Küstenstraße, Corniche John Kennedy, um den letzten potentiellen Verfolger abzuschütteln.

Befriedigt wandte er sich sodann nach Norden durch die Avenue du Prado, bog ostwärts in den Boulevard Michelet und nahm Kurs auf Cassis.

Ein paar Meilen vor Cassis verließ er die N 559 und holperte über einen staubigen Feldweg zu einem Bauernhaus, in dem sich Le Chefs Labor verbarg – »La Küche«, wie jedermann es nannte. Die Morphinbase war zu Hause.

Crystal hatte ein Zimmer im Hotel Sofitel am Charles Livon gebucht. Das Hotel lag an der östlichen Zufahrt zum Vieux Port, und es bot einen Blick auf das Wasser und den Club Nautique Marseillais. Es lag an derselben Straße und auf derselben Straßenseite wie das massige Fort St-Nicolas, das Hauptquartier der Fremdenlegion. Auf dem Weg zu seinem Zusammentreffen mit Charlie Brown kam Crystal an dem Tor vorbei, über dem das rote Schild mit weißen Buchstaben hing: LEGION ETRANGERE. An dem Pfeiler neben dem Tor war eine weiße Tafel angebracht: LEGION ETRANGERE RECRUTEMENT. Ein kleiner Pfeil wies den Weg: OUVERT JOUR ET NUIT.

Der Killer kannte dies alles auswendig. In Zürich, während der schlechten Tage, hatte er sogar ernsthaft darüber nachgedacht. Es war eine Möglichkeit gewesen, gefährlich, aber immer noch besser als die Fische in der Limmat zu besuchen.

Charlie saß auf einer weißen Eisenbank vor einem der Holztore an der Nordseite des Fort, welches auch als Gefängnis diente. Das massive Tor war mit Wahlplakaten überklebt, und neben Charlie war ein verrostetes Graffito in die Bank gekratzt: *Joelle et George, le 18. 3. 79.* Daneben stand der Name *Sonia* und einige Illustrationen, die Einzelheiten der weiblichen Anatomie darstellten.

»Hallo.«

»Hallo.«

»Hattest du eine angenehme Reise?«

»Ja. Hast du die Pläne?«

Es war eine halbwegs überflüssige Frage. Charlie würde die Pläne haben, die Ausweise, und alles andere auch. Sie reichte ihm einen blauen Umschlag. »Da ist alles drin.«

Er schob alles in die Innentasche seiner braunen Wildlederjacke. Er würde es sorgsam studieren, später, in seinem Zimmer. »Nettes Hotel.«

»Ja.« Sie trug ihren Regenmantel, denn der Nieselregen hatte noch nicht aufgehört. Es war ein feiner Sprühregen, der wie ein dünner Film auf allem lag. Crystal hatte keine Lust, auf der Bank Platz zu nehmen. Sie war zu naß.

»Können wir ein Stück weit gehen?«

»Klar.« Sie gingen an der Ostseite des Vieux Port entlang auf den Quai des Belges zu, und sogleich wußte sie, daß sie erst wieder stehenbleiben würden, wenn sie Kai J4 erreicht hätten, wo die *Petit Cheval* lag.

»Warum, glaubst du, will er das tun?« fragte Crystal. Er machte Konversation, das war alles. Das »Warum« war nicht seine Sache.

»Ein dramatischer Effekt.«

»Meinst du?«

»Einen anderen Grund kann ich mir nicht denken. So, wie er auch das Camp in die Luft fliegen lassen wollte.«

»Kann sein.«

»Eine Warnung: ›Wir können euch kriegen, wo immer ihr seid, und wir können in die Luft jagen, was immer ihr benutzt. Also seht euch vor und stellt den Heroinschmuggel ein. Sonst ...‹ Etwas in dieser Art.«

»Kann sein.«

»Etwas anderes fällt mir nicht ein.«

»Der Aufwand ist reine Verschwendung.«

»Vielleicht hat er noch andere Gründe.«

»Na ja, eigentlich ist es mir egal. Aber er ist ein interessanter Kopf, dieser Wheeler.«

»Hast du vor, ein Buch darüber zu schreiben?« Charlie konnte sich die Bemerkung nicht verkneifen.

Er warf ihr einen seltsamen Blick zu und lächelte. »Du bist komisch.«

»Ich gebe auf. Sieh mich nicht noch einmal so an, denn sonst werde ich tot umfallen.« Er hatte keinen Sinn für Humor, dachte Charlie. Er tötete und sprengte Sachen in die Luft, und damit hatte sich's.

»Ich mag dich ein bißchen, Charlie.«

Jetzt war sie verwirrt.

Beide schwiegen, bis sie am Metro-Eingang Vieux Port vorbei zum Fischmarkt gekommen waren.

»Sehen gut aus.« Crystal betrachtete die Fische.

»Ja, sehr.«

Die Fischhändler verkauften Frischfisch aus dem Mittelmeer. Die Ware lag auf hölzernen Tabletts, und über den Verkäufern spannten sich rot, gelb, grün und blau gestreifte Schirme, die sie vor dem Nieselregen schützen sollten. Charlie hatte jetzt schon Hunger.

»Da gibt's heute abend eine Bouillabaisse«, meinte sie und deutete dabei auf ein Restaurant auf der anderen Straßenseite. Es hatte eine rote Markise, auf der stand: »Restaurant Vieux Port NewYork.«

»Kommst du mit?« fragte sie.

»Vorher oder nachher?«

Vielleicht hatte er doch einen Hauch von Humor, dachte sie. Natürlich – die *Petit Cheval* sollte am nächsten Tag auslaufen.

»Dabei fällt mir ein«, sagte er, »wo sind die Sachen zum Wechseln?«

»Im Gepäckraum im Bahnhof St-Charles. Der Schlüssel ist im Umschlag.« Alles war im Umschlag. Falsche Papiere, Pläne von der *Petit Cheval*, Schlüssel für das Schließfach und für den Wagen. Es war, als sei er auf dem Weg zu einem geschäftlichen Kongreß und sie sei seine eifrige Sekretärin, Miss Tüchtig.

Sie gingen bis zum Westrand des Vieux Port. Das Hafenbecken war ein Rechteck aus Wasser, das an der südlichen Seite, zum Meer hin, offen war. Die drei anderen Seiten waren von Yachten, Motorbooten und Seglern in langen Reihen gesäumt.

»Wo steht der Wagen?«

»Wo du willst.«

Jetzt hatten sie das Büro der Hafenpolizei erreicht. Crystal schaute hinüber zu den beiden Polizeibooten, die dicht neben dem Gebäude vertäut lagen. Niemand war zu sehen. Sie blieben stehen und sahen zu, wie eine Mutter und ihre Kinder einen Stock ins Wasser warfen. Ein brauner Hund sprang hinterdrein, und die Kinder feuerten ihn lauthals an, als er dem Stock nachschwamm.

Dann waren sie auf der Digue du Saint-Jean und gingen an dem Eisenzaun entlang, den Bokzurt Mummar umgangen hatte. Crystal sah, wie ein kleiner Junge den Zaun überkletterte, um seinen Ball zurückzuholen. Niemand schien ihn zu beachten. Kein einziger Ruf erscholl auf dem Hafengelände, das anscheinend verlassen dalag.

»Da liegt sie«, sagte Charlie.

Die schmutzige, verrostete *Petit Cheval* lag an Kai J4. Auch sie erschien wie ausgestorben.

Charlie kannte große Häfen überall in der Welt, und die scheinbare Leblosigkeit, die dort herrschte, verblüffte sie immer wieder. Dieser Eindruck mußte einfach falsch sein.

Crystal studierte das Schiff eine Zeitlang, und dann wandte er sich der Umgebung zu.

Schon in Zürich hatte er stundenlang über den Plänen der *Petit Cheval* gebrütet. Jetzt, da der Frachter vor ihm lag, sah er ihn wie mit

Röntgenaugen, denn er kannte jede Einzelheit, die unter der Schiffshaut steckte. Er wußte, wo der Zugang zu jedem der sechs Laderäume lag, er kannte jedes wichtige Schott, jede Luke. Schon jetzt wußte er genau, wo die einzelnen Bomben angebracht werden mußten.

Er würde sich die Pläne noch einmal vornehmen, diesmal verkleinerte Kopien, die Charlie auf seinen Wunsch hin hatte anfertigen lassen. Wenn er damit fertig wäre, würde er die Pläne zerreißen und in die Toilette in seinem Hotelzimmer im Sofitel werfen. Von Luftaufnahmen her war dem Killer auch das Bassin de la Grande Juliette vertraut. Sein großes Doppelbett im Hotel Zürich war mit solchen Fotos übersät gewesen.

»Wie tief ist das Wasser dort?« erkundigte sich Crystal. Dies war wichtig.

»Zwischen fünfundzwanzig und dreißig Fuß. Steht alles in den Unterlagen.«

Crystal betrachtete das Schiff noch eine Weile, und dann die Umgebung. »Wo ist das Material?« fragte er.

»Es wird unter diesem Bulldozer liegen«, antwortete sie. »Unter dem, der uns am nächsten steht.«

»Neben den Eisendornen?«

»Ja.«

»Dessen Schaufel auf den Lagerschuppen von J4 gerichtet ist?« Er ging ganz sicher.

»Genau.«

Die Traktoren und Bulldozer waren anscheinend erst kürzlich nach Marseille importiert worden. Sie parkten überall auf den freien Plätzen an Kai J4 und bildeten einen regelrechten Hindernisparcours. Offensichtlich würden sie vorerst so stehenbleiben, und falls man sie bewegte, würde Crystals Bulldozer zuletzt an die Reihe kommen.

»Zwischen den Ketten?«

»Ja.«

»Wo genau?«

»Unter der Fahrerkabine.«

»Okay, dann können wir jetzt gehen.«

Sie wandten sich ab und spazierten langsam über den Damm zurück. Als Crystal nach Westen hin über das Wasser schaute, sah er das Sofitel, den Yachtclub und die felsige Landzunge ein Stück weit südlich des Sofitel, am Fuße des Jardin du Pharo.

Im Hotel würde er die Karten hervorholen und ausrechnen, wie lange man brauchte, um vom Hafendamm zu den Felsen unterhalb des Jardin du Pharo zu schwimmen. Es war lediglich eine weitere Vorsichtsmaßnahme. Je mehr Möglichkeiten Crystal bei seiner Arbeit hatte, desto lieber war es ihm, und er pflegte stets die Fluchtwege zu zählen.

In einer Zelle der Männertoilette im Bahnhof St-Charles zog Crystal seine Seemannskleidung an. Er wollte nicht, daß Portier, Pagen oder sonst jemand im Sofitel ihn in seinem neuen Gewand zu Gesicht bekäme. Seine eigene, nirgends gekennzeichnete Kleidung stopfte er in eine Flugtasche, die er dann in ein Schließfach schob. Hierauf nahm Crystal, genau wie nur anderthalb Tage vor ihm auch Pierre Venturi, die Metro zum Vieux Port. Auf derselben Rolltreppe gelangte er zum Quai des Belges.

Aus purer Neugier warf er einen Blick hinüber zum Restaurant »New York«, aber von Charlie war nichts zu sehen. An einem Tisch draußen vor dem »New York« saß sie jedenfalls nicht, aber vielleicht war sie drinnen.

Canebière, der Broadway von Marseille, war gleißend hell erleuchtet und pulsierte vom spätabendlichen Treiben.

Als Crystal die halbe Meile bis zum Kai J4 zurücklegte, war er nur einer von Tausenden, die sich zu dieser späten Stunde am Vieux Port drängten. Touristen, Seeleute, Einwohner von Marseille und andere erfüllten die Straßen rings um den alten Hafen und bevölkerten die zahllosen Nachtbars.

Niemand ahnte, daß der Mann im schwarzen Pullover mit der Mütze auf dem Kopf und der schwarzen, weiten Hose im Begriff stand, im Bassin de la Grande Juliette ein Schiff zu versenken. Wenn jemand Crystal angehalten und durchsucht hätte, wäre es ihm immer noch nicht in den Sinn gekommen. Crystal war sauber: Er trug keinerlei Waffen bei sich, und in seinen Taschen steckten lediglich ein paar hundert Franc, ein Paß und ein paar andere Papiere, gut genug für eine offizielle Inspektion, wie Crystal bei der Kontrolle am Hafeneingang bewies. Der diensthabende Beamte hatte die Papiere überprüft und Crystals Gesicht mit dem Foto verglichen, das in den Paß geklebt war. Wenn er nachgefragt hätte, ob ein gewisser Charles Digby tatsächlich als Matrose bei den Farrell Lines arbeitete, wäre auch dies kein Problem gewesen. Der Mann existierte, und er arbeitete auf einem Schiff der Farrell Lines, das just zu dieser Zeit im Hafen lag. Der echte Charles Digby allerdings arbeitete außerdem auch für Wheeler, und dieser Charles Digby schlummerte sanft in einem Hotelzimmer in der Stadt.

Aus dieser Nähe erschien die *Petit Cheval* viel größer. Sie hatte dreitausend Tonnen, und achtern erhoben sich Brücke, Kajüte und Oberdeck. Die Laderäume des alten Kahns lagen vor den Mannschaftsquartieren. Es waren sechs, und zumeist enthielten sie trockene

Fracht. An Bord rührte sich nichts, und nirgends war ein Lebenszeichen zu erkennen. Ein mattes Licht schimmerte auf dem Brückendeck.

Crystal stand vor der Gangway, die an Bord der *Petit Cheval* führte. Auch hier war niemand zu sehen, niemand, der ihm den Zutritt zu dem Schiff hätte versperren können. Alles war, wie er es erwartet hatte.

Langsam ging der Killer bis zum Ende des Kai, auf die Digue du Fort St-Jean zu, wo er und Charlie am Tage gestanden hatten. Gelassen wandte er sich nach rechts, wo die schweren gelben Erdbewegungsmaschinen standen. Die Operation hatte begonnen.

Er hoffte, daß niemand gesehen hatte, wie er zwischen den Caterpillars verschwunden war. Es war eine merkwürdige Zeit für jemanden, der sich nur umschauen wollte, und selbst zu gewöhnlicheren Tageszeiten waren die Planierraupen nicht übermäßig faszinierend – es sei denn, man wäre ein Tiefbauunternehmer. Als er in das Labyrinth von Bulldozern eingedrungen war, dienten die mächtigen gelben Maschinen ihm als Deckung.

Crystal blieb stehen. In der Dunkelheit konnte er zwei Fischer erkennen; sie standen am Rande des weißen Lichtkreises, den eine Flutlichtlampe nicht weit von dem Eisenzaun auf den Boden malte. Sie hatten ihm den Rücken zugewandt. Im nächsten Moment war er unter den Bulldozer geschlüpft, der gleich neben dem Zaun stand. Crystal zog eine kleine schwarze Kugelschreiberlampe aus der Tasche und ließ einen dünnen Lichtstrahl aufleuchten.

Koffer. Zwei Stück. Wahrscheinlich hatte jemand sie erst wenige Stunden zuvor hier abgestellt. Die Koffer enthielten etwa fünfzig Pfund hochbrisanten Sprengstoff in acht Bomben, vier in jedem. Richtig angebracht waren diese Bomben mehr als ausreichend, um die *Petit Cheval* zu versenken.

Behutsam und lautlos zog Crystal die Koffer unter dem Bulldozer hervor.

Die Fischer hatten ihm noch immer den Rücken zugekehrt. *Gut.*

Jetzt mußte er sich durch die dunklen Flecken zwischen den beleuchteten Stellen zum Kai J4 zurückschleichen und dabei die Caterpillars so gut wie möglich als Deckung benutzen. Er richtete sich auf und ging mit lautlosen Schritten über den zementierten Boden.

Als er den Rand des Kais erreicht hatte, war ihm wohler. Am Kai entlangzulaufen war ungefährlicher, selbst wenn ihn jemand sehen sollte, denn es war an sich unverdächtig. Außerdem verdeckten ihn zumeist die dicken Stützstreben der klobigen Laufkräne, die den Kai

J4 säumten. Die Gangway jedoch war eine zweite riskante Phase. Crystal näherte sich ihr mit schnellen Schritten.

An Bord der *Petit Cheval* hatte er nichts verloren. Wenn man ihn auf der Gangway oder auf der Leiter in die Laderäume erwischte, war er aufgeflogen. Es mußte eine Wache geben; jemand mußte im Ruderhaus sein. Das war vorauszusetzen. Der Rest der Besatzung würde schlafen, an Bord oder irgendwo an Land. Daß sie einen besonderen Ausguck aufgestellt hatten, war nicht wahrscheinlich. Und der Mann, der Wachdienst hatte, döste vermutlich im Ruderhaus oder las einen Comic. Auf einem Trampschiff wie der *Petit Cheval* herrschten nicht die gleichen strengen Sitten wie bei der britischen Marine.

Er würde fünfzehn bis zwanzig Sekunden brauchen, um über die Gangway an Bord und zu der Treppe zu gelangen, die unter Deck führte, zu dem schmalen Gang, der sich an den Laderäumen entlangzog. Das Ruderhaus befand sich vor der Gangway, und es wäre schlichtes Pech, wenn man ihn entdeckte.

Als Crystal bei der Gangway angekommen war, überquerte er sie, ohne zu zögern, und betrat das Deck der *Petit Cheval*. Mit einiger Erleichterung stellte er fest, daß die Treppe sich genau dort befand, wo der Plan in seinem Kopf sie verzeichnete. Weniger als dreißig Sekunden später war er unterhalb der Wasserlinie und stand vor dem wasserdichten Schott, das ihn vom Laderaum trennte.

Er stellte seine beiden Koffer ab und ließ das Schott aufschwingen. Er knipste seine Taschenlampe an, verbreiterte den Lichtstrahl und zog die Koffer herein. Dann schloß er das Schott – ohne es zu verschließen –, hob die Koffer auf und machte sich auf leisen Sohlen auf den Weg zum Bug des Schiffes.

Es war ein recht weiter Weg zum Laderaum Nummer eins. Hin und wieder stieß er mit den Koffern leicht gegen die Eisenplatten, welche zur einen Seite die Schiffshaut und zur anderen die Wand zum Laderaum bildeten. Es roch nach Salz und Rost und Feuchtigkeit in dem engen Gang. Crystals Gummisohlen bewegten sich geräuschlos über den Fußboden. Irgendwo im Bauch des Schiffes summte eine Maschine.

Schließlich langte er an der Seitentür zum Laderaum Nummer eins an. Er legte den Riegel um, stieß die Tür auf und trat ein. Der Geruch von feuchtem Holz vermischte sich mit dem von Salzluft und Rost. Kisten waren übereinandergestapelt, und dazwischen war nur wenig Platz. Es war schwierig, sich in dem Laderaum zu bewegen, und so beschloß Crystal, die erste Bombe direkt über dem Kiel, am Fuße der Tür, anzubringen.

Mit leisem Klicken schnappten die beiden Schlösser des ersten

Koffers auf. Vier Bomben ruhten in einem Bett aus Styropor. Die elektronischen Zeitzünder waren von der einfachsten Art, und von außen sahen die Bomben aus wie die Türen von kleinen, schwarzen Kombinationstresoren, wie er sie schon in Fairhaven, Massachusetts, gesehen hatte. Crystal nahm die erste Bombe heraus und betrachtete sie im Licht der Taschenlampe. Auf dem schwarzen Gehäuse neben der Null auf dem Einstellrad der Bombe war ein roter Pfeil zu sehen. Das Einstellrad war in sechzig Minuten eingeteilt, wie ein Zifferblatt ohne Uhrzeiger. Crystal veranschlagte eine halbe Stunde von dem Zeitpunkt an gerechnet, da er das Schiff verlassen hätte.

Er würde ein leichtes Spiel haben. Es gab sechs Laderäume, und für jeden brauchte er ungefähr drei Minuten. Also stellte er die erste Bombe mit leisem Klicken auf 48.

Die Bomben waren mit einem roten und einem grünen Knopf ausgestattet. Um sie zu entsichern, brauchte er lediglich den roten zu drücken. Damit setzte er den Zeitzünder in Gang. Achtundvierzig Minuten später, wenn der rote Pfeil wieder auf die Null zeigte, würde sich ein elektronischer Schaltkreis schließen. Eine elektrische Ladung würde in den Detonator jagen, und dieser würde eine Zündladung explodieren lassen. Die Zündladung wiederum würde sechs Pfund hochexplosiven Plastiksprengstoff detonieren lassen, der zu maximaler Sprengleistung geformt war und ein Leck von mindestens einem Meter Durchmesser in den Rumpf der *Petit Cheval* reißen würde. Die Batterie des Zünders magnetisierte außerdem die Unterseite der Bombe, damit diese bis zur Explosion an Ort und Stelle haftenblieb. Es war alles überhaupt kein Problem.

Crystal war auf dem Weg zum Laderaum Nummer zwei, als das Schott hinter ihm – durch welches er in den Gang zu den Frachträumen gelangt war – sich öffnete. Wenn er nicht auf dem Rückweg gewesen wäre und deshalb in die Richtung geschaut hätte, wäre es ihm wahrscheinlich überhaupt nicht aufgefallen. Was er sah, war auch nicht die Öffnung des Schotts, sondern der Strahl einer Taschenlampe, die in den Gang leuchtete, während die Luke aufschwang.

Er knipste seine eigene Lampe aus und drückte sich gegen die Wand des zweiten Laderaums.

»He, was ist hier unten los?« rief jemand in gebrochenem Französisch.

Wahrscheinlich die Wache. Der Killer wartete ab. Irgendwo im Schiffsbauch vibrierte eine Maschine. Crystal roch das Salz, den Rost und die Feuchtigkeit.

»He, ist hier unten jemand?«

Der Lichtstrahl schnitt durch die Finsternis und stocherte durch den

Gang bis zu der Stelle, an der Crystal sich gegen den Laderaum preßte. Das Licht strich über ihn hinweg, aber auf diese Entfernung würde man ihn dennoch nicht erkennen können.

»Ist da jemand? Sag deinen Namen, eh?«

Stille.

»Ich kann dich sehen! Komm raus!«

Der Mann mußte bluffen. Niemand würde ihn sehen können – nicht auf diese Entfernung; er war schwarz gekleidet, und das Licht wurde in dem Gang von allen Seiten reflektiert.

»Ich habe ein Licht gesehen! Ich weiß, daß da unten jemand ist! Komm schon raus!«

Das war immerhin möglich, aber er konnte es nur für einen Sekundenbruchteil gesehen haben.

»Komm raus, oder ich komme dich holen!«

Crystal wartete.

»Du kannst nicht abhauen! Die vordere Luke ist abgeschlossen. Du kommst da nicht raus! Gib schon auf!«

War das ein Bluff? Crystal rief sich die Fluchtwege ins Gedächtnis. Hinter ihm war eine Treppe, die zur Luke auf dem Vorderdeck führte. Wenn er eine Gelegenheit dazu bekäme, könnte er die Treppe hinaufklettern und durch die Luke an Deck gelangen.

»Komm schon, um Gottes willen, Mann! Wer bist du? Gib auf!«

Der Killer wartete.

Die Stimme des Matrosen hallte dröhnend durch den Gang. Ob er die anderen Besatzungsmitglieder an Bord damit aufweckte? Wenn ja, dann wurde Crystals Zeit allmählich knapp.

»He, soll das vielleicht ein Witz sein? Ist das ein Witz, he? Ich kann nicht lachen!« Jetzt brüllte der Mann auf türkisch.

Er hatte eine neue Theorie und erprobte sie. »Wolltest wohl feststellen, ob ich auf dem Posten bin, wie? Ha, vielleicht hab' ich dich überrascht, was?«

Crystal haßte es, mattgesetzt zu werden. Er hatte keine Rückendekkung, keine Hilfe. Wenn der Matrose Hilfe herbeirief, würden sie ihn überwältigen – mehr Leute, mehr Waffen, mehr Platz.

»He, ich komme dich holen, wenn du nicht von allein rauskommst! Hast du gehört? Ich komme dich holen, mein Freund!« Er sprach wieder sein gebrochenes Französisch. Vorsichtig tastete der Mann sich den Gang entlang. Der Lichtstrahl prallte von den Wänden ab, während er näher kam.

Ah, endlich ein Fortschritt. Crystal war entzückt. Jetzt bewegte sich die Sache. *Das Knie zwischen die Beine und eine mörderische Hammerfaust in den Nacken . . .*

Der Mann blieb stehen. Ein paar Sekunden lang rührte er sich nicht. Er dachte nach. Angst – und gesunder Menschenverstand – gewannen die Oberhand. Ohne ein weiteres Wort zog er sich hastig den Gang entlang zum Schott zurück. Krachend fiel die Luke ins Schloß. Mit metallischem Klicken wurde der Riegel zugeworfen. Dann hörte Crystal schnelle Schritte auf der Treppe zum Hauptdeck. Davor hatte der Killer die größte Angst gehabt: Der Mann holte Hilfe!

Merde! Crystal gestattete sich einen Augenblick des Selbstmitleids.

Oben auf dem Kajütendeck platzte der Matrose in das Schlafquartier des Maats. »Da ist irgendein Scheißer unten im Laderaum!« blubberte er, noch bevor er die dunklen Umrisse auf dem Fußboden ausgemacht hatte, über die er beinahe gestolpert wäre.

»Was zum Teufel . . .« Der Maat fluchte.

Dann sah der Matrose sie. Im Dunkeln sahen sie aus wie ein Ungeheuer mit acht Beinen. Der Maat und Bokzurt Mummar kauerten auf allen vieren auf einer Decke, der Maat hinten.

»Verpiß dich, Faruk! Siehst du nicht, daß wir beschäftigt sind?«

Die Wache, Faruk Nekettim, roch den Schweiß und hörte, wie Bokzurt Mummar ächzte.

»Ich sag' doch, es ist jemand unten im Laderaum, verdammt!«

»Scheiße, wieso erzählst du das nicht dem Käptn?«

»Weil der Käptn in der Kirche ist, deshalb!«

Wenn der Kapitän ins Freudenhaus ging, pflegte er der Mannschaft zu sagen, er gehe »in die Kirche«. Es war ein alter Witz, aber von einer Moschee sprach er so niemals.

»Bist du sicher, Faruk?« Der Maat hatte seine wippenden Bewegungen eingestellt und lehnte sich hart gegen Bokzurt Mummars Hinterbacken.

»Ich glaube.«

»Sicher klingst du nicht.«

»Klar bin ich sicher.«

»Was hast du denn gesehen?«

»Ich habe gesehen, wie jemand mit zwei Koffern an Bord kam. Einen Moment lang hat's nicht geklingelt. Dachte, es wäre einer von den Jungs.«

»Also hast du nachgesehen.«

»Natürlich. Was glaubst du denn?«

»Und du hast ihn nicht gefunden.«

»Nein! Was glaubst du denn?«

»Also war es vielleicht doch einer von unseren Jungs.«

»Vielleicht . . .« Und dann erzählte die Wache von dem Licht, das unten zwischen Laderaum Nummer eins und zwei aufgeblitzt war, und wie er durch den Gang gebrüllt hatte.

»Das hast du dir bestimmt nicht eingebildet?« Der Maat war ein paarmal vor und zurück gewippt, während Faruk Nekettim seine Geschichte erzählte.

»Rede keinen Quatsch. Allein gehe ich da jedenfalls nicht noch einmal hin.«

Der Maat überlegte fünfzehn Sekunden lang, bevor er eine Entscheidung traf. »Ist die Vorderluke verschlossen?«

»Ja.«

»Dann kann er nicht raus, wer es auch sein mag.«

»Mann, du bist ein Genie!«

»Ich hoffe, es ist einer unten, Faruk – denn sonst werde ich dich vergewaltigen. Hast du gehört?«

Nekettim vernahm den bösartigen Unterton in der Stimme des Maats und bekam es plötzlich mit der Angst zu tun. »Ich tue doch bloß meinen Job«, wimmerte der Matrose.

»Okay, gib uns ein paar Minuten Zeit«, seufzte der Maat. »Wenn sonst noch jemand an Bord ist, hol ihn aus der Koje. Schaff ein paar Äxte heran, Messer, Knüppel, irgendwas. Verstanden?«

»Ja.«

»Und jetzt verpiß dich.«

Als Nekettim die Kajüte verließ, hörte er, wie es leise gegen Mummars Hintern klatschte.

Unter Deck, im Gang neben dem Laderaum, hatte Crystal sich neun Minuten gegeben, das Schiff zu verlassen. Diese Entscheidung hatte er getroffen, kaum daß Faruk Nekettim das Schott zugeworfen hatte. Er vergeudete keine einzige kostbare Sekunde damit, die Vorderluke zu versuchen.

Der Killer akzeptierte es, daß er bei seiner Arbeit gelegentlich ein größeres Risiko einging als in einem normalen Job. Aber er bestand darauf, daß die Chancen stets zu seinen Gunsten stehen mußten, und zwar in einem Bereich von neunzig Prozent. Nichts war hundertprozentig risikofrei, aber er war immer bemüht, dicht unterhalb dieser Marke zu bleiben. Jetzt aber standen die Chancen, grob überschlagen, zwei zu eins gegen ihn. Sein Leben stand auf dem Spiel.

Schon in Zürich hatte er sich überlegt, was er tun könne, wenn ihn jemand unter Deck einsperren sollte. Drei alternative Möglichkeiten waren ihm eingefallen. Jetzt, da es tatsächlich passiert war, blieb ihm noch eine.

Er placierte die Bomben in weniger als sieben Minuten, eine hervorragende Zeit. Eine Bombe kam in Laderaum Nummer eins, innen bei der Tür auf den Boden. Laderaum zwei war zum Teil mit diversen Frachtgütern angefüllt, ebenso wie Nummer fünf. Hier befestigte er die Bomben mitten im Raum, zwischen der Fracht. Er stellte ein paar schwere Kisten darüber, um die Sprengwirkung zu vergrößern.

Laderaum drei und vier waren praktisch leer. In Nummer vier fand er eine Stahlleiter, und so entschied er sich, von hier aus die Flucht zu ergreifen. Zwei Sprengsätze placierte er auf dem Boden von Nummer drei und stellte sie so ein, daß sie gleichzeitig explodieren würden. Der sechste Laderaum war, wie der erste, mit hölzernen Kisten vollgestellt. Aber hier waren die Kisten nicht so dicht gestapelt, und er brachte zwei Bomben, ein Stück weit voneinander entfernt, innen an der Außenhaut an, gegenüber der Tür.

Bisher hatte er alle Sprengsätze so eingestellt, daß sie um null Uhr siebenundzwanzig hochgehen würden. Um null Uhr vierundzwanzig erklomm er die Leiter im vierten Frachtraum, stellte die letzte der Bomben auf null Uhr fünfundzwanzig und befestigte sie mit dem Magneten an der Seitenwand des Schiffes, schätzungsweise einen Meter hoch über der Wasserlinie.

Dann sprang er von der Leiter, schleppte sie hinter sich her auf den Gang und ließ die Tür offen.

Er kehrte in den Laderaum eins zurück und drückte sich an die geschlossene Tür. Würde der Sprengsatz in Nummer vier ein genügend großes Loch reißen? Würde der Druck aus Nummer vier womöglich die Tür, hinter der er Schutz gesucht hatte, verbiegen, so daß sie klemmte? So unwahrscheinlich diese Möglichkeit auch sein mochte – sie existierte immerhin. Und wie würde die Druckwelle sich auf die übrigen Bomben auswirken? Hatte er . . .?

Ein mächtiger Knall dröhnte durch das Schiff. Die *Petit Cheval* knarrte und schwankte. Die Kisten verrutschten ein wenig und drückten gegen ihn, aber sonst geschah nichts.

Das Schiff schwankte immer noch, als der Killer zum Laderaum vier zurückhuschte. Er richtete seine Taschenlampe auf die Stelle, an der er ein großes Loch vermutete – groß genug, daß er sich hindurchschieben könnte.

Es war schwierig, etwas zu sehen. Trotz der Feuchtigkeit hingen dichte Staubwolken in der Luft. Winzige Partikel funkelten im dünnen Lichtstrahl und verdunkelten die Sicht. Er hatte nicht erwartet, daß der Staub so schlimm sein würde.

Die Zeit wurde knapp. Er hatte noch neunzig Sekunden bis zu den anderen Explosionen.

Crystal schleppte die Stahlleiter über den Boden. Das Schiff schaukelte immer noch, und dadurch war es schwierig, die Leiter in Position zu bringen.

Als er die oberen Sprossen erreicht hatte, warf er einen Blick auf die Leuchtziffern, die rot auf seiner Digitaluhr glühten. Eine folgte der anderen, und blinkend verstrichen die Sekunden. Crystal hatte weniger als eine Minute. Wertvolle Sekunden hatte er mit der Taschenlampe vergeudet und in dem Staub nach dem Leck gesucht. Es war ein völlig nutzloses Unterfangen gewesen: Entweder war das Loch groß genug oder es war zu klein.

Es war zu klein.

Ein Loch war da. Der Geruch des Hafenwassers, das wenige Fuß tief darunter plätscherte, drang herein. Er sah Lichter. Mit Leichtigkeit konnte er die Hand zwischen die zerfetzten Eisenplatten schieben, und auch den Kopf. Aber mehr nicht. Wenn er sich hindurchzwängte, würden die scharfkantigen Stahlzacken sich tief in sein Fleisch schneiden. Der zerrissene, verbogene Stahl trennte ihn ebenso wirkungsvoll vom Wasser des Hafens, wie die unbeschädigte Schiffswand es vermocht hatte.

Crystal klopfte mit dem rechten Zeigefinger auf seine Armbanduhr. Ihm blieben zweiundvierzig Sekunden für etwas anderes.

In diesem Augenblick hätte er im Hafenbecken sein und mit kräftigen Zügen auf die Durchfahrt zwischen den beiden Hafendämmen zuschwimmen müssen. Statt dessen war er an Bord der *Petit Cheval*, gefangen unter Deck, und die Zeitbomben würden in vierzig Sekunden detonieren. Die Luft im Laderaum war schwer vom scharfen Geruch der giftigen Stickoxyde, dem beißenden Dunst der Explosion.

In der Maatskajüte schleuderte die Explosion in Nummer vier den Maat von Bokzurt Mummar herunter.

»Was zum Teufel ...«, knurrte der Maat.

Die *Petit Cheval* rollte um ihren Kiel und schlug hart gegen den Kai J4.

»Eine Explosion auf der Steuerbordseite!« schrie Mummar. Es war, als sei der Frachter von einer Vierzollgranate getroffen.

»Liegen wir unter Beschuß oder was?« Der Maat – er war einmal auf einem Schiff gewesen, das tatsächlich von einer Granate getroffen worden war – brüllte vor Schrecken. Taumelnd kamen die beiden auf die Füße und stürzten splitternackt aus der Kajüte ins Freie.

»Hier unten, hier unten!« hörten sie Faruk Nekettim vom Bug der *Petit Cheval* her brüllen.

Mummar und der Maat und mit ihnen zwei andere Seeleute, von denen einer eine Axt und der andere ein kurzes Stück von einer schweren Kette trug, rannten über die Decksluken hinweg zum Bug und an die Steuerbordseite des Frachters.

Als sie dort ankamen, stand Nekettim über die Reling gebeugt da und starrte hinunter auf die Schiffswand über dem Laderaum vier.

Rauch quoll aus einem scharfkantigen Riß. Es roch beißend.

»Was zum Teufel...«, schrie der Maat noch einmal.

»Ich hab's doch gesagt! Ich hab's doch gesagt!« brüllte Faruk Nekettim.

»*Das* hast du mir nicht gesagt!« brüllte der Maat zurück.

»Ich habe euch gewarnt!« beharrte Nekettim.

»Halt die Klappe! Ich hab' doch nie...« Der Maat brachte seinen Satz nicht zu Ende. Eine Serie von starken Explosionen unterbrach die gegenseitigen Bezichtigungen. Es war, als sei die *Petit Cheval* etwa gleichzeitig auf ein halbes Dutzend Minen gelaufen oder von ebenso vielen Torpedos getroffen worden.

Vor ihren Augen loderte die ganze Seite des Frachters, noch während sie verdattert auf das Leck starrten, in einer gewaltigen Flamme auf. Das Schiff hob sich unter ihren Füßen, als unten in den Laderäumen Explosionen den Boden aufrissen.

Bokzurt Mummar hatte sich weit über die Reling der *Petit Cheval* gebeugt. Er hielt sich gut fest, wie er es immer tat, wenn er sich am Bordrand des Schiffes entlangbewegte und ein einziger Fehltritt bedeuten konnte, daß er ins Wasser fiele. Ein Leben lang hatte er sich auf seine katzenhafte Behendigkeit verlassen – ihr verdankte er es, daß man ihn nicht verhaftet hatte, daß er eine erfolgreiche Diebeskarriere durchlaufen hatte und daß er nicht ertrunken war. Wasser pflegte er zu umgehen wie eine Katze, mit dem gleichen Respekt. Und das war gut so, denn so, wie Bokzurt Mummar niemals ein Student gewesen war, hatte er auch nicht schwimmen gelernt. Als nun aber das Schiff sich so unverhofft aufbäumte, wurde er von der sicheren Reling losgerissen und vom Deck hinunter in das Wasser geschleudert, das er so sehr fürchtete.

Auch dies war einer seiner immer wiederkehrenden Alpträume – das mit den Telefonnummern war ein anderer –: zu ertrinken, im Meer, in einem Fluß oder in einem See. Diese Alpträume waren so lebendig, daß Mummar jedesmal naß von Schweiß aufwachte. Er fühlte, wie das Wasser in seine Kehle drang, er schmeckte das Salz und spürte das würgende Gurgeln, das ihn nach Luft schnappen ließ. Mummar hatte sich sogar abgewöhnt, auf einem Kopfkissen zu schlafen, um jede Gefahr des Erstickens auszuschalten, und die Bettdecke reichte ihm niemals bis zum Hals.

Im Wasser unter der rollenden *Petit Cheval*, in der letzten Nacht seines Lebens, fragte Bokzurt Mummar sich unaufhörlich, wann er wohl aufwachen würde. Gewiß würde es jeden Augenblick soweit sein. Er würde aufwachen, mit rauher Kehle, schweißgebadet und immer noch nach Luft schnappend, während ihm langsam klarwürde, daß er wieder einen bösen Traum gehabt habe und daß alles in Ordnung sei . . .

Als die Bomben explodierten, lag Crystal im Laderaum Nummer zwei unter einem Stapel von Säcken mit irgendeiner weichen, trockenen Fracht. Er war von der Leiter in Nummer vier gesprungen, hatte eine der Bomben aus dem dritten Laderaum geholt, eingestellt und entsichert, war dann in Nummer vier zurückgehastet und hatte die Bombe mit dem magnetisierten Boden an die zerrissene Stahlwand neben das Leck geheftet.

Er war hinausgestürzt, ohne die Tür hinter sich zu schließen, war nach Nummer zwei gerannt und hatte dort die Bombe abgestellt, indem er den grünen Knopf drückte. Schließlich hatte er sich zwischen die Säcke geworfen; er hoffte, die Säcke und die geschlossene Tür würden als Schutz vor den zu erwartenden Druckwellen genügen. Er hoffte außerdem, die Tür des Laderaums würde sich unter dem Explosionsdruck auch diesmal nicht verbiegen und verklemmen.

Seine Chancen standen nicht einmal eins zu eins, schätzte er.

Aber die zweite Sprengladung sollte für das Leck eigentlich genügen. Die Leiter würde das Problem sein.

Crystal hatte sich zu der widerstandsfähigen, wasserdichten Taschenlampe beglückwünscht, die mit einem starken Lederriemen sicher an seinem Gürtel befestigt war. Die richtige Wahl der Ausrüstungsgegenstände war immer ein wesentlicher Punkt, bis ins letzte Detail. Zumindest die richtige Taschenlampe hatte er sich ausgesucht, und die richtigen Bomben: Sie waren einfach zu bedienen, ihre Sprengkraft war beachtlich, und man konnte sie innerhalb weniger Augenblicke entschärfen und neu einstellen.

Alles andere war einfach Pech gewesen.

Frachtraum zwei hatte ihm die besten Chancen geboten, die Explosionen zu überleben, denn hier waren die Säcke – Ballen, besser gesagt. Zwischen ihm und der Bombe in Nummer eins stand ein Dutzend großer Kisten, außerdem die Tür und die schwere Stahltrennwand. Was die Explosionen betraf, so hegte er keine großen Befürchtungen.

Als sie kamen, hatte Crystal seine Zeigefinger tief in beiden Ohren, um zu verhindern, daß seine Trommelfelle platzten, aber er wurde in seinem Nest aus Säcken und Ballen sanft umhergeschleudert. Der

Frachter bäumte sich auf und schüttelte sich. Das Schlimmste war vorüber, und in Windeseile stellte Crystal die Bombe für Nummer zwei ein und bahnte sich seinen Weg zur Tür. Wenn sie jetzt klemmte, blieb ihm die Bombe als letzte Möglichkeit. Damit würde er sie aufbringen ...

Aber die Tür ließ sich mühelos öffnen.

In dem schmalen Gang schwappte bereits das Wasser. Es strömte durch die offene Tür von Nummer vier und hätte ihm fast die Beine weggerissen. Der Wasserspiegel stand schon eine Handbreit über seinen Knöcheln. Die *Petit Cheval* würde rasch sinken. Der Frachter schwankte noch, aber Crystal hatte keine große Mühe mehr, sich zu bewegen; nur das wirbelnde Wasser war hinderlich.

Crystal tastete sich zur Backbordseite des Laderaums und fühlte mit den Füßen nach der Leiter. Als er sie gefunden hatte, bückte er sich, um sie aufzuheben. Als er sie an die Wand gelehnt hatte, reichte ihm das Wasser bereits bis zu den Knien.

Das Problem war, die Leiter an Ort und Stelle zu halten: Jedesmal, wenn er versuchte, auf die Sprossen zu steigen, rissen die strudelnden Fluten die Leiter zur Seite. Würde er es je schaffen?

Der Maat und die anderen Besatzungsmitglieder hatten das Schiff schon verlassen. Ihre persönlichen Habseligkeiten – und die des Kapitäns, soweit es ihnen gelungen war, sie zu retten – stapelten sich in wüstem Durcheinander am Kai. Nachdem sie wieder halbwegs zu sich gekommen waren, hatte ihre einzige Sorge der Rettung ihrer Privatsachen gegolten.

Der Maat kam sich vor wie ein Vollidiot, als er nun untätig am Kai stand und zusah, wie sein Schiff unterging. Aber was sollte er sonst tun? Er hatte jemanden losgeschickt, den Kapitän zu suchen, aber es gab mehr als ein Hurenhaus am Vieux Port. Der Kapitän würde irgendwann von selbst wieder auftauchen, und er hatte eine Überraschung zu erwarten.

Ob der Käptn die Explosionen gehört haben mochte? Der Maat überlegte; das halbe Hafenviertel hatte sie gehört. Hunderte von Leuten drängten sich vor dem Sicherungszaun auf dem Hafendamm, hinter den gelben Bulldozern. Ah, die Polizei war auch schon da. Der Maat hörte das singende *Ta-tüü* der Sirene, und einen Moment später blitzte das Blaulicht auf.

Er schaute auf seine Hände und sah, daß sie unkontrolliert zitterten. Wahrscheinlich, dachte er, war ihm noch gar nicht klar, wie erschrokken und geschockt er eigentlich war. Die meisten Seeleute in der Handelsmarine erlebten so etwas niemals, mochten sie auch ein Leben lang zur See fahren. Irgendwie war das Ganze überaus ernst und feierlich, wie damals, als seine Mutter gestorben war, aber gleichwohl wünschte der Maat sich, dieses Gefühl von unterschwelliger Lächerlichkeit möge endlich vergehen.

Crystal hatte das Hafenbecken schon hinter sich gelassen und schwamm mit fließenden Schwimmzügen auf die Felsen am Jardin du Pharo zu, wo er trockene Kleider zum Wechseln versteckt hatte – für den Fall, daß er würde schwimmen müssen.

Seine Versuche mit der Leiter hatte er aufgegeben; statt dessen hatte er sich von der steigenden Flut nach oben tragen lassen. Als das Wasser über die Tür hinausgestiegen war, hatte er sich auf das Leck in der Seite der *Petit Cheval* zubewegen können.

Es war groß genug. Crystal war hinausgeschwommen.

Unter Wasser war er auf die Ausfahrt des Hafenbeckens zugeschwommen, soweit seine Lunge es ihm erlaubt hatte. Seine vom Wasser schweren Sachen hatte er absichtlich nicht abgestreift, weil sie schwarz waren. Sie hatten ihn zwar behindert, aber Crystal hatte nichts dagegen, sich für die halbe Meile bis zu den Felsen Zeit zu lassen.

Er rechnete damit, daß das Polizeiboot jeden Augenblick ablegen würde; finden würden sie ihn in der Dunkelheit allerdings nicht, nicht einmal, wenn sie zufällig in diesem Teil des Vieux Port mit der Suche begännen. Für eine einzelne Nacht hatte er nun wohl genug Pech gehabt.

Er war ein gutes Stück weit auf die Felsen zugeschwommen, als die letzte der Explosionen die *Petit Cheval* erschütterte. Deshalb sah Crystal nicht, wie die Menschenmenge mit einem Schreckensschrei vom Kai zurückwich. Augenblicklich räumte die Polizei den gesamten Kai J4. Niemand beneidete die Taucher, die am nächsten Morgen hinuntergehen würden. Aber Crystal hörte den gedämpften Unterwasserknall. Nach seiner fachmännischen Meinung waren es wirklich ausgezeichnete Bomben gewesen. Einfach und wirkungsvoll, sogar unter Wasser.

23

Jacques Deveraux las in der Morgenzeitung vom Untergang der *Petit Cheval*. Er frühstückte auf der Terrasse seiner Villa in den Felsen oberhalb der Corniche John Kennedy. Von hier aus hatte er eine prachtvolle Aussicht auf das Mittelmeer und auf Chateau d'If, die Insel, auf welcher der Graf von Montecristo eingekerkert gewesen war.

Deveraux hatta noch beim französischen Geheimdienst gearbeitet, als Jack Graniano ihn vor Jahren überredet hatte, den französischen Abschnitt der Route zu organisieren. Aber als die Türkei den Opiumanbau untersagte und Graniano gleich darauf ins Gefängnis ging, war Deveraux' Route stillgelegt worden. Dann war Graniano wieder herausgekommen, und er hatte ihm mitteilen lassen: »Jacques, ich werde jeden guten Mann brauchen. Also auch dich. Die Chefs in Marseille kochen mit Abstand den besten Stoff. Es gibt nichts zu riskieren und viel zu verdienen. Genau wie in alten Zeiten. Du wirst sehen. Du brauchst dich nur um deinen eigenen Abschnitt zu kümmern...«

Die Aufrechterhaltung des gewohnten Lebensstandards hatte das Vermögen, das Deveraux in »alten Zeiten« auf die hohe Kante gelegt hatte, rasch zusammenschmelzen lassen. Es kostete eine Stange Geld, ein Playboy-Bunnie – wenn es erst einmal Playmate des Monats gewesen war – zu überreden, die Reise zu seiner Villa zu unternehmen. Er wurde allmählich alt, und er bekam einen Bauch. Außerdem hatte er eine Vorliebe für Kaviar und Champagner zum Frühstück.

Das mit der *Petit Cheval* beunruhigte ihn. Ein Foto auf der Titelseite zeigte den Schlot des Frachters. Er ragte vor dem Kai J4 aus dem trüben Wasser des Hafenbeckens. Und der Kurier Bokzurt Mummar war ertrunken. Jemand hatte die *Petit Cheval* in die Luft gejagt, und zwar gründlich.

Terroristen? Irgend etwas im Zusammenhang mit diesem undurchsichtigen Krieg zwischen Israel und den Arabern? Das wußte niemand. Jacques Deveraux wußte nur, daß er sich wünschte, ein anderer Frachter wäre versenkt worden und Bokzurt Mummar weilte noch unter den Lebenden. Die Geschichte verschaffte ihm ein vages Unbehagen, und irgendwie verdarb sie ihm das Frühstück ein wenig.

Wahrscheinlich hatte es nichts zu bedeuten, aber er würde Graniano trotzdem davon erzählen. Graniano kam zur Côte d'Azur, und sie würden einander heimlich treffen. Graniano würde die Marseiller Zeitungen kaum gelesen haben, selbst wenn er sich der Bedeutung der *Petit Cheval* bewußt wäre: Sie war nämlich auf einer Jungfernreise gewesen. Sie hatte die Connection Marseille–Istanbul wiedereröffnet.

Liz Fitzwilliam und Jack Graniano landeten am Morgen, nachdem Crystal die *Petit Cheval* versenkt hatte, auf dem internationalen Flughafen Côte d'Azur.

Die Nachricht stand auf der Seite eins des *Nice Matin*, und

Graniano las sie in dem Wagen, den Jacques Deveraux zum Flughafen geschickt hatte, um die beiden abzuholen. Es war ein schwarzer Citroën von der Art, wie französische Minister sie benutzten, und Liz versuchte, sich beeindruckt zu zeigen. »Sieh dir das an.« Graniano schlug mit dem Handrücken gegen die Zeitung. »Was sagt man dazu?«

Dabei beließ er es, und Liz hatte nicht den Eindruck, daß er den Untergang des Frachters in einen Zusammenhang mit seiner Heroinroute brachte. Deveraux hatte dem Don bereits eine Nachricht geschickt, als dieser noch in New York gewesen war, und ihm mitgeteilt, daß die erste Lieferung Morphinbase wohlbehalten in Marseille eingetroffen sei. Was danach aus der *Petit Cheval* wurde, interessierte Graniano nicht.

Um die Fahrt für sie angenehmer zu machen, befahl Graniano dem Chauffeur, über die Grande Corniche nach Monte Carlo zu fahren. Er versuchte, Liz mit seinem fließenden Französisch zu beeindrucken, und als er dem Fahrer gegenüber Saint-Tropez erwähnte, sprach er den Namen der Stadt korrekt aus.

Das Mittelmeer war so blau wie eh und je, und Liz redete sich ein, daß ihr die Fahrt mehr Vergnügen bereite als bei den meisten anderen Gelegenheiten, zu denen sie auf den Corniches gewesen war. Vielleicht war es der Rücksitz eines schwarzen Citroën, der den Unterschied ausmachte.

In Monte Carlo beeindruckte Graniano sie nochmals mit seiner meisterlichen Beherrschung des Französischen und auch durch seinen fachmännischen Umgang mit der Yacht. Sie lag im Yachthafen von La Condamine an einem Liegeplatz hinter dem Swimmingpool – eine Motoryacht, mit der selbst der Papst voller Stolz in See gestochen wäre. Das Ding hatte drei Decks und einen Schlot. Es gab eine Brücke, einen Kapitän und eine Mannschaft.

Liz schritt die Yacht der Länge nach ab: Es waren sechzig Schritte. Auf einem der Decks war ein Motorboot verstaut – nur für den Fall, daß jemand Wasserski fahren wollte. Graniano verstand etwas vom Geldausgeben, das mußte man ihm lassen. Liz vermutete, daß er die Yacht von einer der Spezialfirmen in Griechenland, Monaco oder Frankreich gechartert hatte. Wie auch immer – wenn Graniano das Schiff nicht jemandem abgepreßt hatte, würde es ihn ein Vermögen kosten.

Sie schaute zu dem Mann hinüber und unterdrückte einen Schauder. Er war wunderbar abstoßend – und herrisch. Die Unentschlossenheit, die er in New York gezeigt hatte, wo ihn eine gewisse Unsicherheit erfüllt hatte, war verschwunden. Er kläffte den Kapitän auf französisch an und machte ihm klar, daß er gleich nach dem Essen ablegen wolle. Und der Kapitän hatte ihn, wie andere vor ihm, an diesem Vormittag noch nicht erwartet; es waren einige Fernschreiben durcheinandergekommen.

Graniano zeigte sich unzugänglich. In brutalem Französisch erklärte er dem Kapitän, er solle ihn am Arsch lecken – und die Mannschaft dazu. Er – Graniano – werde gleich nach dem Mittagessen zurückkommen, und dann habe das Boot bereit zu sein – in jeder Hinsicht. Der Don betonte das »in jeder Hinsicht« nachdrücklich.

Sie speisten im Café de Paris, bei den Kasinogärten. Liz entschied sich für Forelle mit Mandeln, und sie bereute es nicht. Sie war wieder auf französischem Boden, auch wenn es sich genaugenommen um das Fürstentum Monaco handelte. Die Küche war superb. Liz zwang sich zu positivem Denken.

Als sie wieder im Yachthafen stand, verstand sie den Verdruß des Kapitäns besser. Eine der »Hinsichten«, die Graniano erwähnt hatte, bestand in der Änderung des Schiffsnamens; eigentlich war es ein Schiff, keine Yacht. Während sie mit Graniano beim Essen gesessen hatte, war das Schiff auf den Namen *Elizabeth Fitz* umgetauft worden. Vielleicht handelte es sich um eine Zugabe der Reederei, aber Liz wußte die kleine Geste zu würdigen. Ihr wunderbar widerwärtiger Don steckte voller netter kleiner Überraschungen für sie. Er bestand darauf, sie als königliche Persönlichkeit zu behandeln, und eine weitere »Hinsicht« war das Benehmen der Mannschaft: Die Leute verbeugten sich, als sie an ihnen vorüberschwebte. Aber warum empfand sie diesen Ekel?

Kurz nachdem sie an Bord gegangen waren, stach die *Elizabeth Fitz* in See und nahm Kurs auf Saint-Tropez.

Graniano machte Liz mit einem spanischen Ehepaar bekannt, das auf seine Einladung hin für einen Teil der Reise an Bord war. »Der Kerl kann uns ganz nützlich sein«, hatte Graniano ihr schon im Flugzeug erklärt.

Der Spanier sah in der Tat nützlich genug aus. Eine lange Narbe zog sich zickzackförmig über eine Gesichtshälfte, und sein leichtes Jackett ließ eine flache Wölbung erkennen, vermutlich eine schlecht verborgene Waffe, entschied Liz. Graniano hatte ihn als spanischen Parlamentarier beschrieben, und sie erwog die Möglichkeit, Señor Vargas könne bewaffnet sein, um sich gegen Angriffe baskischer Separatisten zu schützen.

Nach einem angenehmen Nachmittagscocktail zogen sich die beiden Paare in ihre Kabinen zurück. *Wirklich, der Cocktail war gut – scharf und adstringierend.* Das Bett war ebenfalls gut, groß und fest unter ihren Händen. Liz begann, sich auszuziehen. Während des

Nachtflugs über den Atlantik in der Boeing 747 hatte sie Hand an ihn gelegt, aber jedesmal, wenn sie den Kopf unter die Wolldecke auf seinem Schoß hatte schieben wollen, hatte Graniano sie zurückgedrängt. Die übrigen Passagiere in der ersten Klasse hatten geschlafen, die meisten jedenfalls, und außerdem hatte er bis dahin solche Sittsamkeit nicht in diesem Ausmaß erkennen lassen.

Seit mindestens fünfzehn Stunden hatte Graniano keinen Orgasmus mehr gehabt – eine Rekordfrist. Und sie wollte ihm ein wenig Dankbarkeit für all diese eklig netten Aufmerksamkeiten vorspielen.

Als Graniano hereinkam, hakte sie beide Daumen in das Gummi ihres Slips. Er trug einen Martini – und zitterte seine Hand? Ein paar Tropfen Martini fielen auf den dicken Teppichboden. Sie gefiel ihm wirklich, diesem wundervoll widerlichen Schwein.

»Liz, ich muß dir etwas sagen.« Er klang entschuldigend.

»Okay.«

»Ich wollte es dir schon gestern abend sagen, im Flugzeug.«

»Ey ist okay, Baby, ich höre dir zu.« Sie fragte sich, was für eine »Unaussprechlichkeit« jetzt wohl kommen würde.

»Ich bin nicht ganz in Ordnung.«

»Wie meinst du das, Baby?«

»Ich bin da unten nicht ganz in Ordnung. Verstehst du, was ich meine?«

»Nicht genau.«

»Na ja, ich pisse rot«, log Graniano.

»Du tust was?«

»Ich pinkle rotes Wasser – und Öl. Es sieht wenigstens aus wie Ölflecken«, log Graniano weiter.

Liz ließ das Gummiband gegen ihre Hüfte schnappen und dachte nach. Als sie nicht sofort antwortete, fuhr Graniano fort: »Ich will nicht, daß du dir irgendwas holst, Baby.« Seine Stimme klang ganz elend.

»Meinst du nicht, du solltest mal zum Arzt gehen?«

»Es ist nichts, worüber man sich Sorgen machen müßte – längerfristig gesehen«, behauptete Graniano. »Ich hatte es schon mal, bei Sina. Es kam und ging. Kam einfach und ging wieder. Damals hat der Arzt gesagt: Machen Sie sich keine Sorgen, aber lassen Sie's ein Weilchen bleiben . . . Verstehst du, was ich meine?«

»Wie lange, glaubst du, wird es dauern?«

»Eine Woche, vielleicht zehn Tage.«

»Okay, Baby. Na, wenn du wieder klar bist, werden wir die verlorene Zeit schon wieder aufholen.«

»Klar werden wir das, Liz, mein Schatz.« Graniano grinste unsicher. Falls sie auf die Idee käme, die Toilette zu untersuchen, so war er darauf vorbereitet: Er hatte ein Fläschchen Olivenöl und eine kleine Flasche rote Tinte dabei, außerdem eine Pipette, wie die Junkies sie benutzten, um einen Schuß vorzubereiten.

Saint-Tropez ist großartig, versuchte sie sich einzureden. Majestätisch glitt die Yacht durch die schmale Öffnung zwischen der Mole Jean Reveille und dem Wellenbrecher, der zum Port Amenage gehörte. Sie fuhr an allen anderen Yachten vorbei; es waren Dutzende. Liz war noch nie in Saint-Tropez gewesen, und diese Unmenge von Yachten aller Art war schon ein eindrucksvoller Anblick. Es war eine Szene, an die man sich erinnerte: reich, reich, reich. Sie fühlte sich angewidert.

Mit großer Geschicklichkeit drehte der Kapitän das Schiff in dem kleinen Yachthafen herum und manövrierte es mit unendlicher Sorgfalt rückwärts an einen Liegeplatz am Quai Suffren in der Mitte des Hafens.

Saint-Tropez bei Sonnenuntergang, kurz nachdem sie am Quai Suffren mit seinen hochsommerlichen Urlaubern und den zahllosen Cafés von Bord gegangen waren – das war schon etwas. Litz Fitzwilliam fühlte sich wie eine Königin; zumindest gab sie sich alle Mühe. Graniano hielt noch eine Überraschung für sie bereit: In der Patisserie Senequier, direkt am Kai und gegenüber der *Elizabeth Fitz*, war ein Tisch für sie gedeckt.

Kaum hatten sie Platz genommen – sie, Graniano und das spanische Ehepaar –, als von irgendwoher eine Band erschien. Es waren Studenten in den Semesterferien, die sich in Saint-Tropez die Unterkunft und ein wenig Geld verdienten. Sie trugen Rugby-Jerseys in verschiedenen Farben. Es gab eine Flöte, eine Gitarre und einen Kontrabaß – und sie spielten für sie.

Mein Gott, was passiert hier? dachte sie. *Was habe ich getan mit diesem abscheulichen, widerwärtigen Mann, der über meinen ganzen Körper sabbert, während ich über seine verkommene Häßlichkeit sabbere!*

Baah! Wie sein englisches After-shave riecht! Die Musik hämmerte in ihren Ohren, und am liebsten hätte Liz sie mit beiden Händen zugehalten, um die schrillen Klänge zu dämpfen. Graniano klatschte in die Hände und wippte auf seinem Stuhl hin und her, und sein Mund grinste wie der eines Wasserspeiers. Die Musiker stampften mit den Füßen, und auch auf ihren Gesichtern lag breites, idiotisches Grinsen.

Es war wie ein Alptraum mit kreischender Musik. Das Hafenbekken mit den Hunderten von Yachten begann sich zu drehen. Sie fühlte sich, als hätte sie in der Hitze zuviel Wein getrunken. Sie zerfiel unter der Anspannung, die unablässig von allen Seiten auf sie einwirkte. Liz Fitzwilliam bekam ernsthaft Angst, verrückt zu werden. Und Wheeler beharrte immer noch darauf, daß sie weitermachte!

»Was ist los, Baby?« Sie hörte Graniano in weiter Ferne, jenseits des Tisches.

Wie lange werde ich mich noch zwingen können?

24

»Le Chef« hieß eigentlich Victor Orsini.

Schon hatte er zwanzig Kilo vom feinsten, flockigsten Heroin in die französische Pipeline gepumpt – das Ergebnis von einigen Tagen Arbeit. Frei Schiff nach Marseille geliefert, war es mindestens hunderttausend Dollar wert. Da der Stoff aber von Le Chef stammte – und somit von nahezu achtundneunzigprozentiger Reinheit war –, würde er wahrscheinlich eher hundertfünfundzwanzigtausend einbringen. Victor Orsini gehörte zu denen, die die höchsten und stolzesten der weißen Küchenchefsmützen trugen, wenn es um das Kochen von Heroin ging. »Ah, dann sieh mir zu«, sagte er zu Jean Leval.

Leval war ein gutaussehender Teufel, aber die Gasmaske verdeckte jetzt seine Züge. Le Chef war zur Hälfte in Leval verliebt und zur Hälfte in seine eigene Frau.

Sie befanden sich in Orsinis Kellerlabor, südlich der N 559 zwischen Marseille und Cassis. Das Laboratorium – »La Küche« – war erstklassig eingerichtet und von oben bis unten zu allen Seiten weiß gekachelt. Die Beleuchtung war fabelhaft, die Belüftung mittels der Abluftventilatoren vorzüglich und die Ausrüstung beispielhaft. Besseres konnte man für Geld nicht kaufen. Der Gesamteindruck war der von blendender Sauberkeit und strikter Hygiene: Orsini vermutete, daß man auf dem Fußboden seines Laboratoriums, wenn nötig, größere chirurgische Eingriffe würde vornehmen können, ohne eine Infektion zu riskieren.

Er war dabei, Jean Leval darin zu unterweisen, wie man Dreisterneheroin zubereitete. »Beschaffe dir gutes Gerät, Jean – es wird eine Ewigkeit überdauern. Gutes Gerät kannst du noch deinen Kindern vererben. Das heißt, falls du jemals heiratest.« Mit einer behandschuhten Hand deutete Le Chef auf sein Labor mit der makellosen Einrichtung: Pyrex-Flaschen, Bunsenbrenner, Edelstahlspülen, Mixer, Thermometer, Öfen, spiralige Glasröhren, Flaschen mit Chemikalien.

Auch er trug eine Gasmaske – ein modisches Stück, das von Pierre

Cardin hätte stammen können, von solcher Eleganz war es. Unter den grünen Chirurgenkitteln waren sie beide, er und Leval, nackt. An den Händen trug Orsini weiße Handschuhe von unerhörtem Chic. Die Handschuhe verbargen dunkle Flecken auf seinen Händen – Flecken, an denen sich das Blut gesammelt zu haben schien. Seine Hände wurden jedesmal fleckiger, wenn er das Zeug kochte.

Vielleicht hatten die Bosse ihn deshalb gebeten – nein, sie hatten es ihm befohlen –, Jean Leval die Heroin-Cuisine zu lehren. Nein, Le Chef war sicher, daß es so war. Das jahrelange Arbeiten in La Küche vergiftete ihn stetig. Die giftigen Gase, der Heroinstaub selbst – es war die jahrelange Akkumulation, die ihn langsam umbrachte, und die Bosse wollten, daß rechtzeitig jemand in die Heroin-Cuisine eingeführt wurde. In die Cuisine der Spitzenklasse.

»Und so beginnen wir«, sagte Le Chef mit einer kleinen, schwungvollen Gebärde. »Immer mußt du die Morphinbase reinigen. In den Camps in den Bergen interpretiert man das Wort Morphinbase auf vielerlei Arten. Du mußt sie reinigen, bevor du ernsthaft mit dem Kochen beginnen kannst. Das ist das halbe Geheimnis.«

Le Chef maß ein Quantum Morphinbase ab, das aus der Konterbande stammte, die Leval selbst zu dem Bauernhaus geschmuggelt hatte, und schüttete es in eine starke Glasschüssel. »Wenn möglich, pflege ich stets Glas zu verwenden«, intonierte Le Chef hinter seiner Maske.

Als nächstes maß Orsini Azeton ab – eine farblose, aromatische, entzündliche Flüssigkeit, deren Siedepunkt bei nur 56,3 Grad Celsius lag, wie er Leval erklärte.

»Du mußt es an einem möglichst kühlen Ort aufbewahren«, sagte er. »Und ich bevorzuge Azeton, das durch Getreidefermentation hergestellt worden ist, also natürliches Zeug statt des industriellen. Du wirst im Laufe des Verfahrens feststellen, daß ich stets die natürlichen Ingredienzien den rauhen chemischen Prozessen vorziehe. Es ist ein Detail, mehr nicht.«

Nachdem er das Azeton über die rohe Morphinbase gegossen hatte, stellte Le Chef die Schüssel unter einen elektrischen Mixer. »Der Mixer verleiht unserem Gemisch die gewünschte Konsistenz«, erläuterte er. »Arbeite immer mit einem guten Mixer.« Le Chef drückte auf einen Knopf, und der Mixer grub sich in Morphinbase und Azeton.

»Sieh her. Es wird vier bis sechs Stunden dauern, bis die Morphinklumpen sich aufgelöst haben. Um die Aussonderung von Alkaloiden und anderen Verunreinigungen zu fördern, befestigen wir diese Haube über Mixer und Schale und schalten eine Saugpumpe ein.« Le Chef tat, wie er sagte, sorgfältig auf den Brenner unter der Glasschüssel achtend.

»Du darfst niemals mehrere Dinge zur gleichen Zeit tun, Jean. Das ist ein großes Geheimnis der Cuisine. Konzentriere dich auf einen Gang. Dies nun ist der Gang der Morphinreinigung. Wenn du versuchst, in einem Gefäß Morphin zu reinigen, in einem zweiten die Umwandlung in Heroin einzuleiten und in einem dritten die Hydrochlorierung vorzunehmen – du wirst beim ersten nervös sein, das zweite Gericht wird stark beeinträchtigt sein, und das dritte wird ungenießbar selbst für den heruntergekommensten Süchtigen. Er wird dich verfluchen, dich und den Tag, an dem du geboren wurdest...«

Wie um die Wahrheit seiner Worte zu demonstrieren, wandte Le Chef sich nun nicht einem anderen Stadium des Verfahrens zu, sondern begann, ein zweites Quantum Morphinbase zu reinigen. Stundenlang dauerte diese Arbeit, und einzelne Portionen der Morphinklumpen wurden in Azeton gelöst. Wenn es während des Lösungsvorganges Leerlauf gab, versuchte Le Chef, seine private Philosophie zur Heroin-Cuisine in Worte zu fassen.

»Eines mußt du ganz genau verstehen, Jean. Die Seele von Orsinis – Le Chefs – Cuisine ist Inspiration und Improvisation. Meine Cuisine ist nicht doktrinär. Das Rezept mußt du kennen, gut. Aber du wirst Paul Bocuse nicht erklären, wie man, sagen wir, eine Zitronenbuttersauce macht. Es liegt alles im Gefühl. Wenn du dich einfach an die Rezepte hältst und nach den chemischen Formeln richtest, dann wird dein Heroin *merde*.«

Le Chef machte sich an einem der Mixer zu schaffen. Leval vermochte nicht zu entdecken, was dort nicht in Ordnung war; der Mischvorgang lief nicht anders als bei allen anderen. Aber Orsinis Nase hob sich, und seine Mundwinkel zogen sich nach unten; Leval sah es trotz der Maske.

»Die Farbe! Die Farbe!« meckerte Orsini. Er zog eine schreckliche Grimasse.

Leval fand an der Farbe nichts Ungebührliches.

Orsini fügte mehr Azeton hinzu und fummelte an dem Mixer herum. »Aha, siehst du«, verkündete er schließlich zufrieden. »Es ist geschafft. Genau das, was ich eben sagte.« Le Chef wischte sich die Hände an einem weißen Handtuch ab. »Jeder Heroinkoch wird zu einem Künstler, mein lieber Jean. Er hat eine Palette.« Mit einer weiten Gebärde seiner Rechten umfaßte er das Laboratorium. »Und welche Farben er verwendet, ist abhängig von seiner Kunstfertigkeit.«

Leval war kein bißchen klüger; er begriff nicht, wieso Le Chef so heftige Einwände gegen die Farbe des Morphin in dem einen Mixer gehabt hatte. Es gab so viel zu lernen.

»Ich reinige die Base immer zweimal, Jean«, erklärte Orsini beiläufig in einem anderen Augenblick, in dem sie beide untätig waren. »Später, wenn alles das gekocht ist« – er deutete auf die Reihe der Mixer, die in den Schalen mit Morphinbase rührten – »werden wir es noch einmal reinigen, mit Weinsäure und Knochenkohle.«

Knochenkohle bestand aus zermahlenen Tierknochen, die man sonst als Dünger verwendete, erklärte Le Chef. Weinsäure, sagte er, sei eine Chemikalie, die man häufig in kohlensäurehaltigen Getränken, Brausepulvern und Fruchtgelees verarbeitete. Griechen und Römern war sie wohlbekannt gewesen; sie hatten sie als Ablagerung in den Weinfässern gefunden, wenn die Fermentation abgeschlossen war. Le Chef bestand darauf, Weinsäure zu benutzen, die als Nebenprodukt bei der Weingärung entstanden war. Es sei naturnäher, fand er.

Später, als die Morphinbase mit Knochenkohle und mit Weinstein gereinigt und in einem kostspieligen Heizgerät getrocknet worden war, hatte Le Chef noch einen letzten Hinweis zu geben, ehe er Feierabend machte. Er tauchte den angefeuchteten Zeigefinger in die mehrfach gereinigte und raffinierte Morphinbase, berührte damit seine Zungenspitze und meinte: »Das wichtigste Werkzeug eines Heroinkoches ist seine Zunge, Jean. Schmecken! Schmecken! Schmecken! Hier, komm her und koste, wie erstklassige, gereinigte Morphinbase schmeckt.«

Leval kostete von dem kristallinen Pulver. Es war sehr bitter.

»Und seine Augen sind ebenfalls wichtig, Jean«, fuhr Le Chef fort. »Niemals darfst du die Farbe vergessen. Sieh dir an, wie erstklassige Morphinbase aussieht. Eh?«

Beide Männer schwitzten heftig unter ihren grünen Chirurgenkitteln. Es war an der Zeit, die Gasmasken für heute an den Nagel zu hängen.

»Morgen werden wir wirklich ein wenig kochen, eh? Wir werden alle Fertigkeiten brauchen, die wir uns in zwanzig Jahren und mehr in der Heroinküche erworben haben.« Orsini verwendete das königliche »wir«.

Um zur Treppe zu gelangen, die aus dem Keller nach oben in das Bauernhaus führte, mußten die beiden Männer durch einen kleinen Lagerraum gehen. An den Wänden standen Edelstahlbehälter. Es war »La Vorratskammer«. Orsini nahm sich einen Behälter nach dem anderen vor und öffnete sie, damit Leval einen Blick hineinwerfen konnte.

»Sieh her. Ein Vorrat von kristalliner essigsaurer Tonerde ...« Er wandte sich nacheinander den anderen Gefäßen zu. »Weinstein ...

Kohlensaures Natron . . . Knochenkohle . . .« Jedesmal steckte er einen angefeuchteten Zeigefinger hinein und kostete davon. »Schmekken! Schmecken! Schmecken! Hörst du, Jean? Auf dem Markt mußt du immer das kaufen, was gut und frisch ist . . . und nicht zu viel von einem einzigen Händler, wohlgemerkt. Hier ein bißchen, dort ein bißchen.«

Auf einem robusten Holzregal über den Stahlbehältern stand eine Reihe großer Flaschen. »Akohol . . . Salzsäure . . . Andere notwendige Lösungen und Pulver. Das ganze Sortiment der Zutaten für die Cuisine. Und beachte, wie sauber und ordentlich La Vorratskammer ist.«

Jean Leval nickte zustimmend. Es gab so viel zu lernen, und er hatte so wenig Zeit. Er hatte gehört, daß es noch sechs Monate dauern werde, höchstens ein Jahr, und Le Chef wäre tot.

Der Wächter servierte das Abendessen für Leval und Orsini im Speisezimmer. Ein Schäferhund lag ausgestreckt auf einem Perserteppich. An einer der Wände hing ein kleiner Picasso.

Orsini ließ einen blumig leichten, perfekt gekühlten Weißwein in seinem Glas kreisen. »Ein Bauernhaus oder ein Landsitz, umgeben von einer hohen Mauer, ist ein Muß, Jean«, erklärte er. »La Cuisine erfordert ungestörte Ruhe. Und gutes Wasser. Wir haben einen ausgezeichneten Brunnen hier, und sogar einen kleinen Bach. Beide liefern sauberes Wasser. Manchmal kommt es mir vor, als sei das Wasser der Provence besonders gut geeignet für die Heroin-Cuisine.«

Orsini grub eine kleine Silbergabel in eine der Austernschalen, die auf der Silberplatte ruhten. Er kämpfte mit dem Fleisch, bis er es schließlich von der Schale gelöst hatte. Nachdem er ein paar Tropfen Zitronensaft daraufgeträufelt und einen oder zwei Tropfen Tabasco hinzugefügt hatte, sog er genießerisch den Duft von Zitrone, Tabasco und delikat salzigem Austernfleisch in seine Nase, bevor er das Ganze verspeiste.

»Wie schmecken sie dir?« Für einen Moment verließ er das Thema der Heroin-Cuisine und wandte sich den eisgekühlten Austern zu.

»Köstlich.«

»Ja. Ich versuche, Einfachheit walten zu lassen, um Hermans willen.« Orsini deutete mit einer Kopfbewegung auf den Leibwächter, der dienstbeflissen zum Tisch kam, als er seinen Namen hörte.

»Du brauchst einen Wächter. Wenigstens einen«, redete Orsini weiter. »Vertrauenswürdig und tüchtig muß er sein. Herman ist vielleicht kein wunderbarer *chef*, wenn es darum geht, ein Mahl *à la provençale* zuzubereiten, aber als Wächter ist er nicht mit Heroin aufzuwiegen.«

»Ach ja...?« begann Leval.

Der verdrießlich dreinblickende, weißhaarige Herman hatte immer ein wenig bedrohlich gewirkt, wenn Leval hergekommen war, um Morphinbase zu liefern. Er und der Hund waren ein sauberes Paar, das mußte man ihnen lassen. Sie waren stumm und ungastlich, und in einer dunklen Nacht hätte man ihnen nicht über den Weg laufen mögen.

»Du bist ein wunderbarer Wächter, nicht wahr, Herman?« fragte Orsini.

Hermans Achselzucken wirkte gleichzeitig servil und unheimlich.

»O ja, Herman kümmert sich hervorragend um das Anwesen. Er ist tüchtig. Zuverlässig. Schließlich – wohin sollte er sonst gehen? Heutzutage findet man nicht mehr so leicht einen Unterschlupf für einen ehemaligen Auschwitz-Wärter... Ist es nicht so, Herman?«

Der Leibwächter zuckte die Achseln.

»Wenn du dich eines Tages selbständig machst, dann mußt du dir jemanden wie Herman suchen«, riet Le Chef.

Wenn ich mich eines Tages selbständig mache, dachte Leval. Genau das würde er tun. Und zwar in diesem Bauernhaus, so hatte man ihm gesagt. Er hatte ohnehin vorgehabt, Orsini nach Herman zu fragen.

»Herman hat große Schuld auf sich geladen, und darum ist er so zuverlässig. Er erwartet nicht mehr viel vom Leben. Er ist damit zufrieden, hierzubleiben und bis zum Ende seiner Tage das Haus zu bewachen. Nicht einmal Geld interessiert ihn. Seine Schuld plagt ihn, und sie kettet ihn an diesen Ort.«

»Was bedeutet das?« Leval war neugierig.

»Nun, das liegt doch auf der Hand. Man ist schließlich nicht umsonst Wärter in Auschwitz. Es war ja nicht... wie soll ich sagen – ein Ort für *le week-end* oder *le picnic*...«

»Ich verstehe.«

»Es ist ein wenig komplizierter. Sieh her...« Orsini legte seine Austerngabel aus der Hand, betupfte sich die Finger mit einer weißen Serviette und drehte sich zu dem Wächter um. »Herman, was ist die größte Tragödie deines Lebens, he?«

»Daß der Führer den Krieg verloren hat«, antwortete der Mann.

»Siehst du?« meinte Orsini. »Paß auf. Herman, was hast du getan, als du Wärter in Auschwitz warst?«

»Befehle, Befehle, Befehle.«

»Nein. Ich habe dich gefragt, was deine Arbeit war.«

»Die Duschen.«

Le Chef stocherte zwischen den Austernschalen herum und suchte nach übriggebliebenen Stückchen Austernfleisch. »Es ist ein wenig kompliziert, wie du siehst.« Orsini hatte einen kleinen Fleischkrümel gefunden. »Zu allem Überfluß ist Herman nicht davon abzubringen, seine Schäferhunde Blondi zu nennen.«

Orsini gab seine Versuche, den Fleischrest aus der Schale zu schaben, auf und begann, daran zu nagen. »Aber er hat Sportsgeist. Ich habe ihm erzählt, daß ich Dutzende seines Schlages umgebracht habe, als ich in der Besatzungszeit bei der *Maquis* in Marseille war. Anscheinend macht es ihm nichts aus... Ich vermute, für jeden, den ich getötet habe, kann Herman mir einhundert zeigen. Aber wenn ich ihn frage, behauptet er beharrlich, er sei Duschwärter gewesen. Als ob es *gewöhnliche* Duschen gewesen wären, eh?« Le Chef rollte die Augen, und er warf die leere Austernschale auf den Silberteller und schob ihn von sich. »Nun gut«, sagte er. »Jetzt wollen wir sehen, was Herman mit der Suppe gemacht hat, ja?«

Am nächsten Morgen warfen die beiden Männer frische grüne Kittel über. »Du mußt dich immer umziehen, Jean«, sagte Le Chef. »Der Staub setzt sich in der Kleidung fest, und du mußt dich vor einer Heroinvergiftung hüten. Wenn du damit arbeitest, wirst du auf merkwürdige Weise süchtig, wenn du nicht aufpaßt. Der Körper gewöhnt sich daran, nimmt es durch die Poren auf – und schließlich fordert er es. Wenn du nicht aufpaßt, erleidest du womöglich die gleichen verfluchten Entzugssymptome, wie die Süchtigen sie kennen...«

Leval nickte und sah zu, wie Orsini ein frisches Paar OP-Handschuhe überstreifte. »Ich habe gesehen, daß du meine Hände betrachtest«, sagte Orsini vorwurfsvoll.

»Nein...«

»Kein hübscher Anblick, eh?« Die fleckigen Hände boten einen scheußlichen Anblick.

»Nicht so schlimm.«

»Marie mag es nicht, wenn ich sie damit berühre, nachdem ich hier in der Cuisine gearbeitet habe.«

Leval konnte es ihr nicht verdenken.

»Das gleiche kann mit deinem Gesicht geschehen, Jean.« Orsini lachte.

Leval erschauderte.

»Du mußt immer Gasmaske und Handschuhe tragen.« Offensichtlich hatte Orsini sich nicht zu allen Zeiten an seinen eigenen Rat gehalten. »Niemand hat mir das gesagt, als ich jung war und das Geschäft erlernte. Du kannst dich also glücklicher schätzen.« Orsini hatte nicht die Absicht, Leval vor den Gefahren zu warnen, die dennoch drohten; trotz aller Vorsichtsmaßnahmen würde Levals Gesundheit im Laufe der Jahre zwangsläufig Schaden nehmen.

»Du bist also der Mann, den Le Chef, Victor Orsini, in den Geheimnissen der *Haute Cuisine* unterweisen soll, eh?« Orsini musterte Leval abschätzend. »Nun, dann laß uns wieder beginnen . . . Wir werden viele Monate brauchen. Und mit den Jahren wirst du selbst Erfahrungen machen . . . Sieh her.«

Er hatte zwei Pyrexflaschen mit rundem Boden – Glasballons, die jeweils zweieinhalb Kilo Morphin und fünf Kilo Azetonanhydrid fassen konnten – in ein großes Edelstahlbassin mit heißem Wasser getaucht. In der einen Flasche waren die beiden Chemikalien bereits miteinander vermischt. Ein spiralförmiges Glasröhrchen verband die beiden Flaschen miteinander durch die Gummipfropfen, die in den Flaschenhälsen steckten. »Diesen Vorgang, *mon cher* Jean, nennt man Azetylierung«, erklärte Orsini seinem jungen Eleven. »Im Grunde geschieht nichts weiter, als daß man einen Teil Morphinbase und zwei Teile Azetonanhydrid bis zu sechs Stunden lang bei möglichst genau fünfundachtzig Grad Celsius kocht.«

Le Chef legte Wert darauf, daß sein Azetonanhydrid aus Essigsäure hergestellt wurde, die bei der Fermentation von Essig aus Zucker oder Malz entstanden war, und nicht aus solcher, die im Elektroverfahren aus Kalkstein und Kohle produziert worden war. »Halte dich immer an die natürlichen Methoden, Jean«, betonte Orsini wieder. »Azetonanhydrid, mußt du dir vorstellen, ist ein sehr starker, ätzender Essig. Wie, so frage ich dich, willst du Essig aus Kalk und Kohle machen?«

Schon jetzt waren die beiden Männer unter ihren Chirurgenkitteln schweißgebadet. Schweißperlen rollten auch über ihre Stirnen. Trotz der Lüftungsventilatoren herrschte im Labor ein Klima wie in einer milden Sauna. Le Chef regulierte die Brenner unter dem Edelstahlbehälter mit dem Wasser. »Hier liegt das größte Geheimnis der Heroin-Cuisine, Jean«, verkündete er bedeutsam. »Du mußt die Temperatur deiner Mischung aus Morphin und Azetonanhydrid gleichmäßig auf fünfundachtzig Grad halten, eh? Stundenlang . . .«

Er wies auf das Gemisch in der einen der beiden Flaschen. »Sieh her. Die Hitze ruft Dämpfe hervor. Die Dämpfe steigen auf, gehen durch diese Spiralröhre aus Glas . . .« Le Chef richtete seinen Zeigefinger auf das Verbindungsstück zwischen den beiden Flaschen. »Die Dämpfe werden dabei abgekühlt und kondensieren in der zweiten Flasche. Was zurückbleibt, ist dein unreines Heroin. Verstanden?« Es klang simpel genug.

»Gelegentlich – *große* Flamme. Das ist das Geheimnis. Ein geringerer Küchenchef wird befürchten, das Heroin könnte umkippen. Und er wird Angst vor der Gefahr haben.«

Levals Interesse wurde plötzlich noch größer.

»Sieh her. Die Temperatur.« Orsini deutete auf die Thermometer, die neben der Glasröhre in den Gummistopfen der beiden Flaschen steckten. »Die Temperatur ist kritisch, eh? Geht man unter achtzig Grad, stoppt man die Azetylierung. Geht man über neunzig Grad, ist der Braten verbrannt. Mehr als neunzig Grad, und das Morphin ist verdorben – und vielleicht geschieht Schlimmeres. Es kann zu einer großen Explosion kommen, *mon cher* Jean. *Pouf! Pouf!* Nicht bloß ein verdorbener Braten, eh, nein, die Zutaten explodieren und bringen uns alle um. Paul Bocuse braucht ein solches Risiko nicht einzugehen. Wie Herman kann er nur die Suppe verderben.«

Hierauf arbeiteten sie schweigend, und nur gelegentlich durchbrachen Orsinis staccatohafte Anweisungen die Stille: Neue Flaschen, mehr Morphinbase, mehr Anhydrid, Lackmuspapier, um den Säuregrad der Lösung zu testen, kleine Flaschen mit Säuren und Basen, um den pH-Wert zu regulieren. Als der Nachmittag zur Hälfte verstrichen war, waren beide erschöpft, und Orsini stellte die Arbeit ein.

Er tauchte die Spitze seines rechten Zeigefingers in den unreinen Heroinbrei – eine weiche Paste – und berührte damit seine Zunge. »Schmecken! Schmecken! Schmecken! Das ist eines der Geheimnisse, Jean. Ich kann dir nicht alles mit Worten sagen, ich will, daß du kostest, wie dieses köstliche Roastbeef schmeckt. Unvergleichlich, nicht wahr?«

Leval hatte den Vormittag und den frühen Nachmittag über zugesehen, wie Le Chef über »Le Herd« gebeugt dastand. Er war von einem Glasballon zum anderen geeilt, hatte sie betrachtet und unerwünschte Farbvariationen auf einen Blick erkannt. Er hatte mit Thermometern, Säuren, Basen und Lackmuspapieren hantiert.

»Was meinst du?« fragte Orsini eindringlich.

»Köstlich.« Es schmeckte so, wie Leval sich den Geschmack von bitterer *merde* vorstellte.

»Ah, gut . . .« Le Chef war es zufrieden.

Am Abend brachte Leval das Gespräch erneut auf Herman.

»Herman?« Le Chef klang gelangweilt. »Eigentlich gibt es nicht viel mehr zu erzählen.« Der Deutsche schien zu dösen; der Schäferhund lag zu seinen Füßen und verschlang rohes Fleisch aus einem Edelstahlnapf. Bei der Erwähnung seines Namens schrak der Wächter auf, aber dann schien er wieder einzunicken. In der Linken hielt er locker einen Löffel über den Hundenapf.

»Gleich nach dem Krieg ist Herman in die Fremdenlegion eingetreten«, erzählte Le Chef. »Dann hat jemand herausbekommen, wer er war. Sogar die Legion hat eine Abneigung gegen Auschwitz-Wärter. Herman machte sich aus dem Staub und floh in die Berge von Korsika.«

»Und was geschah dann?«

»Es ist eine langweilige Geschichte.« Orsini gähnte. »Er drang in die Steinhütte einer neunundsiebzigjährigen Bäuerin ein. Schändete sie, nachdem er sie getötet hatte. Blieb dann ein paar Tage in der Hütte und feierte eine Party. Betrank sich. Dergleichen mehr.«

»Jesus!« Leval war schockiert.

»Es fehlt ihm an Kultur, unserem Herman.«

Leval wußte nicht, was er sagen sollte.

»Andererseits, Ilse Koch liebte Bach-Choräle«, redete Orsini weiter. »Während sie ihre Lampenschirme aus Menschenhaut anfertigte, hörte sie Musik, Musik, Musik. Immer Bach. Also – wer weiß?«

Herman schnarchte einmal auf. Der Löffel entglitt langsam seinem lockeren Griff.

»Gib acht«, wisperte Orsini und deutete auf den langsam aus der Hand rutschenden Löffel. Sich drehend und wie in Zeitlupe sank das funkelnde Metallbesteck aus der Hand des Wächters und fiel dann mit durchdringendem Geklapper in den Freßnapf des Hundes. Ruckartig fuhr Herman aus dem Schlaf und rieb sich die Augen.

»Herman behauptet, der Schlaf bis zu dem Zeitpunkt, da ihm der Löffel aus der Hand gleitet, reiche restlos aus, ihn zu erfrischen«, erklärte Orsini. Der Wächter grinste die beiden an und verließ unter einer leichten Verbeugung den Raum, gefolgt von seinem Schäferhund.

»Jetzt geht er ins Wächterhaus«, sagte Orsini. »Er behauptet, er sei die ganze Nacht hindurch auf den Beinen und hellwach. Morgen früh werden wir dann beim Frühstück die gleiche Pantomime erleben. Ehrlich gesagt, *mon cher* Jean, glaube ich, daß Herman in seinem Wächterhaus schläft. Ich habe ihn jedoch niemals dabei ertappt, denn der Hund ist so verdammt clever.«

»Und was soll das Theater?«

»Ich glaube, Herman ist ein bißchen verrückt, nach allem, was in seiner Vergangenheit gewesen ist. Ich glaube, er möchte so tun, als sei er ein supereffizienter Wächter, der in vierundzwanzig Stunden nicht mehr als zwanzig Sekunden Schlaf braucht – oder noch weniger. Er hat Angst, ich könnte ihn sonst durch einen anderen ersetzen.«

Der folgende Tag war weniger beschwerlich. Orsini nannte es »das Heroin herausputzen«. Er wog das unreine Heroin kiloweise ab und wusch es mit einem Viertelkilo in Wasser gelöster Knochenkohle.

Verblüfft sah Leval, wie wunderbar weiß das gefilterte Heroin dabei wurde.

Nachdem er kohlensaures Natron beigemengt und das Heroin ausgefällt, getrocknet und gesiebt hatte, war Orsini bei weißem, kristallinem Heroin angelangt. Aber er war immer noch nicht zufrieden. »Der einzige, dem du niemals etwas vormachen kannst, bist du selbst, Jean.«

Er betrachtete das Pulver. »Du findest vielleicht, es sieht wunderbar weiß und rein aus, aber um einen Reinheitsgrad von fünfundneunzig bis achtundneunzig Prozent zu erzielen, werden wir es erneut mit Wasser und Weinsäure behandeln, mit Knochenkohle reinigen, es filtern, ausfällen, trocknen und sieben. Man kommt zu mir, weil ich ein Achtundneunzigprozenter bin. Das ist mein Ruf. Deshalb bin ich der Beste. Es erfordert mehr Zeit und größere Fähigkeiten... Aber ich betrachte die Heroin-Cuisine als eine Möglichkeit, einen Teil meiner selbst hinzugeben.« Während er redete, trocknete er seine Chirurgenhandschuhe an einem Baumwollhandtuch ab. »Was soll das alles nützen, wenn man das Heroin nicht in Wasser lösen kann, eh?« Es gab noch einen letzten Trick zu vollführen. Orsini wedelte mit der Hand über das Heroinpulver. »So, wie es jetzt ist, können die Kunden es nicht injizieren. Ein Pulver kann man nicht injizieren, eh? Man muß es so machen, daß es sich in Wasser auflösen läßt.« Den Vorgang nannte man, erklärte Orsini, Hydrochlorierung. In eine kochende Lösung aus zwei Kilogramm Heroin und zweieinviertel Litern Azeton schüttete Orsini ein genau bemessenes Quantum Salzsäure und Alkohol.

Am frühen Abend, nachdem die Lösung den ganzen Tag über hatte abkühlen können, kehrten Le Chef und Jean Leval ins Labor zurück, um das Solvat erneut zu Heroinkristallen zu trocknen. Orsini pulverisierte die Kristalle in einer Schüssel und produzierte ein flockiges, reinweißes Pulver, das große Ähnlichkeit mit Puderzucker besaß.

»Koste davon, Jean. Prüfe den Geschmack, um Himmels willen.« Es war genauso bitter wie vorher.

Sie brachten zwei Stunden damit zu, die Kristalle zu pulverisieren und das Heroin abzuwiegen und in Fünfhundertgrammportionen zu verpacken. Orsini verwendete starke, durchsichtige Plastikbeutel und klaren Klebstreifen. Am nächsten Tag würde Pierre Venturi vorbeikommen und die neueste Lieferung abholen, um sie zur nächsten Station weiterzubefördern.

Am späten Abend, als sie bei feinem Brandy zusammensaßen, wollte Leval wissen, wieviel Orsini im Jahr einsackte. Leval erkundigte sich überaus entschuldigend und bestand darauf, daß Orsini es ihm nicht zu erzählen brauche, wenn er keine Lust dazu habe.

Orsini meinte, Leval habe ein Recht darauf, alles über das Geschäft zu erfahren, was er wissen wolle. In einem guten Jahr komme er auf eine runde halbe Million Dollar. An der Art, wie Leval in sein bauchiges Brandyglas starrte, sah Orsini, daß der junge Mann angebissen hatte.

Nach den schlechten Jahren erkundigte er sich nicht. Orsini hätte seinem jungen Lehrling erzählen können, daß man Vorkehrungen treffen mußte – für Gefängnishaft, Krankheit, nervöse Spannungen, Syndikatsdruck, eine untreue Ehefrau, die Abende in Hermans Gesellschaft ... und die Angst jedesmal, wenn man eine Dusche nahm.

25

Auf einer kleinen Landstraße abseits der N 559 überprüfte Crystal den Wagen und die Ausrüstung. Befriedigt setzte er sich dann wieder hinter das Steuer des gelben Simca und drehte den Zündschlüssel um.

Es war Charlie gewesen, die den Simca zu ihrem Treffpunkt an der N 559 gefahren hatte. Sie hatte auf der südlichen Straßenseite am Straßenrand geparkt, vor dem Richtungsweiser, der nach Cassis – geradeaus –, nach Camp Carpiagne – links – und nach rechts in die Straße, die in den Feldern endete, zeigte. Es war ein weißes Schild, auf dem in blauen Buchstaben CASSIS stand, darunter, in Rot auf einem gelben Streifen, der Hinweis EN PROVENCE.

Er hatte alles genauso vorgefunden, wie sie es beschrieben hatte, nicht zuletzt, weil Charlie dort in dem auffälligen gelben Simca gesessen hatte. Nach einem kurzen Wortwechsel war er davongefahren. Wenn alles glattginge, würde er sie vor dem nächsten Schlag in Nizza wiedersehen. Bis dahin beschäftigten sich seine Gedanken mit dem vor ihm liegenden Auftrag.

Als er Marseille hinter sich gelassen hatte, schon vor dem Autotausch, war die Landschaft öde und steinig gewesen, und stellenweise hatte karges Gestrüpp den Boden bedeckt. Crystal suchte nach einer bewaldeten Gegend, und die trockenen, nur fleckenweise bewachsenen Hügel boten nicht den passenden Boden für Bäume. Aber das wußte er. Wenn er lange genug auf der gewundenen Straße durch die Hügel gefahren wäre, würde er den Wald finden müssen.

Er würde auf eine Abzweigung stoßen, und sie würde durch einen rot-weiß gemusterten Schal gekennzeichnet sein, der auf den Büschen liegen würde. Nach dieser Abzweigung – nach ungefähr einer Meile – würde er zu einer zweiten Abbiegung kommen, die nach Süden führte. Von dort bis zum Tor waren es nur noch zweihundert Meter.

Ohne Schwierigkeiten entdeckte er den Schal, und nachdem er eine Meile weit über den Seitenweg dahingerumpelt war, erreichte er die letzte Abbiegung, einen staubigen kleinen Kreuzweg, von wo aus das Wäldchen deutlich sichtbar war. Die Erkundung hatte ergeben, daß die Bäume sich dicht und hoch um das gesamte Anwesen zogen, so daß man das Bauernhaus von keiner Seite sehen konnte. Die Bäume dienten dem Bedürfnis des typischen reichen Franzosen nach Privatsphäre.

Charlie hatte ihm gesagt, daß im Hause nur drei Männer sein würden: der Wächter, der Chemiker und ein Assistent oder Kurier. Am Tag zuvor hatte jemand etwas im Bauernhaus abgeliefert – vermutlich eine Ladung roher Morphinbase.

Crystal fuhr langsam den Weg zum Wächterhaus entlang. Die Reifen des Simca wirbelten Staub und Kies auf.

Der Wächter und der Hund waren die beiden Haupthindernisse. Der Hund war ein bösartiger, bestens ausgebildeter Deutscher Schäferhund, und der Wachmann war tüchtig und mißtrauisch. Kein Weg führte um die beiden herum. Der Killer hielt etwa zehn Schritte weit vor dem Wächterhaus an. Es bot einen sauberen Anblick, wie es dort neben dem hohen, schmiedeeisernen Tor stand. Crystal hatte den Eindruck, daß sich drinnen etwas bewegte. Wenn es so war, dann würde es sich um den Wächter handeln. Der Mann war den ganzen Tag über auf dem Posten, nur um die Mittagszeit ging er hinüber zum Haus. Das schmiedeeiserne Tor war stets verschlossen und mit einer Kette gesichert.

Crystal musterte die Gegend. Er schüttelte ein paar Fotos aus einem Umschlag und nahm die nötigen Vergleiche vor. Es war das Zielhaus.

Das kleine, handgepinselte Schild ATTENTION CHIEN MECHANT hing am rechten Torflügel, knapp oberhalb von Schloß und Kette.

Crystal nahm an, daß der Wächter sich bereits fragen würde, was er wohl im Schilde führte, nachdem er vor dem Tor angehalten hatte und nicht näher herangefahren war. Zwei Minuten später trat der Mann aus seinem Haus. Eine Zeitlang stand er da und starrte zu dem Killer herüber. Den Schäferhund hielt er neben sich an der Leine. Crystal schätzte ihn auf Anfang Sechzig: Weißhaarig, schlank, in priesterliches Schwarz gekleidet.

»He, was wollen Sie?« rief der Wächter hinter seinem Tor.

Crystal tat, als habe er nichts gehört.

»He, wer sind Sie? Was wollen Sie?«

Wieder reagierte der Killer nicht. Zumindest gab er keine Antwort. Statt dessen entriegelte er die Motorhaube, ging um den Wagen herum und klappte die Haube hoch. Jetzt mußte der Wächter sich in Bewegung setzen.

Kaum hatte Crystal sich über den Motor gebeugt und begonnen, nach einem nicht vorhandenen Defekt Ausschau zu halten, als der Mann auch schon rief: »He, das können Sie nicht machen. Nicht hier. Das geht nicht.«

Der Killer kannte diesen Typ; er war überall auf der Welt zu finden. Der alternde Diener, Lehnsmann, Butler oder Lakai, endlich seiner selbst sicher in seinem Job: Von ihm aus mochte überall auf der Welt der Himmel einstürzen, solange nur sein Herr verschont blieb. Es war immer die gleiche Sorte, wo man sie auch treffen mochte.

Crystal ignorierte den Mann.

»He, Sie, was soll das? Ich rede mit Ihnen!«

Herr im Himmel, wie oft hatte der Killer diese Arroganz in seinem Leben schon gehört? Sie waren immer gleich, ließen niemals ab.

»He, muß ich diesen Hund auf Sie hetzen? Haben Sie keine Ohren oder was?«

Ketten rasselten, und ein schweres Schloß wurde mit einem großen Eisenschlüssel geöffnet. Jetzt wandte Crystal sich um und sah dem Wächter und dem Hund entgegen. Der Wächter war dabei, den Torflügel aufzuschieben.

»Was soll ich machen? Ich habe hier eine Panne. Soll ich mir jetzt den Wagen hinten reinschieben und dann im selben Loch verschwinden?«

Dem Gesichtsausdruck des Wachmannes nach zu schließen hätte er dagegen nichts einzuwenden gehabt. »Reparieren können Sie hier jedenfalls nichts. Das hier ist Privatbesitz, verstanden? Schieben Sie Ihre Schrottmühle wieder hinunter auf die öffentliche Straße.«

Tatsächlich stieg der Weg zu der Straße, von der er gekommen war, geringfügig, aber muskelstrapazierend an.

»Ich weiß nicht.« Crystal kratzte sich unsicher am Kopf. »Für mich sieht das nicht aus wie ›hinunter‹.«

»Ist es aber. Werden Sie gleich sehen.« Der Wächter näherte sich langsam mit dem Hund. Das Tier knurrte.

Gelassen ging der Killer zum Heck des Simca und öffnete den Kofferraum.

»Wenn ich den Hund loslasse, werden Sie keinen Zweifel mehr

daran haben, daß es bergab geht«, erklärte der Wächter. »He, was machen Sie da?«

»Ich hole mein Werkzeug heraus.«

»Haben Sie denn nicht gehört, Sie Blödmann? Ich habe gesagt, Sie können nicht...«

Er war zwei oder drei Schritte weit vom Wagen entfernt auf der einen Seite, frei und ungedeckt. Aber er hielt immer noch den Hund an der Leine.

Was ihn hatte verstummen lassen, war die häßliche Ingram-MP, die Crystal so gelassen aus dem Kofferraum des Simca genommen und auf ihn gerichtet hatte.

Eine solche Waffe hatte der Mann noch nie gesehen.

Es war ein kurzes, stumpfnasiges Ding mit einem langen Magazin, das vertikal gleich hinter dem Abzugsbügel steckte. Wenn man den spinnendürren Kolben außer acht ließ, der ausgeklappt an der Schulter des Killers lag, dann hatte die Maschinenpistole die Form eines dicken, fetten L, dessen langer Strich waagerecht lag und den Lauf der Waffe bildete. Um den Lauf schloß sich ein dicker Schalldämpfer, so daß er aussah wie der eines alten Vickers-MG. Dick und rund.

Crystal nahm sich als erstes den Hund vor. Eine lange Salve tötete das Tier mitten im Knurren. Die Hand des Wächters hielt noch die Leine.

Die 9-mm-Parabellum-Geschosse durchschlugen den Hund, schleuderten das Tier gegen die Beine des Mannes und ließen seine Hand an der Leine den Bewegungen des Hundes folgen. Fehlgegangene Kugeln ließen den Staub hinter Mann und Hund aufspritzen.

Der Mann war bereits von einigen Kugeln, die das Tier durchschlagen hatten, in die Beine getroffen worden, und er taumelte schreiend rückwärts.

Crystal schwenkte die Mündung von dem Hund weg und aufwärts über den Rumpf des Mannes, von den Hüften bis zum Hals. Dann stellte er das Feuer ein, richtete sich auf und jagte dem Wächter drei Parabellums einzeln durch den Kopf. Die Ingram hatte ausgezeichnet gearbeitet.

Crystal schleifte die beiden durch das schmiedeeiserne Tor. Er hinterließ Blut- und Schleifspuren im Staub.

Das war nicht zu ändern. Er hätte daran denken müssen, einen kleinen Besen mitzubringen. Crystal durchsuchte das Torhäuschen, aber er fand nur einen Federwisch. Er hing direkt über dem zerschmetterten Schädel des Wächters.

Er ging hinaus und versuchte, die Spuren mit dem Federwisch zu beseitigen, aber sogleich sah er ein, daß er sich auf die Tatsache würde verlassen müssen, daß dies ein Privatweg war. Er fuhr den Wagen durch das Tor, legte die Kette vor und verschloß sie und nahm die Schlüssel mit. Er verschloß auch das Wächterhaus. Diesen Schlüssel warf er fort. Er legte den ersten Gang ein, und der Simca rollte auf das Bauernhaus zu. Er parkte versteckt unter einigen Bäumen.

Ein Summer ertönte im Labor. »Das muß Herman sein«, meinte Orsini.

»Er ist zu früh dran.«

»Ja, das stimmt. Das ist erst ein- oder zweimal vorgekommen.«

»Du hast ihn doch nicht gerufen, oder?« Wenn Le Chef Herman brauchte, rief er über die Gegensprechanlage im Wächterhaus an. Normalerweise kam Herman nur, wenn er gerufen wurde, und Herman wurde gerufen, wenn sie mit der Arbeit fast fertig waren und wenn sie zu Mittag oder zu Abend essen wollten.

»Jemand anders kann es nicht sein«, entschied Orsini. Dennoch schaltete er die Gegensprechanlage ein und sprach ins Mikrophon: »Herman, bist du am Tor? Wer ist denn da?«

Blechern krachend ertönte die Stimme im Torhaus über Hermans zerschmettertem Kopf. Die Augen des Toten waren geöffnet und blicklos, und der Mund klaffte wie bei einem großen, toten und sehr blutigen Goldfisch.

»Herman! Los, Mann, melde dich!« Aus dem Wächterhaus kam keine Antwort.

»Es muß Herman sein. Geh und laß ihn herein.«

Herman hatte keinen Schlüssel zum Haus. Es war eine Sicherheitsvorkehrung, ihn auszusperren, und er mußte ein verabredetes Klopfsignal benutzen, damit man ihm die Tür öffnete.

»Okay. Aber ich muß sagen, das ist ziemlich lästig, dieses ständige Treppauf-Treppab«, murrte Leval.

»Ich werde ein Wörtchen reden mit diesem *boche.«*

Jean Leval verließ das Labor, durchquerte La Vorratskammer und stieg eine kurze Treppe hinauf zu einem geheimen Durchgang hinter einem Bücherregal in der Bibliothek. Aus purer Rücksicht auf Orsini und aus keinem anderen Grund schloß er die Geheimtür hinter sich. Orsini hatte fast einen Anfall bekommen, als er es an seinem ersten Tag versäumt hatte, nachdem sie aus dem Labor heraufgekommen waren. Das Regal, darauf bestand Orsini, war zu schließen – immer.

Crystal wartete draußen vor der Tür. Er war bereit, es zu riskieren. Wenn es nicht klappte, hätte er noch eine zweite Maßnahme in petto.

»Wer ist da?« rief Jean Leval. »Herman?«

Crystal drückte auf den Abzug der Ingram und eröffnete das Feuer auf die Tür. Er stand etwa zwei Schritte weit davor und ließ eine lange Salve über das Holz streichen. Es war, als stehe die Tür brusthoch in Flammen und er lösche das Feuer mit dem starken Strahl eines Gartenschlauches. Holzstücke flogen nach allen Seiten, und die Tür zersplitterte unter dem Hämmern eines ganzen zweiunddreißigschüssigen Magazins von 9-mm-Parabellum-Geschossen.

Was ihm an der Ingram gefiel, war ihre leichte Handhabung. Der Schwerpunkt lag über dem Pistolengriff, und so wurden wilde Vibrationen vermieden, wenn der Hammer beim Feuern vor und zurück flog. Und sie war leise ... Man hörte nur das Krachen des Holzes und die Schreie hinter der Tür.

Die ganze Salve dauerte nicht einmal zwei Sekunden. Als Crystal gegen das Holz trat und durch Tür und Qualm ins Haus eindrang, fand er einen jungen Mann in einem blutig zerfetzten Chirurgenkittel. Der Mann war vier oder fünf Schritte weit nach hinten geschleudert worden, und die Kugeln hatten ihn in der Mitte fast durchgeschnitten. Er wimmerte, und gewaltige Mengen von Blut sprudelten aus ihm hervor.

Crystal schob ein neues Magazin ein und schoß ihm eine ganz kurze Salve in den Kopf.

Einer war noch übrig.

Der Killer beschloß, nicht nach dem Labor zu suchen. Vermutlich gelangte man ohnehin nur durch eine Geheimtür hinein. Wenn er anfinge, das Haus zu durchsuchen – und es war unbekanntes Territorium, denn die Pläne, die den provençalischen Behörden vorlagen, waren wohl kaum vollständig –, konnte man ihn dabei überraschen. Statt dessen würde er sich verstecken und abwarten. Er hoffte nur, es werde nicht lange dauern.

Orsini hörte nicht, wie die Haustür zersplitterte, denn das Kellerlabor war schalldicht isoliert. Wenn es einmal jemandem gelänge, an Herman vorbeizukommen, dann wollte Le Chef in seinem Laboratorium nicht gehört werden. Aber als Jean Leval nach zehn Minuten noch nicht zurück war und Herman sich gleichfalls nicht gemeldet hatte, wandte sich seine Aufmerksamkeit von der Morphinbase ab. Noch einmal versuchte er es an der Gegensprechanlage. Stille, nicht einmal ein Knistern. *Nun gut!*

Orsini bedauerte schon, daß er keine Fluchtmöglichkeit angelegt hatte, als er das Bauernhaus für seine Zwecke umgebaut hatte. Außerdem überwand er allmählich seine Abneigung dagegen, ein Guckloch in die wunderschön geschnitzte hölzerne Haustür zu bohren. Ein solches Guckloch würde Hermans albernes Klopfsignal überflüssig machen.

Aber er pflegte stets eine oder zwei Schußwaffen im Labor aufzubewahren. Gegenwärtig hatte er eine tschechische Pistole vom Typ M 52 und eine Beretta-MP, Modell 12. Die Beretta war kompakt und zielgenau – eine Terroristenwaffe für die Stadtguerilla. Er entschied sich für sie: Sie besaß größere Feuerkraft.

Er versuchte, auch die M 52 in das Gummiband seiner Unterhose unter dem Chirurgenkittel zu schieben, aber sie war zu schwer. Die Beretta würde genügen müssen. Sowieso konnte er nicht mit zwei Waffen gleichzeitig um sich schießen. Gleichwohl würde er die Pistole am Fuße der Treppe deponieren, wo er sie leicht würde erreichen können, falls er sich zurückflüchten müßte.

Vorsichtig näherte Orsini sich der Treppe. Er hielt die Beretta vor sich gestreckt und machte sich langsam an den Aufstieg. Dabei kam er sich ein wenig albern vor. Was, wenn Herman und Jean Leval nun sähen, wie er sich die Treppe hinaufschlich wie ein Resistance-Kämpfer in einem alten französischen Film aus dem Zweiten Weltkrieg? Es mußte sonderbar aussehen, lächerlich – er ging wie auf Eiern, die Beretta vor sich, die Maske vor dem Gesicht und bekleidet mit dem grünen OP-Kittel.

Aber Orsini hatte auch Angst. *Wenn sie sich irgendeinen dummen, dummen Spaß mit mir machen, dann werde ich mich versucht fühlen, ihnen eine Salve zu verpassen. Aber bei Herman ist ein Spaß doch völlig ausgeschlossen . . .*

Als Orsini die oberste Stufe und den schlecht beleuchteten Gang hinter dem Bücherregal erreicht hatte, sah er zu seiner Erleichterung, daß der Durchgang geschlossen war. Zumindest das hatte Leval begriffen.

Steht da jemand im Schatten hinter dem Regal, auf dieser Seite des Durchgangs? Orsini spähte angestrengt durch die Düsternis. Da war niemand. Er mußte sich vor seiner Einbildungskraft in acht nehmen. Wenn er sich nicht vorsah, würde er irgendwo im Haus auf sein eigenes Spiegelbild schießen, wie er es einmal in einem Film gesehen hatte.

Leise und vorsichtig öffnete Orsini das Regal einen Spaltbreit. Er schaute hinaus ins Arbeitszimmer. Es war leer. *Ob ich nach Leval rufen soll?* fragte er sich.

Im Schutze des Regals konnte er es riskieren, nach ihnen zu rufen, um diese alberne Sache zu einem Abschluß zu bringen. Wenn Leval und Herman in der Nähe waren, würden sie ihn hören und ihm antworten. Er würde dann niemanden mehr überraschen können, aber falls ein Außenseiter eingedrungen war, würde er wahrscheinlich sowieso wissen, daß Orsini irgendwo im Hause war.

»Leval! Leval!«

Stille.

»Jean Leval! Herman! Antwortet!«

Nichts rührte sich.

Orsinis Angst wuchs. Etwas war nicht in Ordnung, und es war schlimm. Er schob das Regal beiseite und trat behutsam ins Zimmer. Seine Augen huschten hin und her. Behende überquerte er den Teppich auf dem Steinboden, stieß gegen die Wand neben der Tür, drückte sich dagegen und schwenkte die Beretta herum, um den Durchgang abzudecken.

Wie er es im Kino gesehen hatte, lugte Orsini um die Ecke, wobei er nur ein Auge zur Hälfte am Türrahmen vorbeischob. Dann sprang er mit einem Satz durch die Tür und schwenkte die Beretta im Halbkreis hin und her. Er spähte durch die Tür, die in die Diele führte, und erblickte Leval. Und die geschnitzte Holztür – zersplittert. Orsini sog die Luft heftig zwischen den Zähnen ein und hätte sich beinahe verschluckt.

Mutter Gottes! Es sah aus, als habe eine Riesenfaust seine geliebte Haustür zerschmettert. Durch ein großes, unregelmäßig geformtes Loch strahlte die helle Julisonne herein.

Und Leval. Das hübsche Gesicht war nicht mehr da; an seiner Stelle war nur blutiger Brei. Levals Rumpf war beinahe mitten durchgerissen. Er lag in einer großen, flachen Blutpfütze. Die rote Pfütze war so glatt und still, daß die Umrisse eines modernen abstrakten Gemäldes, das sonnenbestrahlt an der weißen Wand hing, sich durch irgendeinen physikalisch bedingten Reflex darin spiegelten.

Gegrüßet seist du, Maria, voll der Gnaden . . . Orsini lehnte sich an die Wand und betete. Als das nicht genügte, wisperte er, das Stampfen seines Herzens mit Mühe übertönend, reuevoll das Bekenntnis seiner Sünden. *Ich bekenne . . .*

Er ließ, kraftlos an die Wand gelehnt, zehn Minuten verstreichen, bevor er spürte, wie Kraft und Entschlossenheit in seine Eingeweide zurückströmten. Rückwärts, Zoll für Zoll, zog er sich ins Arbeitszimmer zurück, die Waffe unablässig auf die Tür gerichtet.

Er legte die Beretta in seine Armbeuge und griff nach dem Telefonhörer. Mit derselben Hand wählte er die Nummer für den Notfall. Mit der Schulter preßte er sich in unbeholfener Verrenkung den Hörer ans Ohr. Beide Hände umklammerten wieder die Beretta.

Brrng! Brrng!

Orsini betete, daß jemand dasein möge.

Brrng! Brrng!

»Hallo?«

»Hier ist Le Chef.«

»Es ist nicht üblich...«
»Dies ist ein Notfall.«
»Reden Sie.«
»Ein Bandenmord, nehme ich an. Hier sieht es aus wie auf einem Schlachtfeld.»
»Ja?«
»La Küche ist überfallen worden.«
»Sind Sie in Sicherheit?«
»Im Augenblick ja.«
»Wir schicken Hilfe.«
»Sofort?«
»Selbstverständlich.«
Es klickte, und die Leitung war tot.

Orsini legte den Hörer auf die Gabel. Er lebte noch; niemand hatte versucht, ihn im Arbeitszimmer zu überfallen. Sicher hatte man gehört, wie er nach Leval und Herman rief. Ob die Killer fort waren? *Gott sei Dank dafür, daß Leval die Geheimtür verschlossen hatte.*

Vielleicht hatten die Killer nach ihm gesucht, ohne ihn zu finden. Sie konnten nicht den ganzen Tag lang hierbleiben. Vielleicht hatten sie sich verdrückt. Vor der Haustür in der Auffahrt war von einem Auto nichts zu sehen. Orsini hatte nachgeschaut. Er würde sich noch einmal vergewissern.

Noch einmal huschte er schattenfechtend durch das Haus, schwenkte die Beretta und bedrohte jede Tür. Die Vorstellung, die Killer könnten sich abgesetzt haben, gewann immer mehr an Reiz. Niemand hatte ihn angegriffen, als er nach Herman und Leval gerufen hatte; niemand war über ihn hergefallen, als er am Telefon gestanden hatte; von einem Fluchtfahrzeug war gleichfalls keine Spur zu sehen.

Aber es war immer noch möglich, daß sich jemand im Hause verborgen hielt. Orsini beschloß, vorsichtig die Zimmer zu inspizieren. Er kam an Leval vorbei und fühlte, wie Übelkeit in ihm aufstieg. Noch nie, nicht einmal in der Resistance, hatte er einen so zerfleischten Leichnam gesehen. Und im Kino ganz gewiß nicht.

Wo ist Herman? Tot wahrscheinlich.

Le Chef huschte auf eine Schlafzimmertür zu und öffnete sie mit einem Fußtritt, wie er es im Kino gesehen hatte. Mit einem Satz war er drinnen, schwenkte die Beretta hin und her und folgte mit dem Kopf den Bewegungen der MP. Jetzt verspürte Orsini schon größere Tapferkeit. So die Tür aufzutreten, hineinzuspringen, die Maschinenpistole hin und her zu schwenken, das machte einem schon ein wenig Mut.

Wachsam näherte er sich dem Gästebad. In dem Raum befand sich eine Toilette und eine Badewanne. Einmal hatte er einen Film gesehen, in dem der Held auf dem Klo saß und darauf wartete, daß einer die Tür eintrat, um dann das Feuer zu eröffnen, wenn . . .

Orsini fühlte sich versucht, durch die Tür zu feuern, wie der Irre es bei Jean Leval getan hatte. Aber im Haus war genug Schaden angerichtet worden. Die ganze Vordertür war von Kugelnarben übersät. Statt dessen trat Le Chef im Sprung gegen die Tür und wartete dann gleich daneben. Die Tür flog in den Angeln hin und her.

Da war niemand. Er stürzte ins Bad.

Augenblicklich schleuderte ihn ein Feuerstoß zu Boden.

Nie war Orsini der Gedanke gekommen, daß die Männer in den Filmen nur Schauspieler waren und daß die Art und Weise, wie sie in Zimmer sprangen, nachdem sie die Tür eingetreten hatten, der reine Selbstmord war. Mit seinem Sprung setzte er sich Crystals kurzer Salve völlig ungedeckt aus, und rasselnd rollte der Körper des Chefs über den Badezimmerboden, durchsiebt von einem Dutzend 9-mm-Parabellum-Geschossen.

Crystals einzige Sorge war, daß er von seinen eigenen Querschlägern verletzt oder gar getötet werden könnte. Deshalb schoß er aus der Deckung der stählernen Badewanne, und nur seine Augen und die Mündung der Waffe blickten über den Rand.

Eilig machte Crystal sich daran, die Bomben zu placieren. Er fuhr den Wagen an die Vordertür, nahm die Koffer heraus und war einen Augenblick später wieder im Haus.

Le Chef hatte es versäumt, das Regal wieder vor den Durchgang zu schieben, und so war der Weg ins Labor nicht länger ein Geheimnis. Crystal stellte die Koffer ab und unterzog die geräumige, weiß gekachelte, gut ausgestattete Heroinfabrik einer kurzen Inspektion. Ein paar Minuten lang stöberte er umher, bevor er entschied, wo die Sprengsätze unterzubringen waren.

Sie waren vom gleichen Typ wie die Bomben, die er auf der *Petit Cheval* verwendet hatte, und sie waren ähnlich verpackt. Aber nur vier waren Sprengbomben; die übrigen waren Brandsätze. Der Koffer, in dem diese untergebracht waren, hatte eine andere Farbe als der mit den Sprengbomben. Alle Bomben aber waren in Styroporformen verpackt.

Der Killer vermutete, daß der tote Chemiker Hilfe herbeigerufen hatte, und so kam es darauf an, die Bomben möglichst rasch zu aktivieren und zu deponieren. Er wollte eine Stunde Vorsprung auf der Straße nach Toulon haben, bevor alles in die Luft flöge.

Der Vorratsraum war ein guter Platz. Crystal suchte zwei der

Behälter aus und versteckte einen Brandsatz und eine der hochbrisanten Sprengbomben unter dünnen Schichten von Azetonanhydrid und Knochenkohle.

Unter den Labortischen, auf denen immer noch Pyrex-Schüsseln mit Rohmorphin unter den Mixern standen, befand sich eine Reihe von hölzernen Türen. Dahinter verbargen sich kleine Schrankfächer, in denen Chemikalien und Laborgerätschaften aufbewahrt wurden. Crystal suchte nach dem Zugang zu den Gasflaschen, die unter den Labortischen stehen mußten; solche Flaschen oder aber Gasrohre mußten mit den Brennern auf den Tischen verbunden sein. Er fand die Hohlräume hinter Schiebetüren in der Rückwand einiger Schränke. In beiden Hohlräumen brachte Crystal Bomben unter – zwei Brand- und zwei Sprengbomben.

Jetzt hatte er noch zwei. Er versteckte sie im Arbeitszimmer, hinter einigen Büchern auf den Regalen. Hier gab es Brennbares in Hülle und Fülle. Alles war so eingestellt, daß es um dreizehn Uhr fünfundzwanzig explodieren würde. Bis dahin würde er wohlbehalten in Toulon sein. Es war Zeit zu verschwinden.

Der Killer nahm die Ingram. Irgendwo entlang des staubigen Rückwegs zur N 559 würde er sie fortwerfen, aber vorläufig würde er sie noch bei sich behalten: Vielleicht würde er, bevor er die Hauptstraße erreichte, der Bande, die das Heroinlager betrieb, über den Weg laufen. Er wußte nicht, wen der tote Chemiker alarmiert haben konnte. Wachsam und auf der Hut vor unvorhergesehenen Schwierigkeiten fuhr der Killer zurück zum Wächterhaus. Er schloß Tor und Kette auf, fuhr hinaus, verschloß das Tor und legte die Kette vor und warf dann beide Schlüssel fort.

Das verschlossene Tor würde jede Verstärkung für zehn bis fünfzehn Minuten beschäftigen und damit auch jede organisierte Suche nach Bomben verzögern – falls überhaupt jemand auf diese glänzende Idee käme. Es war lediglich eine weitere Vorsichtsmaßnahme.

Als er die Hauptstraße vor sich sah, ohne daß sich ihm etwas in den Weg gestellt hätte, beschloß Crystal, sich von der Ingram zu trennen. Es war ein trauriger Abschied. Der Killer entwickelte immer eine besondere Beziehung zu Waffen, die ihm gute Dienste geleistet hatten. Und er und die Ingram waren hervorragend miteinander ausgekommen.

Der Simca verlangsamte seine Fahrt, er öffnete die Tür, langte auf den Beifahrersitz und warf die Ingram mit einer Hand in ein Gebüsch. Er und der Simca waren sauber, und darauf kam es an.

Der Autotausch in Toulon sollte auf dem Besucherparkplatz bei der Seilbahn zum Mont Fairon stattfinden. Danach würde es über die

Autobahn nach Monte Carlo gehen. Ein paar Tage in Monaco würden vielleicht ganz erholsam sein.

Bevor ihn ein Dutzend Parabellum-Geschosse durchschlugen, hatte Victor Orsini den letzten Anruf seines Lebens getätigt. Sein Gesprächspartner war Marcel Soustelle gewesen, der Mann, der in Deveraux' Organisation die Verantwortung dafür hatte, daß die Morphinbase in Marseille vom Schiff geschmuggelt, im Labor in Heroin umgewandelt und dann an diejenige Abteilung weitergeleitet wurde, die den Transport nach New York durchführte.

Soustelle selbst hatte den Anruf auf seinem Privatanschluß zu Hause entgegengenommen. Zwar hatte er Vorkehrungen getroffen, die verhindern sollten, daß seine Leitung angezapft wurde, aber er konnte nicht sicher sein, daß seine Maßnahmen auch den gewünschten Erfolg hatten. Aus zwei Gründen war er über den Anruf von Le Chef nicht beglückt: Er befürchtete, es könne doch jemand mithören, und was Orsini ihm mitgeteilt hatte, war eine Katastrophe.

Er hatte keine Ahnung, wer so etwas tun könnte, oder warum. Aber ohne einen umfassenden Schadensbericht kam er nicht weiter; er mußte sich mit eigenen Augen ein Bild von der Situation machen. Es galt, so schnell wie möglich zu dem Bauernhaus hinauszufahren.

Dieser einfach klingende Plan war leichter zu fassen als in die Tat umzusetzen. Allein würde Soustelle sich nicht auf den Weg machen. Er mußte Kontakt mit Venturi und einem oder zwei anderen aufnehmen. Kommunikation war notwendigerweise elliptisch: Er verlor Zeit; genau gesagt, es dauerte fünfunddreißig Minuten, die Leute zusammenzutrommeln und zwei Treffpunkte am Boulevard Michelet an der Ausfahrt nach Cassis zu vereinbaren.

Von Marseille bis zum Bauernhaus waren es weniger als fünfzehn Kilometer, und um dreizehn Uhr elf traf die Bande am Torhaus ein. Nachdem sie vergebens versucht hatten, das Tor gewaltsam aufzubrechen, überkletterten die Männer einzeln die Mauer.

Mit einem Fußtritt öffnete Soustelle die Tür zum Wächterhaus. Mit der Pistole in der Hand kam er einen Augenblick später wieder heraus. Die Männer schwärmten aus und näherten sich mit äußerster Wachsamkeit dem Bauernhaus. Alle hielten eine schußbereite Waffe im Anschlag. Venturi trug eine Beretta Modell 12.

Um dreizehn Uhr zwanzig betraten sie das Haus.

Um dreizehn Uhr fünfundzwanzig wurde Venturi von einer Explosion im Kellerlabor in Stücke gerissen.

Um dreizehn Uhr dreißig war das Haus ein lodernder Feuerball.

Um dreizehn Uhr zweiundfünfzig, als Marcel Soustelle in seinem

Mercedes nach Marseille zurückraste, sah er im Rückspiegel noch immer die schwarze Rauchwolke neben der N 559. Sie erhob sich über die Hügel und hing in der reglosen, heißen Luft, die an diesem Julitag erstickend über der Gegend von Marseille und Cassis lag.

26

An der Küste, am Strand von Saint-Tropez, war es an diesem Nachmittag noch heißer.

Tausende von Urlaubern sonnten sich auf den sandigen Streifen im Osten der Altstadt.

Um zum Strand zu gelangen, hatte die *Elizabeth Fitz* den kleinen Hafen verlassen, war am Cap Saint-Pierre vorbei nach Osten und dann mit südöstlichem Kurs weitergesegelt, hatte die *pointes* von Rabiou und l'Ay passiert und schließlich die kleinen Kaps von Saint-Tropez und du Pinet in südlicher Richtung umrundet. Als die Yacht in den blauen Wassern der Anse de Pampellonne – gegenüber vom Tahiti-Strand – angekommen war, ließ Graniano Anker werfen.

Er, Liz Fitzwilliam und die beiden spanischen Gäste gingen am Tahiti-Strand an Land. Nachdem sie den Vormittag über auf dem azurblauen Mittelmeer Wasserski gefahren waren, setzte das Motorboot sie nun an der kleinen weißen Mole ab. Graniano half Liz auf die Leiter aus rostfreiem Stahl, und zu Fuß legten sie die kurze Strecke bis zum Sandstrand zurück.

Vor dem Lunch unternahmen sie und Graniano einen Spaziergang am Meer entlang; er führte sie über ein Dutzend kleiner Strände mit Namen wie Bora-Bora, Moorea, Pago-Pago, Le Kon-Tiki und Sun 77. Je weiter sie nach Süden kamen, desto weniger trugen die Hunderte von Sonnenanbetern am Leibe. Während am Tahiti-Strand die Frauen sich topless sonnten, waren an Pago-Pago schon alle nackt, Liz legte ihr Bikinioberteil ab, aber Graniano behielt seine Badehose züchtig an.

Als sie zum Tahiti zurückkehrten, hatte das spanische Paar sich auf zweien der zahllosen rosafarbenen Strandliegen niedergelassen, die säuberlich in einer Reihe standen. Die junge Spanierin war ebenfalls barbusig.

Sie nahmen auf weißen Holzstühlen an einem grünen Tisch unter einer Dattelpalme im Garten des Tahiti-Restaurants Platz, und Graniano bestellte den Lunch. Trotz der Strandatmosphäre, trotz Sonne, Sand und Menschenmassen, war das Essen hervorragend.

Graniano bestand darauf, daß sie alle zusammen eine Bouillabaisse nahmen, weil sie so viel besser sei: In großen Portionen zubereitet, schmecke diese Fischsuppe dreimal so gut. Niemand hatte etwas dagegen. Nach den Sonnenbädern und Wasserskifahrten des Vormittags waren alle hungrig. Zwei Stunden lang genossen sie die Vielfalt der Meeresfrüchte in einem köstlich mit Wein, Cayennepfeffer und Safran zubereiteten Sud. Zwischen einzelnen Bissen von exquisitem Seegetier knusperten sie Croutons und spülten alles mit Chateau Simone aus eisgekühlten Flaschen hinunter. Als das Mahl schließlich beendet war, ließen sie sich matt und angenehm gesättigt zurücksinken.

Graniano bestand darauf, ein paar Fotos zu machen.

Er stand auf, entfernte sich vom Tisch und richtete seine Hasselblad auf die Dreiergruppe. Mit einigem Hallo arrangierte der Spanier sich zwischen die beiden Frauen. Er legte ihnen die Arme um die Schultern, und seine Hände griffen direkt unter zwei nackte Brüste, während die Frauen unziemliches Gelächter hören ließen. Aber Graniano gefiel dieses Gruppenbild nicht. Der Spanier zog seine Hände zurück, nahm eine schickliche Pose ein, und Graniano ließ die Hasselblad professionell klicken.

Liz Fitzwilliam trug zwar kein Bikinioberteil, aber einen weichen, weißen Hut, der wie ein altmodischer Tropenhelm geformt war. Sie und auch Señora Vargas hatten sich Perlenketten um den Hals gehängt.

Jetzt war Graniano an der Reihe, und während Vargas sich mühte, um die Hasselblad – und Granianos hastige Anweisungen – zu begreifen, arrangierten die Mädchen sich neu. Diesmal war es Graniano, der ihnen mit beiden Händen unter die hübschen Brüste griff und sie mit seinen aufwärtsgewandten Handflächen fast berührte; Graniano fand das irrsinnig komisch und bestand darauf, daß der Spanier ihn so fotografierte, obwohl jetzt dieser protestierte.

Die Gruppe war eben dabei, zu erneutem Lächeln die Plätze zu wechseln, damit noch ein Foto geschossen werden konnte, als der Oberkellner herüberkam, sich nach Granianos Namen erkundigte und ihm dann mitteilte, daß er am Telefon an der Bar unter den Bäumen in der Nähe ihres Tisches verlangt werde.

Achselzuckend fragte Graniano, ob der Anruf mit Sicherheit für ihn bestimmt sei. Der Kellner nickte. Der Rauschgifthändler zuckte noch einmal die Achseln, stand auf und begab sich nachdenklich an die Bar.

Zwei barbrüstige Frauen saßen auf den Hockern neben dem Telefon, dessen Hörer danebenlag. Graniano entfernte sich von ihnen und zog den Apparat an der Verlängerungsschnur zu einem etwas abgelegeneren Platz hinter einem der geschnitzten Holzpfeiler, die das Strohdach der Bar trugen. Graniano befingerte das Tuch der amerikanischen Flagge, die um den Pfeiler drapiert war.

»Allo«, sagte er.

»Allo ...« Die Stimme hielt inne. *»Est-ce Monsieur Jacques Graniano?«*

»C'est Graniano à l'appareil.«

»Ich habe eine dringende Mitteilung für Sie, Monsieur Graniano.«

»Ich will jetzt nicht gestört werden.«

»Das verstehe ich. Aber es ist dringend.«

»Aha.«

»Können Sie jemanden – einen Boten – auf Ihrem Schiff empfangen?«

»Wenn es so dringend ist, werde ich etwas arrangieren.«

»Es ist so dringend.«

»Bien. Wie lange wird es dauern, bis Ihr Bote hier ist?«

»Er wird in einer Stunde an der ›Tahiti-Bar‹ sein. Er ist bereits unterwegs.«

»Wer ist es?«

»Sein Name ist Philippe aus Marseille.«

»Ich werde auf ihn warten.«

»Merci beaucoup.«

Graniano trug das Telefon dorthin zurück, wo er es weggenommen hatte, und rollte dabei die Verlängerungsschnur auf. Er nickte der Frau hinter der Bar dankend zu, und sie lächelte.

Ihm war klar, daß die Mitteilung notwendigerweise so geheimnisvoll klingen mußte. Er begriff auch, daß es nicht notwendig war, daß der Anrufer seinen Namen nannte oder ihm über die erwähnte Dringlichkeit hinaus irgend etwas erklärte. Der Bote würde das übernehmen.

Graniano ging zum Tisch zurück, aber der Spaß war ihm schon jetzt vergangen. Als Liz Fitzwilliam ihm die Hand aufs Knie legte und mit sanftem Druck fragte, was los sei, erwiderte er, es sei gar nichts. Er versuchte, sich selbst aufzumuntern. Schließlich war ja bisher wirklich noch nichts.

Aber das hinderte ihn nicht daran, sich Sorgen zu machen. Hatte Sina irgend eine Verrücktheit vom Stapel gelassen? War Coco in New York umgebracht worden? Bandenmorde waren in New York immer im Bereich des Möglichen – wenn sich die Machtverhältnisse oder die Territorien zwischen den Familien veränderten. Oder hatte es etwas mit der französischen Route zu tun? Vielleicht mit der Türkei-Connection? Das einzige, was Graniano sicher wußte, war, daß es sich um schlechte Nachrichten handeln mußte.

Als der Bote kam, war Graniano bereit. Er saß an der Bar, nippte einen Nachmittagscocktail aus einer Kokosnuß und brütete vor sich hin. Die anderen lagen zehn Schritte weit entfernt mit himmelwärts gewandten Gesichtern auf den Strandliegen.

»M'sieur Graniano?«

»Ja.«

»Ich bin Philippe aus Marseille.«

»Sehr gut. Gehen wir. Das Boot wartet.«

Bei Liz Fitzwilliam blieb Graniano stehen. »Hör mal, Schatz, ich muß auf die Yacht, um etwas zu klären. Okay?«

Das Mädchen sah zu den beiden auf und hob schützend die Hand über die Augen. Sie war verunsichert. »Ist alles in Ordnung, Jack?« fragte sie besorgt.

»Nichts Schlimmes. Dauert nur fünf oder zehn Minuten. Okay? Genieß die Sonne, aber paß auf, daß du dir nicht deine entzückende Haut verbrennst.«

Das Motorboot brachte Graniano und Philippe aus Marseille zur *Elizabeth Fitz*. Der Don ließ das Oberdeck räumen, und sie nahmen an einem Tisch im Cocktailsalon Platz, der sich achtern am Oberdeck befand. Graniano hatte auch die Decks, die unter dem Cocktailsalon lagen, räumen lassen, aber dennoch sprachen die beiden Männer nur flüsternd miteinander. Philippe aus Marseille brauchte nur fünfzehn Minuten, um alles zu erzählen: Die Versenkung der *Petit Cheval,* die Morde im Bauernhaus, die Feuersbrunst.

Graniano stellte ein paar Fragen, aber darauf gab es keine Antworten.

Die Hauptsache war jetzt, herauszufinden, *wer* und *warum?*

Niemand wußte es. Noch nicht.

»Soll ich eine Nachricht mitnehmen?« fragte Philippe aus Marseille, als er seinen Bericht beendet hatte.

Graniano stand auf und trat ans Heck der *Elizabeth Fitz.* Volle fünf Minuten lang starrte er in das azurblaue Wasser des Mittelmeeres. Dann setzte er sich auf die Reling und starrte nachdenklich zum Tahiti-Strand hinüber. Liz Fitzwilliam hatte sich erhoben; sie stand am Wasser und blickte geradewegs herüber. Er sah ihre leicht gebräunte Gestalt mit dem braunen Bikinihöschen und dem weichen, weißen Basthelm. Sie hob die rechte Hand und winkte Graniano zu.

Wahrscheinlich lächelt sie, dachte Graniano. Ihre Gesichtszüge waren von der Heckreling der verankerten Motoryacht aus nicht zu erkennen. *Ein großartiges Mädchen. Wenigstens etwas, das klappt. Ihretwegen lohnt sich die ganze Mühe.* »Ja.« Graniano wandte sich

Philippe aus Marseille zu. »Ich habe eine Nachricht an Ihren Boss, Marcel Soustelle.«

»Ich werde sie ihm überbringen«, erwiderte der Mann nüchtern.

»Sagen Sie ihm, ich werde mich mit seinem Boss in New York treffen.«

»Ja?«

»Ich werde in ein paar Minuten nach New York abreisen. Sagen Sie Ihrem Boss, daß ich seinen Boss in zwei oder drei Tagen in New York sehen will. Sie wissen, wie sie mich erreichen können.«

»Ich werde es Soustelle sagen.«

»Jeder wird einsehen, daß diese Zwischenfälle besprochen werden müssen.«

»Aber selbstverständlich.«

»Gut. Na, dann will ich Sie mal zum Strand zurückbringen.« Sie hatten das ganze Gespräch auf französisch geführt.

»Merci.«

»Vielen Dank, daß Sie gekommen sind.«

»Es war mir ein Vergnügen, Sie kennenzulernen, M'sieur Graniano.«

»Enchanté.« Sie bestiegen das Motorboot und fuhren zurück zum Strand.

Graniano teilte Liz mit, daß sein Urlaub vorüber sei und daß er nach New York zurückfliegen müsse. Wenn sie Lust hätte, könne sie die Kreuzfahrt zusammen mit dem spanischen Paar fortsetzen, aber er habe jetzt dringende Geschäfte zu erledigen. Liz Fitzwilliam wollte nichts davon hören. Wo er hinging, da wollte auch sie hingehen.

Das Ehepaar Vargas war überwältigt, als Graniano ihnen anbot, die *Elizabeth Fitz* mit Kapitän und Mannschaft unentgeltlich für den Rest der Charterfrist weiterzubenutzen. Anfangs lehnten sie ein solches Ansinnen unter heftigem Protest ab, doch es fiel Graniano nicht schwer, sie zu überreden. Schließlich, so erklärte er, war die Kreuzfahrt bereits bezahlt, und sollte man das Geld denn zum Fenster hinauswerfen?

Am selben Nachmittag fuhr die Yacht nach Nizza zurück, wo sie noch vor Sonnenuntergang eintraf. Über das Radiotelefon im Funkraum der *Elizabeth Fitz* buchte Graniano die Flugtickets.

In dem für Vergnügungsyachten reservierten Teil des Hafens von Nizza gingen sie von Bord. Hier drängten sich die Yachten ebenso wie in den kleinen Häfen von Monte Carlo und Saint Tropez. Nach einer Dusche bestiegen Graniano und das Mädchen die Boeing 707 der Royal Air Maroc, die sie zum Flughafen Nouasseur in Casablanca brachte; von dort würden sie Anschluß zum New Yorker J.F.K.-Flughafen bekommen.

Casablanca erinnerte Liz Fitzwilliam immer an den alten Filmklassiker, auch wenn der Flughafen Nouasseur fünfundzwanzig Kilometer weit außerhalb der Stadt lag. Jetzt näherte sich wirklich alles dem Ende; die Ereignisse drangen unkontrolliert auf sie ein. Graniano hatte nichts gesagt, und sie hatte ihn nicht noch einmal gefragt – nicht nachdem der Bote dagewesen war. Was immer er ihm für eine Nachricht gebracht haben mochte, sie hatte den Mafiaboss gründlich verändert.

Während er vorher so etwas wie die liebeskranke Karikatur eines bedeutenden Don und Rauschgift-Overlord gewesen war, hatte er sich nun in beängstigender Weise gewandelt.

Er liebte sie immer noch, dessen war sie sicher.

Schon in Monte Carlo war ihr Liebhaber bestimmender und dominanter gewesen. Sie hatte die rohe Kraft und Rücksichtslosigkeit ahnen können, von der sie wußte, daß er sie besaß, da er sonst nicht hätte werden können, was er war. Jetzt, wie er in kaltes, brütendes Schweigen versunken dasaß, war er furchteinflößend. Sie wagte kaum, ihre Hand sanft zwischen seine Beine zu legen, um ihn zärtlich zu liebkosen, wie sie es auf dem Flug von J.F.K. nach Nizza getan hatte. Er hatte ihr Unbehagen gespürt und ihre Hände unter der Wolldecke an die richtige Stelle geführt.

Irgendwo über dem Atlantik – auf halber Strecke, schätzte Liz – erzählte er es ihr flüsternd, die Lippen dicht neben ihrem Ohr. Sie wußte, daß Aziz Algan erschossen worden war, und sie wußte auch von der Versenkung der *Petit Cheval;* sie hatte befürchtet, daß so etwas wie das Blutbad in der Heroinfabrik geschehen könnte und daß Wheeler etwas Dramatisches inszenieren würde, etwas wie die Sprengung des Hauses; und schließlich war sie fast krank vor Angst gewesen, Graniano könnte blitzartig die Zusammenhänge erkennen, wenn es erst so weit gekommen wäre.

»Ich glaube, jemand hat sich vorgenommen, mich zu vernichten, Schatz«, flüsterte er, ein wenig lauter jetzt. »Die Route, mich, dich – alles. Wir haben es mit einem ernsthaften Problem zu tun. Es ist ein Krieg oder so etwas. Noch ist mir nicht alles klar, aber bald.« Dann küßte er sie sanft auf die Wange, preßte ihre Finger um seine Erektion und lehnte seinen Kopf versonnen gegen die Kopfstütze.

Liz Fitzwilliam hatte das Gefühl, als seien ihre Finger gelähmt. Sie konnte sie nicht bewegen. Ihr Herz klopfte so laut, daß sie befürchtete, Graniano könnte es trotz des gedämpften Dröhnens der Triebwerke hören. Sie fragte sich, wie lange sie noch zu leben hatte.

Jemand hatte es auf ihn abgesehen, jemand, der verflucht viel über ihn wußte.

Graniano ließ den Kopf gegen die Lehne seines Erster-Klasse-Sitzes sinken. Er rechnete mit weiteren Toten. Möglicherweise paßte einem rivalisierenden Rauschgiftring die Neueröffnung der Route nicht. Er würde den Puertorikanern und den Schwarzen einen guten Teil vom Geschäft wegnehmen. Sie würden es schmerzlich zu spüren bekommen, wenn sein wunderschöner, flockig weißer Stoff erst auf dem Markt wäre und ihrem braunen Scheißdreck Konkurrenz machte.

Aber er hatte die Combination, das Syndikat, die Familien – es gab viele Namen dafür – durch sein Verhalten Sina gegenüber und durch seine überschwengliche Liebe zu der Kleinen gegen sich aufgebracht. Sie verstanden ihn einfach nicht. Die Route hatte er im Griff gehabt, sie hatte funktioniert. Es hatte keinen Grund zur Beunruhigung gegeben. Aber vielleicht gab es jemanden, der die Lieferkonzession gern übernommen hätte; mit dergleichen mußte man immer rechnen. Die Menschen waren im allgemeinen undankbare, unzuverlässige Lügner und Betrüger, gierig nach schnellem Geld – vor allem, wenn das Geld jemand anderem gehörte. Das galt vor allen Dingen für die Cosa Nostra, den Mob, das »Organisierte Verbrechen«. Vielleicht gab es in der Cosa Nostra einen, der glaubte, daß er bei all den privaten Problemen, mit denen er gegenwärtig zu kämpfen hatte, und bei all der Schwanzlutscherei, in deren Genuß er kam, ohne Schwierigkeiten aus dem Weg zu räumen sein dürfte. Vielleicht war da einer, der versuchte, die Familien damit zu beeindrucken, wie dämlich Don Graniano auf seine alten Tage geworden war. Die Kleine habe ihn um den Verstand gebracht, würde es heißen, und Jack English sei so blöde geworden, daß er nicht mehr fähig sei, gleichzeitig auf dem Klo zu sitzen und sich die Schuhe zuzubinden, ganz zu schweigen von der Organisation einer Rauschgiftroute für die Familien . . .

Vielleicht war es Coco. Der gute alte Coco. Genauso undankbar, unzuverlässig, verlogen, betrügerisch und diebisch wie alle anderen im Mob – wenn sie nur die kleinste Gelegenheit sahen. Behandele Coco gut, und er gehört dir – vielleicht. Solange er sich gut behandelt fühlt, ist er loyal. Immer bereit, Leben, Familie, Reichtum für seinen Don aufs Spiel zu setzen – solange die Gefahr in weiter Ferne lag. Im Angesicht wirklicher Gefahr aber würde Coco einem das Messer in den Rücken stoßen. *Et tu, Coco.*

Nur zu oft waren solche Sachen das Werk von Insidern.

Vielleicht war es Sinas Alter. Er wurde überall respektiert, der alte Bastard. Und Graniano mußte zugeben, daß das, was er mit Sina machte, der alten Art widersprach. Die alte Art war, daß man zusammenblieb, daß man zwar außer kleinen Jungs und Haustieren alles bumste, was einem über den Weg lief, aber daß man als Mann und Frau zusammenblieb. Vielleicht verlor Sinas Alter mit jeder Minute mehr Respekt, und vielleicht war er deshalb übergeschnappt. Die alte Geschichte mit der Ehre.

Die Behörden waren es jedenfalls nicht – die Rauschgiftbehörde, der CIA, das FBI. Die hatten nichts gegen ihn in der Hand, und sie operierten auch nicht so. Er war der Gangster, nicht sie. Wenn man die Dinge aber sich selbst überließ, wurden sie immer nur noch schlimmer; das war eine der Lektionen, die er im Leben gelernt hatte.

Das wichtigste war jetzt, die Route wieder unter Kontrolle zu bringen: alle zu warnen und ein paar Exempel zu statuieren, bis sich jedermann vor Angst in die Hosen machte. Es wäre wunderbar, wenn er geliebt werden könnte für das, was er tat – besser noch, wenn er deswegen geliebt und gefürchtet werden könnte; aber es war nicht leicht, einen Heroinboss zu lieben, und es war noch schwieriger, ihn zu lieben und zu fürchten, und so war es am besten und am einfachsten, wenn man ihn fürchtete.

Er würde rasch handeln. Er brauchte nicht in der Mayoklinik zu arbeiten, um zu wissen, daß eine Krankheit, die man sich selbst überließ, sich verschlimmerte. Krebs war leicht zu heilen – am Anfang. Er würde eine schnelle Heilmethode finden: denjenigen ausfindig machen, der den Fehler begangen hatte und der zu amputieren war. Sofort nach der »Amputation« würde er den »Heilungsprozeß« in Gang setzen.

Wer wußte denn von allem? Vielleicht war Jacques Deveraux das abweichlerische Genie – die *eminence grise* –, das hinter allem steckte.

Einen, der einem Gestapomann die Pistole entriß, während er in einem kleinen Raum unter einem hellen Licht saß, dann das Feuer eröffnete und entkam, durfte man nicht unterschätzen. Deveraux war außerdem beim französischen Geheimdienst gewesen, er besaß einflußreiche Kontakte zur *Union Corse,* und er war nicht weniger geldgierig als alle anderen, die Graniano kannte.

Es war leicht einzusehen, daß Deveraux Aziz Algan umbringen lassen würde. Aber weshalb sollte er sein eigenes Network zum Teil zerstören? Andererseits waren auch solche abwegigen Dinge schon vorgekommen: Le Chef war ein meisterlicher Chemiker, aber vielleicht hatte er Deveraux hintergangen und Heroin gestohlen. Außerdem war Le Chef allmählich zu alt für die Cuisine mit all ihren Risiken gewesen.

Vielleicht hatte Deveraux Orsini, der ersetzbar geworden war, umbringen lassen, um ihn, den Don, auf eine falsche Spur zu setzen.

Das Haus hatte Orsini gehört. Es in die Luft zu sprengen, hatte Deveraux keinen Cent gekostet. Wer konnte das alles wissen?

Graniano wußte nur, daß die Beweggründe eines Mannes zu komplex waren, als daß er sie hätte entwirren können, und daß Unehrlichkeit, Gier, Verschlagenheit und Lust zu allem befähigten.

Aber es war eine Tatsache, daß alles – mit Ausnahme der Sache in Istanbul – auf Deveraux' Territorium schiefgegangen war. Es war Deveraux' Abschnitt, in den der Blitz gefahren war, und wenn die Familien nicht ihr Vertrauen in Graniano verlieren sollten, mußte er sich rasch um dieses Problem kümmern.

Deveraux mußte »gestehen« – und verschwinden.

Marcel Soustelle konnte die Führung des französischen Networks übernehmen.

Wie er so in seinem Erster-Klasse-Sessel saß, fühlte Graniano, wie seine alte Verschlagenheit und Rücksichtslosigkeit zurückkehrten. Er war mit seinem Wort schneller bei der Hand als jeder andere, und er hatte schon die Besten übers Ohr gehauen. Allmählich fühlte er sich wieder wohl genug, den Knopf zu drücken, die Stewardess zu rufen und das Abendessen zu bestellen, das er zunächst ausgelassen hatte.

Graniano mochte es nicht, wenn man ihn ärgerte, und jemand, der sich vorgenommen hatte, seine Route zu zerschlagen, ärgerte ihn mächtig.

Die Aussicht auf einen heimlichen Krieg begann ihn zu reizen. Eine Menge Leute würden demnächst von Jack English hören.

Jetzt fühlte sich Graniano auch zu ausgiebigem Bumsen imstande.

Er berührte Liz Fitzwilliams Ohr mit den Lippen und flüsterte: »Weißt du was, Baby?«

»Hmm?« sagte sie leise.

»Ich pinkle kein Blut und Öl mehr.«

In der Boeing 747, mit der sie den Atlantik von New York nach Nizza überquert hatten, hatte Graniano sie jedesmal beiseite geschoben, wenn sie versuchte, ihren Kopf unter die Wolldecke zu schieben. Jetzt war er unersättlich.

Liz Fitzwilliam lag quer über den beiden Sitzen, den Kopf in seinem Schoß, unter zwei dünnen Wolldecken neben dem Kissen, dessen Graniano sich zur weiteren Tarnung bediente. In den Augen der übrigen Passagiere und der Besatzung mochte es so aussehen, als ob sie schliefe, aber in Wirklichkeit war ihre Zunge emsig bei der Arbeit.

Als sie fast fertig war und sich anschickte, unter den Decken hervorzukommen, wurde Graniano – es war unglaublich – schon wieder steif. Sie fühlte seine Hände auf dem Kopf, die sie mit Entschiedenheit in seinen Schoß zurückdrückten. Er war unerbittlich.

27

Crystal telefonierte in seinem Zimmer im Hotel Balmoral an der Avenue de la Costa. Während er in die Muschel sprach, schaute er über den Yachthafen hinaus. In den meisten Zimmern des Balmoral bot sich eine exzellente Aussicht, denn das Hotel war in die Klippen gebaut, auf halber Strecke zwischen dem Casino und dem Königspalast. Vom Fenster aus sah der Killer auch seinen Renault, der unten auf der Straße parkte. Das war bisher das schwierigste gewesen: in Monte Carlo im Juli einen Parkplatz zu finden.

»Allo?«

»Allo? Pierre?« Es war Charlie Brown.

»Oui, comment allez-vous, Marie?« Sie sprachen Französisch.

»Bruder Jacques fliegt bald nach Amerika. Vielleicht noch heute.«

»Ja?« *Deveraux fliegt also nach New York.*

»Er wird Mutter besuchen.«

»Aber selbstverständlich.«

»Er hat mich gebeten, dir zu sagen, daß du ihn leider nicht wirst besuchen können.«

»Ich verstehe.« Wheeler hatte Jacques Deveraux' Ermordung abgesagt.

»Ich habe gehört, daß du bald nach Amerika sollst. Stimmt das?«

»Ja.« Sie wollten, daß er nach New York käme.

»Vielleicht wirst du Jacques dort treffen. Aber bestimmt wirst du Mutter sehen. Vielleicht ist er noch bei ihr.«

»Ich möchte Mutter nicht überstürzt besuchen«, erwiderte Crystal verärgert. »Ich mag keine Überraschungsbesuche. Das weißt du.«

»Natürlich. Ich dachte nur, daß es eine günstige Gelegenheit sein würde.«

»Vielleicht. Aber ich glaube es nicht.«

»Na, sieh zu, was du arrangieren kannst.«

»Ich werde sehen, was sich machen läßt.«

»Au revoir.«

»Au revoir.«

Zum Teufel mit Wheeler und dem Mädchen – aber vermutlich war es Wheeler, nicht sie. Sie gab nur seine Anweisungen weiter. Nun, er würde jedenfalls nichts überstürzen. Graniano umzubringen erforderte gründliche Vorbereitungen, und es war nicht Crystals Schuld, daß Deveraux nach New York flog. Der Besuch bei Graniano resultierte wahrscheinlich aus den Zwischenfällen mit der *Petit Cheval* und dem Heroinlabor – vielleicht auch aus der Ermordung Algans –, aber dafür konnte er nichts. Er hatte getan, was man ihm aufgetragen hatte.

Am späten Nachmittag spazierte Crystal vom Balmoral hinauf zum Casino. Er spielte ein wenig am Roulette, gewann hundertfünfzig Franc, und als er wieder auf fünfzig herunter war, hörte er auf. Dann aß er im Café de Paris, draußen im Garten – nicht im Hotel, sondern im Restaurant. In den Gärten wurde ein Film gedreht, und er achtete darauf, daß die Kameras ihn nicht erfassen konnten. Es war eine Varieté-Show, und man verwendete die prunkvolle Fassade des Casino als Hintergrund.

Genießerisch verspeiste er eine köstliche *truite aux almonds*. Danach kehrte er ins Casino zurück, aber diesmal nahm er sich die einarmigen Banditen vor. Früher einmal hatte er eine simple Verdoppelungstheorie entwickelt, die sich auf die Automaten anwenden ließ, und nach nicht einmal einer Stunde standen zwei Eimer voller Fünf-Franc-Stücke zu seinen Füßen. Er erregte Aufmerksamkeit, und so gab er das Systemspiel auf. Die meisten der Fünf-Franc-Stücke verlor er daraufhin wieder, und er machte Schluß, als er noch mit hundert Franc im Plus stand.

Er wollte Monte Carlo als Gewinner verlassen, und das tat er auch.

Am folgenden Tag verließ er die Stadt und nahm Kurs auf Menton und Italien. An einem Hotel, das auf Stelzen gebaut war, dreihundert Meter hoch über dem Meeresspiegel, hielt er an. Es war ein üppiger, luxuriöser Bau mit einer phantastischen Aussicht auf die Côte, auf Monte Carlo und die italienische Riviera.

Crystal setzte sich an einen Fensterplatz und bestellte sich ein *bifteck au poivres* zum Mittagessen. Innerlich fühlte er sich wohlig und warm. Er hatte wieder Geld, und zwar eine Menge.

Wenn er in Häusern wie dem Balmoral wohnte und nichts übertriebe, würde das Geld von Wheeler wahrscheinlich für den Rest seines Lebens ausreichen. Er brauchte schließlich keine Picassos, Schakalmäntel oder Rolex-Uhren. In New York, so war es vereinbart, würde er noch einmal hunderttausend Dollar erhalten. Wheeler hätte ihm mehr geschuldet, wenn in der Türkei alles geklappt hätte.

Der Killer nahm sich Zeit bei Kaffee und Likör. Der Blick auf Monte Carlo und das Mittelmeer war fabelhaft. Er sah einem starken Motorboot zu, das drei Mädchen über das Wasser zog; geschickt jagten sie im Slalom hinter dem Boot her und schnitten hin und her durch das weiße Kielwasser.

Dann, einem Impuls folgend, entschied er sich dagegen, die Grenze bei Menton zu überqueren. Statt dessen würde er auf der Autobahn in Richtung Paris fahren und kurz vor Lyon haltmachen. In Lyon gab es ein Restaurant, das er seit Jahren nicht mehr hatte aufsuchen können. Außerdem hatte er etwas gegen unnötige Grenzübertritte.

28

Crystal fuhr auf der *Autoroute Provençale* in westlicher Richtung auf den Abzweig zur A 7 nach Lyon zu, der gleich hinter Aix lag, als Jacques Deveraux Besuch bekam. Der ehemalige französische Geheimagent war bereits im Hausmantel, als die Türglocke läutete.

Der Besucher konnte nur Henri Lefevre sein. Dennoch griff er nach seiner Pistole, stellte sich neben die Tür und fragte: »Henri?«

»*Oui.*«

Er führte Lefevre in ein Zimmer, gab ihm den französischen *Playboy* zum Lesen und kehrte in sein Schlafzimmer zurück.

Das Mädchen war schon dabei, sich zurechtzumachen. Deveraux ergriff ein Bündel Banknoten und ging auf sie zu. Sie lehnten sich gegeneinander, und als das Mädchen in seinen seidenen Hausmantel griff, strich er mit der Seite des Geldbündels über ihre Lippen. Dann schob er das Geld in den Spalt zwischen ihren Brüsten, gab ihr einen Klaps auf den Hintern und führte sie zur Haustür – wobei er das Zimmer, in dem Lefevre Platz genommen hatte, geflissentlich mied.

»Werde ich dich wiedersehen, *mon cher?*« fragte sie, während sie das Geld in ihre Handtasche stopfte.

»Selbstverständlich.«

»Bald?« Wieder schob sie die Hand in den seidenen Mantel, packte ihn und rieb sich an seiner wachsenden Erektion.

»Bald, *cherie.* Sehr bald.« Deveraux dachte überhaupt nicht daran, das Mädchen wiederzusehen. Niemals bumste er dieselbe Hure zweimal; es war sein Ehrgeiz, bis zu seinem sechzigsten Geburtstag zweitausend Frauen gevögelt zu haben. Er war jetzt achtundfünfzig und hatte noch hunderte vor sich. Das Ärgerliche war nur, daß er immer mehr zahlen mußte, je älter er wurde, und daß er immer weniger umsonst bekam.

Er wartete, bis das Mädchen die Treppe von der Haustür zur Straße hinuntergegangen war. Dann ging er auf die Terrasse über der Corniche Kennedy. Er hatte ihr versprochen, von dort aus zu winken. Dies war eine Vorsichtsmaßnahme mehr als alles andere – er wollte sich vergewissern, daß sie das Grundstück tatsächlich verließ und nicht noch herumschnüffelte.

Als das weiße Mercedes-Cabrio vorbeifuhr und das Mädchen zur Villa heraufschaute, hob Deveraux die Hand und winkte ihr zum Abschied zu. Es kostete ihn eine Stange Geld. Der Drogenschmuggler seufzte innerlich. Es war ein tiefes Loch.

»Comment ça va, Henri?« Im Arbeitszimmer angekommen, schüttelte er Lefevre die Hand.

»Wie du mich siehst«, erwiderte der Mann, der dafür verantwortlich war, daß Deveraux' Heroin nach New York geschafft wurde, geheimnisvoll.

»Stimmt etwas nicht?«

Lefevre zuckte die Achseln.

»Tja, dann laß uns hinaus in den Garten gehen«, schlug Deveraux vor.

Er ging in die Küche und holte ein Tablett mit Drinks und Knabbereien. Mit Lefevre im Schlepptau begab er sich sodann über die flache Treppe zu den weißen Holzmöbeln, die unter einem Baum im Garten standen. Deveraux befürchtete immer, eine seiner Huren könnte eine Polizeiagentin sein und eine Wanze in seinem Zimmer absetzen. In regelmäßigen Abständen suchte er die Villa ab, um sie von möglichen Abhörgeräten zu befreien. Dennoch vermied er es nach Möglichkeit, im Hause selbst über Geschäfte zu reden. Es war sicherer draußen im Schatten der Bäume, wo er flüsternd zu sprechen pflegte.

»Glaubst du, in diesem Baum könnte eine Wanze sitzen?« fragte er Lefevre wispernd.

»Woher soll ich das wissen?«

»Ich habe jeden Ast, jedes Blatt mit allen elektronischen Suchgeräten bearbeitet, die ich kenne, und ich bin immer noch nicht sicher.«

Lefevre nickte verständnisvoll. Deveraux versuchte mit all dem nur zu sagen: »Es ist besser, wenn wir flüstern. Man kann nie wissen.«

Deveraux goß einen kleinen Pastis für jeden ein. Beide fügten Wasser hinzu, und als die Flüssigkeiten sich vermischten, wurde der nach Anis duftende gelbe Pastis milchig trüb.

»Santé!« Deveraux hob sein Glas.

»Santé!«

»Tja, morgen fliege ich nach New York.«

»Die Sache draußen bei Cassis, eh?« Lefevre zeigte sich selbstgefällig.

Lefevre sollte über die andere Hälfte der französischen Route, Marcel Soustelles Abschnitt, nichts wissen. Er sollte auch nicht wissen, daß Graniano der Boss des Ganzen war und daß Deveraux seine Befehle von dem sizilianisch-amerikanischen Mafia-Don empfing. Aber Deveraux war zu feinsinnig, als daß er nicht geargwöhnt hätte, Lefevre könne etwas – wenn nicht gar alles – darüber wissen. Gleichwohl hielt er die Fiktion aufrecht, Lefevre sei ahnungslos von allem, was außerhalb seines eigenen Bereiches vor sich ging.

»Diese Sache? Das hat mit uns nichts zu tun«, log Deveraux.

»Ach? Ich habe gehört, man hat eine ganze Küche in die Luft gejagt, zusammen mit dem Küchenchef.«

»Die Zeitungen lese ich auch. Ich kenne die Leute, denen das Ding gehört hat. Aber mit uns hat es nichts zu tun.«

»Das freut mich zu hören.«

»Auf jeden Fall«, fuhr Deveraux bedeutsam fort, »haben diese Leute mir gesagt, die Angelegenheit sei unter Kontrolle.«

»Das ist gut.« Lefevre nippte an seinem Pastis. Wenn es heiß war, gab es nichts Besseres als einen eisgekühlten Pastis.

»Uns wird es sogar nützen«, erklärte Deveraux. »Heutzutage kochen viel zu viele Leute Heroin. Bald wird der Stoff billiger als *merde* sein. Eine Küche weniger, das ist also gar nicht so schlecht.«

»Ich habe gehört, es sei eine große Operation gewesen«, meinte Lefevre boshaft. »Also haben wir auch großen Nutzen davon.«

»Es geht so«, versetzte der andere. »Ich kenne diese Leute. Sie haben noch mehr Küchen, und größere.«

»Das nehme ich auch an.«

Deveraux wechselte das Thema. »Wie auch immer – ich wollte dich sehen, damit wir deine Probleme klären können, falls du welche hast.«

»Nicht daß ich wüßte.«

»Natürlich nicht. Die Lieferung der letzten Woche hast du bekommen?«

Soustelle zufolge hatte Pierre Venturi im Kofferraum eines Peugeot vier Koffer mit Heroin zu einem einsamen Landhaus in Aubagne, fünfundzwanzig Kilometer weit nördlich des Bauernhauses, schaffen und an Lefevres Kurier übergeben sollen.

»Ohne Probleme.« Natürlich, denn wenn etwas schiefgegangen wäre, hätte Deveraux längst von Lefevre gehört. Gleichwohl war er erleichtert, auch wenn er versuchte, es nicht zu zeigen. »Hast du schon entschieden, wie du den Stoff nach New York bringen wirst?«

»Ich habe ein paar Pläne.«

»Nun, ich würde sie gerne hören.«

»Warum die plötzliche Neugier? Du hast mir immer gesagt, du wolltest keine Einzelheiten wissen. Ich solltest einfach meine Arbeit tun.«

»Damit hier keine Mißverständnisse auftreten, Henri«, entgegnete Deveraux in scharfem Flüsterton: »Du arbeitest für mich. Ich arbeite nicht für dich. Wenn ich wissen will, wie du meinen Betrieb führst, brauche ich dir dafür nicht erst hundert Begründungen zu geben.« Es gab nur eine Begründung: Deveraux rechnete fest damit, daß Graniano beruhigt werden wollte, wenn er in New York mit ihm zusammenträfe. Der Don würde womöglich alles über die französische Route wissen wollen.

»Entschuldige.« Lefevre sah aus wie ein begossener Pudel.

»Schon gut. In der Vergangenheit habe ich mich nicht nach jeder Einzelheit erkundigt, aber selbstverständlich habe ich meistens alles gewußt. Es kann sein, daß wir Ärger bekommen...«

»Du meinst, so etwas wie die Sache mit dem Bauernhaus?«

»Ich habe dir doch gesagt, das ist nicht unsere Sache. Aber wir sollten es als Warnung nehmen. Vielleicht hat es jemand auf die etablierten Dealer abgesehen. Irgendein Bandenkrieg womöglich. Herrgott, muß ich dir denn etwas über die Banden und die Rivalitäten zwischen ihnen erzählen?«

Lefevre errötete, und er wußte, daß die lange Narbe auf seiner Wange jetzt noch deutlicher sichtbar sein würde. Sie war ein Erbe aus ebensolchen Zeiten – aus einem Bandenkrieg. »Wir werden die Augen offenhalten. Ich habe die Sicherheitsmaßnahmen bereits verstärkt.«

»Na, Gott sei Dank. Deshalb habe ich dich schließlich geheuert. Man braucht dir nicht erst zu sagen, daß etwas im Busch ist.«

»Die Jungs sind alle bewaffnet, und der Stoff wird vierundzwanzig Stunden täglich bewacht. Rund um die Uhr.«

»Du denkst mit, Henri. Noch einen Pastis?«

Deveraux goß seinem Leutnant noch einen Drink ein und vermischte ihn mit etwas Eiswasser. »Dann brauche ich dich auch nicht zu bitten, jetzt besonders vorsichtig zu sein. Behalte alles sorgfältig im Auge. Meine Freunde haben mir gesagt, die Morde und die Sprengungen waren sehr, sehr professionell.«

»Das habe ich gelesen.«

»Meine Freunde waren da. Ihre Leute waren geschlachtet worden, nicht einfach getötet. Und der Laden sah aus, als wäre er von einem Stuka bombardiert worden. Du erinnerst dich an die Dinger?«

Lefevre nickte.

»Wer immer es getan haben mag, er hat wahrhaft saubere Arbeit geleistet. Es war ein entsetzliches Gemetzel. Sie sind allesamt nonstop zur Hölle gefahren...«

Lefevre fuhr sich mit der Zunge über die Lippen. »Ich habe Wachen aufgestellt, und sie haben ihre Anweisungen.«

»*Bien*. So, und wie wirst du die letzte Lieferung verschiffen? Weißt du, dies ist der Anfang einer großen Sache – einer grandiosen Pipeline. Deshalb will ich nicht, daß irgend etwas schiefgeht.«

»Ich kann einen amerikanischen Offizier einsetzen, der nach Washington zurückgeht. Die Militärvorschriften gestatten ihm, unkontrolliert durch den Zoll zu gehen. Er schuldet mir einen Gefallen.«

»Gefällt mir nicht.«

»Ich habe einen alten Cadillac. '48er Modell, in hervorragendem Zustand. Wir haben ihn an einen Kerl in Arizona verkauft, der mit alten Autos handelt. Völlig legales Geschäft. Der Wagen soll nächste Woche verschifft werden.«

»Weiter.«

»Das Chassis ist ideal für unsere Bedürfnisse. Massen von schwerem Metall unter dem alten Schiff. Die Dinger wurden früher wie Panzer gebaut.«

»Wieviel wird er fassen?«

»Es ist Platz genug für hundert Kilo. Mein Karosseriebauer hat wirklich ein Kunstwerk vollbracht. Er hat sich sogar das Werkstatthandbuch von General Motors besorgt.«

»Wo liegen die Hohlräume?«

»Zum Teil in den Holmen für Türen und Windschutzscheibe. Aber das meiste geht in die Chassisträger.«

»Ich bin sicher, er hat gute Arbeit geleistet«, meinte Deveraux billigend. In der Vergangenheit hatte er die Arbeit dieses außergewöhnlichen Handwerksmeisters bereits würdigen können.

»Ausgezeichnet, wirklich.«

»Aber wird das alte Schiff nicht Aufmerksamkeit erregen?«

»Der Wagen ist eine Antiquität. Sie werden nicht wagen, allzu viel daran herumzufummeln. Und das Handbuch hat niemand mehr. Sie werden also gar nicht wissen, wo sie mit der Suche anfangen sollen oder ob die Kiste vielleicht Übergewicht hat ...«

Deveraux beschloß, nicht zu streiten. Jede Schmuggelmethode hatte ihr Für und Wider. »Die Papiere sind sauber?«

»Restlos. An dem Verkauf verdienen wir sogar noch etwas.«

»Wieso will der Kerl den Wagen haben?«

»In den Staaten verschrotten sie die Kisten, und dreißig Jahre später ist so ein Wagen eine wertvolle Antiquität. Der Händler hat uns gefragt, ob wir noch mehr davon auftreiben könnten. Er hat einen Kunden, der eins von diesen langweiligen Oldtimer-Museen aufmachen will.«

»Klingt ganz gut.«

»Außerdem suche ich alte Flugzeuge. Wir können sie nicht zusammenbauen, aber wir können den Stoff mit den Einzelteilen verschiffen. Wir sind dabei, uns auf diesem Gebiet umzusehen. Es gibt echte Käufer für so was, und die Kuriere holen sich den Stoff auf der anderen Seite, hinter dem Zoll.«

»A propos, wie sieht es aus mit Kurieren und falschen Pässen?«

»So gut wie nie zuvor. Als ich vor einem halben Jahr deine Vorwarnung bekam, habe ich mich im großen Stil darum gekümmert.«

Lefevre war fleißig und zuverlässig, und er setzte seinen eigenen Verstand umsichtig ein. Deveraux war zufrieden mit ihm. »Ich möchte, daß du für diese kleine Spritztour das Beste einsetzt, was du hast«, sagte er.

»Ich glaube nicht, daß dieser Trip irgendwie außergewöhnlich ist«, meinte Lefevre. »Aber wenn es dich glücklich macht . . .«

»Wen wirst du einsetzen?«

»Meinen Sohn Charles. Ein Ast vom alten Stamm.«

»Du bist also nicht beunruhigt, wie?«

»Er wird den Caddie durch den Zoll bringen, den Stoff abliefern und die alte Mühle nach Arizona fahren.«

»Nimmt das Ganze als Ferienreise, wie?« Deveraux lachte.

»Wieso nicht? Er ist ein guter Junge.«

»Na, nehmen wir noch einen Pastis, wie?«

»Gut, einen noch.«

Schweigend saßen die beiden Männer da und betrachteten das Funkeln der Sonnenstrahlen auf dem Wasser des Mittelmeeres.

»Ist schon eine tolle Aussicht hier, Jacques.«

»Ja, ich muß sagen, sie gefällt mir auch.«

»Bumst du dich immer noch durch ganz Frankreich und durch halb Europa und Amerika?«

»Was gibt es sonst zu tun?«

29

Jacques Deveraux landete um dreizehn Uhr fünfzehn auf dem John-F.-Kennedy-Flughafen. Nach weniger als einer Stunde hatte er Zoll und Paßkontrolle hinter sich gelassen, und um vierzehn Uhr sechs wartete er draußen vor dem Haupteingang des Ankunftsgebäudes.

Er hatte mit dem Taxi zum Waldorf Astoria an der Park Avenue fahren wollen, aber der Don war hart geblieben. Eine Limousine würde ihn am Haupteingang des Ankunftsgebäudes abholen. Es würde kein besonderes Auto sein, nur ein marineblauer Ford, aber zumindest darauf hatte Graniano bestanden.

Der Franzose hatte kaum fünf Minuten gewartet, als der Wagen heranrollte und der Fahrer hupte. Eine Hand streckte sich aus dem Fenster und winkte ihm zu. Als Deveraux auf den Wagen zuging, öffnete ein Beifahrer die Seitentür, stieg aus und half ihm bei seinem Handgepäck. Der Franzose vermutete, daß sie Fotos von ihm hatten.

»Sie sind Jack aus Marseille?« fragte der Fahrer, als Deveraux sich auf den Rücksitz geschoben hatte.

»Ja.«

»Nur zur Sicherheit«, meinte der Fahrer. Dann ließ der Wagen das Terminal hinter sich.

Niemand grüßte, sondern alle nickten und grunzten nur. Als der Ford das Flughafengelände verlassen hatte und auf dem Belt Parkway nach Westen fuhr, fragte der Fahrer: »Sie wollen zu German Jack?«

»Ja.«

»Entschuldigen Sie, daß ich frage. Nur zur Sicherheit.«

»Ich bin froh darüber. Sicherheit ist immer gut«, meinte Deveraux in seinem französisch akzentuierten Englisch.

Sie fuhren den Conduit Boulevard entlang und bogen dann, immer noch nach Westen fahrend, in die Atlantic Avenue ein. Weshalb hatten sie nicht den Van Wyck Expressway im Norden von J.-F.-K. und dann den Queens Boulevard genommen? Soweit der Franzose wußte, war dies die einfachste und beste Strecke zum Waldorf an der Ecke 50. und Park Avenue. Deveraux hielt sich etwas darauf zugute, New York und vor allem Manhattan zu kennen. Wenn der Mann über die Manhattan Bridge fahren wollte, würden sie in den dichten Verkehr der Lower East Side geraten.

Der Franzose widerstand der Versuchung, die New Yorker zu korrigieren. Er verabscheute es immer, wenn Besucher ihm erzählen wollten, wie man in Marseille, vor allem im Vieux Port, von einem Ort zum anderen gelangte.

Deveraux verkniff es sich, überhaupt etwas zu sagen. Die Amerikaner waren ungewöhnlich schweigsam; sie plauderten nicht einmal. Ihm sollte es recht sein, denn sein Englisch war nicht sehr flüssig, und es war ermüdend, längere Zeit zu reden. Mit Graniano sprach er meistens Französisch oder Italienisch.

Nur einmal, als sie sich der Manhattan Bridge näherten, drehte der Beifahrer sich nach ihm um; der Fahrer allerdings blickte immer wieder in den Rückspiegel. Der Beifahrer war breitschultrig und fett, und als er sich umdrehte, spannte sich der dünne Anzugstoff über der fetten Glätte seines Rückens. Er lächelte Deveraux rätselhaft an.

Der Ford überquerte die Manhattan Bridge, aber als der Fahrer dann links abbog, hatte der Franzose genug. »Pardon, aber ist das Waldorf nicht rechts, meine Herren?«

»Ich glaube, so isses«, antwortete der Fahrer. »Isses nich so, Dino?«

»Ja, so isses, Pep.«

Wenigstens wissen diese Idioten, wo das Waldorf ist! »Noch einmal pardon, meine Herren. Warum fahren wir dann hierher?«

»Der beste Weg dahin, wohin wir wollen.« Pep verzog keine Miene.

Es war unübersehbar, daß der Dicke – Dino – nur mühsam ein lautes Gelächter unterdrückte. Sein fetter Rücken vibrierte unter dem engen Stoff seiner Anzugjacke, und sein Specknacken war rot vor Anstrengung.

»So isses.« Der Dicke unterdrückte ein Kichern, als er sprach.

»Isses nich so, Dino?«

»Pardon, meine Herren, aber ich denke, Sie sind hier falsch. Ich war in Manhattan, viele Male.« Wenn der Franzose »ich« sagte, sprach er es wie »isch«.

Der Ford fuhr nach Süden, durch die Bowery und in die Pearl Street. Sie waren weiter vom Waldorf entfernt als je zuvor. Als sie in eine Seitenstraße einbogen, stand der Franzose kurz vor einem Zornesausbruch.

»Pardon, meine Herren, aber ich protestiere. Vielleicht gestatten Sie mir die Ehre ...«

Bei den letzten Worten seines unvollendeten Satzes vollführte der Ford eine scharfe Rechtskurve, überquerte den Gehweg und rumpelte auf die Kellereinfahrt eines verfallenen Gebäudes zu. Die Hauswand huschte am Fenster vorbei, und der Franzose hatte den Eindruck von Zerfall und Verlassenheit ...

»Meine Herren, ich bin Jacques Deveraux. Ich muß protestieren. Ich bin ein Protégé von Giacomo Graniano. Sein Freund.«

Deveraux hörte sich selbst stammeln, während der Ford über die Rampe am Ende des ersten Kellergeschosses ins zweite hinunterfuhr. Die Scheinwerfer bohrten sich in die Dunkelheit.

Der Mann mit den mächtigen Speckrollen im Nacken bewegte sich für einen Mann mit seiner Körperfülle äußerst flink, und seine Handkante traf die Luftröhre des Franzosen. Deveraux gurgelte und spürte, wie plötzliche Übelkeit in ihm aufstieg. War dies die Bande, die die *Petit Cheval* versenkt, das Bauernhaus in die Luft gesprengt und seine Männer getötet hatte? Wenn ja, dann mußte Graniano ihn aber schleunigst finden ...

Er vertraue nur ihr; so drückte er es aus. Sie steckten beide drin, zusammen.

Coco konnte er nicht trauen – nicht einmal seinen Leibwächtern, Duck und Sal, solange nicht alles wieder in Ordnung war. Wahrscheinlich würde es demnächst ein wenig rauh zugehen, aber damit würde er fertig werden – wenn sie ihm half. Bis dahin aber mußte er Duck loswerden, und zwar noch am selben Nachmittag, und deshalb sollte sie eine Einkaufsexpedition organisieren. Es war kaum zu befürchten, daß jemand versuchen würde, ihn in der Damenwäscheabteilung im Kaufhaus Macy's umzubringen. Also würde Duck einfach draußen im Wagen warten.

Er würde den Wagen nehmen, der in der Garage parkte, um in die Stadt zu fahren, wo er Deveraux festhalten ließ.

Liz fürchtete diesen Keller. *Weiß Graniano über mich Bescheid?* Aber schließlich begleitete sie ihn, und in ihrem Magen lag die Angst wie ein tonnenschwerer Klumpen.

Er war gerührt. Das Mädchen war seinetwegen ernstlich besorgt. »Ich gehe mit dir, Jack«, hatte sie immer wieder gesagt. Er war stolz auf sie.

Dino und Pep waren sauber, dessen war er sicher. Sie kamen aus Kalifornien, dem Land der Irren und Exzentriker. Sogar die Berufskiller waren an der Westküste anders als im Osten. Die aus dem Westen waren verrückt – ständig high. Aber zumindest würden Dino und Pep ihn wohl kaum übers Ohr hauen – vorläufig jedenfalls nicht. Nur über seine Leiche würde Coco sich zum Don aufschwingen ...

Auf dem Absatz zwischen dem ersten und dem zweiten Kellergeschoß erschien für einen Moment eine Gestalt im Licht der Scheinwerfer; sie wirkte gespenstisch. »Einer von uns«, sagte Graniano beruhigend. Er hatte Pep aufgetragen, einen vertrauenswürdigen Mann mitzubringen – ebenfalls von der Westküste –, der die Rampen im Auge behalten sollte. Sie hatten eine verständige Auswahl getroffen, dachte Graniano bei sich. Der Posten war eine Art Frankenstein-Monster, soviel sah man selbst im kurzen Aufstrahlen der Scheinwerfer. Er sprang beiseite, um Platz zu machen, nachdem er einen kurzen Blick ins Seitenfenster des Wagens geworfen hatte.

Graniano parkte etwa zehn Schritte weit vor dem kleinen Raum in der Ecke der Tiefgarage. Früher, als das Gebäude noch bewohnt gewesen war, hatte der Raum wahrscheinlich als Büro- und Heizungskammer gedient. Aber jetzt wurden die Keller nicht mehr benutzt; überall stapelte sich Schutt und Müll zu kleinen Bergen, um die Graniano geschickt und vorsichtig herumfuhr. »Es ist sicherer, wenn es dunkel ist«, sagte er und schaltete Motor und Scheinwerfer aus.

Sanft drückte er ihr Knie und stieg dann aus, eine Pistole in der Hand. »Da ist niemand außer Frankenstein, und der ist freundlich. Wenn er doch Ärger machen sollte, blas ihm den Schädel weg.«

Er gab ihr eine flache Colt-Pistole.

»Kannst du damit umgehen?«

»Nein«, log sie. Sie konnte mit allem schießen, sogar mit einem Blasrohr.

»Okay, dann hör gut zu. Ich werd's dir in einer Minute beibringen.« Als er ihr alles erklärt hatte, sagte er: »Okay. Jetzt tust du nichts weiter als hier im Wagen zu sitzen, mit der .45er zwischen den Beinen. Wenn dir jemand zu nahe kommt, drückst du ab. Macht einen Mordsknall, das Ding. Ich werde also sofort angerannt kommen.«

Sie nickte.

Was für eine Frau! Noch immer mußte er im wachen Zustand mindestens einmal alle drei Minuten an sie denken. Aber zumindest arbeitete er jetzt wieder ein bißchen mehr. Im nächsten Moment war er verschwunden, die Taschenlampe in der einen Hand, die Pistole in der anderen.

Graniano klopfte an die Tür der Kammer. Liz sah, wie sie sich einen Spaltbreit öffnete, bevor sie ganz aufschwang. Der Don ging hinein.

Ein paar Minuten später drang ein erbärmlicher Klageschrei an ihre Ohren. Liz Fitzwilliam erschauerte. Sie wartete ein paar Minuten, bevor sie die Wagentür öffnete. Ein feuchter Geruch stieg ihr in die Nase, und sie hörte, wie Wasser auf leere Eisenrohre tropfte.

Sie war halb ausgestiegen, als ein zweiter Schrei, viel lauter diesmal, ihren Herzschlag beschleunigte. Es war ein dünner Schrei, und er kam von einem verängstigten, gepeinigten Geschöpf.

Sie zwang sich dazu, sich zu bewegen, und setzte den Fuß auf den rauhen Zementboden. Wo war Frankenstein? Wenn er seinen Posten nicht verlassen hatte, war er auf dem Absatz zwischen den beiden Kellergeschossen und würde sie nicht sehen.

Das Mädchen knipste ihre Kugelschreiberlampe an. Der Weg zur Tür war frei von Hindernissen. Mit einem Klicken erlosch das Licht. Sie tastete sich auf den schmalen beleuchteten Spalt zu, der trotz der pechschwarzen Finsternis in diesem Keller kaum auszumachen war.

Ein neuerlicher, herzerweichender Schrei bohrte sich durch ihr Innerstes, sie blieb stehen, und ihre Knie zitterten wie Gelee.

Ihr war, als seien Minuten vergangen – in Wahrheit waren es Sekunden gewesen –, bis sie die Tür erreichte. Ein Lappen hing als Vorhang vor dem Fenster neben der Tür und versperrte den Blick in den Raum. Er war schwarz und zerrissen, und hier und dort wies er Löcher auf. Liz zwang sich, durch ihre Tränen hindurch in die

Kammer zu spähen, wo, in einen Kreis von grellem Licht getaucht, drei Männer einen vierten umstanden.

Sie spitzte die Ohren und starrte mit fasziniertem Grauen in die Kammer – und zugleich fürchtete sie, jeden Augenblick könnte Frankensteins stählerne Faust sie packen. Sie würde ihn töten – und sich auf ihr Glück verlassen. Die feinen Haare in ihrem Nacken hatten sich aufgerichtet.

Die mystische Zweitausend würde Jacques Deveraux nie erreichen, dessen war er jetzt sicher. Er hatte seinen letzten Stich getan, und vierhundertzweiunddreißig fehlten ihm noch. Aber seine Zeit war um.

Vielleicht hatten sie gehört, wie er damals, vor vielen Jahren, dem Gestapo-Beamten die Pistole entrissen und sich den Weg freigeschossen hatte. Das war wirklich passiert. Man hatte ihm dafür einen Orden gegeben, nach dem Krieg. Aber diesmal gab es keinen Ausweg. Alles, was er jetzt noch wollte, war eine schnelle, saubere Kugel. Eine große.

Sein Kopf steckte in einem Plastikbeutel, zum fünften, sechsten oder zehnten Mal, und wieder war er kurz vor dem Ersticken, und die Muskeln in seiner Kehle brannten. Man nannte diese Technik das »Trockene U-Boot«...

Wieder versuchte er, seine Hände hinter der Stuhllehne loszureißen, während sein Schlund sich in Krämpfen zusammenzog und versuchte, von irgendwoher Sauerstoff aufzusaugen – von nirgendwoher. Wahrscheinlich sah er aus wie ein Fisch, der auf dem Trockenen hin und her zuckte. Die Hände hatte man ihm mit Handschellen auf den Rücken geschlossen und mit Litzendraht gefesselt, und auch seine Knöchel hatte man an die Beine des soliden Holzstuhles gebunden.

Die starke Plastiktüte zog sich um seinen Hals zusammen, und weitere Tüten lagen in einem säuberlichen Stapel auf dem Tisch. Ein starkes Gummiband umschloß seinen Hals und schnitt in seine Haut. Deveraux ertrank allmählich in dem leeren Beutel, und wimmernd warf er sich hin und her. Zum sechsten oder zehnten Mal kippte der Stuhl um.

Als er wieder zu sich kam, keuchte er immer noch, und seine Lunge schmerzte und brannte. Heißes Licht strahlte ihm ins Gesicht und blendete ihn.

»Jacques, es tut mir wirklich leid, daß du es warst.«

»Jack, um Gottes willen, ich weiß nicht, was du meinst.«

»Jacques, warum hast du es getan? Warum hast du mir das angetan? Uns? Es lief doch alles so gut.«

»Mein Gott, mein Gott. Jack, ich weiß nichts darüber. Das alles ist ein schreckliches, schreckliches Mißverständnis.«

»Jacques, sag mir alles. Es ist deine einzige Chance . . .«

»O mein Gott, wahrhaftig, Jack, du mußt verrückt geworden sein. Oder bin ich verrückt?«

Er schnappte immer noch nach Luft, aber der Plastikbeutel war ihm abgenommen worden. Einer der Männer goß Wasser auf den Zementboden unter seinen Füßen. Schuhe und Socken hatten sie ihm schon ausgezogen.

»Jacques, warum tust du dir das an? Warum erzählst du mir nicht einfach alles? Vielleicht werde ich dich töten, vielleicht auch nicht. Falsche Versprechungen kann ich dir nicht geben. Das weißt du.«

»Ich schwöre bei Gott, Jack, mir liegt ebenso viel wie dir daran, herauszufinden . . .«

Deveraux spürte, wie ein Drahtclip am kleinen Zeh seines rechten Fußes befestigt wurde. Es war ein Federclip, und der leichte Schmerz ließ ihn erneut nach Luft schnappen. Er wußte, was ihn erwartete. »Jack, Jack! Um Gottes willen!« schrie er. »Hör auf mit diesem Wahnsinn! Warum tust du das?«

Er fühlte, wie ein Federclip tief in die Haut um seine linke Brustwarze eindrang.

»Du weißt, warum, Jacques.« Sie sprachen Französisch.

»Aaaii! Aaaaaii!« Der Strom jagte durch seinen Körper, und in dem Sekundenbruchteil, bevor der Stuhl hintenüberkippte, stellte er sich vor, daß es sich so anfühlen müsse, wenn man vom Blitz getroffen wurde. Als er wieder zu sich kam, stand der Stuhl wieder aufrecht.

»Wie soll die nächste Lieferung kommen, Jacques?«

Das war leicht. Es war ein Vergnügen, davon zu erzählen, von dem '48er Caddie, von Lefevres Sohn und dem Oldtimer-Händler, von den Verstecken, dem Namen des Schiffes und dem Datum seiner Ankunft, von Lefevres und von Soustelles Vorsichtsmaßnahmen, von Flugzeugteilen, Plänen für ein neues Laboratorium – alles werde wieder in Ordnung gebracht werden, und noch einmal Lefevres Sohn, Arizona, noch einmal der Name des Schiffes . . . Deveraux plapperte und plapperte und hätte am liebsten überhaupt nicht mehr aufgehört.

»Ich danke dir, Jacques.«

»Es wird keine Probleme geben. Gar keine. Lefevre nimmt seinen eigenen Sohn als . . .«

»Jacques, warum gestehst du nicht? Um Gottes willen, Mann, wieviel kannst du denn noch aushalten?«

»Jack, ich schwöre bei Gott! Ich weiß nichts . . .«

Jemand löste den Clip von seiner Brust und befestigte ihn an seinem linken Ohrläppchen. Ein blauweißer Blitz durchflutete Deveraux' Kopf. Es war, als sei der Blitz tief in seinen Schädel eingeschlagen, so daß seine Schädeldecke davonfliegen wollte. Seine Zähne schlugen sich hart in seine Zunge.

Jemand goß einen Eimer Wasser über ihm aus. Als er wieder soweit bei Sinnen war, daß er mitbekam, was geschah, fühlte er eine Hand an seinem Penis. Man hatte seinen Reißverschluß geöffnet, seine Unterhose beiseitegerissen, und jetzt starrte er auf die Hände, die sich an seinem bloßgelegten Penis zu schaffen machten. »O nein! Neiiin!« stöhnte Deveraux.

»Weißt du, Jacques, du bist wirklich ein sturer Esel. Dir muß doch klar sein, daß ich alles herausbekommen werde. Um Gottes willen, Mann, warum gestehst du nicht?«

»Jack, ich weiß doch nichts! Bitte glaub mir!«

»Ich kann dir nicht glauben. Sei nicht dumm, Mann.«

»Dann bring mich um! Bitte töte mich! Sag ihnen einfach, ich hätte gestanden!«

»Jacques, wie könnte ich so dumm sein? Wenn du nicht gestehst, wie soll ich da jemals sicher sein?«

»Bitte gib mir eine Kugel, Jack. Ich flehe dich an!«

Deveraux fühlte, wie der Clip in seinen Penis schnitt, und er begann zu schreien. Dann war der Blitz zwischen seinen Beinen, und etwas geschah mit dem Schließmuskel seines Afters. Ein Schwall von Kot quoll aus ihm hervor, und Gestank erfüllte die Kammer.

»Der Schweinehund! Sieh nur, was er gemacht hat!« Pep wich angewidert zurück. »So ein Schwein!«

Dino ging zur Tür, öffnete sie und bewegte sie hin und her. »Das hilft nicht«, meinte Pep. »Der wird den ganzen Tag hier drin stinken.«

»Puuh! Was für'n lausiger Gestank!« tönte Dino. »Ich würde diesem Franzmann raten, mal schleunigst zu quatschen, sonst holen wir nämlich die Sense raus. Sagen Sie ihm, daß wir bis jetzt nur gespielt haben, Boss. Sagen Sie ihm das auf französisch.«

»So ein Schwein!« wiederholte Pep.

»Okay, haltet die Klappe. Alle beide«, schnappte Graniano. »Das hättet ihr euch doch denken können.«

Dann wandte er sich wieder an Deveraux und sprach ihn auf französisch an. »Jacques, ich verstehe dich nicht. Sag mir doch die Wahrheit . . .«

»Ich geb's zu«, schluchzte der Franzose. »Ich hab's getan. Ich habe Le Chef umgebracht, und die anderen auch . . .«

»Einen Augenblick, Jacques. Nicht so hastig. Ich habe einen kleinen Recorder hier. Es muß alles seine Ordnung haben.«

Graniano zog einen batteriebetriebenen Cassettenrecorder hervor. Deveraux hörte ein zweifaches Klicken, und als er den Blick senkte, sah er Granianos Hand vor seinem Gesicht. Der Recorder war ein kompaktes, silbriges Kästchen, und er glitzerte im Licht der Deckenlampe. Der Franzose sah, wie die kleinen Spulen rotierten und das Band am Tonkopf vorbeiführten. »Ich habe es getan«, sagte er auf französisch. »Ich habe Orsini umbringen lassen. Und den Wächter Herman und Jean Leval. Ich habe die Versenkung der *Petit Cheval* organisiert . . . und das Bauernhaus . . . Ich . . .«

»Und der Türke in Istanbul – warst du das auch?«

»Ja, das war ich auch . . . das auch . . . alles . . .« Deveraux hatte keine Ahnung, was Graniano mit dem »Türken in Istanbul« meinte.

»Warum, Jacques? Warum?«

Das war schon schwieriger. »Ich war neidisch . . . Ich wollte selber . . .« Er zögerte, ehe er weiterredete. »Ich wollte meine eigene Route haben und mit niemandem teilen. Ich wollte alles selbst machen, in New York . . . den Vertrieb und . . .«

»Aber wieso hast du deine eigenen Leute umgebracht, Jacques?«

»Um den Verdacht von mir abzulenken natürlich . . . Ich mußte ein paar von meinen Leuten opfern . . . Le Chef wurde allmählich sowieso zu alt . . .«

»Wie hast du es gemacht, Jacques?«

»Das war leicht . . . Ich habe Killer engagiert . . . Ich . . . ich habe einen alten Freund getroffen, der . . .«

Als alles vorüber war, meinte Graniano: »Ich bin ehrlich, ganz ehrlich betrübt, daß du derjenige sein mußtest, Jacques.«

»Das verstehe ich, Jack.«

»Ehrlich betrübt.«

»Ja, natürlich.« Deveraux' Kinn sank ihm schlaff auf die Brust. Was er sagte, war kaum zu hören.

»Geh jetzt, Jacques. Geh in Frieden.«

»Danke, Jack.«

Pep zog eine schallgedämpfte Smith & Wesson hervor. Er drückte Deveraux die Mündung ins Ohr. Man hörte ein scharfes *plopp,* und eine kleine, rote Fontäne sprühte aus Deveraux' Ohr. Der Stuhl kippte um, zum letzten Mal. Dino hielt den Jutesack schon bereit.

Das ganze hatte eine Dreiviertelstunde gedauert. Graniano war froh, daß er den beiden Killern aufgetragen hatte, Deveraux weichzukochen, bevor er herunterkäme. Der Wagen fuhr die Rampe hinauf, und auf dem Absatz zwischen den beiden Kellergeschossen erfaßten die Scheinwerfer noch einmal den Posten. Mit spastischen Bewegungen sprang der Mann zur Seite und löste sich dann in der Dunkelheit auf wie ein Monster in einem Gruselfilm.

»Was für eine Type!« bemerkte Graniano, als die Erscheinung verschwunden war. »Wofür haben sie den bloß ausgesucht?«

Graniano legte seine Hand auf die des Mädchens und spürte, wie sie zitterte.

»Der hat dich erschreckt, was, Schatz?« Das Mädchen zog die Hand weg. »Die Dunkelheit hier unten – ziemlich gespenstisch, eh?«

Als sie die letzte Rampe hinauffuhren, meinte Graniano: »Ich weiß nicht, was ich mit diesem Haus machen soll. Es kostet mich Steuern, und die einzigen Mieter sind Ratten.« Das Mädchen schwieg immer noch. Er konnte es ihr nicht verdenken. Der Keller machte auch ihn ein wenig nervös. Aber es war Jahre her, daß er persönlich ein Ei geköpft hatte, und er war froh, daß er das alte Talent noch besaß. Am liebsten hätte er selbst den Abzug betätigt, aber die Tatsache, daß er ein Don war, hatte ihn davon abgehalten. Ein Don drückte niemals den Abzug ... solange dafür andere Finger zur Verfügung standen.

Es war hart, einen so guten Mann einzubüßen. Aber er brauchte einen Sündenbock, um das Vertrauen wiederherzustellen. Außerdem hatte er jetzt ein wenig Zeit, den wahren Schuldigen aufzuspüren. Er hatte bereits eine Anzeige in die Zeitung gesetzt, und schon bald würden die besten Leute der Welt für ihn an der Sache arbeiten.

30

Liz Fitzwilliam telefonierte in einer Zelle in der Grand Central Station. Sie hatte Wheeler in seinem Büro erreicht und das Notsignal ertönen lassen, und er hatte das »Quaken« des Blechfrosches sofort verstanden.

Gleich nach dem Kontakt hatte sie sich südlich des Bahnhofes herumgetrieben und sich nach Kräften bemüht, jeden denkbaren Beschatter abzuschütteln. Fünfundvierzig Minuten lang war sie durch Manhattan gejagt, und sie hatte versucht, niemanden allzu deutlich merken zu lassen, daß sie befürchtete, verfolgt zu werden. Sie war zweimal mit dem Taxi gefahren, sie war durch Willoughby's, Gimbel's, Woolworth und Macy's spaziert, hatte die BMT zum Times Square und dann den Anschluß zur Grand Central Station genommen. Und sie hatte weite Strecken zu Fuß zurückgelegt.

Liz Fitzwilliam wußte, daß sie zusammenbrechen mußte und daß es bald geschehen würde. Zum dreißigsten Mal sah sie sich nach einem Verfolger um und betrat dann die Telefonzelle. Als sie die Nummer wählte, lehnte sie sich an die Wand der Zelle.

»Hallo.« Es war Wheeler.
»Ich mußte reden.«
»Ja . . . ein Notfall?«
»Ich kann nicht mehr.«
Es trat eine kurze Pause ein. Dann: »Sie müssen.«
»Ich kann es nicht mehr.« Tränen rannen ihr übers Gesicht.
»Sie müssen. Für Ihre Mutter. Erinnern Sie sich?«
»Ich dachte, ich könnte es, aber ich kann es nicht.«
»Und für Ihren Bruder. Die haben ihn auf dem Gewissen, ihn und Ihre Mutter. Wissen Sie das nicht mehr?«
»Sie wissen nicht, wie das ist.«
»Doch, ich weiß es.«
»Nein, Sie wissen es nicht! Sie wissen es nicht! Sie wissen es wirklich nicht!« Sie schluchzte.
Wieder machte er eine Pause. »War es hart?« Seine Stimme klang fürsorglich.
»Sehr.« Liz fühlte sich ein bißchen besser. Sie zog ein Papiertaschentuch hervor und putzte sich die Nase. Dann wischte sie sich über die Augen.
»Sie waren großartig. Wie großartig, das werden Sie erst begreifen, wenn alles vorüber ist.«
»Sie haben ja keine Ahnung. Ich habe gesehen, wie er einen Mann gefoltert hat . . .«
»Deveraux?«
»Ja . . . Es war entsetzlich!«
»Es wird nicht mehr lange dauern. Noch ein paar Wochen. Sie haben Monate überstanden.«
»Sie verstehen nicht, Harry. Es ist eine Frage von Tagen, wann ich Verdachtsperson Nummer eins bin.«
»Glauben Sie doch so etwas nicht. Der Freund ist immer der letzte, der es erfährt.«
Sie begann wieder zu schluchzen.
»Tut mir leid.«
»Das würde ich gern glauben, Harry«, erwiderte sie verbittert und wischte sich noch einmal die Tränen ab.
Pause.
»Liz?«
»Ja.«
»Sie müssen durchhalten, Mädchen. Sie können nicht einfach alles hinschmeißen. Jetzt nicht.«
»Aber Sie haben Orte, an denen ich mich verstecken kann.«
»Nein, Liz. Nicht, bevor alles vorüber ist.«

»Harry, Sie sind kein Mensch.«

»Wem, zum Teufel, wollen Sie Vorwürfe machen?« Es klang verärgert. »Wo soll denn das enden? Was haben Sie denn erwartet, als Sie anfingen? Was zum Teufel haben Sie gedacht?«

Sein aufflackernder Ärger bewirkte etwas in ihr. Es stimmte. Sie hätte es kommen sehen müssen, von Anfang an, sie hätte wissen müssen, daß dieser Tag kommen würde. »Harry, ich werde verrückt. Ich habe eine Todesangst. Es ist ausgeschlossen, daß ich das durchstehe.«

»Wir brauchen nur noch zwei Wochen, Mädchen. Dann ist alles vorbei.«

»Ich glaube, so lange halte ich nicht mehr durch«, antwortete sie stumpf.

»Wann soll der Stoff ankommen, Liz?« fragte Wheeler unvermittelt. »Wann und wie?«

Sie sagte es ihm; sie rezitierte die Informationen in die Sprechmuschel und starrte dabei auf ihr Spiegelbild in der Wand der Zelle. Sie war so bleich, und ihre Augen waren so rot. Sie nahm ein neues Taschentuch und betupfte sich die Wangen.

»Das ist großartig, Liz.«

Sie warf eine neue Münze ein.

»Was haben Sie gesagt? Ich habe Sie nicht verstanden.«

»Ich habe danke gesagt, Harry. Für das Kompliment.«

»In den nächsten zwei Wochen werde ich Sie mehr brauchen als je zuvor. Wir müssen alles haben, alles wissen.«

»Er plant eine Geburtstagsparty«, sagte sie.

»Eine was?«

»Eine Geburtstagsparty. Wissen Sie, es war einmal ein Tag, an dem wurde er geboren, und dieser Tag ist sein Geburtstag.«

»Yeah, irgendwann im August.«

»Am fünfzehnten.«

»Wir müssen alles wissen.«

»Er gibt jedes Jahr eine Party. Immer am selben Ort. Macht er seit dreißig Jahren. Tradition, sagt er. Stabilität... Gibt den Familien Vertrauen.«

»Das ist großartig, Liz. Du weißt gar nicht, wie...« Es klang nicht überzeugend.

»Ich bin sicher, daß Sie das alles in den Akten haben. Weshalb muß ich dafür sterben?«

»Sie werden nicht sterben, Liz. Wer hat denn das gesagt? Sie sind nicht vernünftig. Weshalb sollten Sie...?«

»Ich werde sterben, Harry. Und es wird entsetzlich sein. Ich habe versucht, es Ihnen zu sagen, aber Sie hören mir nicht zu.« Wieder liefen ihr die Tränen über die Wangen, und ihr Spiegelbild im Glas der Zellenwand verschwamm. Sie hängte den Hörer ein, putzte sich noch einmal die Nase und lehnte sich weinend an die Wand.

Der Mann mit dem Teleobjektiv an der Kamera schoß noch ein Foto. Auf diesem fiel sie praktisch gegen die Zellenwand. Er hatte schon ein Dutzend Aufnahmen, die sie in der Telefonzelle zeigten, den Plastikhörer ans Ohr gepreßt; es war allerdings zu erwarten, daß das schlechte Licht problematisch sein würde.

Das Mädchen kam heraus, und er hatte sie gut im Bild. Der Kameramotor sirrte. Er klickte noch einmal. Es sirrte. Noch ein Klick, noch ein Sirren. Das Ding war für schnelle Schnappschüsse wie geschaffen. Er hatte drei gute Fotos in weniger als drei Sekunden gemacht.

Selbst wenn das Licht nicht ausgereicht hätte, wäre dies keine Katastrophe. Es hatte andere Telefonzellen gegeben, andere Tage, besseres Licht. Sie hatten schon ein recht umfangreiches Dossier über sie, aber jede Kleinigkeit konnte nützlich sein.

Crystal bekam das Geld an einem Sonntagnachmittag am Washington Square. Charlie brachte es ihm in einem flachen Samsonite-Koffer. Der Killer saß am Springbrunnen, ein Knie angezogen, die Hände um den Stoff seiner Levi's geschlungen. Es war Juli.

»Hallo«, sagte sie. »Es ist heiß. Sogar für eine Hitzewelle.«

»Komm her und setz dich. Kühl dich ein wenig ab.«

Sie trug eine an den Beinen abgeschnittene, ausgeblichene Levi's und ein hellblaues T-Shirt mit der Aufschrift: *Kennedy for King Neptune.* »Ich habe etwas für dich.«

»Ich hoffe es für dich. Ich habe Mittel, dich zu veranlassen, es zu besorgen.«

Charlie fragte sich, ob da wieder sein Sinn für Humor gesprochen hatte. »Das wird nicht notwendig sein.« In gespielter Kapitulation hob sie die Hände.

»Wollen wir ein Stück gehen?«

»Ich dachte, ich sollte mich erst abkühlen?«

»Ja. Natürlich.«

Eine Zeitlang saßen sie da und plauderten in verschlüsselten Sätzen miteinander.

»Hast du ein Zimmer gefunden?« Er hatte ihr Angebot, ihm eines zu besorgen, zurückgewiesen. Sie wußte immer noch nicht, wo er wohnte, und sie würde sich nicht die Mühe machen, es herauszufinden.

Er schwieg. Es war niemals leicht, mit Crystal zu plaudern.

»Was hältst du davon, bald weiterzuarbeiten?«

»Je früher, desto besser. Ferien machen mir keinen großen Spaß – nicht, wenn ich weiß, daß ich wieder zur Schule zurück muß.«

»Es freut mich, daß du es so siehst.«

Er schwang sein Bein vom Brunnenrand herunter und fragte: »Was hast du vor?«

Sie begannen durch den Washington Square Park zu spazieren und achteten darauf, daß sie sich stets außer Hörweite der anderen Spaziergänger befanden.

»Der Franzose ist tot. Seine Organisation ist ihm auf den Kopf gefallen und hat ihn unter sich begraben. Du brauchst ihn also nicht mehr zu besuchen.«

»Klingt wie ein Bonus für mich.«

»Finde ich auch.« Sie blieben bei einem Eisverkäufer stehen, und er kaufte zwei Hörnchen mit Erdbeereis. Als sie weitergingen, trug er den Koffer mit dem Geld.

»Wheeler vermutet, daß die große Party in einem Restaurant in der Mott Street stattfinden wird.«

»Die größte – und die letzte?«

»Ich nehme es an. Ich wüßte nicht, was sonst noch kommen sollte.«

»Finde es heraus, ja? Ich möchte sichergehen, daß dies der Plan ist. Danach endet unsere Partnerschaft.«

»Schade.« Sie sah ihn beinahe zärtlich an.

»Vielleicht werden wir einen darauf trinken, denn allmählich fange ich an, dich zu mögen.«

»Ich dachte, du hättest in London angefangen, mich zu mögen. Das ist schon lange her.«

»Ich fange immer noch an.«

Als sie das Ende des Parks erreicht hatten, beschlossen sie, einen zweiten Rundgang zu machen.

»Wheeler meint, ich sollte dir vorschlagen, dir das Restaurant anzusehen, falls du Zeit dazu hast.«

»Ja?«

»Mit großer Wahrscheinlichkeit wird der Big Man dort am fünfzehnten August seinen Geburtstag feiern. Das ist der große Tag.«

»Seinen Geburtstag?«

»So ist es. Eine dumme Idee. Aber wie ich den Big Man kenne, wird er die Tradition nicht brechen. Nicht jetzt. Die Hälfte des organisierten Gangstertums wird da sein, um ihn zu beschützen, das ist klar. Vielleicht ist es sogar eine Falle.«

»Wo ist der Laden?«

Sie nannte ihm Namen und Adresse.

»Aber vielleicht solltest du die Party verstreichen lassen und auf eine einfachere Gelegenheit warten. Könnte sein, daß Wheeler noch etwas anderes findet. Übrigens«, fügte sie hinzu, »er findet, du seist großartig. Jeden Cent wert.«

»Freut mich zu hören.« Es war ihm völlig gleichgültig.

»Insgeheim bin ich auch ein bißchen stolz auf dich.«

»Aber du warst besser. Du hast nichts vermasselt, nicht ein einziges Mal.« Er meinte es ehrlich. Sie hatte alles richtig gemacht; er hingegen hatte im Zug nach Afyon einen Bock geschossen.

»Ich glaube einfach, daß wir gut zusammenarbeiten«, erwiderte sie. Dann seufzte sie und fuhr fort: »Es wird langweilig sein ohne dich – wenn alles vorüber ist.«

»Wheeler wird sich etwas Neues einfallen lassen. Für dich.«

»Na, laß uns nicht so reden, als wäre alles schon vorbei.«

Sie lachte. »Das Härteste kommt noch.«

»Da hast du recht«, meinte er schlicht.

»In einer Woche trifft die Lieferung im Hafen von New York ein.«

Als letztes vereinbarten sie ein neues Erkennungszeichen. Er begleitete sie bis zu ihrer Wohnung hinter dem Square. Sie bewohnte ein hübsches kleines Sandsteinhaus, dessen Fassade mit Weinranken überwuchert war. Hellgrüne Sonnenblenden bedeckten die Fenster im Erdgeschoß und ließen es anheimelnd wirken.

»Nettes Haus«, sagte Crystal.

»Kommst du noch herein?« Sie wollte ihn, mehr als je zuvor.

»Nein, vielen Dank.«

»Na, bis später dann.« Ihre Hand drückte seine linke Schulter. »Und sei vorsichtig.«

Crystal ging die 5. Avenue hinunter zurück zum Park. Als er sich dem Triumphbogen am Washington Square näherte, sah er, wie der Bogen die Zwillingstürme des World Trade Centers vor dem hellblauen Himmel einrahmte. Es hätte ein gutes Foto geben können, wenn er sich für so etwas interessiert hätte. Aber sein Interesse galt eher der Mikrofotografie.

Am nächsten Tag machte er sich auf den Weg zum Orgelpfeifenkaktus-Nationalpark. Der Park umfaßte fünfhundertsiebzehn Quadratmeilen Wüstenland in Sonora an der Grenze nach Mexiko. Er vergrub das Geld, und dabei dachte er oft an den '48er Cadillac und an Granianos Geburtstag.

31

Die *QE 2* ist das größte, luxuriöseste Passagierschiff der Welt. Außerdem ist es die größte Autofähre der Welt. Fahrzeuge, die über den Atlantik geschafft werden sollten, waren am Tage des Auslaufens zwischen vierzehn und fünfzehn Uhr zum Terminal am Gare Maritime in Cherbourg zu bringen. Vor vierzehn Uhr wurden die Fahrzeuge bei Société Nouvelle, 48 Rue Alfred Rossel, Cherbourg Maritime, abgeliefert.

Die US-Behörden verlangten, daß das Chassis aller Fahrzeuge mit Dampf gereinigt wurde. Lefevres '48er Cadillac, eine viertürige Limousine der Serie 62, wurde am Terminal in Cherbourg liebevoll dampfgereinigt.

Am Abend des 31. Juni verließ die *QE 2* den Hafen von Cherbourg. Am 5. August gegen acht Uhr morgens sollte sie in den Hafen von New York einlaufen.

In ihrem Laderaum, tief unter dem *Queen's Room*, der mit dunkelgrünem Samt ausgeschlagenen »Mittschiffsbar« und dem mit spanischem Wildleder tapezierten Kartenzimmer, unter den fünf separaten Restaurantbereichen, in denen spanische, französische, orientalische, italienische und englische Gerichte serviert wurden, transportierte sie einhundert Kilogramm Heroin.

32

Einen Tag, bevor die *QE 2* in New York andocken wollte, landete Charles Lefevre auf dem J. F. K.-Flughafen. Das Sheraton Center war früher einmal unter dem Namen Hotel Americana bekannt gewesen, und sein Vater hatte ihm beschrieben, daß die Bar mit Details aus dem Bereich des Pferderennens dekoriert sei. Aber als er die Bar betrat, stellte er fest, daß sie umdekoriert worden war, und den größten Teil des Nachmittags verbrachte er damit, planlos Wodka-Martinis in sich hineinzuschütten. Im Jumbo-Jet der Air France hatte ihn die Aussicht darauf, ein paar Wetten auf den New Yorker Rennbahnen oder am OTB abzuschließen, in eine angenehme Erregung versetzt. Aber die neue Dekoration schien ihn aus irgendeinem Grund zu deprimieren; er betrachtete sie als Omen, das ihm davon abriet, sein Geld zu riskieren. Die Mechanismen der Pferdewette in einer fremden Stadt erschienen ihm plötzlich allzu kompliziert.

Am frühen Abend traf er, wie vereinbart, mit einem Vertreter der New Yorker Connection zusammen. Sie machten einen Spaziergang zum Times Square, und während Lefevre fasziniert zusah, wie die computerisierte Lichtreklame auf dem Wolkenkratzer der Allied Chemical elektronisch blinkte, wurde ihm erklärt, wie die Lieferung durchzuführen sei. Die Anweisungen des Vertreters stimmten mit denen überein, die er von seinem Vater in Marseille erhalten hatte, und so war Charles Lefevre zufrieden. Der Vertreter ließ ihn außerdem wissen, daß die *QE 2* am Passagier-Terminal am Cunard-Kai festmachen werde, und sie legten die kurze Strecke dorthin mit dem Taxi zurück.

Während die beiden Männer unter dem unbenutzten West Side Highway an dem Zaun entlangspazierten, der die Piers des Passagier-Terminals von der 12. Avenue trennte, erhielt der junge Franzose eine kurze Lektion über die Zollformalitäten, die ihn erwarteten, wenn er den '48er Caddy abholte. Lefevre hörte mit kaum verhüllter Ungeduld zu. Er wußte das alles.

Die beiden Männer sprachen sodann darüber, wie sie bei möglichen Zwischenfällen verfahren würden, wenn der Caddy erst durch den Zoll gebracht worden wäre.

Wenn er das Terminal verlassen hätte, sollte Lefevre nach Süden zur Ausfahrt fahren, dann, unter dem West Side Highway, eine scharfe, verbotene Wende nach Norden vollführen und den Vertreter an der Ecke der 48. Street zusteigen lassen. Der Vertreter, der sich als Pierre vorgestellt hatte, würde ebenfalls darauf achten, daß der Caddy nicht verfolgt würde. Es würde ein höchst unwahrscheinlicher Zufall sein, wenn zwei Fahrzeuge hintereinander in dieser verbotenen Weise wendeten. Von der 48. Street an würde Pierre das Steuer übernehmen, ob ihnen jemand folgte oder nicht.

Es war unwahrscheinlich, daß ein Polizist Lefevres Wendemanöver mitansehen würde, und falls doch, könnte er sich als vom Pech verfolgter Ausländer herausreden, der im Mittelwesten einen Caddy abliefern solle und sich in New York überhaupt nicht auskenne. Es war höchst unwahrscheinlich, daß ein Verkehrspolizist einen Wagen, der den Zoll erst zweihundert Meter weit hinter sich gelassen hatte, würde untersuchen wollen. Wahrscheinlich würde er nicht einmal Verdacht schöpfen.

Lefevre speiste vorzüglich im »Lion's Share Restaurant«, einem Feinschmeckertreffpunkt, und nachdem er noch ein Weilchen über seinem Stadtplan von Manhattan gebrütet hatte, beschloß er, schlafenzugehen.

Es war noch nicht acht Uhr, als die *QE 2* am 5. August in den Hafen von New York einlief. Die Passagiere, die den Anblick der Freiheitsstatue und der Zwillingstürme von Manhattan bereits genossen hatten, schauten jetzt durch die West Forties zum Rockefeller Center hinunter. Als der Ozeanriese am Pier 88 festgemacht hatte, erstreckte er sich fast über dessen gesamte Länge, und sein Schlot ragte hoch über die Autos hinaus, die auf dem Dach des Terminals parkten. Im zweiten Stockwerk drängten sich Gratulanten und Begrüßungsgruppen, die auf Freunde und Verwandte warteten.

Die Mannschaft bereitete sich schon darauf vor, die Kraftfahrzeuge in den ebenerdigen Ankunftshangar zu fahren. Ganz besonders sorgsam gingen sie mit einem zwei Tonnen schweren '48 Cadillac um, und sie bewunderten die prachtvoll monströse Art, mit der die vordere Stoßstange in die Flanke der Karosserie überging und sich bis zur hinteren Stoßstange fortsetzte – deren hintere Enden sich zu entzükkenden kleinen Flossen aufschwangen. Die schweren Stoßstangenhörner vorn saßen unter einem niedrigen, breiten, schweren, chromblitzenden, grinsenden Kühlergrill, dessen Zähne zu blitzendem Silber poliert waren.

Früher einmal hatte Charles Lefevre eine Berufung zum Priesteramt verspürt. Eine religiöse Berufung allerdings war es nicht gewesen; er hatte, wie er seinem Vater erklärte, in der Abteilung arbeiten wollen, welche die zahllosen Kunstschätze des Vatikan katalogisierte und betreute. Mit den dort erworbenen Kenntnissen, so hatte Charles vermutet, mußte es relativ einfach sein, die kostbaren und leicht zugänglichen Kunstwerke zu entwenden.

Aber Lefevre sen. sah seinen Sohn lieber im Familienunternehmen. »Wenn ich mich zur Ruhe setze, sollst du das Geschäft weiterführen, und dazu mußt du ganz unten anfangen, bei den fundamentalen Dingen«, hatte sein Vater in Marseille gesagt. »Ich möchte, daß du ein paar Lieferungen durch den Zoll bringst, nur damit du weißt, wie's gemacht wird.« Daher die Reise nach New York.

Und so hatte sich Charles auf dem Pariser Flughafen Charles de Gaulle an Bord eines Flugzeugs begeben. Es war nur vernünftig, eins nach dem anderen zu erledigen: Falls er – was nicht zu erwarten stand – in New York Probleme bei der Paßkontrolle haben würde, wäre er zumindest nicht im Besitz von Drogen, und wenn es um die Zollformalitäten ginge, brauchte er nicht mehr mit Paß- oder anderen Einreiseproblemen zu rechnen.

Charles Lefevre ging unter dem West Side Highway an den Wagen vorbei, die dort zu seiner Linken parkten. Zur Rechten lagen die Piers und Lagerschuppen der alten Cunard Line am Ufer des Hudson. Trotz der selbstsicheren Haltung, die er am Tag zuvor gezeigt hatte, verspürte der junge Franzose jetzt wachsende Nervosität. Immer häufiger mußte er daran denken, daß er, falls irgend etwas schiefginge, voraussichtlich mindestens zwanzig Jahre im Gefängnis verbringen würde. Nicht zuletzt, um seine Nerven zu beruhigen, nahm Lefevre den weiten Umweg zum Pier 88 in Kauf.

Als er den Drahtzaun, der sich an den Passagier-Terminals entlangzog, hinter sich gelassen hatte, eröffnete sich der Blick auf den Schlot der *QE 2*. Der hohe, schwarz-weiß lackierte Kamin ragte turmhoch über das Dach der Terminalgebäude hinaus – und der Anblick war ihm weit weniger willkommen, als er es noch in Marseille erwartet hatte.

Als er sich den massigen Betonsäulen näherte, die das Schild über dem Eingang – LIMOUSINE DESPATCHES, PKW-Abfertigung – flankierten, analysierte Lefevre nochmals seine Befürchtungen. Dies war es, was er nach dem Willen seines Vaters aus erster Hand erfahren sollte. Eine Verhaftung war etwa ebenso unwahrscheinlich wie die Möglichkeit, daß sein *Air-France*-Flug in den Fluten des Atlantik endete: Vor solchen Dingen hatte man immer Angst, aber man kümmerte sich nicht weiter darum. Die logische – und korrekte – Voraussetzung seines Vaters war gewesen, daß es so gut wie ausgeschlossen sei, daß die Behörden den '48er Caddy aus den Dutzenden von anderen Fahrzeugen, die von Bord der *QE 2* gefahren wurden, herauspicken würden – es sei denn, sie hätten einen Tip bekommen. Aber seine Angst scherte sich keinen Deut um logische Argumente.

Lefevre ging zu dem Posten, der am Eingang zum Hangar auf Pier 88 stand. Der Mann stand beinahe direkt unter dem blau-weißen Schild mit dem senkrecht nach unten weisenden Pfeil und der Aufschrift LIMOUSINE DESPATCHES. Der Posten überprüfte Lefevres Papiere und winkte ihn dann in das gewaltige, höhlenartige Innere des Hangars. »Gehen Sie nur einfach immer geradeaus«, sagte er und deutete dabei tief in das Gebäude hinein.

Lefevre betrat die düstere Halle; nur wenig Sonnenlicht drang auf dieser Ebene herein, denn die Fenster wurden vom gewaltigen Rumpf der *QE 2*, die draußen lag, verdunkelt. Zwei Lampenreihen waren in die hohe Decke über ihm eingelassen. Der Lärm der Dockarbeiter, die Stückgut und Fahrzeuge hin und her manövrierten, hallte durch das geräumige Gebäude.

Der junge Schmuggler wußte, daß sein eigenes Verhalten der Dreh- und Angelpunkt des Ganzen sein würde. Um keinen Preis durfte er ihren Argwohn erregen. Er durfte nicht *zu* gelassen erscheinen, nicht *zu* beunruhigt – nichts von irgend etwas *zu* sehr.

Lefevre reichte seine Dokumente einem offiziell aussehenden Mann. Dieser grunzte und befahl ihm, zu warten. Dann schritt er tiefer in den Hangar hinein, auf eine Reihe von Fahrzeugen zu, die hinter einer behelfsmäßigen Barriere parkten.

Gott im Himmel, was ist, wenn sie einen Tip bekommen haben? Ein plötzlicher Gedanke durchzuckte den Franzosen: *Ein Tip nach den Morden in Cassis, das wäre ein Hammer für die Route, wie? Jetzt noch ein Tip nach all dem Ärger, und die Arbeit an der Route wäre für unbestimmte Zeit zurückgeworfen!*

»Georges Dupont?« rief jemand laut.

Das war er. Lefevre rollte seine Illustrierte zusammen und nahm sie fest in die Hand. Dann ging er zu dem Zollbeamten, der durch seine Papiere blätterte.

»Georges Dupont?«

»Ja, Sir.«

»Sie wollen hier eine '48er Cadillac-Limousine abholen?«

»Ja, das ist richtig.«

»Die Papiere scheinen in Ordnung zu sein.«

»Aha. Das freut mich.«

»Kommen Sie mit.« Der Mann ging weiter in den Hangar hinein, und Lefevre folgte ihm bis zu einem Bereich, in dem sich einige Gruben befanden, wie sie in Autowerkstätten zu finden sind. Hier parkten Dutzende von Autos. Der Caddy stand auf einer der Hebebühnen.

»Was haben Sie mit dem alten Schiff vor?« fragte der Zollbeamte. Lefevre versuchte, ihm mit knappen Worten zu erklären, daß er Student an der Sorbonne sei und daß er als Ferienjob den Auftrag ergattert habe, den Caddy von Frankreich über New York nach Arizona zu überführen. Ein Oldtimer-Händler habe den Wagen gekauft, anscheinend für jemanden, der in Arizona einen Vergnügungspark eröffnen wolle. Diese Geschichte stand mit den Papieren im Einklang.

Wenn der Zollbeamte es unternommen hätte, den Paß zu überprüfen, hätte er festgestellt, daß ein Georges Dupont in der Tat an der Sorbonne studierte und daß er so alt war, wie Lefevre zu sein schien. Was er nicht erfahren hätte, war die Tatsache, daß Dupont seinen Paß für tausend Franc verkauft und sich dazu bereiterklärt hatte, ihn einen Monat nicht als verloren oder gestohlen zu melden.

»Er ist in 'nem großartigen Zustand«, meinte der Zöllner bewundernd. »Schon jetzt 'ne Antiquität, was?«

Ein Mann im Mechaniker-Overall stand in der Nähe. »Weißt du was, Ed?« sagte der Zollbeamte zu dem Mann im Overall. »Mein Alter hatte so ein Modell 62. Ist jahrelang gelaufen. Er hat immer gesagt, einen besseren Caddy hätte er nicht gehabt.«

»Da hatte er womöglich recht. Die Karosse war ein wenig breiter, aber sie hatten das gleiche Fahrgestell wie die Serie 61.«

»Ich erinnere mich. Genauso ist es. Aber die Serie 62 war drei Zoll länger.«

»Und das Fahrverhalten war besser; sie hatten einen neuen Federungstyp entwickelt und die Position der hinteren Stoßdämpfer verändert.«

Was zum Teufel soll dieses Spielchen? fragte Lefevre sich. *Versuchen mich damit zu beeindrucken, was sie alles über dieses Modell wissen! Ist das alles?*

»Mein Alter hat mir erzählt, sie hätten auch das Hydramatic-Getriebe verbessert«, redete der Zollbeamte weiter.

»Jawoll.« Der Mechaniker wischte sich mit einem Lappen die Hände ab. »Haben den Widerstand vor dem Rückwärtsgang reduziert. Das hat auch die Schaltzeit für den Rückwärtsgang verringert. Der Wagen gehört in irgendeine Ruhmeshalle.«

»Da kommt dieser hier ja hin, wenn ich recht verstehe.«

»Tolle Idee.«

»Okay, und jetzt nehmen wir ihn auseinander.«

Charles Lefevres Herz tat einen Satz, aber er ließ sich nichts anmerken.

»Haben Sie da drin irgendwo Drogen versteckt, Söhnchen?« fragte der Zollbeamte, während Ed unter die Sitze kroch.

»Pardon, Sir?« Lefevre wußte, daß dies eine Standardfrage der Zollbeamten war und daß sie einen sorgfältig beobachteten, wenn sie sie stellten.

»Drogen. Sie wissen doch: Heroin, Kokain und solche Sachen«, erwiderte der Beamte. »Schmuggeln Sie etwas in der Kiste? Wenn Sie jetzt damit herausrücken, wird es Ihnen die Angelegenheit später erleichtern. Finden werden wir es so oder so.«

Darauf also hatte das Wortgetändel abgezielt. Es war der Standardbluff, und Lefevre war darauf vorbereitet. »Sir, ich kann Ihnen nur sagen, daß ich, wie wir sagen, eine *commission* habe – den Auftrag, diesen Cadillac nach Arizona zu bringen.« Lefevre zuckte die Achseln und zog auf exquisit französische Weise das Gesicht, als denke er: *Ist mir doch egal, was ihr in dieser Schrottmühle findet. Was immer ihr findet, hat absolut nichts mit mir zu tun, das müßt ihr einsehen.*

Ed schaute unter die Sitze und stocherte vorsichtig herum, sorgsam darauf bedacht, nichts zu beschädigen. Dann suchte er hinter dem Armaturenbrett und in allen Türtaschen, hob die Bodenmatten hoch und suchte nach Falltüren irgendwelcher Art.

»Hier ist er sauber.«

»Okay, dann nimm ihn auf die Bühne.« Jetzt würde es schwierig sein, die Nerven zu behalten, das wußte Lefevre. Das Heroin steckte in den Hohlräumen des Chassis, im Benzintank und in den Hohlräumen der Tür- und Fensterholme.

Ed und der Zollbeamte begaben sich unter das Chassis des großen Caddy. »Er ist wie neu«, meinte Ed bewundernd.

»Ja. Hervorragend restauriert.«

»Schwer zu sagen, wo man da anfangen soll.« Es war ein altes Modell, und offensichtlich hatten die beiden keine Ahnung gehabt, was sie unter dem Caddy erwartete. Aber sie verfügten über die Erfahrungen von Jahren, und sie würden ihr Bestes tun.

»Nicht ein Tropfen Öl unter der Wanne.« Ed betrachtete staunend die saubere Unterseite des V-8-Motors. Dann zog er einen kleinen Hammer hervor – Lefevre wußte sogleich, daß es ein Spezialwerkzeug war – und klopfte damit leicht und aufmerksam lauschend gegen das Metall. Manchmal klopfte er zweimal auf dieselbe Stelle. Er schob Kabel mit der Hand beiseite und verschaffte sich Zugang zu allen Stellen, die er untersuchen wollte.

Lefevres Herz setzte aus, als der Mechaniker begann, klopfend unter dem Chassisrahmen entlangzugehen, und sich den Hohlräumen näherte, die der Karosseriebauer in Marseille hinzugefügt hatte.

Kein Zweifel, er würde die Verstecke finden.

»Schwer zu sagen, worauf es hier ankommt«, meinte Ed, unaufhörlich klopfend. »Könnte sein, daß wir uns 'nen Caddy-Fachmann von General Motors kommen lassen müssen, um sicherzugehen.«

»Hab' ich mir gedacht.« Der Zollbeamte seufzte. »Okay, sieh zu, wie weit du kommst. Inzwischen werde ich mit dem Mann hier zum Schreibtisch zurückgehen. Du brauchst nur zu rufen, wenn du was gefunden hast.«

»Das werde ich auch tun.«

Der Zollbeamte kam unter dem Chassis des Caddy hervor. »Sie haben's gehört«, sagte er zu Lefevre.

»Pardon?«

»Sie haben's gehört. Ed hat mit diesem alten Modell keine Erfahrung. Wir werden wohl jemanden von GM holen müssen. Wird ein Weilchen dauern. Paßt Ihnen das?«

Lefevre zuckte beredt die Achseln und verzog die Lippen: *Von mir aus nehmt ihn auseinander bis auf die letzte Schraube. Aber ich rate euch, das Scheißding so wieder zusammenzusetzen, wie ihr es vorgefunden habt.* Zusammen gingen sie durch den Hangar zurück.

Die Minuten vergingen schleppend. Es waren die längsten Minuten in Lefevres Leben.

Er hatte schon früher kleine Aufträge für seinen Vater erledigt: Er hatte Autos zu Treffpunkten außerhalb von Marseille geschafft oder Stoff von Laborkurieren in Empfang genommen. Auch bei solchen Gelegenheiten war die Zeit langsam vergangen. Aber hier im Hangar zu warten und zu versuchen, in der Illustrierten zu lesen, das war eine langgezogene, schwere Marter.

Er zwang sich, in dem Magazin zu lesen, und achtete darauf, daß er verstand, was die Druckbuchstaben vor seinen Augen sagten. Auf diese Weise sollte die Zeit rascher vergehen. Außerdem durfte der Zollbeamte nicht merken, worauf seine Konzentration sich richtete.

Es schien, als sei eine Ewigkeit vergangen, als Lefevre hörte, wie der Name Georges Dupont wieder aufgerufen wurde. Eine halbe Stunde war vergangen. Der Zollbeamte sah in unverwandt an.

Lefevre sank das Herz in die Hose. »Sir?« fragte er kläglich.

»Was wissen Sie über die Besitzer in Frankreich – die Eigentümer dieses Caddy?«

»Nicht viel, Sir. Was sollte ich wissen? Stimmt etwas nicht?« Es war ein Test.

»Nein, ich schätze nicht.« Der Beamte blies die Luft aus vollen Backen.

»Das freut mich.« Der alte Lefevre hatte recht gehabt. Es war der letzte Bluff.

»Hier, nehmen Sie dieses Papier. Damit kommen Sie hinaus.«

»Merci.«

»Und gute Reise.«

Erleichterung durchflutete Lefevre. Er war durch den Zoll gekommen. Vielleicht war eine vorsichtige telefonische Anfrage bei GM auf höfliche Ablehnung gestoßen.

Charles Lefevre fuhr den Caddy hinaus und bog nach rechts, auf das Tor zu. Der Franzose war mehr als zufrieden mit sich.

Ein paar angstvolle Augenblicke, zugegeben, aber die hatte er überstanden. Er fühlte sich bereits wie ein Veteran. Vielleicht würde er noch einen oder zwei Trips machen, aber das Leben eines »Muli« war nichts für ihn. Als Muli brauchte man ein robusteres Nervenkostüm als seines. Das würde er sich für die Zukunft einprägen. *Nun gut. Der Rest ist einfach.*

Lefevre kam ans Tor, ließ die lange Nase des Caddy hindurchrollen und zog den Wagen plötzlich nach links auf die gegenüberliegende Fahrbahn.

Das Verbotsschild für Linksabbieger hing an einem Stahlträger unter dem alten West Side Highway. Kein Polizist war zu sehen, und Lefevre bog scharf nach links, vor dem nach Norden gehenden Verkehr, der an der Ampel wartete. Hinter ihm gellte erbostes Hupen.

Wieder bog er links ab und fuhr in nördlicher Richtung an der Waschanlage vorbei und die Twelfth entlang. *So weit, so gut.*

An der Südwestecke der 48. Street stieg Pierre wie vereinbart zu. Nicht einen Augenblick lang glaubte er, daß dieser Mann wirklich Pierre hieß. Es war offenkundig, daß er nicht ein einziges Wort französisch sprach. Aber er konnte ihm nicht verdenken, daß er ein Pseudonym verwandte. Lefevre rutschte hinüber auf den Beifahrersitz, und Pierre setzte sich ans Steuer.

»Haben Sie ihn gesehen?« fragte Lefevre sofort.

»Soll das ein Witz sein?« erwiderte sein Partner. »Beinahe wäre er voll in den dreispurigen Verkehr hineingerauscht, der bei dem Linksabbiegeverbot hinter Ihnen kam.«

»Ich weiß«, sagte Lefevre. Als er das wütende Hupen gehört hatte, war der weiße Volkswagen in seinem Rückspiegel deutlich zu sehen gewesen. Wieder schlug dem Franzosen das Herz bis zum Halse. »Und was jetzt?« fragte er schüchtern.

»Und jetzt werden wir einem Volkswagenfahrer das Gruseln beibringen«, sagte Pierre mit einem kurzen Blick in den Rückspiegel, als er die 48. Street hinauffuhr.

Am liebsten hätte Charles Lefevre sich am Sheraton Center – oder sonstwo – absetzen lassen, aber er war zu jung und zu unerfahren, als daß er sich getraut hätte, diesen Wunsch zu äußern.

Zwei Männer standen vor dem »Regal«-Schuhgeschäft an der 44. Street und Broadway und beobachteten die computerisierte Reklameschrift auf dem Gebäude der Allied Chemical, die ihn nur einen Tag zuvor ebenfalls fasziniert hatte.

Pierre mußte auf die Hupe drücken, um sie aus ihrem Staunen zu reißen; dann bestiegen beide durch die linke Hintertür den Wagen.

Einer der beiden Männer stieg an der Ecke 44. und 5. aus und begab sich zu einer Telefonzelle.

Pierre bog nach Süden und fuhr die Fifth hinunter. Sein Ziel war die alte Slumgegend zwischen Manhattan und Brooklyn Bridge in der Nähe der Küste. Pierre war erstaunt darüber, daß der VW nicht einen Deut von seinem Kurs abgekommen war. Er kam einfach immer näher. Der Mafiasöldner hatte es vermieden, von einer Spur auf die andere zu springen und den VW damit möglicherweise darauf aufmerksam zu machen, daß er den Verfolger abschütteln wollte.

Der VW hielt sich ein wenig zurück, aber es war ein Leichtes, ihn im Rückspiegel im Auge zu behalten. Es war, als sei der Fahrer ein blutiger Anfänger in dieser Art Job. *Aber das ist sein eigenes Begräbnis*, dachte Pierre.

Crystal hatte von Charlie erfahren, wann die *QE 2* einlaufen würde. Der Rest war ein Kinderspiel gewesen. Nur eine einzige Ausfahrt der Cunard-Terminal wurde benutzt, und so hatte er sich nicht einmal die Mühe machen müssen, eine Alternativstrecke zu überwachen.

Crystal hatte nichts weiter zu tun, als in dem weißen 1500er Käfer sitzenzubleiben, der in einer Reihe von Wagen im Schatten des West Side Highway parkte. Von hier aus hatte er einen ausgezeichneten Blick auf die Ausfahrt, die von den Stahlstelzen der Hochstraße nur geringfügig verdeckt wurde.

Als der '48er Caddy zum Gare Maritime in Cherbourg gebracht worden war, hatte man ihn fotografiert, aber eine Beschreibung hätte genügt. Crystal bemerkte den Wagen in derselben Sekunde, in der er in der Ausfahrt des PKW-Hangars erschien. Er ließ den Käfer an und hielt sich links hinter dem Caddy auf der Twelfth unter dem West Side Highway.

Die plötzliche Linkskehre des Caddy – entgegen dem Verbotsschild – kam überraschend. Crystal hatte Mühe, ihm dabei zu folgen. Es war gut, daß er sich für den etwas stärker motorisierten VW 1500 mit Schaltgetriebe entschieden hatte. Mit kreischenden Reifen zog er den Wagen herum, und Adrenalin durchströmte seinen Körper. Das letzte, was er jetzt brauchen konnte, war ein Zusammenstoß.

Crystal gab sich nicht allzu viel Mühe, zu verbergen, daß er dem Caddy folgte. Sie würden ohnehin damit rechnen; sie waren kaum so dumm, zu glauben, daß der Ärger – was immer dahinterstecken mochte – in Frankreich zurückgeblieben sei. Abgesehen davon war es wichtig, daß er den Caddy im Verkehrsgewühl nicht verlor.

Sie waren ihm einen Schritt voraus, dachten sie, aber er war ihnen zwei Schritte voraus: Sie wußten, daß er ihnen folgte, und er wußte, daß sie es wußten. Folglich war er ihnen um einen Schritt voraus.

Genaugenommen waren sie ihm drei Schritte voraus. Sie hatten nicht nur mit der Möglichkeit gerechnet, daß jemand dem Caddy folgen könnte, sondern sie hatten darüber hinaus einen Verfolger auf den VW angesetzt. Es war ein viertüriger roter Dodge, und darin saßen zwei Männer.

Wenn sie ihm drei Schritte voraus waren, dann war er ihnen vier voraus. Damit war er immer noch um einen besser.

Das Verhalten des Caddyfahrers war ebenfalls verräterisch.

Der Caddy rollte nicht ziellos durch Manhattan; wenn er irgendwo abbog, dann tat er es zielstrebig und geschäftsmäßig. Sie waren ihm fünf Schritte voraus: Sie lockten ihn in einen vorbereiteten Hinterhalt.

Aber Crystal war ihnen sechs Schritte voraus. Zwei Dinge machten ihn besorgt: Erstens, wenn sie versuchen sollten, ihn in eine Kellergarage zu locken, würde er ihnen nicht folgen – ein Keller war zu gefährlich, zu riskant. Dann wären sie ihm sieben Schritte voraus, denn sie würden wissen, daß er dem Caddy nicht in eine Kellergarage folgte. Crystal vertraute darauf, daß sie ihm sieben Schritte weit voraus sein würden.

Seine zweite Sorge betraf den Dodge und die Möglichkeit, daß dieser mit seinem VW gleichziehen könnte. Dann würde die Schießerei beginnen müssen, denn er würde die schallgedämpfte tschechische M 52 hervorholen – und er würde als erster schießen. Deshalb hatte er beim Fahren beide Seitenfenster heruntergekurbelt.

So zu schießen erforderte ein wenig Geschicklichkeit und Zeitgefühl. Aber er hoffte, daß es dazu nicht kommen würde. Sie wollten ihn lebendig haben – denn sie hatten ein paar Fragen an ihn.

Die Verfolgungsfahrt verwandelte sich allmählich in eine tödliche Farce. Vor einer Ampel brachte der Caddy es sogar fertig, zu trödeln, damit der Käfer aufholen könnte, ohne die rote Apel überfahren zu müssen.

Der Dodge hinter Crystal war ängstlich bemüht, unauffällig zu bleiben. Er verbarg sich im Schatten von Lastwagen und blieb ein- oder zweimal an einer Ampel zurück. Natürlich, dessen war Crystal sich bewußt, hatte der Fahrer des Dodge den Vorteil, zu wissen, wohin die Reise ging. Er brauchte lediglich rechtzeitig an Ort und Stelle zu sein.

Selbst wenn sich keine Fehlkalkulation zeigte, würde es unausweichlich Tote geben. Crystals wichtigste Aufgabe war es, sich aus der Todeszone herauszuhalten. Er befürchtete außerdem, daß der Dodge die Absicht haben könnte, ihn von hinten zu rammen. In diesem Falle hätte er selbst sich böse verkalkuliert.

Die Fahrt näherte sich dem Ende; sie waren jetzt kurz vor dem ausgestorbenen Küstenviertel.

Crystal hatte sich die Gegend zwei Tage zuvor aus der Luft angesehen, als er mit dem Hubschrauber von East Side Heliport um Manhattan Island herumgeflogen war. Er hatte nach geeigneten Gegenden Ausschau gehalten, und die Lower East Side war eine davon gewesen. Einen Tag vorher hatte er sich dieselbe Gegend von der Aussichtsplattform auf der Spitze des One World Trade Centers aus durchs Fernglas noch einmal betrachtet.

Er war sogar mit dem Wagen darin herumgefahren: Water Street, Front Street, Beekman Street, Peck Slip.

Die Umgebung war genau richtig: schäbige Gebäude am Wasser, die derzeit saniert wurden, Schuttberge auf den Gehwegen, ein paar leere Parzellen. Ein feiner Sprühregen hing in der Luft. Die Brücken und die Hochstraßen in ihrer Umgebung hatten sich schwarz von einem grau-weißen Himmel abgehoben.

Der Caddy würde wahrscheinlich jetzt gleich vor ihm anhalten. Dann würde der Dodge von hinten heranfahren, so daß er eingeklemmt wäre. Schießen würden sie nur, wenn sie keine andere Wahl hätten. Tja, er hatte schließlich nicht erwartet, eine Million Dollar zu kassieren, ohne hin und wieder ein kleines Risiko einzugehen.

Crystal schätzte, daß die Chancen in der drohenden Konfrontation besser als acht zu zehn zu seinen Gunsten standen. Die Überraschung war auf seiner Seite, und schon damit stand es unausweichlich besser als fifty-fifty. Er wußte genau, was er tun würde. Er würde nicht erst versuchen, jemanden lebendig gefangenzunehmen. Und er war einer der besten Killer der Welt.

Eine Sackgasse war es nicht. Lagerhäuser erhoben sich zu beiden Seiten. Aber ein langer, silbern glänzender Anhänger stand quer auf der Straße und versperrte den Verkehr; seine Hinterräder standen dicht vor dem einen der beiden schmalen Gehwege, die Vorderräder vor dem anderen.

Als Crystal die Straße hinauffuhr, warf er einen Blick unter das Chassis, für den Fall, daß sie sich in dem Hänger oder davor, hinter den Rädern, versteckt hatten. In mittlerer Entfernung sah er die hohen Gebäude der Wall Street silhouettenhaft vor dem grau-weißen Himmel. Es war eine verlassene Straße, und Crystal war froh darüber. Er wollte unbeteiligte Passanten nach Möglichkeit nicht behelligen.

Der Killer warf einen Blick in den Rückspiegel. Der rote Dodge bog eben um die Ecke. Crystal verlangsamte seine Fahrt, damit der Wagen herankommen konnte. Die Gefahr, daß er ihn rammte, bestand nicht mehr – nicht bevor er aus dem VW sprang.

Er griff nach einem funkgesteuerten Schalter, einem schlanken, rechteckigen Plastikkästchen, einem Taschenrechner nicht unähnlich, nur daß an diesem hier ein Knopf war, der zweimal gedrückt werden mußte: Einmal, und er war bereit, zweimal, und er ging los.

Der Caddy stoppte direkt vor dem Anhänger. Crystal brachte den Volkswagen knapp dahinter zum Stehen, etwa einen Schritt weit vor den hinteren Stoßstangenhörnern des Caddy. Und hinter ihm kam der Dodge heran.

Im Rückspiegel sah Crystal den Beifahrer aus dem Dodge; er war aus dem fahrenden Wagen gesprungen und postierte sich weiter oben an der Straße.

Verdammt, es würde ein Kinderspiel werden! Bisher hatten sie hinten erst einen einzigen Mann, der den Rückweg versperrte. Sollte seine Anwesenheit Crystal etwa zwingen, an dem Anhänger vorbeizufliehen – wo dann die Hauptmacht zuschlagen würde?

Auf das Timing kam es an, auf den richtigen Augenblick für den Sprung aus dem Volkswagen. Die beiden Männer vor ihm im Caddy hatten sich bereits auf ihren Sitzen umgedreht, und der eine war im Begriff, die Fahrertür zu öffnen. Der Dodge hinter ihm kam wippend zum Stehen.

Crystals Beifahrertür war unverschlossen. Er stieß sie auf und sprang hinaus, wie er es in den vergangenen Tagen Dutzende von Malen geübt hatte. Er war draußen, bevor jemand auch nur einen Schrei hatte ausstoßen können, und sprintete an dem Dodge vorbei. Etwa hundert Meter trennten ihn von der Straßenecke – hundert Meter und der Mann aus dem Dodge.

Crystal hielt das Plastikkästchen in der einen Hand, die M 52 in der anderen. Vielleicht war die Pistole nicht gut zu sehen, während er rannte, denn der Mann wollte ihm tatsächlich den Weg versperren.

Er beugte sich vor, streckte die Arme aus und schwankte von einer Seite zur anderen. Er benahm sich wie ein Kind, das Fangen spielt, aber er war groß und massig, trug einen dunkelgrauen Anzug und hatte einen Hut auf dem Kopf.

Der Mann hörte auf, hin und her zu schwanken, als sein Gehirn die Erkenntnis verarbeitete, daß Crystal bewaffnet war und daß die Pistole aufwärts schwenkte. Ein dicker Schalldämpfer umschloß ihren Lauf. Als der Mann sich anschickte, seine eigene Waffe herauszuziehen, bremste Crystal seinen Lauf, fing sich und eröffnete das Feuer.

Der Killer versuchte sich nicht erst an einem Wunderschuß in den Kopf. Er feuerte ein paarmal auf die tonnenförmige Brust des Mannes, und das genügte. Drei oder vier *plopps*, und die Hochgeschwindigkeitsgeschosse schleuderten das Hindernis in die Gosse, trotz des Schalldämpfers.

Das Magazin im Griff der M 52 enthielt acht Schuß. Aber es versuchte niemand mehr, ihn aufzuhalten, bis er die Straßenecke erreichte. Dort angekommen, drückte Crystal den Knopf an dem Plastikkästchen zweimal rasch hintereinander.

Er hatte hundertfünfzig Pfund hochbrisanten Sprengstoff durch Manhattan kutschiert. Der Plastiksprengstoff steckte vorn im Kofferraum des Käfers, in den Türverkleidungen und hinten unter der Motorhaube.

Einen Moment lang sah es so aus, als werde überhaupt nichts geschehen. In diesen Sekundenbruchteilen warf Crystal alles – die Pistole und den Schalter – von sich und rannte weiter.

Lefevre war aus dem '48er Caddy ausgestiegen. Er lehnte an der hinteren Stoßstange, und sein Gesichtsausdruck schien zu fragen: *Was zum Teufel ist hier eigentlich los, he?* Als er sah, wie der affenähnliche Mann auf dem Gehweg von einer Seite zur anderen schwankte und plötzlich seitwärts in die Gosse gerissen wurde, war Lefevres Verblüffung noch größer. Wieder wünschte er sich, er wäre längst irgendwo ausgestiegen.

Sein Partner, der Fahrer des Caddy, stand neben der offenen Tür des Volkswagens und schoß, was das Zeug hielt. Der Fahrer des Dodge stand auf dem Dach seines Wagens und feuerte ebenfalls.

Verschwommen nahm Lefevre Gestalten wahr, die aus dem Anhänger sprangen und an dem VW vorbeihasteten.

Dann flog das Ding in die Luft.

Ein mächtiger roter Blitz überstrahlte die Lagerhäuser.

Der Fahrer des Dodge wurde fünfzig Meter weit auf das Dach eines Lagers geschleudert. Lefevre wirbelte es über den Anhänger hinweg. Sein Partner flog seitwärts davon und blieb in dem Bogenfenster über dem Eingang eines anderen Lagerhauses stecken. Die Männer, die eben vorbeigestürmt waren, wurden von den Beinen gerissen; der eine war sofort tot, die beiden anderen blieben mit gebrochenen Knochen am Boden liegen. Der rote Dodge wurde zurückgetrieben. Schleudernd schoß er die Straße hinunter, bis er mit dem Hinterrad an den Randstein geriet und sich überschlug. Die Räder drehten sich noch, als der Tank explodierte und eine dicke, schwarze Rauchwolke zum Himmel steigen ließ.

Der '48er Caddy wurde nach vorn geweht, und Karrosserieteile flogen durch die Luft. Krachend raste er in den Anhänger und grub sich in dessen Chassis. Weißer Staub wirbelte aus dem Wrack und senkte sich auf alles. Als der Benzintank explodierte, ging auch der Staub in Flammen auf.

Wo der Volkswagen gestanden hatte, war nur noch ein gewaltiger Krater zu sehen. Nirgendwo war auch nur ein einziges Fenster heil geblieben. So gut wie jede der Ziegelsteinmauern hatte Risse.

Als Crystal um die Ecke rannte, hatte er die M 52 schon nicht mehr in der Hand. An der nächsten Straßenecke lief er langsamer. Er kannte die Gegend, denn er hatte sie nach geeigneten Stellen für einen Hinterhalt abgesucht. Er war ein wenig außer Atem. Aber es folgte ihm niemand.

Er drehte sich um und sah, wie Rauchwolken sich über die niedrigen Gebäude erhoben.

Drei- oder vierhundert Meter weiter fand er eine Stelle, wo er seine Kleidung – Bluejeans, weißes T-Shirt und cremefarbene Windjacke –

wechseln konnte. Der Killer hatte sich ein kleines Päckchen um den Leib gebunden. Es enthielt neue Sachen. Als er wieder auf die Straße trat, trug er eine weiße Hose, ein blaues Hemd und eine blaue Jeansjacke.

An einer geeigneten Stelle warf er die alten Sachen in eine Mülltonne. Dann stieg er an der Station Worth Street in die IRT und verbrachte den Rest des Nachmittags damit, mögliche Verfolger abzuschütteln.

Am nächsten Tag brachte die *New York Times* eine illustrierte Story, in der die Folgen der Explosion rekonstruiert wurden. Die erste Zeichnung zeigte eine Reihe von Fahrzeugen; eine '48er Cadillac-Limousine stand vor einem quer auf der Straße stehenden Anhänger. Auf der zweiten Illustration sah man ein riesiges BUMM!, und Autos und Menschen flogen durch die Luft. Das dritte Bild war das akkurateste von allen: Es zeigte ein elliptisches Loch in der Straßenmitte, das etwa fünf mal sieben Meter maß und mit schmutzigem Wasser gefüllt war.

33

Ein paar der Fotografien waren nicht sehr deutlich, aber sie zeigten Elizabeth Fitzwilliam. Daran konnte kein Zweifel bestehen. »Du mußt mir glauben, Jack«, meinte Coco mit kläglicher Stimme. »Ich hab' es für uns getan, für die Cosa Nostra... aus keinem anderen Grund.«

Graniano saß im Arbeitszimmer des Apartments, das er einst mit Sina geteilt hatte, und sah sich die Hochglanzvergrößerungen an, eine nach der anderen. Die Fotos steckten in verschiedenen Umschlägen; ein jeder war datiert, und der Schauplatz war mit blauem Kugelschreiber auf die Vorderseite geschrieben.

Jeder Umschlag enthielt einen kurzen, maschinengeschriebenen Bericht.

Alles stürzte über ihm zusammen, und er mußte hart sein. Er mußte wild sein wie ein Löwe und verschlagen wie ein Fuchs. Der Fuchs in ihm mußte die Fallen erkennen, und der Löwe mußte wutentbrannt zum Angriff übergehen und seine Feinde allenthalben in Angst und Schrecken versetzen.

»Die Jungs – meine Jungs – haben sie wochenlang beschattet, schon bevor du mit ihr nach San Trapiis abgehauen bist, Jack.« Noch immer jammerte Coco mehr, als daß er sprach. »Es war nicht leicht. Kannst du dir vorstellen, wie gut sie ist? Am Anfang hatten wir keine Ahnung, wie sie das immer machte. Auf einmal war sie weg! Buchstäblich und ganz lässig in Luft aufgelöst.«

Er mußte jetzt Ruhe bewahren – eisige Ruhe. Nichts würde ihm mehr Respekt einbringen, als wenn er diesen letzten großen Feldzug siegreich führte und damit noch ein letztes Mal seine eigene Skrupellosigkeit demonstrierte. Es war das letzte Mal für ihn, was auch passieren mochte – und es ging um Gedeih oder Verderb.

Es würde weitere Morde geben müssen, aber nicht jeden Tag. Sie würden schnell, energisch und alle zugleich geschehen müssen, damit die Organisation es überlebte.

»Einmal hab' ich gesehen, wie sie aus 'ner Zelle am Herald Square kam, Jack. Das kam mir irgendwie unnatürlich vor . . . verstehst du, was ich meine? Ich muß zugeben, damals war es ja nur 'n Gefühl. Nur 'n Gefühl.«

Graniano hörte nur mit halbem Ohr zu. Er drehte die Fotos mit den Fingern um, eines nach dem anderen. Es waren kleine Abzüge auf Hochglanzpapier und große, körnige Vergrößerungen. Hin und wieder verglich er einen Abzug mit dem Negativ, das säuberlich mit einem Klebestreifen an der Rückseite befestigt war.

Alles, was er wußte, war, daß er sie liebte.

»Um Gottes willen, Jack, dauernd telefoniert sie von Zellen aus! Wenn *wir* Geheimnisse haben, tun wir das auch . . .«

Für wen arbeitet sie?

Graniano hatte noch immer nichts herausbekommen. Es war eine Woche her, daß er die besten Leute der Welt angerufen hatte, damit sie es für ihn herausbrächten, und bisher hatten sie nichts herausgebracht. Jeden Morgen las er die Privatanzeigen in der Zeitung und suchte nach dem vereinbarten Zeichen für einen erneuten Anruf. Dreimal täglich las er die Spalten durch, damit er nur ja nichts übersah.

Das Zeichen würde lauten:

Bobby, Arthur geht es prima. Großmutter erwartet deinen Anruf.

Statt »Großmutter« konnte es auch »Mutter« oder »Vater« heißen – das kam darauf an. Es könnte ein Weilchen dauern, hatten sie ihm gesagt. Aber jetzt hatte er keine Zeit mehr.

Die französische Route war so gut wie zerschlagen. Lefevre hatte sich verdrückt. Nach dem Tod seines Sohnes hatte er begriffen, was der Untergang der *Petit Cheval*, die Explosion in der Heroinküche und die Bombe auf Manhattan Island zu bedeuten hatten. Herrgott, sie hatten seinen Sohn streifenweise vom Pflaster abgekratzt.

Soustelle hatte weiche Knie. Er war bereit, weiterzumachen, aber unter anderen Voraussetzungen: ab sofort alles in freier Mitarbeit. Er würde liefern, aber er würde nicht mehr unter dem Don arbeiten. Außerdem würde es ein wenig mehr kosten. Und jetzt, wo Jacques Deveraux tot – hingerichtet – war, würde Marcel Soustelle unter keinen Umständen nach New York kommen. Jedes weitere Zusammentreffen würde er selbst arrangieren, und zwar irgendwo in Frankreich.

Die Türkei-Connection arbeitete reibungslos – ein kleiner Trost immerhin. Aber die Morphinbase türmte sich zu Bergen und wartete darauf, nach Marseille verschifft zu werden. Graniano erwog die Möglichkeit, das Morphin in der Türkei in Heroin umwandeln zu lassen. Das Problem war nur, daß die *Chefs* in der Gegend von Marseille die besten waren, und daran war nicht zu rütteln.

»Wieso erzählst du mir das alles jetzt?« fragte Graniano, und damit meinte er, weshalb Coco ihm nicht alles schon früher mitgeteilt habe. Aber Graniano wußte, warum. Coco versuchte, mit Hilfe dieser Fotos seinen Kopf aus der Schlinge zu ziehen. Deveraux' Geständnis war bei Soustelle, Lefevre, Coco und auch bei den Familien gut angekommen. Die Familien hatten ein Anrecht auf die Gewißheit, daß ihr Heroinlieferant die Dinge im Griff hatte.

Aber die Bombe unten zwischen den Lagerhäusern hatte nicht nur Heroin im Werte von 1,7 Millionen Dollar in die Luft fliegen lassen – soviel war es wert gewesen, nachdem es in New York durch den Zoll gekommen war; 1,7 Millionen Dollar mindestens, soviel hätte er noch am selben Tage von den Familien bekommen –, sondern auch das Vertrauen, das sie in ihn setzten. Die Route war unverhofft zusammengebrochen, und jedermann wußte es.

Wer zum Teufel ist es? Tausendmal hatte er sich dieselbe Frage gestellt.

Ein Konkurrent? Er hatte von einer überaus starken mexikanischen Connection gehört, die von sich reden gemacht hatte, während er wegen der Steuergeschichte in Danbury im Knast gesessen hatte. Nicht einmal die Familien wußten, wer hinter dieser Connection stand. Sein Mann bei der Rauschgiftbehörde redete immer nur von Mr. X – und das zeigte, was sie über ihn wußten. Wenn Graniano sein weißes Heroin auf der Straße gegen den braunen mexikanischen Stoff antreten ließe, wäre das wie ein Lufthansa-Flug mit einer Boeing, verglichen mit einer Reise mit Balkan Air, deren türkische Piloten neulich die DC 10 durch einen Wald bei Paris nach Europa gebracht hatten. Die Junkies wollten gute Trips – mit sauberen Landungen.

Dabei mußte Graniano an die phantastische Szene denken, die sich am Schauplatz der Explosion abgespielt hatte, wo all das reine, unverschnittene Heroin wie ein plötzlicher Schneefall mitten im

Sommer zu Boden gerieselt war. Es war eine bizarre Situation gewesen. Kaum hatten die zahllosen Junkies der Stadt das Gerücht von dem Eldorado vernommen, als sie auch schon in hellen Scharen in das Uferviertel geströmt waren. Wenn es nicht so viele gewesen wären, hätte er sie als Lemminge bezeichnet.

Die Polizei hatte die umliegenden Dächer mit Gewehrschützen besetzt, man hatte die Straße abgeriegelt und überall Sperren aufgestellt – und trotzdem mußten ein paar erschossen werden. Es war irrwitzig. Einer war mit einem Hängegleiter vom World-Trade Center heruntergekommen.

»Wieso erzählst du mir das alles erst jetzt?« wiederholte Graniano.

Coco brauchte ein Weilchen für die Antwort.

»Jack, ich wollte nicht zuviel sagen. Aber das Mädchen – es war, als ob sie dich verhext hätte. Hypnotisiert. Verstehst du, was ich meine? Sie war wie 'ne Miss Svengali. Ich wollte nicht zuviel quatschen, Jack... Ich wollte dich nicht nerven.« Immer noch konnte Coco es nicht über sich bringen, zu sagen, was er dachte: *Jack, jeder hat gewußt, daß du 'n Knall hattest. Wie sollte ich da mit dir reden?*

»Du meinst, ich hatte nur noch ihre Muschi im Sinn. Ist es das, was du meinst?«

»Tja, jetzt, wo du es sagst...«

Und er hatte noch immer nichts anderes im Sinn. Es war Wahnsinn. Sie brachte ihn um, und er liebte sie immer noch.

Coco wurde mehr und mehr zum Boten, der schlechte Neuigkeiten brachte. »Wer ist sie, Coco?«

»Hab' ich immer noch nicht rausgekriegt, Jack. Mußt du sie selber fragen.«

»Du meinst, ihre Tarnung steht immer noch?«

»Wir haben sie nicht knacken können. Und du kannst mir glauben, wir haben's versucht.«

»Das glaube ich.«

Graniano betrachtete die Fotos, die an der Grand Central Station aufgenommen worden waren. Sie waren tadellos. Auf den Vergrößerungen konnte er erkennen, daß ihr Tränen über die Wangen liefen. Fast hätte er den Verstand verloren. Sie hatte selbst unter einem so unerträglichen Druck gestanden, und er liebte sie so sehr.

Jesus Christus! Dabei erinnerte er sich – er hatte das Kruzifix von der Wand genommen und im Fahrstuhl aufgehängt. Es hatte keine zwei Fahrten überstanden. Die Leute klauten wirklich alles.

»Coco, ich wünschte, du hättest es mir schon längst erzählt.«

»Vielleicht hab' ich einen Fehler gemacht. Dafür kannst du mir eins reinwürgen. Aber sie hatte dich, Jack ... Versuch doch mal, dich in meine Lage zu versetzen. Mehr verlange ich nicht.«

Genau das war es, was Graniano tat. Seit Wochen versuchte er, Cocos Gedankengänge – und seine Loyalität – zu ergründen. Es war nicht eben ermutigend, zu erfahren, daß sein Unterboss das Mädchen monatelang hatte beobachten lassen, ohne dies auch nur mit einer Silbe zu erwähnen oder ihn gar um Erlaubnis zu bitten. Und Coco hatte noch wochenlang geschwiegen, als die Route schon in Rauch und Flammen aufging.

»Ich werde sie rufen, Coco.«

Graniano schob die Umschläge beiseite. »Es muß sein. Und es ist am besten so.« Er wählte eine Telefonnummer. »Das hast du gut gemacht«, sagte er zu Coco, aber das Lob war nicht echt.

»Ich hab' gemacht, was ich mußte, Jack. Mehr nicht. Dafür brauchst du mich nicht zu loben.«

»Doch, doch, Coco.«

»Ach, komm schon, Boss ... Wir kennen uns jetzt seit zwanzig, dreißig, vierzig Jahren.«

»Einen besseren Freund als dich ... Coco ...«

»Jetzt laß es gut sein, ja, Boss? Ich brauche kein Lob.«

»Ohne dich, Coco, wüßte ich immer noch nicht Bescheid. Hab' ja immer nur bis zu meinem Schwanz gesehen und nicht weiter ...«

»Hallo, Schatz.«

»Jack! Schön, daß du anrufst!«

»Liebst du mich noch?«

»Mehr als je zuvor.«

»Ich liebe dich auch, Baby. Ich will, daß du das weißt.«

»Stimmt etwas nicht?«

»Nichts, was wir nicht klären könnten. Aber vergiß nicht ... ich liebe dich wahnsinnig.«

»Was ist los, Jack?« Er hörte, wie der Schrecken ihre Stimme vibrieren ließ, so sehr sie sich auch bemühte, es zu verbergen.

»Coco hat ein paar Fotos machen lassen.«

Der Unterboss machte ein beunruhigtes Gesicht. So, fand er, durfte man die Sache nicht angehen. Graniano hob warnend die Hand, und er setzte sich wieder.

»Fotos?«

»Yeah. Fotos. Von dir und von 'nem Haufen Telefonzellen.«

»Und was soll das?«

Sie war gut, das war nicht zu bestreiten. Nicht das geringste Zögern, obwohl ihr Herzschlag ihr in den Ohren dröhnen mußte. »Ich weiß es nicht. Ich hab' ihm schon gesagt, daß ich ein bißchen ärgerlich darüber bin.«

»Was zum Teufel will Coco denn?«

»Tja, er hat sie eben. Das ist ein Fakt. Verschiedene Stellen, überall in Manhattan.«

»Na und? Selbst wenn es stimmte . . . kann ich denn nicht in einer Telefonzelle telefonieren?«

»Das ist es ja. Coco sagt, es sei verboten. Nur die Mafia und die Russen dürfen es.«

»Das ist ein bißchen verrückt, Jack.«

»Weiß ich, Schatz. Genau das hab' ich die ganze Zeit zu Coco gesagt. Aber er behauptet, du hättest auch die Schatten immer abgehängt, die er auf dich angesetzt hat.«

»Er hat was?« Ihre Stimme war laut vor Entrüstung.

»Er hat es getan, Schatz. Ist auch ein Fakt.«

Coco war wieder aufgesprungen, und Graniano winkte ihm, sich zu setzen.

»Mit deiner Erlaubnis, Jack?« fragte sie.

»Nie, Schatz. Dazu liebe ich dich zu sehr.«

»Ich weiß nicht, was ich sagen soll.«

»Es ist okay. Coco und ich werden rüberkommen, um alles zu besprechen. Ich bin sicher, es gibt eine einfache Erklärung . . .«

»Die kann ich dir sofort geben.«

»Nein, tu das nicht. Ich muß auch Coco zufriedenstellen. Die Sache ist zu weit gediehen. Die Überfälle, die Bomben . . . Wir müssen uns alle an einen Tisch setzen. Und du mußt Cocos Fragen beantworten, nicht meine. Ich werde nur zuhören.«

»Okay.«

»Du weißt, daß ich das tun muß, Schatz. Ich habe keine andere Wahl. Die Fotos zwingen mich dazu.«

»Ich weiß, Jack.«

»Aber ich liebe dich.«

»Das weiß ich auch, Jack.«

»Liebst du mich?«

»Sicher.«

»Eine Menge von dem, was zwischen uns gewesen ist, war wahr, oder? Ich weiß, daß nicht alles gestimmt hat, aber doch eine Menge.«

Sie antwortete nicht.

»Bye, Schatz. Und geh nicht weg. Draußen bist du nicht sicher.«

»Bye, Jack. Ich werde nicht weggehen.«

»Laß mich kurz mit Matty reden, ja?« Seit der Bombe im Lagerviertel bestand er darauf, daß sie bewacht wurde. Matty hatte das übernommen, gegen ihren heftigen Protest. Es war eine der wenigen Gelegenheiten gewesen, wo er gegen ihren Wunsch gehandelt hatte.

»'lo. Wer ist da?«

»Jack Graniano.«

»Boss!«

Graniano sah den Gorilla vor sich, wie er sich am anderen Ende der Leitung aufrichtete, seine Krawatte zurechtzupfte und eine Haarsträhne aus seiner Stirn strich. »Behalte das Mädchen im Auge, Matty.«

»Klar, Boss.«

»Ich habe sie gebeten, die Wohnung nicht zu verlassen.«

»Verstehe.«

»Aber keine Handgreiflichkeiten.«

»Ich werd's ihr ganz vernünftig klarmachen.«

Graniano legte den Hörer auf. Er sah auch das Mädchen vor sich, wie sie mit bleichem Gesicht nach einer Möglichkeit suchte, um Matty herumzukommen. Um Matty, der aussah wie der »Unglaubliche Hulk«.

»Coco?« sagte er.

»Ja, Jack?«

»Wir werden ein paar Typen engagieren müssen, für alle Fälle.«

»Verstehe.«

»Laß ein paar von der Westküste herüberkommen. Die haben ganz gute Leute im Westen. Sind ein bißchen verschroben.«

»Ich werd' mich drum kümmern.«

»Sie wird uns 'ne Menge zu erzählen haben. Sie muß uns 'ne Menge erzählen.«

»Das muß ein schwerer Schlag für dich sein, Jack.«

»Nicht der Rede wert.«

Als sie an dem Gebäude ankamen, hatte sich draußen auf dem Gehweg eine kleine Menschenmenge angesammelt, die langsam über den Randstein auf Central Park South hinausquoll. Graniano wußte, was geschehen war, ohne hinzuschauen, aber er mußte dennoch hinschauen. Coco stoppte den Lincoln, und sie stiegen mitten auf der Straße aus, einfach so.

Das Mädchen war aus dem Penthouse im dreiundzwanzigsten Stock gestürzt. Sie lag rücklings auf dem zerbeulten Dach eines funkelnden, schwarzen Cadillac, wo sie gelandet war. Es war, als schlafe sie. Sogar ihre Augen waren geschlossen. Sie sah aus wie die Prinzessin in *Dornröschen*, und er brauchte nichts weiter zu tun, als sie sanft auf den Mund zu küssen, und sie würde aufwachen.

Das polierte Dach des Caddy hatte unter dem Aufschlag nachgegeben. Das Blech hatte eine umfangreiche, leicht gewellte Beule. Sie lag auf dem Rücken in dieser Beule, die Füße auf dem Dach, Kopf und Schultern auf der Windschutzscheibe. Das Glas war weiß von einer Million feiner Sprünge. Sie sah würdevoll aus, noch im Tode. Ihre Beine waren sittsam gekreuzt, und der Saum ihres Kleides lag auf ihren Schenkeln, knapp oberhalb der Knie. Der Strumpf an ihrem rechten Bein hing unordentlich zusammengeknüllt um ihren Knöchel. Sie trug ein paar weiche, weiße Handschuhe, als sei sie im Begriff gewesen, einkaufen zu gehen – oder zu telefonieren, in einer der Zellen, die sie benutzen mußte. Der Zelle für diese Woche, oder für diesen Tag . . .

Liz Fitzwilliam war mit einem teuren, modischen Kostüm bekleidet, und eine Perlenkette hing lose um ihren Hals. Sie war von eleganter Schönheit, auch nach einem solchen Tod. Graniano konnte es nicht fassen, wie sie einfach dalag, als sei sie unversehrt.

Aber wie sie unter den Kleidern aussah, wollte er nicht sehen. Blut quoll in einem stetigen Strom unter ihr hervor, rann seitlich an dem Wagen herunter und tropfte auf Central Park South.

Sie war das Beste gewesen, was er jemals besessen hatte – und das Schlimmste. Seine Liebe zu ihr war so tief gewesen, daß er fast darin ertrunken wäre. Sie war so schön gewesen, so intelligent, so sexy.

Etwas Schwierigeres hatte er nie getan: Er hatte sich selbst restlos hingegeben. Das alles hatte ihn geblendet, aber eben dies war es ja. Bis zum Schluß hatte er versucht, die Augen vor der Wahrheit zu verschließen, bis vor zehn Minuten.

Nur bei ihr war er jemals unschuldig gewesen.

Das Ganze war ein entsetzlicher, wunderschöner Fehler gewesen – und er würde es niemals missen wollen, nicht für fünf Rauschgiftringe und für zehn Familien.

Sie hatte es sogar geschafft, sich auf einen Caddy zu stürzen, und jetzt lag sie da, das Gesicht nach oben gewandt, und sah aus wie die Millionen von Dollars, die sie ihn noch kosten würde. Aber immerhin – er hatte jetzt anderes im Sinn als ihre Muschi.

»Jack, ich weiß nicht, was ich sagen soll«, begann Coco.

»Dann halt die Klappe.«

»Das ist wirklich schrecklich.«

»Nicht der Rede wert.«

Er ließ sie liegen. Schließlich zahlte er brav seine Steuern – mittlerweile. Dafür konnte er erwarten, daß die Stadt sich um einen solchen Schlamassel kümmerte.

Der Portier des noblen Apartmenthauses sah ihn. Er kam heran, gekleidet wie ein Husarengeneral. »Mister Graniano, was für eine furchtbare Sache.« Er hatte die beiden oft zusammen gesehen, und Graniano war so offensichtlich verliebt gewesen.

»Schon gut. Ist nicht der Rede wert.«

34

Drei Tage später stand immer noch nichts in der Zeitung. Graniano wurde allmählich ungeduldig.

Nach dem Frühstück kam Coco. »Das Mädchen wird heute beerdigt. Weißt du das?«

»Na und?« erwiderte Graniano.

»Es ist ein Armenbegräbnis.«

»Zwangsläufig. Alles andere würde uns einen Hinweis darauf geben, wer dahintersteckt.«

Coco wechselte das Thema. »Die Jungs aus L. A. werden langsam unruhig. Sie wollen wissen, wann und wo. Es gefällt ihnen nicht in der Stadt.«

»Sobald ich etwas weiß, Coco. Hast du eine Ahnung, wen du dir vornehmen möchtest? Du kannst die Burschen einsetzen, wenn du Lust hast. Aber ich muß erst herausfinden . . .«

»Soll ich sie weiter an der Leine halten?«

»Ganz wie du willst.«

»Na, ich weiß nicht . . .«

»Ich warte auf eine Chance. Diese Leute können jeden Tag aus dem Gebüsch kommen.«

»Sag mal, du hast mir nie verraten, wer deine Leute eigentlich sind.«

»Nein, hab' ich nicht.«

»Traust du mir nicht mehr?«

»Aber immer.«

»Und wieso weiß ich dann nicht Bescheid?«

»Eines Tages, Coco, bist du vielleicht der Don in dieser Familie.« Graniano seufzte gelangweilt. »Dann wirst du alles wissen.«

»Ach, hör auf, Boss. Du willst dich doch nicht zur Ruhe setzen. Ein Don setzt sich nicht zur Ruhe.«

»Tut er doch. Er wird umgebracht.«

Coco wechselte erneut das Thema. »Die Jungs wollen den nächstgelegenen von unseren Schrottplätzen sehen. Was hältst du davon?«

»Mach, was du willst, Coco. Es sind deine Jungs.«

»Kann ich sie hinfahren? Was meinst du?«

»Von mir aus kannst du sie ins nächste Flugzeug nach Los Angeles schicken. Aber sorg dafür, daß sie wieder hier sind, wenn sie gebraucht werden.«

»Das ist nicht so einfach, sie nach L. A. zu schicken und dann wieder herzuholen.«

»Das ist dein Problem, Coco.«

»Ich denke, vielleicht bringe ich sie zu Zackie«, seufzte Coco.

»Wie gut sind diese Typen eigentlich, Coco? Wieso machst du dir solche Umstände?«

»Du hast gesagt, ich soll die Besten besorgen.«

Am nächsten Tag holte Coco die beiden ab. Sie wohnten im Taft an der Seventh Avenue. Das war auch so eine Sache mit diesen Brüdern: Sie trugen andauernd billige Plastikregenmäntel, bei Regen und bei Sonnenschein.

Der Dünne setzte sich auf den Beifahrersitz, der Dicke nahm hinten Platz. Coco steuerte den Buick Regal auf den Queens Midtown Tunnel zu. Zackie hatte den Schrottplatz der Familie in Queens.

Die beiden Männer hatten ihre Reisetaschen bei sich. »Was soll das bedeuten?« erkundigte sich der Unterboss mit einem Blick auf die Taschen.

»Wir gehen zurück nach L. A.«, sagte der Dünne.

»Was soll das heißen?« fragte Coco erbost.

»Das, was ich sage. Hier ist nichts, also gehen wir zurück. Ihr könnt uns anrufen, wenn ihr uns braucht und wenn hier was läuft. Okay? Ist das fair?«

»Ihr kriegt tausend Dollar pro Tag plus Spesen, und da wollt ihr nach Los Angeles?« Coco war fassungslos.

»Tatsache ist, daß uns diese Scheißstadt zum Hals raushängt«, erklärte der Dicke.

»Hört zu, es kann jeden Tag soweit sein. Der Boss wird sauer sein. Er hat in letzter Zeit einiges durchgemacht«, sagte Coco beschwörend.

»Tja, wenn er meckert, werden wir's fressen müssen.«

Sie kamen aus dem Tunnel, und Coco fuhr auf dem Long Island Expressway in Richtung Osten. »Wollt ihr jetzt immer noch zu diesem Schrottplatz?« Wenn er das vorher gewußt hätte, hätte er die Typen gar nicht mehr abgeholt.

»Liegt bei dir, Coco.«

»Yeah, vielleicht brauchen wir ihn uns gar nicht anzusehen. Vielleicht gibt's hier ja nie was für uns zu tun . . .«

»Doch, doch, wartet nur ab«, entgegnete Coco im Brustton der

Überzeugung. »Es ist nur eine Frage der Zeit.«

»Na, vielleicht nehmen wir ihn noch mit. Er liegt ja am Weg zum Flughafen, oder nicht?« schlug der dicke Mann vor.

»Ja, ich denke, das läßt sich machen.« Coco war immer noch verärgert.

Nachdem sie ein Weilchen schweigend gefahren waren, sagte der Fette: »Sei nicht sauer auf uns, Coco. Überleg doch mal, was würdest du denn machen?«

»Ja, ja.« Der Buick verließ den Expressway und bog in den Grand Central Parkway ein. Wenig später verließen sie auch diese Schnellstraße und setzten die Fahrt über Vorortstraßen fort.

»Wieso tragt ihr Brüder eigentlich immer diese Regenmäntel?« fragte Coco plötzlich. »Da draußen im Westen soll doch immer so verdammt tolles Wetter sein, vor allem in L. A.«

»Das Wetter ist beschissen.«

»Yeah. Jeden Tag anders.«

»Tatsache?«

Sie fuhren jetzt durch die Vororte, und Coco fragte sich, ob er jetzt mit seinen Ideen herausrücken sollte. Es war ihm am Tag zuvor eingefallen, als Jack Graniano erwähnt hatte, wie er, Coco, Boss werden würde – wenn Graniano etwas zustieße. Coco hatte zum Himmel gebetet, der Don möge seine schuldbewußte Miene nicht bemerken. Ein paar der Jungs hatten davon gesprochen, daß die Familie mit Jack English vielleicht nie wieder ins reine kommen würde.

»Was interessiert euch eigentlich an euren Aufträgen? Nichts, wie?« Coco versuchte es elliptisch.

»Nichts«, bestätigte der fette Mann.

»Sagen wir mal, der Preis stimmt – was würde es euch ausmachen, wenn ich sagte: ›He, hier ist euer Geld. Jetzt geht und bringt euren Kumpel um, der zwei Häuser weiter wohnt.‹ Was würde euch das ausmachen?«

»Daß das Geld stimmt, das macht uns was aus«, sagte der dünne Killer.

»Sagen wir mal, ich hätte das Geld. Sagen wir, ich würde kommen und sagen: ›He, hier ist die Kohle, und jetzt geh und bring deine alte Dame um.‹ Was würde dir das ausmachen?«

»Her mit der Kohle!« Der Dicke kicherte.

Coco bekam eine Gänsehaut. Diese beiden Killer waren geradezu unwirklich. »Nehmen wir an, ich würde sagen: ›He, Pep, hier ist die Kohle. Leg Dino um.‹ Was würde dir das ausmachen?«

»He, das macht *mir* was aus!« protestierte Dino. »Das macht mir 'ne

Menge aus! Wenn du also nichts Besonderes im Sinn hast, dann hör auf, solchen Scheiß zu reden, ja?«

»Vielleicht hab' ich was für euch«, meinte Coco geheimnisvoll.

»Auch 'ne Tatsache, wie?«

Der Buick bog von der Straße herunter auf einen Schrottplatz. Über der Einfahrt hing ein Schild mit der Aufschrift ZACKIE'S. Coco fuhr durch ein Labyrinth von Schrott und zerbeulten, rostigen Autokarosserien. Der Schrott war in langen Reihen aufgestapelt. »Glaubt ihr, daß ihr den Platz wiederfindet, wenn es sein muß?« fragte der Unterboss bedeutsam.

»Kein Problem.«

Vor einem Büroschuppen hielt er an und drückte auf die Hupe. Dann stiegen er und die beiden Männer aus und näherten sich einer wackligen Treppe. Ein dürrer, krank aussehender Mann in einem schmutzigen blauen Overall erschien in der Tür. Coco winkte ihn hinein, und alle vier drängten sich in das enge Schrottplatzbüro. Hier herrschte ein wüstes Durcheinander.

»Hallo, Zack, Sohn des Mack«, sagte Coco scherzhaft. »Ich möchte dir ein paar Kumpels vorstellen.«

»Ich bin Heckyl«, sagte der Dünne und streckte die Hand aus.

»Jeckyl«, sagte der Dicke.

»Freut mich«, sagte Zackie.

»Hilf ihnen, so gut du kannst«, befahl Coco. »Es gibt nichts, was diese Jungs nicht von dir kriegen«, fügte er gewichtig hinzu.

»Klar, Coco.«

»Was ist los, Zackie?« Coco schlug dem Schrottplatzverwalter auf die Schulter. »Hast du Krebs?«

Zackie grinste matt. »Es ist der Magen oder so was«, klagte er mit dünner, pfeifender Stimme.

»Okay. Wir verschwinden dann. Wollte euch nur miteinander bekannt machen.«

»Bis dann, Coco. Wiedersehen, Jungs.«

Sie gingen die wacklige Treppe hinunter und stiegen in den Buick. Coco drehte den Zündschlüssel um, fuhr an und steuerte den Wagen in eine schmale Gasse zwischen zwei langen Reihen von Schrottautos.

»Ist das zu glauben? Zackie macht mit all dem Schrott 'ne schöne Stange Geld«, meinte er. Der Buick kurvte langsam um einen Schrottberg, und Coco hatte das Steuer kaum wieder zurückgedreht, als der dicke Mann zuschlug.

Der Hieb traf den Unterboss direkt unter dem Schädel in den Nacken, und der Eispickel drang tief hinein. Der Dicke zog ihn heraus, und ein Blutstrahl spritzte an die Decke des Buick. Der dünne

Mann hatte sich bereits die Kapuze seines Regenmantels über den Kopf gezogen. Er griff nach dem Zündschlüssel und stellte den Motor ab. Dann schob er beide Hände in die Taschen seines Regenmantels und blieb auf dem Beifahrersitz sitzen. Inzwischen hatte der Dicke ein zweites Mal zugeschlagen. Blut spritzte überallhin.

Coco schrie und schlug um sich, so daß Pep schließlich doch ausstieg. Dino schlug zum dritten Mal zu und ließ den Eispickel in Cocos Schädel stecken. Die beiden spazierten ein paar Schritte weit, während der Unterboss in seinen letzten Zuckungen lag. »So macht man das«, meinte der dünne Mann bewundernd. »Drei Bälle, drei Schläge.«

Sie begaben sich zum Buick zurück und hievten grunzend Cocos nunmehr reglose Leiche hinter dem Steuerrad hervor.

Pep setzte den Buick, der vor einer Wand aus Schrott stand, ein wenig zurück und steuerte ihn dann vorsichtig durch das Labyrinth zu dem Förderband, auf dem die Schrottautos weitertransportiert wurden. Er hupte dreimal laut und anhaltend, und ruckend kam das Förderband zum Stehen.

Wie mit einem Bulldozer schob er mit der Schnauze des Buick zwei der rostigen Karosserien vom Band und parkte dann den Buick in der so entstandenen Lücke. Die beiden streiften die blutigen Plastikmäntel ab und nahmen ihre Reisetaschen aus dem Kofferraum. Dann schob Pep seine Hand durch das offene Seitenfenster und ließ die Hupe nochmals dreimal kräftig ertönen.

Ein paar Sekunden später setzte das Förderband sich wieder in Gang. Die beiden Männer spazierten neben der Prozession der Schrottwagen her; sie blieben auf gleicher Höhe mit dem Buick, bis dieser die Reihe anführte. Der Wagen verharrte einen Moment lang über der Kante einer mit Stahl ausgekleideten Grube und kippte dann vornüber hinunter.

Die beiden Killer steckten sich die Finger in die Ohren und zogen die Schultern hoch. Zwei schwere Rammen schwebten über dem Buick und stießen im nächsten Augenblick in die Grube hinab. Nach kurzer Zeit war der Buick zu einem massiven Stahlwürfel zusammengepreßt, dessen Kantenlänge etwa einen Meter betrug. Ein starker Elektromagnet senkte sich in die Grube und fischte den Würfel heraus. Er hob seine Last in die Höhe, schwenkte hinaus und setzte sie auf einem Berg von tausend anderen ab.

Schon jetzt, als der Magnet zurückschwenkte, fiel es Pep schwer, seinen Würfel unter all den anderen zu erkennen. Ihm war, als habe er einen Krawattenfetzen flattern sehen, und einen Augenblick lang schien es hellrot aufgeleuchtet zu haben, aber das bildete er sich wahrscheinlich ein. Mit dem Rest hatten sie nichts mehr zu tun. Die Würfel würden zu einem Stahlwerk geschafft werden, und dort würde man sie in weißglühenden Hochöfen in flüssigen Stahl verwandeln.

»Vielleicht spukt er in deinem nächsten Ford«, meinte Pep und stieß den Dicken in die Seite.

»Yeah.«

Um die Schrottberge herum machen sie sich auf den Weg zur Straße, um sich ein Taxi heranzuwinken, zum Flughafen zu fahren und die Maschine nach Kalifornien zu besteigen. Es begann zu regnen, und bald rannten sie. Der fette Mann watschelte zu schnell, und so kam es, daß sein Hosenboden aufriß. Pep hatte ihn immer gewarnt, daß, wenn er drinsteckte, die Höchstgeschwindigkeit für seine Hosen nicht mehr als fünf Meilen pro Stunde betrage. Bewegte er sich schneller, würden unweigerlich die Nähte auseinanderfliegen. Angstvoll dachte der dicke Mann an das, was Pep nun sagen würde.

35

Graniano las seinen *Brief von Emiliano Giacomo Graniano an seinen Capo di Tutti Capi, Don Carlo:*

Männer, die die Gunst eines Don erringen wollen, bringen ihm stets Lob oder Geschenke wie Automobile, Waffen, Geld oder ihre Treue. Nun möchte ich Ihnen meine Ergebenheit erweisen – aber ich glaube nicht, daß Sie noch mehr Autos, Waffen oder auch Geld gebrauchen können. Was meine Treue betrifft, so haben Sie sie immer besessen. Lange Zeit habe ich nun damit zugebracht, *Der Fürst* von Niccolo Machiavelli zu lesen und zu analysieren. Vieles von dem, was dieser große Mann geschrieben hat, läßt sich auch auf die *Cosa Nostra* anwenden; sein Werk ist allerdings ein wenig altertümlich und bezieht sich auf die Situation des sechzehnten Jahrhunderts. So kann man nicht einfach Machiavellis Text nehmen und jedes Pferd durch einen Ford und jede Lanze durch eine Schalldämpferpistole ersetzen. Ich habe mich darangemacht, dieses großartige Buch neuzuschreiben und dabei die *Cosa Nostra* und unsere eigenen Zeiten im Sinn gehabt. In diesem kleinen Band ist alles zusammengefaßt, und ich widme das Buch Ihnen, *Capo di Tutti Capi.* Ich hoffe, Sie werden die Güte haben, es anzunehmen. Möge es sich für Sie eines Tages sogar als hilfreich erweisen.

Der Fürst war Granianos Schule und Universität gewesen. Er konnte lange Passagen daraus in der lateinischen Originalfassung rezitieren.

Die meisten der alten Gebote ließen sich leicht auf das zwanzigste Jahrhundert übertragen. Eine typische Passage in den handschriftlichen Notizen zum ersten Entwurf von *Der Don* lautete deshalb:

Der Don sollte zumindest darauf achten, daß man ihn fürchte, ohne ihn zu hassen. Wenn er gefürchtet wird, muß das nicht notwendigerweise bedeuten, daß man ihn deshalb verabscheut. Man wird den Don nicht hassen, wenn er sich nicht am Eigentum seiner Soldaten und auch nicht an ihren Frauen oder Töchtern vergreift.

Nach dem ersten handgeschriebenen Entwurf war Graniano von seinem Werk so entzückt gewesen, daß er es unverzüglich Don Carlo, dem Boss der Bosse, gewidmet hatte. Es war ein typisches machiavellianisches Stratagem, und Granianos Widmung war eine deutliche Anleihe bei dem *Brief von Niccolo Machiavelli an Il Magnifico, Lorenzo de'Medici.*

Don Carlo war gestorben, bevor Graniano seinen Plan in die Tat hatte umsetzen können. Er hatte Don Carlos Namen ausradiert und statt dessen den Namen des Don Carmine eingesetzt. Aber Don Carmine war kurz darauf unter dem Feuer von Schrotflinten und Gewehren an einem wachstuchgedeckten Tisch gestorben, als er in »Joe & Mary's Italienischem Restaurant« gespeist hatte. Graniano hatte Don Carmines Namen ausradiert und erwogen, die Widmung auf einem neuen Blatt noch einmal zu schreiben und den Namen von Sinas Vater einzusetzen. Es lag auf der Hand, ja, es drängte sich auf.

Nachdem Liz Fitzwilliam aus dem Penthouse am Central Park South gesprungen war, hatte er sich mit Sina versöhnt. Er hatte keinen Grund, es nicht zu tun – abgesehen davon, daß er sie haßte. Wie hatte Machiavelli geschrieben? »Fortuna ist ein Weib . . .«

Sinas Vater war ein großer Don mit einem riesigen Territorium und vielen Soldaten; er war Herr über eine der größten Familien in New York. Granianos eigene Familie war zu klein für die Schlachten, die jetzt zu erwarten waren, und die Bombe im Lagerviertel hatte ihm argen Schaden zugefügt. Abgesehen von allem anderen hatte sie ihn drei Soldaten gekostet, und zwei waren schwer verletzt.

Er und Sinas Vater hatten ihre Übereinkunft bereits einzementiert, indem sie einen altvertrauten *caporegime* des mächtigen alten Don zu Cocos Nachfolger gemacht hatten: Taffy Fuca. Zumindest angesichts dieser Einigung war Graniano relativ sicher, daß weder Sina noch ihr Vater hinter den ruinösen Attacken gegen die Route gestanden hatten. Und Sina betete nun wieder an seiner Seite, und die Route kam auch in Gang.

Schon in der Woche nach Cocos Tod blühte die türkische Connection. Sein Mann in Istanbul, Mehmet Nur, war ebenso fähig wie Aziz Algan, wenngleich ihm ein wenig von Algans Finesse fehlte. Trotzdem – in einigen Dingen war er sogar besser als Algan.

Marcel Soustelle in Frankreich spurte ebenfalls wieder.

Im Tandem mit Sinas Vater zu arbeiten bedeutete, keine Personalprobleme mehr zu haben. Zwei gemeinsam ausgewählte Abgesandte waren mit Soustelle zusammengetroffen, und den Berichten zufolge verliefen die Verhandlungen so, daß die New Yorker Familien zufrieden sein konnten. Ohne die Familien hatte Soustelle immerhin keinen sicheren Absatzmarkt. Um ihn bei Laune zu halten, hatte Graniano ihm die Leitung der gesamten französischen Route angeboten – Jacques Deveraux' Position. Und Graniano hatte durchklingen lassen, wenn der Franzose Henri Lefevre verschwinden lassen müsse, um freie Bahn zu haben . . . Amen. So lebte alles wieder auf, selbst wenn dies bedeutete, daß Sinas Alter in Granianos Familie jetzt ein Wörtchen mitzureden hatte.

Amen auch dazu. Der Don wurde alt. Vielleicht würde Graniano das Buch am Ende sich selber widmen müssen.

Nach Liz Fitzwilliams Hinscheiden hieß es: Arbeit, Arbeit, Arbeit . . . Er war wieder der »deutsche Jack«. Und seine Leute spürten es. Die Laune besserte sich allenthalben. Wie Machiavelli geschrieben und er neuformuliert hatte:

Soldaten interessieren sich einen Kehricht für die Vergangenheit. Solange sie wissen, daß der Don stark ist und gut für sie sorgt, und daß sie nicht das Ziel möglicher Racheakte des Don sein können, solange kümmerte es sie nicht, auf wen er noch gestern uriniert hat.

Problematisch blieb nur, daß seine Kontakte immer noch nicht herausgefunden hatten, wer die Angriffe gegen die Heroinroute ausgeführt hatte.

Also mußte er es selbst herausfinden. Sein Vorbild fand sich in *Der Fürst:*

War Oliverotto während des Pontifikats Alexanders VI. nicht ein Waisenknabe gewesen? Und hatte Oliverotto nicht beschlossen, die Stadt Fermo in seine Gewalt zu bringen? Er schrieb dem Herrn von Fermo, einem gewissen Giovanni Fogliano, und bat, man möge ihm mit einem kleinen Gefolge Einlaß in die Stadt gewähren. Gut, antwortete Fogliano.

Hatte Oliverotto nicht ein gewaltiges Bankett richten lassen, zu welchem er Fogliano und die führenden Bürger von Fermo eingeladen hatte? Er hatte es getan, und sie hatten allesamt gut gespeist und viel Wein getrunken, als Oliverottos Soldaten aus verborgenen Nischen stürzten und Giovanni Fogliano und alle führenden Bürger töteten. So wurde er Oliverotto von Fermo. Ein Jahr später gelang es Cesare Borgias Agenten, ihn durch eine List in ihre Hände zu bringen und zu erdrosseln, aber was tut das zur Sache?

Es war eine Tatsache, daß ein Bankett immer eine gute Gelegenheit war, Leute umzubringen. Granianos Feinde würden das ebenfalls finden. Er konnte sie kaum zu seiner Party einladen. Aber sie wußten, daß er seinen Geburtstag immer bei Lupari zu feiern pflegte. Es war Ehrensache. Jetzt, da Liz Fitzwilliam nicht mehr lebte, hatten seine Feinde vermutlich nicht täglich aktuelle Informationen über ihn. Das Bankett bei Lupari war die einzige Konstante in absehbarer Zukunft.

In seinem Penthouse war er zu gut bewacht. Überall lagerten Soldaten auf Matratzen. Die Fenster waren kugelsicher. Er kochte sich sein Essen selbst. Niemand konnte näher als bis auf zwei massive Türen und ein kugelsicheres Fenster an ihn herankommen. Er hatte sogar Posten zum Schutz gegen Fassadenkletterer und Drachenflieger aufgestellt.

In den vergangenen Tagen und Wochen hatte Graniano immer wieder seine Bearbeitung der Machiavelli-Texte durchgelesen:

Ein Don entrinnt einem Bandenkrieg nicht, indem er davor die Flucht ergreift. Ein Don verlegt die Schlacht auf einen ihm genehmen Zeitpunkt. Hat Don Joseph nicht seine Familie verloren, weil er sich nicht an diesen unumstößlichen Grundsatz gehalten hat? Und riskierte nicht Luciano, der Neapolitaner, zumindest eine Reihe von gefährlichen und kühnen Unternehmen, um seine Macht zu behalten?

Und hatte Machiavelli nicht geschrieben, daß der Fürst kein wichtigeres Talent zu pflegen habe als das der Kriegführung? In Granianos modernisierter Version lautete diese Stelle:

»Ein Don muß Verbindungen essen, trinken und schlafen.«

An diesem Abend traf Graniano mit Taffy Fuca zusammen. Es war ein Kriegsrat.

Sie saßen auf der Terrasse des Penthouse hinter den kugelsicheren Schiebetüren. Taffy Fuca war beeindruckt. German Jack war alles, was man sich von ihm erzählt hatte – und mehr –, bevor das Mädchen gekommen war.

Graniano hatte eine *Zuppa di vongole alla Palermo* gekocht: Vierzig Venusmuscheln, ½ Tasse Olivenöl, eine Knoblauchzehe, drei gehackte Anchovis, ½ Tasse trockenen Rotwein, einen Eßlöffel Tomatenmark, ½ Tasse warmes Wasser, Salz und Pfeffer nach Geschmack, eine Prise Oregano, zwei Eßlöffel feingehackte Petersilie und zwei Eßlöffel geriebenen Parmesankäse. Es reichte für vier, und er war bei der zweiten Portion. »Die ist verdammt gut«, fand Taffy Fuca.

»Die beste!«

Sie saßen an einem Tisch, der in den Boden der Terrasse eingelassen war, und aßen bei Kerzenlicht. Fuca hatte einen der Männer angeherrscht, er möge ihm einen Stuhl von denen, die bei dem kleinen Swimmingpool standen, herüberholen, und der Soldat hatte die Glastür aufgeschoben, um hinauszugehen. »Mach die gottverdammte Tür hinter dir zu«, hatte Graniano geflucht. »Wir sind hier nicht in der Kirche.«

Fuca war beeindruckt gewesen. Keine Fliege würde unbemerkt in das Penthouse gelangen. Das Ding war so dicht wie eine Mausefalle.

»Sie werden versuchen, uns bei Lupari fertigzumachen«, sagte Graniano.

»Sie müssen.«

»Stimmt.«

»Also müssen wir uns darauf vorbereiten.«

»So ist es.«

Sie kamen famos miteinander aus.

»Wir brauchen Leute, Waffen. Feuerlinien.«

»Hundertprozentig.«

»Leute auch draußen auf dem Dach. Und Leute auf der Straße, die alles im Auge behalten.«

»Und Walkie-Talkies?«

»Yeah, Walkie-Talkies auch. Wir ziehen es militärisch auf.«

Fuca blies über seine Suppe. Jetzt, da er zwei Löffel voll gegessen hatte, fand er, daß zu viel schwarzer Pfeffer drin war. »Die Suppe ist gut«, behauptete er.

»Hat meine arme alte Mamma mir beigebracht.«

»Yeah.«

»Und automatische Gewehre«, fuhr Graniano fort, seine Pläne umreißend. »Ein paar automatische Gewehre.«

»Kugelsichere Westen?«

»Yeah, die auch. Ich trage immer eine.« Graniano öffnete einen Knopf an seinem Hemd und legte die Schutzweste frei.

Fuca war beeindruckt. Der frischbeförderte Unterboss zeigte bei der Suppe jetzt ein wenig Zurückhaltung. Zu viel Knoblauch und zu viel Tomatenmark.

»Du kannst ruhig zulangen«, drängte Graniano. »'n Teller voll ist noch da.«

»Ist ja toll.« Fuca schob sich angestrengt den Löffel in den Mund. Pfeffer, Knoblauch und Tomatenmark ließen seine Zunge brennen. »Hast du'n bißchen Brot?«

»Brot verdirbt den Geschmack.«

»Wir müssen die Feuerlinien gründlich planen«, meinte Fuca. »Wir wollen ja nicht unsere eigenen Leute abknallen. So was passiert, wenn man nicht aufpaßt.«

»Ich weiß. Ich habe Pläne von Luparis Laden. Da ist jeder Tisch, jeder Pfeiler verzeichnet. Wir müssen uns alles genau ansehen.«

»Glaubst du, sie werden hinkommen? Sie sind ja nicht blöd.«

»Sie müssen. Dieses Penthouse können sie nicht knacken, also müssen sie es bei Lupari versuchen.«

»Ich weiß nicht ... Sie müssen sich doch denken, daß wir uns auf 'ne harte Sache vorbereiten.«

»Hast du mal Machiavelli gelesen? Kennst du den?«

»Yeah?« Fuca zögerte.

»Lies Machiavelli. Dann weißt du, daß sie kommen müssen.«

»Ist Machiavelli ein Wahrsager? Aber ein guter?« Fuca verabscheute es, mit Leuten zu arbeiten, die sich von Geburtsdaten, Sternen, Zahlen, Handflächen, Teeblättern und Spielkarten beeinflussen ließen.

»Vergiß es.«

Fuca versuchte, noch einen Löffel Suppe in den Mund zu schieben. *Entschieden zu viel schwarzer Pfeffer, um Himmels willen. Ich brauche Hilfe, und zwar schnell!* »Wen nehmen wir als Boss für die Leute draußen auf der Straße?« Es war ein Versuch.

»Ich weiß nicht. Hast du einen Vorschlag?«

»Ich hätte Francesco Forza.«

»Ist er hier?«

»Yeah.« Fuca war erleichtert. »He, Frank!« rief er. »Komm her! Bring dir 'n Stuhl mit und probier mal von dieser fabelhaften Suppe.«

Francesco Forza kam heran, grinste und verschwand, um sich einen Stuhl zu holen.

»Mach die Tür hinter dir zu«, rief Graniano ihm nach. »Schieb sie auf und mach sie wieder zu.« Fuca war beeindruckt.

»Was glaubst du, was die Kerle vorhaben?« fragte Fuca. »Wir haben doch wahrscheinlich genug Waffen, um 'ne ganze Armee auszurüsten.«

»Ich weiß es nicht. Aber denen wird schon was einfallen.«

»Du meinst 'n Panzer oder so was. Sie fahren mit 'nem Panzer die Spring Street runter und schießen Luparis Laden in Klumpen. Wie wär' das?« Fuca lachte.

»Darauf sollten wir uns auch vorbereiten.« Graniano blieb ernst.

Fuca rückte beiseite, um Platz für Francesco Forza zu machen. Sein Stuhl scharrte über die kostbaren Fliesen. »Ein Panzer, wie die Army ihn gegen die Russen einsetzt.« Er lachte lauter. »Damit können sie beim alten Lupari geradewegs durch die Wand fahren und dann mit der Kanone oder mit dem Flammenwerfer das Feuer eröffnen.«

»Wir müssen an alles denken.« Graniano blieb immer noch ernst.

»He, Frank.« Fuca wollte sich ausschütten vor Lachen; er bebte, und die Suppe tropfte ihm vom Löffel. »Komm her und hör dir das an.« *Und rette mich vor einem zweiten Teller von dieser Suppe, um Himmels willen!*

Crystal war oben in seinem Zimmer und lag auf dem Bett.

Es war ein Doppelbett, aber er teilte es mit niemandem. Das Zimmer war nichts Besonderes: Ein Doppelbett neben einem kleinen Tisch, auf dem eine Lampe mit einem ehemals weißen, aber jetzt vergilbten Schirm stand, ein unbequemer Sessel neben dem kleinen Tisch – das ganze Mobiliar zusammengedrängt zwischen dem Bett, der Wand und der Klimaanlage unter dem Fenster.

Die Tagesdecke auf dem Bett paßte zur Tapete, und dies machte das Zimmer eher noch scheußlicher. Ein Blumenmuster überzog Bett und Wände – ein Blumenmuster, das sich auch auf dem Vorhang vor dem einzigen Fenster wiederfand. Die Tür war stets verschlossen; es war eine schwere, vergilbte Tür mit einer Kette, zwei Riegeln und einem Schlüssel, den er zweimal im Schloß herumdrehen mußte.

Der Fernseher stand auf einem Gestell in der Ecke, nicht einmal einen Schritt weit vom Bett entfernt. Acht Tage hatte Crystal in dem Apartment mit dem winzigen Bad, dem Kleiderschrank und der Kochnische zugebracht, und während der Nachmittage hatte er sich eine Menge Kinderprogramme angesehen. Batman und Robin. Tom und Jerry. Die Farbwiedergabe war nicht in Ordnung, und Batman und Robin waren immer zu rot oder zu grün im Gesicht.

Er dachte daran, einen kleinen Panzerwagen als Bus zu tarnen, die Spring Street hinunterzufahren, durch die Tür zu brechen und den Job mit einem Flammenwerfer zu erledigen. Er dachte auch daran, den größten Teil von Klein-Italien zum kritischen Zeitpunkt zu verdunkeln, indem er ein paar wohlplazierte Zeitbomben in diversen Unterstationen der Elektrizitätswerke versteckte. In der Finsternis und der allgemeinen Verwirrung würde er leicht verschwinden können. Natürlich würden sie ihn erwarten. Es war also eine verzwickte Aufgabe, Graniano bei Lupari zu erwischen.

Er befand sich in der East Side, in den Achtzigern, wo das Geld zu Hause war – beim Anblick seines Apartments allerdings wäre einem der Gedanke nicht gekommen. Er hatte die Gebäude in all ihren Phasen beobachtet: morgens, nachmittags und abends. Die Schatten wanderten und veränderten die Stimmung, die über der Gegend lag.

Drei- oder viermal hatte es geregnet, und in der glitzernden Nässe waren die Gebäude noch einmal anders erschienen. Wenn es regnete und der Asphalt auf den Straßen glatt war, veränderte sich auch das Rauschen des Verkehrs. Die meiste Zeit über, während er, das Kissen unter dem Kopf, auf dem Bett lag, klang der Verkehr dort unten wie das träge Tosen von Wellen an einem fernen Strand. Auch klang er tagsüber anders als nachts, und sonntags morgens gab es noch einmal eine Variation.

Zwischendurch hatte er auch an Charlie gedacht. Er vertraute dem Mädchen zu sehr, und deshalb mußte er noch hunderttausendmal vorsichtiger zu Werke gehen. Wenn er Graniano erwischt hätte, würde – gleich danach – der Augenblick der größten Gefahr beginnen. Wheeler würde dann keine Verwendung mehr für ihn haben, und bloß am Leben zu bleiben, würde harte Arbeit sein. Bezahlt zu werden, würde ein Wunder erfordern.

Granianos Penthouse lag südwestlich von seinem Fenster, zweihundert Meter weit entfernt, vielleicht ein wenig mehr. Er hatte versucht, es auf der Karte zu lokalisieren, aber der Maßstab war zu klein. Es lag drüben am Central Park und nicht ganz auf gleicher Höhe mit seinem Apartment, sondern etwas tiefer.

Crystal erhob sich vom Bett und trat ans Fenster. Es wurde dunkel. Der Himmel war hellblau – ein sehr blasses Blau, beinahe schon grau. Das Rot war aus dem Sonnenuntergang verschwunden, und in den Gebäuden, die in der Ferne im Blau-Grau zerschmolzen und sich vor dem dunklen Horizont verloren, gingen die Lichter an. Tief unten strömte der Verkehr beinahe lautlos durch die von fluoreszierendem Gleißen erleuchteten Straßen, und rötliches Licht schien über die schwarze Straße und die weißen Gehwege. Die Klimaanlage erwachte mit schroffem Rauschen zum Leben und schaltete sich dann unverhofft wieder ab. Das Klagen einer Polizeisirene wehte durch die engen Schluchten zwischen den Häusern herauf.

Im Garten des Penthouse bewegten sich Leute hin und her. Am Swimmingpool wurde ein Tisch gedeckt. Die Leibwächter breiteten ein rot und weiß kariertes Tischtuch aus. Sie waren dunkle Gestalten in einem Stummfilm. Von seinem leicht erhöhten Standpunkt aus sah Crystal zwei Männer, die mit Bierdosen in der Hand umherspazierten. Gartenmöbel wurden hin und her gerückt.

Jemand hatte in einer Ecke auf dem Dach einen Grill angezündet. Flammen züngelten auf und brannten in hellem Organgegelb. Sie begannen zu flackern, als die Holzkohle in Brand geriet. Der Wider schein des Feuers ließ die weißen Wände in mattem, unstetem Rot aufleuchten. Am hellsten und strahlendsten funkelte das glänzende Aluminium der Gartenmöbel. Es war eine hübsche Anlage, weiß gestrichen und mit vielen Pflanzen rings um den Pool.

Die Leute sammelten sich zu kleinen Gruppen. Einige saßen auf der Innenterrasse, geschützt durch kugelsicheres Glas. Kugelsicheres Glas entwickelte sich allmählich zum Fluch seines Lebens.

Er hatte versucht, sich Tricks einfallen zu lassen, mit denen er das Glas überwinden könnte. Er könnte, mehr oder weniger gleichzeitig, zwei Gewehre benutzen: eine Kugel für das Glas, eine für Graniano. Er war nicht sicher, ob das durchführbar wäre – aber zwei Gewehre zugleich abzufeuern war ohnehin zu schwierig. Die zweite Idee war von der ersten hervorgebracht worden: Er dachte daran, ein und dasselbe Gewehr mit zwei verschiedenen Patronen zu laden. Die eine sprengte die Glasscheibe, die andere . . .

Es war zu verrückt.

Er hatte versucht, Graniano so ausgiebig wie möglich zu studieren, aber es hatte nur äußerst wenig zu sehen gegeben. Die Zielperson zeigte sich nur selten auf der Innenterrasse, und immer waren die Vorhänge zugezogen. Charlie hatte ihm von dem kugelsicheren Glas und von einigen anderen Details erzählt.

Vermutlich hatte Wheeler alles von dem Mädchen erfahren. Nicht einmal Charlie wußte über alles Bescheid, aber als das Mädchen Selbstmord begangen hatte – so hatte es wenigstens ausgesehen –, hatten er und Charlie sich einiges an den Fingern abzählen können. Zum Beispiel, weshalb der Informationsfluß ausgetrocknet war.

Crystal wandte den Blick vom Fernseher ab und auf die Wand darüber. Dort hatte er eine Rube-Goldberg-Konstruktion zusammengebastelt; sie projizierte das Bild, das von dem Fernrohr im Fenster aufgefangen wurde, auf das weiße Laken über dem Fernsehapparat. Die Projektion war alles andere als zufriedenstellend, und er wußte, daß die ganze Stellage zusammenbrechen würde, wenn er nur lange genug daran herumfummelte, aber sie warnte ihn rechtzeitig, wenn sich im Penthouse-Garten etwas bewegte.

»He, Frank, ich hab' gesagt, komm her und versuch mal hiervon!« Taffy Fuca lachte immer noch. Den Grill, den die Jungs draußen im Dachgarten eben vorbereiteten, hätte er seiner Suppe jederzeit vorgezogen. Das Holzkohlenfeuer duftete angenehm, sogar noch auf der Innenterrasse. Und er hatte das Fleisch in der Küche gesehen – dicke Steaks. Frank Forza bemühte sich unbeholfen, den Metallstuhl durch die schmale Öffnung zwischen den kugelsicheren Schiebetüren zu bugsieren. »Bin schon da«, sagte er.

Dann explodierte Granianos Kopf.

Taffy Fuca sah, wie er auseinanderflog. Eine Millisekunde vorher hatte ein Summen in der Luft gelegen, ein Sirren wie von einer Hornisse, die eine Million mal in der Sekunde mit den Flügeln schlug. »Daß es 'ne Kugel war, hat man gar nicht mitgekriegt«, erzählte Fuca später. »Verstehst du? Es war wie in den Superman-Comics, so wie der mitten durch 'ne Wand rast, daß die Ziegelsteine nach allen Seiten fliegen. Genauso flog sein Kopf auseinander, in eine Million Stücke zerplatzt. Er hat überhaupt nichts gemerkt. Nichts. Er hat immer noch überlegt, wie er verhindern könnte, daß sie mit Panzern bei Lupari reinfahren...

Und es war nur ein einziger Schuß. Mehr war nicht nötig«, pflegte Fuca sodann fortzufahren. Daß Frank Forza dabeigewesen war, hatte er fast vergessen. Eine Kugel für Graniano, eine für Frank Forza. Sie riß ein Loch in Frank Forza, so groß, daß der Suppenteller hindurchpaßte, ohne Suppe zu verschütten.

Es war nur ein einziger Schuß für Graniano gewesen, aber er hatte acht Tage und acht Nächte darauf gewartet. Der Schuß war einfach gewesen, das Warten – na ja.

Der Tisch, der in den Terrassenboden eingelassen war, hatte ihm als Fixpunkt gedient. Es war Sommer, und selbst wenn Graniano die Schiebetüren geschlossen hielt, würde er zumindest hin und wieder auf der Innenterrasse essen. Von dort aus hatte er die schönste Aussicht.

Crystal war entzückt von der Idee, weil sie so ungefährlich war – viel besser, als wenn er versucht hätte, Graniano bei Lupari zu erwischen.

Deshalb war er auch so gut – der beste von allen. Er war geduldig. Er war aufmerksam. Er war genau. Er war ruhig – er brauchte nicht einmal die Ellenbogen aufzustützen: Es interessierte ihn nicht, wer da im Visier seines Scharfschützengewehrs stand – der Papst, der Erzengel Michael oder Mickymaus.

Und so hatte er gewartet und gewartet, und dann, endlich, hatte jemand die Schiebetür geöffnet, um einen Stuhl hereinzuholen. Er hatte sie augenblicklich hinter sich geschlossen, aber Crystal wußte, daß sich diese Tür noch einmal würde öffnen müssen.

Der Rest war ein Kinderspiel.

Mit der Ausrüstung verlor der Killer nicht mehr viel Zeit. Gleich nach dem Schuß legte er alles auf das Bett und verließ das Gebäude. Die Logistik war Wheelers Gebiet. Alles, was er jetzt noch wollte, war sein Geld.

36

Charlie saß hinter dem Steuer des schwarzen Pontiac LeMans, der von Avis gemietet worden war. Der Wagen parkte in einer ruhigen Gasse im Greenwich Village, und es war einundzwanzig Uhr sechzehn. Crystal kam, um sein Geld zu holen, und dann würde sie ihn nie wiedersehen.

Dreihunderttausend Dollar ruhten, säuberlich gebündelt, in einem schwarzen Aluminiumkoffer im Kofferraum.

Wheeler hatte bei der Abschlußzahlung keine Tricks versucht, und Charlie war darüber ein wenig überrascht gewesen – diesmal allerdings angenehm. Statt dessen hatte er ganz bereitwillig gezahlt und nur das Arrangement mit ihr abgesprochen.

Charlie seufzte schwermütig alle paar Minuten, und das Seufzen dauerte schon seit Tagen an. Wieviele Male hatte sie sich selbst schon befohlen, vernünftig zu sein und ihn zu vergessen? Wenn es nicht Liebe war, dann war es das Nächstschlimmste. Weshalb sonst waren ihre Gefühle in einem solchen Aufruhr?

Bildete sie sich etwa wirklich ein, er werde dort weitermachen, wo Ed sie verlassen hatte? War dieser Killer ihre Antwort auf ein lange Zeit unergründetes psychisches Verlangen? Es war verrückt, wie so vieles in ihrem Leben – und im Leben eines jeden. Da saß sie nun in diesem Pontiac und empfand genau die gleichen Gefühle, die sie damals für ihren Gesellschaftskundelehrer auf der High School aufgebracht hatte.

Ganz gleich, worüber er gesprochen hatte – Isobaren, Tiefdruckfronten, Getreidesilos, den Zweiten Weltkrieg oder Äpfel in Alberta, stets hatte sie ihm verzückt gelauscht und jedes seiner Worte begierig aufgesogen. Während seines Unterrichts hatte sie den gleichen Druck in der Brust gefühlt, den sie auch jetzt fühlte.

Natürlich würde es niemals etwas werden. Aber sie mußte es versuchen. Ein Versuch konnte nichts schaden. Es hatte so viel Zeit gekostet, sich eine kleine Rede auszudenken, und sie würde sie halten, selbst wenn es in einem unkontrollierten Schwall aus ihr hervorsprudelte. *Er muß doch auch einsam sein!*

Jemand klopfte hartnäckig an das Fenster der Fahrerseite. Es war erst einundzwanzig Minuten nach neun. Charlie schrak aus ihren Träumereien hoch.

Was zum Teufel tut Harry Wheeler hier? Er wird alles verderben! Und warum trug er ihren Regenmantel – oder einen, der genauso aussah wie der, den sie trug?

Sie öffnete die Tür, instinktiv zögernd; sie wußte, daß etwas nicht stimmte. Wheeler drängte sie sanft vom Fahrersitz. Während sie auf den Beifahrersitz hinüberrutschte, versuchten die Gedanken in ihrem Kopf hektisch irgendwo Halt zu finden und Wheelers Anwesenheit zu verarbeiten.

Plötzlich hatte sie es.

Wheeler würde sie töten. So einfach und unkompliziert war das.

»Hallo, Charlie«, lächelte er. *Er lächelt sogar!*

Wheeler grinste, und dann hatte er die Pistole in der Hand.

Sie und Crystal hatten lediglich die Konkurrenz für ihn aus dem Weg geräumt, mehr nicht. Wahrscheinlich steckte er auch hinter der neuen Route, über die der braune mexikanische Stoff hereinkam. »Du bist größer als Graniano!«

»Ist das noch wichtig?« grunzte Wheeler achselzuckend.

Es war eine .22er Beretta mit langgezogenem Lauf und dem unvermeidlichen Schalldämpfer. Auf diese kurze Entfernung würde ihre Wirkung verheerend sein. Wahrscheinlich war sie auf die gleiche Weise modifiziert wie die der israelischen Stoßtrupps: Sie hatte einen besonders leichtgängigen Abzug.

Noch immer jagten die Gedanken wie kleine Blitze durch ihren Kopf. Der gefeuerte, frustrierte Harry Wheeler zahlte es dem CIA und der ganzen gottverdammten US-Regierung heim! Die Rauschgiftbekämpfungsbehörde war zu korrupt – also wurde er der Korrupteste von allen! »Harry, warte! Waaar...!!« Charlie versuchte, nach der Beretta zu greifen.

Aber Wheeler war darauf vorbereitet. Sein Zeigefinger bewegte sich rasch flatternd am Abzug. Die Pistole ploppte und blitzte. Drei oder vier Kugeln warfen Charlie quer über den Beifahrersitz, und sie fiel gegen die Tür.

Winzige Flämmchen tanzten in der Mündung. Die Einschußlöcher lagen säuberlich nebeneinander in der Brust des Mädchens. Sie rutschte seitwärts, schlug gegen das Armaturenbrett und stöhnte leise.

Wheeler ließ das Magazin herausschnappen und schob ein neues ein. Gelassen gab er noch einmal vier Schüsse auf das Mädchen ab. Dann stieß er den Leichnam vom Sitz und zwängte ihn mit den Füßen auf den Boden unter das Armaturenbrett.

Er breitete eine dunkle Wolldecke aus und deckte die Leiche damit zu. Aus demselben Plastikbeutel, aus dem er die Decke gezogen hatte, nahm er jetzt eine blonde Perücke und zog sie sich über den Kopf. Im Rückspiegel schob er sie zurecht. Ihm lag daran, ungefähr so auszusehen wie eine blonde Frau in einem cremefarbenen Trenchcoat. Dunkelheit und Phantasie würden das ihre dazu tun.

Es war einundzwanzig Uhr fünfundzwanzig.

Wartend saß er auf dem Fahrersitz, umgeben von beißendem Pulverdunst, und schob einen neuen Patronenclip in den Griff der Beretta.

Er würde verdammt schnell sein müssen, wenn es soweit wäre – schneller als Crystals Nase. Dieser verfluchte Pulverdampf! Wheeler schaltete die Klimaanlage ein.

Trotz des stechenden Rauches war Wheeler bester Stimmung. Die ganze Operation war brillant durchgeführt worden, von A bis Z.

Charlie hatte prächtige Arbeit geleistet. Wheeler hatte in ihr etwas erkannt, was den Eierköpfen und Zimperliesen im CIA stets entgangen war: Das Mädchen hatte ein natürliches Talent für die Arbeit im Untergrund besessen. Sogar an diesem Abend, in ihren letzten Sekunden, hatte sie fast alles augenblicklich durchschaut. Nicht alles, aber doch das meiste.

Crystal war auch gut gewesen. Er war der beste in diesem Geschäft. Kein Gezeter, keine Umstände. Er tötete. Er tat das, wofür man ihn bezahlte.

Jetzt war es einundzwanzig Uhr siebenundzwanzig. Noch drei Minuten.

Schade, daß sie nicht für alle Zeiten zusammenarbeiten konnten. Aber das war unmöglich. Sie wußten zu viel. Vor allem das Mädchen.

Außerdem wollte Tarrant, daß der Killer umgebracht wurde.

Wheeler warf einen Blick auf die Uhr. Die roten Computerzahlen zeigten 9:28. Adrenalin strömte kribbelnd durch seinen Körper.

Ohne Harry Wheeler hätten sie es nicht geschafft, das stand fest. Er war der Hintermann gewesen, in der Türkei, in Frankreich und in New York. Das meiste Zeug hatte er im Gepäck bestochener lateinamerikanischer Diplomaten geschmuggelt. Die Waffen zu Crystal zu schaffen war kein Problem gewesen. Es hatte nichts weiter erfordert als etwas Organisation, Einfluß und Zeit – und davon besaß er genug. Tarrant war äußerst zufrieden. Bisher.

Es war einundzwanzig Uhr neunundzwanzig.

Wheelers Hände waren feucht. Er würde den *bisque* für sich haben – den Zeitvorsprung –, und darauf rechnete er. Eine Sekunde, vielleicht zwei.

Womöglich trug Crystal, ebenso wie er selbst, eine kugelsichere Weste. Also würde er auf Kopf und Hals zielen müssen. Wenn es zu einer Schießerei käme, würde er Crystal nicht gewachsen sein. Aber wenn er ihn lange genug zum Narren halten könnte, würde er den *bisque* haben.

Er hatte daran gedacht, jemanden mit einem Gewehr auf einem der Dächer zu postieren. Aber das hätte bedeutet, daß es wieder einen

Mitwisser gegeben hätte, und er hätte Charlie nicht mehr gesehen. Die eine oder zwei Sekunden mit Charlie hatte er gebraucht.

Es war einundzwanzig Uhr dreißig. *Wo zum Teufel bleibt er?*

Wheeler wartete in der Dunkelheit, angespannt und sprungbereit. Niemand näherte sich dem Pontiac – außer einem Paar, das Arm in Arm den Gehweg entlangspazierte.

Was ist los? Es war einundzwanzig Uhr einunddreißig. Die längste Minute seines Lebens.

Die roten Ziffern flackerten. 9:32. Jetzt war dies die längste Minute seines Lebens.

Wheelers Kopfhaut vibrierte. Zuviel Adrenalin.

Wartete der Killer selber auf dem Dach, mit seinem eigenen Gewehr? Die Mannlicher hatte Wheeler aus dem Apartment entfernen lassen, aber Gewehre und Schalldämpfer waren praktisch an jeder Straßenecke zu haben.

Erregte er allmählich Aufmerksamkeit? Die Leute hatten es nicht gern, wenn ein fremder Mensch in einem fremden Pontiac nachts in ihrer hübschen, heimeligen Gasse saß. *Vielleicht sollten wir die Polizei rufen, Mildred?*

Das Pärchen kam zurück. Im Licht der Straßenlaterne konnte Wheeler sie nun besser sehen. *Er ist viel zu jung. Sie ist viel zu jung.* Trotzdem sah es so aus, als komme das Paar schräg über den Gehweg auf den Pontiac zu, der am Randstein parkte. Beide warfen einen Blick in den Wagen, und für einen Moment mußte Wheeler seine beiden Augen auf ihre vier verteilen.

Hatten sie das feine Mündungsfeuer der Beretta gesehen? Die *plopps* waren zu leise gewesen, als daß sie sie hätten hören können. Konnten sie den Pulverqualm draußen riechen? Wheeler hatte absichtlich die Fenster geschlossen gehalten.

Es war einundzwanzig Uhr siebenunddreißig, und es sah nach einem schlechten Abend aus. An einem schlechten Abend blies er jede Operation ab. Er versuchte niemals, etwas gewaltsam durchzuziehen.

Unter keinen Umständen würde er aus dem Pontiac aussteigen. Nicht hier. Wenn Crystal sich überhaupt in der Nähe aufhielt, war er wahrscheinlich oben auf einem Dach – mit seinem Gewehr. Jetzt hatte das Paar auch das Ende der Gasse erreicht und kehrte zurück. Wollten sie noch einmal nachschauen? Wieso gingen sie nicht vögeln? Tat das heutzutage etwa nicht jeder zwischen zwei und zwanzig Jahren?

Um einundzwanzig Uhr neununddreißig gab Wheeler auf.

Neun Minuten waren genug. Es begann zu stinken. Er hatte ein ungutes Gefühl und blies die Operation ab.

Er hätte es vorgezogen, sie alle beide in einem Aufwasch zu erledigen. Auf diese Weise hätte er sich eine Menge Umstände ersparen können. Aber jetzt wurde das Risiko zu groß, und Wheeler wußte, daß er verschwinden mußte. Einen Versuch war es immerhin wert gewesen. Und das Mädchen hatte er erwischt.

Tarrant konnte nicht erwarten, daß alles wie ein Uhrwerk ablief. Neunundneunzig Prozent des Unternehmens hatten geklappt wie am Schnürchen. Granianos Tod und die Störaktionen auf der türkisch-französischen Route hatten dem Trust Zeit gegeben, sich besser zu organisieren – und das eigene, lilienweiße Produkt statt des braunen mexikanischen Stoffes zu importieren. Mehmet Nur war erst wenige Tage zuvor bei einem Lastwagenzusammenstoß ums Leben gekommen: ein phantastischer Bonus. Es war ein echter Verkehrsunfall gewesen, aber nach allem was vorgefallen war, würde jedem zwischen Afyon und Aubagne das Wasser im Arsch kochen.

Wheeler ließ den Motor an. Jetzt wollte er nur noch verschwinden. Er hatte nicht vorgehabt, den Wagen des Mädchens zu nehmen, aber was blieb ihm übrig? Er fuhr an, bevor das Pärchen ihn erreicht hatte. Es war einundzwanzig Uhr einundvierzig, als er über den University Place fuhr.

Wheeler fuhr zu einem Parkplatz hinter dem Times Square und ließ den Pontiac dort stehen, nachdem er den Koffer mit dem Geld aus dem Kofferraum genommen hatte. Seines Wissens hatte ihn niemand zusammen mit Charlie gesehen – und schon gar nicht würde ihn irgend jemand mit einer Leiche in einem verlassenen Avis-Wagen in Zusammenhang bringen.

Dennoch war er die ganze Zeit über davon ausgegangen, daß er beobachtet werde; diese Annahme gehörte routinemäßig zur Untergrundarbeit. Zu Fuß fuhr er fort, seinen imaginären Beschatter abzuschütteln. Er fuhr zweimal mit der U-Bahn und zwischendurch einmal mit dem Taxi, und als er zuversichtlich glaubte, daß ihm niemand auf den Fersen sei, ging er in Tad's Steakhouse an der 42. Street. Er bestellte sich eine herzhafte Mahlzeit und spülte das Essen mit drei Gläsern Bier hinunter.

Danach bekam er, leicht angesäuselt, Lust auf einen Pornofilm. Auf der Flucht vor seinem imaginären Verfolger war er an einem Kino vorbeigekommen, das einen *Hot Teens* betitelten Streifen zeigte, und der Titel hatte seine Neugier geweckt. Als die Neugier wach war, hatte sich auch die Erinnerung geregt: Die Hitliste des Magazins *Screw* hatte *Hot Teens* mit vier vollen Erektionen notiert. *Hot Teens* also. Er kaufte sich eine Eintrittskarte und betrat das dunkle Kino.

Er ließ sich auf einem Sitz in der hinteren Ecke nieder. Genüßlich richtete er sein Augenmerk auf das kleine Mädchen, das eben begann, seine flinke Zunge spielen zu lassen, als plötzlich ein harter Schlag seine Kehle traf. Rauschend schlug die Finsternis über ihm zusammen.

37

Mit Abschlußzahlungen hatte Crystal immer schlechte Erfahrungen machen müssen.

So war es vor Jahren in Zürich gewesen, und er hatte deshalb zwei Menschen umgebracht. Und es hatte noch andere solche üblen Gelegenheiten gegeben.

Der Killer kannte die Probleme eines jeden Unternehmers nur zu gut, und er konnte nachvollziehen, weshalb diese Leute darauf beharrten, von Zeit zu Zeit bezahlt zu werden. Einmal, im Mittleren Westen, hatte er einen Streit zwischen einem Bauunternehmer und einem Hotelbesitzer miterlebt. Sie hatten neben einem riesigen Hotel-Swimmingpool gestanden, in dem eine kleine Mosaikkachel einen Sprung hatte – und der Hotelbesitzer hatte sich geweigert, die Restsumme auszuzahlen. Er hatte versucht, Tausende von Dollars zurückzuhalten, weil eine Kachel einen Sprung hatte. Da hatte Crystal begriffen, wie weit verbreitet Probleme mit der Restzahlung waren.

Und so hatte er sein Arrangement in Charlies Gäßchen abseits der 5. Avenue getroffen.

Für eine Abschlußzahlung traf man sich nicht um Mitternacht auf einer einsamen Straße am Ende von Nirgendwo. Das war viel zu gefährlich.

Das Apartmenthaus, das den besten Ausblick auf Charlies Straße bot, war das Haus Nummer eins an der 5. Avenue. Es war ein kostspieliges Nobelquartier, und die Wohnung im dritten Stock war ein Logenplatz mit Blick auf die Gasse.

Mit einem kleinen Trick hatte er sich die Nutzung des Apartments für ein paar Stunden gesichert. Der Besitzer und seine Frau ruhten, behaglich geknebelt und gefesselt, in einem Wandschrank. Später würde er von einer Telefonzelle aus die Polizei rufen und die beiden befreien lassen. Sie hatten ihm keinerlei Schwierigkeiten bereitet.

Das Geld würde er ganz gewiß nicht abholen. Nicht an diesem Abend. Das ganze war ein Versuchslauf, mehr nicht. An diesem Abend ging es um Fragen wie: Würde Charlie sich an die Vereinbarungen halten? Und wenn sie es täte, würde irgend etwas Merkwürdiges geschehen? Würde, während er bis weit nach einundzwanzig Uhr dreißig am Fenster wartete, plötzlich ein Mann bei dem Pontiac auftauchen?

Es war eine kleine Vorsichtsmaßnahme, nichts weiter. Später würde er sich entschuldigen und ein neues Treffen vereinbaren. Vielleicht würde er sie bitten, das Geld mit der Post zu schicken, und falls er einen Job beim Postamt ergattern könnte, würde er seine eigene Post klauen – bevor sie die angegebene Adresse erreichte. Ihm schwebte eine ganze Reihe von Ideen über die Abwicklung von Restzahlungen vor. Charlie wollte er nach Möglichkeit nie wieder persönlich treffen. Es war zu gefährlich. Vielleicht würde er auf die Restzahlung sogar verzichten, wenn sich keine zufriedenstellende Regelung finden ließe. Das allerdings würde ihm ganz und gar nicht schmecken.

Und so sah er, wie Charlie aus der Tür des efeubewachsenen Reihenhauses trat – es war ein attraktives kleines, weiß gestrichenes Haus – und über das Kopfsteinpflaster zu dem Pontiac LeMans hinüberging. Er wartete, während sie wartete. Und er sah Wheeler, der an das Seitenfenster klopfte, ehe er sich in den Wagen setzte.

Und als das geschah, vermutete er, daß Charlie getötet werden würde. Er wartete sogar auf die verräterischen Blitze, doch er sah sie nicht. Die schattenhafte Gestalt des Mannes hatte sie verdeckt.

Er hatte daran gedacht, Charlie zu warnen, daß Wheeler sie umbringen könnte, sobald alles vorüber wäre. Sie war intelligent genug, um selbst darauf zu kommen, aber zu vertrauensselig für eine erfolgreiche Geheimagentin – das jedenfalls war Crystals Auffassung. Wenn er sich nicht täuschte, war das Mädchen seinetwegen sogar emotional durcheinandergeraten. Was sie konnte, konnte sie gut; er schätzte ihre Fähigkeiten hoch ein, aber er hätte Wheeler sagen können, daß Charlie für langfristige Untergrundarbeit völlig ungeeignet war. Sie hatte zu viele Gefühle. Der CIA hatte sie mit Recht gefeuert.

Er sah auch den Wachwechsel. Die blonde Perücke und der cremefarbene Trenchcoat. Es mußte Wheeler sein.

Er sah zu, wie Wheeler wartete, und er wußte, daß der Mann diese Anspannung nicht lange würde aushalten können. Und als das Paar auf dem Gehweg auf und ab flanierte, vermutete der Killer, daß Wheeler den Pontiac nehmen und verschwinden würde. Crystal war bereit. Er hatte eine Yamaha mit einem speziellen Schalldämpfer am Auspuff. Es war ein kleines Motorrad, aber gut genug.

Crystals Arm schmerzte.

Der Mann, der zwei Stühle weiter saß, schnarchte. Es war ein unpassender Augenblick, in dem die Flasche unter den Sitzen hindurchzurollen begann, aber sie tat es trotzdem. Klappernd und klirrend rollte sie durch das Kino; wahrscheinlich hatte jemand seine Beine bewegt, um seine Erektion besser unterzubringen, und dabei versehentlich gegen die Flasche gestoßen.

Auf der Leinwand lag eines der Mädchen auf dem Rücken. Das andere lachte und benahm sich, als habe es einen Riesendauerlutscher vor sich. Die Lautsprecher dröhnten. Ein Platzanweiser führte einen Neuankömmling den Gang entlang. Bestimmt würde er Crystal sehen, wenn er zurückkäme.

Crystal hatte versucht, einen der Druckpunkte zu erwischen, an denen sich der Blutstrom zum Gehirn unterbrechen ließ. Aber er hatte ihn nur halb getroffen. Wheeler verlor das Bewußtsein viel zu langsam. Er hatte den Arm um Wheelers Hals geschlungen und preßte ihm die Kehle zu, und die andere Hand lag auf Wheelers Mund. Das Problem war nur, daß er den Druckpunkt verfehlt hatte. Jetzt mußte er dafür büßen. Crystal wußte, daß er für ein Marathon nicht gebaut war. Zum Glück starrten alle wie gebannt auf die Leinwand.

Auf der Leinwand erscholl jetzt ein heftiges Klopfen an der Schlafzimmertür, aber sowohl der Mann als auch die beiden Teenager schienen es nicht zu hören. Zumindest achteten sie nicht weiter darauf. Sie waren mit anderen Dingen beschäftigt. Dann flog die Tür auf. Es war die Gouvernante. Die Lautstärke schwoll an . . .

Der Arm des Killers wurde schwer wie Blei. Ihm war, als müsse er platzen vor Anstrengung. Wheeler kämpfte hart um sein Leben.

Der Platzanweiser kam den Gang herauf. Er würde ihn sehen müssen, trotz des rosigen Halbdunkels. Wie sollte ihm entgehen, was hier los war? Wieder war der Platzanweiser ein paar Schritte nähergekommen, und jetzt war er nicht mehr weit von Crystal und Wheeler entfernt.

Irgendwo klimperten Münzen. Crystal vermutete, daß jemand die Hand nicht mehr aus der Hosentasche hatte lassen können und daß ihm dabei ein wenig Kleingeld herausgefallen war.

Der Platzanweiser blieb stehen und leuchtete mit seiner Taschenlampe auf den Teppichboden neben den Füßen eines Zuschauers. Crystals Arm wurde gefühllos.

Auf der Leinwand geriet die Gouvernante in wütende Erregung. Alle mußten bestraft werden. Sie hatte eine Reitpeitsche in der Hand, und scharfe, klatschende Laute drangen aus den Lautsprechern.

Der Platzanweiser und ein anderer Mann krochen auf dem Boden herum und suchten nach dem Kleingeld. Zum Teufel, wieviel konnte es schon sein? Aber sie hörten nicht auf zu suchen.

Crystals Arm begann zu zittern. Der Tremor ließ seinen Bizeps schmerzen. Wheeler hatte in die Haut seiner linken Handfläche gebissen – das hatte er davon, daß er versuchte, Mund und Nase zugleich zuzuhalten. Alles nur, weil er den ersten Schlag vermasselt hatte und weil er nicht gebaut war wie Charles Atlas.

Die Gouvernante vorn auf der Leinwand war derweilen unglücklich. Sie hatte sie alle nicht streng genug bestraft. Nun bat sie ihrerseits dafür um gnädige Bestrafung.

Der Platzanweiser erhob sich wieder.

Crystal überlegte sich einen Fluchtweg. Er würde aus dem Kino hinaus auf den Times Square rennen. Er könnte am Taft vorbei und für eine oder zwei Minuten ins Hilton laufen ... vielleicht einen Lift nehmen oder die Treppe ein Stück weit hinaufklettern. Vielleicht wäre es auch besser, wenn er, ohne innezuhalten, gleich auf das Rockefeller Center zurannte.

Der Platzanweiser ging vorbei, ohne stehenzubleiben.

Auf der Leinwand hob das Kindermädchen den Rock hoch, und jetzt hatte der Mann die Peitsche in der Hand.

Wheeler erschlaffte.

Crystal drückte ihm weiter die Kehle zu.

Es war nicht der geeignete Augenblick, sich bluffen zu lassen.

Auf der Leinwand waren unterdessen die Teenager an der Reihe. Alte Rechnungen waren zu begleichen, soviel war offenkundig. Dies war nicht das erste Mal, daß die Gouvernante unartig gewesen war ... In einer Rückblende sah man, wie die Gouvernante einem kleinen Kind einen Teller mit Spinat ins Gesicht drückte. Wahrscheinlich war der Teenager mit der Peitsche dieses Baby gewesen; dies zumindest sollte die Rückblende wohl implizieren. Im Hause der Gouvernante ließ niemand seinen Spinat stehen, ohne dafür bestraft zu werden ...

Wheeler war tot.

Das Geld. Es war in einem schmalen Koffer, der mit einer Handschelle und einer kurzen Stahlkette an Wheelers Handgelenk befestigt war. Und Crystal hatte keine Eisensäge.

Neue Szenen flimmerten über die Leinwand. Die Eltern waren nach Hause gekommen. Wieder setzte es Prügel für alle.

Crystal gab auf. Er hatte Wheeler in eine Schlafposition gebracht und sich dann hinter ihn gesetzt.

Es war zu gefährlich, sich weiter um das Geld zu bemühen. Er stand auf und schlängelte sich hinaus, vorsichtig darauf bedacht, nicht mit den Schienbeinen irgendwo anzustoßen.

Er war schon im Vorraum und auf dem Weg nach draußen, als er sich unvermittelt besann. Er bog ab zur Herrentoilette und begab sich dann ins Kino zurück. Er zwängte sich an den Sitzen in Wheelers Reihe vorbei, bückte sich und entschuldigte sich bei dem Toten und nahm dann neben ihm Platz. Er richtete den Leichnam auf. Der Mann hinter ihnen schnarchte noch immer.

Auf der Leinwand vergnügte sich der Vater inzwischen nackt mit der Gouvernante. Mutter lag nackt bei dem Fremden.

Der Platzanweiser führte einen Zuschauer zu seinem Sitz. Crystal schob seine Hände in Wheelers Jackentaschen, und das war ein Fehler. Jetzt endlich merkte der Platzanweiser, daß etwas nicht stimmte. Er richtete den Strahl seiner Taschenlampe auf die beiden Gestalten.

Crystal fühlte sich allmählich so, wie er sich in jener Nacht an Bord der *Petit Cheval* gefühlt hatte. Alles ging schief.

Auf der Leinwand tadelte der Ehegatte seine Frau; er bezichtigte sie, den Fremden nicht zufriedengestellt zu haben. Er griff nach der Reitpeitsche ...

Platzanweiser hatten etwas dagegen, daß zwei Männer in einem Pornokino dicht beieinander saßen und sich befummelten. Crystal hob beide Hände in das Licht der Lampe. Als das nicht genügte, hob er auch Wheelers tote Hände empor. Alle vier Hände waren leer – nur daß seine Hände Wheelers hielten. Der Platzanweiser kam näher.

Auf der Leinwand bekam die Gouvernante Gewissensbisse wegen ihres Fehltrittes mit dem Ehemann. Ein kurzer Rückblick zeigte sodann, wie sie durch das Schlüsselloch die beiden Eheleute beobachtete, die sich auf dem Bett wälzten. Die Gouvernante forderte die Ehefrau auf, sie zu bestrafen ...

Der Platzanweiser stand im Gang und leuchtete zuerst auf Wheelers und dann auf Crystals Schoß. Zufriedengestellt zog er sich zurück.

Dann hatte Crystal die Schlüssel gefunden. Also war er doch nicht gänzlich glücklos. Die Schlüssel steckten in der linken Tasche von Wheelers Regenmantel. Es war ein Schlüsselbund und ein einzelner Schlüssel. Der mußte es sein.

Der Killer versuchte, ihn ins Schloß zu stecken. Zunächst bekam er ihn nicht hinein, aber schließlich gelang es. Das Schloß klickte sanft, und der Koffer ließ sich abnehmen.

Crystal nahm ihn vom Sitz und schob ihn an Wheeler, der schlaff dasaß, vorbei. Er warf einen letzten Blick auf die Leinwand. Ehemann, Frau, Fremder und Gouvernante hatten zusammen eine Kette gebildet. Die beiden Mädchen schauten durchs Schlüsselloch zu.

Crystal setzte Wheeler noch einmal zurecht und ging hinaus in den Vorraum und ins Freie, diesmal ohne innezuhalten.

Michael Tarrant war einer von zwei Menschen, die mit Sicherheit in der Lage waren, fünf Meldungen miteinander in Zusammenhang zu bringen, die an zwei aufeinanderfolgenden Tagen in der *New York Times* standen.

Die erste umfaßte nur wenige Zeilen und stand auf Seite drei: In einem von Avis gemieteten und auf dem Parkplatz an der Astor Plaza unweit des Broadway abgestellten Pontiac LeMans hatte man den Leichnam einer ermordeten Frau gefunden. Die Frau war mit mehreren aus nächster Nähe abgefeuerten Schüssen aus einer .22er Pistole getötet worden.

Nur weil die *Times* alles druckte, und weil er danach suchte, fand er die winzige Notiz über einen Reinigungsarbeiter in der U-Bahn-Station am Columbus Circle, der in einem Abfalleimer einen Regenmantel und eine blonde Perücke gefunden hatte. Perücke und Mantel waren so säuberlich verpackt gewesen, daß der Mann vermutet hatte, hier sei etwas nicht in Ordnung, worauf er die Polizei informierte.

Die dritte Meldung betraf ein älteres Ehepaar im Hause Nummer eins an der 5. Avenue, das in seiner Wohnung überfallen, gefesselt und geknebelt worden war und das die New Yorker Polizei auf einen anonymen Tip hin befreit hatte. Es war nichts gestohlen worden.

Am zweiten Tag erschien die Story über die Ermordung Wheelers in einem Pornokino am Times Square auf Seite eins, unten links, drei Spalten. Die Überschrift lautete: »Leitender Beamter der Rauschgiftbekämpfung erwürgt«. Die Aussage eines Platzanweisers wurde zitiert: »Er muß die ganze Nacht über dagewesen sein, ohne daß wir ihn bemerkten. Am nächsten Tag, nach der fünften Vorführung, kam mir der Verdacht, wir könnten es mit einer neuen Art von Perversion zu tun haben . . .«

Die letzte Meldung betraf Sina Graniano, die, offenbar von der Kraft des Gebetes überzeugt, als Novizin in ein Nonnenkloster in der Gegend von Castellamare del Golfo in Sizilien eingetreten war.

Tarrant wußte, daß der einzige andere Mensch, der diese fünf Ereignisse miteinander in Verbindung hätte bringen können, der Mann war, dem er einst den Codenamen »Crystal« gegeben hatte.

»Wheeler hat seinen Preis bezahlt.«

»Er hat bezahlt.«

Tarrant war dabei, alles mit Desmond Disco, einem neuen Rekruten für den Trust, zu besprechen. Tarrant pflegte seine Renegaten-Abteilung beim CIA scherzhaft den »Trust« zu nennen. Ansonsten

aber war der Trust eine todernste Angelegenheit.
»Aber er hat gut gearbeitet. Das meiste hat geklappt.«
»Das stimmt.«
Sie saßen in Mike Tarrants Büro in Langley. Es war ein geräumiges Büro mit einem Konferenztisch und einem Schreibtisch für den Papierkram. Es sei der sicherste Raum des CIA, hatte Tarrant gesagt, absolut wanzensicher. Alle paar Stunden werde es mit den besten Geräten, die es gab, durchgekämmt. Hier könnten sie über jedes beliebige Thema reden, vom Schwanzlutschen bis zum Präsidentenauspeitschen.
Des Disco glaubte ihm.
Er würde in den Trust eintreten, das stand fest.
Die Angehörigen des Trust waren rechtschaffene Patrioten, die sich weigerten, die Russen mit Samthandschuhen und verbundenen Augen zu bekämpfen – wie der CIA es tat. Die Russen bekämpfte man so, wie er es zu tun pflegte – und wie es auch Wheelers Methode gewesen war.
»Es war die Tatsache, daß Graniano nicht nur Heroinschmuggler, sondern auch KGB-Agent war, was die Sache dringlich gemacht hat«, erklärte Tarrant. »Unser Job ist der Kampf gegen die Russen. Da wird nicht getändelt. Wir schlagen sie mit ihren eigenen schmutzigen Tricks.«
»Graniano wurde in Rußland geboren?« erinnerte Disco sich.
»In Rußland. Seine Mutter war Russin, sein Vater Sizilianer. Er fuhr als Seemann auf der Vorkriegsroute nach Odessa.«
»Und nach dem Tode seiner Mutter ging Graniano zu seinem Vater nach Sizilien?«
»Nach einigen Schwierigkeiten mit der Tscheka. Sie erwischten ihn ohne Fahrkarte in einem Zug, und danach gehörte er ihnen.«
»Er war ein sehr guter Agent.«
»Er war ein Maulwurf, so tief vergraben, daß er selbst manchmal glaubte, sie hätten ihn vergessen. Das sind die besten. Die, die selbst nicht mehr wissen, daß sie Spione sind.«
»Er muß ihnen eine Menge verschafft haben.«
»Sie haben ihm auch geholfen. Überlegen Sie: Sie kannten überall Leute für seine Routen.«
»Das muß ihm geholfen haben.«
»Genau wie bei unserer Route. Wir kennen jeden. Kein Problem für Harry Wheeler, die Route in Gang zu bringen.«
Rauschgiftrouten waren eine nützliche Sache. Sie hatten mit Geheimdiensten vieles gemeinsam. Sogar der CIA hatte sich am Rande der Legalität in Vietnam und Laos damit befaßt; er hatte mit

Rauschgiftringen kooperiert und dafür Erkenntnisse erhalten. Aber für den Trust ergab sich ein zusätzlicher Vorteil: Mit dem Geld aus dem Rauschgiftgeschäft ließen sich andere Projekte gegen die Russen finanzieren. Der Trust nahm den KGB an, wie der CIA es niemals hätte tun können.

Der Unterschied zwischen der Rauschgiftroute des KGB und der des Trust war einfach: Der KGB versuchte, den Westen zu vernichten, und Tarrants Leute versuchten, ihn zu retten.

»Harry wird uns fehlen«, meinte Tarrant.

»Das glaube ich auch.«

»Wir wollen, daß Sie seinen Posten übernehmen. Die Führung der Routen und noch ein oder zwei andere Dinge. Wir haben Sie beobachtet. Sie werden gute Arbeit leisten.«

»Ich werde gleich rot.«

»Tun Sie das nicht. Das Geschäft ist äußerst gefährlich. Es bedeutet, gegen die Russen und gegen unsere eigenen, kranken, halbherzigen Behörden zu kämpfen. Wir kämpfen gegen Moskau. So heißt das Spiel. Kein Getändel, sondern Einsatz aller schmutzigen Tricks aus dem Lehrbuch. So schmutzig wie Harrys Route. Anders geht es nicht, glauben Sie mir. Niemand versteht die Russen. Nicht der Direktor des Zentralen Nachrichtendienstes, nicht der Präsident, und schon gar nicht der Kongreß oder die Medien. Aber wir verstehen sie. So einfach ist das.«

»Das gefällt mir.«

»Sie lügen, und wir lügen frecher. Sie vergewaltigen, wir töten. Sie entführen, wir morden. Sie bestechen, wir erpressen. Wir tun alles, was sie tun – doppelt.«

»Und das tut der Trust?«

»Der Trust macht Amerika sicher. Dem KGB kann man mit Eiapopeia nicht beikommen, aber es hat keinen Sinn, damit zum Präsidenten oder zum Nachrichtendienst zu gehen . . .«

»Ich übernehme also Harrys Route. Was noch?«

»Sie erledigen Crystal.«

»Großartig.« Disco war nicht begeistert. »Die letzte Zahlung war Falschgeld. Das ist kaum noch zu überbieten. Wahrscheinlich ist er schon sauer und sucht nach Leuten, denen er es heimzahlen kann . . .«

»Ja. Das Falschgeld war eine Vorsichtsmaßnahme. Außerdem wird er eine Spur hinterlassen, wenn er anfängt, die Blüten auszugeben. Und zwei seiner Bargeldverstecke sind uns ebenfalls bekannt.« Tarrant gähnte. »Aber das Mickymausgeld haben wir doch noch überboten. Wir haben ihm nämlich die Raten mit seinem eigenen Geld bezahlt. Mit dem, was wir auf der Bank in Zürich hatten.«

Tarrant sah aus wie der Kater in den Tom-und-Jerry-Filmen. Disco spürte, daß er sich im Geiste in den Zähnen herumstocherte, wie Tom es tat, wenn er ein fettes Brathuhn vertilgt hatte und jetzt mit rundem Bauch und einem Rülpser im Gesicht dalag. Genauso selbstzufrieden blickte Tarrant drein.

»So etwas ist wirklich nicht mehr zu überbieten. Ihr Typen vom Trust habt eine rege Phantasie.«

»Wir geben uns Mühe. Wir sind nur wenige. Deshalb müssen wir uns um so mehr Mühe geben.«

»Mein erster Auftrag ist also, Crystal zu erledigen?« fragte Des Disco.

»Jawohl«, antwortete Tarrant, und sein Mondgesicht strahlte. »Das, und die Route.«

»Sie wollen wahrscheinlich, daß ich mich zur Rauschgiftbekämpfungsbehörde versetzen lasse. Können Sie da etwas arrangieren?«

»Sie kommen also zu uns?« Tarrants Gesicht leuchtete noch heller.

»Selbstverständlich. Wenn Sie das nicht vorher gewußt hätten, dürften Sie mich wohl kaum gefragt haben. Und wenn ich nein gesagt hätte, würde ich keine fünf Cent mehr auf mein Leben setzen.«

»Sie müssen zugeben, daß wir uns die Besten aussuchen.« Tarrant lachte laut. »Aber eine Versetzung wird nicht erforderlich sein. Jetzt noch nicht – wenn überhaupt. Sie können das alles von diesem Gebäude aus in die Hand nehmen.«

Und ich sitze direkt unter deiner Nase, dachte Disco.

»Wann fange ich an?«

»In einer Minute.«

»Okay.«

Er würde Crystal finden müssen. Und er und Crystal würden sich gemeinsam um den Trust kümmern müssen – und um jeden Mann, der dazugehörte.

Superpatrioten hatten Desmond Disco schon immer eine Heidenangst eingejagt, und Tarrant verkörperte ein halbes Dutzend solcher Superstars auf einmal.

Aber es würde nicht leicht sein, nicht wie Granianos Route. Er wußte sicherer als je zuvor: *Tarrants Renegaten hatten Kennedy erschossen.*

Bitte beachten Sie
die folgende Seite